NAZARÍ

MARIO VILLÉN LUCENA

NAZARÍ

edhasa

Consulte nuestra página web: https//www.edhasa.es
En ella encontrará el catálogo completo de Edhasa comentado.

Diseño de la sobrecubierta: Estudio Calderón

Primera edición: junio de 2020

Diputación, 262, 2.º1.ª
08007 Barcelona
Tel. 93 494 97 20
España
E-mail: info@edhasa.es

ISBN: 978-84-350-6345-6

Impreso en Liberdúplex

Depósito legal: B 5897-2020

Impreso en España

Para Darío,
porque esta novela no es otra cosa
que el pan debajo de su bracito…

«Un soldado, un hombre de frontera enérgico, fuerte, inmensamente firme, que rehusaba la calma y la tranquilidad, y prefería la austeridad y el valor a lo cómodo, conformándose con poco. Ajeno a la afectación, era rudo en las armas y muy resuelto, temible por su bravura y enormemente diligente…»

Extracto de la *Ihata*, obra de Ibn al-Jatib,
visir y polígrafo granadino del s. XIV

REINO DE LEÓN
LEÓN
AUTILLO
PALENCIA
VALLADOLID
REINO DE PORTUGAL
CÁCERES
TRUJILLO
BADAJOZ
ALANGE
AL ANDALUS
CÓRDOBA
MARTOS
SEVILLA

NAVARRA
CORONA DE ARAGÓN
MALLORCA
VALENCIA
RICOTE
CASTILLO DE LOS PEÑASCALES
MURCIA
LMERÍA
FRONTERAS 1212
FRONTERA REINO NAZARÍ 1246
BATALLAS
IBÉRICA EN EL SIGLO XIII

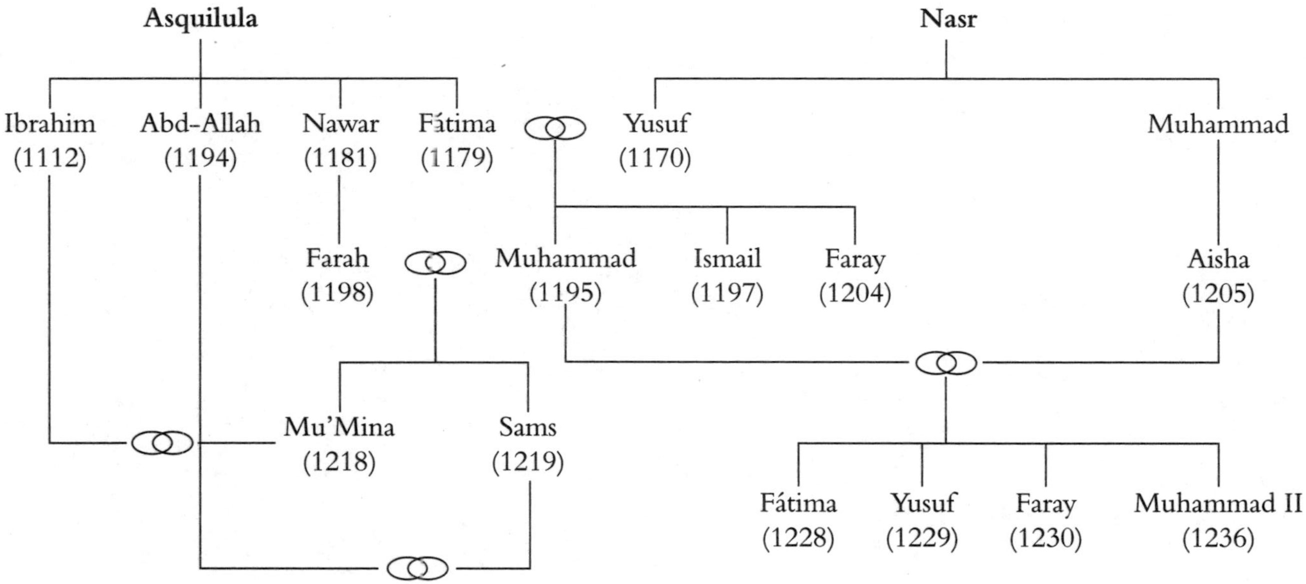

Las fechas se refieren a los nacimientos. Algunas están confirmadas por las fuentes, otras se deducen de ellas.

INTRODUCCIÓN AL CONTEXTO HISTÓRICO

Esta novela está ambientada en una época compleja, sacudida por multitud de acontecimientos de gran trascendencia. Castilla vivía un periodo de inestabilidad, al que se sumaba la pugna constante con el reino de León. Al-Ándalus, por su parte, estaba bajo dominio del imperio Almohade.

El movimiento almohade había nacido en el Atlas africano en la tercera década del siglo XII, de la mano de algunas tribus bereberes reunidas en torno a Ibn Tumart. La doctrina de aquel líder se basaba en la recuperación de la esencia del islam mediante el retorno a sus fuentes originales: el Corán y la tradición del Profeta. Según Ibn Tumart, con el paso del tiempo el Islam se había ido contaminando por los diferentes pueblos musulmanes, de tal manera que los fieles puros, no contaminados, eran vistos como extraños. Proponía volver a la pureza de la fe, aferrándose con rigor a las fuentes y rechazando cualquier interpretación o adaptación. Se trataba de una postura estricta e intransigente que castigaba con dureza cualquier atisbo de desviación. Los almohades, rebelados contra el poder almorávide, que dominaba por entonces África y al-Ándalus, fueron ganando adeptos y resistieron en las montañas a los ataques de sus enemigos.

A la muerte de Ibn Tumart, Abd al-Mumin, su sucesor, consiguió que los almohades tomaran el poder en Marrakech en 1147. Tenían el Magreb bajo su control y no tardaron en cruzar el estrecho para ocupar al-Ándalus, donde la población vivía hastiada del gobierno almorávide. Los almohades impusieron su doctrina, que chocaba con la ortodoxia malikí que imperaba en la península, y a cambio ofrecieron la promesa de defender las fronteras. Como último paso en su expansión, cuando su imperio estuvo asentado militar y políticamente, rompieron con el califa abbasí de Bagdad y proclamaron su propio califato. Con este paso, resquebrajaban la tradicional unidad de los musulmanes, que, con independencia del emir que los gobernara, reconocían a un único líder religioso. Aquella decisión desató las iras de muchos andalusíes. Sin embargo, la falta de organización y de ejército propio los obligaba a someterse y, al menos, los africanos garantizaban su protección. La defensa del territorio se convirtió en el argumento principal para su legitimación y mantenimiento.

Los andalusíes solían referirse a los almohades como herejes, pues, a pesar de ser musulmanes como ellos, imponían una concepción distinta del islam, que incluía su propia manera de entender la justicia y los rituales religiosos. De esta manera, la población musulmana de al-Ándalus distingue entre infieles, los no musulmanes, y herejes, musulmanes que se apartan de la doctrina oficial.

* * *

En esta novela he intentado simplificar los hechos para que la historia no se convierta en una carga excesiva. He usado los nombres más comunes y sencillos para facilitar la integración de los personajes y hechos en la mente del lector. Por ejemplo, al hablar sobre la batalla de 1212, me refiero a ella como la de «las Navas de Tolosa», a pesar de que en esta época los musulmanes la llamaban «batalla de la Cuesta» y los cristianos «batalla de Úbeda».

El personaje principal es, sin duda, Muhammad bin al-Ahmar, cuyo nombre significa Muhammad, el hijo de «el Rojo». Un color que hizo suyo. Y que nos ha legado para la Historia.

HA NACIDO UN EMIR

Alarcos. Julio de 1195

Palmeó el cuello de su caballo, robusto y fuerte, signo de buena raza. Luego acarició las crines bien cepilladas.

–Llévame a la victoria –le susurró al oído, inclinándose hacia delante.

Asquilula miró a su alrededor. El sol ya asomaba sobre la sierra. Los cristianos habían comenzado a salir del castillo de Alarcos y se apiñaban en la ladera del cerro. El capitán rezó en silencio para pedir ayuda al Altísimo. Sus hombres lo imitaron y el murmullo de sus voces ensordeció el tintineo de los metales y los bufidos de los caballos.

Cuando terminó la oración, contempló a los doscientos jinetes que habían puesto bajo sus órdenes. Formaban un grupo irregular. Vio algún lorigón como el suyo, pero la mayoría se protegía con cota de cuero. Los rostros delataban nerviosismo y algunos hombres sufrían temblores involuntarios que agitaban sus armaduras.

«Yo también temblaba la primera vez», pensó Asquilula. «Cuando comience la cabalgada sólo sentirán los pasos de sus caballos». Tras innumerables acciones de frontera, se había ganado la fama y el respeto de sus hombres. A algunos de ellos los conocía bien, los había entrenado él mismo en Arjona. Eran guerreros disciplinados y bien adiestrados que sabrían desenvolverse con soltura en la batalla. Otros, en cambio, no eran más que muchachos imberbes que a duras penas podrían sostener en alto las jabalinas y azagayas.

Poco a poco, sobre el ruido de la tropa, empezaron a oírse las órdenes y arengas de los qaídes y jeques. Se preparaban para el combate. En la lejanía ya se distinguían las armaduras y sobrevestes cristianas. La batalla para la que musulmanes y cristianos llevaban meses preparándose estaba a punto de comenzar.

* * *

El naqîb y sus hombres habían sido llamados a Córdoba a comienzos de verano para unirse al inmenso ejército con el que el califa cruzó el estrecho. Al-Mansur llamó a la yihad en todos sus territorios. Desde que los portugueses que defendían Santarem mataran a su padre más de diez años atrás, el califa ansiaba vengarse, pero los focos de rebelión en África se lo habían impedido. A su vez, los castellanos aprovecharon las revueltas para algarear las tierras de al-Ándalus. Sofocada la rebelión africana, al-Mansur sintió que había llegado su momento. Reunió al grueso de sus tropas en Aznalfarache, cerca de Sevilla, y desde allí partió hacia Córdoba. Con la solemnidad de una corte ambulante, la inmensa hueste había atravesado el puerto del Muradal, se había acercado a Salvatierra y continuado el camino hacia el Congosto, para finalmente llegar hasta las cercanías del castillo de Alarcos. En aquella fortaleza aún por terminar, Alfonso VIII de Castilla aguardaba la llegada de refuerzos. Pero los mahometanos llegaron antes de lo esperado.

El rey castellano era consciente de lo que se jugaba en aquel encuentro. La frontera del Guadiana estaba en peligro. La mañana del día anterior, Alfonso había formado a sus tropas fuera del castillo para desafiar al califa. Sin embargo, el líder almohade, hábil estratega, decidió rehuir el combate y dejar descansar a sus hombres tras la dura marcha.

Pero al alba de aquel nuevo día los musulmanes habían sorprendido a Alfonso VIII al mostrarse perfectamente formados sobre una loma, frente a la fortaleza. Comenzaron a organizarse durante la noche y al clarear el día ya estaban dispuestos para la lucha. Sus banderas se alzaban enhiestas, desafiantes, y el rey de Castilla no tuvo dudas. Antes de que cayera una nueva noche se sabría quién era el vencedor de Alarcos.

* * *

Los dos bandos se observaban, a la espera de las órdenes de sus generales.

Asquilula se echó a un lado sobre su montura y apoyó la mano sobre el hombro de un joven jinete cuya pierna chorreaba orín.

–Alá está con nosotros –le dijo para insuflarle valor.

Su unidad formaba parte del ala derecha, donde estaban reunidos los andalusíes. En el ala izquierda se reunían zenetes y masmudas, así como otras tribus bereberes de menor importancia. En el centro, en primera línea, los cuerpos de voluntarios acompañados por los agzaz, los temibles arqueros montados turcos, y otras unidades de arqueros a pie. Tras ellos, en una segunda línea, el visir Abu Yahya dirigía el ejército bajo el estandarte de al-Mansur. El califa permanecía oculto tras la loma, protegido por su guardia personal y abundantes tropas de refresco.

Nadie tomaba la iniciativa. Los soldados se miraban, tratando de infundirse ánimo mutuamente.

–¡Se mueven! –gritó un andalusí de repente, señalando hacia delante.

El capitán miró hacia Alarcos y lo primero que distinguió fue la densa polvareda que la caballería pesada cristiana había levantado con su marcha. Las corazas de hombres y caballos brillaban bajo el sol inclemente y sus destellos se acentuaban dentro de la nube turbia que parecía descender de la fortaleza.

–¡Arqueros! ¡Listos!

Desde su posición, Asquilula escuchó la orden lejana que provenía del centro del ejército almohade. Al instante sonaron los tambores y su estruendo invadió el estrecho valle.

Sólo hubo tiempo para dos cargas de flechas, porque la caballería cristiana aceleró hasta ponerse al galope.

–¡Resistid! ¡Lanzas firmes!

–¡Mantened posiciones!

–¡Derribadlos!

Enseguida resonaron las instrucciones para aguantar la embestida, ecos lejanos que se fundían con el sonido frenético de los atabales. Finalmente, qaídes y capitanes culminaron con un «Allahu Akbar!» que fue coreado al unísono por la tropa.

–*Allahu Akbar!* –gritó a su vez Asquilula con la lanza en alto, y sus hombres lo secundaron.

La caballería cristiana atacó en sucesivas oleadas, arrasando las unidades de voluntarios y arqueros posicionadas en la vanguardia. Enseguida el campo se llenó de musulmanes muertos. Aquellos infelices no disponían de medios para hacer frente a los entrenados y bien pertrechados caballeros cristianos. Las primeras filas cedieron y los castellanos consiguieron abrir una brecha y llegar a la segunda línea, donde el general Abu Yahya permanecía rodeado por sus fieles bereberes hintata.

El combate se alargaba y los cristianos diezmaban la vanguardia de al-Mansur. Pero en los flancos musulmanes no había movimiento alguno; la caballería ligera aguardaba instrucciones de sus *qaídes*. Los hombres de Asquilula tenían a la vista la bandera de Abu Yahya y, pasados los primeros momentos de lucha, la vieron agitarse, inclinarse y después avanzar con ímpetu. Los jinetes vitorearon al visir, que parecía haber tomado el control de la situación. El naqîb, sin embargo, permaneció en silencio.

–Ha caído –dijo mientras contemplaba el escenario con ojos expertos.

–¿Cómo dices? –preguntó su portaestandarte.

–Que nuestro comandante ha caído y los malditos cristianos se llevan la bandera. Hay que hacer algo. –Pensó durante un instante–. Quédate aquí y mantén a los hombres en posición.

Asquilula dirigió su caballo hacia la retaguardia, hasta encontrarse con el *qaíd* de la caballería andaluza.

–Abu Yahya ha caído –le dijo con gravedad–. El centro del ejército está destrozado. Tenemos que intervenir. No nos va a llegar ninguna orden. –El general escuchaba con atención, pero se mostraba incrédulo–. Por favor, mira su bandera. –El otro obedeció.

–¿Qué sugieres? –preguntó entonces el qaíd, sin apartar la vista de la enseña.

–La caballería ha penetrado en nuestras líneas. Podemos envolverlos y atacarlos como mejor sabemos, con jabalinas y flechas. Sus caballos son lentos, con tanto acero encima no podrán reaccionar.

El qaíd se dio un minuto para meditar. Luego alzó la cabeza y mostró la palma de la mano vuelta hacia arriba. Asquilula respondió al saludo. Se agarraron por los brazos y se miraron fijamente, con el ardor de la batalla dibujado en las pupilas.

–Manda a un hombre de tu unidad que rodee la loma e informe al qaíd del otro flanco.

–Así se hará –respondió el naqîb.

Se retiró al trote hacia sus hombres y rugió la orden, que corrió veloz entre los jinetes: tendrían que maniobrar para encerrar con su caballería a los castellanos. La primera unidad en moverse fue la del propio Asquilula, que se adelantó y se puso a la cabeza para marcar el ritmo y la posición. Así, a paso suave, unos tras otros, los caballos formaron un largo brazo que, desde la base del cerro, giraba hacia el centro del ejército almohade, donde se concentraba el ataque castellano. Al otro lado de la loma, los africanos zenetes y masmudas los imitaron y se movieron para completar el círculo.

En cuanto los cristianos se percataron, formaron en varias cuñas e intentaron abrirse camino enfrentándose a la caballería ligera andalusí, pero los musulmanes reaccionaron a tiempo.

Asquilula mantuvo la posición y retuvo a su unidad. Sólo cuando los cristianos estuvieron lo suficientemente cerca, agarró una de sus jabalinas y la lanzó. El arma impactó en el pecho de un caballero y se quedó clavada entre sus costillas, regando de sangre su sobreveste. Sus hombres hicieron lo mismo y, tras arrojar sus lanzas, se retiraron veloces a una posición segura. Cayeron decenas de castellanos por las armas arrojadizas, y los que sobrevivían no conseguían dar alcance al enemigo. Los cristianos atacaron a la caballería ligera, aliviando la presión sobre la infantería de la vanguardia almohade. Aprovechando la oportunidad, el califa mandó avanzar a las tropas de refresco. Los agzaz retornaron a la lucha inmediatamente, acosando con saetas la retaguardia enemiga. Atrapados de nuevo, los cristianos trataron de reagruparse para regresar a Alarcos. Lanzas y saetas caían sobre ellos como una tormenta de hierro. Lentamente, estaban siendo aniquilados. El suelo volvió a sembrarse de muertos, pero ahora era sangre cristiana la que regaba la tierra seca y agrietada.

Asquilula dirigió a los suyos hacia los cristianos que trataban de huir, sin tregua. Los caballos se movían con lentitud entre los cadáveres. El capitán desmontó. Por todas partes se escuchaban los alaridos de los heridos y mutilados, que afilaban los ecos de los incesantes atabales musulmanes.

–¡Al ataque! –gritó el capitán andalusí, y al instante sus hombres se abalanzaron sobre ellos con las espadas, las mazas y las lanzas enarboladas.

Un grupo de cristianos se dio a la fuga y otros tantos andalusíes salieron tras ellos para apresarlos. Los demás castellanos se prepararon para defenderse. Asquilula se encaró a un guerrero que mostraba una gran cruz negra en su sobreveste, un calatravo que había perdido su caballo por las flechas de los agzaz.

–¡Rendición! –le gritó mientras le apuntaba con la lanza.

El cristiano apartó el arma que lo apuntaba con un golpe de su espada. Sin pensárselo, el naqîb dio un paso atrás, se colocó el astil bajo el brazo, apuntó y atacó con movimientos rápidos y ágiles, sin darle tiempo a cargar. Pudo sentir cómo la hoja impactaba lateralmente en el rostro de su oponente y llegaba a tocarle el cráneo. La orejeta le golpeó en la mejilla y detuvo el movimiento. El almófar salió despedido hacia la nuca. El calatravo emitió un agudo chillido que se unió a los cientos que se oían al pie de los cerros. La espada cayó al suelo y el cristiano cayó de rodillas. Asquilula desenfundó la espada y lo degolló. Los gritos cesaron.

En ese momento, tres castellanos se aproximaron dispuestos para el combate. El naqîb corrió hasta su caballo para coger el escudo que colgaba de la silla y se puso en guardia.

–¡A mí! –gritó y, mientras uno de los suyos acudía a socorrerlo, Asquilula tomó la iniciativa y cargó contra el cristiano de su izquierda, que se protegió con la espada. El impacto hizo que le temblara el brazo y el castellano no soportó la fuerza del golpe. Quedó desarmado, a merced de su atacante. Con un nuevo espadazo, el andalusí lo hirió mortalmente en el cuello. En ese instante sonaron las anillas de su lorigón y sintió un intenso dolor en el muslo derecho.

–¡Ah! ¡Maldito infiel!

Asquilula escuchó un chasquido; la malla metálica que le protegía el muslo se tiñó de rojo.

Trató de fijar la vista en su nuevo oponente, que estaba recuperando el equilibrio para atacar de nuevo. Con la velocidad que da la desesperación, el naqîb agarró la hoja de su espada con las manos protegidas por guanteletes y lo golpeó en el capacete con la cruceta, clavando el gavilán en la cabeza del cristiano. Aturdido, Asquilula soltó la espada y se dejó caer a tierra.

El hombre que lo había socorrido acabó con el tercer cristiano y acudió a su lado. Llamó a otros compañeros de unidad y entre cuatro de ellos consiguieron alzarlo hasta su montura para que pudiera retirarse.

–¡Dejadme! –pidió una vez subido al animal–. Puedo ir yo solo. –Luchaba por aguantar el intenso dolor de la herida, que manaba sangre y palpitaba, mientras veía cómo sus hombres acababan con los últimos cristianos. Miró más allá, hacia la ladera del cerro de Alarcos. Allí las tropas almohades acosaban a la infantería cristiana, que se atropellaba para entrar en el castillo. La bandera del comandante de nuevo estaba en manos musulmanas, al pie de la muralla, infundiendo valor y brío a los hombres que la rodeaban. La tarde estaba a punto de comenzar y la batalla terminaba. Habían vencido–. Tú –se dirigió a su portaestandarte, que mantenía en alto su bandera–. Dirígelos. Haced presos para el botín y matad a los que se resistan.

El hombre asintió y se retiró con los demás. Asquilula dirigió su caballo hacia el campamento. El dolor era cada vez más agudo y, por un instante, pensó que iba a perder la conciencia. Ya detrás del cerro, cerca de las tiendas, lo asaltó el sonido de las risas y loas a Alá de los hombres de al-Mansur, que celebraban la victoria. A pesar del intenso padecimiento, esbozó una sonrisa. Aquella batalla sería recordada durante años. No le gustaban los africanos, pero tal vez al-Ándalus estaba a salvo gracias a ellos.

Cerró los ojos y rezó en silencio, dando gracias al Altísimo por mantenerlo vivo para contemplar aquella victoria.

* * *

El campamento fue trasladado al otro lado del cerro, al pie de Alarcos. El califa había ordenado estrechar el cerco sobre la fortaleza. La noche había caído y en decenas de fogatas se cocinaba una cena especial para aquellos hombres que habían conseguido vencer al rey castellano. Alfonso VIII había huido con un grupo de caballeros, dejando al grueso de sus tropas a merced de los vencedores.

Los vítores y las celebraciones se fundían con los lamentos de los heridos. Los médicos no daban abasto para coser heridas, serrar miembros, cauterizar cortes y recolocar huesos. Una cuadrilla se encargaba de recoger los cadáveres, desplazándolos a los laterales del campamento. A un lado se amontonaban los cristianos, en tétricas pilas de muerte a las que buitres y cuervos no tardarían en acudir. Los musulmanes eran enterrados en enormes fosas, cumpliendo a grandes prisas con los rituales de su religión.

Asquilula permanecía recostado sobre su silla de montar. Su caballo no se apartaba de su lado. Un joven tabib había examinado su herida y decidió dejarlo para más tarde. No corría peligro. Le habían dado una manta y una infusión de hierbas para aliviar la dolencia. Cuando le llegó el turno, fue un médico de más edad quien se acercó a él.

–¿Asquilula?

–Sí, soy yo –respondió mientras entrecerraba los ojos para distinguir a su visitante–. ¡Zuhayr! –exclamó al fin–. Me alegra verte, doblemente.

–A mí también, paisano. –Zuhayr era de Arjona, un viejo conocido suyo. Para atender a su tropa, el califa al-Mansur había recurrido a médicos andalusíes–. Veamos esa herida cuanto antes. –Echó un ligero vistazo e inclinó la cabeza–. Has tenido que sufrir mucho, tantas horas con esto ahí...

–Podría decirte que no, pero te mentiría. Sólo el fresco de la noche me ha aliviado. Ya casi no siento nada.

El médico se sobresaltó y se precipitó a comprobar la sensibilidad en las extremidades del capitán. Todo estaba bien, sólo tenía entumecida la herida. Lo ayudó a quitarse el lorigón y el movimiento reavivó el dolor.

–Es bueno que te duela. Me habías asustado.

–Pues puedes estar tranquilo. Me duele, y mucho.

Zuhayr le bajó las calzas y lo examinó con detenimiento, arrimando su lámpara de aceite.

–La malla te ha salvado la pierna, y la vida. Ha debido ser un golpe muy fuerte. Te ha machacado varios músculos –dijo sin apartar la vista de la herida–. También te ha provocado un corte. –Agarró la pierna y la movió suavemente. Asquilula se quejó–. Tienes el hueso roto. Bien, manos a la obra. –Posó la lámpara en el suelo y abrió su caja de cirujano–. Primero coseremos el corte. –El capitán suspiró–. Por cierto –dijo con aire distraído–, enhorabuena.

–Todos estamos hoy de enhorabuena, amigo.

–Me refiero a tu nieto.

El rostro de Asquilula se iluminó.

–¿Ha nacido ya?

–Nació tres días antes de que yo saliera de Arjona. Estuve en casa de tu yerno. Tu hija está bien. Es muy joven, pero aguantó bien el parto.

–¿Un niño, dices? –El médico asintió–. ¿Qué nombre le han puesto?

–Muhammad.

–Muhammad bin al-Ahmar... Qué bien suena, ¿verdad?

–Sí, Asquilula, suena muy bien. Es un niño fuerte. Habrá salido a su abuelo. Creo que ahora mismo eres el abuelo más joven de toda Arjona.

–Es cierto, Zuhayr. Ni siquiera he cumplido las cuarenta primaveras… Mi hijo Ibrahim le sacará tres años y Abd-Allah, apenas uno. –Sonrió al pensar en sus hijos varones, nacidos de un segundo matrimonio tras enviudar de su primera esposa–. Serán sus compañeros de juego –rio con ganas. La noticia le había puesto de buen humor y le había hecho olvidar el dolor por unos momentos.

–Relájate y no mires. Te voy a coser.

Asquilula se echó hacia atrás y cerró los ojos. Primero sintió cómo el agua lavaba la zona de la herida y luego percibió la leve punzada de la aguja ardiente que atravesaba su piel.

–Muhammad bin al-Ahmar, nacido el año de la batalla de Alarcos –pronunció en voz queda, como si aquello fuera un augurio luminoso sobre el futuro que aguardaba a su nieto.

Arjona. Primavera de 1204

Clareaba el día cuando los tres niños comenzaron las labores. A sus nueve años, Muhammad dirigía la pequeña cuadrilla. Su padre quería que conociera la tierra, la verdadera fuente del sustento de la familia. El patriarca se había quedado en la haza más cercana a Arjona, donde estaba construyendo un pozo que serviría para sembrar una huerta de regadío. «Un hombre debe mantenerse a sí mismo. Si tiene tierras, tiene que saber trabajarlas», solía decirles a sus hijos, inflexible, cuando alguno de ellos flaqueaba y se quejaba de tanto trabajo.

Muhammad bin al-Ahmar había mandado a su hermano Ismail a la parte llana y él se había quedado arriba con su amigo Hasan. Estaba a punto de amanecer. Dejaron los almocafres y se dispusieron a orar extendiendo una tela limpia sobre la tierra. Tras la oración retornaron al trabajo, levantando las malas hierbas con sus aperos.

–Hasan, no te olvides de entresacar. –Se acercó a su amigo para darle indicaciones–. Mira, acabas de pasar por aquí y te has dejado estas plantas juntas. Se van a ahogar unas a otras.

–Lo siento, Muhammad. Me olvido de entresacar.

–No pasa nada. Arregla eso. –Y señaló las plantas.

–¿Vas a ir hoy a la escuela? –preguntó Hasan.

–Esta tarde tengo monta con mis tíos y mi abuelo. Me ha dicho mi padre que pronto estaré preparado para usar silla.

Hasan no le prestó atención.

–Si no vas a la escuela, ¿cómo vas a aprender a leer el Libro?

Muhammad agarró con fuerza su almocafre y golpeó tres veces seguidas la tierra endurecida para levantar las raíces de una manzanilla.

–Hasan, yo serviré a Dios de otra manera más útil –contestó.

Al poco, los dos niños tomaron caminos opuestos. Muhammad se desplazó hacia la rábita, de donde los morabitos comenzaban a salir para trabajar la tierra que los circundaba. A lo lejos, la torre que protegía el conjunto y hacía las veces de alminar se destacaba sobre el resto de construcciones, como un faro en medio de un océano terroso. Sudaba y tuvo que remangarse la camisa. Su apero sonó metálico cuando lo hundió de nuevo en el suelo. Se detuvo y escarbó con las manos. Enseguida encontró una moneda antigua, tal vez de los romanos de los que tanto le hablaba su abuelo Asquilula. Escupió sobre ella y frotó la tierra con su ropa. Por una cara tenía el relieve de un buey que arrastraba un arado bajo una luna creciente. Por la otra, la imagen de un soldado con casco, con una lanza delante de su rostro.

–Tierra y guerra –dijo para sí, y sonrió divertido. Aquella moneda parecía representarlo a él mismo, a sus ideales.

Estaba aún admirándola cuando el eco de unas voces le llegó amortiguado por la suave brisa matutina. Había cierto revuelo en la rábita. Los morabitos corrían hacia el interior del recinto y volvían a salir, algunos armados con lanzas o espadas, otros con azadas y hoces.

–¡Muhammad! –Su hermano Ismail corría hacia él seguido por Hasan–. ¡Cristianos! –gritó, y señaló un punto del valle que se abría frente a la rábita.

Muhammad alzó la vista y pudo distinguir a un grupo de caballeros.

–¡Vámonos, Muhammad!

Los dos niños habían llegado junto a él y Hasan tiraba ya de su camisa. Muhammad bin al-Ahmar se mantuvo firme, sin apartar la vista del escenario de la inminente lucha.

–Id saliendo. Os pillo por el camino. Dad la voz de alarma si llegáis antes que yo –les dijo.

–¿Estás loco? –le espetó su amigo.

Ismail agarró a Hasan y lo animó a salir hacia Arjona. Conocía a su hermano y sabía de sobra que si una idea se le había metido en la cabeza no podrían hacer nada para convencerlo de lo contrario.

–Hermano –aguardó una respuesta por su parte–. ¡Hermano! –En esta ocasión Muhammad giró la cabeza y lo miró a los ojos–. Nos vamos. Por favor, no hagas tonterías, vente pronto.

–Id tranquilos. Voy enseguida. –Y los niños echaron a correr por los repechos que llevaban a la fortaleza justo cuando los cristianos acometían a los primeros morabitos.

Sin desmontar, derribaron a los defensores con sus lanzas. Muhammad no podía distinguir los detalles de la lucha, pero vio cómo uno a uno caían los hombres vestidos con sencillas túnicas de paño que se enfrentaban con rudimentarias armas a los cristianos bien pertrechados. Éstos eran cerca de veinte e iban acompañados por otros tantos hombres sin armadura montados sobre mulas que, ajenos a la lucha, desmontaron y comenzaron a cortar los frutales y a pisotear los sembrados. Varios de ellos, con antorchas en las manos, incendiaron el granero de la rábita.

El niño lo observaba todo lleno de furia, con la respiración agitada y los puños apretados. Sonaban algunos chillidos y los chasquidos aislados de armas que chocaban entre sí. Una densa nube de humo se alzó hacia el cielo. El fuego empezaba a extenderse, calcinando todo lo que encontraba a su paso.

–¡Fuera! –Muhammad bin al-Ahmar no pudo controlar el odio que aceleraba su corazón y explotó en un grito iracundo que retumbó en el valle.

Los caballeros miraron en su dirección y uno de ellos, raudo, cabalgó hacia él con la lanza en alto. Muhammad lloraba de rabia. No había sido muy inteligente al gritar, pero sentía que aquel fuego que quemaba la rábita también lo quemaba a él. Miró hacia las cuestas que conducían a Arjona y se dio cuenta de que no tenía escapatoria. El cristiano no tardó en acercarse a él y percatarse de que se trataba de un niño.

Ibn al-Ahmar se enjugó las lágrimas y lo miró fijamente. Además de la lanza, llevaba un escudo y una espada enfundada al cinto. Su cuerpo estaba protegido por un lorigón, parcialmente cubierto por una sobreveste en la que se destacaba una gran cruz negra rematada por flores de lis en los extremos. «Caballeros de Salvatierra, los antiguos... calatravos», pensó. Tenía buena memoria. Su abuelo se lo había contado. Aquella orden cristiana había sido la gran perdedora de Alarcos, la gloriosa batalla del año de su nacimiento. Con aquella victoria, los musulmanes habían conseguido desplazar la frontera hacia el norte, hasta acercarse a la mismísima Toledo. Las tierras recuperadas estaban bajo la influencia de los calatravos, que perdieron incluso la sede de su orden. Pocos años después, por sorpresa, los caballeros tomaron el castillo de Salvatierra y trasladaron allí su sede. Desde entonces habían tomado el nombre de esta fortaleza, una isla en tierras del islam que les servía de avanzadilla. Ansiaban recuperar lo que era suyo y clamaban venganza. Castilla y los almohades estaban ahora en tregua, pero su abuelo y su padre le habían explicado que ambos bandos no habían cesado las algaras para debilitarse mutuamente.

El caballero detuvo su montura a escasos dos metros del zagal. Lo apuntó con la lanza y se dirigió a él en romance.

–Niño, ve a Arjona y di que volveremos a por lo que es nuestro. Recuperaremos lo perdido y tomaremos más, hasta aquí y más al sur. –Muhammad comprendía aquella lengua, pero se limitó a devolverle la mirada–. ¡¿Me has entendido?! –Ibn al-Ahmar asintió sin perder de vista la lanza–. ¡Pues corre!

Y eso hizo. En la cima del primer pecho el niño se detuvo a tomar aliento. Se volvió y contempló las llamas que devoraban la rábita. Los cristianos se retiraban satisfechos. Muhammad recuperó el resuello y se miró los puños apretados. En ese momento se acordó de la moneda y aflojó los dedos. Tenía la palma enrojecida. En ella se había grabado la imagen del soldado romano del anverso, como una señal inequívoca del camino que debía tomar, tal vez una premonición.

Volvió a cerrar los puños y continuó la carrera cuesta arriba. Aquella tarde tomó una decisión que estaba destinada a cambiar su vida para siempre.

«Algún día seré un gran cegrí y defenderé esta tierra sagrada».

Cortijo del Agua Dulce (al sur de Castilla). Verano de 1204

–Vamos pequeña, entra. –María atravesó el umbral en silencio. El interior de la vivienda estaba en penumbra y su tía se apresuró a abrir las ventanas–. Que entre la gracia de Dios. –María sonrió levemente–. Ésta será tu casa a partir de ahora.

El verano se estaba acabando y por las tardes refrescaba. El camino había sido largo. La mujer acompañó a la niña a la cocina, donde el hogar estaba encendido. María se acercó al fuego y se quedó mirando las llamas, hipnotizada por las lenguas que parecían lamer el aire en busca de oxígeno. Su tía apoyó las manos en sus hombros.

–Hija, ¿cuántos años tienes?

La niña se detuvo un instante a pensar.

–Ocho este otoño.

–Bien, una mujercita. Ya tienes edad para comprender. –La pequeña no apartaba la vista del fuego–. A veces Dios se lleva a sus hijos antes de lo que queremos para tenerlos a su lado. A otros decide dejarlos aquí para que le sirvan bien. ¿Sabes lo que te quiero decir?

María asintió. Aquellas palabras le recordaban a las del monje que había oficiado el entierro de sus padres, el mismo que había mandado llamar a su tía tras el incendio de su casa.

–Con el tiempo lo entenderás mejor –continuó la tía–. Mi hermana..., tu madre... –No pudo controlar las lágrimas y decidió callarse para no avivar las ascuas que ambas tenían en el corazón–. ¿Quieres agua? Tenemos cerca una fuente de agua purísima.

En ese momento sonaron las voces de los hombres que regresaban de arar los campos. Aquel año habían adelantado la labor para que las lluvias no los pillaran desprevenidos.

–Ya está aquí tu tío.

El hombre tenía una sonrisa dibujada en el rostro, pero, al ver a su mujer con la niña, la expresión se tornó seria.

–¿Ésta es la niña? –Su mujer asintió. El hombre suspiró–. Bien, veamos. Yo soy Ramón, tu tío. Te quedarás con nosotros.

–Miró brevemente a su esposa–. Tus primos tienen ya sus propias familias. Tu tía y yo estamos solos y nos hacemos mayores. Nos vendrán bien dos manos más. –Miró fijamente a la niña, que le devolvió la mirada con un gesto de asentimiento–. Ayudarás a tu tía en la casa y en los corrales. Cuando tengas más edad y más cuerpo, ayudarás en el campo. ¿Te parece bien?

María asentía a todo mecánicamente.

–Y cuando llegue el momento, te buscaremos un buen marido –añadió su tía acariciándole el pelo–. Eres muy guapa, María. No será difícil.

Besó a la niña en la frente y miró a su marido con los ojos llenos de gratitud.

–Esto me lo tienes que agradecer –le susurró el hombre al oído antes de salir al patio para asearse en la tinaja. La mujer soltó una risita.

–Bueno, María. Vamos a ver qué tenemos en la despensa. Es hora de preparar la cena.

Dócil, María se dejó llevar por la mujer, y el ruido familiar de los cacharros y las orzas de barro pareció despertarla de su ensoñación.

Toro, reino de León. Verano de 1204

Un guardia abrió la puerta y Alfonso IX salió al patio adoquinado. Berenguela se resguardaba del calor sentada a la sombra en un banco de piedra. La mujer se daba aire con un santoral forrado de cuero mientras sus hijos mayores jugaban con las dos ayas que los tenían a su cargo. Al otro lado, el ama de cría amamantaba a la pequeña Berenguela, nacida hacía pocas semanas.

El rey se acercó a su esposa y le tendió un documento plegado. Ella lo tomó con calma, pero, a medida que avanzaba en la lectura, su respiración se aceleraba y sus ojos se tornaban vidriosos. Un ligero temblor sacudió su mano. Las últimas líneas ya no pudo leerlas. Se trataba de la respuesta papal a la súplica que Alfonso IX había elevado a Inocencio III para que subsanara el defecto de origen de su matrimonio, oficiado sin dispensa pese a que los novios eran parientes. El Papa, intransigente, había declarado nulo el matrimonio hacía un año y no se retractó ni siquiera ante la intercesión del rey de Castilla, Alfonso VIII, padre de Berenguela y primo del rey de León. La súplica había sido el último intento del esposo por salvar la situación, pero la respuesta, clara y contundente, acababa de llegar. Inocencio III recordaba a los esposos que ya había dictado una bula por la que los conminaba a separarse y que, si no lo hacían inmediatamente, se exponían a la excomunión.

Berenguela se echó a llorar y varias lágrimas cayeron sobre el documento. El rey tomó de nuevo el escrito y apoyó su mano sobre el hombro de la mujer.

–Esta noche te veré. Debes preparar tu marcha –dijo aparentando firmeza.

Su matrimonio había sido una estrategia política mediante la cual se había solucionado un viejo litigio entre los reinos de León y Castilla por las tierras fronteras del Infantazgo. Alfonso VIII había aislado políticamente a León mediante un complejo sistema de alianzas y treguas, y Alfonso IX no tuvo más remedio que pedir la paz, que se materializó en su unión con la hija del rey de Castilla. A Berenguela le entregaron como arras las tierras de la discordia. Ahora, con la disolución del matrimonio, el rey de León temía que el conflicto se reavivara, pero sentía también otras desazones, pues aquella unión política le había otorgado una consejera sabia, una matrona fértil y una amante excelente.

Berenguela quedó sola, invadida por una profunda congoja. Con furia, la mujer lanzó su santoral contra el suelo de piedra. Fernando, el mayor de sus hijos varones, se percató del gesto y dejó sus juegos para acercarse a ella.

–¿Qué te pasa, madre?

La mujer se enjugó las lágrimas y tomó entre sus manos las mejillas suaves de su hijo, que, a sus tres años, había sabido reconocer su tristeza.

–Nada, hijo. Echo de menos a mi padre, tu abuelo Alfonso. ¿Te acuerdas de él? –El niño no respondió–. Él te quiere mucho. ¿Quieres que vayamos a verlo?

–Sí. –El rostro inocente se iluminó.

–Bien, pues marcharemos mañana mismo a Castilla.

–¡Sí! –repitió el niño alzando la voz. Sus hermanos Alfonso y Constanza los miraron brevemente, pero siguieron jugando.

Fernando tomó el santoral del suelo y se lo devolvió a su madre. Canturreando una vieja canción infantil, retornó a la zona de juego con los otros niños.

Arjona. 1205

–¿Quién vive en esta casa?

Asquilula entró en el patio central acompañado por sus hijos. Caminaba con una leve cojera en la pierna derecha. Su hija Fátima no tardó en aparecer con un niño en brazos.

–Padre, hermanos, me alegra veros.

La muchacha lucía una hermosa barriga de embarazada.

–Hija mía, eso que llevas ahí es otro niño, te lo digo yo. El Altísimo te ha bendecido con el don de parir hombres, guerreros para el islam.

Muhammad e Ismail irrumpieron corriendo en el patio para llevarse entre risas a sus tíos a la calle.

–¡Tened cuidado! –les gritó su madre mientras se perdían en dirección al zaguán. Con el grito, el niño que llevaba en brazos se despertó y comenzó a llorar–. Ya, ya... –Lo meció y el pequeño comenzó a calmarse–. Faray no para de llorar. Estoy agotada, padre.

–Se te nota en la cara. Tranquila, unos años malos y enseguida los tendrás casados. –Ambos sonrieron–. Parece que esos cuatro se llevan bien.

–Son muy parejos y pasan muchas horas juntos. Es bueno que se críen así.

–Mis hijos y los tuyos jugando juntos... –Asquilula carcajeó.

Fátima se había casado con quince años con un hombre que le sacaba casi diez. Su padre había enviudado y se había casado por segunda vez tan sólo cuatro años antes que ella, y en ese segundo matrimonio Asquilula había engendrado a sus dos únicos hijos varones.

–¡Que alguien traiga jugo de limón para este hombre o se pasará una semana criticándome! –Yusuf bin Nasr al-Ahmar, el dueño de la casa, había entrado mientras padre e hija hablaban. Se acercó a su esposa y acarició su barriga–. ¿Has visto, suegro? Otro niño. Estoy seguro. Pega con fuerza.

Asquilula le guiñó un ojo a su hija.

–Os dejo, que tengo mucho por hacer. Con vuestras habilidades os podríais ganar la vida como astrólogos. –Fátima se perdió en el interior de la casa. Los dos hombres se sentaron en la galería porticada del patio y una esclava les sirvió agua con limón.

–He visto a mis hijos jugando fuera con los tuyos –comentó Yusuf–. Te agradezco que los entrenes juntos. Están contentos. Sueñan con ser como su abuelo.

–Su padre también tiene algunas luchas a las espaldas. –Tomó un sorbo–. Deberías volver al ejército. Todavía eres joven.

Tal vez, pero aquellos tiempos terminaron para mí. Están siendo años malos y mis hijos son demasiado pequeños para hacerse cargo de las tierras. –Su mirada se tornó triste.

Yusuf había pertenecido a las milicias almohades y participado en decenas de algaras en las que había obtenido jugosos botines. Sin embargo, la familia había crecido y sus antiguos negocios habían dejado de ser rentables. En los últimos tiempos, los Nasr habían perdido importancia.

–Yerno, ya sabes que puedes recurrir a nosotros cuando lo consideres necesario –comenzó a decir Asquilula, pero Yusuf lo calló al instante con la mano alzada.

–Gracias. Me las puedo apañar. –Un atisbo de orgullo asomó a su mirada.

–Lo respeto –suspiró–. Tenía que intentarlo. Son tiempos difíciles para al-Ándalus y faltan buenos guerreros. –Lo miró fijamente–. Yusuf, tus hijos son aún muy pequeños, pero, si mañana deciden entrar en el ejército, ¿se lo permitirás?

–Como buenos musulmanes, deben luchar por defender estas tierras. Algún día tendrán que tomar su propio camino. Soy consciente.

–Bien. Sería una pena que Arjona perdiera a tan buenos defensores. Son realmente buenos en la monta y en la lucha cuerpo a cuerpo. Si siguen así, no tardarán en entrenar con armas de verdad. –Perdió la mirada unos instantes en el estanque del patio–. Te voy a confesar algo: tus hijos serán mejores guerreros que los míos. Puedes imaginar lo que me duele reconocerlo. Ibrahim ha heredado el carácter de la familia de mi esposa, ya sabes, son más bien tranquilos. Espero que se enderece con los entrenamientos. –Suspiró–. Abd-Allah se parece más a mí. No hay más que verlo para saber que es un Asquilula puro, salvo por ese condenado pelo rizado y esa nariz de águila, herencia de su madre.

Yusuf se sintió halagado y se recostó satisfecho en su asiento.

–¿Hay noticias del nuevo alcaide? –cambió de tema.

Asquilula apretó los labios y se agarró las rodillas con las manos.

–Llegará en unos días. Es un bereber. El nuevo califa quiere a los suyos en todos los castillos.

Al-Mansur, el califa que venció a los cristianos en Alarcos, había muerto seis años atrás y su hijo, al-Nasir, lo había sucedido. Desde entonces, paulatinamente, había ido cambiando a todos los gobernadores de las fortalezas y ciudades de al-Ándalus para colocar a sus allegados.

–No me extraña –comentó Yusuf. Bajó la voz antes de continuar–. Esos herejes saben que los andalusíes los odiamos.

El movimiento almohade había comenzado en el Atlas africano en la tercera década del siglo anterior. Su doctrina se basaba en la recuperación de la esencia del islam, una postura estricta e intransigente que castigaba con dureza cualquier atisbo de desviación. Cuando fueron lo suficientemente fuertes, rompieron la tradicional unidad del islam y proclamaron su propio califato, que competía con el abbasí de Bagdad. Aquella decisión había desatado las iras de muchos andalusíes, que, por falta de organización y de ejército propio, se vieron obligados a someterse. Al menos, los almohades garantizaban su protección. La defensa del territorio se convirtió en el argumento principal para su legitimación.

–Lo saben, saben que no nos gustan –confirmó Asquilula–. Lo hicieron bien en Alarcos, pero ha pasado mucho tiempo desde aquello. Aborrecemos su doctrina –también bajó la voz–, y no queremos a sus alcaides.

–¿Y la frontera? ¿Sigue tranquila?

–Sí. Los castellanos están respetando los tratados. He oído que han habido algunas algaras cerca de Jaén, pero por ambas partes. Algunos robos de ganado, algún saqueo de tierras... Desde la destrucción de la rábita y la queja del califa al rey castellano, la cosa no ha ido a mayores.

–Los teníamos en la mano y los hemos dejado recuperarse. ¡Qué gran error de al-Mansur! Pactar treguas después de la victoria de Alarcos, después de correr la tierra y llegar hasta los pies de las murallas de Toledo. Todo para atender sus asuntos africanos… –Yusuf se mostró indignado.

–Date cuenta, al califa no le importamos. Somos un apéndice al que a veces se ve obligado a venir, sólo eso. Pero puede que algún día se arrepienta de habernos desatendido. –Asquilula se quedó pensativo un instante. Luego se puso en pie, apartó a un lado su capote verde, se levantó la túnica hasta el cinturón de cuero y deslizó sus calzas hacia abajo, hasta dejar al descubierto media pierna. La herida de Alarcos había cicatrizado, pero la piel seguía mostrando las brutales consecuencias del espadazo recibido en la batalla–. Salí marcado y con una cojera, pero habría entregado gustoso la pierna entera si con ello hubiera sabido que conseguiríamos derrotar definitivamente a los cristianos. Son orgullosos y viven para la guerra. –Volvió a cubrirse–. Desde la firma de las treguas se han fortalecido, y no tardarán en volver a atacarnos. Recuerda lo que te digo, Yusuf: habrá otra batalla, se preparan para eso. No han digerido la derrota y quieren venganza. El tiempo me dará la razón.

–Si ocurre, espero que tengamos el mismo resultado que en Alarcos.

Del zaguán llegó el sonido de pasos atropellados y carcajadas.

–Fátima está cansada –dijo Asquilula–. Será mejor que me marche.

El hombre recogió a sus hijos en el zaguán y se marchó. Muhammad e Ismail entraron en el patio. Tenían complexiones fuertes y los hombros anchos. El trabajo y los entrenamientos los estaban curtiendo.

«Serán buenos guerreros», pensó para sí Yusuf con satisfacción.

Arjona. Verano de 1207

Los cuatro jóvenes cabalgaban por los campos del alfoz de Arjona detrás de Asquilula. Caía la tarde y al fin el sol inclemente comenzaba a declinar. El instructor solía obligarlos a dar largos paseos a caballo para que sus cuerpos se acostumbraran a la silla de montar. Avanzaban en fila, ordenados por edad, y con la diestra sostenían una larga vara de madera que hacía las veces de lanza. Abd-Allah, el hijo menor de Asquilula, no paraba de mirar atrás para burlarse de Muhammad, que lo seguía a pocos pasos. El Nasr se contenía y no respondía a las provocaciones de su tío.

–¡Trote y progresivamente galope hasta la era! –oyeron que les decía Asquilula.

Sin perder la formación, aceleraron el paso hasta poner al galope sus monturas. Los muchachos no pudieron contenerse y gritaron, excitados por la carrera. Muhammad espoleó a su caballo hasta que estuvo a la altura de Abd-Allah y, con el extremo de su vara, golpeó la espalda del jinete para vengarse de sus chanzas.

–¡Si fuera una lanza te habría derribado! –le gritó, consciente de que su abuelo no podía oírlo.

Cuando llegaron a la era en la que solían entrenar, Asquilula detuvo el paso y ordenó que desmontaran. Desenrolló un gran hatillo sobre el suelo y les mostró las armas que contenía. En silencio, entregó una espada de doble filo a cada uno de sus hijos, un hacha de batalla a su nieto Ismail y una maza a Muhammad.

Ismail, que acababa de cumplir los diez años, se estremeció al contacto con el hacha. Muhammad aferró con fuerza el mango de la maza y la blandió para sopesarla.

–Pensaba que pesaría más –comentó Ibrahim, agitando su espada.

–Debe ser así –contestó Asquilula con una sonrisa que desapareció al instante de su rostro–. Ha llegado el día –pronunció entonces con solemnidad–. Dejaréis las armas de madera y empezaréis a entrenar con armas de verdad.

Ibrahim, el mayor de los cuatro con sus quince años, alzó la espada y soltó una risita nerviosa.

–Ya somos hombres –dijo con inocencia.

–Falta mucho para eso –rebatió Asquilula–. Bien, comencemos.

Cerca de Arjonilla. 1209

Hadi soltó la pala de madera para secarse el sudor de la frente. Abrió la parte superior de su túnica y la dejó caer sobre el cinturón, liberando los brazos y descubriendo el torso. Tenía dieciocho años y sus músculos comenzaban a definirse. Aún era joven, pero aguantaba sin quejas las duras jornadas de trabajo en la barrera.

Cerca del mediodía se dio por satisfecho. Se lavó las manos en el arroyo y se sentó sobre la tela de su hatillo, dispuesto a almorzar antes de emprender el camino de retorno. Para aquella ocasión, la prima de su padre le había preparado algo de fruta y un pedazo de pan de mijo. No le importó el sabor áspero del pan, pero se acordó de las exquisitas hogazas que su madre preparaba con trigo candeal en los tiempos de bonanza. «Algún día te acordarás de las comidas que te preparo», solía decirle, y estaba en lo cierto. Ahora, alejado de ella, añoraba su pan, y también su cariño. Habían corrido malos tiempos para su familia en Jaén. Dos malas cosechas seguidas se habían sumado a una epidemia de ganado que había dejado a sus padres en una situación desesperada. Sus hermanos eran demasiado pequeños, pero él ya tenía edad para ganarse la vida fuera del hogar familiar. Una mañana de verano salió de la alquería y, acompañando a una caravana de mercaderes, se encaminó hacia Arjonilla, donde los parientes de su padre poseían un alfar. Lo acogieron como a un hijo y le enseñaron el oficio. No podía aspirar a nada mejor.

Sin embargo, Hadi era un muchacho inquieto y sentía que se marchitaría si permanecía allí mucho tiempo. Soñaba con otra vida, con un destino repleto de aventuras que no se atrevía a confesar a nadie. Aquél era su secreto, la ilusión que hacía brillar sus ojos y le permitía soportar la vida que Alá había previsto para él en aquellos tiempos de incertidumbre.

Hadi se sacudió los recuerdos. Debía preparar el carro y regresar al taller. Ascendió la primera loma y, en la distancia, distinguió una fina columna de humo. «Los hornos», pensó, y continuó su camino siguiendo el curso del arroyo de Arjonilla. Sólo cuando estuvo a menos de cien pasos del alfar se percató de que algo no iba bien. El humo no provenía de la zona de los hornos y la techumbre de todo el complejo parecía haberse venido abajo. Dejó el carro y echó a correr.

–¡Tío, tía! –gritó con ansiedad.

Delante de la puerta vio a uno de los torneros, tirado en el suelo sobre un charco de sangre. Volteó su cuerpo y la herida de lanza que lo había matado quedó al descubierto. Horrorizado, contuvo un grito. El derrumbe del tejado le impidió entrar en el complejo por la puerta principal. Contempló los rescoldos humeantes y pensó que hacía ya un buen rato que habían ardido las vigas. Rodeó con sigilo los edificios y constató que no había nadie. Al hornero lo encontró degollado, tumbado bocarriba junto al arroyo. Saltó una tapia de la parte trasera y accedió al patio central, donde almacenaban el barro y decantaban la arcilla. Allí encontró a sus tíos y a dos mozos, los cuatro sin vida.

Hadi lloró desconsolado. No comprendía lo que había pasado. Estuvo un buen rato desahogando su rabia, hasta que el sonido de unos cascos le hizo callar y mantenerse alerta. Por encima de la tapia vio que tres caballeros bereberes se acercaban por el camino de Arjonilla.

–Han pasado por aquí –comentó uno de ellos–. A primera hora.

El joven se dejó ver.

–¿Qué ha pasado? –preguntó. Tenía los ojos hinchados por la llantera.

–Tienes suerte de estar vivo, Alá te protege –contestó el que parecía el cabecilla–. ¿No estabas aquí cuando vinieron?

–No. Estaba en la barrera. ¿Quiénes han venido?

–¿Quiénes van a ser, muchacho? –contestó otro–. Los cristianos han hecho otra algara. Ya van tres.

Hadi asintió, pero no tuvo fuerzas para hacer ningún comentario.

–¿Eran tu familia? –preguntó el líder.

–Tíos míos. Primos de mi padre. –Una intensa punzada en el costado le recordó la pena que tenía incrustada en el alma.

–¿Viven tus padres?

–Sí, cerca de Jaén.

–Pues realmente el Compasivo te protege. Ve con ellos.

El muchacho meditó su recomendación y se dio cuenta de que aquélla era, por el momento, su única alternativa. Tenía que regresar a Jaén. Volvería a ser una carga. Aturdido aún, decidió tomar el camino de Arjona y alejarse de allí.

–¿Qué ha pasado con los cristianos? –preguntó a los caballeros antes de ponerse en marcha.

–Nos enteramos tarde. Salimos tras ellos, pero no les dimos alcance. Esos infieles son temerarios. Tienen que ser los de Salvatierra, los de la cruz negra. Todavía no se han olvidado de lo de Alarcos. Ya no les importan las treguas. Mal asunto.

Hadi se guardó las palabras y se marchó. Soltó a la mula del carro y montó sobre ella. Cuando se alejó lo suficiente del alfar, volvió a llorar por las muertes de sus tíos. Los designios de Alá a veces le resultaban incomprensibles.

«No faltan alfareros en al-Ándalus, faltan guerreros», se dijo.

Llegó a las inmediaciones de Arjona antes del atardecer. La población estaba rodeada por campos de cereales y olivos, tierra de secano. Una sólida muralla protegía el caserío y una pareja de torres custodiaba la única puerta que tenía a la vista. Al borde del camino, cerca de la entrada, Hadi se encontró con tres hombres que parecían discutir.

–... Debería daros vergüenza. –Fue lo primero que escuchó–. ¿A esto os dedicáis cuando nadie os vigila, a robarme? –El que parecía el dueño de las tierras, iracundo, hacía aspavientos y agitaba una vara de mimbre para acompañar sus palabras–. ¡Soltad esos cestos y marchaos de mis tierras! ¡Y no volváis nunca!

Los peones soltaron los cestos repletos de brevas de las higueras del patrón y se marcharon a paso ligero. El propietario volvió al camino. Tenía una ligera cojera.

–¿Qué miras, muchacho? –Se acababa de dar cuenta de la presencia de Hadi.

–Nada –contestó–. Vengo de Arjonilla, ha sido atacada. Busco un sitio en el que pasar la noche.

–¿Han atacado Arjonilla?

–Sus tierras. Han destrozado el alfar de mis tíos.

–Malditos infieles. Todavía no han terminado las treguas y ya están atacando. –Miró al muchacho y luego los cestos de brevas–. Para dormir te puedo ofrecer un corral, si me ayudas a llevar esto. –Hadi asintió y le dio las gracias. El hombre observó detenidamente al muchacho, su rostro demacrado y sus ojos hinchados–. Un mal día, ¿no? –Hadi volvió a asentir–. Yo también tengo uno. Si quieres trabajo en el campo, hay dos puestos de peón que acaban de quedarse libres.

Una inmensa sensación de alivio invadió al jienense al instante.

–Gracias, señor. No lo defraudaré. Soy honrado, yo no robo.

–Bien, bien. Daré aviso a los otros peones para que te recojan al alba. Con lo que ganes, te podrás pagar una habitación. ¿Cómo te llamas?

–Hadi.

–Yo me llamo Abu l-Hassan Alí bin Asquilula, pero todos me conocen como Asquilula.

Arjona. 1209

–¡Al-Ahmar! –lo llamó Ishaq. «El Rojo»: con este apelativo se referían a Yusuf muchos de sus vecinos, por los tintes de alheña que solía usar en el pelo. El nombre había calado tanto en Arjona que incluso su primogénito, Muhammad, era conocido como Ibn al-Ahmar, el hijo del Rojo.

Ishaq se acercó al Nasr con su hijo Ahmed, un joven de unos veinte años, cabecilla de una de las pandillas del pueblo.

–¿Qué pasa, Ishaq?

Yusuf trabajaba en su pequeña huerta de regadío, junto al pozo que él mismo había excavado. Las hortalizas que obtenía de ella eran muy apreciadas en el zoco.

–¿Qué ha pasado en la haza de Piedras Negras? Me da la impresión de que ha crecido en los últimos tiempos.

Yusuf dejó el caldero en el suelo y miró con dureza a Ishaq.

–¿A qué te refieres?

–A que he estado por allí con mi hijo y creemos que has movido la linde.

–Los mojones están donde los dejaron nuestros padres. –Yusuf permanecía serio.

–¿Estás seguro? Yo diría que los han movido. Te lo advierto, estoy atento.

–Ishaq –con gesto disimulado, Yusuf agarró el mango de su azada–, ¿me acusas de embustero y me amenazas?

–Por el momento sólo te advierto –contestó aquél mientras daba un paso atrás–. Los Nasr ya no prestáis dinero para las siembras, ya no tenéis clientes. Eso debe escocer, pero yo no tengo la culpa. Deja mis tierras como están.

Yusuf al-Ahmar levantó la azada e hizo el gesto de arrancar a andar. Muhammad regresaba de los secanos acompañado por su hermano Ismail y su inseparable amigo Hasan y se percató de la situación.

–¡Padre! –gritó con voz grave para sus catorce años.

Yusuf se detuvo y, antes de que llegaran sus hijos, se dirigió a Ishaq.

–Con mis manos he matado a cristianos el doble de grandes que tú. Vete ahora si quieres salvar la vida y no vuelvas a dirigirme la palabra.

Ishaq se dio la vuelta y comenzó a caminar mascullando reproches. Su hijo Ahmed permaneció quieto un instante, hasta que vio llegar a la huerta a los hijos de Yusuf. Muhammad lo miró fijamente. Ahmed sonrió con aire de superioridad y se giró para seguir a su padre. Le sacaba seis años, pero Muhammad lo hubiera revolcado gustoso por el suelo.

–¿Por qué se han puesto así? –preguntó Hasan con sincera inocencia.

–Envidias –contestó Muhammad, que ya conocía aquellas rivalidades.

–Marchad a casa –dijo Yusuf sin perder la compostura–. Decidle a vuestra madre que llegaré un poco más tarde. Y cumplid con la oración, ya casi es la hora.

* * *

Entraron en la población por la puerta de Martos.

–Ismail, dile a madre que iré enseguida –solicitó de repente Muhammad.

–No, Muhammad, por favor. Déjalo –suplicó Ismail con el ceño fruncido, pero ya era tarde.

–Díselo –replicó su hermano al tiempo que tomaba un desvío y se alejaba.

Con paso ágil, Muhammad recorrió varias calles hasta dar con un callejón ciego. Se plantó delante de una de las casas.

–¡Ahmed! –gritó–. ¡Sal a la calle! –insistió. Algunas ventanas se abrieron y en la entrada del callejón se agolparon algunos transeúntes. «Es el hijo de al-Ahmar», comentaban. El muchacho temblaba de furia y apretaba los puños–. No te tengo miedo, aquí estoy. Sal y arreglamos esto tú y yo, sin padres.

Hubo un breve silencio. Ibn al-Ahmar ansiaba tener delante al muchacho para desahogar la rabia contenida. Sonaron pasos dentro de la vivienda y al fin la puerta se abrió.

–¿Estás loco? ¿Qué quieres de mi hijo? –Una mujerona asomó el rostro cubierto por un velo.

–Tenemos algo que arreglar. Sé que está ahí. –Detrás de una celosía del piso superior distinguió una silueta–. ¿Mandas a tu madre?, ¿así arreglas tus asuntos?

–¡Vete ya de aquí y deja de alborotar! –La mujer agitó el brazo.

Muhammad comprendió que Ahmed no iba a salir.

–¡Los Nasr no buscamos problemas, pero, si los problemas nos buscan, nos encuentran! –Alzó el puño, lo mantuvo en el aire un instante y luego se dio la vuelta. Salió del callejón y se encaminó hacia la alcazaba. A su paso se oyeron murmullos. Seguía temblando de ira. Realmente le habría encantado tener delante a Ahmed.

* * *

Anochecía cuando Yusuf atravesó la puerta de Martos con su azada al hombro. A pocos pasos de la entrada lo asaltó un reconocido faquí.

–Tu hijo mayor me preocupa, lleva mal camino. –El padre, extrañado, frunció el ceño. Conocía a su hijo y no había visto ningún indicio que apuntara en ese sentido–. Hace un rato ha estado gritando delante de la casa de Ishaq, amenazando a su hijo. –El anciano faquí negó con la cabeza–. No me gusta, Yusuf. Los musulmanes no deben pelearse entre sí. No lo llevaste a la escuela coránica y ahora mira...

–A lo mejor la pelea la han buscado otros. –Observó cómo cambiaba la expresión del anciano y rectificó enseguida para no ofenderlo–. Tranquilo, lo que ha hecho está mal de cualquiera de las maneras, lo sé. Hablaré con él y aprenderá a no seguir ese camino. Pide disculpas a la familia de mi parte. –Miró brevemente al cielo–. Se hace de noche y tengo que regresar a casa.

El anciano pareció quedarse satisfecho. Yusuf siguió su camino. Hablaría con su hijo. Muhammad tenía que aprender a controlar la ira. Sin embargo, no pudo evitar que una sonrisa se dibujara en su rostro. Lo asaltaron recuerdos de su propia juventud y comprendió lo que había ocurrido.

«Es un Nasr, tiene la sangre caliente como su padre», se dijo.

Arjona. Otoño de 1210

Asquilula entró en el establecimiento de baños acompañado por sus hijos. En el vestíbulo se encontró con Yusuf, que acababa de salir de la sala fría. Los hijos del Nasr seguían dentro y sus parientes Ibrahim y Abd-Allah se cambiaron con rapidez para acompañarlos. Era viernes y los baños estaban llenos de arjoneros que se lavaban antes de asistir a la oración comunitaria.

–Yusuf, ¿recuerdas aquella conversación que tuvimos en tu casa hace varios años sobre los castellanos? –El Nasr lo miró extrañado, sin comprender–. Sobre Alarcos, las treguas... –aclaró. Yusuf hizo memoria y al fin asintió–. Te dije que el tiempo me daría la razón, y ya lo ha hecho. –Al-Ahmar miró a su suegro expectante–. La algara del rey Alfonso –dijo con tono triunfal. Alfonso VIII de Castilla había dirigido una expedición de saqueo por tierras de Jaén. Aquello suponía algo más que una simple correría de frontera; constituía un desafío abierto–. El califa va a responder.

–¿Y cómo sabes lo que va a hacer el califa?

–Tengo ojos en África y oídos en el alcázar. –Asquilula rio–. Me han dicho que al-Nasir está llamando a la yihad en África. Pronto lo hará aquí también. Se prepara algo gordo, yerno, ya lo verás.

–Espero que Alá te dé la razón y que repitamos la gloria de Alarcos.

–Alá lo quiera. –Asquilula cerró los ojos brevemente.

Yusuf terminó de vestirse. Su suegro ya tenía la futa puesta.

–¿Cómo van ésos? –preguntó de pronto, señalando hacia el interior de los baños.

–Los cuatro son buenos. Progresan como deben. Puedes sentirte orgulloso de los tuyos, son disciplinados y se esmeran por aprender. –Esbozó una gran sonrisa–. Pronto tendremos a cuatro nuevos cegríes saqueando la frontera.

Arjona. Septiembre de 1211

El sol estaba en su punto álgido y la cuadrilla descansaba a la sombra de una higuera que separaba dos hazas de trigo. Los jornaleros tomaban el almuerzo y recuperaban fuerzas para continuar con su labor.

–Hadi, ya va siendo hora de que afines con el arado, hombre. A ver si echas más músculo, que no se trata de arañar la tierra.

El hombre, divertido, hizo un guiño a sus compañeros.

–Deja al muchacho, que lo está haciendo muy bien –intervino otro con tono cordial–. No hagas caso, Hadi. Es un bromista. Para ser novato, no lo haces mal.

El muchacho le dio las gracias con una sonrisa. Llevaba dos años en Arjona y se encontraba cómodo con aquella cuadrilla. Eran hombres amables y sencillos. El trabajo era duro, especialmente en aquella época del año, pero se sentía agradecido con su patrón.

Caminando sobre los terrones apareció el último peón, que había estado trabajando las tierras más alejadas.

–¿Sabéis lo que he escuchado? –Todos volvieron la cabeza hacia él–. Mi hijo ha venido a traerme agua y me ha dicho que

Salvatierra ya ha caído. Dice que una paloma ha traído el mensaje desde Andújar y que todo el mundo lo sabe ya en Arjona. –Hubo vítores y gritos de alegría.

Ante las constantes algaras de los cristianos, el califa al-Nasir había reaccionado y antes del verano había cruzado el estrecho con el mayor ejército jamás visto en al-Ándalus. Las treguas se habían dado por rotas y las tropas magrebíes, unidas a las de la península, atravesaron las sierras y pusieron sitio a Salvatierra, aquel incómodo punto en el mapa de al-Ándalus señalado con una cruz. La villa y algunas fortificaciones del alfoz del castillo no tardaron en caer, pero la guarnición había resistido durante casi dos meses a los ataques de las máquinas de asedio.

–Ya era hora. Son duros esos monjes de Salvatierra –comentó uno de los hombres.

Hadi terminó de comer en silencio y se levantó para orinar al otro lado del tronco de la higuera. La noticia había despertado en su memoria una extraña amalgama de dolor y furia. Deseó haber podido participar en la campaña para vengar la muerte de sus parientes. Regresó apesadumbrado.

–Les hemos dado una buena lección, ¿eh, muchacho? –dijo otro.

–¿Han muerto? –preguntó el jienense.

–No. Se han rendido.

–Cuando mueran les habremos dado la lección que necesitan –replicó sin más.

Tras un breve silencio, estallaron carcajadas.

–¡Menuda fiera teníamos aquí escondida! –gritó el mayor de los jornaleros.

Hadi se dejó contagiar por la risa.

Burgos. Septiembre de 1211

Berenguela paseaba junto al río Arlanzón acompañada por sus hijos, sus ayas y una escolta de cinco hombres de armas. Había amanecido un día soleado y la infanta se había encontrado de buen ánimo para salir de sus aposentos. Llamó a su lado a su hijo Fernando. El pequeño tenía diez años y Berenguela se esmeraba en su formación. Aunque no lo confesara, Fernando era su favorito, el que recibía más atenciones. Lo cogió de la mano.

–¿Recuerdas que te hablé de los valientes caballeros de Salvatierra?

Fernando asintió con los ojos encendidos.

–Sí, los defensores de la cristiandad. Rodeados de moros por todas partes y resistiendo en su castillo... –El niño alzó un puño para dar énfasis a sus palabras.

–Hoy ha llegado la noticia de su derrota. La fortaleza ha caído.

Fernando, conmovido, sintió que algo dentro de él se rompía.

–¿Y qué va a hacer el abuelo?

–Alfonso el Octavo, rey de Castilla –lo corrigió la madre con tono suave–, prepara una partida de castigo en la frontera, pero la cosa no quedará ahí. No podemos quedarnos quietos. Habrá una batalla, una gran batalla.

–¿Podré ir? –preguntó inocentemente el niño.

–No, Fernando. Eres aún pequeño. Ya tendrás tiempo de librar tus propias batallas. Eso espero, para gloria de nuestro señor Jesucristo. –Fernando ensombreció la mirada. La noticia de la caída de Salvatierra había enturbiado su conciencia–. Hijo mío, los cristianos debemos ser fuertes. A veces Dios nos pone pruebas, duras pruebas. –La voz se le quebró. La infanta llevaba varios días preocupada por las noticias que llegaban de Madrid sobre su hermano Fernando, el heredero al trono de Castilla. El joven padecía unas fiebres persistentes que lo estaban debilitando y que parecían arrebatarle la vida poco a poco–. Pero debemos tener fe y sobreponernos. La derrota de los caballeros no ha sido en vano, será la excusa para unir a todos los reinos cristianos de una vez por todas. Nuestro rey ya ha comprometido al rey de Aragón y está en conversaciones con Navarra, León y Portugal. –Fernando escuchaba con atención. Su madre sabía que era mucha información, pero quería que se fuera familiarizando con aquellos términos–. ¿Entiendes lo que te estoy diciendo?

–Sí, madre. Los cristianos debemos estar unidos contra los musulmanes.

–Muy bien. De eso se trata. El arzobispo de Toledo y el obispo de Segovia han ido a Roma para conseguir el apoyo del Papa. Si predica la cruzada, muchos guerreros acudirán en nuestra ayuda. –Hizo una breve pausa. Berenguela tenía la estrategia clara en su mente–. Puedes estar tranquilo, Fernando. Nuestros caballeros han sido vencidos, pero les devolveremos sus tierras muy pronto.

–Madre, ¿y si los moros siguen atacando?

La pregunta era inteligente, y Berenguela miró con satisfacción a su hijo.

–El verano está terminando y en el sur han comenzado las primeras lluvias. Tendrán que dejar la campaña hasta el año próximo. Tenemos tiempo. ¿Te das cuenta? Si nuestros caballeros de Salvatierra no hubieran resistido dos meses de asedio, los mahometanos habrían podido continuar hacia el norte. Incluso en la derrota han sido fuertes y valientes, no lo olvides. La resistencia de Salvatierra nos ha salvado.

Fernando se contentó con aquella explicación que daba tintes de victoria al fracaso.

–¿El rey de León participará en la batalla?

–Ya veremos. Ya sabes que León y Castilla no son ahora amigos –dijo, y suspiró; tras su separación del rey de León, las viejas rencillas habían aflorado de nuevo.

–¿Lo veré pronto?

–Eso espero. –Berenguela suspiró de nuevo. Alfonso IX de León había visitado a su hijo en varias ocasiones, pero llevaba casi dos años sin verlo. Sabía que Teresa de Portugal, la primera esposa del rey, se había establecido en la corte con sus hijos Fernando, Sancha y Dulce. Aquel matrimonio también había sido anulado por razones de parentesco. La presencia de Teresa y sus hijos en León representaba una amenaza para las aspiraciones al trono del hijo de Berenguela–. Ya va siendo hora de volver, ¿no te parece? –Recordar a su esposo la había puesto triste–. Regresa junto a tu aya. Vamos...

La infanta se quedó sola con sus pensamientos. Con la caída de Salvatierra, Alfonso VIII se había percatado de que la mejor estrategia contra los almohades era buscar una batalla campal. Ya había dado la orden de cesar la construcción de murallas y baluartes, y destinar todos los fondos a la producción de armas y la acumulación de víveres. Tendría que acuñar moneda nueva y reunir caballos para sus propias mesnadas. El rey también tenía por delante una intensa labor diplomática para conseguir apoyos a su causa. Berenguela sabía que el Papa proclamaría la cruzada. Había mucho en juego. Hacía ya un cuarto de siglo que los cristianos habían perdido Jerusalén a manos de Saladino. Pocos años después, en el otro extremo del Mediterráneo, sobrevino el desastre de Alarcos y los musulmanes establecieron su frontera más al norte, en el río Tajo. Por si fuera poco, en el mismo corazón de los reinos cristianos la herejía cátara había cobrado tanta fuerza que el Papa se había visto obligado a proclamar una cruzada contra sus seguidores. La cristiandad se veía amenazada por varios frentes y aquella gran batalla que promovía Alfonso VIII iba a ser la ocasión perfecta para dar una lección al islam y a los herejes. El papa Inocencio III sabría verlo.

La comitiva de Berenguela se dio la vuelta a la altura de los primeros prados de las Huelgas. En la distancia se distinguía la torre del soberbio monasterio que los reyes habían decidido construir en aquel paraje. Regresaron sobre sus pasos hasta el interior del recinto amurallado de Burgos. La infanta continuaba absorta en sus cálculos. Pensó en reunirse con su padre para plantearle algunas cuestiones que debía atender con urgencia para que su misión tuviera éxito. En la intimidad, Alfonso VIII escuchaba a su hija y prestaba atención a su consejo. «Deberías haber nacido hombre, Berenguela», le había dicho en más de una ocasión. «¡Qué gran rey se pierde Castilla!», solía rematar Alfonso.

Cortijo del Agua Dulce (al sur de Castilla).
Otoño de 1211

María observaba fijamente la burda tela de lino que ocultaba el cuerpo de su tía. Adivinaba sus formas bajo ella, sus miembros delgados, consumidos por la enfermedad que en apenas tres meses se la había llevado al Paraíso.

El fraile había terminado el responso y se mantenía de pie junto a la sencilla caja de pino. El viudo colocó la tapa sobre la caja y, uno a uno, amartilló los clavos. Cada golpe resonaba dentro de la cabeza de María, que, aturdida, permanecía en silencio. El destino estaba siendo cruel con ella. Primero la orfandad y varios años después la pérdida de su tía, la mujer amable que la había tratado como a una hija.

Valiéndose de dos gruesas sogas, cuatro hombres hicieron descender la caja dentro del hoyo excavado en el camposanto. El viudo echó la primera palada de tierra y enseguida se le unieron los demás. Las mujeres comenzaron a rezar en voz alta y María, sin fuerzas para mantener el control de sí misma, cayó al suelo arrasada en lágrimas. Nadie pudo consolarla hasta pasado un buen rato. El hoyo ya estaba completamente relleno. Colocaron una cruz de madera sobre él y el fraile se disculpó y se retiró para continuar con sus labores mendicantes.

Poco después, tío y sobrina se quedaron a solas.

–Vamos, María. Nos queda una buena caminata hasta el cortijo.

Se alejaron del monasterio a buen paso.

–La vida es muy injusta, tío. He perdido a una segunda madre.

–Sólo tienes quince años. Reza para que Dios no te mande todo lo que puedes soportar –respondió–. Yo he perdido a una esposa y a una buena trabajadora.

–Te ayudaré en todo lo que pueda.

El hombre la miró de arriba abajo y asintió.

–Lo necesitaré. Ya eres una mujer. Serás una buena sustituta para tu tía.

María volvió a llorar, esta vez de forma mansa, y así pasó el resto del camino de retorno al cortijo del Agua Dulce.

Arjona. Otoño de 1211

Comenzaba a atardecer. Se asearon en la tinaja que el dueño de la almacería había dispuesto al pie de la escalera y luego subieron a su estancia. Estaban agotados por la dura jornada en el campo. La mujer del propietario salió a recibirlos y entregó a Hadi un recipiente de barro que contenía un guiso de verduras.

La voz del muecín invadió las calles y los dos jornaleros cumplieron con el ritual de la oración. Sólo después se dispusieron para comer, sentados sobre sus jergones de paja.

–Parece que se prepara algo gordo –comentó distraído el bracero de Arjona.

–¿Te refieres a la batalla? –preguntó Hadi.

–Sí. Dicen que el castellano ha puesto a todos los herreros a trabajar a destajo.

–¿Y los nuestros?

–El califa ya tiene su ejército, pero sigue reclutando voluntarios. Eso dicen. Para primavera veremos movimiento. –Tomó un poco de guiso.

Hadi dejó a un lado su escudilla y meditó en silencio.

–¿Qué te pasa?

–Nada –contestó el jienense–. Es sólo que me gustaría ir con ese ejército.

–Pues habla con Asquilula –le sugirió su compañero.

–¿El patrón? –Frunció el ceño Hadi, extrañado.

–Se nota que no eres de por aquí. Asquilula fue naqîb en Alarcos. ¿De dónde crees que le viene esa cojera? Siempre ha estado en las milicias.

La mirada de Hadi se encendió. Tal vez aquélla era la manera de ver cumplido su sueño. Tenía veinte años, edad suficiente para luchar, y el islam necesitaba hombres jóvenes como él. Continuaron charlando sobre otros temas, esperando que cayera la noche y el sueño les venciera. Hadi estaba más animado. Tenía un plan, y en pocas horas podría ejecutarlo.

* * *

Aún era de noche cuando Hadi salió de la almacería. Las calles estaban desiertas y el frío previo al amanecer le hizo arrebujarse en la pelliza. Atravesó la puerta principal de la alcazaba y se dirigió hacia la mezquita aljama.

Fue directo a la pila de abluciones para purificarse. Algunos hombres salieron de las casas que rodeaban a la mezquita y se acercaron al edificio. La luz comenzó a clarear el horizonte, inundando de dorado los campos de olivos y cereales. Decenas de pájaros cantaban y algún gallo se destacaba sobre sus trinos. La voz melosa del muecín saludó al día y despertó a los más rezagados. Asquilula no tardó en salir de su caserón, acompañado por sus hijos varones. Hadi lo recibió a la entrada del patio de abluciones.

–Buen día, muchacho. ¿Qué haces aquí? –preguntó el patrón.

–La paz sea con vosotros. Querría hablar contigo. –Asquilula indicó a sus hijos que entraran–. Sé que se prepara una batalla y me gustaría participar. Si no te parece mal, deseo alistarme en las milicias del califa.

El hombre cogió al muchacho de un brazo y caminó lentamente con él.

–Hadi, eres voluntarioso, un buen trabajador. Te di una oportunidad y la supiste aprovechar. –Lo miró fijamente a los ojos y escrutó su mirada. En ella pudo leer el ansia de aventura que ya había visto antes en cientos de miradas–. Es cierto, se prepara una gran batalla, una lucha que decidirá el futuro de al-Ándalus. Me enorgullece que quieras pelear, aunque echaré en falta tus brazos en la cuadrilla. Si quieres mi bendición, la tienes. El islam necesita hombres como tú, dispuestos a hacer la yihad.

–Gracias, señor.

–Hablaré con el gobernador. Tendrás que empezar a entrenarte con la guarnición. No queda mucho tiempo. –El muchacho asintió. Asquilula miró a los fieles que corrían hacia el interior de la mezquita–. Vamos, la oración va a comenzar.

Con gestos mecánicos, Asquilula cumplió con la purificación del agua y se apresuró a entrar en la aljama. Hadi lo siguió, pero se quedó apartado. Se colocó sobre una estera de esparto y, en el silencio previo al rito, en voz queda, entonó una súplica.

–Creador, que todo lo ves y todo lo puedes, haz que salga victorioso, que tu ejército derrote al infiel y lo humille, y que yo pueda verlo.

* * *

–¡Los niños! ¡Yusuf, diles que dejen la ropa!

Desde el patio, Muhammad e Ismail escuchaban las voces de su madre, acosada por los delirios de la fiebre. También escuchaban el llanto del pequeño Yusuf, que padecía el mismo mal. Faray había conseguido dormirse en la alcoba de sus hermanos.

–¿Llamamos al abuelo? –preguntó Ismail con expresión preocupada.

–Vamos a esperar al amanecer. Ayer mejoraron a esa hora.

Aquélla era la segunda noche de enfermedad. El padre de los Nasr permanecía junto a su esposa y su hijo. Un tabib los había visitado aquella mañana y les había dado unas sencillas indicaciones para bajar la fiebre. Poco más se podía hacer.

–¿Se pondrán bien? –Ismail miraba suplicante a su hermano, pidiendo un poco de esperanza.

–Seguro que sí. Mañana estarán mejor.

Muhammad forzó una sonrisa e Ismail se tapó los oídos, atormentado por las voces. Pasados unos minutos los gritos de Fátima cesaron y se escuchó la voz desesperada de su esposo, que la llamaba. El llanto del pequeño Yusuf arreció. El padre salió a la puerta de la alcoba.

–¡Muhammad! ¡Ven enseguida! –En su voz había un tono de ansiedad mal disimulado.

Ibn al-Ahmar miró a Ismail con los ojos húmedos y se levantó para acudir a la llamada. Temblaba. Ismail comenzó a llorar, temiéndose lo peor.

Arjona. Invierno de 1212

Abd-Allah le pasó la lanza a su hermano, que se la puso bajo la axila derecha y apuntó con ella al frente. Con el otro brazo sujetaba un escudo redondo de madera.

–¡Más pegado al cuerpo, Ibrahim! Tiene que resistir las embestidas –gritó Asquilula–. Bien, ésa es la postura. ¡No bajes la guardia! –Avanzó hasta el poste de entrenamiento y colgó un aro de metal de uno de los maderos–. ¡Ahora!

Ibrahim inició la marcha y puso el caballo a trote medio. Era el más alto y corpulento de los cuatro muchachos. Se acercó al poste, ensartó el aro y regresó exultante junto a sus compañeros.

–Vamos, Ismail. Es tu turno –dijo Asquilula entonces.

Ibrahim le cedió el caballo a su sobrino. El Nasr era cinco años menor que él, pero a sus catorce años ya manejaba las armas con destreza.

Asquilula volvió a colocar el aro y se apartó. Muhammad bin al-Ahmar aprovechó el momento para acercarse a él.

–¿Podré ir a la batalla? –soltó de improviso.

La pregunta no pilló por sorpresa a su abuelo, que contempló los ojos tristes de su nieto y sintió una profunda compasión. Las muertes de Fátima y el pequeño Yusuf todavía eran muy recientes y pesaban sobre toda la familia. Asquilula había perdido a una hija y a un nieto, pero comprendía que las pérdidas eran más dolorosas para Muhammad e Ismail. Los jóvenes habían volcado su ansiedad en los entrenamientos.

–Esperaba que lo preguntaras. Eres muy joven para ir a una batalla de ese tipo.

–Puedo manejar un arma –insistió Muhammad.

Asquilula suspiró. Ismail aguardaba la señal para iniciar la marcha.

–Habrá más batallas, y debes llegar vivo a ellas. Todo tiene un proceso. Te estoy preparando, pero todavía no es el momento. –Sin dejar que replicara, dio la señal a Ismail, que se lanzó hacia el poste–. Ahora deja que los africanos libren las batallas. Es lo único que les podemos agradecer.

Ismail llegó al centro de la era a trote largo y cogió el aro. Sin frenar la montura, regresó al punto de partida.

–Muy bien, Ismail. Lleva el caballo al establo. Ya está bien por hoy.

El joven se dirigió a la munia que su abuelo tenía cerca de la era, donde vivía la familia del capataz de los Asquilula. Los demás comenzaron el camino de retorno a Arjona. Abd-Allah e Ibrahim comentaban sus éxitos del día. Muhammad bin al-Ahmar, sin embargo, subía las cuestas en silencio, con una mueca de fastidio en el rostro.

–Tienes grandes cualidades como guerrero, Ibn al-Ahmar. –En muy escasas ocasiones Asquilula alababa el trabajo de sus alumnos–. Eres disciplinado y obediente, y diestro con las armas y el caballo. No quiero que desperdicies la vida sirviendo de carnaza en una batalla. Deja ese destino para otros. Vosotros estáis destinados a hacer grandes cosas juntos.

El muchacho parecía no estar conforme, pero no se atrevió a responder. Tendría que seguir esperando para poder cumplir con su deber como musulmán.

* * *

Caía la tarde. Muchos campesinos regresaban a Arjona con sus aperos al hombro. Antes de llegar a la alcazaba, Muhammad se separó del grupo y se encaminó hacia el oratorio de la Salvación. Le gustaba acudir a él para rezar y ordenar sus pensamientos. En la puerta se encontró con Umar el Jilguero, un santón que había recibido su apodo por su reconocido ascetismo.

–La paz sea contigo –saludó el muchacho. Se conocían bien. Muhammad en ocasiones lo buscaba para encontrar el sosiego de sus palabras.

–La paz sea con nosotros –respondió el hombre con una sonrisa.

Entraron juntos en el minúsculo espacio de oración y se sentaron sobre dos esteras. Una única lámpara iluminaba tenuemente el espacio.

–¿Cómo está tu padre?

–Sigue preocupado por los campos. Trabajamos duro, pero las ganancias apenas dan para los gastos de la familia.

Umar observó los sencillos ropajes del muchacho.

–Menos riquezas, menos tentaciones. –Ambos rieron–. Y la falta de tu madre, ¿cómo la lleváis?

Tras las muertes de Fátima y el menor de los hijos, la familia se había sumido en una profunda pena que estuvo a punto de hundir al patriarca en una depresión.

–Mejor. –La mirada de Muhammad se ensombreció. Umar comprendió.

–¿Y los entrenamientos?

–Me esfuerzo a diario. –Recuperó el brillo en los ojos–. Mi abuelo nos deja sus caballos y sus armas, es bueno con nosotros.

–Hace bien. Es una obra piadosa. La religión verdadera debe imponerse a los infieles. También a los herejes. –Ambos sabían que se refería a los almohades. Los africanos no miraban con buenos ojos al sufismo. El santón era tolerado sólo porque no atacaba públicamente a los almohades.

–Quiera el Compasivo que pronto pueda luchar. Mi abuelo aún no me deja.

–Pronto podrás. Haz caso a Asquilula y ten paciencia.

Ibn al-Ahmar permaneció callado unos instantes, pensando en la mejor manera de plantear su cuestión.

–Umar, hay algo de lo que quiero hablarte. –El sabio cerró los ojos y prestó atención–. Apenas he ido a la escuela. Leo con dificultad y no he memorizado el Libro. Hace tiempo que pienso en eso…

El Jilguero hizo tres respiraciones profundas antes de hablar.

–Muchacho, hay muchas maneras de servir a Alá. ¿Conoces los preceptos de nuestra religión? –Muhammad asintió con efusividad–. Entonces ya sabes lo suficiente. Para comunicarte con Alá no necesitas más, Él está en todo, y en todos. Mira hacia dentro y lo encontrarás. Sé modesto, viste sin ostentación, come con moderación, trabaja duro y, cuando llegue el momento, defiende la tierra de tus abuelos.

–Así lo haré, no hay cosa que desee más.

Umar dibujó la sonrisa pura y sin matices que lo caracterizaba.

–Eres un buen musulmán –concluyó para despejar las dudas de Ibn al-Ahmar.

El sabio se levantó y salió del oratorio para dejar solo al joven. Muhammad cerró los ojos y meditó. Los recuerdos de su hermano pequeño y de su madre acosaron su mente y luchó por sobreponerse al dolor. «Deja fluir las penas como si fueran hojas secas que flotan en un arroyo», le había dicho Umar cuando Fátima y Yusuf murieron. Pero en ocasiones, cuando la pena aparecía en su alma lastrada, ninguna corriente era capaz de arrastrarla.

Mesa del rey. Julio de 1212

Al amanecer, tras la primera oración del día, la orden del califa al-Nasir corrió de boca en boca hasta que el ejército al completo estuvo enterado. Disciplinados, los guerreros formaron en perfecto orden de batalla frente al ejército cristiano. Las banderas permanecían quietas, a la espera de algún movimiento en el bando contrario.

–¿Presentarán batalla? –preguntó Hadi a su compañero de fila, un almeriense con más de cuarenta años que se había unido al ejército del califa con la esperanza de obtener un jugoso botín.

–Lo comprobaremos enseguida. Ya salen los agzaz.

El cuerpo de arqueros turcos espoleó a sus monturas para hostigar a los cristianos, arrojando con extrema habilidad sucesivas cargas de flechas. Sus arcos compuestos les permitían atacar desde posiciones seguras, fuera del alcance de las flechas cristianas.

–No se mueven –comentó Hadi mientras se secaba el sudor de la frente. El sol había comenzado a castigar y la tropa resistía con estoicismo bajo el peso de sus equipos mientras los agzaz intentaban provocar al enemigo–. Tienen miedo.

–No es tan sencillo, muchacho –dijo el almeriense sin apartar la vista del escenario de las escaramuzas–. Yo estuve en Alarcos cuando vencimos al rey de Castilla. Allí fueron ellos los que formaron antes de tiempo y el califa rechazó el combate. Los hombres necesitaban descansar de la caminata, así que dejamos que los cristianos se asaran al sol y se cansaran. –Miró a Hadi, que de nuevo tenía la frente sudorosa–. Exactamente igual que nosotros ahora.

Y nadie se movió. Pasado un rato, llegó la orden de romper las filas y regresar al campamento.

Hadi compartía tienda con el almeriense y otros tres andalusíes. Los voluntarios estaban mal equipados y sólo portaban las sencillas armas con las que los almohades los habían dotado. El de Jaén tenía una lanza y una maza rígida con cabeza de púas. Los veteranos africanos paseaban con orgullo sus lorigas y corazas.

–Ésos se creen mejores que nosotros –le dijo el almeriense a Hadi en voz queda–. Quiera Alá que vean mis ojos cómo nos levantamos y echamos a esos africanos de nuestra tierra. –Hadi sonrió, pero no contestó. Le costaba imaginar qué sería de al-Ándalus sin las tropas africanas que cruzaban el estrecho para defender la frontera–. ¿Has oído lo de Calatrava?

–Sí, la hemos perdido –comentó Hadi. La noticia de la caída de Malagón y Calatrava había corrido por el campamento en los últimos días.

–Me refiero a la muerte de Ibn Qadis.

Hadi lo miró soprendido. Ibn Qadis era el defensor de Calatrava, un caudillo andalusí curtido en los enfrentamientos de frontera que gozaba de gran prestigio.

–El califa ha intentado acallar la noticia, pero los rumores han volado. –El almeriense negó con la cabeza. Bajó aún más la voz y, aunque estaba prohibido hablar del tema, continuó con su narración–. Ibn Qadis resistió el asedio con valentía, como es propio en él…, como era propio en él, el Altísimo lo tenga en su Paraíso. Escribió al visir, el califa al-Nasir, para pedir ayuda, pero el visir no dejó que las cartas llegaran. No tuvo más remedio que rendir Calatrava. Vino al campamento y el visir envenenó la razón de al-Nasir para ponerlo en su contra. El califa mandó matarlo por haberse rendido, y sus hombres lo atravesaron con una lanza.

–Pero, si matan a los mejores, ¿qué va a pasar con al-Ándalus? –Hadi estaba consternado.

–Eso mismo pienso yo. El visir es un envidioso. Odiaba a Ibn Qadis por sus éxitos. –Puso la mano sobre el hombro del muchacho–. Amigo, el africano está perdiendo mi lealtad y la de muchos andalusíes.

Hadi quedó pensativo. Las intrigas y las divisiones entre los musulmanes perjudicaban al objetivo común. Pasó el resto del día afectado por la noticia.

Los hombres hicieron corrillos en los huecos libres que dejaban las tiendas. Varios mercaderes recorrían el inmenso campamento anunciando sus productos. Las últimas carretas de aprovisionamiento llegaron escoltadas por una escuadra de guerreros. Se establecieron guardias y el día pasó en calma. Tras la comida de la tarde, se encendieron fuegos y los hombres se reunieron en torno a ellos.

–No tienen nada que hacer y lo saben –afirmó un joven de Granada–. Los doblamos en número.

–El Compasivo te dé la razón –repuso el almeriense mientras perdía la mirada en la fogata–. No todo es número en una batalla. También está la moral, el equipo, la lealtad... No conviene despreciarlos.

–Los barreremos –intervino un tercero, un voluntario bereber que miró desafiante al almeriense.

–Sí, los barreremos, como hicimos en Alarcos –sentenció el de Almería, que no tenía ganas de iniciar una discusión sobre estrategia.

Rememoraron la caída de Salvatierra y otras hazañas militares recientes. Antes de la medianoche, se acercó a ellos un pregonero con la orden de apagar el fuego y disolver los corros. Hadi se quedó rezagado. La noche estaba clara y se divisaban los fuegos del campamento cristiano. Un escalofrío recorrió su cuerpo y su corazón se aceleró. En aquel paraje, tarde o temprano, las dos masas chocarían en un estruendo de aceros y saetas que dirimiría el futuro de varios reinos.

«Dame fuerza y destreza para servirte», rogó a Alá antes de entrar en la tienda. Dentro, sus compañeros se daban codazos para hacerse un hueco. Uno de ellos estaba de rodillas y rezaba con devoción por su vida.

* * *

Al despuntar el alba del nuevo día, la guardia del campamento observó cómo en la distancia los cristianos se movían en formación de batalla. Hasta ellos llegaba el estruendo sordo de miles de pies y cascos que pisaban la tierra.

Al-Nasir fue informado e inmediatamente dio la orden de formar a sus tropas, mientras él permanecía en el interior del palenque en el que habían instalado su tienda roja. Se sentía seguro y optimista allá arriba, rodeado por su guardia negra y por varios cuerpos de arqueros, honderos y piqueros dispuestos a dar la vida por él. Pidió que colocaran un escudo en la posición más elevada del palenque y se sentó sobre él mientras sus hombres se agrupaban en la ladera del cerro. También pidió su copia del Corán y, a intervalos, rezó con fervor por la culminación de su sueño: lograr una victoria que ensombreciera la que había obtenido su padre en Alarcos.

Los tambores comenzaron a redoblar y los soldados ejecutaron las órdenes hasta quedar perfectamente formados. Hadi permanecía en la vanguardia junto a los demás voluntarios, hombres valerosos pero con escasa experiencia y débiles defensas. Con ellos había arqueros y algunas cuadrillas de caballería. Los flancos quedaban cubiertos por alas de caballería ligera. El cuerpo central estaba formado por los caballeros mejor equipados y la infantería veterana. El visir tenía en su poder la bandera del califa.

–Muchacho, valor y coraje. Gloria a Alá –susurró el almeriense al oído de Hadi–. Pero no seas estúpido y no mueras por ellos. –Señaló hacia atrás con el pulgar.

Los cristianos se habían detenido al pie del cerro.

–Tranquilo, amigo. Gracias por el consejo.

Hadi apoyó el asta de su lanza en el suelo y se agarró a ella con fuerza. Los miles de voluntarios se apretaban en formación cerrada para aprovechar el espacio. El joven sintió cómo su estómago se encogía y los nervios le hacían sudar. La vanguardia cristiana comenzó a ascender desde la base del cerro, apoyada por las milicias de los concejos. El suelo tembló y los gritos de ánimo de los cristianos precedieron al galope furioso de sus caballos. Los peones quedaron atrás y la caballería pesada castellana cargó cuesta arriba contra la primera línea de voluntarios.

Hadi afianzó la lanza bajo su brazo y la dirigió al frente.

–*Allahu Akbar!* –gritaron los musulmanes antes de recibir el primer impacto.

La caballería los alcanzó como los rayos de una tormenta. Hadi vio cómo delante de él caían decenas de compañeros. El jienense fijó un objetivo y lo apuntó con su lanza. El caballero elegido se abría paso a espadazos, una vez perdida la lanza en el pecho de un bereber. De la parte superior del cerro llegaba el sonido de los tambores almohades, pero los caballos continuaban avanzando sin miedo.

–¡Dame fuerza! –gritó el muchacho, y mantuvo firme su arma. A su alrededor se había desatado el caos de la contienda.

El cristiano, distraído por un voluntario que pretendía derribarlo, no se percató de la lanza que avanzaba hacia él. La punta chocó contra su loriga. No consiguió atravesarla, pero un agudo grito de dolor dio a entender que el ataque le había hecho daño. Perdió el equilibrio y cayó de la montura con un estribo enganchado en el pie. Quedó aturdido y Hadi lo aprovechó para asestarle un brutal golpe con la maza. Las púas del arma se hundieron en su cráneo, la sangre regó la blanca túnica de paño del andalusí y una intensa sensación de euforia lo invadió desde la boca del estómago.

–¡Muerte! –gritó, poseído por el espíritu de la guerra.

Tres caballeros más pasaron junto a él en una carrera frenética por ganar terreno. Más voluntarios caían sin parar y el suelo quedó rápidamente sembrado de cuerpos que entorpecían los movimientos. Miles de voces y chasquidos de armas lo confundían. Otro caballero avanzó hacia él al trote, con la lanza dispuesta para ensartarlo. Hadi se echó a un lado, tropezó con un muerto y cayó al suelo de bruces. El cristiano no se detuvo. El objetivo era ascender a toda costa y romper las líneas enemigas de la vanguardia. Desde su posición, Hadi pudo ver cómo los últimos caballeros de los señores de Castilla subían por el centro partiendo en dos a los voluntarios, que ya retrocedían hacia las líneas superiores. La carga había sido un éxito.

El jienense miró hacia abajo. Cientos de hombres corrían hacia la batalla para asistir a los caballeros. Eran milicianos de los concejos. Decidió subir y unirse al grueso de la tropa almohade. Entre los caídos distinguió la túnica blanca y azul a rayas del almeriense, manchada de tierra y sangre. Cerca de él encontró una espada abandonada y varias rodelas de madera forradas de cuero. Cambió la maza por la espada y cogió uno de los escudos. La empuñadura del arma le pareció pequeña y la hoja tenía varias mellas, pero estaba bien equilibrada y era ligera. Echó a correr, al tiempo que los caballeros trataban de abrirse paso por el centro del grueso almohade, que resistía su empuje por primera vez. Las fuerzas se equilibraron. Varios grupos de voluntarios andalusíes se retiraban de la batalla y huían corriendo por los flancos.

Hadi llegó al frente por la zona menos castigada. Se acercó a un caballero castellano por la espalda y atacó su pierna con un fuerte espadazo. El lorigón lo protegió del golpe, pero el cristiano gritó y desvió su atención hacia él. Un lancero musulmán aprovechó la ocasión para derribarlo y el jienense se escabulló para recuperar el resuello. Las flechas volaban sobre su cabeza buscando a los caballeros más rezagados. Por todas partes los hombres combatían. De nuevo la sensación de euforia invadió a Hadi, que se puso en guardia y se lanzó a la primera línea con la rodela por delante. La lanza de un miliciano castellano chocó contra su escudo y salió despedida hacia un lado. Entonces la espada de Hadi voló hacia el cuello desprotegido de su oponente. De nuevo sangre, un rostro encogido por el dolor y estertores de muerte.

Los musulmanes recuperaban terreno y avanzaban cuesta abajo empujando a la caballería castellana. El combate se alargó en un constante vaivén de las líneas que parecía beneficiar a los almohades. La zona de choque se cubrió de muertos y los hombres peleaban intentando mantener el equilibrio entre los cuerpos de los caídos.

El sol estaba en su punto más alto cuando el rey de Castilla dio la orden de avanzar a la segunda línea, formada por los caballeros templarios, hospitalarios, santiaguistas y calatravos, apoyados todos por nuevas milicias de los concejos. Los caballeros de las órdenes religiosas irrumpieron con fuerza y consiguieron abrir brecha y hacer retroceder a los musulmanes de la primera fila, pero enseguida la infantería pesada almohade recuperó la formación. Hubo movimiento en ambos bandos y los guerreros más cansados dejaron paso a las tropas de refresco.

Hadi estaba exhausto. Subió a paso lento las cuestas del cerro para ponerse a salvo y poder descansar. El calor era sofocante. Los hombres sudaban bajo el sol inclemente del mediodía. La mayoría de los voluntarios habían muerto o huido. Miró sus ropas empapadas de sangre y se sintió bendecido por Alá.

La lucha era cruenta. Ambos bandos provocaban y recibían muertes en la cuesta teñida de rojo. De repente, las banderas se movieron en la cima del cerro y en los flancos la caballería árabe comenzó a moverse hacia abajo, alargándose para envolver a los cristianos. Los caballeros acompañaban su movimiento con oleadas de proyectiles que, precisos, derribaban a decenas de enemigos. Comenzaba la tarde y los cristianos flaqueaban. La estrategia de Alarcos se repetía y parecía volver a dar resultado. Hadi contemplaba la batalla desde su posición elevada. Se avecinaba el final.

Abajo, al pie de la ladera, tres grupos de cristianos comenzaron a ascender con rapidez. Cogieron a los flancos musulmanes desprevenidos, antes de que el movimiento envolvente pudiera ejecutarse por completo, y se enzarzaron con ellos en una feroz lucha por ganar la cima. Al frente de los tres batallones estaban los reyes de Castilla, Aragón y Navarra, que se habían decidido a intervenir con sus retaguardias, hombres frescos, animados y exaltados por el ímpetu de sus soberanos. Hadi se puso en pie y pudo apreciar cómo aplastaban a la caballería ligera almohade y continuaban con fuerza hacia el grueso de las tropas califales. Las líneas comenzaron a ceder inmediatamente. Para su sorpresa, Hadi vio cómo los adalides andalusíes se retiraban del combate y huían, seguidos por sus cuadrillas de caballeros y hombres a pie.

–No es el momento –pronunció el joven en voz alta. Se acordó de la historia de Ibn Qadis, el glorioso defensor de Calatrava alanceado por los hombres de al-Nasir, y pensó que aquélla era la peor venganza que el pueblo andalusí podía infligir al califa por la muerte de su héroe. Si se perdía la batalla, ellos también estarían perdidos. Sus músculos estaban doloridos y terribles calambres sacudían sus brazos extenuados, pero se sobrepuso, agarró el escudo y la espada, y se lanzó de nuevo a la lucha–. ¡A por ellos! –gritó para animar a los que, como él, descansaban en la retaguardia.

A su izquierda distinguió a un nutrido grupo de caballeros cristianos que alcanzaba la parte más alta del cerro por un hueco abierto en las tropas almohades. Eran los navarros de Sancho VII que, acompañados por aragoneses y castellanos, aprovechaban el desconcierto. Lo que quedaba de la caballería ligera musulmana luchaba en el frente. Comenzaban a flaquear y, con la carga de los tres reyes, se les hizo imposible maniobrar en los flancos.

Antes de llegar a la primera línea, Hadi vio que cientos de hombres se precipitaban cuesta arriba perseguidos por las tropas cristianas. La desbandada era general. El joven sintió una punzada en el pecho. La batalla estaba perdida y no era momento para heroicidades. Con presteza, resolvió huir por el flanco derecho. Algunas unidades de caballeros se dedicaron a perseguir a los derrotados para evitar que se reagruparan. No hicieron presos, su misión era matar al mayor número posible de infieles y apoyar a las avanzadillas que habían llegado al palenque de al-Nasir.

El jienense estaba agotado, pero sabía que su vida dependía de la rapidez con que se alejara de aquella maldita cuesta.

–¿Por qué hemos perdido? –se preguntaba.

Detrás de él escuchó cascos de caballos. Estaba perdido. Detuvo la marcha y se giró para encararse a sus perseguidores. Pero se trataba sólo de dos animales sin jinete que huían de la batalla. Frenaron hasta detenerse a su lado. Hadi se hincó de rodillas.

–Gracias –pronunció mirando al cielo.

Uno de los caballos estaba protegido por una malla, cubierta por una gualdrapa en la que se destacaba una gran cruz rematada en los extremos por flores de lis. De la silla colgaban una espada y un escudo de cometa. Cogió ambas piezas y optó por tomar el otro caballo, que era la montura ligera de un bereber, ricamente enjaezada. Hasta allí llegaban los alaridos de los que huían, que estaban cayendo a cientos. Montó y se alejó al galope, hacia el sur.

Sólo cuando se encontró más seguro calmó el paso de la montura. Había conseguido ponerse a salvo aquel día nefasto para el islam, que había perdido una batalla que sería recordada durante muchas generaciones. Caía la tarde y Hadi comenzaba a reponerse. Se percató entonces de los cortes, moratones y pequeñas heridas que salpicaban su cuerpo. Había tenido suerte, Alá lo había protegido. Se había librado de las ansias de venganza de los cristianos, pero no sospechaba que lo peor estaba aún por llegar. En los alrededores de aquel cerro se estaba llevando a cabo una matanza que se prolongaría hasta bien entrada la noche.

Arjona. Julio de 1212

Asquilula paseaba distraídamente por la era con la espada en la mano. Sus cuatro alumnos lo miraban con atención. Llegó hasta un pedazo de leña y se detuvo ante él. Agarró la empuñadura del arma con las dos manos y clavó la punta con fuerza en la madera.

La equilibró para que no volcara, y luego la soltó. Entonces pisó el leño y empujó el pomo, de manera que hizo oscilar la hoja.

–Dureza y flexibilidad –dijo al fin rompiendo el silencio–. Un buen guerrero debe conocer su arma, su vida depende de ello. Una espada dura, como ésta, corta poco, pero es buena para atacar a hombres con armadura. –Con la punta de su espada, Ibrahim hizo sonar el remache metálico del escudo que portaba su sobrino Ismail–. ¡Quietos! –Al instante volvió la calma–. Recomiendo espadas duras, los enemigos suelen llevar algún tipo de defensa. –Hizo una breve pausa–. Sin embargo, deben tener un buen punto de flexibilidad. Si son demasiado rígidas, se parten fácilmente. Si son demasiado flexibles, se mellan demasiado pronto. –Echó una rodilla al suelo e instó a los muchachos a que se acercaran. Señaló la canaladura–. Con esto se aligera el peso. Es importante que la espada sea ligera, una batalla puede durar horas y el brazo se cansa. ¿Veis la punta? Es menos gruesa para conseguir un buen equilibrio, cercano a la guardia. Así es más manejable. –Agarró uno de los gavilanes de la cruceta, ambos terminados en pica–. Esto se puede usar para atacar. Lo podéis dirigir al cuello o a la cara. Si lleváis guanteletes, podéis coger la hoja y usar la espada como si fuera un martillo. Es muy eficaz contra cotas de malla y yelmos. Yo mismo clavé uno de estos gavilanes en la cabeza de un cristiano en Alarcos. –Muhammad miró a su abuelo con admiración–. Una buena espada no hace bueno a un guerrero, pero lo ayuda a ser eficaz. Vuestras espadas de entrenamiento no son como ésta. Algún día podréis blandir armas así, cuando luchéis en la frontera, como llevan décadas haciendo vuestros antepasados –concluyó con tono épico.

Muhammad bin al-Ahmar miró su espada. La hoja no estaba bien afilada y tenía mellas en ambos filos; los gavilanes eran romos y el pomo era de madera.

Asquilula dejó la espada y cogió una jabalina del suelo.

–Habéis aprendido a manejar la lanza. Ahora os voy a hablar de otra arma fundamental. –Avanzó varios pasos hacia el centro de la era, donde había una vieja puerta de madera atada al poste de entrenamiento. Alzó su brazo derecho y, con un movimiento rápido y potente, arrojó la jabalina. Todo su cuerpo acompañó al proyectil en su salida. Sonó un crujido cuando el metal se clavó en la puerta–. Un hombre muerto, y mi posición sigue siendo segura. Aprenderéis a lanzar montados y a manejar el caballo para mantener la distancia, pero antes lanzaréis a pie.

Asquilula les explicó la mecánica e hicieron tres rondas de lanzamientos con resultados desastrosos.

–Tened paciencia, todo se aprende –les comentó–. Por hoy ya está bien de teoría y técnica. Ahora vamos a entrenar el cuerpo, que es la base de un buen cegrí. –Los muchachos resoplaron. Sabían lo que aquello significaba: carreras alrededor de la era y ejercicios de piernas y brazos–. ¡A correr!

Media hora después, Hasan, el amigo de Ibn al-Ahmar, llegó nervioso a la era.

–¡Noticias! –gritó–. Han llegado hombres de la batalla.

–¿Viene Hadi con ellos? –preguntó el maestro.

–Sí. Está en la alcazaba con los demás. Han vuelto cuatro.

«Demasiado pronto... Han llegado antes que las noticias», pensó Asquilula.

–¿Derrota? –preguntó a bocajarro. Hasan asintió con tristeza–. ¡Muchachos! Hemos terminado por hoy. Guardad las armas en el establo y volved a Arjona.

No perdió el tiempo. Los dejó solos y se encaminó hacia la alcazaba.

* * *

–¿Qué ocurrirá ahora? –preguntó Ismail, consternado. Nadie en al-Ándalus esperaba que aquella batalla se perdiera. El ejército que al-Nasir había logrado reunir era fuente de admiración para todos los musulmanes de occidente.

–Ahora los cristianos aprovecharán la victoria –contestó Muhammad mientras recogía las espadas–. Tomarán algunos castillos.

–Como hicimos nosotros después de Alarcos –comentó Abd-Allah.

Los muchachos llevaron las armas a la munia de Asquilula y partieron hacia Arjona. Entraron por la puerta de Jaén y se internaron en el revuelo que invadía las calles. Muchas mujeres lloraban, dando por perdidos a sus hijos y maridos.

–La frontera se va a mover hacia el sur –opinó Ibrahim. El muchacho tenía veinte años, aunque parecía mayor–. Si han vencido a al-Nasir es porque tienen un ejército poderoso. Vienen días tristes para al-Ándalus.

–Los tendremos más cerca para las algaras –replicó Muhammad con fuego en la mirada. Tenía tres años menos que su tío, pero hacía gala de una mayor determinación–. Ibrahim, los pararemos. –Le palmeó el hombro.

–Daría la vida gustoso por salvar esta tierra. –Ibrahim se llevó la mano derecha al pecho y miró a su hermano Abd-Allah, que asintió efusivo.

Hasan permaneció rezagado junto a Ismail, que a sus quince años sentía todavía la distancia que lo separaba de ellos.

Decidieron salir de la medina, que apestaba a decepción y tristeza, e ir a la fuente de los dos caños para observar a las muchachas que acudían a por agua. La fuente estaba al pie de la barbacana que protegía el paño norte de la muralla. Varias jóvenes aguardaban su turno sentadas en un banco de piedra y se colocaron frente a ellas.

–Ismail, ¿no es ésa la que te gusta? –preguntó Abd-Allah con voz lo suficientemente alta como para que ellas lo escucharan. No se refería a ninguna en especial, tan sólo buscaba avergonzar a su compañero.

Ismail se sonrojó y no encontró palabras con las que contestar. Las muchachas rieron y cuchichearon, ocultos sus rostros por los velos.

–Hermano, habla con ella –intervino Muhammad para rematar la broma.

Ismail comenzó a sudar y lanzó un codazo a su hermano, que, sin parar de reír, lo agarró por el cuello y lo sujetó en un fuerte abrazo.

–¡Ay, enamorado!, no te sonrojes.

Todos rieron y parecieron olvidar la aciaga noticia de la derrota.

En la distancia apareció la figura de Farah, que caminaba a toda prisa hacia la fuente con dos cántaros en las manos. La joven era nieta de Asquilula, hija de su hija Nawar, de su primera esposa, y por tanto prima de Muhammad e Ismail.

–Amigas, mi madre está preparando un guiso y le falta agua, ¿no os importa? –Levantó los cántaros y dirigió a las muchachas una mirada suplicante.

Le dieron permiso. Muhammad se levantó y cogió uno de los recipientes de su prima. Cuando les llegó el turno, cada uno se colocó en un caño y llenaron los dos cántaros a la vez. Ibn al-Ahmar le entregó el suyo y la miró a los ojos. Farah lucía un pañuelo bermejo que le cubría el pelo y el rostro, pero la tela había cedido y dejaba ver hasta la boca. Sus profundos ojos oscuros le devolvieron la mirada.

–Toma, así ha sido más rápido. –Fue todo lo que él dijo.

–Gracias, primo –contestó ella, y se perdió a buen paso hacia el caserío.

Muhammad permaneció de pie, mirándola hasta que desapareció de la vista. Se giró hacia sus amigos y se percató de que ya era tarde para reaccionar. Los cuatro lo señalaban y se reían. Las muchachas volvían a cuchichear y soltaban risitas en voz baja.

–Creo que nos hemos equivocado de Nasr, el enamorado no es Ismail –comentó Ibrahim con sorna, provocando una explosión de carcajadas.

–Tenía prisa y he... –intentó justificarse, pero sólo acrecentó el jolgorio.

De repente, por la abertura de la barbacana vieron aparecer a cuatro soldados bereberes de la guarnición. Iban armados con lanzas y llevaban puesta una cota de cuero. Cada uno tomó un camino y se internaron en los diferentes barrios de Arjona.

Las risas cesaron y los muchachos se pusieron en pie para volver a sus hogares. Muhammad y su amigo Hasan se detuvieron un instante antes de despedirse.

–¿Y si vuelven? –preguntó Hasan, con el recuerdo del saqueo de la rábita muy vivo en la memoria.

Muhammad supo a qué se refería. Las imágenes lejanas de la matanza de los morabitos acudieron a su mente como un afilado dardo que hurgaba en su conciencia.

–Si vuelven, estaremos preparados.

* * *

A la entrada de la aljama, allí donde normalmente montaban sus puestos notarios y escribanos, la muchedumbre acosaba a preguntas a los supervivientes de la batalla.

–... Subieron la cuesta y llegaron hasta la tienda del califa. Lo arrasaron todo. Luego llegó la matanza, los cristianos se cebaron con nosotros –decía uno de ellos.

–Estuve hasta el final, hasta que nuestro califa, Alá lo proteja, tuvo que huir –explicó un capitán después, centrándose en realzar su propio valor.

Hadi permanecía en silencio, con las riendas de su caballo en la mano. Miraba al capitán. Sabía lo que realmente había hecho. Como la mayoría de los andalusíes, había huido antes de tiempo.

Asquilula se abrió paso y se colocó en primera línea. Escuchó los relatos de desesperanza y dolor, y su mirada se fue ensombreciendo a medida que comprendía que el ejército de al-Nasir no sólo había sido derrotado, sino que en realidad había sido aniquilado.

Pasado un rato, la puerta del alcázar se abrió y diez bereberes irrumpieron entre el gentío, apartando a la gente con los astiles de sus lanzas.

–Al-Nasir li-din Allah Muhammad bin al-Mansur, el emir de los creyentes –exclamó uno de ellos cuando consiguió llegar al centro del tumulto–, bendecido sea por el Compasivo, desea informar a su pueblo.

Con solemnidad, el guardia desdobló un pliego y comenzó a leer la misiva que aquella misma tarde había llegado desde la secretaría del califa. Al-Nasir se había dado prisa, no quería que los rumores circularan antes de que él mismo diera una versión oficial sobre lo ocurrido a las principales poblaciones de su imperio.

–«... no perdieron los almohades un muerto, ni fueron alcanzados ni mucho ni poco...» –leía el bereber, y los cuatro arjoneros que acaban de regresar de la batalla se miraban con sorpresa. La carta reconocía la derrota, pero la trataba con ambigüedad.

Al término de la lectura, todos comprendieron la magnitud del desastre; el orgullo del califa había quedado herido hasta tal punto que quiso ofrecer sus propias explicaciones. Uno de los guardias se dirigió entonces a los cuatro guerreros:

–El alcaide quiere veros mañana después de la oración del alba. Hasta entonces, sed discretos.

Al momento, dos bereberes empezaron a disolver a los congregados. Los otros ocho se dividieron en dos grupos y salieron por puertas diferentes de la alcazaba para transmitir el comunicado del califa al resto del pueblo de Arjona.

Disimuladamente, Asquilula se acercó a Hadi y lo tomó por el brazo para llevarlo a su casa. Observó su rostro cansado y sus ojos apagados. «La mirada de un hombre que ha participado en una gran contienda nunca vuelve a ser la misma», pensó. También contempló su túnica manchada de rojo, mal lavada en algún río del camino.

–Vamos, muchacho, ven a casa y comparte mi mesa.

La vivienda de Asquilula se situaba junto a la mezquita, muy cerca del aljibe construido por los almohades en la alcazaba. Había comenzado siendo una casa modesta, pero, con el paso de los años y la creciente importancia de los Asquilula, se había ido ampliando con los edificios y solares anexos. Llegaron por la parte trasera y entraron por los corrales. Un mozo los recibió y enseguida se hizo cargo del caballo de Hadi. El dueño de la casa examinó al animal. Acarició sus crines y el pelo de su copete, liso y suave al tacto. Palmeó su cuello largo, apto para la carrera, y su amplio pectoral.

–Es un buen ejemplar. ¿Cómo lo conseguiste?

–En la huida. Estaba abandonado.

–Un gran caballo. –Asquilula analizó los ricos jaeces–. ¿Piensas venderlo? –preguntó mientras cogía la espada que colgaba de la silla y la sopesaba. También tocó el escudo.

–Aún no lo he pensado.

–Satán no hollará la casa del hombre que posea un caballo de raza –dijo distraídamente, citando al Profeta–. Te haré una buena oferta por la espada y el caballo. Con ese dinero podrás vivir bien durante un tiempo. –Señaló entonces la espada que llevaba sujeta al cinto, sin funda–. Has conseguido un gran botín. Ven, vamos adentro.

A través de una puerta de hoja doble penetraron en un amplio patio. Una alberca presidía el espacio, decorado con abundantes macetas. Una esclava los recibió y el dueño de la casa le dio instrucciones para que sirviera comida en el *madjlis.* Atardecía y la luz comenzaba a ser escasa, pero en la estancia había dos lámparas de aceite encendidas. Se sentaron sobre dos almohadones, en el entarimado. Poco después, la esclava depositó sobre la mesa una bandeja con dátiles y dos vasos de leche.

–Cuéntame, Hadi. Aquí nadie nos escucha –pidió entonces Asquilula.

El muchacho comenzó su relato. Narró los preámbulos de la batalla, cómo al-Nasir había desplazado al ejército hasta llegar al cerro en el que se desarrolló la batalla y cómo los cristianos sortearon todos los pasos conocidos y aparecieron frente a ellos. Estaba explicando los primeros movimientos de las tropas cuando la esclava volvió a entrar con un estofado de ave. El joven continuó su discurso al tiempo que se comía el guiso, apenas interrumpido por escuetas preguntas de su oyente.

–¿Cuántos eran?

–La mitad que nosotros, puede que algo menos.

Sin entrar en excesivos detalles, se lo describió todo: cómo las líneas de caballería pesada cristiana arremetieron cuesta arriba, primero contra los voluntarios y luego contra el cuerpo central almohade; cómo los bereberes los acosaron con flechas y jabalinas e intentaron envolverlos, y cómo los propios reyes cristianos entraron en la batalla a la desesperada, desbaratando a la caballería musulmana y provocando una huida masiva.

–Los andalusíes fueron los primeros en huir y provocaron el desastre –comentó Hadi con un tono de reproche en la voz.

–La muerte de Ibn Qadis ha pesado. –La noticia había llegado a Arjona.

–Señor, si me lo permites, creo que en aquella pendiente debíamos haber permanecido unidos. Las consecuencias de la batalla son más nefastas para nosotros.

Asquilula miró al muchacho con admiración.

–¡Cuánta razón tienes! Al-Nasir puede retirarse a Marrakech. No creo que tarde en hacerlo. Pero nosotros nos quedamos aquí. –Se acarició la barba antes de continuar–. La huida traerá consecuencias.

Llegó la hora de la oración y rezaron juntos. Hadi observó a su anfitrión. Era un hombre ya maduro, de unos cincuenta años, pero tenía los músculos aún en forma. Si no tuviera la pierna lisiada, podría seguir combatiendo en primera fila. La barba, bien recortada y sin teñir, le llegaba al pecho. Sus rasgos eran duros, marcados por profundos surcos que le daban apariencia de seriedad. Tenía poco pelo y lo llevaba largo, peinado hacia atrás. Hadi era bien diferente. El muchacho tenía una abundante cabellera castaña y ondulada. Se rasuraba la barba porque aún no la tenía densa. Sus miembros estaban curtidos por el trabajo y sus manos, callosas, aparentaban fortaleza.

Al acabar el rezo, Asquilula se puso en pie y Hadi lo imitó.

–Muchacho, ¿has matado a muchos?

–A alguno –respondió.

–Bien, bien. Quédate a dormir esta noche en mi casa. Mañana será otro día.

Aquélla era la segunda ocasión en la que Hadi dormía bajo el techo de aquella importante familia. La primera había sido en el corral, pero para esta ocasión le prepararon un colchón blando y un recipiente con agua para el aseo.

Asquilula, hábil calculador, atisbaba ya un plan en el que aquel muchacho podía ser una pieza fundamental.

* * *

Karima puso la olla en el centro de la mesa y repartió las escudillas de barro. Sirvió la comida con media hogaza de pan de trigo y encendió una lámpara de aceite.

–Yusuf, voy a acostarme. Anochece ya.

–¿Has cenado? ¿Quieres cenar con nosotros? –El patriarca formulaba diariamente la misma pregunta, y la mujer siempre respondía de la misma manera.

–He cenado en la cocina. Gracias.

Se retiró arrastrando los pasos, cansada, dejando a los hombres solos en el *madjlis.* Era la única mujer en la casa y a menudo se sentía desbordada por las tareas. Seguía con ellos porque les tenía verdadero afecto.

Yusuf partió el pan en cuatro pedazos iguales y los repartió. Muhammad le pasó el suyo al pequeño Faray.

–Muhammad, hay suficiente para todos, gracias al Compasivo. No somos pobres. Tu hermano está bien alimentado. Preocúpate por ti también.

–Yo estoy bien. Como lo que mi cuerpo necesita –contestó.

El padre negó con la cabeza. Sabía que su hijo visitaba a Umar el Jilguero, su viejo amigo de la infancia ahora convertido en un santón sufí, de esos que apenas comían y se pasaban el día rezando y sermoneando. Yusuf admiraba la pureza de la fe de Muhammad, su austeridad y su dedicación absoluta a los entrenamientos, pero, si quería resistir el trabajo del campo y las tardes de instrucción, tenía que alimentarse mejor. «Será un buen cegrí», pensó. Ismail le seguía a la zaga, imitando a su hermano mayor en todo lo que hacía. «Tal vez con ellos vuelva el lustre antiguo de los Nasr».

–Ya sabréis que hemos perdido la batalla. –Yusuf no tardó en sacar el tema.

–¿Qué hará el califa? –preguntó Ismail inmediatamente.

–Al-Nasir volverá a África. Los cristianos saquearán hasta que se cansen o hasta que entre el otoño. Recemos para que no aguanten mucho.

–No sólo debemos rezar –soltó al instante Muhammad, con fuego en la mirada.

Yusuf asintió lentamente y apretó la boca. Se afanó en acabar el guiso de su escudilla. Luego se irguió sobre el almohadón, acomodándose para continuar hablando con sus hijos. A sus poco más de cuarenta años, aún era joven y su porte, elegante. Se acarició la barba enrojecida por la alheña.

–Pertenecéis a una importante familia que desciende de los Ansar de Medina –dijo con solemnidad. Los tres muchachos asintieron, ya habían oído aquella historia en más de una ocasión–. No hace mucho, los Nasr eran la principal familia de Arjona y los clientes hacían cola cada mañana ante la puerta de esta casa. Las tierras eran el triple de las que tenemos ahora y los botines de las correrías llenaban nuestros almacenes. Yo era niño y vuestro abuelo, que disfrute de la paz del Paraíso, conservaba parte de esa riqueza, de ese poder. –Los hijos miraban fijamente al padre, con actitud de respeto–. En más de una ocasión, los Asquilula llamaron a esa puerta para pedir ayuda. ¿Sabéis en qué se basaba nuestra categoría? –Hubo un breve silencio–. La guerra. En la guerra se forjó nuestro nombre. Los Nasr siempre hemos sido guerreros, cegríes, naqîbes e incluso qaídes de las tropas de los emires. –De nuevo hizo una pausa para que sus palabras calaran en sus conciencias–. Nunca lo olvidéis, sangre de qaídes corre por vuestras venas; pertenecéis a una gran familia y está en vuestras manos volver a ponerla en su sitio.

El orgullo de su dinastía había aflorado. Yusuf respiraba agitado.

–Padre –dijo Muhammad–, tienes mi palabra. Lucharé hasta el fin de mis fuerzas para encumbrar a esta familia.

Padre e hijo se sostuvieron la mirada unos instantes.

–También tienes mi palabra –añadió Ismail.

–Y la mía –soltó el pequeño Faray, lo que provocó alguna sonrisa.

Los muchachos terminaron de cenar en silencio.

El eco de aquellas promesas retumbaba todavía en las paredes del salón cuando Asquilula se presentó en la casa. Yusuf esperaba su visita; miró a sus hijos y éstos se retiraron.

–He hablado con Hadi. Ha vuelto sano y con botín. Lo tengo esta noche en mi casa. Me ha contado algunos detalles de la batalla. Todo ocurrió en la cuesta de un cerro... –Con parsimonia, Asquilula le relató los acontecimientos tal y como Hadi se los había contado hacía un rato–. La estrechez del terreno debió impedir que las alas se movieran con soltura para envolver al enemigo –opinó cuando llegó a los últimos movimientos de las tropas–. Lo peor es que no se han contentado con vencer. Han aniquilado los restos de nuestro ejército. Hubo una persecución, y Hadi consiguió escapar.

–No quieren llevarse sorpresas en los próximos días –supuso Yusuf.

Asquilula lo señaló con el índice y asintió.

–No se conformarán con recuperar lo perdido en Alarcos. Los caballeros de Calatrava tienen que estar relamiéndose.

La orden de Calatrava, que temporalmente había pasado a llamarse de Salvatierra, había perdido dos sedes, Calatrava y Salvatierra, a manos de los musulmanes. Pero ya antes de la batalla de las Navas de Tolosa, en el camino del ejército hasta el escenario de la contienda, Calatrava había vuelto a manos cristianas.

–Serán los que más se beneficien, sin duda –añadió Yusuf.

Amparados por las sombras de la casa y descalzos para no hacer ruido, tras dejar a Faray durmiendo, Muhammad e Ismail habían regresado a la sala, apostándose cerca de la entrada para escuchar la conversación.

–¿Quién iba a pensar que perderíamos? –Yusuf se resistía a creerlo.

–Éramos más, pero menos motivados. –Asquilula se remangó la túnica de seda–. Desde que nacen, los cristianos tienen un objetivo: mover la frontera hacia el sur. Viven para la guerra. Nosotros, no. Nuestro pueblo es próspero y rico, produce y comercia. Pero, ¿y la guerra? En al-Ándalus los jóvenes no quieren saber de ella. Quieren trabajar y hacerse ricos y dejan que los africanos los defiendan, pero tampoco ellos tienen suficientes hombres bien entrenados. –Yusuf asentía con la cabeza–. No disponemos de un verdadero ejército; sólo tenemos artesanos, campesinos y comerciantes. Ése es el origen de nuestros males. –Asquilula se había encendido durante su discurso y tenía el rostro enrojecido–. Volverán las correrías, y debemos estar preparados –sentenció.

–Sí. De eso quería hablarte. Creo que ha llegado el momento de redoblar esfuerzos. Mis hijos son fuertes y valientes, y quiero que estén bien preparados cuando acudan a la lucha con los tuyos.

–Entiendo, ya lo había pensado. Voy a apretar en los entrenamientos. Los cuatro son buenos, Yusuf. Sabrán defenderse y pelear cuando llegue el momento.

–La huerta del pozo me está dando muchas alegrías y buenos beneficios. Llevo mucho tiempo ahorrando para comprarles unos caballos.

–Cómpralos jóvenes, que se hagan a ellos. Yo pongo el establo, para algo soy su abuelo. –Al ofrecer su establo, Asquilula se comprometía a cubrir los gastos de mantenimiento de los animales.

Muhammad e Ismail sintieron cómo sus corazones se aceleraban, intuyeron cercano el momento de estrenarse en la lucha. Ajenos aún a la realidad de una batalla, tenían la cabeza inundada de historias de valentía y arrojo.

–Eres de gran ayuda. Gracias, suegro –dijo Yusuf, y al pronunciar la última palabra sintió una punzada en el pecho que ahondó en la herida que aún tenía abierta.

–¿Estás bien? –Asquilula se percató de su cambio de estado.

–Sí, es sólo la pena. Los echo mucho de menos. –No pudo contener las lágrimas. En un arrebato, se levantó y se dirigió a una de las esquinas del entarimado, levantó una tabla suelta y extrajo un viejo odre del interior–. No suelo beber, pero lo guardo para ocasiones como ésta. –Miró a su suegro, esperando aprobación.

–Trae acá, a ver si ese vino es bueno.

Con la llegada de los africanos, el consumo de vino se había visto reducido drásticamente y sólo algunas familias se podían permitir el lujo de mantener a escondidas una humilde bodega. Los almohades perseguían la laxitud en las costumbres de la que muchos musulmanes adolecían en al-Ándalus.

Los hermanos Nasr observaban atónitos. Ismail comenzó a gimotear, azorado por el recuerdo de su madre, y Muhammad lo agarró del brazo y se lo llevó.

–Mamá... –intentó explicarse Ismail una vez que llegaron a la alcoba.

–Silencio. –Muhammad se mostró serio y tajante–. Ya está bien de llanto. Lloramos durante semanas, pero ya está bien. No podemos ser débiles, por padre y por Faray. –Ismail lucía las mejillas húmedas–. ¿Me entiendes? –El otro asintió y Muhammad lo mandó a la cama–. Acuéstate y descansa. Enseguida vuelvo.

Ismail obedeció. Imaginaba a dónde iba su hermano.

* * *

En el salón, Asquilula dio un largo trago y pasó el odre al dueño de la casa.

–Mi hija era excepcional. Una mujer como hay pocas –comentó. Yusuf bebió. Tenía los ojos vidriosos–. Sólo el Altísimo conoce los motivos por los que decidió llevársela, a ella y a mi nieto. Yo he vivido lo mismo, perdí a mi mujer. Te entiendo. –Asquilula cerró los ojos brevemente–. Pero me recompuse y me volví a casar.

Yusuf levantó la mano con suavidad para pedirle que no siguiera por ese camino. Ya otros le habían sugerido antes que volviera a unirse a una mujer.

–Una mujer excepcional –repitió el Nasr en un susurro.

–De muy buena familia –añadió Asquilula en un intento por relajar el ambiente. Consiguió el esbozo de una sonrisa.

–Si no fuera por el patriarca, sería una gran familia. –Yusuf respondió al envite.

Ambos sonrieron. El suegro palmeó el hombro del Nasr y cambió de tema.

–Muhammad tiene ya diecisiete años. ¿Has pensado en alguien para él?

–Todavía es pronto.

–No dejes que te pille la riada. Nadie mejor que una prima, ¿no crees?

Yusuf entornó los ojos y pensó en la hija de su hermano.

–Tal vez.

–Farah –soltó de pronto Asquilula–, la hija de mi hija Nawar. Es una muchacha hermosa.

El padre se permitió unos instantes de silencio para meditar sobre la propuesta. Su antiguo suegro le estaba ofreciendo la mano de su nieta para su hijo mayor. No era una oferta fácil de rechazar sin ofenderlo. Apenas conocía a la muchacha, pero eso era lo de menos. El matrimonio era como un melón cerrado, al abrirlo te podías encontrar una fruta áspera con sabor a pepino o una pulpa más dulce que la miel. Lo más importante para él era saber que la joven se había criado en los valores tradicionales, en el seno de una buena familia.

–Estoy seguro de que será una gran esposa para mi hijo –dijo al fin–, cuando llegue el momento –añadió. De nuevo hubo sonrisas, en esta ocasión para sellar un compromiso–. ¿Su padre está de acuerdo?

Asquilula miró a Yusuf y rio a carcajadas. Ni siquiera contestó a la pregunta. El poder del patriarca llegaba sin duda hasta la casa de su yerno.

Apuraron el odre de vino. La falta de hábito hizo que el alcohol se les subiera pronto a la cabeza. Cuando sonó la voz del muecín anunciando la última oración de la noche, estaban a punto de caer dormidos sobre los suaves almohadones.

* * *

Muhammad se dirigió al zaguán y salió por la ventana. La luna creciente apenas iluminaba las calles, por lo que le resultó fácil escabullirse sin alertar a los guardias que rondaban por la alcazaba. Cuando llegó al paño norte de la muralla, donde comenzaba la vieja mina olvidada que en tantas ocasiones había recorrido para salir del recinto, abrió la compuerta y bajó los peldaños excavados en la piedra. Tanteó en la penumbra hasta encontrar la primera viga. Localizó entonces la llave que colgaba de ella y avanzó varios pasos hasta que la oscuridad se lo tragó por completo. Recorrió el largo túnel. Una débil claridad le anunció el final del pasadizo y enseguida se encontró ante la verja, parcialmente oculta por matorrales. La abrió y salió con precaución. Ya estaba al otro lado de la muralla. Se alejó a toda prisa hasta llegar a la munia de su abuelo. Allí entró en el establo y se acercó a su animal favorito. Era un caballo castaño, de crines y cola negras, con calza en la mano derecha y un pequeño lucero sobre el ojo izquierdo. A Ibn al-Ahmar le encantaba cabalgar. Cuando lo hacía se sentía libre.

–Fiera –le susurró mientras acariciaba su crinera.

El caballo piafó como si hubiera reconocido su voz y hubo cierto revuelo entre los demás animales.

–¿Quién anda?

Se escuchó la voz del mozo, que tenía su alcoba cerca del edificio.

–Muhammad bin al-Ahmar.

Después, sólo hubo silencio. El mozo ya estaba acostumbrado a sus visitas y Asquilula había dado instrucciones de dejarle montar cuando le apeteciera.

Sacó al animal al patio y allí, a la escasa luz de la luna, le ajustó las guarniciones. Salió de la munia al paso, enfilando el camino que la comunicaba con los campos de la familia. Se había levantado una ligera brisa que aliviaba la sensación de calor de la noche veraniega. Algunos grillos cantaban en las lindes del camino. Algún perro, a lo lejos, ladraba en la soledad de la tierra. Recorrió los primeros olivares y los campos de trigo, algunos ya segados, otros todavía con las espigas enhiestas. Se adentró en las tierras de su padre y los recuerdos comenzaron a acosarlo. Añoraba a su madre y a su hermano. Sus muertes lo habían endurecido.

Aflojó las riendas y permitió que Fiera se moviera a su antojo. El caballo atravesó los últimos sembrados de los Nasr y bajó la suave pendiente que llevaba a las ruinas de la rábita. Conocía aquel camino, Ibn al-Ahmar lo había llevado allí en numerosas ocasiones. El animal frenó hasta detenerse al pie de la torre desmochada.

Muhammad desmontó y caminó entre las ruinas, dejando que nuevos fantasmas acudieran a su encuentro. Pudo oír los ecos de las voces de los morabitos, el tintineo de los aceros y las risas orgullosas de los calatravos. La ira borró el dolor. De una bolsa de cuero extrajo la vieja moneda romana que se encontrara tantos años atrás. Le dio la vuelta para ver la imagen del soldado, y recordó al caballero que se le acercó mientras contemplaba la destrucción de la rábita.

–Ahora nuestro encuentro sería diferente –dijo en voz alta, dejando que las ruinas fueran testigos de su firme propósito de venganza.

* * *

Después de la oración del alba, cuando el sol ya había comenzado su ascensión, Asquilula y Hadi se reunieron en los corrales para tratar la venta del caballo y la espada. Asquilula sabía que no regatearía, por lo que hizo una primera oferta razonable que Hadi aceptó sin dudar.

–Puedo guardar tu dinero y dártelo conforme me lo pidas –le ofreció.

Asquilula miró de nuevo la túnica manchada de sangre del joven y decidió dejarlo marchar así a su encuentro con el alcaide. Cogió la espada que acababa de adquirir y salió con Hadi en dirección al alcázar. Dentro, en el patio de armas, se encontraron con los otros hombres que habían vuelto de la batalla. El alcaide ya los había despachado y caminaban acompañados por varios guardias. Uno de ellos llevaba las manos atadas y fue apartado de los demás. No pudieron ver más.

El almohade los recibió en la torre. Sentado en una silla de tijera, mantuvo de pie a sus invitados.

–La paz sea contigo –saludó Asquilula, intentando disimular su desprecio.

Hadi saludó también y el bereber respondió con desgana. Lucía orgulloso su turbante y vestía pantalón y camisa larga de color azul. Desde que obtuvo el cargo, mantenía la distancia con los andalusíes. En los últimos meses había presionado al cadí, también almohade, para que favoreciera a las familias bereberes en los pleitos. Aquel trato de favor indignaba a los arjoneros.

–Cuéntame lo que pasó y lo que hiciste –pidió el gobernador, y Hadi comenzó su relato. El bereber escuchaba con atención y miraba de reojo a Asquilula, sin adivinar por qué había acompañado al voluntario. Cuando el joven terminó la narración, el alcaide hizo su primera pregunta–: ¿En qué momento exacto huiste?

–Con la desbandada general, no antes.

El inquisidor caviló, y Asquilula aprovechó la ocasión para intervenir.

–Señor, Hadi es un hombre piadoso y buen trabajador –comenzó su alegato–. No dudo de su relato. –Apoyó la mano en el hombro del muchacho–. Resistió hasta el último momento y gracias a eso consiguió un botín. Salió de Arjona a pie, sólo con una lanza, y ha vuelto a caballo, armado con una espada y con la túnica manchada de sangre cristiana. –Señaló la prenda–. Como está prescrito, Hadi quiere compartir su botín con nuestro glorioso califa al-Nasir, Dios lo proteja de todo mal, y por eso ofrece esta espada a su fiel servidor. La espada de un caballero cristiano.

Asquilula extendió los brazos para entregar el arma al gobernador, que la tomó y la contempló, admirado por su belleza. Era sin duda una pieza exquisita, de gran valor; la funda estaba decorada con plata e hilos de seda trenzados. Hadi miró a su patrón con sorpresa.

–Buena pieza –comentó solamente el bereber, pero el brillo de sus ojos dejó entrever su gratitud.

–Hadi es un buen guerrero –continuó su patrón–, honrado y fiel a nuestro soberano. Solicita entrar a formar parte de la guarnición de Arjona para servirte como estimes conveniente, teniendo en cuenta sus probadas habilidades.

El alcaide meditó en silencio. Hadi había demostrado su valía durante la instrucción y había regresado con honor de la batalla. Quizás aquel gesto hacia los andalusíes sirviera para calmarlos. La muerte de Ibn Qadis, el héroe de Calatrava, había calentado los ánimos. Sopesó de nuevo la espada antes de contestar.

–¿Estás dispuesto a servirme en todo lo que disponga? –Hadi asintió–. ¿Conoces la carta de nuestro soberano, el amado del Altísimo? –El muchacho volvió a asentir, confirmando así que sería discreto–. Bien –dijo al fin–, estás dentro.

Tras escuchar las bendiciones y agradecimientos de Hadi, el bereber los despachó. Fuera, en el patio del castillo, Hadi hizo el amago de dar las gracias a Asquilula, pero éste, extendiendo la mano, lo acalló.

–No me lo agradezcas. Te has comportado como un buen musulmán, es lo que mereces. –Asquilula le dedicó una amplia sonrisa. Había conseguido lo que pretendía. Tenía a un hombre de confianza dentro del castillo, y ese hombre le debía un gran favor.

* * *

La guarnición del castillo había terminado la primera oración del día. En el patio de armas colocaron un grueso tocón y llevaron al reo ante él. El alcaide llevaba en su mano derecha el pliego con la orden. La misiva, llegada tres días atrás, establecía la pena de muerte para los capitanes andalusíes que habían huido antes del desenlace final de la batalla. Aquel hombre estaba condenado, su defensa no había resultado convincente. La ejecución no sería pública, sólo cinco hombres asistían al ajusticiamiento.

Hadi sostenía un hacha de talar bien afilada. Aquélla iba a ser su primera prueba de fidelidad. A su lado, el reo temblaba y rezaba entre dientes.

–Muchacho, díselo tú. Tú estabas allí, diles que aguanté hasta el final –suplicó el preso en un último intento desesperado de absolución.

Pero Hadi guardó silencio. Sus sentimientos estaban divididos. Reprochaba a sus compañeros de armas que hubieran salido huyendo, pero no estaba de acuerdo con la ejecución. Sólo su deseo de permanecer en la milicia le ayudaba a mantener firme el pulso.

Colocaron al reo de rodillas y pusieron su cabeza sobre el tocón. Hadi miró al alcaide y éste asintió. Levantó el hacha todo lo que pudo y la dejó caer sobre el cuello del naqîb. El cuerpo se desmadejó y el sonido del cráneo al golpear el empedrado retumbó por todo el patio. Un charco de sangre comenzó a formarse a sus pies. Después, sólo el trino de los pájaros rompió el silencio de la mañana.

Hadi apoyó un pie en el tocón y tiró con ambas manos del hacha para recuperarla. El corte había sido limpio; la muerte, rápida. Aquello dio algo de consuelo al alma turbada del muchacho.

–Limpiad todo esto –ordenó el gobernador, y luego se retiró.

La cabeza no se expondría en la puerta de la alcazaba, como era habitual.

Hadi se apartó y, al pie de la muralla, vomitó hasta quedarse vacío. Los otros hombres cuchichearon y rieron.

–Malditos bereberes –masculló con ira el joven andalusí.

Toledo. Invierno de 1213

Recorrieron el pasillo formado por las dos filas centrales de columnas. Fernando observaba con atención los capiteles, los arcos que unían a las columnas y las lámparas de bronce que colgaban de largas cadenas. Había terminado la misa que Berenguela había encargado por el alma de su hermano Fernando, heredero al trono de Castilla. Todavía, más de un año después de su fallecimiento, pedía misas por él y rezaba con devoción por su descanso eterno.

Salieron por la puerta lateral, que daba al patio de naranjos, y allí buscaron un claro de sol para sentarse. Una fuente con una gran pila presidía el espacio.

–Es una iglesia muy extraña –comentó el niño.

Berenguela permanecía con los ojos cerrados, aprovechando la calidez del sol en aquella fría mañana de invierno.

–¿Sabes por qué? –Fernando negó con la cabeza–. Era una mezquita de los moros, la principal de Toledo. Desde esa torre –señaló el campanario en una esquina del patio–, el muecín cantaba para llamar a los mahometanos a la oración.

La imaginación del niño viajó a los tiempos en que Toledo era aún musulmana.

–Madre, hay muchos hebreos y muchos moros aquí, ¿verdad?

En todas las principales ciudades de Castilla había juderías y morerías, pero en Toledo el número de fieles de otras religiones era mucho mayor.

–Sí, hijo. Verás, Alfonso VI asedió Toledo durante mucho tiempo. Al final, el rey moro se rindió y le entregó la ciudad sin dar batalla, pero a cambio pidió que se respetara a los toledanos y que se les dejara seguir con su religión. Por eso hay tantos judíos y mahometanos ahora.

Fernando pareció satisfecho con la explicación.

–Josef es hebreo, ¿verdad? –Josef era uno de los maestros que participaban en la formación del niño. Los había acompañado en el viaje y aquella misma mañana Berenguela le había dado permiso para reunirse con sus hermanos de fe.

–Así es, Fernando –contestó ella sin más–. Te he visto distraído durante la misa –cambió de tema–. ¿Mirabas los estandartes? –Fernando asintió, algo avergonzado–. Hermosos, ¿verdad? Son los que tu abuelo capturó en las Navas. –La mirada del pequeño se encendió.

Todo lo relativo a la batalla de las Navas de Tolosa despertaba su interés. Pasaba tardes enteras jugando a que era uno de los gloriosos caballeros que habían arremetido cuesta arriba contra los almohades. Imaginaba a los cristianos consiguiendo torcer el destino, venciendo una batalla que muchos daban por perdida. Atesoraba los mapas que le había regalado su abuelo el rey, en los que estaban señalados los caminos de las tropas desde Toledo hasta las plazas de Malagón, Calatrava, Ferral, Vilches, Baños de la Encina, Tolosa e incluso las ciudades de Baeza y Úbeda.

–¿Volvemos dentro? –sugirió.

–Espera a que entre en calor. Aquí al sol se está muy bien. –Berenguela miró a su hijo; era el momento de tratar con él algunos asuntos–. Fue una gran batalla para los cristianos. Si no hubiera sido por las epidemias, tal vez hoy Jaén tendría una bandera castellana en su alcázar, ¿quién sabe? –Dejó la pregunta suspendida unos instantes–. Castilla salió reforzada de la campaña. Nunca olvides que fue Castilla quien organizó el ejército y quien consiguió la victoria para gloria de toda la cristiandad. –Fernando se acomodó en su asiento. Conocía bien a su madre y sabía que tenía más cosas que decirle–. ¿Sabes que nuestros queridos caballeros calatravos están de nuevo en la frontera? –Por un momento, el niño se olvidó de los coloridos estandartes moros y demostró un interés sincero por la charla de su madre–. Hemos reconquistado Calatrava, pero ellos no han querido quedarse allí. Se han ido más al sur –hablaba con admiración–. Se han puesto frente a Salvatierra, en un cerro donde había un pequeño castillo. Allí mismo están construyendo torres y murallas para una nueva sede, y también una iglesia. Lo mejor de todo es que están usando a muchos cautivos moros. ¿Te lo imaginas? A la vista de Salvatierra, ¡qué buen desafío para los mahometanos! –Berenguela suspiró–. Una nueva Calatrava para defender la tierra ganada y seguir conquistando.

–Algún día seré un caballero de la orden –imaginó Fernando.

–Serás mucho más que eso. –La mirada de la mujer se nubló al recordar las últimas noticias que le habían llegado de León. El infante Fernando, hijo de Teresa de Portugal, la primera esposa de Alfonso IX, había sido reconocido como primogénito, desplazando a este otro Fernando, el hijo de Berenguela, del orden sucesorio. El rey se había saltado los acuerdos de Cabreros, en los que había reconocido, como todos los nobles, el derecho al trono del infante castellano–. No olvides nunca que eres hijo del rey de León. –El pequeño asintió–. Serás mucho más que un caballero.

Se puso en pie y cogió de la mano al niño. Juntos volvieron al interior de la catedral de Toledo y admiraron los ricos estandartes que colgaban de sus paredes, trofeos de la memorable batalla de las Navas, que sería recordada hasta el fin de los tiempos.

Arjona. Primavera de 1213

Muhammad e Ismail, seguidos por Hasan, se adentraron en la sala caliente. El baño del Gallo estaba lleno de arjoneros que se preparaban para la oración solemne de la fiesta de los Sacrificios. Cuatro barberos trabajaban sin descanso en la sala templada y el mozo que caldeaba las salas tenía que pedir permiso a los bañistas para derramar sus calderos sobre el suelo caliente. Tuvieron que esperar un buen rato hasta que un muchacho quedó libre para enjabonarlos. Luego, otro mozo aclaró sus cuerpos con agua templada. Las futas se les pegaron al cuerpo y una agradable sensación de limpieza los invadió. Pero enseguida comenzaron a sudar y decidieron ir a la sala fría para terminar la sesión.

Se metieron en la alberca, donde dos hombres mayores charlaban con aire distraído sobre las consecuencias de la batalla de las Navas. Un grupo de jóvenes entró en la sala desde las letrinas. Entre ellos estaba Ahmed bin Ishaq, quien varios años atrás había desafiado a Muhammad en el huerto de su padre. Rodeado por sus amigos, el joven reunió valor para enfrentarse al Nasr.

–¿Te atreverás a correr contra mí? –preguntó con una sonrisa burlona.

Ibn al-Ahmar asintió sin dudarlo, sorprendido de que se dirigiera a él.

–Esta tarde, en la explanada –contestó.

–Pensaba que no teníais dinero para caballos. Mi padre puede prestarte uno.

Sin dar tiempo a que Muhammad pudiera responder, Ahmed se encaminó hacia la sala templada, asegurándose con furtivas miradas de que sus amigos le seguían.

La situación en la frontera se había complicado y el gobernador había decidido organizar torneos con ocasión de la fiesta de los Sacrificios. Aquella misma tarde, después de la comida, se celebrarían carreras de caballos y otras competiciones que tenían como objetivo estimular a los hombres de Arjona para que se entrenaran y se prepararan para la guerra. El almohade era consciente de la complicada situación. Tras la derrota, al-Nasir se había encerrado en su palacio, entregado a los placeres mundanos y dispuesto a olvidar la humillación sumergiéndose en orgías de mujeres y vino. Un comerciante bereber había corrido el rumor de que el califa quería abdicar en favor de su hijo, que tenía poco más de diez años. La situación de la dinastía gobernante era inestable, y el alcaide había decidido tomar sus propias medidas para mantener el orden en su área de influencia.

–¿No le vas a decir nada? –preguntó Ismail a su hermano.

–Dejaré que hablen los cascos de mi caballo.

* * *

Los hombres se agolpaban en el llano que hacía las veces de musalla. Durante la oración comunitaria sólo se oyó el murmullo de las suras recitadas al unísono por cientos de voces. Desde un mimbar portátil, el imán pronunció la jutba en nombre del califa. Era un bereber que había reunido en su persona los cargos de imán y jatib.

–... y colmará de atenciones en el Paraíso a los que mueran en la yihad. No confiéis en los débiles, huid de los que rehúsan coger las armas...

Una y otra vez se refería a la lucha, a la defensa de la fe y a la salvaguarda de las tierras. Los hombres se miraban inquietos, intuyendo que los gobernantes temían los tiempos que estaban por venir.

Cuando terminó el sermón, todos regresaron a Arjona. A las puertas de la ciudad había estallado una fiesta. De forma espontánea, decenas de mujeres se habían echado a la calle con cestos repletos de pétalos de flores, naranjas maduras y limas que se lanzaban entre risas y carreras. Pronto la alegría se contagió, y los hombres también participaron en el juego. Arjona entera se dejó invadir por el jolgorio: algunos músicos se atrevieron a tocar sus instrumentos y llegaron a verse mujeres bailando a sus sones. Hacía muchos años que aquellos pequeños placeres habían desaparecido de al-Ándalus, erradicados por la férrea moral almohade. Pero aquel día, aunque sólo fuera por unas horas, el pueblo recuperó sus propias costumbres. Los invasores estaban en decadencia, habían sido derrotados y se habían alejado de la frontera. Los andalusíes comenzaban a sentir que la rebelión corría por sus venas.

Los faquíes, escandalizados, se encerraron en sus casas a rezar. El alcaide miró para otro lado y dejó que el pueblo andalusí festejara con música, como era propio en él. En ocasiones, las concesiones eran necesarias.

Llegó la hora de la comida y se cocinaron los corderos que los patriarcas habían sacrificado. Se repartieron las partes establecidas entre los más pobres y el pueblo entero se dio un festín. Todos reforzaron su compromiso con Dios mediante aquel recuerdo de la fidelidad de Abraham y de la compasión del Altísimo, que le había permitido sustituir a su hijo por un cordero en el altar de los sacrificios.

Los Nasr y los Asquilula comieron juntos en la plaza de la alcazaba. Los más jóvenes se reunieron para sus juegos en los alrededores de la aljama. Las muchachas recibieron a sus hermanos y primos con agua perfumada con rosas. Farah se acercó a Muhammad bin al-Ahmar y le derramó sobre la cabeza un cuenco de agua. Llevaba el rostro tapado, pero Muhammad la reconoció al instante y, sin resistirse, recibió aquella lluvia con olor a flores como si fuera una bendición. En unos minutos todos estaban empapados y reían con ganas mientras se perseguían.

A primera hora de la tarde, los vecinos de Arjona se trasladaron a la llanura que aquella misma mañana se había convertido en musalla, y hombres y mujeres de todas las edades se repartieron en torno a la arena de las carreras.

Los hijos de Asquilula fueron con sus propios caballos. Sus sobrinos Nasr acudieron montados sobre Fiera, el animal favorito de Muhammad. Asquilula llegó también a caballo, con un halcón neblí en el brazo. Como la mayoría de los grandes señores de al-Ándalus, el terrateniente era un hábil cetrero. El alcaide de Arjona también lucía su propio halcón, un peregrino con caperuza de cuero adornada con flecos. Habían acordado competir al final de los juegos.

Comenzaron las carreras. Los jinetes competían de un extremo a otro de la explanada. Los hombres tenían que cabalgar, coger un pañuelo y volver con él hasta el punto de partida. Tras las primeras competiciones, el gobernador abrió un turno de duelos. Los trofeos eran unas simbólicas coronas hechas con laureles y jazmines. Los arjoneros comenzaron a retarse y el ambiente lúdico se difuminó al instante.

Ahmed bin Ishaq llevaba su caballo de las riendas. Era un alazán de buen porte que su padre le había regalado para que comenzara a entrenarse y pudiera participar en las algaras. Aquello representaba una manifestación pública de la nueva situación de la familia. El joven se acercó a los hermanos Nasr.

–¿Competimos? –preguntó a Muhammad con desprecio.

–Seremos los siguientes –respondió éste.

Los dos muchachos se colocaron en el punto de salida. Ahmed levantó la mano derecha, con la que sostenía una pequeña bolsa de piel.

–Pongo en prenda un dinar de oro –pronunció alto y claro.

Muhammad miró a Yusuf y éste, enfurecido, se apresuró a abrirse paso entre la gente hasta llegar junto a su hijo.

–Toma, hijo. No estamos en la ruina, aún no. –De su bolsa sacó un dinar y se lo entregó. El muchacho lo miró angustiado–. Tranquilo, corre como sabes correr. Gana con inteligencia. –Palmeó el lomo del caballo y se retiró.

El dinar convertía aquello en mucho más que una simple carrera de honor. El corazón de Ibn al-Ahmar se aceleró. Levantó su prenda y el alcaide se acercó a ellos.

–No permitiré un juego de azar –sentenció tajante y airado.

–Que corra un tercer caballo, de tu elección –propuso Muhammad.

Si un tercer jinete con posibilidades de ganar participaba en la carrera sin arriesgar nada, la apuesta sería lícita. El alcaide miró a su alrededor y seleccionó a un hombre de unos cuarenta años que había acudido a los juegos con un hermoso zaíno árabe. Muhammad y Ahmed se miraron y asintieron brevemente.

–Tres vueltas –propuso el Nasr.

Ahmed aceptó, y el gobernador de Arjona recogió las prendas.

–Nada de trucos. Gana y llévate los dos dinares –le dijo al tercer corredor mientras le enseñaba las monedas.

Un soldado de la guarnición cabalgó hasta el fondo para colgar del poste los nueve pañuelos. En el punto de salida, dos hombres sujetaron los extremos de la cuerda que marcaría el comienzo de la competición.

–A ver si te sirven de algo las lecciones del cojo –le susurró Ahmed a su rival.

A la señal del alcaide, la cuerda cayó al suelo y los tres caballos se lanzaron al galope. En un primer momento Ahmed cogió ventaja con su alazán. El caballo zaíno y el castaño de Muhammad quedaron rezagados, a la par.

–¡Vamos, Fiera! –gritó Ibn al-Ahmar mientras espoleaba a su caballo.

Tomó la delantera sobre el tercer jinete, que enseguida reaccionó acelerando para cogerlo. Ahmed llegó el primero al poste y tuvo que frenar con brusquedad para no chocar con él.

Los otros dos frenaron paulatinamente sus monturas, cogieron sus pañuelos y, progresivamente, volvieron a galopar hasta que regresaron al punto de salida. Para entonces, el alazán ya corría la segunda ronda.

–¡Hasta la gloria! –oyeron que gritaba Ahmed.

Iniciaron la segunda ronda cuando su oponente recogía ya el segundo pañuelo e iniciaba la vuelta, pero, al cruzarse, Muhammad miró de reojo al alazán, que sudaba abundantemente y comenzaba a bajar el ritmo.

–¡Vamos, no frenes ahora! –le gritaba Ahmed.

Muhammad sujetó las riendas y animó a su caballo, que ya estaba preparado para el esfuerzo que le iba a pedir. El zaíno no se apartaba de su lado; sería un adversario difícil de batir. Cogieron el segundo pañuelo y volvieron a la salida. De nuevo habían terminado juntos la segunda ronda. El alazán boqueaba y respiraba con dificultad.

–Principiante –se dijo Muhammad–. A la vuelta te cojo.

Y así ocurrió. Antes de prender el tercer pañuelo, Ahmed se había quedado el último, y los otros dos competidores cabalgaban de pie sobre los estribos. El arte de la equitación no se aprendía en unas semanas, Muhammad lo sabía. El caballo necesitaba cuidado constante y un entrenamiento especial antes de cada carrera. En las semanas previas, el Nasr había estado paseando a Fiera para que sus miembros se acostumbraran a la marcha, le había acortado la ración de alimento para que quemara las grasas superfluas y lo había mantenido tapado con mantas durante días para que sus músculos se fortalecieran.

El tercer jinete agarró su último pañuelo un instante antes que Muhammad y espoleó a su caballo para recorrer el último trecho. El público se había puesto en pie y gritaba para dar ánimo a sus favoritos. Ahmed los seguía sin posibilidades, profiriendo maldiciones.

–Ahora, Muhammad, ahora es el momento de volar –susurró Yusuf al-Ahmar sin apartar la vista de su hijo.

Ibn al-Ahmar forzó a Fiera un poco más y, recuperando el terreno perdido, avanzó hacia la meta a la par del zaíno.

–¡Furia, vuela! –gritó con todas sus fuerzas.

El caballo mantuvo la intensidad del galope y Muhammad vio cómo su rival quedaba una cabeza por detrás. La gente se apartó de la meta y los caballos pasaron por encima de la cuerda, primero Ibn al-Ahmar y detrás, manteniendo la distancia de una escasa cabeza, el tercer competidor. Varios segundos después llegó Ahmed con su alazán.

En cuanto desmontó, Muhammad recibió del alcaide las dos prendas. El almohade no se esforzó en disimular su fastidio.

–¡Animal estúpido! –Ahmed gritaba a su caballo mientras le golpeaba con una vara.

Con paso decidido, Muhammad se dirigió hacia él y, antes de que golpeara de nuevo el lomo del animal, sujetó su brazo. En un gesto rápido, le arrebató la vara. Ahmed se giró e Ibn al-Ahmar lo abofeteó con fuerza. El joven cayó al suelo.

–¡El animal estúpido no es otro que tú! ¿Qué culpa tiene tu caballo de que seas un maldito montón de estiércol? –Muhammad golpeó con la vara la nalga de Ahmed. Al siseo siguió un chasquido y un profundo quejido de dolor.

–¡Deja a mi hijo, Nasr arrogante! –Ishaq se acercaba dando grandes zancadas.

Hubo revuelo y una multitud se agolpó en torno a ellos. Yusuf se abrió paso con dificultad. Se colocó delante de Ishaq con los ojos inyectados de sangre, los ojos de antaño, de sus tiempos en la milicia del califa.

–Tócale un pelo a mi hijo y te despedazo aquí mismo con mis propias manos. –Tensó todos los músculos de su cuerpo y tembló de rabia.

Ishaq supo leer en su mirada el ansia de lucha y reculó, inseguro. El alcaide trató de mediar.

–¡Ya está bien! Ha sido una carrera justa. Cada uno por su lado. Y tú, no vuelvas a pegarle a un caballo delante de mí, o seré yo quien te golpee con la vara.

Todos se dieron la vuelta y comenzaron a retirarse.

–Muhammad, tendría que haberte dado tiempo a dos varazos más –dijo Asquilula a su nieto, montado sobre su caballo.

Ambos rieron. En aquel instante, Ibn al-Ahmar se acordó de las prendas y le entregó a su padre los dos dinares. Yusuf los cogió y abrazó a su hijo.

–Eres una bendición del Altísimo –le dijo al oído.

* * *

Tras las carreras llegó el turno del juego de la sortija, uno de los favoritos de los andalusíes. Muchos arjoneros quisieron participar. A lo largo de varias rondas, los jinetes tenían que ensartar una anilla metálica con sus lanzas de madera.

Abd-Allah se hizo con la corona de laurel y jazmín. Un rastro de orgullo se dejó ver en su rostro cuando mostró el premio a su hermano y a los Nasr.

Terminado el juego, el alcaide dio la orden de comenzar la competición de varas. Los soldados se repartieron en grupos y se fueron retando en duelo. Simulaban la lucha con jabalinas, en la que los africanos eran verdaderos maestros. Los hombres iban armados con escudo redondo de madera y jabalinas de mimbre, rematadas por puntas romas de madera y regatones para equilibrarlas. Una línea en la tierra marcaba el espacio por el que podían moverse. El alcaide había establecido un premio de tres dinares de oro para el vencedor final del torneo.

Hadi participó, pero cayó en la primera ronda. Se sucedieron varias rondas más, hasta que sólo quedaron cuatro participantes. Muhammad e Ismail observaban la competición atentamente. Asquilula los había entrenado en aquella forma tradicional de lucha durante meses.

–¿Podemos competir con ellos? –Ibn al-Ahmar lanzó su pregunta al aire sin apartar la vista de los enfrentamientos. Ismail no le hizo caso.

En el duelo final salió vencedor el bereber a quien todos aclamaban como favorito. Ismail se había puesto en pie para ovacionar al ganador cuando se dio cuenta de que su hermano invadía la pista llevando a Furia de las riendas. Muhammad montó de un salto y se dirigió al alcaide.

–¿Puedo probar? Solicito tu permiso.

El gobernador de Arjona lo miró incrédulo. Muhammad aparentaba tener más edad, era alto y sus miembros estaban fortalecidos por el entrenamiento y el trabajo. Sin embargo, no dejaba de ser un joven aspirante a cegrí de sólo dieciocho años. En la comisura de sus labios se dibujó una sonrisa antes de contestar:

–Por supuesto, coge un escudo y una jabalina.

Una vez armado, Muhammad se acercó al área de combate. El alcaide miró al bereber y asintió; el duelo quedaba confirmado y los murmullos se extendieron entre los presentes.

Ibn al-Ahmar levantó varias veces el brazo para sopesar la jabalina y encontrar el punto de equilibrio. Luego se colocó de costado, ofreciendo a su oponente su lado izquierdo, protegido por el escudo. El bereber se situó frente a él en idéntica posición. Muhammad tensó los músculos y permaneció quieto, alerta. Había decidido dejar que el otro tomara la iniciativa. El soldado hizo que su caballo diera dos pasos hacia atrás y luego lo llevó hacia delante, a la vez que giraba la cintura y arrojaba con fuerza la jabalina. El arma voló hacia la cabeza de Muhammad, que movió su escudo hacia arriba y la desvió por encima de su cuerpo. Sonó el fuerte chasquido de la punta al chocar con un remache del escudo. Ágil como un gato, el muchacho alzó el brazo con el que sujetaba la jabalina y la impulsó hacia su rival, ayudándose con todo el cuerpo. La punta de madera impactó en la espalda del bereber, que había seguido avanzando varios pasos.

Hubo un breve silencio. Todo había ocurrido con rapidez. Enseguida se oyeron las primeras voces y silbidos. La gente empezó a gritar, a corear el nombre del muchacho que había conseguido vencer al campeón de los almohades de Arjona.

La ira asomó a las facciones del alcaide. Decidió entregar dos coronas, pero el premio en dinares fue para el hombre de la guarnición, que había vencido legalmente.

Muhammad volvió junto a los suyos y mostró su trofeo. Todo el mundo quería acercarse a él y felicitarlo.

–Enhorabuena. Les has dado una lección a los del alcázar –le dijo Ibrahim bin Asquilula. Su hermano Abd-Allah permaneció en silencio; miraba la corona de Muhammad mientras sujetaba la suya con fuerza.

Asquilula dirigió una breve mirada a Yusuf. El padre del muchacho asintió, comprendiendo.

* * *

Para finalizar la jornada, dos soldados dispusieron la jaula de las palomas torcaces que servirían como presa en la demostración de cetrería. El alcaide y Asquilula, con los halcones sobre el brazo, se colocaron en el centro de la pista. Les quitaron las caperuzas e, inmediatamtne, los soldados abrieron la jaula y liberaron a una única paloma torcaz. El pájaro cogió altura y se alejó. Había llegado el momento, los cetreros alzaron sus brazos y animaron a sus halcones a lanzarse al vuelo. Tras un breve aleteo, las rapaces saltaron y, después de dar varias vueltas, ganaron altura con rapidez. La paloma volaba hacia el este. El halcón peregrino del alcaide la detectó y comenzó a volar en su dirección. El neblí de Asquilula hizo un vuelo indirecto para colocarse sobre ella. Cuando tuvo distancia suficiente, se lanzó en picado sobre la torcaz y la dañó con sus garras afiladas. La paloma comenzó a descender aleteando. El peregrino, desconcertado por el ataque de su rival, pasó de largo. El neblí se lanzó presto a rematar a la presa; la atrapó con fuerza y comenzó a picotear la base de su cabeza hasta conseguir matarla. El halcón descendió hasta el suelo sin soltarla, triunfal, y su cetrero dejó que se recreara con ella.

El alcaide, rojo de furia y vergüenza, llamó a su ave y dio por terminados los juegos de la fiesta de los Sacrificios. Los arjoneros explotaron de júbilo. Los almohades habían salido doblemente derrotados por Muhammad y su abuelo. Muchos gritaban «neblí», y esta palabra se convirtió en enseña de su alegría. Asquilula se acababa de ganar un apodo entre sus vecinos.

En la algarabía se comenzaron a escuchar varias voces que, primero con timidez y luego con fuerza, se alzaron anónimas con un mensaje de amor propio y orgullo.

–¡Andalusí! –gritaban mientras los almohades se retiraban al alcázar.

* * *

El sol rozaba el horizonte cuando los vecinos regresaron a la ciudad. Muhammad se quedó rezagado y, montado sobre Furia, se dirigió a la maqbara de la Torre. El cementerio se extendía a lo largo de una suave pendiente que comenzaba al pie de la muralla exterior de Arjona. Una sencilla cerca de mampostería rodeaba el recinto, con tres puertas de hierro que permanecían siempre abiertas.

Ibn al-Ahmar paseó entre las sencillas estelas, sorteando los enterramientos y los arbustos olorosos, hasta llegar al viejo torreón de tapial que daba nombre al cementerio. Junto a él había una capilla de mármol rematada por una cúpula. Allí descansaban los restos de Abd al-Rahim, el santón sufí de Elvira que en una de sus peregrinaciones había pasado por Arjona y había decidido terminar sus días en la ciudad. En su honor se construyó una rábita, y en ella fue enterrado y venerado por los morabitos. Cuando los cristianos la destruyeron, los restos del santón se trasladaron a la maqbara, donde construyeron para él aquella lujosa capilla. Yusuf, el padre de Muhammad, había conseguido enterrar a su mujer y a su hijo junto al mausoleo.

Muhammad desmontó y se acercó a la estela del enterramiento de su madre. Sobre ella depositó su corona de laurel y jazmín. En sus pensamientos la vio sonriendo. «Te estás convirtiendo en un hombre», creyó oír que le decía aprovechando la brisa del atardecer. Reconfortado, se dispuso a marcharse.

–Andalusí –oyó de repente cerca de él. Entre las tumbas, Umar el Jilguero avanzaba a buen paso hacia él–. Te he seguido. –Cuando estuvo a su lado, lo abrazó con fuerza–. Estoy orgulloso de ti. Has devuelto el orgullo a nuestro pueblo.

–Sólo he ganado un juego –dijo el joven con sincera modestia.

–Andalusí, andalusí –repitió Umar simulando la voz de un coro–. ¿Acaso no los has oído? Se han sentido capaces de luchar, capaces de vencer. Me has emocionado en la pista. Tienes el don de remover los corazones. Espero que sepas aprovecharlo. Tienes una responsabilidad, cualquier don conlleva siempre una responsabilidad.

Muhammad asintió. Sabía lo que quería decirle. Umar contempló el sencillo albornoz de lana que vestía y las burdas botas de cuero sin labrar.

–Rezo a diario por ti. En mis meditaciones te veo y se me revelan imágenes de victoria. –La mirada del santón pareció nublarse–. Pero, amigo, debes cuidarte bien las espaldas. La excelencia siempre provoca envidias y celos. ¿Sabes a lo que me refiero? –El muchacho volvió a asentir–. Ve con cuidado, muchos pies estarán dispuestos a hacerte tropezar.

–Me hablas como si fuera un príncipe.

–Tiempo, Muhammad. Tu destino está escrito y sólo Alá conoce el libro. Yo... sólo puedo atisbar algunas líneas.

* * *

Ibn al-Ahmar dejó a Furia en el establo y entró en Arjona cuando las primeras estrellas lucían en el cielo. Al llegar a casa, se quitó las botas en el zaguán. El muecín comenzaba a recitar el llamado a la oración. Había sido un día intenso y estaba agotado. Escuchó rumores de voces en el patio y, con sigilo, se asomó por la puerta entreabierta. Su padre permanecía sentado en un taburete con las piernas extendidas hacia delante. Arrodillada a su lado, Karima se las lavaba con agua perfumada.

–Estos callos te los tendría que ver un practicante.

Yusuf se dejaba lavar en silencio, con una mueca de placer en el rostro. Muhammad aguardó varios minutos y entró en el patio cuando la mujer retiraba la jofaina. Padre e hijo se miraron.

–Hijo, hoy le has regalado a toda Arjona un buen espectáculo, algo de lo que hablar durante meses. Te has convertido en un hombre.

–Gracias, padre.

Muhammad se retiró para asearse y prepararse para la oración. No era la primera vez que escuchaba aquello. Se estaba convirtiendo en un hombre. Una agradable sensación lo invadió. Había dejado definitivamente atrás una etapa de su vida. Pronto podría cumplir con su deber sagrado.

* * *

Abd-Allah tiró la corona al suelo y se dirigió al *madjlis* con paso firme. Su hermano Ibrahim y su padre lo siguieron. Asquilula recogió el trofeo al tiempo que su esposa asomaba la cabeza desde la cocina, en el otro extremo del patio. Él la tranquilizó con un gesto de la mano.

Entraron en el salón y vieron al muchacho sentado al borde del entarimado.

–¿Qué te pasa? ¿Acaso te ha poseído un *djin*?

–Cualquier triunfo es vano. –Señaló la corona–. Sólo hay ojos para el Nasr.

El padre le arrojó el premio, que Abd-Allah recogió al vuelo.

–El Nasr es el hijo de tu hermana, que en paz descanse. También es miembro de esta familia –dijo con firmeza–. ¿Te refieres a mí? ¿Realmente crees que lo quiero más que a vosotros? –Dejó las preguntas en el aire unos momentos–. Él es mi nieto, pero vosotros sois mis hijos, los que me heredaréis. No quiero volver a oír nada parecido. Somos una familia.

–Padre, lo sabemos. Mi hermano se refiere a que a veces pareces admirar a Muhammad –intervino Ibrahim, conciliador–. Yo también me he dado cuenta.

Asquilula suspiró profundamente.

–Os admiro a los cuatro. Admiro vuestra dedicación y vuestros progresos. Juntos podréis hacer grandes cosas. Pero nunca olvidéis lo que os voy a decir. –Se recostó incómodo, como si le costara encontrar las palabras adecuadas–. Nunca seréis menos que nadie. –Los miró a los ojos por turnos–. Muhammad podría ser el mejor jinete, pero incluso el mejor soldado lucha al servicio de un poderoso. –Culminó su discurso mientras los señalaba con su dedo índice–. Vosotros... vosotros tenéis poder.

Arjona. Enero de 1214

La temperatura había descendido bruscamente los últimos días y el aire que soplaba aquella mañana acentuaba la sensación de frío. Hadi formaba parte de la guardia que acompañaba al recaudador de impuestos. El alcaide ya había cobrado el azaque. A finales de la primavera anterior se había estimado la cosecha y en verano se cobró el diezmo de lo establecido para cada agricultor. Sin embargo, el año había sido poco lluvioso y el dinero recaudado no había sido suficiente para cubrir todos los gastos de la ciudad. Tras sopesar todas las opciones, se decidió establecer un único cobro de la almogana para intentar capear la escasez hasta la siguiente temporada. No era un impuesto legal y contravenía lo dispuesto en el Corán, pero las circunstancias requerían un esfuerzo añadido.

La comitiva recorrió a caballo las calles de Arjona hasta llegar a las inmediaciones de la puerta de Córdoba. En su explanada estaban ya montadas las tiendas del bazar y muchas mujeres comenzaban a acudir a los puestos. Hadi abría el paso. Lucía un equipo completo, que incluía un lorigón, un yelmo, un escudo redondo y una lanza con orejetas, y llevaba la espada sujeta por un fajín verde.

Atravesaron la puerta y tomaron rumbo hacia una alquería. Llevaban un buen trecho recorrido cuando un jinete les dio alcance. Era un africano sin armadura, tocado con un turbante teñido de azul.

–Tenéis que volver al alcázar. Orden del alcaide –soltó dirigiéndose al funcionario con la voz entrecortada por la carrera.

–¿Qué ha pasado? –preguntó el recaudador.

–Han llegado palomas. El califa ha muerto en Marrakech, Alá lo colme de honores en el Paraíso –dijo sin ninguna emoción–. El alcaide quiere que toda la guarnición permanezca en Arjona.

Como muchos esperaban, al-Nasir había muerto. El perdedor de la batalla de las Navas al fin había caído. No se conocían más detalles. Tardarían varios días en saber que uno de sus visires lo había envenenado. Dejaba como sucesor a su hijo Abu Ya'Qub, que no llegaba a los quince años.

Volvieron presurosos a la alcazaba. Los cambios de gobierno eran épocas convulsas y había que estar preparado para cualquier imprevisto.

Cortijo del Agua Dulce (al sur de Castilla). Invierno de 1214

María regresó de la fuente con dos cántaros de agua. Revisó los corrales y rellenó los bebederos de las gallinas. Entró en la casa cuando atardecía, dispuesta a preparar la cena. Su tío estaba sentado a la mesa, mirando el fuego del hogar con los ojos vidriosos al tiempo que daba largos tragos a un vaso de vino. Volvía a estar borracho. Desde la muerte de su esposa se había aficionado a beber tras la jornada de trabajo. A María no le gustaba verlo así, aparentaba ser otra persona. Dejaba la mirada perdida y su mente parecía viajar por senderos oscuros. En otras ocasiones, cuando el vino tocaba el resorte de su alegría, cantaba e incluso bailaba.

Aquella tarde parecía sereno. Todavía no estaba demasiado borracho y, pensativo, giraba el vaso de barro sobre la mesa.

–Siéntate –le dijo con autoridad señalando una silla.

–Es tarde, tengo que preparar la cena –contestó ella.

Él dio un manotazo al aire.

–Déjalo, cenaremos cualquier cosa. Quiero pasar un rato tranquilo con la sobrina de mi mujer, que en paz descanse. –Cogió la jarra de vino y llenó un segundo vaso que había dispuesto junto al suyo–. ¿Qué edad tienes ya, María?

–Creo que dieciocho.

–Ya eres una mujer. –Le ofreció el vino y ella lo cogió, dubitativa–. Bebe conmigo. –Apuró su vaso de un trago.

La muchacha se sentó, tomó un breve sorbo y simuló una sonrisa. Él la animó a seguir con un gesto de la mano, mientras se llenaba de nuevo el vaso. Pasado un rato levantó la jarra delante de ella.

–Apura, que te voy a llenar.

María bebió y el vino le abrasó la garganta; era un vino fuerte, añejo, y su tío no lo había mezclado con agua. La falta de costumbre y el estómago vacío hicieron que enseguida se ruborizara y que su cabeza comenzara a aturdirse. Sintió que perdía el control sobre su cuerpo. Su tío llenó ambos vasos y la jarra se vació.

–El vino alegra el corazón y hace olvidar las penas –dijo alzando su vaso.

Al instante, nada más escucharlo, María se acordó de su tía y de sus padres, y por primera vez sintió el impulso de seguir bebiendo. Cayó la noche, pero no fue necesario encender una lámpara, la lumbre estaba viva e iluminaba toda la estancia.

Con una fuerte sensación de mareo, María terminó su último vaso. Su tío la miraba con los ojos enrojecidos. Le pasó la jarra vacía.

–Trae más –le dijo sin apartar los ojos de ella.

La muchacha se puso en pie, inestable. Dio un pequeño traspié pero llegó sin caerse hasta la tinaja en la que se guardaba el vino. Se agachó y cogió el cucharón para llenar el recipiente. No vio a su tío que, con gesto rápido, se había levantado de la silla y se había colocado detrás de ella. Sólo sintió su respiración fuerte y agitada justo antes de que le pusiera una mano en el hombro. María se incorporó, se le cayó el cucharón y regó el suelo con vino. Ramón le sujetó la cintura con un brazo y con la mano libre le remangó la túnica interior. María gritó, pero él no pareció oírla. La llevó a rastras hasta la mesa y la empujó hasta que chocó de bruces con ella. Se quedó quieta un instante y enseguida se echó a llorar con tono lastimero. El hombre se bajó el pantalón y los calzones, y desde atrás la forzó. Ella soltó un aullido, pero ya era demasiado tarde. Su tío sólo tuvo la mínima consideración de salir de ella antes de culminar. Las piernas le temblaban. María continuaba echada sobre la mesa, completamente inmóvil. Ya no lloraba, estaba ausente. Dos finos hilos de sangre le resbalaban por las piernas.

El hombre recogió el cucharón del suelo y rellenó la jarra. A grandes tragos, como si quisiera borrar la culpa con el vino, bebió del recipiente. Cuando había acabado con la mitad, depositó con fuerza la jarra sobre la mesa, junto a la cabeza de su sobrina, y se retiró a su alcoba dando tumbos, sin decir una palabra.

Sólo quedó el silencio en la cocina. María se levantó aturdida. El dolor era intenso y la quemaba desde dentro. Su cabeza trataba de hallar una explicación, pero se sentía demasiado angustiada y confusa. Había sido un acto antinatural y pensó que estaba condenada, que Dios la dejaría desamparada. Agarró la jarra y bebió un buen trago. Se atragantó y acabó escupiendo la mitad del vino. Con furia, estampó la jarra de barro contra la pared.

–¿Por qué, Dios mío?, ¿por qué? –sollozó desesperada.

Se dejó caer sobre el suelo sucio y manchado de rojo, y allí, al calor del hogar, la inconsciencia del alcohol la derrotó y la dejó alejarse unas horas de su tormento.

Arjona. Primavera de 1214

Vestido con un amplio albornoz de lana y con un casquete de fieltro, Hadi se presentó en la casa de los Asquilula. Aquella mañana estaba libre de servicio y decidió aprovechar para visitar a su antiguo patrón. Lo recibió una joven esclava, que lo llevó al *madjlis* de su señor. El Neblí, como ya era conocido en toda Arjona, leía el Corán sobre un atril de madera ricamente ornamentado.

–¡Amigo mío! Pasa y siéntate conmigo. –Le señaló un banco de madera frente a él. Esperaba aquella visita desde hacía días–. ¿Quieres tomar algo?

–No. Gracias, señor.

Asquilula lo miró expectante, esperando que iniciara la conversación.

–Hay noticias de África –dijo al fin–. Un comerciante ha llegado de Marrakech esta semana y se ha reunido con el alcaide. Corre el rumor de que el califa ha sido envenenado –dio a su voz un tono de solemnidad impropio en él.

–Creo que eso ya lo intuíamos todos.

Hadi se sintió defraudado por la reacción.

–Por lo visto ha sido uno de los visires. El nuevo califa es todavía un niño y sus tíos y los jeques almohades de Marrakech son los que gobiernan el imperio. –Asquilula se incorporó y Hadi percibió entonces un renovado interés–. Abu Ya'Qub II es como un juguete en sus manos –adornó su relato.

–¿Tienes nombres? ¿Están todos de acuerdo?

Hadi negó con la cabeza y continuó hablando, algo más animado:

–La situación no es buena en África. Hay tribus que no aceptan a los almohades y están empezando a moverse. Podría ser un buen momento para que se alzaran contra ellos.

–Y realmente lo es –apostilló el Neblí.

–Parece que sí. Hay tres tribus a las que los almohades miran con recelo: los zayyaníes, los hafsíes y los zenetas meriníes.

–¿Se han sublevado ya?

–No. Sólo se habla de que no están contentos con los almohades.

–¿Hay algún *mahdi* entre ellos?

–No, que yo sepa.

–Eso está bien. No quiero oír hablar de más profetas.

Tanto el movimiento almorávide como el almohade habían nacido de la mano de un líder espiritual que ostentaba una visión específica del islam. Pero los incipientes rebeldes africanos no pretendían erigirse en imanes de sus pueblos.

Asquilula permaneció unos instantes meditando. Hadi se recostó.

–Bien, bien. Muy interesante –comentó el Neblí. Desde que le pidió que lo mantuviera informado, Hadi se había esforzado por escuchar las noticias que llegaban al alcázar. Sonrió–. ¿Has pensado en casarte? –soltó de forma inesperada. Se sentía satisfecho con su informador y pensó que había llegado el momento de hacer algo más por él.

–No he tenido tiempo de pensar en eso.

–Si esperas demasiado, se te va a pasar la edad. –Dio dos sonoras palmadas y poco después apareció una esclava, una muchacha con menos de veinte años. El hombre observó a Hadi mientras la joven se acercaba a ellos–. Tráenos unos dátiles y leche. –La esclava se retiró–. Hadi, déjame a mí lo de tu boda. Dentro de poco se casarán mis hijos. Un buen musulmán debe estar casado y engendrar más musulmanes. –El muchacho no encontró palabras con las que contestar–. ¿Te ha parecido bonita? –Con la cabeza señaló la puerta por la que acababa de salir la joven.

Hadi se había fijado en ella. Llevaba el rostro descubierto y había podido observar sus rasgos delicados y sus hermosos ojos oscuros. Se sentía halagado. Aunque fuera una esclava, era propiedad del patriarca de los Asquilula.

–Sí, es hermosa.

En ese momento la muchacha entró en la sala con una bandeja.

–Aquí la tienes –dijo Asquilula–. Hija de gallegos criada en al-Ándalus. Educada por nosotros en la fe verdadera.

La despidió con un gesto de la mano y miró sonriente al joven soldado. Asquilula no era de los que aceptaban una negativa a sus planes.

* * *

Ibrahim e Ismail permanecían en pie a ambos lados de Asquilula mientras Muhammad y Abd-Allah se enfrentaban con espadas y escudos redondos. Se observaban y hacían ligeros movimientos para calibrar la distancia y la posición del contrario.

–Vamos, Nasr. Ataca.

Muhammad no respondió al envite y fue el propio Abd-Allah el que lanzó una estocada hacia el estómago de su oponente. Ibn al-Ahmar estaba plenamente concentrado; se hizo a un lado con facilidad, empujó con su escudo el hombro de Abd-Allah y lo derribó. Mientras saltaba sobre él, su prima Farah aparecía por el camino con otras dos muchachas. Se les quedó mirando embobado y su corazón se aceleró. Las tres se taparon el rostro con la tela que les colgaba sobre el pecho y soltaron algunas risitas.

Muhammad sintió un intenso dolor en el hígado, su cuerpo se encorvó y se desequilibró, cayendo hacia atrás. Abd-Allah le había lanzado un puntapié. El joven Asquilula se puso en pie, se echó sobre él y simuló rematarlo.

Las muchachas ya estaban a su altura. Llevaban cestos y se dirigían a la munia para recoger brevas de las excelentes higueras de Asquilula. Muhammad apartó la espada y se levantó, aún dolorido.

–¿A qué venía eso? ¡Ya te había derrotado! –se encaró a él.

Las muchachas apretaron el paso. El Neblí corrió a separarlos, agarró a Muhammad de un hombro y le dio una fuerte bofetada.

–¡No lo habías derrotado! ¡No lo has rematado! Si esto fuera un duelo real, tú estarías muerto y él no. –Los señaló por turnos mientras hablaba–. No admito distracciones, aquí aprendéis a defender vuestra vida. Esto no es un juego.

Ibn al-Ahmar aguantó la regañina con entereza, aunque una lágrima involuntaria le resbaló por la mejilla izquierda, enrojecida e inflamada por el golpe. Abd-Allah se colocó junto a su hermano Ibrahim y le dio un codazo cómplice. Ambos sonrieron.

Cuando los ánimos se calmaron, Ismail e Ibrahim se enfrentaron con mazas romas y escudos. Asquilula les enseñó una maza con cabeza de metal.

–Esta arma es muy efectiva. Puede partir cualquier hueso con facilidad. Podéis atacar una cabeza con yelmo, un pecho con coraza o un hombro protegido por cota de malla. En cualquier punto, provocará destrozos.

Los muchachos lucharon mientras el Neblí les daba algunos consejos sobre la utilización de la maza en batalla. Terminado el combate, recogieron el material y el instructor los reunió en un círculo, dentro del cual, con una vara, comenzó a hacer dibujos en la tierra.

–Lección de estrategia. Éste es el cerro en el que estaban nuestras tropas. –Dibujó un círculo frente a él–. Aquí estaba la fortaleza de Alarcos y las tropas cristianas, sobre otro cerro. Éstas eran las alas de caballería ligera y aquí estaba la reserva y el campamento de al-Mansur. –Fue señalando con la vara cada punto–. La caballería pesada cristiana comenzó el ataque contra nuestro centro y arrasó varias líneas. –Hizo una pausa–. Recordad las lecciones. ¿Cómo resolveríais la situación?

Los cuatro muchachos observaron los dibujos e imaginaron los escuadrones.

–La reserva refuerza a la vanguardia desde atrás y las alas de caballería atacan a los que quedan en el cerro de Alarcos –intervino Ismail.

Asquilula negó con la cabeza lentamente.

–Tu planteamiento podría resolverse favorablemente, pero dependería del azar.

–Las alas envuelven a la caballería pesada y la aniquilan. Luego hostigan a los del cerro guardando la distancia –planteó Muhammad.

–¡Exacto! Eso precisamente fue lo que pasó. ¿No recordáis las lecciones de los antiguos? Divide y vencerás. –Trazó una línea entre la caballería pesada y el resto de cristianos–. Tenemos la ocasión de concentrar nuestras fuerzas para anular a sus caballeros.

–¿Dónde estabas tú, padre? –preguntó Ibrahim.

–Justo aquí, en el ala derecha.

Los ojos del Neblí se encendieron al recordar la batalla. Añoraba aquellos años, la excitación de la lucha y la sensación de poder al empuñar un arma para matar a un enemigo. Había pasado mucho tiempo. Su lesión no había sido tan grave como para dejarlo impedido, pero no le había permitido volver a combatir. Ahora tenía ya cincuenta y cinco años.

–Ya sois buenos guerreros, pero espero más de vosotros. –Señaló a sus hijos–. Vosotros, llevad todo esto de vuelta a la munia. Ya está bien por hoy. –Se acercó a Muhammad–. Te gusta, ¿eh? –Ibn al-Ahmar frunció el ceño, como si no acabara de comprender lo que le decía su abuelo–. Tienes suerte.

–¿Por qué? –preguntó, rendido a la evidencia.

–Farah tiene dieciséis años. ¿No te extraña que aún no se haya casado? –Muhammad escuchaba con atención y comenzaba a sentir un rumor en el estómago que subía hacia su pecho–. No eres tonto, zagal. Ata los cabos. Te está destinada –le susurró. Luego montó sobre su caballo y se encaminó hacia Arjona.

Muhammad ya no sentía el dolor de la bofetada. Farah se le había incrustado en el alma con fuerza. A menudo se sorprendía pensando en ella, fantaseando con furtivos encuentros en los que conseguía robarle un beso o imaginando las curvas de su cuerpo, apenas insinuadas bajo túnicas y albornoces.

Las palabras de su abuelo lo llenaron de luz y esperanza y un único pensamiento nubló su euforia: «Quiera Alá que ella también me ame». Pero enseguida se entregó con confianza a la ilusión de tenerla entre sus brazos.

–¿Qué te pasa, hermano?

Ismail había permanecido apartado hasta ese momento. Muhammad lo cogió por los hombros y comenzó a caminar hacia las cuestas que llevaban a Arjona.

–Nada, que el Altísimo a veces nos da una bofetada justo antes de regalarnos un dulce.

Los dos hermanos llegaron a la huerta de su padre. Le ayudaron a cargar varias espuertas de verduras y regresaron con él a la alcazaba.

–¿Cómo ha ido hoy la siega? –Yusuf había delegado la labor en sus hijos para poder dedicarse plenamente a la huerta y al pozo–. ¿Hay buena cuadrilla?

–Hemos avanzado mucho –explicó Ismail–. Los hombres de Andújar son buenos con la hoz. Los de Arjona se picaban con ellos y todos querían demostrar que eran los mejores. Hasan ha mejorado mucho. –El amigo de los Nasr trabajaba con ellos–. Creo que no merece la pena contratar espigadoras, ha quedado poco por segar.

–Muy bien. Me alegra. Pronto estaremos quemando rastrojos.

Ya en la ciudad, Yusuf los condujo hasta un mercader que ocupaba una vivienda abandonada en el viejo barrio judío. Negoció con él la venta de las verduras y luego se marcharon a casa, donde Karima los recibió con una queja. Tenía tres piedras en la mano. Unos niños del barrio se habían dedicado a lanzarlas por encima de las tapias. La mujer estaba indignada y no paraba de hablar de cuando era niña, del respeto que los chicos de entonces tenían hacia los mayores.

–Ya no hay respeto, no hay respeto... –seguía refunfuñando mientras se retiraba a la cocina para servir la comida.

Ismail la siguió para ayudarle a llevar las escudillas y los vasos. Karima debía rondar los cuarenta años, pero aparentaba ser algo mayor. El trabajo apenas le dejaba tiempo para su cuidado personal. Se había convertido en el sostén de la familia.

Muhammad y su padre se asearon en la tinaja del patio.

–Padre –dijo el joven–, el abuelo me ha dicho que la prima Farah me está destinada.

Yusuf se sobresaltó y escrutó en la mirada del muchacho al tiempo que comenzaba a secarse el torso con un paño blanco.

–¿Qué te parece la idea?

–Bien. Si así lo habéis dispuesto, me casaré con ella.

Ibn al-Ahmar había tratado de ocultar sus emociones, pero su padre, astuto, se percató de un atisbo de entusiasmo mal disimulado.

–Aún es pronto. El matrimonio se celebrará dentro de un par de años. Necesitamos tiempo para reunir la dote, la familia de la chica es importante... –Muhammad no se atrevió a decir nada, pero dos años le parecieron demasiado tiempo.

Acabó de lavarse y se dejó la parte superior de la túnica caída sobre el cinturón. Su padre se lo quedó mirando. Muhammad había heredado los ojos verdes que eran tan frecuentes entre los Nasr. Tenía la piel blanca, como su madre, y su mismo lunar en la parte derecha del cuello. Era un joven vigoroso y ya plenamente desarrollado, cuyos hábitos ascéticos le ayudaban a mantenerse fibroso. Yusuf no solía detenerse a pensarlo, pero sus hijos habían crecido y se habían convertido en hombres fuertes y disciplinados. Una oleada de orgullo lo invadió. Apoyó su mano derecha sobre el hombro de Muhammad.

–Cuento con tu bendición para organizar ese matrimonio, ¿no, sinvergüenza?

Y ambos se echaron a reír.

Al oír las risas, Faray asomó la cabeza desde el granero de la planta superior y enseguida se les unió en el patio. Juntos entraron en el *madjlis*, donde Ismail ya había comenzado a pellizcar el pan caliente.

Monasterio de Santa María la Real de las Huelgas, Burgos. Noviembre de 1214

Varios peones trabajaban en el empedrado del suelo. Iban y venían cargados con las piedras. El nuevo claustro de las Huelgas avanzaba a buen ritmo y pronto estaría terminado. Tras el funeral de su madre, Berenguela decidió visitarlo para comprobar los avances.

Sentados en el suelo, tres artistas musulmanes mezclaban pinturas para colorear las yeserías. La recién difunta reina Leonor los había mandado venir desde Toledo para trabajar en las obras de su gran proyecto, aquel monasterio cisterciense femenino que se había convertido en su propia tumba y en la de su esposo, Alfonso VIII de Castilla, el vencedor de las Navas.

Berenguela estaba demacrada y lucía unas profundas ojeras.

–Ay, la muerte, compañera constante de viaje –suspiró. Llevaba a sus hijos Alfonso y Fernando de la mano.

Todavía no había cumplido los treinta y cinco, pero los reveses del destino la habían avejentado. El primer encuentro con la muerte más fiera fue a sus veintitrés años, cuando perdió a su pequeña Leonor. Tenía su risa infantil grabada en la memoria y durante su entierro creyó oírla resonar entre los pilares de la iglesia. Desde entonces, su pensamiento siempre volvía a ella cuando acudía a un funeral; aquella risa angelical sonaba en su cabeza, como un terrible recuerdo de lo efímero de la vida.

Casi diez años después, en 1211, perdió a su hermano Fernando, heredero al trono de Castilla. Aquella muerte le había afectado especialmente. Fernando era demasiado joven y ella se sentía muy unida a él.

Ahora, en tan sólo un mes, había perdido a sus padres. A primeros de octubre falleció Alfonso VIII, rey de Castilla. Varias semanas después Leonor, su viuda. La muerte había sacudido a la familia real y había enturbiado con su ponzoña la corte de Castilla, que se agitaba ante las inquietantes perspectivas de futuro. Enrique, hermano de Berenguela, había sucedido a su padre en el trono, pero no era más que un niño de diez años y, como tal, era muy influenciable. En un primer momento, la regencia había recaído sobre su madre, Leonor de Plantagenet. Ahora, con la muerte de la reina, la regencia pasaba a Berenguela.

–¿Cómo estás, madre? –preguntó Fernando.

El niño siempre se mostraba considerado con ella, preocupado por su bienestar.

–Bien, hijo. La pena tardará en marcharse, pero debe quedarnos el consuelo de que nuestros seres queridos están con Dios, disfrutando de una vida mejor.

–Ha sido un funeral bonito –comentó Alfonso, intentando animarla.

–Sí, Alfonso. –Le pasó la mano por la cabeza–. Han acudido todos los nobles y magnates del reino. Vuestra abuela era muy querida y muy respetada.

–¿Qué pasará ahora con Enrique? –Fernando lanzó la pregunta sin rodeos.

Berenguela buscó un lugar apartado en una de las galerías del claustro y se detuvo a explicarles a sus hijos la nueva situación.

–Ya sabéis que Enrique necesita un regente hasta que tenga edad para tomar decisiones solo. La reina era su regente. Ahora que Dios ha dispuesto su partida, la regencia ha pasado a mí, como hermana mayor del rey.

Los niños abrieron los ojos con sorpresa.

–Tú serás la regente –comentó Fernando, boquiabierto.

–¿Qué hace exactamente una regente? –preguntó Alfonso.

–La regente gobierna en nombre del rey hasta que él mismo puede gobernar. –Fue su hermano quien contestó.

La madre asintió con orgullo. Fernando aprendía con rapidez.

–Exactamente. La regente gobierna.

–Así es que la muerte de la reina te ha convertido en la gobernante de Castilla... –ahora Alfonso había calibrado con más exactitud la dimensión de la noticia.

–Sí, hijo, la muerte ha cambiado nuestros destinos. Siempre la muerte. A todos nos llega. –Berenguela comenzó a divagar, afectada por el dolor–. Es el rasero que a todos iguala. Hay muertes que llegan demasiado pronto y otras, demasiado tarde. Sólo Dios puede decidir sobre ellas, sólo Él conoce el plan que rige el mundo.

Fernando se quedó pensativo. Algo le rondaba la cabeza las últimas semanas. Al fin se atrevió a hablar.

–¿La muerte del infante también la decidió Dios?

Su madre sabía de qué hablaba. En agosto había llegado la noticia de la muerte de Fernando, el hijo que Alfonso IX de León había tenido con Teresa de Portugal, el niño que había desplazado en la sucesión al infante castellano. Berenguela había interpretado esa muerte como una señal divina que restablecía el orden acordado por el propio rey. Secretamente, había recibido con alivio la nueva.

–Sí, esa muerte también la dispuso Dios. –No quiso ahondar en la cuestión–. Vamos a las claustrillas, quiero rezar a vuestro abuelo antes de regresar a Burgos.

En una capilla del primer claustro yacían los restos de Alfonso VIII de Castilla. La mujer entonó en susurros varias oraciones, y sus hijos la imitaron.

–Aquí descansa la gloria de Castilla –dijo al terminar los rezos–. En el Cielo se habrá encontrado con su amigo Pedro. Seguro que han hablado de las Navas y de la carga que juntos acometieron contra los moros. –En una amarga mueca simuló una sonrisa.

Pedro II de Aragón había sido el principal apoyo para Castilla en la empresa de las Navas. Había muerto hacía un año, mientras defendía a los herejes cátaros del Languedoc, vasallos suyos, de la cruzada que se había predicado contra ellos. Tras la muerte de Pedro II, el príncipe Jaime, ahora rey de Aragón, había quedado bajo la custodia del líder de la cruzada. Sólo la intervención del papa Inocencio III logró que Jaime, aún menor de edad, fuera devuelto a Aragón. A cambio de su ayuda, el papa había impuesto una condición: más allá de los Pirineos prefería el dominio del rey de Francia. Sólo era cuestión de tiempo que Aragón buscara compensación a la pérdida mirando hacia el sur, hacia Valencia.

–¡Qué buenos reyes hemos perdido! –dijo, embargada por la emoción.

De fuera llegaban las voces de los asistentes al funeral, que comenzaban a marcharse. La misa había terminado hacía varias horas, pero los nobles habían formado corrillos a la salida de la iglesia.

La infanta tomó de nuevo a sus hijos de la mano y atravesó la iglesia, ya vacía, para salir al compás de afuera. Todavía quedaban algunos magnates. Su comitiva esperaba cerca del muro exterior. Álvaro Núñez de Lara, el noble más poderoso de Castilla y alférez del rey, pasó junto a Berenguela sin siquiera saludarla. Ella alzó la cabeza y avanzó con decisión hacia los suyos.

«No va a ser fácil», se dijo a sí misma.

Arjona. Diciembre de 1214

La novia fue presentada a los invitados de ambas familias. Lucía un vestido de seda con bordados dorados y entre las joyas que llevaba puestas destacaban dos pulseras de oro que el novio le había regalado como parte del acidaque.

Enseguida la muchacha fue retirada del *madjlis* de los Asquilula, donde los hombres iban a disfrutar de la *walima*, y se reunió aparte con el resto de mujeres.

Tres esclavas colocaron braseros por la sala, que no tardó en calentarse. Abd-Allah bin Asquilula habría preferido casarse en una estación más cálida, pero su padre había consultado al astrólogo más eminente de Arjona y éste le informó de que el horóscopo establecía dos días especialmente fastos en aquel mes. Ibrahim se había casado en el primero de aquellos días. El segundo fue para Abd-Allah. Ambos se casaban con hijas de parientes. Los dos suegros eran primos hermanos de Asquilula, los familiares más próximos por vía paterna que tenían hijas en edad casadera. La esposa de Ibrahim tenía dieciséis años y la de su hermano acababa de cumplir los quince.

Las esclavas volvieron a entrar en la sala para disponer las mesas. Rellenaron el aceite de las lámparas y colocaron dos recipientes con perfume en las hornacinas de la entrada. Ricas alfombras de vivos colores cubrían por completo el suelo y hermosos tapices colgaban de las paredes.

Abd-Allah evitó a los invitados que lo acosaban con cumplidos y buenos deseos y se acercó a Ibrahim.

–Hermano, ¿qué tal? –Le lanzó un codazo al costado para que comprendiera mejor la pregunta.

Ibrahim dibujó una amplia sonrisa antes de contestarle al oído:

–Es diez veces mejor que cuando te tocas, se podría decir..., pero complicado de explicar.

–Espera, Ibrahim, que nosotros también queremos oírlo. –Ismail y Muhammad se incorporaron al grupo.

–Sublime, delicioso, éxtasis de placer. –Ibrahim usaba expresiones que había leído en poemas clásicos de amor y sus oyentes escuchaban con envidia.

–¿Cómo se hace? –preguntó sin reparos Abd-Allah, que sentía cerca su estreno y quería acudir a la cita con toda la información posible.

–Tranquilo, sabrás hacerlo. Tienes una llave y hay una cerradura. Sólo tienes que meterla dentro. El problema es que la cerradura se atasca y hay que insistir metiendo la llave muchas veces. –Movió las caderas adelante y atrás.

Todos rieron. Ibrahim parecía encantado. Había tenido suerte, su esposa era hermosa y estaba bien educada.

En ese momento, entraron las esclavas con fuentes repletas de carne de cordero lechal y un murmullo de admiración se extendió entre los hombres. Detrás de ellas, varias mujeres de la familia del novio portaban recipientes con un guiso de carne escabechada a la vinagreta. A pesar del velo que le tapaba el rostro, Muhammad reconoció a Farah, y su corazón se aceleró. La muchacha se perdió entre los comensales, soltó su carga y se dispuso a regresar a la cocina. Ibn al-Ahmar se excusó, salió precipitadamente de la sala y la asaltó en el patio.

–Espérame esta noche, voy a visitarte –le dijo en un arrebato. Necesitaba confirmar que ella lo amaba antes de casarse. Se perdió en sus profundos ojos, oscuros como la piel de un toro. Farah sonrió, lo percibió en su mirada.

–¡Muhammad! –oyó la voz firme de Karima que llegaba desde el otro extremo del patio–. No molestes a la chica. ¡Tú a lo tuyo!

Farah continuó su camino hacia la cocina. Ibn al-Ahmar regresó al salón.

Asquilula estaba exultante. Su mesa, sobre el entarimado, presidía todo el espacio. A la derecha tenía a su primo, el padre de la novia. Al otro lado estaba Yusuf, el padre de sus nietos predilectos.

–Me han dicho que no te van mal las cosas –le dijo el anfitrión al patriarca de los Nasr. En ese instante llegó la *qayna* que Asquilula había contratado, acompañada por otra mujer que tocaba el laúd y un joven atabalero. Comenzaron su espectáculo y los hombres lo celebraron dando sonoras palmadas.

–Nada mal –contestó Yusuf, alegre. Se mesó la barba bien recortada y recién teñida con alheña–. La cosecha ha sido mejor de lo que esperaba y la huerta del pozo está dando buen rendimiento.

–Después de los años malos siempre vienen los buenos. Me alegro. Además, la frontera está tranquila. –Una embajada castellana había firmado nuevas treguas en verano con los almohades. Tras la muerte de Alfonso VIII, Castilla vivía una situación precaria.

–Ya tengo vistos dos caballos –dijo Yusuf de repente.

–¿Cuántos años? –preguntó Asquilula.

–Seis y siete.

–¡Lo sabía! Eres un cabezota. Te dije que compraras potros. Eres como los cristianos, que no quieren a sus caballos más que para montarlos. –Intentó simular una mueca de enfado, pero no fue capaz–. ¿Están bien entrenados?

–Los ha traído un ganadero sevillano. Dice que son de Qabtil. Responden bien.

Asquilula lo miró sorprendido.

–Si son de Qabtil, me quedo tranquilo. –La isla menor, Qabtil, era célebre por la cría de caballos. Sus habitantes eran descendientes de los normandos que varios siglos atrás saquearan Sevilla–. Ya sabes que yo pongo el establo. Y las sillas –agregó.

Las esclavas sirvieron jarabe de horchata. Los hombres comieron la carne con avidez y la música acompañó al ambiente festivo que reinaba entre los comensales. El siguiente plato consistió en hojaldres rellenos con pichón y pasta de almendra.

Abd-Allah fue a sentarse a la mesa de su padre. La última primavera había cumplido veinte años. Ibrahim le sacaba un palmo y era más corpulento, pero el hermano menor era más fuerte y resistente. Había heredado la constitución de su padre, aunque tenía el pelo rizado y la nariz aguileña de su madre. Ibrahim, en cambio, tenía la cabellera escasa y castaña de los Asquilula, y los rasgos faciales de su padre.

Tras los hojaldres, cuando ya todos estaban ahítos, las mujeres sirvieron buñuelos de berenjena. Al poco, sacaron las bandejas de postres.

Abd-Allah acudió junto a los otros muchachos antes de que terminara la *walima*. La música subió de tono y una bailarina se incorporó al grupo.

–¡Nos honra el novio! –exclamó Ismail levantando los brazos.

–Eres un hombre afortunado, Abd-Allah –le dijo Muhammad–. Esta noche no dormirás solo.

–Hermano, come galletas de miel. Precisamente esta noche no deberías dormir demasiado.

Los otros tres celebraron la ocurrencia de Ibrahim con carcajadas. Juntos, disfrutaron del baile. La joven dibujaba con su cuerpo sensuales figuras. El jolgorio cesó y los comensales saborearon los dulces en silencio, con la vista fija en ella.

Muhammad parecía abstraído. Seguía los movimientos con atención, adivinando las formas del cuerpo femenino bajo las escasas telas. Imaginaba cómo sería el cuerpo desnudo de Farah, y soñaba al ritmo de la música con enredarse en él.

* * *

Cuando cayó la noche, un frío seco y cortante se instaló en Arjona. Los últimos días estaban siendo especialmente duros, los campos amanecían escarchados y las heladas hacían que el aire fuera húmedo y pegajoso. Ibn al-Ahmar salió de casa arropado por las sombras. El banquete nupcial había terminado antes del atardecer y la alcazaba seguía en silencio. El joven llevaba puesto un gorro de lino, botas de piel y un chaquetón de conejo. Cruzó la plaza del mercado, cerca de la mezquita aljama, y llegó con paso ligero al otro extremo de la alcazaba. En aquella zona había cinco casas juntas, adosadas a un paño de muralla. Echó un vistazo a su alrededor para comprobar que la ronda estaba lejos. Luego, se acercó a una gran ventana protegida por una reja y trepó por ella hasta el primer tejado. Con cuidado, atravesó otros dos tejados, hasta toparse con el muro de una vivienda que sobresalía del conjunto. A medio cuerpo de altura, sobre las tejas, había una ventana con las hojas cerradas. Aquél era su destino, la ventana de la alcoba de Farah. Extremó la precaución los últimos pasos, apoyó la mano en la madera, suspiró y empujó suavemente, con el corazón desbocado. La hoja cedió y se movió hacia dentro. Farah la había dejado sin atrancar.

Muhammad abrió completamente la ventana y observó el interior de la alcoba. Era una estancia pequeña. Sobre una superficie de madera había un grueso colchón y, sobre él, con medio cuerpo tapado por las mantas, Farah se hacía la dormida. Ibn al-Ahmar pudo admirar las formas de su pecho a través de la fina ghilala de lino. Cuando puso el primer pie dentro de la estancia, la muchacha simuló despertarse sobresaltada y cubrió su cuerpo con la ropa de cama.

–¿Qué haces aquí? ¿Estás loco? –preguntó, cuidándose de no alzar la voz para no alertar a sus padres, como establecía el viejo juego del cortejo.

–He venido a verte –contestó él con seguridad. La ventana sin atrancar, su cuerpo a medio tapar a pesar del frío, su voz queda... Todas las señales le decían que era bien recibido.

–¿Qué pretendes? –Apretó el extremo de la manta que la cubría.

–Sólo quiero hablar contigo. –Entornó la ventana. Ella fingió relajarse–. ¿Sabes que estamos destinados? –Farah lo miró a los ojos con gesto grave. Su madre la había informado, pero no contestó–. Nuestras familias han acordado nuestra unión. –Ella no se inmutó, estaba expectante–. Sólo quiero saber lo que tú sientes.

Farah no pudo evitar esbozar una sonrisa. Fue un gesto leve, apenas perceptible en la comisura derecha de sus labios, pero él lo percibió. La joven llevaba su melena negra suelta. Sus ojos, también oscuros, brillaban acuosos.

Muhammad se acercó a la cama y se sentó en el colchón, frente a ella.

–Aceptaré lo que haya dispuesto mi padre –dijo la muchacha al fin.

Él sonrió y asintió. Sabía que no obtendría más confirmación que aquélla.

–Yo también. –Se sostuvieron la mirada–. Antes de irme, quiero un beso –soltó de pronto.

Farah lo miró espantada.

–No puedo, debemos esperar.

–Sólo te pido un beso. No me marcharé sin él –se reafirmó.

De pronto, ella se sintió incómoda. Quería que se fuera. Le asaltó el miedo de que su padre entrara en la alcoba. Miró a Muhammad y leyó la determinación en sus ojos.

Farah temblaba cuando comenzó a moverse hasta tener a Ibn al-Ahmar a un palmo. Él tomó entonces la iniciativa y posó sus labios sobre los de ella. Un escalofrío de placer recorrió su cuerpo de pies a cabeza. Permanecieron así varios segundos, y luego ella se apartó lentamente.

Ibn al-Ahmar se puso en pie con gesto torpe y a punto estuvo de tropezar. Sin soltar una palabra, saltó al tejado desde la ventana y la cerró a su espalda. Observó la muralla. Había un guardia cerca, así que aguardó en cuclillas hasta que se alejó. Escuchó cómo Farah atrancaba la ventana.

Al entrar en su alcoba, Ismail se despertó. El pequeño Faray dormía con Yusuf. Desde la muerte de Fátima, el niño tenía terribles pesadillas y necesitaba sentir cerca a su padre.

–¿Qué ha pasado? –preguntó Ismail con los ojos entreabiertos. Muhammad no contestó, pero pudo distinguir una sonrisa de satisfacción en su rostro–. Maldito bandido, lo has conseguido.

–Me ama. Nos hemos dado un beso –resumió.

–Estás loco. –Ismail negó lentamente con la cabeza. Adoraba a su hermano–. Pero siempre te sales con la tuya.

Ibn al-Ahmar le pidió que no se lo contara a los Asquilula. En definitiva, eran familiares directos de Farah y podrían sentirse ofendidos.

Se echaron a dormir. Enseguida la respiración de Ismail comenzó a sonar rítmica. Muhammad tardó algo más. Aquella noche soñó con placeres prohibidos practicados al abrigo de la oscuridad. En su fantasía, mientras Farah y él jugaban desnudos, los ojos negros de ella se clavaban en los suyos. Las imágenes eran confusas. Antes del alba se despertó mojado. Se sintió turbado y pensó cómo de poderosos podían llegar a ser los sueños.

* * *

Ibn al-Ahmar rezaba en silencio tratando de apaciguar los pensamientos, tal y como Umar el Jilguero le había enseñado. «En el silencio de tu mente, ahí es donde reside Dios. No lo busques fuera», le había dicho en más de una ocasión.

Estaba solo en el oratorio de la Salvación. Los últimos días no había visto a Umar. En ocasiones el hombre se perdía durante una temporada para viajar por la comarca y transmitir sus enseñanzas en otras poblaciones. Predicaba la paz interior y la guerra santa, e intentaba desarrollar una doctrina propia.

Muhammad escuchó que se abría la puerta, y alguien se descalzaba y pisaba sobre las esteras.

–La paz sea contigo –dijo el recién llegado.

Se alegró de ver a Umar. Había algo que lo inquietaba y que quería tratar con él.

–He vuelto hoy de Andújar. Allí hay un buen grupo de gente que me escucha.

–Aquí también. Umar, tengo una pregunta que hacerte. –Muhammad fue directo–: ¿Qué opinas sobre las relaciones ilícitas?

El Jilguero meditó unos instantes.

–Pienso que todos las critican, pero que todos las practican. ¿Quién no acude en alguna ocasión a las mujeres de las alhóndigas? –Sus labios dibujaron una sonrisa indulgente–. ¿Quién no tiene encuentros con su prometida al abrigo de un cementerio o en la oscuridad de la noche? –añadió, intuyendo el motivo de la pregunta.

–Pero que lo hagan muchos no lo hace lícito.

–Es habitual porque es natural. El Altísimo nos ha dotado de un impulso que nos empuja a mantener relaciones. El fin último es procrear, pero no debemos despreciar el placer, que nos acerca al éxtasis de la creación. –Muhammad no parecía muy conforme–. Verás, amigo: Alá ha puesto en nosotros un estómago que pide comida, pero no nos contentamos con comer lo estrictamente necesario. También comemos por placer, y cocinamos los alimentos para que nos resulten más apetecibles. ¿Qué hay de malo en eso? El placer es una envoltura que hace más dulce la necesidad.

Necesidad, placer... Las palabras daban vueltas en la cabeza del muchacho como un bálsamo que sanaba su turbación. La mente del joven se aquietó al fin, desaparecieron las dudas y sintió cómo el deseo que hervía en sus entrañas renacía para instigarlo, para empujarlo hacia Farah.

Sahagún. Marzo de 1215

El rey de León y Berenguela de Castilla se entrevistaron a solas en una sala privada del monasterio. La situación en ambos reinos había cambiado drásticamente y los antiguos esposos acordaron verse en Sahagún para negociar los términos de un posible acercamiento. Alfonso IX había perdido a su primogénito y Berenguela quería aprovechar la ocasión para que su hijo Fernando recuperara el favor del rey. Alfonso, por su parte, consideraba necesario aproximarse al hijo que había tenido con la castellana.

Berenguela había tenido que enfrentarse durante las últimas semanas a una situación extremadamente delicada en Castilla. Álvaro Núñez de Lara, el noble más poderoso del reino, había conseguido la regencia de Enrique I. A la hermana del rey niño no le había quedado más remedio que consentir la pérdida de poder, a pesar de que contaba con partidarios poderosos como el obispo de Palencia o el arzobispo de Toledo. Don Álvaro había movilizado un ejército que dejaba clara su determinación. La tutela de Berenguela no había llegado a los cinco meses.

–El niño tiene buena constitución. –Alfonso hablaba sobre Fernando, que pronto cumpliría los catorce años.

–Ha salido a su padre –dijo ella, con cierto rencor en la voz.

–Los educadores están haciendo un buen trabajo. Sólo le falta fortalecerse.

Estaban sentados uno frente al otro en sendas sillas de tijera con respaldo, separados por una mesa de estilo árabe sobre la que habían dispuesto vino y dulces.

–Nadie mejor que su padre para eso –repuso ella mirándolo fijamente. A sus ojos asomaban las tormentas de los últimos meses.

Alfonso no respondió. Mantuvo un silencio digno y al instante cambió de tema.

–He oído lo de los Lara. –Su rostro no expresaba emoción alguna.

–El hijo de mala madre me ha quitado la regencia. Pero esto no va a quedar así, te lo aseguro. Yo también tengo partido, un buen partido. –La mujer apretó el puño.

Alfonso supuso que pronto estallaría la guerra, que los bandos se alzarían y que Castilla se vería sumergida en una lucha entre hermanos. León se podría aprovechar de aquella situación.

–¿Qué conservas?

–Valladolid. Y los castillos de los que están de mi parte.

–Haz lo que debas –sentenció el rey de León sin dejarle claro si la apoyaba.

Berenguela cogió su vaso y bebió un sorbo de vino. Pareció relajarse.

–Nuestro hijo tiene edad para formarse como caballero –retomó el tema de Fernando. Alfonso asintió–. ¿Quieres que lo haga en Castilla?

Fue un comentario hábil y el rey se dio algo de tiempo para contestar. Fernando había pasado a ser el mayor de sus hijos varones. León y Castilla mantenían históricos contenciosos. Si Fernando había de heredar el reino de León, Alfonso no podía permitir que los castellanos lo formaran como caballero.

–Vendrá a la corte de León.

Berenguela no pudo ocultar su alegría. Se imaginó el rostro de su rival, Teresa de Portugal, cuando recibiera aquella noticia. «¿A qué volvió a León la astuta zorra?», pensó la castellana.

No discutieron los plazos ni concretaron los detalles, pero la mujer sabía que Alfonso iba a cumplir con su palabra. Bebió otro sorbo y se puso en pie.

–Le diré a Fernando que venga a despedirse, hasta que dispongas vuestro reencuentro.

Alfonso se apresuró a levantarse.

–Espera –dijo con la autoridad que representaba.

Se acercó a ella, que ya se preparaba para marcharse, y la agarró del brazo. Sin apretar, pero con firmeza, la condujo hasta una gran mesa sobre la que había repartidos varios tomos cerrados. El rey se puso detrás de ella y acarició su espalda. Berenguela respiraba agitadamente.

–Estamos en un monasterio –susurró, dándose la vuelta.

Alfonso empujó con suavidad su mejilla para que mirara al frente y le levantó los ropajes hasta encontrarse con un fino calzón de seda que hizo correr hacia abajo por sus piernas. La mujer se inclinó hacia delante, excitada. El rey admiró sus nalgas firmes y su piel blanca. Todavía era joven y hermosa. Una oleada de deseo le subió desde la entrepierna hasta la garganta.

Allí mismo, en la sala que habían dispuesto para el encuentro, fornicaron como en los buenos tiempos, cuando vivían juntos en León y la pasión los cegaba.

Cuando terminó, Alfonso se recompuso y salió de la estancia con una sonrisa de satisfacción dibujada en el rostro. Aquél había sido un día realmente bueno. Castilla estaba a punto de estallar en una guerra interna y él iba a tener la ocasión de beneficiarse.

«Álvaro Núñez de Lara», el nombre del magnate acudió a su mente. «Ambicioso, poderoso y dispuesto a todo por la regencia. Ayudarle me saldría barato y seguro que daría mucho a cambio», pensó mientras caminaba al encuentro de su hijo.

Alfonso IX de León era rey antes que padre, antes que marido y antes que hombre.

Arjona. Marzo de 1215

El temporal llevaba tres días instalado en la zona y la nieve había cubierto los tejados, las calles y los campos. Nadie esperaba tanto frío a aquellas alturas del invierno. Las familias permanecían encerradas en sus casas. La actividad de Arjona se había paralizado.

Asquilula había reunido a los alumnos en su casa. Aprovechaba los días así para impartir lecciones teóricas. Las tardes anteriores les había hablado acerca de la organización del ejército, de la logística, de la necesidad de disponer de una intendencia adecuada para alimentar a la tropa, de la planificación de las campañas y de las jornadas necesarias para llegar a destino. También les había explicado cómo eran las diferentes formaciones de defensa y ataque, y los toques de atabal empleados para transmitir las órdenes del general. Aquella tarde, mientras la nevada arreciaba, el Neblí les habló sobre la importancia de la autoridad y el respeto.

–Si llegáis a ser qaídes, tendréis que saber tomar buenas decisiones. –Asquilula paseaba delante de ellos, que permanecían sentados en unos bancos de madera–. El cansancio, la moral, la posición respecto al contrario, el número, la veteranía, el armamento..., todos esos factores debe tener en cuenta un buen qaíd. Si, por el contrario, lucháis bajo el mando de otro hombre, respetad sus decisiones sin cuestionarlas. Es mejor un mal general con soldados obedientes que un general excepcional con soldados indisciplinados.

El Neblí se acercó al brasero y se frotó las manos sobre él. Muchas brasas se habían convertido ya en cenizas. De pronto se escuchó un estruendo procedente de la parte trasera de la casa. Siguió un alboroto de gallinas y algunos relinchos.

–Señor –un mozo irrumpió en la sala nervioso–, el peso de la nieve ha echado abajo un tejado de los corrales.

Asquilula suspiró.

–No os mováis de aquí. Vuelvo enseguida.

Una vez solos, los jóvenes se pegaron al brasero.

–Cuando sea qaíd os haré naqîbes. –Abd-Allah se irguió e hizo un gesto de desprecio con la mano.

–Estás loco, hermano –intervino Ibrahim–. Yo seré qaíd y a ti te pondré a limpiar el estiércol de los caballos, por bocazas.

Todos rieron. A medida que maduraban, los hermanos Asquilula iban perfilando sus caracteres. Abd-Allah era nervioso e inquieto, se dejaba llevar por la ira con facilidad y tenía cierta tendencia a intrigar. Ibrahim lo protegía y solía echarle capotes; tenía menos aspiraciones, menos ansia por destacar, y también menos celos de los Nasr.

–¿Cómo va la vida de casado? –preguntó Ismail–. ¿Has conseguido, por fin, abrir la cerradura?

–La cerradura se atasca con frecuencia y constantemente hay que intentar abrirla –contestó Abd-Allah, provocando nuevas risas.

–Eres un estúpido –espetó Ibrahim sin parar de reír.

–Te ríes, pero desde mi alcoba creo oír muchas noches tus intentos por abrir la cerradura. –Muhammad e Ismail rieron sonoramente.

Según una vieja costumbre, mantenida durante generaciones, los varones Asquilula seguían viviendo en la casa del patriarca después de casarse. Muhammad se levantó y se acercó a la puerta. Por el patio central vio aproximarse a su abuelo, que andaba rápido hundiendo sus botas altas en la nieve.

El Neblí entró en la sala temblando y se arrimó al brasero. Sopló para avivar las brasas que quedaban y se puso en cuclillas sobre ellas.

–A ver. ¿Por dónde íbamos? –Meditó durante unos segundos. Enseguida retomó el hilo de sus explicaciones y pasó la tarde enredado en sus lecciones sobre el ejército y el liderazgo.

Arjona. Primavera de 1215

Hadi salió de la alcazaba por la puerta del alcázar, atravesó la barbacana y se adentró en el barrio que se extendía por los alrededores de la puerta de Jaén, donde estaba su nueva casa. Los turnos de guardia le habían dejado la tarde libre y podría dormir fuera del castillo, junto a su esposa. Nada más terminar las rondas, había ido a visitar a Asquilula para informarle de las últimas noticias sobre los bereberes. Abu Ya'Qub II al Mustansir, el nuevo califa, gobernaba influenciado por sus tíos. Éstos tenían puesta la mirada en África y en las insubordinaciones, que comenzaban a hacerse evidentes allí. Los alcaides de al-Ándalus tenían que afrontar la nueva situación en soledad, para lo cual el califa sólo había previsto que pudieran quedarse con una mayor parte de los impuestos recaudados. El alcaide de Arjona pretendía aumentar la guarnición con soldados andalusíes. A pesar de las treguas, se oían rumores de posibles algaras por parte de los caballeros de las órdenes religiosas. La nueva Calatrava que estaban construyendo en la frontera, frente a Salvatierra, estaba casi terminada, y era frecuente ver escuadras de jinetes calatravos recorriendo los alrededores de la fortaleza.

–Pronto tendremos que organizar partidas. Ya sabes: el que golpea primero lleva ventaja –le había dicho el Neblí después de escuchar su informe.

Hadi se sentía en deuda con el patriarca de la primera familia de Arjona. Su vida había cambiado mucho en los últimos meses gracias a su antiguo patrón. Asquilula se había encargado de todo: habló con el dueño de una pequeña casa del barrio de los herreros y acordó un precio justo, pagadero en tres plazos, y también organizó su boda con una de sus esclavas, a la que manumitió previamente. La boda había sido sencilla. Los novios apenas se conocían, pero ambos estaban agradecidos y encantados con la unión.

Hadi llegó a casa antes de que las primeras estrellas salpicaran el horizonte. La vivienda era pequeña pero confortable. Tras un minúsculo zaguán se abría un patio central con alberca, en torno al cual había dos alcobas, una cocina, un *madjlis* de reducidas dimensiones y una despensa con alacenas. Hiba, su esposa, lo recibió con leche y dátiles. A sus diecinueve años tenía un cuerpo exuberante, de anchas caderas y grandes pechos. Debía de haberle costado a Asquilula una buena suma en dinares de oro.

Los dos esposos se sentaron en la sala principal frente a un recipiente con sopa de verduras y una bandeja con pinchos de albóndigas asadas. También había un pan pequeño que ella misma había amasado y mandado al horno por la mañana.

Hadi comenzó a comer sin prestar atención a su esposa, que fijó sus ojos oscuros en él.

–Hace más de una semana que dejé de sangrar –comentó.

El soldado asintió. Sabía lo que aquello significaba. Hiba quería quedarse embarazada y buscaba las ocasiones más propicias. Aquella noche harían el amor; ella se entregaría gustosa y él se derramaría en ella, tal vez en dos ocasiones.

Hadi pensó en el pasado de su mujer y se sintió culpable por la distancia que había interpuesto entre él y ella desde el principio. Se sentía cómodo en casa, pero, a pesar de la conveniencia de casarse, no sentía un verdadero afecto por su esposa. Tal vez con el tiempo surgiera, pero, por el momento, lo único que les unía era un contrato y el deber de procrear.

–¿Qué edad tenías cuando te compró Asquilula? –preguntó de repente con interés.

Un fugaz brillo acudió a los ojos de la chica antes de contestar.

–Ocho años. Mi familia era gallega. Fuimos a la frontera porque el rey de León prometía tierras a los que se instalaran allí.

–¿Hubo una correría? –supuso Hadi.

–Así es. Menos de veinte hombres a caballo. Llegaron una mañana y lo saquearon todo. Mi padre huyó en una mula nada más verlos aparecer, maldito sea. A mi madre, a mis dos hermanos y a mí nos esclavizaron.

–¿Sabes algo de ellos?

–Nada. Ruego al Altísimo cada día por que estén bien.

–¿Y cómo acabaste en Arjona?

Cuando recordaba aquellos acontecimientos, Hiba sentía una punzada de dolor en el pecho. Suspiró antes de responder.

–Me llevaron a una ciudad grande. Imagino que sería Córdoba, o Sevilla. Allí me compró un comerciante de esclavos de Jaén. Cuando volvía con su caravana, paró una noche en Arjona y aquí fue donde Asquilula me compró. –Cogió un pincho y mordió una albóndiga–. A los caballos y a los esclavos los quiere muy jóvenes para acostumbrarlos a él.

Hadi intentó descifrar si en sus palabras había indicios de rencor.

–¿Te trataron bien?

–Nunca me tocaron, respetaron mi... –No terminó la frase, pero Hadi asintió. La noche de bodas el marido había podido comprobar que su esposa era virgen–. Pero los comerciantes me pegaron muchas veces. –Hadi se tensó–. Era pequeña y me costó asimilar todo aquello… –Bajó la mirada.

–Ninguna persona debería poseer a otra –sentenció Hadi con rotundidad–. El Compasivo bendice a quien libera a un esclavo.

–Bendiga a Asquilula, entonces. Siempre me ha tratado bien.

Comieron un rato en silencio. Hadi meditaba sobre lo que habían hablado, y ella se sentía aliviada por haber compartido su historia con él.

–Hiba, quiero hacerte una pregunta. –La muchacha prestó atención–. Sabes que soy soldado y que algún día partiré a la frontera para presentar batalla a los infieles. –Ella asintió y él se detuvo un instante para buscar las palabras adecuadas–. Necesito saber si tu fe es verdadera, si añoras la tierra de tus padres.

–Mi familia eres tú, mi fe es la tuya, tu guerra es mi guerra –le contestó ella, sin apartar la mirada de sus ojos.

Hadi infló el pecho y se irguió con orgullo.

Tras la oración, se retiraron a la alcoba. Hiba se metió en la cama con la ghilala puesta. Hadi, desnudo. El hombre acarició levemente las piernas de su mujer hasta dar con el extremo de la prenda para levantarla hasta la cintura. Ella abrió las piernas para recibirlo.

No hubo pasión. Hicieron el amor de forma mecánica. Él no se esmeró en que ella disfrutara y en apenas unos minutos llegó al orgasmo. Luego se echó a un lado y se quedó dormido. Ella levantó las piernas con las rodillas dobladas para retener el semen en su interior. Hadi comenzó a roncar. Hiba sintió una extraña presión en el pecho. Los recuerdos habían despertado sensaciones olvidadas, enterradas bajo capas de falsa seguridad. La mujer se durmió entre lágrimas, desahogando la pena que en ocasiones se la comía desde dentro.

* * *

De nuevo las sombras lo ampararon. Muhammad había estudiado las rondas y sabía cuál era el mejor momento para saltar a los tejados. Llegó sin dificultad hasta la ventana de Farah. Una vez allí, sintió la excitación de lo prohibido.

Ibn al-Ahmar vestía su habitual túnica de lana sobre un calzón largo. El clima era ya más templado. Golpeó la madera suavemente con los nudillos y esperó. Al otro lado se escucharon pasos y al instante la ventana se abrió.

–¿Qué haces aquí? –preguntó Farah.

–Vengo a verte. Déjame entrar –dijo él con seguridad.

Ella dudó unos segundos. Miró al hombre que le estaba destinado y su corazón se aceleró al recordar el tacto de sus labios.

–Por favor, la ronda está a punto de pasar por aquí –la apremió.

Lo dejó entrar. Muhammad se acercó a Farah sin pronunciar palabra. Ella se cruzó de brazos, como si sintiera frío. Él la tomó por los hombros con suavidad y la besó en la mejilla derecha. Farah no se retiró; se estremeció y sintió que algo se agitaba en su interior.

–No he olvidado tus labios. –Muhammad la besó en la boca–. Sueño contigo. –La volvió a besar–. Por las noches veo tu cara cuando cierro los ojos. –Las palabras brotaban de sus entrañas, como un torrente que difícilmente podía contener.

En esta ocasión fue ella quien lo besó, y él la abrazó con fuerza.

–Me siento dichosa. Es muy bonito todo lo que me has dicho.

Ambos se habían saltado las normas del viejo juego de la seducción y habían descubierto sus cartas en la primera jugada. El amor inocente no entendía de reglas.

Muhammad volvió a besarla, pero esta vez fue un beso largo en el que los dos jugaron con los labios, rozándose y chocando las narices por la inexperiencia. El abrazo se estrechó. El Nasr acarició su espalda y descendió suavemente hasta sus nalgas. Sus bocas seguían juntas. Y Farah se entregó. La razón, los temores, las convenciones..., todo se perdió en una euforia de excitación que los llevó hasta la cama. La naturaleza se abrió camino y terminaron amándose, aprendiendo juntos, compartiendo la pasión.

Cuando terminaron, se quedaron abrazados unos momentos.

–Tienes que irte –dijo ella, recuperada la cordura.

Muhammad la besó y se levantó.

–¿Estás bien?

–Sí. –Sonrió emocionada–. Ahora vete, por favor. –Dirigió la vista hacia la puerta.

Se dedicaron una última mirada y el joven saltó a la ventana.

–Volveré –le dijo antes de alejarse caminando sobre las tejas.

Regresó a la casa de su padre. Ismail y Faray dormían. Ibn al-Ahmar se metió en la cama, pero la sensación de euforia le quitaba el sueño. El silencio de la noche se vio interrumpido por un extraño y apagado sonido. Se levantó y abrió la puerta. Aguzó el oído y pudo distinguir unos gemidos que provenían de la alcoba de su padre. Los gemidos cesaron enseguida. Muhammad permaneció quieto. La puerta del dormitorio de

Yusuf se abrió y Karima salió en ropa de cama. Muhammad entornó con sigilo y se volvió a echar sobre el colchón.

Comprendía a su padre, pero no podía evitar acordarse de su madre. Farah, Karima, su padre y su madre acudieron a la vez a su mente y removieron sus emociones. De pronto se sintió agotado y se dejó vencer por un sueño plácido que disolvió los recuerdos hasta dejarlo acompañado sólo por el tacto del cuerpo de Farah frotándose con su piel.

Arjona. Otoño de 1215

Asquilula había acudido al entrenamiento con su halcón favorito, el mismo que había vencido al peregrino del alcaide en el torneo. Lo dejó volar libremente y centró su atención en sus alumnos. Aquel día tocaba practicar el tornafuye, para lo cual había preparado una diana de madera elevada sobre tres patas.

Los Nasr iban montados sobre sus propios caballos, con los que llevaban meses entrenando. Llevaban los estribos cortos para facilitar la maniobrabilidad del jinete, una moda que se estaba implantando en al-Ándalus por contagio de los bereberes. Yusuf los miraba. Había decidido asistir a ese entrenamiento para ver cómo respondían los animales.

Ibrahim y Abd-Allah fueron los primeros, y ejecutaron con corrección los movimientos. Se acercaron al trote a la diana, frenaron el caballo, lanzaron la jabalina y regresaron al galope hasta el punto de partida.

–Son buenos –comentó Yusuf al Neblí.

–Lo son, pero les queda mucho por aprender. Han bajado el escudo en el momento de lanzar y sus jabalinas han golpeado la madera, pero no se han clavado.

El siguiente fue Ismail. El joven condujo el caballo a la perfección y lanzó la jabalina con la inclinación adecuada. La punta hirió la diana y rebotó, el astil cimbreó y finalmente cayó al suelo. Regresó al galope.

–Movimientos perfectos, pero le falta fuerza. Le daremos tiempo –dijo el instructor–. Tiene un don para la monta.

–Lo he visto. ¿Qué te parece el animal?

–Los dos caballos son excelentes –concedió el Neblí.

Entretanto, por el camino de Arjona se acercaba Farah acompañada por cuatro muchachas de su edad. Llevaban canastos para recoger moras de las zarzas que se repartían por las inmediaciones de la munia de Asquilula. No era la primera vez que aparecían por allí.

Había llegado el turno de Muhammad. Su caballo era un ejemplar albazano con la cola y las crines negras. Lo llevó hasta la diana a trote alzado y, de pie sobre los estribos, ejecutó el lanzamiento de la jabalina, que atravesó la madera cerca de una cuarta. Regresó a galope tendido.

–Lo hace como si hubiera nacido sabiendo –dijo Asquilula.

–Está preparado para luchar –añadió el padre con orgullo.

–Lleva meses preparado. Y los otros lo estarán pronto.

Farah deceleró el paso para poder ver mejor a Muhammad. Las muchachas cuchichearon y continuaron su camino. Yusuf frunció el ceño.

–He oído varias noches a Muhammad moverse por la casa. –Yusuf habló despacio, como si le costara pronunciar las palabras–. Temo que esté rondando a Farah. No me gustaría que tu familia se sintiera ofendida. Estaré atento.

Asquilula sonrió y le quitó importancia con un gesto de la mano.

–Los dos llevan mi sangre –dijo sin perder la sonrisa–. Todos hemos sido jóvenes. La juventud está para amar. Pronto se van a casar, no te preocupes tanto. Cuántas noches escuché las tejas moverse cerca de la alcoba de mi hija Fátima... –El hombre silbó dos veces y el halcón comenzó el camino de regreso a su brazo.

Yusuf lo miró sorprendido. Los recuerdos le hicieron sonreír. Ambos rieron juntos, pero una sombra de melancolía asomó a los ojos del Nasr. Añoraba a Fátima, igual que se añora una manta cálida en una noche de invierno.

Cortijo del Agua Dulce (al sur de Castilla). Invierno de 1216

–¡Ramón! –El hombre se acercó al arroyo con el pecho descubierto. Al hombro llevaba una larga vara de madera–. ¿Cuántos olivos te quedan por varear?

–La paz sea contigo, Beltrán. Todavía me quedan dos hazas enteras. Como no me dé prisa, me va a pillar la primavera.

–Mi cuadrilla está terminando. Si quieres te ayudamos.

Ramón miró al hombre y sopesó la posibilidad.

–En mi cuadrilla somos cinco. Todos no, pero alguno sí que me vendría bien. Ven a hablar conmigo cuando termines.

Beltrán comenzó a lavarse los brazos en el agua limpia del arroyo.

–Esta mañana he visto a mi sobrino Fernando –dijo–. ¿Sabías que se quedó viudo hace unos meses? –Ramón negó con la cabeza y miró fijamente a Beltrán–. Es joven y trabajador. He pensado que podríamos arreglarlo con tu sobrina.

Ramón levantó la mano y cortó al otro hombre.

–Ya vale, Beltrán. No hagas de casamentero –respondió tajante, con tono agrio–. Yo también me quedé viudo y la necesito en la casa. Ya habrá tiempo de casamientos.

Beltrán frunció el ceño, pero no contestó. Conocía el humor de aquel hombre huraño. Terminó de lavarse y echó a andar hacia los hombres de su cuadrilla.

–¡A la chica se le va a pasar la edad! ¡La vas a condenar a ser una solterona amargada! –gritó desde la primera cuesta, animado por la distancia.

–¡Maldito casamentero, métete en tus asuntos!

Ramón volvió con los suyos y los ayudó a descargar en la carreta el lienzo con las últimas aceitunas recogidas. Dos de sus hombres las llevarían al molino de la abadía, y él decidió regresar a casa antes de que atardeciera.

María estaba en el corral. Cuando escuchó a su tío llenó una jarra con agua fresca de la fuente y otra con vino. Junto al fuego permanecía la cazuela con el guiso que había preparado. Ramón se sentó y María colocó las escudillas y la cazuela sobre la mesa. Destapó el guiso y el olor a verduras cocidas y carne invadió el ambiente. La chica se había esmerado: estofado de pichones hervidos con un poco de vino. Sirvió la comida, rezaron y comenzaron a comer en silencio. El sol caía ya sobre el horizonte.

–¿Cómo ha ido hoy? –María se esforzaba por resultar amable.

–Bien –respondió el hombre en tono seco.

–¿Es buena la cuadrilla?

Ramón levantó la vista de su escudilla y miró iracundo a su sobrina.

–Sí –dijo, y mantuvo la mirada fija en ella unos instantes.

María aguardó a que su tío estuviera terminando los pichones para hablar.

–Tío… –Él la volvió a mirar–. He cumplido ya veinte años. ¿Cuándo vas a buscarme un esposo? –Su voz sonó dulce.

Él suspiró, carraspeó y comenzó a hablar sin perder los nervios.

–María, llevo meses buscándote un pretendiente. Ya te lo he dicho. Hay pocos hombres casaderos por estos lugares, y los pocos que hay no están interesados en ti.

Ella sintió un intenso dolor cerca del corazón y sus ojos se tornaron vidriosos.

–Pero he oído...

–¡Basta! –Un acceso de ira desfiguró el rostro de Ramón–. No has oído nada, tú no oyes nada salvo lo que yo te diga. –La señaló, amenazador–. ¿Me entiendes? –Ella asintió, aterrorizada–. Nadie quiere casarse contigo. ¡Ésa es la única verdad!

Respiraba agitado, alterado, y su pecho se inflamaba al ritmo de sus inspiraciones. Cogió la jarra de vino y se sirvió un vaso. Luego le pasó el recipiente a María, que lloraba de impotencia, procurando no hacer ruido.

–Sírvete –le dijo, y se bebió el suyo de un solo trago.

Ella se limpió las lágrimas.

–No, tío. Prefiero no estar borracha. –Temblaba cuando terminó de hablar.

–Como quieras –respondió el hombre.

Ramón apuró su comida y se llenó otro vaso de vino. Miró a la muchacha y sonrió con lujuria. Ya comenzaba a notar los efectos del alcohol. Ella sintió náuseas, pero se contuvo. Se levantó para retirar la mesa y él fue tras ella.

Arjona. Primavera de 1216

–No dejaré el alcázar indefenso. No más de cinco hombres.

–Hacen falta más para una buena algara. –Asquilula hablaba excitado.

El alcaide enarcó una ceja y apretó los labios antes de contestar:

–Te olvidas de algo. Nuestro califa, que Alá lo proteja de todo mal, ha firmado treguas con los castellanos. Si acudimos con muchos hombres, podrían entender que estamos rompiendo la paz.

–Sabes como yo que los cristianos cruzan la frontera a su antojo y se llevan todo lo que pueden. –El Neblí se indignó ante la actitud del alcaide.

–¿Y por qué no responden los castillos de allí?

–Los de por allí no han hecho caso al informador –se vio obligado a reconocer–. Baños de la Encina no está lejos, sólo a una jornada a caballo de aquí.

–¿Y me pides a mí que crea a ese hombre que asegura que al norte del castillo de Baños hay pastores cristianos con grandes rebaños y sin guarnición que los proteja?

Baños de la Encina había sido una de las fortalezas tomadas por las tropas cristianas tras la batalla de las Navas de Tolosa. Al principio establecieron una pequeña guarnición para defenderla, pero con el tiempo la dieron por perdida.

–Si es cierto, nuestros hombres volverán con ganado tomado sin apenas esfuerzo. Si no es cierto, sencillamente volverán con las manos vacías.

El alcaide lo miró fijamente a los ojos.

–Si es tan sencillo, llévate a andalusíes –recalcó la última palabra. Desde su derrota en el torneo de cetrería, el alcaide tenía el orgullo herido–. De la guarnición no irán más de cinco hombres.

Asquilula meditó unos instantes.

–Así se hará. ¿El botín se repartirá como es costumbre?

El alcaide asintió, y con ese movimiento de cabeza se cerró el acuerdo. Asquilula salió de la torre y se reunió con el informador, un mercader que recorría la zona y que afirmaba haberse topado con algunos pastores cristianos. El Neblí quería conocer todos los detalles antes de organizar la algara contra aquellos que habían osado atravesar la sierra que les servía de frontera.

* * *

Muhammad y sus hermanos, junto con Hasan y el resto de la cuadrilla, se acercaron a la huerta de su padre en su camino a casa. Lo ayudaron a limpiar de piedras el terreno y luego emprendieron juntos el camino de vuelta a la alcazaba.

–Se está organizando una partida para una algara –soltó de pronto el padre–. Sólo irán hombres a caballo.

Yusuf al-Ahmar les explicó todo lo que sabía e, inmediatamente, Muhammad e Ismail solicitaron su permiso para participar. El padre los hizo entrar en el corral de la casa. Faray quiso asistir, pero Yusuf, inflexible, no lo dejó. El niño estaba impaciente por iniciar su formación como guerrero, pero su padre, consciente de su débil constitución, le daba largas. «La gloria de los Nasr se fundamenta en la guerra y en la tierra, a partes iguales», solía decirle para que tuviera paciencia y siguiera trabajando.

En el corral, Muhammad e Ismail contemplaron cómo su padre se acercaba a un altillo y cogía un bulto envuelto en tela. Lo echó al suelo y lo deslió. Ante sus ojos aparecieron una cota de cuero, una espada, varias telas bermejas y dos mazas rígidas de cabeza metálica con púas. Yusuf cogió la cota y la espada.

–Esto me lo gané algareando en la frontera. Pagué mis armas con botín cristiano –hablaba en tono solemne–. Igual hizo vuestro abuelo, y el padre de vuestro abuelo, que disfruten del Paraíso. Es una tradición en nuestra familia. –Soltó las piezas y cogió las mazas. Se las pasó a sus hijos–. No son armas nobles, pero os servirán si hay lucha. –Luego se dirigió a un rincón del corral y cogió varias jabalinas–. Esto también es para vosotros. –Los muchachos las cogieron con respeto–. Sé que estáis preparados y que volveréis con botín. Nunca olvidéis quiénes sois y quiénes son vuestros ancestros. Si queréis ir a la algara, tenéis mi bendición.

Los dos hermanos tuvieron la sensación de haber escuchado el mismo discurso que su propio padre debía haber escuchado en algún momento de su vida. Se sintieron honrados y, en silencio, aceptaron el compromiso de regresar con gloria o morir en el intento.

–No te defraudaremos. –Ismail tomó la iniciativa.

–Estoy seguro –confirmó Yusuf–. Rezaré para que no tengáis complicaciones.

Yusuf cogió las dos telas bermejas y, una a una, las enrolló en las cinturas de sus hijos a modo de fajín. Los extremos les caían por las piernas.

–El rojo es nuestro color, el que nos representa en la batalla. Haced que los infieles tiemblen cuando os vean.

Muhammad e Ismail se miraron con orgullo. Por fin estaban preparados para comenzar una lucha que tal vez se alargara durante el resto de sus vidas.

* * *

Farah permanecía sentada en el borde de la cama. Muhammad miraba el suelo de la alcoba. Un denso silencio se había instalado entre ellos.

–¿Tienes que ir?

–Farah, tengo que ir, y quiero ir. Sabes lo que soy.

La muchacha asintió. Se iba a casar con un cegrí, con un guerrero de frontera. Lo amaba tanto que a veces le dolía el pecho al pensar en él, y estaba dispuesta a aceptar sus ausencias y el dolor de la espera.

–Rezaré al Compasivo día y noche para que te proteja.

–Saldremos pasado mañana y estaremos de vuelta en unos días. Tranquila.

Farah suspiró como respuesta. Muhammad acabó de vestirse y se levantó para marcharse. Se besaron con la intensidad de una despedida y luego el Nasr saltó a los tejados.

Estaba nervioso, las emociones se le acumulaban en la boca del estómago. Decidió ir a la munia de Asquilula y cabalgar para calmar su ansiedad. Una vez allí, le puso los arreos a Bermejo. Había pensado mucho en qué nombre ponerle al albazano y finalmente decidió que Bermejo era un buen nombre para un caballo de la familia Nasr. Tiró de las riendas y fuera lo montó.

Cabalgó despacio para no agotarlo. La noche era cálida y el cielo estaba despejado. La luna, menguante, aún no había salido y las estrellas le producían una sensación de mareo. Deambuló por los senderos que partían la tierra y, sin ser consciente, se fue aproximando a la rábita, principio y fin de muchos caminos. No desmontó, paseó por las ruinas ignorando aquel dolor antiguo que lo asaltaba. Bermejo, dócil, se dejó guiar. Muhammad llevaba siempre consigo su moneda romana. Observó la imagen del buey que arrastraba un arado. Un escalofrío recorrió su cuerpo.

–Ya es hora de darle la vuelta a la moneda.

* * *

El día de la partida, Arjona se dejó invadir por un ambiente festivo. Además de a sus alumnos, Asquilula había reunido a ocho hombres jóvenes con un adiestramiento básico. El alcaide había contribuido con los cinco soldados acordados. A la cabeza de la pequeña tropa iban los hombres del alcázar con sus lorigones y sus escudos redondos de madera forrados de piel. Dos de ellos eran arqueros montados. Otros dos, entre los que se encontraba Hadi, portaban jabalinas y llevaban una espada colgada del fajín. El líder, un bereber de piel oscura y arrugada, iba armado con espada y una lanza engalanada con paños de colores que colgaban de las orejetas.

Detrás de ellos iban los Asquilula y los Nasr. Ibrahim y Abd-Allah, armados con lanza, espada y escudo, lucían cotas de cuero y yelmos con protectores nasales adornados con bandas de seda verde. Muhammad e Ismail no llevaban sobre el cuerpo más que sus calzones y sus túnicas de lana blanca, partidas por los fajines rojos que les había entregado Yusuf. Sus armas eran jabalinas, mazas y escudos redondos cedidos por el abuelo Asquilula.

Cerrando el grupo cabalgaban los demás arjoneros, con lanzas de mala fábrica, mazas y algún puñal ajustado al cinto. Uno de ellos, que era leñador, llevaba su hacha de talar. «El cuello de un hombre es más blando que un tronco», había dicho. Entre ellos también estaba Ahmed bin Ishaq, el rival de Muhammad. Su padre lo había animado a unirse al grupo. Quería prestigio para los suyos.

La tropa recorrió las calles que conducían de la alcazaba a la puerta de Andújar. La gente se arremolinaba a su alrededor. Hacía mucho tiempo que por aquellas tierras no se organizaba una algara y los vecinos de Arjona recibieron a los cegríes con exaltaciones de su fe.

–Ésta es la verdadera unidad de los musulmanes, no la de las palabras y las prédicas –le dijo Muhammad a su hermano.

Fuera del recinto también había gente, sobre todo niños dispuestos a correr tras ellos varios cientos de pasos.

–¡Alá te bendiga, Muhammad, a ti y a todos los que te acompañan! –gritó Umar el Jilguero, que se había apostado junto al camino, rodeado por sus seguidores. Hasan, el amigo de los Nasr, alzó la mano para despedirlos.

Ismail llamó la atención de su hermano hacia otro punto, donde una muchacha con el rostro velado observaba la comitiva. Ibn al-Ahmar la reconoció al instante. Farah rezaba en silencio y sus ojos le transmitieron el inmenso amor que sentía por él.

Los cegríes se perdieron entre los campos, hacia el este, por el camino de Andújar. Así terminó el desfile que el propio Asquilula había planificado para que todos vieran que sus hijos y sus nietos partían a la frontera en busca de gloria.

El cielo estaba encapotado y, a medida que avanzaban, aumentaba la amenaza de lluvia. Habían calculado llegar a Baños de la Encina por la tarde. Pasado el mediodía comenzó una suave llovizna que una hora después se convirtió en un denso aguacero. El bereber que los comandaba oteó en todas direcciones y comprobó que una tormenta aun peor se acercaba a ellos desde el norte. Ordenó apretar el paso y los caballos se pusieron al trote. Avanzaron un buen trecho antes de que el africano alzara el brazo.

–¿Cuánto queda? –preguntó a uno de los arqueros, que conocía el terreno.

–Menos de dos horas.

–¿Hay alguna alquería cerca?

El hombre miró el camino y tomó un encinar como referencia.

–Sí, un poco más adelante, por un sendero que se abre a mano derecha.

–¡Llévanos hasta allí! –ordenó.

Los dieciséis siguieron al guía hasta la entrada de una alquería protegida por un muro encalado. Ante la gran puerta de doble hoja llamaron a gritos a los vecinos. Al tercer intento un hombre de unos cincuenta años, abrigado con una pelliza y armado con una lanza, asomó el rostro a través de un ventanuco.

–¿Quién anda? –preguntó en romance.

El líder bereber miró a los andalusíes, instando a que alguno de ellos contestara.

–Venimos de Arjona y vamos a Baños de la Encina para algarear a los pastores cristianos –dijo Ibrahim–. Solicitamos un techo para pasar la noche.

La lluvia no aflojaba. El hombre se dio algo de tiempo para observarlos y finalmente cerró el ventanuco y abrió la puerta.

–¡Vamos, adentro! –gritó, ahora en árabe–. ¡A aquel establo!

Los cegríes obedecieron con presteza y el campesino se reunió con ellos dentro.

–Disculpad la desconfianza. –Alzó la lanza–. Son tiempos difíciles y esta zona es peligrosa. –Observó a los hombres y sus armas–. Me alegra ver que sigue habiendo sangre en las venas de al-Ándalus. Quiera Alá que les deis un escarmiento a esos politeístas. –Los arjoneros se irguieron con orgullo–. Aquí podéis descansar. En aquel rincón tenéis leña seca, y allí podéis encender una hoguera. –Señaló un hogar marcado con piedras y lleno de ceniza. Se oyó un ruido al fondo del establo. Todos se giraron, pero estaba oscuro y no vieron nada–. No os asustéis, no os hará nada. Está aislada en otra habitación, es la viuda de mi hermano. Cogió la lepra y la echaron de su aldea. –Los hombres se inquietaron–. Somos piadosos en esta alquería. Pasad buena noche. –El campesino salió y tranquilizó a los demás vecinos antes de volver a entrar en su casa.

Los de Arjona encendieron un fuego y se sentaron en torno a él para secar sus miembros entumecidos. La luz de un relámpago se coló entre las tablas de la puerta, iluminando el espacio. Le siguió un sonoro trueno, al que la leprosa respondió con gemidos ahogados. Había goteras por todos sitios y el fuego parecía insuficiente para calentarlos. Aquélla sería una larga noche. Fuera seguía lloviendo, pero parecía que la tormenta se alejaba.

–Vosotros dos –el africano se dirigió a los arqueros–, comed algo. Quiero que hagáis una ronda por las cercanías de Baños. Mirad si hay humo en el castillo.

Ambos chasquearon con la boca, pero callaron. Comieron su ración y salieron a preparar sus caballos. Poco a poco la tormenta estaba dando paso a una lluvia mansa.

Los quince que quedaron en el establo conversaban alrededor del fuego. Ahmed bin Ishaq y Muhammad se evitaban. Hadi se sentía incómodo junto a los africanos, como la barca que navega entre las dos orillas de un río sin acabar de acercarse a ninguna.

–Fueron las flechas y las jabalinas –comentaba uno de los bereberes–. Los atacaron por atrás y los retrasaron para que no llegaran al agua.

Habían iniciado una charla sobre Saladino y la batalla de Hattin, que había tenido lugar hacía unos treinta años y en la que el islam consiguió una gran victoria, derrotando y apresando al propio rey Guido de Jerusalén.

–Fueron las flechas y las jabalinas –concedió Muhammad–, pero dirigidas por una mente hábil y un brazo con fuerza y determinación.

Saladino se había convertido en el héroe del islam tras conquistar Jerusalén, e Ibn al-Ahmar solía tomarlo como modelo. Todavía, dos décadas después de su muerte, su imagen era alabada tanto por musulmanes como por cristianos.

–Estoy de acuerdo –dijo Abd-Allah, y recordando las palabras de su padre, añadió–: Por encima del mejor luchador siempre habrá alguien que tome las decisiones.

La charla fue decayendo y los hombres se echaron a dormir. Para entonces la lluvia había cesado fuera, pero dentro seguían las goteras. Bien entrada la madrugada, regresaron los arqueros.

–Hemos llegado a Baños y la hemos rodeado en dirección al norte. El castillo y el caserío parecen despoblados –relató uno de ellos–. No había señales de vida, ni luces ni humo. Luego hemos tomado varias veredas que atraviesan algunos cerros de encinares y pinares. –Se acercó al fuego para calentarse–. No había rastro de rebaños, pero hemos visto una fina columna de humo distante, hacia el norte.

–Ya es algo. –El bereber suspiró–. Calentaos un poco y partimos.

Se oyó alguna queja en voz queda. Antes del amanecer, el grupo se movilizó.

–¡Rezad por mí!, ¡rezad por mí! –Se oyó al otro lado de la pared del fondo. La leprosa gritaba con voz desesperanzada.

–¡Lo haremos! –gritó Ibrahim, un tanto turbado, acercándose a la pared.

Los cegríes salieron en orden de la alquería. Los arqueros se colocaron al frente para establecer el rumbo. Se había levantado una brisa que enfriaba las ropas mojadas y les hacía tiritar. Al alba, ya cerca de Baños de la Encina, dieron un pequeño rodeo y torcieron hacia el norte. Desde la cima de un cerro plagado de chaparros, los guías señalaron el lugar en el que habían visto el humo.

–Nos acercaremos por los bosques –indicó el africano.

Atravesaron dos encinares hasta llegar a un pequeño valle cubierto por matorrales. El sol ya estaba en lo alto y el cielo estaba despejado. Ante ellos se abría un pinar invadido por una bruma matutina poco densa. Uno de los arjoneros avisó entonces de que veía humo por encima de los árboles. Era una columna débil que parecía provenir de más allá de los pinos. Con decisión, se adentraron en el bosque.

* * *

La brisa de la mañana agitaba las copas mojadas de los árboles, provocando un constante goteo sobre sus cabezas. En el más absoluto silencio, cinco caballeros observaban el sendero que atravesaba el pinar. Desde su posición, cercana a la linde, divisaban los rescoldos de la hoguera que habían prendido en la llanura. Iban armados con lanza sin orejetas y espada. Vestían lorigón, brafoneras y almófar, con el hábito blanco cisterciense a modo de sobreveste, en el que se destacaba una gran cruz rematada en los extremos por flores de lis. La misma cruz calatrava estaba pintada en sus escudos y en las gualdrapas que sus monturas llevaban sobre las mallas que las protegían. Dos de ellos llevaban yelmo cilíndrico; uno, capacete, y los dos restantes se apañaban con los almófares, ceñidos a la altura de la frente con una banda de tela. Llevaban una semana por aquellas tierras, aguardando una respuesta a los rumores que habían propagado sobre ricos rebaños castellanos que pastaban sin protección. Habían soportado la tormenta a la intemperie y sus víveres comenzaban a escasear, pero al fin el cebo parecía dar fruto. Una pequeña tropa acababa de salir de los encinares y atravesaba el valle. Enseguida prepararon la emboscada.

El maestre de la orden de Calatrava, ansioso por retomar los ataques a los mahometanos, había mandado realizar pequeñas algaradas. Los caballeros rivalizaban entre sí por organizar incursiones a lo largo de la frontera. La orden se había repuesto definitivamente de las pérdidas sufridas tras la batalla de Alarcos y su nueva sede, que ya todos conocían como Calatrava la Nueva, estaba casi terminada.

El sonido de los cascos rompió el silencio del bosque. Pronto aparecieron los jinetes: cinco africanos con lorigas seguidos por otros doce hombres peor equipados. Desde su posición elevada, ocultos por los árboles, los calatravos cerraron la formación y se prepararon para la carga. El que estaba al mando señaló a los africanos y los otros cuatro afirmaron con la cabeza, sin pronunciar palabra. Luego, por debajo del yelmo, besó una gran cruz de plata que llevaba colgada del cuello y susurró una oración.

* * *

Los guías aminoraron la marcha. El camino discurría por la pendiente de un cerro completamente cubierto por el denso pinar. El bereber avanzó hasta ponerse al frente. Sonaron cascos por encima de ellos y los árboles multiplicaron el efecto aterrador de la cabalgada.

–¡En guardia! ¡Salid a la llanura! –gritó y, antes de ver cumplida su orden, cinco caballeros calatravos cayeron sobre ellos en formación cerrada.

En aquella primera carga murieron dos africanos y un tercero cayó de su montura, herido de gravedad en el pecho. Los cristianos los pasaron de largo y enseguida se dieron la vuelta para embestir de nuevo. El bereber al mando era uno de los muertos, y su lanza con paños de colores permanecía tirada en el suelo. Cundió el pánico entre los arjoneros, que nunca se habían enfrentado a una situación real de combate. Hadi y uno de los arqueros, los únicos guerreros con loriga que permanecían sobre sus caballos, atacaron a los calatravos con las armas arrojadizas, pero sólo consiguieron desviarlos. Los cristianos avanzaron hasta la retaguardia para atacar a los de Arjona.

El bosque se llenó de una algarabía de gritos. Los jinetes, inexpertos, no fueron capaces de defenderse y comenzaron a desplomarse, muertos o mortalmente heridos. Muhammad espoleó a Bermejo para acercarse, al tiempo que animaba a los suyos a que lo siguieran.

–¡A por ellos! –aulló fuera de sí, lanzado al galope y seguido por los dos jinetes de la guarnición.

Los arjoneros que habían sobrevivido al primer ataque ya huían. Ibn al-Ahmar lanzó una jabalina contra un calatravo que perseguía a Ahmed bin Ishaq. El arma le impactó en el costado y lo derribó del caballo, aunque no lo mató. Ahmed, profundamente aliviado, continuó la huida hacia el interior del bosque.

–¡Juntos desde arriba! –gritó el Nasr a Abd-Allah, que captó la idea al instante y condujo a Ibrahim, Ismail y Hadi a una posición elevada para cargar desde allí.

Muhammad y el arquero montado continuaron su ataque desde el camino. Habían caído cinco arjoneros. Los caballeros, bien entrenados, ejecutaban movimientos precisos y eficaces. El arquero disparó contra uno de ellos, pero su lorigón detuvo el impacto y evitó un daño mayor. El calatravo centró entonces su atención en ellos y cargó con furia. Muhammad lanzó una jabalina, que el cristiano consiguió desviar con el escudo.

–¡Ahora! –gritó Ibn al-Ahmar.

Desde arriba, sus compañeros cargaron contra los tres cristianos que aún luchaban con la retaguardia musulmana. El arquero bereber se alejó para atacarles por la espalda. Antes de que llegaran, cayó uno más de los arjoneros.

Muhammad recibió al que le atacaba con la maza en la mano. La lanza enemiga impactó en el escudo redondo, partiéndolo en dos y tirando al Nasr al suelo. Pero el cristiano perdió la lanza, el golpe lo desequilibró y también rodó por tierra.

Muhammad y el calatravo se levantaron y quedaron uno frente al otro. En ese momento se les unió, espada en mano, el caballero al que antes había derribado el Nasr. Estaba dolorido y sangraba por el costado. Ibn al-Ahmar encaró al más cercano y, con un golpe de la maza, le arrebató la espada, que cayó pesadamente al suelo. Luego echó su peso hacia delante a la vez que golpeaba de nuevo, en esta ocasión contra la cabeza de su oponente. El impacto sonó metálico y provocó que el capacete del cristiano saliera volando de su cabeza. Su rostro se cubrió de sangre. Antes de que el cuerpo inerte tocara la tierra húmeda, Muhammad se giró para defenderse del segundo atacante.

–¡Sólo Alá es Vencedor! –gritó mientras se preparaba.

Cuando lo tuvo delante, fintó hacia el lado izquierdo, haciendo que se volteara hacia él y, en el último instante, viró hacia la derecha para golpear el hombro del calatravo. Sonó el chasquido de los huesos que se partían y el brazo quedó colgando sin fuerza.

–¡Ríndete! –le dijo–. ¡Ríndete! –repitió en romance.

El cristiano, encendido de ira, gritó para desahogar su dolor y lanzó una última estocada. Muhammad la esquivó con facilidad y luego descargó la maza sobre su nuca. De nuevo chascaron los huesos y el cuerpo tocó el suelo sacudido por espasmos.

Entonces se dio la vuelta. Al otro lado del camino la carga se había desarrollado con éxito. Su hermano, sus tíos, el arquero montado, Hadi y el leñador remataban al último calatravo vivo. Todavía se oían sus sollozos agonizantes cuando Ahmed salió de la arboleda con la lanza en la mano, gritando como si buscara un rival al que enfrentarse. Nadie le hizo caso; sus gritos sonaron ridículos. El calatravo murió y reinó el silencio por unos instantes. La lucha había sido dura. Los cegríes, salvo Ahmed, estaban cubiertos de sangre y jadeaban por el esfuerzo. El precio de la victoria había sido alto: sólo ocho habían sobrevivido.

–No sabemos si hay más. Tenemos que movernos con rapidez –dijo Muhammad. Se acercó a sus parientes–. Bien hecho

–le dijo a Abd-Allah, que había dirigido la carga, y el Asquilula se hinchó de orgullo.

Todos aceptaron la autoridad de Ibn al-Ahmar, incluso los hombres de la guarnición, y él se sintió cómodo en el papel de líder. Cargaron los cuerpos inertes sobre los caballos que habían quedado sin jinete, tanto los propios como los ajenos, recogieron las armas del suelo y formaron una pequeña caravana para regresar a Arjona.

Con la cabeza gacha, Ahmed se puso a la altura de Muhammad. Cabalgaron un rato antes de que se atreviera a hablar.

–Me has salvado la vida. –Fue su manera de dar las gracias. Hubo un breve silencio y retomó la conversación–: He vuelto para luchar –trató de justificarse.

–No es a mí a quien corresponde juzgarte. Yo sólo he visto lo que has hecho.

Pasados varios segundos, Ahmed se apartó de su lado. No volvería a acercarse.

–Escuchadme. –Ya estaban cerca de Baños cuando Ibn al-Ahmar alzó la voz–: Nadie debería juzgar a este hombre por lo que ha pasado –señaló a Ahmed–. No estaba preparado para enfrentarse a caballeros así, todos lo sabemos. ¿Entendéis lo que quiero decir?

Uno a uno, todos asintieron y estuvieron de acuerdo en guardar silencio sobre su acto de cobardía. Ahmed suspiró. Se colocó a la cola, detrás de todos, y lloró con amargura por el valor que no había encontrado en la batalla.

Ismail se acercó a su hermano.

–Derribé a uno, Muhammad, yo solo derribé a uno con una jabalina –le contó emocionado–. Cayó malherido. Matarlo fue sencillo. –Ibn al-Ahmar le dedicó una sonrisa.

Tuvieron Arjona a la vista poco antes del atardecer. La noticia del regreso de los cegríes corrió de boca en boca y, desde la muralla exterior hasta la alcazaba, el camino se convirtió en un desfile en el que se mezclaron los vítores con los llantos, los vecinos orgullosos con los familiares deshechos por la pérdida de un ser querido. Los guerreros procuraron mantenerse impertérritos, ajenos a las muestras de efusividad y a la tristeza. Con el semblante serio, subieron las cuestas y entraron en la alcazaba, donde ya los esperaba el alcaide.

* * *

Al alba del día siguiente, Asquilula acudió al alcázar a petición del alcaide. Cerca de la puerta se oían los gritos del bereber, que se había reunido con los dos supervivientes de la guarnición en la plaza de armas.

–¡Tres hombres, he perdido tres hombres! Y sólo eran cinco cristianos. Y vosotros, en lugar de tomar el mando cuando murió vuestro comandante, dejáis que un muchacho andalusí os dirija. ¡Me avergonzáis!

Resonó el eco de dos bofetadas. El Neblí sonrió con satisfacción. Entró en el patio justo cuando se llevaban a Hadi y al arquero al calabozo, donde pasarían una semana. El alcaide tenía los ojos encendidos de rabia.

–¡Una algarada sencilla, un botín fácil! –Hacía aspavientos con las manos–. Seis vecinos muertos y tres hombres de la guarnición. Todo por confiar en un maldito comerciante.

–El comerciante era uno de sus espías. Ahora estará ya al otro lado de la frontera. –Asquilula permanecía sereno.

–¿Y por qué no lo pensaste antes? ¡Nos habríamos ahorrado la pérdida de hombres!

–Y los calatravos seguirían en la frontera. –Fue contundente en la réplica–. No podíamos saber que era una trampa. Aun así, ahora que lo sé no me arrepiento de lo que ha pasado... Y te recuerdo que mis dos hijos varones y mis dos nietos iban en la tropa. Los caballeros cristianos se estaban riendo de nosotros, había que responder. Han muerto musulmanes, pero también han muerto los cinco infieles que habían invadido nuestra tierra. Se lo pensarán mejor la próxima vez.

–Lo habríamos hecho de otra manera –replicó el alcaide, apretando los dientes.

–Te pedí más hombres, pero te negaste. ¿Qué esperabas que ocurriera enviando a hombres sin instrucción? –Un denso silencio se instaló entre ellos. Asquilula decidió sacar otro tema–: Han traído un buen botín en armas y en caballos.

–Lo he visto. Cinco equipos completos y cinco caballos. El califa se quedará con un caballo y un equipo. –Al nombrar al califa se refería a sí mismo, como su representante en Arjona–. El resto se distribuirá en partes iguales.

–Lo veo justo. –El Neblí se inclinó levemente como señal de respeto. Luego se despidió y se marchó. Los hechos se habían desarrollado de manera muy diferente a como él había previsto, pero, aun así, había mucho que celebrar. Los almohades habían sido humillados, los cristianos habían caído y su familia había destacado por sus propios méritos. La ocasión merecía una fiesta.

* * *

Varias lámparas iluminaban el gran salón. Sobre el entarimado, en torno a dos mesas, estaban Asquilula y Yusuf con sus hijos. Hadi también había sido invitado. Era una celebración íntima. Asquilula no quería escándalos en aquellos momentos de duelo, mientras algunas familias lloraban a los muertos de la algara.

Habían acabado de cenar y las esposas se habían retirado a sus alcobas. Una esclava entró con dos jarras de vino malagueño.

–Ay, Neblí, ¿de dónde lo has sacado? –dijo Yusuf nada más olerlo.

–Un hombre como yo tiene recursos. Al-Ándalus es demasiado grande como para que los africanos lo controlen.

Muhammad se puso tenso y miró a su padre. Aquello no encajaba en su ideal ascético de vida. Yusuf se percató, pero se sirvió un vaso y lo alzó delante de todos.

–Un día como hoy se merece un trago de vino. –Miró de reojo a su hijo mayor–. No es el líquido lo que censuramos, sino sus efectos. –Mantuvo el vaso en alto–. Bebamos con moderación y no faltemos a la buena moral.

Sirvió vino a sus hijos y éstos aceptaron la invitación. Muhammad se relajó y probó un sorbo, que le supo fuerte y dulce a la vez.

–Dime, Hadi, ¿cómo pelearon? –El Neblí señaló a sus cuatro alumnos–. Dime la verdad, no seas indulgente. –Hadi se agitó, incómodo.

–Fueron buenos guerreros. Muy valientes. –Miró a Muhammad y mantuvo la mirada en él durante unos segundos–. Puedes sentirte orgulloso de ellos.

–Lo sabía, sabía que serían grandes cegríes, que no huirían del combate. –Asquilula se emocionó y se llevó el vaso a la boca.

En ese momento entraron los artistas que había contratado. Eran dos músicos, uno llevaba un laúd y el otro, una flauta. Una bailarina los acompañaba, vestida con una falda roja con largas rajas y pulseras plateadas en las muñecas y los tobillos. El pelo, negro y rizado, lo llevaba suelto y le caía por la mitad de la espalda. Sus rasgos recordaban a los de las hebreas.

–Acércate y saluda a tu parienta –le dijo Ibrahim a su hermano al oído.

Abd-Allah se había bebido el vino y estaba de buen humor.

–Tengo pelo de judío, pero al menos tengo algo en la cabeza –contestó mientras revolvía el pelo escaso de su hermano.

Comenzó el espectáculo. Los músicos tocaron a un ritmo suave, bien sincronizados. En determinados momentos, la mujer se movía y el tintineo de los abalorios acompañaba a la música. Sus piernas asomaban por las rajas de la falda y los hombres observaban extasiados.

–Míralos, no pueden apartar la mirada de esos muslos –susurró Asquilula a Yusuf en voz baja–. Se han hecho hombres y están formando su carácter.

De repente, Muhammad sintió unos ojos clavados en él y miró a su alrededor. Se encontró con la mirada de Hadi, que reaccionó de inmediato apartando la vista hacia la bailarina. Terminó el espectáculo y todos aplaudieron entusiasmados. La mujer se sentó a descansar y los músicos tocaron una melodía suave. Asquilula pidió más vino y la esclava, que hacía las veces de copera, trajo una nueva jarra y la sirvió.

Muhammad aceptó un segundo vaso de vino y se recostó en su asiento. Se resignó a que aquella noche no podría visitar a su amada Farah. La bailarina retomó el espectáculo, pero Ibn al-Ahmar ya no tenía pensamientos para ella.

* * *

Llamaron a la puerta. Yusuf oyó cómo Karima invitaba a pasar a Ishaq y a su hijo Ahmed, que entraron con un canasto repleto de brevas. El padre de los Nasr acudió a recibirlos.

–Recuerdo que a Ismail le gustaban mucho. Son las primeras que recogemos.

–Le encantan –contestó el Nasr–. Muchas gracias. Disculpa a mis hijos, están en el campo. ¡Karima! –se dirigió a la sirvienta–, trae unos dátiles.

–Gracias, pero nos vamos, tenemos que trabajar –se disculpó Ishaq–. A mi hijo le habría gustado ver a los chicos.

–Tendrán ocasión de verse –contestó Yusuf con una sonrisa–. Les entregaré las brevas de su parte. –Y dirigió un mirada cómplice al muchacho, que permanecía en silencio. Yusuf comprendió el motivo de la visita. Querían agradecer a Muhammad y a Ismail su actitud durante la algara. No sólo habían salvado la vida de Ahmed, sino que también habían salvado su honor.

Aquella misma tarde, el patriarca de los Nasr se reunió con sus hijos en el patio de la casa. Sobre un banco de madera descansaban dos gambesones y dos lorigones, con sus correspondientes brafoneras y almófares. Asquilula había mediado para que, en el reparto del botín, a sus cuatro alumnos les tocaran los lorigones de los calatravos.

Muhammad e Ismail tocaron los gambesones y miraron a su padre.

–Os los he comprado. Tienen un buen acolchado. Aunque están manchados de sangre y no se ajustarán bien a vuestros cuerpos...

El padre comenzó el ritual de vestir a sus hijos por primera vez con aquellas armaduras. Empezó por Ismail. Sobre la túnica, a la altura del calzón, le ajustó un grueso cinto de cuero. A él ató los cordones que sujetaban las calzas de malla, que caían hasta los tobillos. Le puso el gambesón sobre la ropa y, por encima, el lorigón. Luego le colocó el almófar en la cabeza, sobre una cofia de algodón que evitaba las rozaduras. Repitió la operación con Muhammad y observó el resultado. Las lorigas les estaban grandes, pero el peso no era excesivo. Remató los conjuntos con los fajines bermejos de la familia Nasr. Se apartó varios pasos de ellos para contemplarlos. Los jóvenes sentían el peso; sus hombros estaban tensos pero podían mover los brazos con soltura. La carga estaba bien repartida por todo el cuerpo.

Karima pasó por el patio y soltó una exclamación al verlos.

–¡Mis niños son ya unos hombres!

Los tres Nasr rieron a carcajadas. Yusuf le quitó la armadura a Ismail y el muchacho salió del patio en dirección al *madjlis*. El padre se puso frente a su primogénito y lo miró a los ojos unos segundos.

–Hijo, ¿pesan sobre ti las muertes? –le dijo con voz serena mientras le quitaba las mallas.

Muhammad frunció el ceño, sorprendido por la pregunta.

–Eran infieles que amenazaban a los musulmanes de al-Ándalus.

–Deja los artificios para los discursos. A tu padre dile la verdad. Eran hombres. Enemigos, pero hombres. ¿Pesan sobre tu conciencia?

Ibn al-Ahmar bajó la mirada.

–He tenido sueños –reconoció.

–Sé de lo que hablas. La primera vez es normal que te pase. Un combate es un hombre contra otro hombre. Quitar la vida es fácil, la carne se desgarra, los huesos se quiebran... Te acabarás acostumbrando. Pero no ignores estos sentimientos, respeta toda vida creada por Alá y reza por ellos. –Muhammad asintió y su padre lo cogió del pecho–. Aun así, nunca olvides que ellos buscaban hacerte lo mismo a ti, y a tu hermano. Bien muertos están –remató Yusuf.

El patriarca cogió una bolsa de cuero, extrajo una cadena de plata de la que colgaba una medalla, se la puso a su hijo y lo besó en la mejilla.

–Te traerá suerte.

Muhammad la miró. Era su moneda, la moneda romana que había encontrado cerca de la rábita el día en que la destruyeron. Su padre la había mandado convertir en medalla para él. Miró ambas caras, la que representaba al soldado y la que representaba al buey. Cada día que pasaba se sentía más cerca de la lanza que del arado.

–Gracias, padre. Siempre la llevaré puesta.

Comenzaron a recoger las piezas de las armaduras y entonces, a solas, Muhammad se atrevió a formular la pregunta que rondaba por su cabeza las últimas semanas:

–Padre, ¿cuándo será la boda?

El rostro de Yusuf dibujó una amplia sonrisa.

–Has tardado mucho en preguntarlo. El año próximo. Pronto, muy pronto.

El corazón de Ibn al-Ahmar se aceleró y deseó que las semanas pasaran prestas.

Calatrava la Nueva. Primavera de 1216

Mientras se celebraba la misa diaria por los difuntos de la orden, Martín paseaba por el cementerio de los mártires, a la sombra del imponente castillo que dominaba la fortaleza. El camposanto se situaba entre el castillo y la muralla, sobre la puebla que se extendía a los pies del recinto superior. Allí descansaban los caídos en la batalla de Alarcos y en la defensa de Calatrava, la vieja Calatrava. Él era un niño cuando aquellos funestos acontecimientos sacudieron las raíces de la orden, pero recordaba los relatos de su tío Alfonso, sus descripciones de la batalla y la viva narración de la heroica muerte de su padre a manos de los moros. Martín había crecido contagiado por el odio al infiel que le había inculcado su tío, y ya muy joven decidió ingresar en la orden para combatir contra los mahometanos.

Desde la muerte de su hermano, Alfonso se había hecho cargo de sus sobrinos, Martín y Ruy Fernández de Burgos. Un caballero de Calatrava no podía tener posesiones materiales, pero procuró defender los intereses de la viuda de su hermano y salvaguardó su patrimonio. Cuando se lo permitían las dispensas, acudía a visitar a la familia y llenaba las mentes de sus sobrinos con sus historias. Alfonso se convirtió en lo más parecido a un padre que Martín pudo conocer tras la pérdida del suyo. Llegado el momento, el joven quiso seguir su ejemplo y, junto a su hermano, ingresó en la orden. Escogieron caminos distintos: uno optó por la guerra; el otro, por la oración. Terminado el noviciado, Martín fue armado como freile caballero y Ruy se convirtió en un freile del convento.

De pronto, Martín escuchó cierto alboroto. Los clérigos salían de la iglesia a medio terminar. Los constructores retomaron el trabajo y dieron órdenes a los esclavos musulmanes para que cargaran las piedras de un gran montón que había junto a la muralla. «La grandeza de Dios ha querido que los infieles sufran para construir la iglesia de su convento», pensó Martín con satisfacción, mientras contemplaba a aquellos desgraciados, presos tras la victoria de las Navas.

Ruy se separó de los demás clérigos para atravesar los primeros enterramientos y acercarse a su hermano. Sobre su túnica blanca vestía el preceptivo escapulario con la cruz negra flordelisada.

–Tío Alfonso no podrá descansar aquí, que es su sitio, entre los mártires calatravos –le dijo Martín con rabia.

–¿Hay nuevas? –A Ruy le tembló la voz.

–Sí, hay nuevas. El espía ha vuelto. Dice que consiguió que los moros de Arjona acudieran a Baños de la Encina, pero... –Ruy se llevó las manos a la boca, temiéndose lo peor. Martín suspiró para tomar fuerzas–. Atacaron en gran número y, a costa de muchas vidas, los mataron a todos. –Ruy se tambaleó y tuvo que sujetarse en la cruz de piedra de una de las tumbas–. No podremos recuperar sus cuerpos ni la cruz de padre que tío Alfonso llevaba al cuello. Se llevaron los restos a Arjona.

–Arjona otra vez. Qué ironía. –Alfonso había ganado fama hacía muchos años durante una algara por tierras de Andújar y Arjona en la que había conseguido destruir una rábita llena de morabitos–. Dios los tenga en su Gloria, a los cinco –soltó el monje mecánicamente mientras sus ojos se llenaban de lágrimas–. Hoy mismo empezaremos a rezar por sus almas. Irán directos al Cielo.

–Rezad, que es vuestro trabajo. –Martín bajó el tono de voz–. Yo cobraré venganza, que es el mío.

El caballero caminó despacio hasta el borde mismo de la muralla. Ruy lo siguió. Contemplaron juntos la puebla, donde los conversos calatravos se afanaban en rematar sus viviendas. La pequeña población había cobrado forma y varias calles la recorrían de un extremo a otro. Fuera del recinto, algunos hombres trabajaban las tierras cercanas, las que abastecían a la nueva Calatrava.

–¿Qué has pensado? –preguntó Ruy. Su rostro se había tornado lívido.

–La milicia de Dios está para servirlo en su lucha contra el infiel –respondió.

Su hermano comprendió que necesitaba estar solo y se retiró para encerrarse con los demás monjes en el convento. Martín permaneció junto a la muralla.

–No habrá sido en vano –alzó su promesa en soledad, con los huesos de los mártires calatravos como únicos testigos.

* * *

Martín acudió a los establos antes del alba para enjaezar a su caballo. Llevaba puesto el lorigón y su inseparable hábito blanco cisterciense marcado con la cruz negra de los calatravos. Iba armado con una lanza y colgaban de la silla de montar un escudo con forma de uña y una espada. Su caballo no tenía protección ni gualdrapa.

Había pedido permiso al maestre dos días antes. El líder de la orden, que había mantenido una gran amistad con su tío Alfonso, no puso ninguna objeción y autorizó su salida, pero le pidió que fuera discreto.

Martín Fernández de Burgos salió de Calatrava la Nueva y se encaminó hacia los pasos de Sierra Morena. El movimiento del caballo acentuaba el dolor que provocaban las rozaduras de la armadura. La regla de la orden lo obligaba a llevarla puesta durante la mayor parte del día, e incluso de la noche. Ni siquiera el gambesón conseguía mitigar aquella tortura. «Se te encallecerán los hombros y pronto no sentirás nada», le había dicho uno de los veteranos.

Martín tenía la piel morena y los ojos oscuros. Era más alto que la mayoría de sus compañeros, y también más fuerte. Era diestro en las armas y aguantaba los duros entrenamientos físicos sin quejarse. Con el caballo no era especialmente habilidoso, pero se manejaba bien.

Dio un gran rodeo para evitar ser visto por los moros de Salvatierra y se introdujo en la sierra, la frontera con al-Ándalus. Conocía bien los bosques y los pasos, pues los había recorrido durante los entrenamientos y las partidas de caza.

Atardecía cuando llegó a la linde del último bosque. Aguardó a que cayera la noche y entonces se puso un manto negro con capuchón sobre el hábito. Como una sombra más, se adentró en tierras musulmanas. Había memorizado las indicaciones del maestre mientras consultaban los mapas custodiados en la biblioteca del convento. Frente a él estaba Andújar. La evitó por el este, cruzó el río y luego torció el camino hacia el suroeste. Atravesó varios secanos de cereales y se adentró en un olivar. Allí decidió dejar el caballo y avanzar el resto del camino a pie.

A buen paso, amparado por la oscuridad, se acercó hasta el pie de las imponentes murallas que protegían al caserío de Arjona. Dos guardias hacían la ronda en el adarve y esperó sin moverse hasta que se dieron la vuelta. El manto negro le daba seguridad, pero en aquel punto de la misión su corazón latía con fuerza y había comenzado a sudar. Recorrió la muralla hasta dar con una gran puerta de madera, en el lateral de una torre que sobresalía del lienzo. Extrajo el pergamino y aguzó el oído. Escuchó los pasos de la ronda, que pasó sobre él y se alejó enseguida. Aguardó un instante y clavó el pergamino en la puerta con su puñal. Esperó a que la ronda pasara de nuevo antes de comenzar el camino de regreso al olivar.

Sólo cuando penetró en el olivar su corazón se serenó. Deshizo el camino a caballo hasta los bosques de Sierra Morena. Una sensación de euforia lo invadió, como si hubiera saldado una cuenta pendiente con el alma de su tío.

«Ahora sólo queda cumplir con la palabra dada», pensó.

Arjona. Primavera de 1216

Hadi dejó sus armas en el arsenal y salió del alcázar en dirección a la casa de los Asquilula. Había novedades importantes que a su antiguo patrón le gustaría conocer. El Neblí lo recibió en el patio central de la casa, junto al estanque.

–Esta mañana han encontrado un pergamino clavado en la puerta de Jaén.

Asquilula enarcó las cejas, sorprendido.

–¿Y bien? ¿Qué había escrito?

–Un desafío. Los del alcázar dicen que lo ha dejado un calatravo. El pergamino tenía dibujada una cruz negra. Estaba escrito en árabe y en la lengua de los romanos. Me han dicho que habla de los cinco caballeros muertos en Baños de la Encina. Dice que habrá venganza, que no habrá descanso para Arjona ni para el resto de al-Ándalus, que la orden luchará sin descanso contra nosotros... Y cosas así.

–Hemos tocado el orgullo de los calatravos. –El Neblí miró a Hadi con una reluciente sonrisa–. Me encanta. Sufriremos más ataques, pero estaremos preparados.

–El alcaide quiere reforzar la guarnición y establecer más guardias. Para él resulta una vergüenza que un cristiano haya llegado hasta las mismas puertas de Arjona sin ser visto. Piensa entrenar a más arjoneros.

Asquilula se irguió y meditó unos instantes. Luego se puso en pie y se despidió, dando por terminada la reunión.

–Gracias por la información. Ha sido un placer verte.

«Más arjoneros en el alcázar... Excelente noticia», pensó el Neblí una vez que estuvo solo.

* * *

Hadi salió de la alcazaba y marchó directo a casa sin entretenerse en la plaza de la Encina, donde en ocasiones se reunía con otros hombres. Debía acabar las reparaciones que había comenzado.

Hiba lo oyó entrar y acudió al zaguán para ayudarle a quitarse las botas.

–¿No me das un beso?

El hombre posó sus labios en los de ella y salió al patio.

–Hadi, espera. –El marido se detuvo y se giró hacia ella–. Estoy embarazada –soltó de pronto mientras se acariciaba el vientre–. No he sangrado en dos lunas.

Él tardó en reaccionar. Sus ojos brillaron y una sonrisa bobalicona se instaló en sus labios. «Voy a ser padre», pensó entre alegre y abrumado. Con dos zancadas se plantó delante de su esposa, la abrazó y la levantó en volandas, emocionado.

–Con cuidado, con cuidado. –Hiba lloraba de alegría al ver su reacción.

–Una gran noticia, Hiba, una noticia maravillosa. –Nervioso, se movía de un lado a otro–. Tengo que arreglarlo todo, la casa tiene que estar en condiciones. Encalar las paredes, y luego arreglar las tablas de las alacenas...

Se perdió en dirección a la alcoba para cambiarse de ropa, canturreando una canción tradicional de su Jaén natal. Hiba sintió cómo su pecho se henchía de alegría. Tal vez aquella buena nueva fuera lo que acabara de unirlos definitivamente.

* * *

Muhammad permanecía sentado bajo la ventana, observando a Farah a la luz blanquecina de la luna. Ella le devolvía la mirada desde la cama y sus ojos brillaban de alegría. El amor que los unía, puro y limpio, los arrastraba, como arrastra la marea a un navío sin velas.

–He tenido mucho miedo.

–No temas por mí. El Compasivo quiere que sea su brazo. Pude sentirlo.

La muchacha dejó caer las pestañas lentamente.

–Las maqbaras están llenas de mártires de la fe.

–Si he de morir, lo haré gustoso en defensa de al-Ándalus. Pero sé que no ha llegado mi hora. Confía en mí.

La seguridad de Ibn al-Ahmar pareció serenarla.

–Yo me moriría contigo –dijo Farah en un susurro casi inaudible.

Muhammad se puso en pie y se acercó a ella para besarla. Se sentó a su lado y le tomó la mano. Quiso besarla en el cuello, pero ella lo rechazó.

–Estoy en los días impuros. –Él suspiró y se resignó–. He oído que mataste a dos caballeros. –Muhammad asintió–. Podrías haber sido tú el muerto. Rezo a cada instante y le doy las gracias a Alá por permitir que te salvaras.

–Yo lucho y tú rezas. Hacemos buen equipo.

La muchacha se recostó en el pecho fuerte de su amado. Pasados varios minutos, Muhammad la besó en la frente, la apartó con delicadeza y se puso en pie.

–Ya es hora de que me vaya.

Ibn al-Ahmar saltó al tejado y comenzó a caminar. Primero escuchó cómo la ventana se cerraba detrás de él. Luego le llegó el sonido de pasos cercanos, sobre su cabeza. Había tenido un despiste fatal. Había salido de la alcoba sin asegurarse de dónde estaba la ronda de aquella noche. Sobre el adarve de la muralla, a varios pasos de él, Hadi lo observaba. El guardia miró la ventana y comprendió. Comprobó dónde estaba su compañero, que se alejaba en la dirección opuesta, y retomó su camino de ronda como si no hubiera visto nada.

Muhammad abrió la boca para susurrar un «gracias» que se le atrancó en la garganta. Regresó a casa a paso ligero. En su alcoba, Faray dormía plácidamente. El patriarca de los Nasr lo había dispuesto así. Muhammad e Ismail sabían que tras aquella decisión se encontraba su deseo de dormir con Karima. Lo respetaron y jugaron al extraño juego de fingir que Karima seguía siendo sólo una sirvienta.

Ibn al-Ahmar se echó sobre el colchón. Faray se despertó y refunfuñó entre dientes varias palabras incomprensibles. Muhammad se durmió envuelto en el cálido recuerdo de los labios de su amada.

* * *

–Un buen líder tiene que curtirse en las armas, pero nunca debe exponerse innecesariamente –comentaba Asquilula con sus hijos mientras sostenía con orgullo a su mejor halcón. Iban a caballo, cada cual con su propia ave posada en la lúa–. Un líder valora riesgos y se muestra valiente, pero no insensato. Actuasteis como esperaba de vosotros: organizados y eficaces.

–Sí, pero la fama se la ha llevado el Nasr. Nadie en Arjona habla de nosotros –soltó Abd-Allah con ira incontenible.

–Le ha salido bien, y doy gracias al Altísimo por haber protegido a mi nieto, vuestro sobrino –recordó el Neblí a sus hijos–. Pero esa actitud en la batalla conduce a la muerte. Quizá no en la primera lucha, pero sí en la segunda o en la tercera. Las acciones más estúpidas suelen dar la mayor gloria, pero también conducen a una muerte temprana. Yo no quiero eso para vosotros. Quiero que seáis qaídes sabios, firmes en la batalla, pero con la mente fría. Así llegaréis a viejos.

–Mi hermano no llegará a viejo. En uno de sus berrinches se le parará el corazón –dijo Ibrahim con sorna. Los tres rieron.

–Tú tampoco llegarás a viejo. Engordarás y engordarás, y algún día tu estómago reventará –contestó Abd-Allah.

Volvieron a reír. Atravesaron el último olivar del alfoz de Arjona y se adentraron en un encinar.

–Que el Altísimo nos conceda buena caza –dijo en voz alta el padre, y azuzó a su caballo para acelerar el paso.

Calatrava la Nueva. Otoño de 1216

Los hermanos Fernández de Burgos rezaron ante la cruz en recuerdo de su tío Alfonso, en el cementerio de los mártires. Ruy vestía el hábito y Martín, el atuendo completo de los caballeros calatravos, incluida la armadura. Se había colgado del cuello una cruz de hierro, réplica de la de su tío, que había encargado a un herrero de la fortaleza. Tener un lugar en el que rezar por el alma de Alfonso los reconfortaba y les daba consuelo. Cuando terminaron, Ruy se enjugó las lágrimas.

–Hermano, me despido –dijo el caballero–. Mañana parto con los colonos.

–Llevo semanas rezando por el éxito de vuestra misión.

El maestre había encomendado al joven caballero la tarea de fundar una colonia en la sierra. Durante varios días, Martín había recorrido los montes y los valles en busca del lugar idóneo, un lugar con agua, cercano a tierra de moros pero lo suficientemente escondido. Al fin había dado con él en uno de los últimos valles.

El maestre estaba decidido a cumplir con la amenaza clavada en la puerta de Arjona y pretendía tener una avanzada en tierra de nadie para abastecer a los caballeros que acudieran a batallar contra los musulmanes. El reino de Castilla se convulsionaba por las luchas intestinas y el rey, o su regente, no encontraba otra salida que alargar las treguas para ganar tiempo. Pero los calatravos no podían permanecer impasibles, ellos no se sentían atados por las treguas. El peso de la defensa fronteriza había recaído sobre los hombros de las órdenes religiosas.

–Dios está con nosotros. Estamos protegidos por Él.

Un buen número de colonos se encargaría de levantar las construcciones y poner en marcha los cultivos. Siete caballeros se ocuparían de la defensa de la colonia.

–Ya has demostrado que Dios te protege. Aun así, rezaré por vosotros.

–Gracias, Ruy. Sé que tus oraciones suenan con agrado en el Cielo.

Se agarraron de los brazos y se miraron a los ojos.

–Hasta pronto, hermano –dijo el clérigo.

–Hasta pronto –contestó el caballero, y echó a andar en dirección a los establos para comprobar que habían alimentado a su caballo.

Autillo, reino de Castilla. Primavera de 1217

Desde la torre principal del castillo, Berenguela, acompañada por Gonzalo Ruiz Girón, observaba cómo se levantaba el campamento del ejército del regente. Gonzalo, que fue mayordomo de Alfonso VIII, había participado en la batalla de las Navas. Tras la muerte del rey castellano, cuando don Álvaro Núñez de Lara le arrebató a la infanta la regencia del rey niño, el noble entregó su lealtad a Berenguela y se convirtió en su principal patidario.

Los soldados desmontaban las tiendas de campaña y las acémilas comenzaban a moverse. En la distancia podía distinguirse cómo los capitanes repartían órdenes y metían prisa a los hombres.

–No tenían más remedio que marcharse –comentó Gonzalo, señor del castillo.

–No te engañes, Gonzalo. Algún día podremos ajustarle las cuentas, pero hoy él tiene más fuerza que nosotros –repuso Berenguela con una sombra en la mirada–. En esta retirada veo más al rey que a su regente. Mi hermano Enrique ha obligado al Lara a partir. Si por Álvaro hubiera sido, ya estaríamos en sus manos. No me cabe duda.

Gonzalo guardó silencio unos instantes.

–Tienes razón –dijo al fin, con un tono de resignación en la voz.

–Esto no se quedará aquí. Don Álvaro convencerá al rey y nos acabará aplastando. Su partido tiene poder suficiente para hacerlo.

Álvaro Núñez de Lara había respondido al desafío abierto que Gonzalo Ruiz Girón le había lanzado al apoyar a Berenguela. En abril de aquel mismo año, el regente había iniciado una campaña de acoso y conquista con la que había conseguido arrebatar numerosos castillos a los partidarios de Berenguela. Como buen estratega, antes de atacar, don Álvaro había buscado la paz con Alfonso IX de León, que se relamía ante las perspectivas de aquella guerra en el corazón de Castilla.

–Rezaremos para que Dios tuerza ese destino –pronunció Gonzalo.

–Rezaremos y lucharemos. Que Dios dé la victoria a quien esté en posesión de la verdad –añadió Berenguela con energía.

–Por supuesto, moriremos luchando si es preciso –confirmó el señor de Autillo–. ¿Qué se sabe de Fernando y Alfonso?

–Días sombríos, mi buen amigo. Siguen en León, formándose como caballeros. Pero mis informadores me cuentan que ahora son las hijas de la portuguesa, Sancha y Dulce, las que figuran junto al rey en los documentos reales –contestó triste.

–Eso significa...

–Eso significa que, si no hago algo, el futuro marido de Sancha será el próximo rey de León. –Fue subiendo el tono de voz hasta acabar gritando.

–Entiendo. –Gonzalo se frotaba la barbilla mientras se daba unos segundos para pensar–. Me cuesta creer que se vayan a saltar la prohibición papal. Tal vez el nuevo papa sea más proclive a la unión de Sancha con Enrique.

Berenguela palideció y comenzó a sudar. Inocencio III había muerto el verano anterior y el cardenal Cencio Savelli había sido elegido como nuevo pontífice, consagrado como Honorio III.

–¿Te refieres a mi hermano, el rey de Castilla? –preguntó al cabo con un hilo de voz.

Gonzalo se percató enseguida de que los rumores de un segundo intento de casar al joven rey con Sancha no habían llegado aún a oídos de Berenguela.

–De eso se habla, pero nada es seguro.

–La jugada sería perfecta para el regente y para el rey de León. –La infanta parecía haber visto la luz; ahora comprendía por qué las hijas de Alfonso IX y Teresa de Portugal habían desplazado a su hijo Fernando en la corte leonesa–. El Lara tendría control absoluto sobre Enrique y contaría con el apoyo de León para acabar definitivamente con nosotros. –Gonzalo asintió, serio–. Y mi Fernando..., sabe Dios qué pasaría con él.

–Nadie se atrevería a hacerle daño. Menos aún su padre –opinó el noble.

–¡Quitarle el derecho a lo que es suyo es hacerle daño! –gritó Berenguela. La mujer se apoyó en el alféizar de la ventana y observó cómo los últimos hombres del regente dejaban el campo libre–. Dime, Gonzalo, ¿qué es más grande, el amor de una madre o el amor de una hermana?

El señor de Autillo la miró y no logró descifrar los pensamientos de aquella mujer de mente ágil y fuerte determinación.

Arjona. Primavera de 1217

El día establecido por el astrólogo se selló el contrato matrimonial. La ceremonia se había celebrado en la mezquita aljama, oficiada por el imán en presencia de los preceptivos testigos. Yusuf y el padre de Farah habían negociado sobre la dote y el ajuar. Había pasado una semana desde entonces y la casa de los Nasr se había engalanado para acoger la *walima*.

Desde primera hora de la mañana, Farah se había dejado vestir, maquillar y perfumar por las mujeres de su familia. Poco después de mediodía, se organizó la breve procesión que condujo a la novia desde la casa de sus padres hasta la del novio.

Ella lloraba de alegría. El velo ocultaba las lágrimas, pero sus ojos la delataban.

Los hombres aguardaban su llegada. Muhammad estaba nervioso. Se abrió la puerta y el cortejo invadió el patio entre chillidos de alegría. Ibn al-Ahmar se quedó sin habla. Los invitados comenzaron a repartir bendiciones, pero él tardó en reaccionar, absorto en la imagen de su esposa vestida de seda, adornado su cuerpo con joyas de oro y plata.

–¡Que Alá te dé su bendición permanente! –le decían unos.

–¡Que la unión sea beneficiosa para ambos! –gritaban otros.

–Eres un hombre afortunado, hermano –le dijo Ismail al oído–. Espero que el Altísimo os bendiga con muchos hijos.

Abrumado, Muhammad comenzó a dar las gracias y animó a los invitados de ambas familias a entrar en el salón para comenzar el banquete. Las mujeres se retiraron con Farah a otra sala. Se sirvió un ágape espléndido con tres tipos diferentes de carne. Yusuf se puso en pie y pidió silencio.

–Gracias a todos por acompañarnos en este día tan especial. Alá ha permitido la unión de estas dos familias que desde largo tiempo tienen relación. Ruego al Compasivo que colme de bendiciones a los novios para que pronto me hagan abuelo.

Sonaron aplausos. Ibrahim y Abd-Allah dirigieron una mirada cómplice a Muhammad.

–Dura encomienda, hermano –le susurró Ismail–, pero estoy convencido de que sabrás salir airoso.

El festín duró varias horas, y la *walima* terminó con infusiones, dátiles y dulces. Ya atardecía y, con las primeras estrellas en el cielo, los invitados comenzaron a retirarse. Hubo nuevas bendiciones, bromas sobre la consumación y palmadas en la espalda que Muhammad recibió con una perenne sonrisa.

–Dame biznietos fuertes. Hay buena sangre en ambos –le dijo su abuelo Asquilula antes de marcharse.

Cayó la noche y el salón quedó en silencio. Muhammad se rezagó con su padre.

–Ha sido un gran banquete. Te agradezco el esfuerzo.

–No ha sido tanto. Los carniceros me han hecho buen precio.

–Nuestra habitación ha quedado muy bien. A Farah le encantará.

–Dale las gracias a Karima, ella lo ha elegido todo.

Yusuf había acondicionado una alcoba para que el matrimonio pudiera vivir en la casa.

–Se las daré, es una gran mujer. –Yusuf miró a su hijo y comprendió.

–Hijo, como padre te aconsejo que seas paciente y comprensivo. Aún no os conocéis. Tenéis que amoldaros el uno al otro. Sé que os queréis, y eso ya es un buen punto de partida. –Su voz se quebró y se abrazó a su hijo para que no viera sus ojos llorosos–. Antes de yacer, rezad una oración. Tú la debes dirigir –dijo para terminar, recurriendo a las mismas palabras que su padre le había dedicado a él.

Muhammad se despidió, cogió una lámpara de aceite y se retiró a su alcoba. Farah ya estaba allí, sentada en la cama. Al verlo entrar, se levantó para recibirlo y se alisó el vestido. Él se acercó a ella pausadamente, la tomó de la mano y, sin pronunciar palabra alguna, la invitó a arrodillarse. Se colocó junto a ella y murmuró una breve oración por la felicidad del matrimonio. Después se pusieron ambos en pie. A Farah le brillaban los ojos y la luz tenue y cálida de la lámpara bañaba sus rasgos con tonos ocres. Muhammad le quitó el velo y la fina tela de seda que cubría su pelo.

–Te amo –dijo.

Farah sonrió. Como prescribía la tradición, guardó silencio. Ibn al-Ahmar le quitó el vestido con cuidado. Luego la despojó de la fina ghilala y, por último, se desnudó delante de ella.

–No hay nada que tapar entre tú y yo.

Ella sintió nacer la pasión al ver el cuerpo fuerte y curtido de su esposo. Muhammad la besó en la boca y la abrazó. Ambos se estremecieron de placer al sentir el calor de la piel ajena. Sin dejar de besarla, la tumbó en la cama y se echó sobre ella. Sus sexos se buscaron y él la sintió húmeda, excitada. Entró en ella y sintió la calidez de sus entrañas, que lo arropaban. Farah gimió, y eso provocó que Ibn al-Ahmar culminara antes de lo previsto. El hombre se sentó en la cama y la observó, jadeante.

–Habla, por favor.

–Yo también te amo, Muhammad bin al-Ahmar, hijo de los Nasr –soltó ella, como si tuviera la respuesta preparada en la garganta, esperando para salir.

Aquella noche no durmieron. Se amaron otras dos veces. Entre susurros y gemidos de placer se hicieron promesas de amor eterno que ninguno, por muchos años que pasaran, incumpliría a lo largo de sus vidas.

* * *

Hadi permanecía sentado al débil sol del atardecer. Había terminado de lijar las maderas de las ventanas que daban al patio, pero aún no había recibido la pintura, por lo que tendría que esperar unos días para terminar el trabajo. Observaba a Hiba mientras ésta amamantaba a su hijo con sus pechos generosos. En aquel instante se sentía dichoso por tener una vivienda y una familia. Su esposa era servicial y dulce, atenta y buena dueña de la casa. Sabía cocinar todos los platos que eran de su gusto, amasaba pan a diario y era hábil con el telar. Le había dado un hijo sano, varón, al que cuidaba con esmero y devoción. No podía pedirle más; sin embargo, seguía sin sentirse unido a ella por un amor profundo.

«Con el tiempo aprenderé a quererla», solía decirse. Ella lo percibía y aguardaba, paciente. «El amor es así, es cuidarse y respetarse», se decía Hiba.

El niño terminó de comer y eructó sobre el hombro de su madre. Hadi se puso en pie y lo cogió en brazos.

–Vete a descansar, yo me ocupo de él.

La mujer se perdió en el interior de la cocina. Hadi acunó en brazos a su hijo, que comenzaba a entornar los ojos por el sueño. Aquel bebé le había dado un verdadero sentido a su vida y a su matrimonio.

–Kamal bin Hadi bin Kamal –susurró el padre con orgullo. Le había puesto el nombre de su propio padre, como era costumbre–. Serás un gran hombre, mi pequeño Kamal, un qaíd, o el alcaide de una importante fortaleza –dijo en voz alta, como si recitara una bendición.

Palencia. Primavera de 1217

En el patio central del palacio del obispo, los niños corrían unos detrás de otros entre gritos y risas difícilmente sofocadas por el mozo que los vigilaba. Enrique I de Castilla jugaba con los hijos de las principales familias nobles. Tello Téllez de Meneses, obispo de Palencia y reconocido partidario de Berenguela, observaba sus juegos desde un banco de piedra al pie de la torre principal de su palacio.

Don Álvaro Núñez de Lara, regente de Enrique, había alejado al rey del escenario de las contiendas que sacudían al reino. Con este movimiento conseguía, por una parte, distanciarlo de Berenguela, a la que lo unía un fuerte sentimiento fraternal. Por otro lado, alojándolo en el palacio del obispo de Palencia, intentaba ganarse para su partido a Tello Téllez, e incluso a Rodrigo Jiménez de Rada, el poderoso arzobispo de Toledo.

Enrique parecía cansado y, como los demás niños, estaba empapado de sudor. El obispo se levantó y se acercó al mozo.

–Trae agua –le dijo secamente.

En cuanto el joven salió del patio, Tello se dirigió al rey.

–Majestad, venga a sentarse, está sudando y se puede resfriar.

El niño soltó un bufido de fastidio, pero se dejó llevar del brazo hasta el asiento. Tello Téllez se quedó de pie delante del niño.

–No se mueva de aquí, voy a por agua. Sólo Dios sabe dónde se habrá metido el mozo –rezongó mientras se daba la vuelta para iniciar la marcha.

El obispo no llegó a dar cinco pasos cuando a su espalda se oyó un estruendo, al que siguieron instantáneamente los gritos de los niños que seguían jugando. Tello se dio la vuelta y alcanzó a ver a Enrique mientras, con la frente ensangrentada, se ponía en pie y caía fulminado un segundo después. Su cuerpo cayó desmadejado junto a los trozos rotos de lo que parecía una teja.

Tello Téllez miró hacia arriba. Una figura vestida con telas pardas se movía por el tejado de la torre que se alzaba junto al banco. Echó una rápida ojeada a su alrededor y comprobó que, salvo los niños, no había nadie más en el patio. Con ademanes bruscos, hizo señas al del tejado para que se ocultara y, acto seguido, corrió hacia el rey lanzando gritos para pedir ayuda.

–¡El rey ha caído! ¡Socorro! –gritaba con aparente desesperación.

El obispo volteó con cuidado el cuerpo de Enrique y lo colocó bocarriba. El niño tenía todo el rostro cubierto de sangre y respiraba con debilidad. La imagen impresionó a Tello, que alzó una oración al Cielo mientras buscaba el origen de la sangre para tapar la herida y cortar la hemorragia. Sus manos temblaban y apenas atinaba a presionar sobre la pequeña cabeza. «¿Qué hemos hecho? Dios mío, perdónanos», pensó el religioso con sincero arrepentimiento.

Todos los niños se habían acercado para contemplar la escena y permanecían quietos alrededor del herido. Unos lloraban, otros se tapaban la boca con preocupación, la mayoría simplemente observaba en silencio, sin capacidad para reaccionar.

–¡Malditos gandules! ¡Venid aquí enseguida, el rey está en peligro!

Al fin acudieron varios hombres del palacio y trasladaron al niño al interior mientras otros avisaban a los médicos del obispo. Tello Téllez de Meneses se quedó solo en el patio. Se miró las vestimentas y las manos manchadas de sangre, y las náuseas lo envolvieron desde lo más profundo de sus entrañas.

«La sangre de un niño mancha mis manos», pensó, y sollozó. De las estancias interiores le llegó el alboroto que había provocado la llegada del rey herido. Cerró los ojos, se hincó de rodillas en el suelo y rezó compulsivamente por el perdón de sus pecados y la salvación de su alma.

Autillo, reino de Castilla. Primavera de 1217

–Normas de hombres, sólo son eso.

Berenguela paseaba por su alcoba en la torre principal de Autillo. Su hermana Leonor se había sentado junto a la ventana.

–Pero el papa no es cualquier hombre, es el representante de Dios en el mundo.

–Sí, pero hombre es también, elegido por hombres. –Leonor se llevó las manos a la boca, escandalizada–. Dios es infalible, los hombres mutan. Lo que ayer estaba prohibido hoy está permitido. Mi matrimonio con el rey de León se anuló por consanguinidad. El cuarto concilio de Letrán ha cambiado las prohibiciones, y ahora se permiten matrimonios que hace dos años estaban prohibidos. –Berenguela mantenía una actitud de desencanto respecto al matrimonio y sus normas. Aquélla no había sido su primera experiencia al respecto. Sus primeros esponsales, con un hijo del emperador Federico I Barbarroja cuando aún era una niña, fueron cancelados después de que naciera su hermano Fernando, que pasó a ser el heredero al trono castellano.

–Pero, hermana, el tuyo con Alfonso sigue estando prohibido –dijo Leonor.

–¿Y quién te dice que en dos años no hay otro concilio, lo revisan y el Papa levanta la prohibición? –Hacía aspavientos para acompañar a sus palabras.

–Berenguela, tenemos mucho que agradecer al Papa. La cristiandad resiste gracias a él. La quinta cruzada ya está en marcha, tropas de todos los reinos cristianos acuden a Tierra Santa, y los herejes cátaros están controlados por otra cruzada.

–Leonor, también el papa tiene mucho que agradecernos a los castellanos. ¿Quién, si no, detuvo los pies a los mahometanos en las Navas? –Llamaron a la puerta–. No me malinterpretes, no estoy en contra del santo padre. Pero una decisión de Inocencio III acabó con mi matrimonio, y León y Castilla han vuelto a estar enfrentadas, como antaño. –Volvieron a llamar–. ¡Adelante!

La puerta se abrió y Gonzalo Ruiz Girón entró con paso ligero.

–Tenemos que hablar. –El señor del castillo se dirigió a Berenguela. Leonor salió de la estancia–. Ha vuelto –dijo el noble–. Ha cumplido con su parte.

–¿Está...? –La infanta evitó pronunciar la fatídica palabra. Sus ojos se humedecieron y su pecho fue reflejo de su agitación con aceleradas contracciones.

Gonzalo negó lentamente.

–La teja le golpeó la cabeza y lo dejó malherido, pero no ha muerto... aún. Al menos que sepamos. El malnacido lo tiene oculto. –Se refería al regente–. Es todo lo que sabemos.

–¿Es muy grave la herida? –A Berenguela le costaba pronunciar cada palabra. Hablaban de su hermano, y una mezcla de emociones le removía las tripas.

Como respuesta, Gonzalo asintió con gravedad.

–Hecho está –susurró Berenguela–. Sólo nos queda esperar. Y rezar. –Sus manos temblaban–. Hay que traer aquí a Fernando inmediatamente, con cualquier excusa. –El noble volvió a asentir–. Amigo mío, ahora déjame sola.

Dilligente, el hombre obedeció. La infanta, profundamente afectada por la noticia, se preparó para rezar el salterio de la Virgen. Cogió su collar de cuentas y comenzó con el primer avemaría. Pero antes de terminar la segunda oración tuvo que detenerse. El corazón le latía con fuerza y ya no podía contener las lágrimas.

–La vida de Enrique está ahora en tus manos, Señor. Haz lo que sea mejor para él y para todos nosotros –dijo en su soledad para aliviarse la conciencia. Sin embargo, la conciencia seguía golpeando, y Berenguela apenas podía soportar el azote de los remordimientos.

Arjona. Comienzos de verano de 1217

Muhammad trabajaba bajo un sol abrasador marcando el ritmo a la cuadrilla. Sin descanso, cogía los haces y los cortaba con la hoz. Goteaba sudor constantemente por la nariz y su espalda comenzaba a resentirse por la postura. Ismail y su padre estaban en otras tierras, al frente de otras cuadrillas. Mientras, Faray se encargaba de organizar a las espigadoras.

–¡Muhammad! –El Nasr alzó la cabeza y en la distancia pudo ver a su amigo Hasan, que iba a buen paso a su encuentro–. He vuelto esta misma mañana. Ya veo que habéis avanzado mucho. ¿Podré usar los rastrojos?

El joven se había hecho cargo de un rebaño de ovejas, propiedad del alcaide de Arjonilla, y había pasado varias semanas pastoreando las tierras bajas de la sierra. Ahora al fin había regresado a Arjona para alimentar a los animales con los restos de la siega.

–¡Hasan! ¡Qué alegría! –Ibn al-Ahmar hizo una seña a sus hombres para que continuaran segando–. Claro que sí. Esta tierra necesita abono y quemaremos los rastrojos, pero puedes ir a la que está segando mi hermano.

–Tenía ganas de verte, amigo. Las ovejas no son buenas conversando.

–Yo también. –Ibn al-Ahmar miró el campo. Sus hombres lo estaban adelantando–. Tengo que seguir. ¿Nos vemos esta tarde en la fuente?

–¿En la fuente? Ya no somos niños, Muhammad. –Sonrió–. Tengo algo que contarte –dijo antes de que su amigo volviera al trabajo–. En la sierra he visto un poblado. Es la primera vez que lo veo. Lo más raro es que son cristianos.

Ibn al-Ahmar frunció el ceño y valoró la información.

–A primera hora de la tarde nos vemos en el patio de la aljama.

* * *

En el patio de abluciones varios notarios redactaban contratos y demandas para elevar al cadí. Aquel día había audiencia. Muhammad penetró en el recinto y se encaminó a la pila para lavarse. Un viejo faquí que residía en la alcazaba lo miró con desprecio. Hizo caso omiso. Los ancianos pensaban que nunca llegaría a ser un buen musulmán por no haber acudido a las escuelas coránicas. «Cuando vengan los infieles, valdrán más las espadas que las palabras», solía pensar.

Recibió a su amigo sentado a la sombra de un naranjo.

–La paz sea contigo –saludó Hasan, y se sentó a su lado–. La vida de casado te ha sentado bien. Te veo mejor.

–Me ves más gordo, mi esposa me trata bien. –El pastor sonrió–. Anda, deja ya los cumplidos y cuéntame lo que has visto.

Hasan se puso serio.

–He estado al pie de la sierra, al rebaño le gustan aquellos pastos. Atravesé los primeros montes y encontré valles con mucha hierba. No me encontré con nadie en dos semanas. Los pastores no se atreven a meterse por allí. Muhammad, aquello es perfecto para las ovejas –dijo con los ojos brillantes–. Y, por sorpresa, en uno de los valles encontré un poblado. Lo vi desde lo alto de una colina.

–¿Cómo era?

–Tenía casas de madera y sólo algunos edificios de piedra. Había un cercado para ganado, unos corrales, una cuadra y una iglesia pequeña construida con tablones. Estaba junto a un arroyo.

–¿Al norte o al sur de la sierra?

–Al sur, Muhammad. De Andújar a allí podrá haber una hora a caballo.

–¿Estás seguro de que era una iglesia lo que viste? –preguntó el Nasr.

–No tenía campanas, pero había una cruz encima del tejado, y vi caballeros.

–Malditos, han traspasado la línea... ¿Eran muchos?

–Vi una ronda de dos, de ésos de blanco con cruces negras en el pecho.

–Calatravos, los de la rábita. –Miró a Hasan y éste asintió–. Será una avanzadilla de la nueva Calatrava. ¿Había más gente?

–Por lo menos quince colonos. Unos construían una nueva casa, otros trabajaban en un huerto o cortaban leña.

–¿Algo más?

–Nada más. Me marché enseguida. Sólo Alá me ha salvado; si hubiera entrado en el valle por otro sitio, ahora estaría muerto.

–¿Se lo has contado a alguien más? –Hasan negó con la cabeza–. Bien. Tenemos que hacer algo. Lo hablaré con mi padre. –Muhammad apoyó la mano derecha en el hombro de su amigo–. Es una información valiosa.

* * *

Faray jugaba en la calle con otros niños. Farah y Karima, encerradas en la cocina, preparaban la última comida del día. Muhammad reunió a su padre y a Ismail en el *madjlis.*

–He estado hablando con Hasan. Me ha dicho que ha encontrado un poblado cristiano en la sierra, cerca de Andújar. Ha visto calatravos rondando la zona.

Ismail musitó una maldición en lengua romance.

–Para eso han construido la nueva Calatrava. Era de esperar que hicieran algo así. Se mueven hacia el sur –dijo Yusuf.

–Hasan ha visto colonos. Creo que es un puesto avanzado, una base para las partidas. No tienen murallas ni torre alguna que los proteja.

–Aun así, esos caballeros se las bastan solos para protegerse, vosotros lo sabéis bien –intervino el padre.

–Lo sé, pero yo mismo maté a dos de ellos –dijo Ibn al-Ahmar con un deje de orgullo en la voz.

–¿Y qué propones? –preguntó Yusuf.

–No podemos dejarlos ahí, hay que echarlos.

–Pero las treguas...

–No son tropas del rey de Castilla ni están en tierra castellana –cortó Muhammad–. Son caballeros de la orden, y están atacando la frontera.

El padre asintió lentamente.

–Yo iré contigo, hermano. Avisaremos a los alcaides de por aquí para que organicen el ataque –propuso Ismail.

–Y dejar que otros se lleven la gloria... ¿No lo veis? Es una buena ocasión para nuestra familia –dijo Muhammad, recordando la promesa que le había hecho a su padre.

–¿Quieres estar al frente? –le preguntó Yusuf mirándolo fijamente a los ojos.

La furia de sus antepasados asomó a su mirada y no fue necesario que Ibn al-Ahmar respondiera con palabras.

–No quiero gloria a cambio de muerte. –El padre retomó la palabra–. Pero tampoco quiero hijos cobardes. Me enorgullece que queráis ir. Si vais a hacerlo, hacedlo bien, es lo único que os pido. Organizad un grupo nutrido, de hombres entrenados, y hablad con el alcaide para que aporte guerreros. Dejadle claro que la algara ya está en marcha. Se sentirá obligado y no pondrá pegas. Otra cosa –meditó un instante–, a los Asquilula contádselo después de hablar con el alcaide.

–Así se hará, padre. –Muhammad también sabía que, si se lo contaba a Asquilula demasiado pronto, él tomaría el control.

–No saldréis hasta que la siega haya terminado –añadió finalmente. Y se recostó satisfecho.

Los muchachos asintieron. Muhammad acarició la medalla que le colgaba del cuello. La vieja moneda romana ofrecía a la vista al guerrero, pero Ibn al-Ahmar sabía que el anverso ocultaba la imagen del buey y el arado.

Salieron al patio y escucharon a las mujeres parloteando y riendo en la cocina. Ibn al-Ahmar pensó que tendría que contarle a Farah lo que iba a hacer. «La mujer de un cegrí nunca descansa», se dijo, repitiendo lo que Karima le había dicho a Farah nada más casarse. Ella era viuda de un guerrero de frontera. Su marido murió joven, antes incluso de darle hijos. «Yo no le haré eso a Farah», se prometió a sí mismo con la seguridad y la confianza de los antiguos Nasr.

* * *

Asquilula dejó su caballo al cuidado de un mozo y se reunió en el patio con sus hijos. Ibrahim y Abd-Allah estaban nerviosos por la noticia que Muhammad les había dado durante el entrenamiento.

–¿Queréis participar?

–Tenemos que participar –dijo Abd-Allah airado–. No podemos quedarnos quietos. Ese estúpido de Muhammad ni siquiera nos ha preguntado. Quiere la gloria.

–La gloria será para todos, siempre que venzamos –opinó Ibrahim.

Asquilula suspiró.

–La partida ya está en marcha, el alcaide está informado y dejará ir a algunos hombres de la guarnición. Ibn al-Ahmar ha sido rápido, y certero. Iréis, pero no quiero que os arriesguéis. Si él lo ha organizado, que él asuma los riesgos. No puedo frenar a mi nieto, es un potrillo desbocado, pero sí puedo aconsejaros a vosotros.

Las palabras resonaron en sus cabezas. Tenían que luchar, pero, sobre todas las cosas, tenían que sobrevivir.

«En los cementerios hay cientos de hombres como Muhammad, estrellas fugaces de brillo intenso, pero vida corta», pensó Abd-Allah.

* * *

Algunas muchachas, acompañadas por sus madres y seguidas con la mirada por decenas de jóvenes, caminaban entre los enterramientos en busca de las estelas de sus familiares. Como todos los viernes, la maqbara bullía de vida.

Muhammad caminó hacia la torre de tapial que presidía el espacio. Cuando llegó, Umar el Jilguero ya estaba allí, sentado sobre la base de una columna romana.

–Gracias –le dijo el Nasr sin más.

–Tu causa es justa. Mi gente está ansiosa por salir. –Umar había predicado entre sus fieles a favor de Ibn al-Ahmar y su campaña. El santón tenía un buen número de seguidores dispuestos a partir a la yihad, hombres que habían recibido instrucción y contaban con equipo propio–. Eres un buen musulmán –añadió.

–¿Realmente lo crees?

–A duras penas puedes leer unas líneas del Libro, pero cumples con la oración y dedicas tus acciones y tu pensamiento a Alá.

Muhammad aceptó el razonamiento con una sonrisa. Miró la tumba de su madre y se acordó de Farah. Un pensamiento iluminó su alma: «Madre, te habría gustado verla en la familia».

* * *

En las cercanías de Andújar, el grupo hizo una parada para esperar a los seguidores de Umar. Muhammad encabezaba la comitiva, equipado con su armadura completa, rematada por su fajín rojo atado a la cintura. Como su hermano, iba armado con jabalinas y maza. Los hermanos Asquilula, también protegidos por lorigones, llevaban lanzas. De sus fajas color verde colgaban espadas enfundadas.

Los otros cuatro supervivientes de la algara de Baños de la Encina, entre los que estaba Ahmed bin Ishaq, también habían decidido participar. Todos a caballo, armados con las espadas que habían ganado como botín. Catorce hombres más completaban el conjunto, y en Andújar se añadieron otros diez. Sumaban un total de treinta y dos, diecisiete de los cuales iban a pie. Muhammad, siguiendo el consejo de su padre, había insistido en que todos recibieran una intensa instrucción. Sin embargo, era consciente de que sólo unos pocos serían capaces de plantar cara a los calatravos.

El alcaide había puesto reparos a la empresa y sólo había permitido que se les unieran cinco hombres de la guarnición. Hadi y el arquero montado que había hecho de guía en Baños se contaban entre ellos.

–No quiero muertes de campesinos, no somos asesinos. Tampoco quiero esclavos –dijo Ibn al-Ahmar cuando todos estuvieron reunidos.

–¿Y si nos atacan? –intervino un arjonero.

–Si un colono ataca, se convierte en guerrero –contestó tajante.

–¿Y los caballeros? Si se rinden, ¿qué hacemos? –preguntó un peón de Andújar.

–Maldito estúpido. –Abd-Allah rio a carcajadas antes de continuar–. ¿Te has enfrentado alguna vez a un calatravo? Desarmado, con un brazo cortado y arrastrándose por el suelo, preferirá la muerte a la rendición. Con ellos, sin piedad –habló con aire de suficiencia, como si fuera un veterano con decenas de batallas en su haber.

Muhammad miró a su pariente, sonrió y asintió. Muchos de los hombres palidecieron; comenzaban a tomar conciencia del riesgo al que se enfrentaban.

Al atardecer llegaron al primer paso de la sierra.

–Por allí –indicó Hasan extendiendo el brazo.

El pastor había decidido participar en la empresa como guía. Muhammad había insistido en que recibiera una maza como la suya y en que se instruyera en su manejo. Hasan iba a pie, pegado al caballo de Ibn al-Ahmar.

La noche cayó cuando penetraron en el segundo valle. Hasan avisó de que estaban cerca y Muhammad ordenó guardar silencio y extremar la vigilancia. La luna aún no había salido, y la oscuridad les dio seguridad. Ibn al-Ahmar detuvo la marcha al pie del último monte y pidió a Hasan que lo acompañara hasta la cima.

–No hay humo, han apagado las hogueras. –Fue lo primero que observó Muhammad a la vista del poblado–. Esperaremos una hora más.

Contempló los alrededores y la disposición de las construcciones. Vio aparecer al caballero que haría la primera ronda nocturna y calculó el tiempo que tardarían en llegar a la colonia. Entonces decidió que era el momento de regresar con los demás y repartir las instrucciones.

Una hora después rodeaban el monte en dos grupos, uno por cada costado. Ibn al-Ahmar había dividido a los jinetes y los peones de manera que ambas escuadras estuvieran equilibradas. Nada más asomar al otro lado, dominando el pequeño valle, los jinetes comenzaron la cabalgada y los peones los siguieron a buen paso.

–¡Nos atacan!

La voz del guardia avisó a la colonia.

–*Allahu Akbar!* –gritó Abd-Allah, que estaba al frente del flanco derecho.

Ibn al-Ahmar cabalgaba a la cabeza del grupo de la izquierda. Su banda roja ondeaba y golpeaba el lomo de Bermejo. Las pisadas de los quince caballos retumbaban y expandían su sonido por todo el valle, provocando un efecto aterrador que parecía multiplicar a los atacantes. Enseguida comenzaron a aparecer más hombres en la colonia. Los caballeros calatravos se distinguían por su hábito blanco, usado a modo de sobreveste. Ibn al-Ahmar vio cómo echaban a correr hacia el establo para ensillar los caballos. Los colonos, todos conversos calatravos, huían remontando el curso del arroyo.

–¡Al establo! –gritó Muhammad, y cogió una de sus jabalinas.

Los ocho calatravos fueron saliendo sobre sus monturas, con las lanzas dispuestas para la batalla. Adoptaron su característica formación cerrada y se prepararon para recibir la embestida de los musulmanes.

–¡No carguéis, proyectil y huida! –ordenó Muhammad.

Cumpliendo sus propias órdenes, lanzó su jabalina y ejecutó la retirada. Ismail, que lo seguía, repitió su acción. El arquero montado de la guarnición de Arjona disparó una flecha y mantuvo la distancia. Ningún calatravo cayó. Los otros cinco jinetes musulmanes, desoyendo las indicaciones, cargaron contra ellos. Los caballeros cristianos los recibieron a lanzazos y los aniquilaron sin dificultad.

Entretanto, el grupo de siete jinetes liderado por Abd-Allah se acercaba al escenario de la contienda. Muhammad se dio cuenta de que habían perdido la ventaja del número. Los calatravos ya comenzaban a moverse hacia Muhammad y sus dos jinetes.

–¡Por Cristo! –gritó el cabecilla cristiano.

Cuando los tuvo a una distancia adecuada, Muhammad lanzó su segunda jabalina, que atravesó la malla de la loriga y se clavó en el hombro de uno de los caballeros. El hombre cayó hacia atrás y quedó tendido en el suelo. Ismail erró el tiro y el arquero bereber impactó con su flecha en el escudo de otro calatravo. Los hostigadores se retiraron hacia una posición segura.

El grupo de los Asquilula alcanzaba entonces la retaguardia del enemigo. Sólo dos de los siete jinetes eran jabalineros. Hadi era uno de ellos. Tras haber estado entrenando con los bereberes del alcázar, había adquirido cierta destreza en la monta. Los otros cinco atacaron y consiguieron que los cristianos se volvieran hacia ellos. Los calatravos contraatacaron y acabaron fácilmente con tres de ellos. Abd-Allah e Ibrahim luchaban mano a mano, y juntos consiguieron aislar a uno de los caballeros, al que, tras un tenso combate, pudieron reducir. Mientras, los peones musulmanes comenzaban a llegar en desorden al lugar.

–¡A ellos! ¡Tú y tú conmigo! –gritó el líder calatravo, que se distinguía por una gran cruz metálica que le colgaba del cuello. A su orden, los caballeros se dividieron.

En apenas unos instantes, los tres calatravos provocaron una masacre entre los peones moros. Un estrépito de voces, armas y relinchos invadió la colonia. La luz de la luna comenzaba a regar el valle, y en él se destacaban las figuras altivas de los jinetes vestidos de blanco.

Hadi y el otro jabalinero hostigaban a los tres caballeros que los perseguían. Con habilidad, Muhammad, Ismail y el arquero atacaron su retaguardia y consiguieron derribar a dos y herir al otro en la espalda. Después, Ibn al-Ahmar centró su atención en los peones.

–¡Seguidme! –rugió como un león, y salió al galope.

Los calatravos se habían dispersado y mataban a aquellos que se ponían a su alcance. Muhammad tiró con furia su última jabalina, que quedó clavada en el suelo, y cogió la maza. De pie sobre los estribos de su caballo, se abalanzó sobre uno de ellos.

–¡Maldito hijo de perra! –gritó. Quería que lo mirara de frente.

El cristiano se volvió hacia el andalusí y maniobró para encararlo, pero Ibn al-Ahmar pasó junto a él como un rayo con estela roja, sin frenar a su caballo mientras descargaba la maza con todas sus fuerzas contra su cabeza. Sonó el chasquido del cráneo abierto y una lluvia de sangre cayó sobre el suelo.

Sin descanso, Muhammad torció el rumbo y puso su montura de nuevo al galope para enfrentarse a los dos calatravos que quedaban vivos. Sus compañeros lo vieron y salieron a toda prisa para auxiliarlo. Conscientes de su inferioridad, los cristianos abandonaron la lucha y comenzaron la huida. Como sus caballos no llevaban puesta la coraza, cabalgaban a gran velocidad, pero Muhammad los interceptó en el camino. Desde su posición podía atacarlos de frente. Se encaró a uno de ellos, el que llevaba la cruz colgada del cuello, y lo atacó con la maza. El calatravo volteó su cuerpo hacia el lado contrario y evitó el golpe, y continuó la marcha para salvar la vida. Ibn al-Ahmar se cruzó con sus compañeros cegríes, que continuaban la persecución espoleando a sus monturas.

–¡Dejadlos! –les gritó–. ¡No los cogeréis!

Al oírlo, frenaron y dieron la vuelta para reunirse con él y con los peones supervivientes.

Habían vencido, pero de nuevo el coste había sido demasiado elevado. No hubo celebraciones; eran demasiados los caídos por los que rezar. En el silencio que siguió a la batalla, se destacaron los gemidos y los alaridos de dolor de los heridos. Entre ellos estaba Ahmed bin Ishaq, que había recibido un lanzazo en la axila izquierda.

–No he huido, he plantado cara a los cristianos –le dijo con orgullo a Muhammad cuando éste se acercó a él para interesarse por su estado.

El Nasr le apretó con fuerza el hombro para transmitirle seguridad.

–Bien hecho. Tu herida es leve, no te preocupes.

Ninguno de los heridos estaba grave. Cortaron las hemorragias y los subieron a los caballos libres. Después llegó el turno de los muertos. Recogieron los cuerpos sin vida de sus paisanos y los cargaron de dos en dos a lomos de otros caballos. Finalmente, se hicieron cargo del botín.

Ibn al-Ahmar contempló a los supervivientes bajo la luz escasa de la luna. Después, con cierta desesperación, inspeccionó los rostros de los muertos hasta dar con lo que buscaba. Delante del cuerpo sin vida de su amigo, Hasan gritó con todas sus fuerzas para desahogar la pena y la rabia que lo dominaban. Todos respetaron su dolor. Se contuvo y trató de mantener la mente fría, pero las lágrimas se acumulaban en sus ojos.

–¡Quemadlo todo! ¡Nos vamos!

El fuego lamió las paredes y tejados de las construcciones y se expandió con rapidez por la colonia.

Muhammad tenía veintidós años, pero el porte de un viejo qaíd cuando inició la marcha sobre su caballo albazano. La aventura se había saldado con una amarga victoria y un contundente mensaje para la orden de Calatrava: los andalusíes sabían pelear y estaban dispuestos a defender su territorio.

A la cabeza de la comitiva, apartado del resto de los hombres, Ibn al-Ahmar se permitió abandonarse a los sentimientos que tenía atrancados en el pecho. Lloró como no había llorado desde la muerte de su madre y de su hermano. Hasan había sido su mejor amigo y se sentía responsable por su pérdida. Durante todo el viaje buscó consuelo en la oración, mientras trataba de encontrar las palabras adecuadas para la madre de su amigo.

* * *

Mientras se dirigían a su casa, los jóvenes Nasr percibieron cómo los vecinos de Arjona los miraban con respeto y cuchicheaban a su paso. Llevaban las lorigas manchadas de sangre y sus rostros reflejaban el cansancio de la cabalgada. Farah les esperaba en la puerta. Se abrazó a Muhammad con fuerza.

–¿Qué te pasa? –preguntó, preocupada por su rostro sombrío.

–Han muerto muchos hombres, entre ellos Hasan –contestó Ismail.

Ya dentro, Yusuf les ayudó a quitarse las corazas. Faray se pegó a ellos con la intención de acosarlos a preguntas, pero Karima, con suavidad, lo apartó y se lo llevó a la cocina mientras ellos se lavaban y se vestían con ropas limpias.

–Me dais un nuevo motivo de orgullo –les dijo el patriarca.

–Éramos treinta y dos. Hemos vuelto quince. Y Hasan está entre los muertos –informó Muhammad sin alterar la seriedad de su expresión.

–Entiendo –suspiró su padre–. Te pesan los muertos, sobre todo tu amigo. Cada cegrí es responsable de su propia vida y sabe a lo que se expone cuando va a una algara. Siempre ha sido así, incluso en las mayores victorias hay caídos.

–Han caído demasiados... No, no debería haber sido así. –La mirada de Ibn al-Ahmar estaba llena de ira–. Algo falla. Ellos eran ocho, ¡y nosotros treinta dos! –Agitó la mano para enfatizar sus palabras–. Hemos sobrevivido los mejor entrenados, los mismos de la algara de Baños. No es casualidad. Hay que instruir a los hombres... –Dejó sus últimas palabras suspendidas en el aire.

Ismail y Yusuf se miraron y comprendieron que el dolor por la muerte de Hasan tardaría en sanar. El padre se puso frente a él.

–Todo poder implica una responsabilidad, toda victoria tiene un precio. –Intentó consolarlo–. No te tortures, has hecho lo correcto y has vuelto vencedor. Os dejo solos. –Y se retiró.

–¿Qué estás pensando? –le preguntó Ismail–. Te conozco, algo tramas.

Muhammad pareció despertar de una ensoñación y lo miró a los ojos.

–Por el momento, nada –dijo, pero su hermano sabía que una idea se había instalado en su cabeza y, cuando eso ocurría, Muhammad solía concentrar todas sus energías en verla ejecutada–. Discúlpame, Ismail, necesito ver a Umar.

Y salió de la casa para encontrarse con el santón, que siempre sabía cómo consolarle y transmitirle paz.

* * *

La pequeña plaza que se abría frente al oratorio de la Salvación rebosaba de gente. Umar el Jilguero había congregado a los suyos para orar por los caídos y realizar una acción de gracias por el éxito de la misión.

–Algunos musulmanes han muerto, pero ahora mismo estarán disfrutando del Paraíso. Hemos vencido y ha vuelto el orden a la frontera.

El santón permanecía sentado con las piernas cruzadas. Tras la breve arenga, comenzó a recitar algunas suras del Corán. Muhammad, con discreción, se dirigió a las últimas filas para ocupar una posición entre los oyentes.

–Y aquí, delante de nosotros, tenemos a nuestro *sayj*, el líder que ha convertido nuestra desdicha en fortuna –dijo de repente el sufí señalándolo. El joven Nasr se sintió confuso y enseguida su rostro se encendió por la vergüenza–. No te escondas, Muhammad. Ven aquí y colócate a mi izquierda, para que yo pueda estar a tu derecha.

Con timidez, Muhammad obedeció y se sentó de cara a la multitud. El predicador continuó con sus oraciones y no le prestó más atención. Para terminar la reunión, dirigió un rezo comunitario:

–Alá señalará a sus buenos hijos y los colmará de dones. –Lo repitieron los presentes–. ¡Alá es Grande! ¡Mil victorias para nuestro sayj!

La mucheumbre a su alrededor, exaltada, gritó con efusividad, al tiempo que se ponía en pie y se llevaba la mano al pecho en señal de respeto. Los chillidos hicieron salir a varias mujeres de sus casas y algunos transeúntes que caminaban por los alrededores se dirigieron a la plaza. Entre ellos, Ibrahim bin Asquilula, quien, al ver a su pariente rodeado por aquella multitud, esbozó una sonrisa. «Cuando mi hermano se entere va a morirse del disgusto. ¡*Sayj*, ni más ni menos!», pensó.

Aquel tratamiento se destinaba a personas eminentes de la comunidad que habían destacado no sólo por su liderazgo, sino también por su virtud. El *sayj* era un modelo a seguir. Umar acababa de conseguir que sus adeptos reconocieran a Muhammad como jefe. Ellos se encargarían de hacer correr su fama por toda Arjona.

Valladolid. Verano de 1217

–Mi derecho fue reconocido en Carrión. –Berenguela alzó la voz nada más llegar a la explanada del mercado. Uno a uno, miró a todos los hombres reunidos. Era una mujer fuerte que no se amedrentaba con facilidad. Los miembros de la asamblea la habían convocado a ella y a su hijo Fernando, que permanecía a su lado–. Fui proclamada reina de Castilla en Autillo, y yo misma ceñí la corona del reino a la cabeza de mi hijo –lo señaló–, que reinará en cuanto tenga edad.

Hubo un largo silencio. Algunos de los reunidos cuchichearon.

Junto a una de las puertas de Valladolid, los magnates castellanos que apoyaban a Berenguela y los representantes de los concejos extremeños, que aún no habían tomado una decisión, debatían sobre el futuro del reino tras la muerte del rey niño. Durante varios días después del incidente, Enrique I se había debatido entre la vida y la muerte. Finalmente, a pesar de los esforzados intentos por salvarlo, no se pudo hacer nada. La culpa tiñó el corazón de Berenguela de angustia y dolor, pero, gracias al apoyo del obispo de Palencia, llegó al convencimiento de que no había sido la teja la que lo había matado, sino la voluntad de Dios, que había dictaminado su marcha para enderezar el destino del reino.

El apoyo de los concejos era fundamental. Los intentos de negociación con Álvaro Núñez de Lara habían fracasado. El regente del rey muerto había partido a la corte de León para pactar un acuerdo de ayuda mutua. Llegó a ofrecerle a Alfonso IX el trono de Castilla, basándose en una interpretación del tratado de Sahagún firmado a mediados del siglo anterior por los reinos de León y Castilla.

Fernando se mantenía erguido, tratando de mantener la compostura y la dignidad, atento a cualqueir movimiento de los hombres. La estrategia de Berenguela para recuperarlo había funcionado a la perfección. La mujer había enviado a Lope Díaz de Haro y a Gonzalo Ruiz Girón al reino de León. Los nobles reclamaron la presencia de Fernando en Castilla con una vaga excusa que no desvelaba nada de la crítica situación que se vivía en el reino. Sin tener conocimiento aún de la muerte regia, Alfonso IX autorizó que su hijo acudiera junto a su madre. De esta manera, con la astucia que la caracterizaba, Berenguela le quitó a su antiguo marido su principal herramienta de presión contra Castilla. La infanta había recibido a Fernando en Autillo y allí mismo, sin perder tiempo, fue proclamada reina ante los obispos de Burgos y Palencia. Como reina, ella misma proclamó rey a su hijo.

Fernando tenía ya dieciséis años. Junto a su padre, en León, había crecido en muchos aspectos. Se había formado como caballero, había recibido instrucción en las armas, en estrategia y en las artes diplomáticas, y había dejado definitivamente atrás la niñez. Su madre lo miraba con orgullo. El joven iba elegantemente vestido y estaba perfectamente preparado para asistir con naturalidad a reuniones como aquélla.

Los extremeños hicieron un breve corrillo para dialogar entre sí. Momentos después invitaron a Lope y a Gonzalo, los principales partidarios de la infanta, para que parlamentaran en su nombre. Así estuvieron un buen rato, enzarzados en una discusión de la que Fernando y su madre apenas oían nada. La asamblea se había reunido hacía varias horas, pero las negociaciones estaban estancadas. Berenguela había apelado a los acuerdos pasados sobre su derecho al trono, pero los nobles extremeños se mostraban reacios a reconocerla como reina.

Como había pasado en Castilla en otras muchas ocasiones, los tratados y acuerdos eran objeto de revisión, e incluso se cuestionaba su validez. Los actos de Autillo no tendrían ningún valor si no recibían allí mismo, en Valladolid, el apoyo de los nobles y las ciudades.

Fernando llamó la atención de su madre sobre los hombres del corrillo. Se dieron varios asentimientos y luego un breve silencio. Después, Gonzalo Ruiz Girón se acercó a la mujer y le habló al oído, a la vista de los demás.

–Están dispuestos a reconocerte como soberana, pero piden que cedas el reino a Fernando. –Dirigió una mirada al joven–. No quieren esperar a que tenga la mayoría de edad. Dicen que, si es rey, que gobierne ya.

Berenguela miró a su hijo un momento y luego fijó la atención en los miembros de la asamblea.

–La Corona de Castilla me pertenece, bien lo sabéis –habló con voz potente para que todos la escucharan–. Eso nadie podrá cambiarlo, Dios lo sabe. –Paseó la mirada por los rostros de los reunidos–. Como soberana, cederé el gobierno de Castilla a mi hijo Fernando, pero me reservo la voluntad para las cuestiones más importantes.

Las palabras hicieron eco en el aire cálido. Uno de los extremeños tomó la palabra en nombre de los suyos.

–El rey respetará los fueros de los concejos –dijo adelantándose un paso.

–Y no alterará las tenencias –añadió uno de los nobles castellanos.

Fernando miró a su madre pidiendo permiso para intervenir. Berenguela entornó los ojos y asintió levemente, inquieta por lo que pudiera decir.

–Ningún rey se puede comprometer a eso porque dejaría de ser rey. –La voz del joven sonó firme. Su madre esbozó una sonrisa, su hijo comenzaba con buen pie, defendiendo sus derechos.

–Hasta que tenga veinte años cumplidos –solicitó el portavoz extremeño, y los castellanos se mostraron complacidos con la propuesta.

Fernando dio dos pasos y esta vez habló sin pedir permiso.

–¡Sea! Hasta que cumpla los veinte años me comprometo a no alterar fuero alguno de ningún concejo y a respetar el orden de tenencias. Dios es testigo.

Tras un silencio que parecía otorgar, Lope Díaz de Haro intervino para recapitular y dejar claro el acuerdo. Lope, señor de Vizcaya e hijo de Diego López de Haro, alférez de Alfonso VIII de Castilla y adalid en la batalla de las Navas, era otro de los pilares sobre los que se apoyaba el partido de Berenguela.

–¿Nadie se opone? –Aguardó unos instantes–. Bien. Entonces Berenguela es reconocida por esta asamblea como soberana y, como tal, cede el reino a su hijo Fernando, que reinará como el tercer Fernando de Castilla y aceptará la reserva de voluntad de su madre, de la que necesitará consentimiento para tomar las decisiones más relevantes. Asimismo, se compromete a no alterar los fueros y tenencias hasta que tenga la edad de veinte años. Así se reflejará por escrito –miró a uno de los secretarios que asistían a la asamblea–, y se ratificará en los próximos días.

–Hoy mismo –interrumpió Berenguela–. ¿Para qué esperar? Proclamemos ya al nuevo rey. –Algunos asintieron y nadie se opuso.

–¡Viva el rey! –gritó Lope Díaz de Haro con todas sus fuerzas.

–¡Viva el rey! –gritaron todos a coro tres veces seguidas.

Berenguela suspiró con alivio. Fernando era rey de Castilla, pero también se reconocía su propia soberanía. Realmente era un acuerdo excelente.

«Hoy comienza una nueva Castilla. Sólo queda sacar una espina de la pata del león», pensó la mujer con satisfacción, imaginando el destino que les aguardaba a los Lara, sus odiados enemigos.

La asamblea se trasladó entonces a la iglesia de Santa María para consumar el acto ante Dios y el pueblo.

Castillo de Sanfiro, cerca de Albacete. Verano de 1217

Vestidos de negro, los tres andalusíes ascendieron entre las rocas que servían de base al castillo. Era noche de luna nueva y la oscuridad de la madrugada los abrigaba. Sanfiro se alzaba sobre un macizo que constituía su principal protección. Las diferentes construcciones del castillo se repartían por la meseta que remataba la imponente peña.

No parecía haber nadie en los adarves ni en el camino fortificado. Llegaron al pie de la muralla sin percances y el más joven y esbelto de los tres comenzó a escalar por la pared que se elevaba junto al breve paño de muro que protegía la entrada a la fortaleza. Aquélla era la única brecha que se abría en el perímetro del recinto, aprovechada para construir la puerta en doble recodo.

El joven, con pericia, llegó a la muralla sin dificultad. Luego, apoyándose en algunos mampuestos, alcanzó el adarve. No había nadie a la vista. Extremó el cuidado y se acercó a la caseta de guardia que coronaba la entrada. Le llegó el sonido claro de una respiración fuerte y acompasada. El guardia dormía profundamente. Sacó una tela blanca de debajo de sus calzones y la asomó por encima de la muralla. Sus dos compañeros repitieron el gesto hacia otro hombre que los observaba más abajo, en la llanura, y saltaron al camino justo delante de la puerta del castillo.

El escalador entró con sigilo en la caseta. Sacó la daga y degolló al guardia. La sangre se derramó sobre el mortero del suelo y empapó las manos del joven, que aguzó el oído, alerta. No le llegó ningún sonido, la fortaleza no estaba bien vigilada. Bajó por una escala de madera, abrió la puerta y se encontró al otro lado con sus compañeros. Por el camino fortificado ya ascendía corriendo la masa de asaltantes. Entonces, desde un punto alejado de la muralla, en el interior de la fortaleza, se alzó una voz de alarma. El silencio de la noche enseguida se vio interrumpido por los ladridos de un perro y, poco después, por un trajín de hombres que gritaban y salían de los diversos edificios repartidos por la meseta. Los tres de la avanzadilla rezaron para que los cristianos tardaran en organizarse el tiempo suficiente como para que el grueso de los suyos alcanzara su posición.

Ibn Hud, el joven capitán de frontera que lideraba el asalto, llegó a la cabeza de sus cerca de quinientos hombres y dio las órdenes precisas para ocupar la entrada y avanzar con seguridad por la fortaleza. Al mismo tiempo, un grupo de castellanos se acercaba con rapidez a la puerta y, tras ver el nutrido batallón de musulmanes, huyó hacia el interior para reagruparse con los demás. El número total de defensores no alcanzaba a la mitad del de atacantes.

Seguido por doscientos de sus guerreros, Ibn Hud se lanzó a la carrera tras ellos. Por el camino se toparon con la mezquita de Sanfiro, coronada por una cruz de metal, y su visión los llenó de ira e indignación. Rodearon a los hombres que huían en una pequeña plaza que se abría entre varios almacenes y allí mismo los pasaron a cuchillo. En la oscuridad retumbaban los ecos de las voces de los cristianos.

Los diferentes escuadrones confluyeron al fin en la torre principal, donde se habían reunido los defensores que quedaban vivos.

–Están perdidos –comentó Ibn Hud con uno de sus hombres.

Desde la azotea, los cristianos comenzaron a lanzar piedras contra los musulmanes que trataban de abrir la puerta, y al menos cinco hombres cayeron por heridas en la cabeza. Mientras, cuatro arqueros disparaban contra los más alejados.

–¡A cubierto, por aquí! –gritó el capitán andalusí señalando la parte posterior de un almacén.

Los asaltantes se reagruparon y aguardaron instrucciones. Se oían vítores que provenían de la torre. Los hombres se sentían seguros. Ibn Hud miró a su alrededor y detectó una fina columna de humo que ascendía hacia el cielo desde una construcción cercana.

–Traed fuego –ordenó a un grupo de bereberes.

Los bereberes volvieron enseguida con una antorcha. Tres arqueros prepararon flechas incendiarias con jirones de tela y el capitán les indicó que apuntaran a la base de la puerta. Tras varios tiros errados, una flecha se clavó en la madera. El fuego la iluminó. Los vítores cesaron. Una segunda y tercera flecha impactaron contra el objetivo y en pocos minutos la madera prendió y comenzó a arder. Sólo era cuestión de tiempo que la seguridad de la torre se desvaneciera entre cenizas. El humo llegó a la azotea y los cristianos, desesperados, comenzaron un breve parlamento.

–Están decidiendo las condiciones. Se van a entregar –comentó el capitán con una sonrisa en la boca–. Esto les enseñará que no pueden tomar lo que no es suyo.

Ibn Hud ya no sonreía. Una mueca de rabia había ocupado sus facciones. La toma de Sanfiro por las tropas castellanas había sido un duro golpe para los andalusíes de Levante. Los murcianos vieron impotentes cómo la frontera se desplazaba hasta ellos. Muchos, como el propio Ibn Hud, habían esperado pacientemente a que el califa reaccionara y mandara tropas para restablecer su territorio, pero habían pasado los meses sin que nadie cruzara el estrecho, sin que ningún qaíd almohade de al-Ándalus tomara la iniciativa. Los andalusíes se sentían abandonados a su propia suerte. Ibn Hud se cansó de esperar y decidió organizar el ataque por su cuenta y riesgo. Con la pequeña tropa bereber que tenía a su cargo y un buen número de voluntarios andalusíes, lideró la partida que estaba a punto de resarcir el daño recibido.

Las maderas de la puerta crujían y comenzaban a carbonizarse. El capitán ordenó a sus hombres que formaran a la vista de los cristianos. Varios minutos después se oyeron los gritos de rendición. El castillo de Sanfiro había caído y un andalusí había comandado el ataque. Los musulmanes lanzaron vítores al aire cálido de la noche. Por encima de los gritos de los bereberes, se destacaron los de los andalusíes, que se sentían como los verdaderos dueños de aquella tierra.

–¡Ibn Qadis! –se oyó entre la multitud. El recuerdo del valiente defensor de Calatrava, asesinado por orden del califa a causa de los celos de su visir, seguía vivo en la memoria de muchos. Se había convertido en un símbolo del odio a los almohades.

Cortijo del Agua Dulce (al sur de Castilla). Verano de 1217

El monje pasó la mano por la tela raída de su hábito. Suspiró y miró a María, sentada frente a él con la mirada perdida. La muchacha permanecía ausente. Su cuello lucía el rastro enrojecido de la soga con la que había intentado quitarse la vida. Cerca del mentón aún tenía una costra de sangre seca.

–María, la vida es un regalo de Dios. ¿Por qué lo desprecias? –La muchacha no contestó–. María... –susurró el monje.

–Un regalo podrido –dijo ella sin emoción.

–¿Por qué dices eso? ¿Te ha pasado algo? –El hombre intentaba obtener alguna información que le ayudara a recuperar su alma perdida.

María se giró hacia él y sus ojos sin luz le hablaron de desesperanza, de desilusión, de tristeza infinita. Un ruido llegó del patio. Ramón había salido para darles intimidad y, mientras, estaba intentando reparar una rueda de carreta.

–Puedes confiar en mí, te protege el secreto de confesión.

La joven arrancó a llorar de forma mansa, sin aspavientos ni sollozos.

–No quiero esta vida.

La seguridad de la muchacha y la dureza de sus palabras estremecieron al monje.

–Eres joven, ¿qué puede haberte pasado tan grave como para que pienses eso?

Se oyó un grito de dolor de Ramón, que se había dado un golpe en un dedo.

–Él, me ha pasado –susurró, e inclinó la cabeza hacia la puerta que daba al patio.

–Entiendo –el monje sospechaba algo así–. ¿Te pega?

Lentamente, María negó con la cabeza.

–Me fuerza –soltó de pronto, y la sola mención del pecado actuó como un bálsamo para su alma.

De nuevo lloró, sin freno, en un llanto amargo pero liberador. El hombre respetó su dolor y la dejó llorar largo rato, manteniendo las manos apoyadas en su espalda para transmitirle algo de consuelo.

–No quiero vivir así. –María se aferró a una manga del hábito.

–María, la vida no es fácil, Dios pone a prueba a sus hijos.

–¿Él es un buen hijo de Dios? –su voz se endureció.

–Él recibirá lo que se merece, espero que pronto –no pudo reprimirse–, pero tú debes salvarte, no puedes condenarte al fuego eterno quitándote la vida. Ten paciencia y reza. Haré todo lo que pueda por ayudarte –dijo con sinceridad. La mención del fuego despertó en la muchacha el recuerdo del incendio de la casa de sus padres y aquel miedo antiguo la paralizó–. Prométeme que no volverás a intentarlo.

Ella tardó en reaccionar.

–No, no lo volveré a hacer.

–Bien. –Lanzó un hondo suspiro–. Estaré atento a lo que pase en esta casa. Ahora recemos, la oración siempre es un consuelo para las almas puras como la tuya.

Rezaron juntos y, pasado un rato, el monje se levantó y se despidió.

–Cuando me necesites, acude a verme. Voy a decirle adiós a tu tío.

Ramón estaba sentado en el suelo con la rueda delante. Hizo el amago de levantarse, pero el monje se apresuró a acercarse a él.

–No te molestes, no te levantes, ya me voy. –Se inclinó sobre él y pegó los labios a su oreja–. Arderás en el infierno –le dijo, y se dio la vuelta para marcharse.

Ramón dejó caer la rueda. No esperaba aquella sentencia. Se puso lívido y comenzó a temblar y a sudar, como si presintiera las llamas acercándose inexorables a su cuerpo de pecador.

Murcia. Verano de 1217

–El capitán de frontera Ibn Hud al-Yudami –anunció el guardia que custodiaba la entrada, enfatizando su origen árabe yemení, del linaje de Yudam.

El walí de Murcia permanecía sentado en un grueso almohadón, sobre el alto entarimado de la principal estancia de su munia. Ibn Hud, tocado con un turbante al estilo bereber, caminó despacio hasta situarse a varios pasos del gobernador.

–Me complace recibirte en mi casa –dijo el almohade.

–Para mí es un honor estar aquí.

Los dos hombres se observaron detenidamente. Era la primera vez que se veían.

–El califa Abu Ya'Qub II, Alá lo proteja y le dé gloria, ha tenido noticias de tu hazaña y quiere recompensarte. –El walí extendió el brazo y un sirviente se apresuró a ponerle delante una espada de gala con funda de cuero remachada en plata. La desenfundó y se la mostró al capitán, que admiró la hoja labrada y la empuñadura con remates de marfil–. Digna de un qaíd. –Se la ofreció, e Ibn Hud la tomó.

–Transmítele mi gratitud a nuestro califa, amado del Altísimo, por esta ofrenda. –De sobra sabía que para Abu Ya'Qub II la recuperación de Sanfiro no era más que una mota de polvo entre sus verdaderas preocupaciones–. Los honores sólo los merece Alá. –Agachó la cabeza y pensó que habría preferido una espada fuerte y bien equilibrada que le sirviera en la batalla.

–Aún eres muy joven. –El walí dejó a un lado el tono solemne–. Sanfiro es una pieza fundamental de la frontera. Sólo espero que esto no tenga mayores consecuencias y que no se altere el orden establecido.

«¿Eso es lo que te preocupa, maldito bastardo?», pensó Ibn Hud.

–Ese orden ha sido restablecido, nuestro deber ahora es mantenerlo –dijo, comedidamente, aguantando a duras penas las palabras que le apetecía soltar.

–Para eso estamos aquí, para defender al islam y luchar por la gloria del Altísimo –repuso el gobernador sin apartar sus ojos negros del rostro de Ibn Hud.

–Alá nos dé fuerza para conseguirlo, y los medios oportunos.

La velada crítica no pasó desapercibida al africano, que sonrió levemente con claro aire de superioridad. Hizo un gesto con la cabeza y al instante uno de los sirvientes se acercó al capitán y lo invitó a salir de la sala. Fuera, bajo la densa parra que abrigaba el camino, el capitán andalusí resopló y aceleró el paso.

«Desde la batalla de las Navas estáis en decadencia y no os importa nada más que Marrakech», pensó con amargura. «Al-Ándalus es un barco sin timón que la marea lleva a un acantilado».

Calatrava la Nueva. Verano de 1217

–¿Cuántas cabezas habéis conseguido? –El maestre estaba sentado ante una robusta mesa de madera, en el centro de la cámara.

–Cerca de cuarenta ovejas y tres cabras. –Martín Fernández de Burgos permanecía de pie frente a él, con semblante serio y demacrado–. Están en la puebla.

El maestre se levantó y, cogiendo a Martín por el hombro, lo arrastró fuera. Subieron al último nivel del castillo y se asomaron por el lado del caserío. En un cercado adosado a la muralla exterior se hallaba el ganado recién conseguido a un pastor moro en las cercanías de Salvatierra. La puebla prosperaba a buen ritmo; las calles comenzaban a conformarse a medida que se levantaban las viviendas.

–¿Incidentes? –preguntó el maestre mientras observaba el cercado.

–Una refriega con una ronda. Eran dos moros. Nos siguieron un trecho, pero, cuando nos dimos la vuelta para plantarles cara, lanzaron sus jabalinas y huyeron.

–Un buen número de ovejas. La leche nos vendrá muy bien –comentó el maestre–. Sé que sufres, pero ya va siendo hora de olvidar lo de la colonia –cambió bruscamente de tema y Martín comprendió por qué lo había llevado hasta allí.

–Siento que os he defraudado –agachó la cabeza.

–Incluso el mejor hombre puede errar. Pero, si deja que su error lo martirice eternamente, se perderán sus virtudes ahogadas por la culpa –hablaba sin mirarlo, pendiente de los trabajos de los sirvientes en los campos vecinos–. Has cumplido una severa penitencia y ya es hora de levantar la cabeza. Tenías a siete caballeros y los moros superaban la treintena. Murieron más de la mitad de los mahometanos y no cayó ninguno de nuestros colonos. Nadie te reprocha nada.

–Los colonos se salvaron por voluntad de los moros. Si hubieran querido los habrían matado fácilmente –reconoció–. Mi conciencia no está en paz.

–Ya está bien, Martín. –La voz del maestre se revistió de autoridad–. Somos la milicia de Dios, somos su espada. –Cerró el puño y lo agitó–. Y Dios necesita una espada fuerte con la que golpear al infiel, una espada que no se quiebre al primer golpe. –Dejó que su última frase, casi gritada, retumbara en la mente del caballero–. Reconcíliate contigo mismo y vuelve al buen servicio de Dios.

El maestre echó a andar inmediatamente.

Martín quedó solo. Agarró la cruz que colgaba de su pecho y notó cómo el corazón comenzaba a latirle con fuerza y la sangre corría acelerada por sus venas. Cerró los ojos y habló en su soledad, haciendo presentes a su padre, a su tío Alfonso y a todos los caídos de la orden que habían entregado su vida en la defensa de la cristiandad.

–Señor, seré tu espada inquebrantable, seré tu azote, tu tormenta. Vengaré a los muertos y acabaré con tus enemigos.

Cuando abrió los ojos, éstos habían recuperado un destello de vida y valentía.

Camino de Burgos a Palencia. Final de verano de 1217

–Mi señor, tienen al regente. –Todavía se referían a Álvaro Núñez de Lara de esta manera. El emisario respiraba entrecortadamente, cansado por la galopada.

Fernando solicitó más información. Los Téllez, que lideraban la vanguardia, habían sorprendido al Lara en las cercanías de Herrera. El noble se había apostado allí para capturar al nuevo rey de Castilla. Los hermanos Téllez, partidarios de Berenguela y Fernando, habían conseguido apresarlo y aguardaban junto al camino al resto de la comitiva de Fernando III.

El rey se trasladaba de Burgos a Palencia con su corte. Desde su proclamación en Valladolid, la actividad del monarca había sido frenética. Alfonso IX de León, su padre, se había dejado convencer por el regente para atacarle. Para ello había ocupado varios castillos hasta llegar a las cercanías de Valladolid, pero Fernando se negó a luchar contra él. Entonces, Alfonso cambió el rumbo hacia Burgos para acercarse a la zona de influencia de su aliado, Álvaro Núñez de Lara, pero Burgos estaba bien defendida por Lope Díaz de Haro, nombrado alférez de Fernando III. El rey de León desistió, volvió a su reino y dejó solo al de Lara. Sin pensárselo, Fernando aprovechó la ocasión para atacar. Tomó los castillos de Muñó, Lerma y Lara e hizo una entrada solemne en Burgos. Acorralado y sin la ayuda de León, la estratagema de Álvaro Núñez de Lara finalmente se había saldado con su propia captura.

Así, el nuevo rey se estrenaba en el trono con una campaña épica, incitado por su madre y apoyado por los nobles de su partido, que suplían con creces su inexperiencia en cuestiones militares. Berenguela estaba orgullosa de su hijo, que había demostrado ser un excelente general para las tropas.

Fernando puso su caballo al galope y sus principales caballeros lo siguieron a marchas forzadas. Llevaba puesta su armadura de campaña y una espada le colgaba del cinto. El calor era intenso y el sudor le corría por el torso.

Llegaron a la vanguardia, donde los recibieron los hermanos Téllez. Don Álvaro Núñez de Lara estaba de pie, maniatado y custodiado por dos guardias. Su rostro reflejaba ira contenida. Al ver al joven rey, escupió en el suelo. Recibió el codazo de uno de los guardias y lanzó un grito con el que pretendía desahogar su furia.

–¡No tenéis derecho a hacer esto! –Levantó las manos unidas por la soga.

Fernando, desde su caballo, se dirigió a sus hombres:

–No es necesaria la cuerda, es un hombre de honor.

Los guardias se apresuraron a cortar las ataduras justo en el momento en que Berenguela, acompañada por cinco caballeros, aparecía sobre la loma más cercana cabalgando a trote ligero.

Don Álvaro miró a Fernando, quien le devolvió la mirada con altanería. En los ojos del rey brillaba la pasión de la juventud, en los del noble se leía decepción, odio y ansia de poder.

–No debiste arrasar las villas. –El rey se refería a la venganza que el Lara se había tomado con Belorado y Nájera por la ayuda que habían prestado a las tropas reales durante la campaña.

–Dispongo de lo que es mío como se me antoja.

–Ya no son tuyas. Ahora sólo tienes tu vida. Reza por ella.

Berenguela llegó hasta el grupo.

–¡Gloria a Dios! –dijo la mujer con sincera devoción. Estaba exultante de alegría. Aquélla era otra señal divina que le indicaba que había tomado el camino correcto. Su alma al fin hallaba consuelo.

Arjona. Otoño de 1217

Muhammad e Ismail entraron extenuados en la casa y fueron directos a lavarse en la tinaja del patio. Llegaba la época de la siembra y les quedaba mucha tierra por arar. Tras una dura jornada de trabajo, habían estado entrenando buena parte de la tarde. Los cuatro jóvenes estaban preparados para la batalla, pero Asquilula insistía en seguir con los ejercicios.

«Un lince nunca deja de cazar, para él no hay tiempos de paz. Ése es el secreto de su eficacia», les había dicho cuando Ibrahim sugirió que ya estaban preparados.

–*Sayj* –dijo Ismail con sorna mirando a Muhammad–, te ha venido bien el matrimonio, pero como sigas así pronto vas a tener una barriga como la del alcaide –carcajeó.

–Hermano, no es fácil decir que no a un plato de Farah –contestó Ibn al-Ahmar bajando la voz–. Pronto lo entenderás, enreciarás y te convertirás en un hombre –acompañó sus palabras con un manotazo amistoso. Ismail había cumplido ya los veinte años; la adolescencia había quedado atrás y se iba a casar con una prima segunda en menos de un año.

Faray se acercó a ellos con un pedazo de tabla al que había dado forma de espada.

–¡Vamos! Pelead, infieles.

El niño saltaba de un lado a otro, sacudiendo la improvisada espada.

–Ya tendrás tiempo de coger una de verdad... –le dijo Ismail.

A sus trece años, Faray estaba impaciente por iniciarse en el arte militar. Su constitución seguía siendo débil y Yusuf no era partidario de que se formara como guerrero, pero el niño soñaba con seguir el camino de sus hermanos.

La familia se reunió en el *madjlis* para tomar juntos la última comida del día. Cenaron, oraron y se retiraron cada cual a su alcoba. Karima se quedó recogiendo los restos de la comida y fue la última en recogerse.

En su dormitorio, a la escasa luz de un candil, Farah comenzó a desvestirse.

–Deja que te vea –pidió Muhammad cuando estuvo desnuda. Se acercó a ella para tomarla en brazos, pero la esposa se escabulló y se apartó hacia un rincón con su ghilala en la mano.

–Hoy no.

–¿Esos días?

Farah negó con la cabeza.

–He estado haciendo cuentas con Karima. Creo que el próximo Ramadán no voy a poder cumplir con el ayuno.

Muhammad tardó unos segundos en comprender lo que su esposa le estaba diciendo. Cuando se percató, asintió en un gesto que demandaba una confirmación.

–Sí. Estoy embarazada.

Muhammad lanzó un grito de alegría y cogió a Farah en brazos.

–Un hijo nuestro... –repetía una y otra vez.

Farah reía a carcajadas, todavía desnuda. El marido la miró fijamente y la percibió más bella que nunca.

–¿Es malo para el bebé?

–Sí, es mejor tener cuidado al principio.

Ibn al-Ahmar se conformó. Se echaron sobre la cama y se tomaron de la mano.

–Voy a usar la rueca y el telar que guardáis en el almacén. Tengo que empezar pronto a preparar ropa –dijo ella.

–Eran de mi madre. –Muhammad se sentía realmente emocionado. Se quedó dormido con la mano de Farah entre las suyas. Aquella noche soñó con una niña pequeña. Farah la tenía en brazos y se la entregaba con cuidado, y él se sentía dichoso acunándola junto a su pecho.

* * *

Hadi salió de casa al atardecer. Acababa de levantarse de la siesta y lucía unas profundas ojeras. El bebé tenía cólicos y se pasaba las noches llorando. Kamal era un niño fuerte, y Hadi lo amaba por encima de cualquier otra cosa.

El aire fresco de la tarde lo despabiló y atravesó las calles a paso ligero. A la altura de la puerta principal de la alcazaba se encontró con Ibn al-Ahmar, que, como él, se dirigía a la maqbara para asistir a la prédica de Umar.

–La paz sea contigo, *sayj* –saludó Hadi con respeto.

–La paz sea contigo –contestó Muhammad con una sonrisa. No se acostumbraba a que lo llamaran así–. Tienes mala cara.

–Apenas duermo. El pequeño Kamal se pasa las noches llorando.

–Me iré haciendo a la idea.

Hadi volvió la cara hacia él.

–¿Farah está embarazada? –Muhammad asintió–. Enhorabuena, me alegro mucho por vosotros. Es una buena noticia, un hijo te endulza la vida.

Ibn al-Ahmar le dio las gracias y apoyó su mano en el hombro amigo. Hadi se tensó. Tras un breve silencio, el soldado se dirigió al cegrí con tono serio.

–Muhammad, todo lo que tengo se lo debo a tu abuelo, incluso mi esposa y mi hijo. Mi gratitud se extiende también a ti. Te debo fidelidad. Te he seguido dos veces y te seguiré en todas las empresas que planees para mayor gloria del islam y de al-Ándalus. –Se llevó la mano al pecho. Realmente admiraba a aquel hombre.

–Gracias, amigo mío. Tu experiencia me será de gran ayuda. –No se sentía cómodo en aquella situación–. Háblame de la gran batalla. Daría cinco años de mi vida por haber tenido la oportunidad de participar.

–Han pasado varios años, pero el recuerdo sigue vivo. Era demasiado joven e inexperto. Fue un día triste. –Reflexionó unos instantes–. Lo que más recuerdo es el ruido y el olor. He soñado muchas noches con ese ruido, con los tambores, los relinchos, los gritos, los metales chocando... –Bajó el tono de voz antes de continuar–: No vi gloria aquel día. He visto más gloria en las algaras.

Por el camino se encontraron con más fieles. Desde el éxito del ataque a la colonia, la fama del santón había crecido y su grupo había ganado adeptos. En la distancia distinguieron a Ahmed bin Ishaq, que caminaba a paso lento con el brazo pegado al cuerpo, sujeto por un cabestrillo. El antiguo enemigo de Muhammad había enterrado definitivamente sus rencores y se había proclamado seguidor del Jilguero y de su brazo derecho, el joven Nasr.

En la maqbara, decenas de hombres se repartían entre los enterramientos, atentos al maestro sufí. Dos guardias del alcázar, dos bereberes con turbantes, asistían a la reunión para constatar que no se decía nada contrario a la moral almohade.

–Nuestra fe no es la suya –comentó Muhammad a Hadi mientras apuntaba con la barbilla a uno de los guardias.

Como un eco lejano, sonaron las voces de los muecines de Arjona, y en el cementerio se hizo el silencio. Los hombres se dispusieron para cumplir con la oración del atardecer. Hadi no perdía de vista a Muhammad. Tras la oración, con las últimas luces del día, Umar el Jilguero comenzó su prédica, inflamando los corazones con sus ideales de ascetismo y yihad.

* * *

–¡No pierdas la guardia! Te va la vida en ello.

Asquilula observaba detenidamente los movimientos que ejecutaban Ismail y Abd-Allah para corregir sus posturas. Ibrahim y Muhammad estaban junto a él, atentos a la lucha. Se enfrentaban con espadas de madera para evitar mellar las de metal. En el reparto del botín de la colonia habían conseguido unas excelentes espadas castellanas, de modo que su instructor estaba intensificando la práctica de la esgrima.

Ismail había adoptado una postura defensiva e intentaba esquivar o detener los diferentes ataques de Abd-Allah. Estaba teniendo éxito y el Asquilula comenzaba a desesperarse. Atacó dos veces más e Ismail, con habilidad, fintó y logró escabullirse. Abd-Allah resopló, se giró con brusquedad, levantó la guardia y descargó desde arriba su arma, que impactó sobre la del Nasr. El chasquido de las maderas resonó en el patio. Siguió un segundo impacto, tan fuerte que hizo temblar la espada de Ismail. Al tercero su brazo cedió y bajó el arma. Quedó expuesto unos instantes, que Abd-Allah aprovechó para atacar su brazo derecho con todas sus fuerzas. Sonó el golpe contra la carne, seguido de un agudo grito de dolor.

Como animado por un resorte, Muhammad saltó hacia ellos, furioso como un lobo acorralado.

–¿A qué ha venido eso? ¡Bastaba con marcar, estúpido! –gritó.

Abd-Allah lo miró con desprecio. Ibn al-Ahmar le arrebató el arma de madera a su hermano y se encaró a su tío. Asquilula los llamaba, pero ellos no oían sus palabras.

–Venga, *sayj*, ataca –dijo Abd-Allah en tono de burla.

Muhammad obedeció y, en sólo dos golpes, consiguió desarmar a su rival. Dio un paso hacia él, empujó su pecho y le hizo caer hacia atrás. Luego colocó la punta de su arma en su cuello. Abd-Allah respiraba con nerviosismo, pero no se movió; la mirada iracunda del Nasr lo había intimidado.

El Neblí llegó junto a ellos, cogió las armas, levantó a su hijo y lo abofeteó con fuerza. Después también abofeteó a Muhammad.

–Debería daros vergüenza. ¿No tenéis claro quién es el enemigo?

El brazo de Ismail comenzó a ponerse morado. Asquilula lo examinó. La contusión había sido fuerte, pero, por fortuna, no tenía ningún hueso partido. El joven Nasr miraba a Abd-Allah con odio e incomprensión. Nadie se atrevió a decir nada.

–Sois jóvenes, es normal que pasen estas cosas –medió Asquilula–. Es difícil mantener varios gallos en un mismo corral. Pero nunca, nunca, olvidéis que sois parientes.

«Soy un Nasr, no un Asquilula», pensó Ibn al-Ahmar.

–Manteneos juntos –prosiguió–. No os guardéis rencor y golpead como si fuerais un mismo puño. Cada dedo es importante. –Extendió su mano, cerró los dedos sobre la palma y agitó el puño delante de los jóvenes–. ¿Entendéis? –Todos asintieron, pero en sus corazones la distancia comenzaba a hacerse insalvable. Asquilula los observó en silencio. El lazo que los unía desde niños se estaba rompiendo lentamente.

Dio por terminada la clase y los muchachos se retiraron. Asquilula se marchó sobre su montura en dirección a sus tierras de poniente. Seguía impresionado por la habilidad con la que Muhammad había desarmado a su hijo.

«Nació el año de Alarcos», pensó, recordando la intuición que le sobrevino tras la batalla.

Monasterio de Santa María la Real de las Huelgas, Burgos. Diciembre de 1217

Fernando III y su madre rezaron durante más de una hora ante la tumba de Enrique I. Berenguela se había encargado personalmente de su funeral y había mandado enterrarlo en el panteón real.

Después se trasladaron al viejo claustro, donde descansaba Alfonso VIII. Fernando se arrodilló y, en actitud de profundo recogimiento, oró de nuevo en silencio. Su madre se quedó detrás de él, a varios pasos. El rey de Castilla le estaba presentando sus respetos al soberano más grande que el reino jamás había tenido. Habían pasado cinco años desde la batalla de las Navas de Tolosa, pero su recuerdo seguía muy vivo en toda la cristiandad. En aquellos tiempos Fernando sólo tenía once años, pero recordaba continuamente los relatos de su madre sobre las hazañas de su abuelo, y los juegos que inventaba con su hermano Alfonso, en los que ambos emulaban a los caballeros del rey. Cuando terminó sus oraciones, Berenguela se cogió de su brazo.

–Su sangre corre por tus venas. Él antepuso la fe a las diferencias entre los reinos. Tú, igual que él, serás recordado por grandes hazañas. Nunca olvides que tenemos una encomienda divina: unidad de los cristianos y lucha contra el infiel. –Su rostro se relajó–. Vamos por buen camino, la tregua te confirma en el trono.

Después de que entregara a Fernando III un buen número de tenencias, Álvaro Núñez de Lara había sido liberado y se había refugiado en León. Tras la caída de los Lara, Alfonso IX se avino a parlamentar y finalmente había acordado treguas con su hijo.

–Sí, pero a cambio de los castillos que nos tomó.

Para respetar a Fernando, el rey de León pidió que los castillos ganados durante la campaña quedaran integrados en su reino.

–Toda tregua tiene un precio, hijo mío, y ésta nos ha salido barata. El santo padre está mediando para que esta tregua se convierta en una paz definitiva. –Apretó el brazo de su hijo–. El arzobispo de Toledo también me ha dicho que Honorio III, que Dios lo guarde por muchos años, te va a levantar la prohibición de heredar. El papa considera que la adopción de tu padre te hace legítimo.

–No importa demasiado –le contestó él–. Mi padre tiene otras preferencias.

–Fernando, si eres hijo legítimo tendremos derecho a luchar por el trono de León. Te aseguro que, llegado el momento, tendrás partidarios dentro del reino.

El corazón del joven rey se aceleró.

–Eso significa... –No pudo acabar la frase.

–Eso significa que podrías heredar a tu padre y convertirte en rey de Castilla y de León.

Arjona. Primavera de 1218

–¡Paños limpios, en la alacena!

Karima había salido al patio para dar órdenes a Faray. El revuelo tenía nervioso a Muhammad, que iba de un lado a otro con aire ausente. Su padre, su abuelo, su hermano y sus tíos Ibrahim y Abd-Allah se habían sentado a la sombra. Los gritos de dolor de Farah retumbaban en las paredes del patio interior, aguijoneando a Ibn al-Ahmar, que se sentía confuso e impotente.

–Tranquilo, todos hemos venido al mundo así –le dijo su padre.

El joven Nasr esbozó una sonrisa, que se difuminó rápidamente por un nuevo grito de su esposa.

–¡Ya viene! –Se oyó la voz de la partera. Llevaban horas esperando, pero al fin parecía que el momento se acercaba–. Ahora tienes que ser fuerte, muchacha. ¡Empuja! –Y comenzó una retahíla de órdenes y gritos que, alternativamente, se sucedían para provocar el tránsito a la vida–. ¡Vamos, con fuerza!

Muhammad rezó angustiado por la vida de la madre y del bebé. Ibrahim se levantó y le acompañó. Su esposa estaba encinta y la experiencia le estaba sirviendo para prepararse.

–Míralos, parecen dos cuencos de sopa en las manos de un viejo –comentó Abd-Allah al oído de Ismail. Ambos rieron.

Aunque en presencia de sus padres aparentaban normalidad, desde el incidente del entrenamiento los muchachos se habían distanciado. Ismail había pasado más de una semana con el brazo dolorido y Muhammad, durante ese tiempo, le había retirado la palabra a Abd-Allah.

–¡Vamos, niña, empuja! –Ahora era Karima la que hablaba.

Farah gritaba, desgarrada por un dolor intenso que la estaba llevando al límite de sus fuerzas. Muhammad cerró los ojos y apretó los puños.

–¡Ya sale, ya se le ve la cabecita! ¡Empuja con fuerza! –La partera animaba a la muchacha para que no desfalleciera.

Sonó un agudo y prolongado grito y después sobrevino un breve silencio en el que se destacaron las pisadas de las mujeres, que debían de estar yendo de un lado a otro para coger trapos limpios y agua.

–¡Una preciosa niña! –Oyeron los hombres en el patio, y lanzaron suspiros y voces de alivio que relajaron la tensión acumulada.

Pasados unos minutos salió Karima, empapada en sudor y manchada de sangre. Ibn al-Ahmar acudió junto a ella.

–Es una niña, preciosa y sana. Está con la madre. –Muhammad hizo el amago de entrar, pero la mujer lo detuvo. Se oía aún el llanto del bebé–. Ahora no. Quedan cosas por hacer. –Lo palmeó en el brazo–. Tú has visto la sangre en batalla, pero si te asomaras ahí dentro no durabas ni un minuto en pie –carcajeó.

Karima volvió al interior y Muhammad, con el rostro iluminado, volvió con los otros hombres, que habían formado un corrillo para esperarlo y darle la enhorabuena.

–Ya eres abuelo. Ahora empieza la cuesta abajo. –Asquilula agarró por los hombros a Yusuf.

–¿Y qué hay abajo? Tú me lo puedes decir bien –le contestó el Nasr, socarrón.

Todo eran ya risas. Pasó un rato hasta que Karima salió de nuevo al patio y llamó a Ibn al-Ahmar. Al entrar en la alcoba, el joven vio a Farah tumbada sobre el colchón con el bebé apoyado en su pecho. Tenía las ojeras marcadas y su expresión delataba un cansancio infinito. Había restos de sangre en el suelo y en la ropa de cama. Karima se marchó a la cocina para preparar un caldo de ave. La madre de Farah permanecía junto a su hija, cogiendo su mano para transmitirle sosiego. La partera cogió a la niña envuelta en un lienzo blanco y se la entregó al padre. Con algo de miedo, Muhammad la tomó en sus brazos y no pudo evitar emocionarse y que las lágrimas corrieran por sus mejillas. La pequeña estaba tranquila, tenía los ojos cerrados y ya no lloraba. El padre la levantó y se la acercó a la cara, puso sus labios en su oído derecho y le susurró con voz cálida:

–Alá es el más grande.

Verso a verso pronunció el llamado a la oración, alejando así a la niña de la influencia de los *djin*. Cuando terminó, su suegra mojó un dedo en un tarro de miel y lo introdujo en la boca del bebé, hasta que sintió cómo su lengua lamía el dulce jarabe. Luego se hizo con su pequeño cuerpo, y Muhammad se quedó con una intensa sensación de vacío.

Ibn al-Ahmar se sentía feliz como nunca antes. Miró a Farah, que lloraba de alegría. Se puso a su lado y la besó en la frente, todavía sudorosa.

–Quería darte un niño.

Muhammad le puso un dedo en la boca para callarla.

–El próximo será un niño. Me has dado una niña preciosa y estoy muy feliz. Voy a sacrificar un cordero por ella.

La madre de Farah mecía a la pequeña en sus brazos. Los esposos se mantuvieron la mirada. No necesitaban hablar.

Castrejón, reino de Castilla. Verano de 1218

Tras la retirada de Alfonso IX, el número de los defensores doblaba al de atacantes. Álvaro Núñez de Lara había iniciado un nuevo intento por recuperar el poder. Se había hecho fuerte en Valdenebro y desde allí había organizado varias expediciones de castigo por Tierra de Campos. Su captura y posterior liberación no habían servido de escarmiento al noble. El rey de León, acogiéndose al impago de una vieja deuda que Castilla mantenía con su reino, rompió las treguas y se unió de nuevo a los Lara. Ante estas circunstancias, Fernando III envió a su padre una emotiva carta con la intención de restablecer la paz. Al fin, en pleno cerco de la fortaleza de Castrejón, Alfonso IX decidió regresar a su reino y dejar a su suerte al antiguo regente.

Los cerca de trescientos caballeros que don Álvaro había desplegado para aquel ataque abandonaron el campamento en formación cerrada y se presentaron ante los muros de Castrejón. Iban bien armados con largos lorigones, brafoneras, escudos, espadas y lanzas, y en sus sobrevestes se destacaba el escudo de la casa de los Lara. Los defensores aceptaron el desafío y los caballeros de Lope Díaz de Haro, Gonzalo Ruiz Girón y los hermanos Téllez formaron a lo largo del muro de la población. Su superioridad numérica era evidente, y se mostraban seguros y confiados.

Don Álvaro se había situado con su ejército sobre una suave elevación del terreno, divididos los hombres en tres escuadras de cien hombres cada una. Él se puso al frente del cuerpo central. Con la ventaja que le aportaba la altitud, aguardaba a que los defensores avanzaran para iniciar su movimiento. Los de Castrejón se separaron de la muralla e iniciaron el ascenso. Don Álvaro dio la orden de atacar el flanco izquierdo. Las tres escuadras cayeron al galope sobre los hombres de los Téllez y los desbarataron al primer impacto. No tenían ninguna posibilidad de resistencia y resolvieron retirarse en desbandada. Lope Díaz de Haro y Gonzalo Ruiz Girón iniciaron un movimiento envolvente por encima de ellos, pero el Lara, más hábil, se anticipó y ordenó el repliegue hacia la cima, dejando que los derrotados huyeran.

En una segunda galopada, dos de las escuadras cayeron sobre los hombres de Díaz de Haro, mientras que la tercera aguardaba al movimiento de Ruiz Girón. Don Gonzalo pretendía asistir a su aliado atacando la retaguardia del enemigo, pero la tercera escuadra, con don Álvaro a la cabeza, se abalanzó sobre él. La batalla se prolongó durante más de una hora, una hora de golpes, espadazos, dolor y sangre. La altura hizo que la victoria se decantara por el bando de los Lara. Los hombres flaqueaban ya, y Lope y Gonzalo, comandantes experimentados, decidieron retirarse antes de sufrir una carnicería. Galoparon sin pausa hasta Castrejón, dejando atrás a decenas de caballeros caídos bajo las armas de sus perseguidores.

Álvaro Núñez de Lara aullaba, exaltado por la victoria. Con la mitad de hombres se había impuesto a sus rivales, los principales valedores de Berenguela y su hijo Fernando.

–¡Uno de los míos vale por cuatro de los vuestros! –Estaba fuera de sí. Ni siquiera sabía si la sangre que manchaba su sobreveste era propia o ajena–. ¡A las puertas! –gritó, y se lanzó a la carrera seguido por los suyos.

Los últimos defensores entraron en la población y las puertas se cerraron. Frente a la muralla, Don Álvaro exigió a gritos que abrieran. Su guardia ya se acercaba. El noble tocó a la puerta con su lanza en repetidas ocasiones para provocar a la guarnición. Alguien se asomó por encima del muro, observó lo que sucedía y arrojó una gran piedra sobre él, impactándole en el hombro. Cayó fulminado. Su caballo también resultó herido y, libre de su carga, se alejó con rapidez. Tres caballeros llegaron hasta él y lo auparon a una de sus monturas. Arropados por el revuelo de sus compañeros, que cabalgaban hacia los muros, comenzaron la retirada, dejando tras de sí un reguero de sangre.

Un médico valoraría sus graves heridas en el campamento. El cerco quedó levantado y así, con la contundencia de una pedrada, concluyó la campaña de Álvaro Núñez de Lara contra el rey de Castilla.

Arjona. Otoño de 1218

–¿Cómo están los novios? –preguntó Asquilula a Yusuf a la salida de la mezquita.

–Con ojeras. –Yusuf soltó una carcajada. Su hijo Ismail se había casado recientemente con una prima segunda. La joven pareja no se conocía cuando se selló su compromiso, pero ambos eran fogosos y aprovechaban las noches para conocerse en profundidad–. Creo que pronto tendré más nietos. Mis hijos me hacen viejo, Asquilula.

–No son tus hijos, son los años, que pasan rápido, para ti y para mí. Estoy al borde de los sesenta y a duras penas soporto los dolores en los huesos. –Se tocó la pierna herida en Alarcos, su orgullo y su tormento.

–Te entiendo. A mí la espalda no me deja dormir bien. El trabajo del campo me la deja destrozada. Tengo diez años menos que tú, pero ya va siendo hora de aflojar. –Pasearon lentamente por el patio de abluciones, buscando la sombra de algún naranjo–. ¿Cómo están Ibrahim y Abd-Allah? Hace mucho que no vienen por casa.

–Están bien. Ibrahim y su esposa lo están pasando mal por el aborto. Pero pronto se repondrán, en cuanto ella se quede otra vez embarazada. –Asquilula buscó la mirada de Yusuf–. Ya sabes que son cosas de chiquillos. Se respetan y se quieren como hermanos, pero es normal que surjan tensiones.

–Lo sé. No me preocupa. ¿Qué te ha parecido la jutba? –preguntó Yusuf para cambiar de tema. El imán y jatib de la mezquita, un bereber joven y delgado con la piel oscura, había hablado aquel viernes sobre las recientes noticias acerca de la campaña de León contra Cáceres.

–Las palabras son buenas, pero a los almohades les falta acción –opinó el Neblí en voz baja–. Hablan de unidad y de atacar, pero la frontera sigue indefensa ante las algaras cristianas.

–Y habrá más en los años por venir. Ya sabía yo que la paz entre Castilla y León traería estas consecuencias. –Hacía apenas dos meses, en Toro, ambos reinos habían firmado una paz definitiva–. Castilla tiene todavía treguas con Marrakech, pero León... Mira cómo ha aprovechado León la paz con Castilla.

–Para atacarnos. Cáceres ha resistido, pero ha caído Alburquerque. Eso no lo ha dicho el imán. Y nadie en África movilizará un ejército para vengarnos.

–Cuando las treguas con Castilla venzan, su joven rey vendrá también, ya lo verás. Es lo único para lo que se ponen de acuerdo los cristianos. Tenemos que prepararnos. –Yusuf estaba indignado.

–Estoy contigo, amigo mío. Debemos prepararnos. Castilla se ha hecho fuerte, los rebeldes al rey han caído. –Álvaro Núñez de Lara murió pocos días después del asedio frustrado a Castrejón. Como siempre, el Neblí estaba bien informado.

–Espero que los cegríes de todo al-Ándalus sepan defender sus tierras –repuso Yusuf mirando al cielo, a modo de plegaria.

–Lo se avecina no lo frena un puñado de cegríes –replicó Asquilula, devolviendo a su amigo a la realidad.

* * *

–Mi dulce Mu'mina, para de llorar, que ya llegan las estrellas y toca descansar...

Farah cantaba con voz suave para que la pequeña se durmiera. Aquélla era la misma canción que su madre le cantaba cuando era un bebé. Mu'mina siguió llorando un buen rato, pero sus gritos perdieron fuerza poco a poco, hasta que cayó agotada, vencida por su propio llanto. La madre la dejó con cuidado en la cuna y se tendió en la cama, exhausta. Escuchó a su marido, que había vuelto del campo; podía oír sus juegos en el patio con Faray, pero no tuvo fuerzas para levantarse y recibirlo.

Poco después, Muhammad entró en la alcoba y Farah se apresuró a indicarle que no hiciera ruido. La niña llevaba dos días con fiebre y apenas descansaba. El hombre se asomó a la cuna y vio a su hija dormida. Sus rasgos empezaban a definirse y cada día se parecía más a Farah. Se sintió dichoso. Se echó en la cama, junto a su esposa, y suspiró, agradecido por el silencio y la calma.

–Uno de los arados se ha mellado. Mañana al alba tendré que llevarlo al herrero. –Resopló sonoramente–. Eso nos va a retrasar la siembra.

Muhammad se llevó la mano al hombro izquierdo. Tenía los músculos agarrotados y sufría dolores continuos. Farah le pidió que se pusiera bocabajo, se sentó sobre su espalda y comenzó a masajearle los hombros y el cuello. El hombre había ganado volumen y su musculatura estaba más desarrollada. El dolor se hizo más intenso con el masaje, pero enseguida entró en calor y sintió cómo se relajaba la tensión.

–No resoples y no te quejes. A mí me encanta la época del arado.

–¿Te gusta verme sufrir? –soltó él en tono burlón.

–Cuando aras es que está terminando el verano y se acaba la época de las algaras. –Se echó hacia delante para besar el hombro dolorido. Su pelo suelto cayó sobre la espalda de Muhammad, y éste se estremeció–. Ahora descansa, descansa todo lo que puedas, que pronto vas a dormir la mitad de lo que duermes ahora.

Ibn al-Ahmar reaccionó enseguida y se dio la vuelta para mirarla.

–¿En serio? ¿Estás segura?

Farah se llevó la mano al abdomen, todavía algo abultado por el embarazo anterior, y asintió con los ojos acuosos.

El hombre dio un grito de alegría que hizo despertar a Mu'mina. La pequeña empezó a llorar y su madre tapó la boca del marido.

–Bocazas –dijo, ya con lágrimas de alegría corriendo por sus mejillas. Se levantó y cogió en brazos al bebé, que se calmó al instante.

Muhammad ya no sentía dolor ni cansancio. Salió de la alcoba para compartir la buena noticia con el resto de la familia. Farah se quedó dentro, meciendo a la pequeña. Los gritos de alegría le llegaron apagados por los muros.

–Mi dulce Mu'mina, para de llorar, que ya llegan las estrellas y toca descansar...

Entre susurros, volvió a dormir a la niña. La madre seguía llorando, no recordaba haber sido tan feliz jamás en su vida.

Burgos. Otoño de 1218

–Ya va siendo hora de que el rey tenga una esposa que le dé herederos. –Berenguela miraba distraída por la ventana–. Como reina, me encargaré personalmente de elegirte a la mujer adecuada.

Fernando comprendió al instante que su madre ya tenía a alguien en mente. Su hermano Alfonso, sentado junto a él, permanecía atento a la conversación. Desde la coronación, Alfonso aparecía como su heredero en los diplomas reales. Berenguela no quería que el reino se le fuera de las manos y lo tenía todo bien atado. La paz con León y la caída de los Lara habían traído la estabilidad, y era el momento de reforzar lo conseguido y apostar por Castilla.

–¿En quién has pensado? –preguntó el rey.

–En la princesa Isabel de Suabia –contestó Berenguela sin dudar–. Es prima del emperador Federico II y pertenece a dos dinastías imperiales. –Sus hijos arrugaron el entrecejo en señal de duda–. Su abuelo era Isaac II, emperador de los bizantinos.

–¿Qué edad tiene?

–Creo que trece, eso me han dicho. Cuatro menos que tú.

–¿Está ya decidido? –Fernando III hizo la pregunta con cierta arrogancia. Se estaba acostumbrando a mandar.

–Casi. He pedido informes. Si son favorables, mandaremos una embajada.

Fernando asintió con la cabeza. Daba por hecho que su madre ya tenía en su poder los informes necesarios, que la embajada sería enviada la próxima primavera y que, en el plazo de un año, a lo más tardar, estaría casado con Isabel de Suabia.

–Dicen que es una jovencita muy bella –añadió Berenguela.

–¿Qué importa eso? ¿Verdad, madre?

La reina miró a sus hijos con media sonrisa en la boca.

–Si el brebaje lleva miel, es más fácil de tragar...

Calatrava la Nueva. Otoño de 1218

A la salida de misa, Gonzalo Yáñez de Novoa, el nuevo maestre de la orden de Calatrava, pidió a Martín Fernández de Burgos que lo acompañara en un paseo a caballo.

Hacía tres meses que había muerto el anterior maestre, pero todavía se daban misas en su honor y rezos comunitarios por su alma. Cuando sintió que la muerte acechaba a pocos pasos de su lecho, el maestre dejó una serie de recomendaciones para su sucesor. Entre ellas destacaba una lista de caballeros y clérigos con los que debía entrevistarse para conocer mejor a los hombres que debía gobernar. Martín era uno de ellos.

–Parece que Alfonso IX ha encomendado la defensa de Alcántara a la orden de san Julián de Pereiro. –La primera decisión del nuevo maestre había sido la renuncia de Alcántara, una plaza conquistada por León en 1213, pero demasiado lejana como para poder defenderla adecuadamente–. Pronto los pereiros trasladarán allí su sede. A cambio de la encomienda, el rey de León ha establecido una filiación con nuestra orden.

–¿Adoptarán la regla del Císter?

–Por supuesto.

Cabalgaron bordeando la muralla y penetraron en la puebla por la puerta del Valle. Allí, varios hombres aplicaban mortero de cal a las calles más nuevas.

–Nuestra orden es fuerte. Aquí no pasará lo que en la vieja Calatrava. Pero ¿qué opinas de la situación en la frontera? –El maestre trató de tantear al caballero.

–Mientras sigan las treguas estamos condenados a pequeñas cosas. Ya es hora de retomar la acción. Castilla debe seguir el ejemplo de León.

–Tienes toda la razón, Martín, pero tengo entendido que Fernando III se está preparando; que ha aceptado la misión divina de luchar contra el infiel y está aprovechando las treguas para fortalecer las milicias. Démosle tiempo.

–Espero que Dios lo conduzca por el camino recto –deseó el caballero.

–Se dice que Rodrigo Jiménez de Rada –el arzobispo de Toledo– no quiere esperar a que las treguas acaben. Él no es Castilla y bien podría organizar un ataque a al-Ándalus.

–Seguro que contaría con el apoyo de Roma.

El maestre lo miró con asombro. Al parecer, Martín estaba bien informado sobre las relaciones del arzobispo con el papa. Gonzalo Yáñez de Novoa ya sabía que Martín era austero, disciplinado en los ayunos y valeroso en extremo, y en aquel paseo estaba confirmando sus primeras impresiones sobre su inteligencia.

Hicieron una ronda completa por el recinto antes de regresar a las caballerizas.

–Pronto podremos atacar, créeme. Y tendremos la oportunidad de limpiar las manchas pasadas. Ten paciencia, todo necesita su tiempo.

Aquellas palabras provocaron un agudo dolor en el pecho de Martín, a cuya mente acudió el ataque musulmán a la colonia. Se sintió ansioso por comenzar aquella lucha. Tenía la esperanza de poder limpiar su honor combatiendo en las milicias de Dios.

Cortijo del Agua Dulce (al sur de Castilla). Invierno de 1219

La nieve había cuajado y tardaría varios días en derretirse. María odiaba aquellos temporales que la obligaban a permanecer en casa con su tío Ramón. La ausencia de actividad ponía de mal humor al hombre.

–¡María!

La llamó, pero ella continuó trabajando en el telar. Como tantas otras veces, fantaseó con la idea de que el hombre cayera fulminado por un rayo de justicia divina, o que sufriera un accidente y se acabara abriendo la cabeza o, incluso, que un asaltador de caminos entrara en la casa y lo matara. Su corazón se aceleró. A sus veintitrés años no había conocido otra vida más que aquélla. Los recuerdos de sus padres y de su tía eran lejanos y cada día quedaban más difuminados.

–¡María! –volvió a escuchar, y de nuevo desatendió la llamada.

Su odio era tan fuerte que a veces lo desafiaba. Oyó los pasos ligeros del hombre acercándose y poco después la puerta se abrió bruscamente.

–¡Maldita niñata! ¡Me estás escuchando! –María permaneció en silencio–. Trabajo de sol a sol para mantenerte y me lo pagas con desprecios.

La cogió por el brazo, la zarandeó y le dio una bofetada que agitó su pelo suelto hasta taparle la cara. Su ojo izquierdo comenzó a llorar, pero María procuró no gritar ni defenderse. Su actitud exacerbó a su tío, que la arrastró hasta la cocina, donde se sentó y le pidió que le sirviera vino. La joven obedeció y se quedó de pie frente a él. Tenía el ojo rojo y seguía llorando de forma involuntaria.

–¡Haz algo! –gritó Ramón.

María sacó una cazuela, echó agua y comenzó a cortar verduras para preparar un guiso. El fuego del hogar había perdido intensidad, así que echó algunas ramas y lo atizó.

Ramón se sirvió vino hasta que vació la jarra, y enseguida comenzó a sentir que el deseo ascendía desde su entrepierna hasta el pecho. Las palabras del monje aún resonaban en su conciencia. Durante los últimos meses había sustituido los abusos por golpes, era su manera de desahogar la frustración. Se levantó tambaleándose y se acercó a María por la espalda.

–Quieta –le dijo, y ella se tensó.

La joven agarró el cuchillo de cocina con fuerza y respiró profundamente, intentando serenarse. La mano del hombre se posó en su hombro y lo apretó con firmeza. María pudo sentir su aliento pestilente cerca de la nuca. Cerró los ojos y afianzó el cuchillo en la mano. Comenzó a rezar para pedir perdón por el acto que iba a cometer. Así pasaron varios minutos, hasta que María abrió los ojos.

–¡No gires la cabeza! –le gritó su tío.

La joven hizo caso. Ramón dudó unos instantes más, pero finalmente se sentó de nuevo a la mesa. Ella terminó de cortar las verduras sin pronunciar palabra. Las manos le temblaban. Puso la cazuela al fuego y se retiró a la sala de costura. Ya en soledad, esbozó una sonrisa. El deseo de Ramón era intenso, pero no tanto como su miedo al infierno. A ella le pasaba lo mismo con sus ganas de ahorcarse. La perspectiva del infierno era lo único que mantenía en equilibrio sus vidas podridas.

Arjona. Primavera de 1219

Aún era de noche, pero la brisa previa al amanecer había comenzado a soplar. Farah había empezado con las contracciones y Muhammad había mandado a Faray en busca de la partera. Mientras, Karima se había llevado a Mu'mina y cuidaba de ella. La niña había cumplido su primer año y cada día se parecía más a su madre.

–¿Recuerdas cuando saltaba por los tejados y te visitaba en la casa de tus padres? –le habló el esposo con voz suave.

–No hace tanto tiempo, claro que lo recuerdo. –Le cogió la mano. Estaba tranquila, acababa de tener una contracción y ahora descansaba.

Ambos evocaron los encuentros furtivos, las palabras ahogadas, el placer encubierto... Los recuerdos hicieron brillar sus ojos.

–Y ahora estamos aquí, a punto de tener nuestro segundo hijo. –Muhammad le dio un beso en la frente.

–Prométeme una cosa –pidió la mujer.

–Dime.

–Si es una niña, la querrás igual.

–¿Por qué dices eso?

–Te dije que el segundo sería un niño, pero ahora sé que es una niña, puedo sentirlo. Prométemelo. –Se aferró a la mano de Ibn al-Ahmar.

–Te lo prometo. Venga lo que venga, será bien recibido en esta familia. –El hombre sintió cómo la mano de Farah aflojaba–. Si es una niña, tendremos que insistir.

Ambos sonrieron. Muhammad se quedó embelesado mirando a su esposa. Su piel era suave y su rostro lucía un aire de belleza e inocencia poco común.

Comenzó el dolor de una nueva contracción y Farah se retorció. Cada vez eran más frecuentes. Del patio llegaron las voces de la partera y de la madre de Farah, que acababan de llegar a la casa de los Nasr.

–Venga, venga, el marido fuera –pidió la partera.

Ibn al-Ahmar besó a Farah y salió de la estancia.

–Ya sabes de lo que va esto, no te pongas nervioso –le dijo Yusuf.

Aun así, Muhammad sufría con cada grito, con cada lamento de dolor de su esposa. Pasaron dos horas hasta que comenzó el parto. Los gritos se intensificaron.

–¡Empuja como tú sabes, Farah! –se escuchaba decir a su madre.

–Viene de nalgas, no se ha girado –dijo la partera–. Va para largo.

Aquello significaba que el parto sería complicado. El padre se puso más nervioso. Farah lloraba de dolor y Mu'mina comenzó una sonora llantera. La esposa de Ismail salió fuera para tranquilizar a la pequeña y Muhammad se abalanzó sobre ella.

–¿Cómo está? –Su rostro estaba empapado de sudor.

La muchacha miró sombríamente a su cuñado.

–Reza, Muhammad. Reza mucho.

La desesperación acudió a sus ojos. Yusuf se levantó de su asiento y acudió a su lado. Sonaron más gritos, de Farah y de las mujeres que la atendían. El suplicio se prolongó durante horas. Ibn al-Ahmar intentó entrar en la estancia en varias ocasiones, pero su padre se lo impidió.

El tiempo se ralentizó. Nadie se movió del patio en toda la mañana. A primera hora de la tarde la partera asomó la cabeza por la puerta.

–Necesitamos a un tabib, yo sola no puedo.

Faray partió rápidamente en su busca, aunque tardó más de una hora en regresar con él. Mientras tanto, dejaron que Ibn al-Ahmar entrara y acompañara a su esposa.

–Llámala Sams –pidió Farah.

–La llamaremos como tú quieras –respondió el marido emocionado. Un estremecimiento recorrió su cuerpo. Cogió su mano y la apretó con fuerza durante la siguiente contracción. Farah, al borde de la extenuación, empujaba sin resultado.

–Sólo veo el culito. Niña, tendrás que apretar con más fuerza. Sé que te duele, pero es la única manera. –La partera fue tajante.

En cuanto llegó el tabib, mandó que el marido saliera. Sonó la voz del muecín por cuarta vez a lo largo de aquel día. Los hombres se reunieron en el *madjlis* para orar, pero ni siquiera el recogimiento de la oración calmó sus ansiedades.

Cayó la noche. Muhammad no dejó de rezar, en silencio, apartado de sus parientes. Farah seguía sufriendo los dolores de un parto que no terminaba y que amenazaba con prolongarse durante toda la madrugada. Así fue, y hasta el amanecer se pudieron escuchar sus esfuerzos. El tabib, tomada conciencia de la situación, habló con la partera para adoptar una resolución extrema. El bebé estaba sufriendo, había llegado el momento de alumbrar. Dejaron que Farah descansara unos minutos antes de pedirle un último esfuerzo. Permitieron que Muhammad entrara y la acompañara. Los esposos se besaron y Farah lloró amargamente, desahogando su tristeza y su dolor.

–Ha llegado el momento, muchacha –dijo el médico–. Te voy a pedir que empujes lo más fuerte que puedas para que tu bebé no sufra. Sé que eres valiente –quiso darle ánimo–. Yo te ayudaré con un pequeño corte, para que puedas parir de una vez.

Farah asintió con lágrimas en los ojos e Ibn al-Ahmar la cogió de las manos. Entre gritos e indicaciones, Farah empujó con todas sus fuerzas. Primero llegó la sangre, que salió profusamente del corte practicado por las manos hábiles del tabib. Un olor dulzón invadió la estancia, sangre mezclada con sudor. Luego llegaron las exclamaciones de la partera, que al fin pudo hacerse con las nalgas del bebé. La parturienta seguía gritando, al límite de su capacidad de resistencia.

–¡Una niña, Farah! ¡Tenías razón! –gritó su madre.

La matrona tiró del bebé hasta sacar las piernas, luego maniobró para sacar los hombros y, finalmente, la cabeza. Se hizo cargo de la niña y el tabib se ocupó de la madre. Cortó la hemorragia del corte, pero Farah seguía sangrando por la vagina. Miró a la partera con preocupación. Muhammad se percató y, soltando por un momento la mano de su esposa, se llevó aparte al médico.

–Cuando el parto es tan largo, a veces, el esfuerzo hace que algo se desgarre por dentro. En esos casos sangra.

–¿Es grave?

El tabib calló unos instantes.

–He visto de todo. –Fue todo lo que dijo.

Muhammad comprendió que la situación era grave.

–¿Hay algo que se pueda hacer?

–Sangra desde dentro. Sólo podemos rezar al Altísimo.

La recién nacida, que había estado llorando un buen rato, ahora descansaba en los brazos de su abuela. La mujer le puso el bebé a Farah sobre el pecho y la muchacha, con lágrimas en los ojos, lo acogió. Ibn al-Ahmar contempló las sábanas y trapos empapados de sangre y la desesperación acudió a su mente. Se echó junto a su esposa y la abrazó.

–Es una niña preciosa.

–Se parece a ti, Muhammad –dijo Farah, reuniendo las escasas fuerzas que le quedaban–. Quiérela.

–La vamos a querer mucho. Los dos. Descansa y recupérate.

–Sí, estoy muy cansada.

Cerró los ojos lentamente. Su madre y su esposo miraron al tabib. Éste se asomó al colchón y comprobó que la joven seguía sangrando. Apretó la boca y negó con la cabeza. Ibn al-Ahmar acarició el pelo sudoroso de Farah y la besó en los labios. Ella no reaccionó. La llamó al oído, pero ella no contestó. Pasaron unos minutos de tormento, hasta que el médico se acercó para tomarle el pulso.

–Ya no está con nosotros.

Muhammad comenzó a respirar con ansiedad, su pecho se hinchaba rítmicamente y su mirada se nubló de lágrimas. Estalló en un llanto incontenible. Su suegra acompañaba sus lamentos con gritos desgarradores que despertaron al bebé. La matrona se apresuró a cogerlo y dejó que Muhammad se abrazara al cuerpo de su esposa. Nada podía consolarlo, nada podría consolarlo durante el resto de su vida.

Así vino Sams al mundo, entre gritos de dolor y lamentos, huérfana de madre minutos después de nacer.

* * *

Las mujeres lavaban y preparaban el cuerpo de la joven. Atardecía. La casa se había llenado de gente que quería acompañar a la familia en el duro trance. Muchas mujeres, sentadas en torno al estanque del patio, lloraban y gritaban. Todas vestían de azul, según la costumbre instaurada por los almohades. La madre de Farah tenía el rostro rasgado y ensangrentado.

Muhammad parecía ausente, como si el golpe del destino lo hubiera desquiciado. Se levantó de su asiento y se dirigió a la sala en la que estaba el cuerpo inerte de su amada. Nadie lo detuvo. Entró y, a la luz de los candiles, contempló el cadáver envuelto en la mortaja. Las mujeres se apartaron con respeto. Él extrajo un afilado cuchillo del fajín de su túnica.

–No se te ocurra tocar el cuerpo... –comenzó a decir una anciana, pero Karima la hizo callar y dejó hacer al hombre destrozado.

Ibn al-Ahmar agarró un mechón de pelo y lo cortó. Sus lágrimas se derramaban sobre la mortaja. Guardó el mechón en el fajín y besó a Farah en la frente. Su piel estaba fría. Salió al patio y se sentó a esperar que el tiempo pasara para llevar a su esposa a la maqbara, donde la enterraría junto a su familia.

* * *

Cerca del mediodía regresaron del entierro. Muhammad permanecía en silencio, desolado. Se encerró en el *madjlis* y sólo su padre se atrevió a acompañarle. Se sentó a su lado y no pronunció palabra alguna. No había nada que decir.

–¿Tienes vino? –le preguntó su hijo pasado un rato.

Yusuf lo miró extrañado, pero enseguida se levantó y cogió el pellejo que guardaba en el hueco del entarimado. Se lo ofreció y el joven bebió un largo trago. No estaba acostumbrado a aquel intenso sabor y estuvo a punto de vomitar, pero aguantó las nauseas y continuó bebiendo.

–Con calma, hijo. Dame un poco. –Yusuf también necesitaba beber.

De fuera les llegaban los llantos lejanos de Mu'mina y Sams. Karima había encontrado a un ama de cría. La muchacha alimentaba a las niñas, pero no lograba mitigar su pena.

Terminaron el pellejo y Muhammad pidió más.

–No queda.

–Pues tendremos que conseguir más. –Su lengua se trababa.

Introdujo la mano derecha en el fajín y palpó el mechón de pelo de Farah. Suspiró profundamente y sollozó expresiones incomprensibles.

El alcohol no tardó en hacer efecto y la sensación de aturdimiento calmó el dolor. Yusuf contempló cómo el vino lo vencía y hacía que se doblara, incapaz de controlar su cuerpo. Sin darse cuenta, cayó dormido sobre la tarima, agotado y borracho. Su padre le colocó un cojín debajo de la cabeza y se quedó a su lado, velando su sueño.

–Descansa, hijo mío. Coge fuerzas. Esto no ha hecho más que comenzar.

Vitoria. Otoño de 1219

La embajada a la corte del emperador germano había tenido éxito y el emisario había vuelto al galope a Vitoria para informar de la llegada de Isabel de Suabia, prometida del rey Fernando III.

Berenguela los esperaba para aquella misma tarde y estaba preparada para salir a recibirlos a las puertas de la ciudad. Con una pequeña guardia, en compañía de su fiel amigo Gonzalo Ruiz Girón, señor de Autillo, atravesó a caballo la muralla y se apostó junto al camino por el que debían aparecer.

–Rodrigo ya está en marcha –comentó la mujer mientras aguardaban.

Rodrigo Jiménez de Rada, arzobispo de Toledo, había iniciado una campaña de conquista en la frontera del reino de Toledo, cerca de Valencia. El mismísimo Papa lo había animado.

–Me habría gustado acompañarle.

–Queda poco para que podamos dar las treguas por finalizadas. Por el momento, amigo Gonzalo, Castilla necesita tiempo.

Un rato más tarde apareció en el horizonte la comitiva, encabezada por el obispo de Burgos, quien había aprovechado el viaje para contratar a un maestro de obras para la nueva catedral. Al menos cien personas acompañaban a Isabel, prima del emperador Federico II. La joven iba a caballo, ricamente vestida y perfectamente erguida sobre su montura. A su lado iba un intérprete e, inmediatamente detrás, cinco damas. Una nutrida guardia de castellanos y hombres del emperador protegía a la comitiva.

Isabel avanzó hasta ponerse a pocos pasos de Berenguela e inclinó la cabeza en señal de respeto. El gesto agradó a la reina. Berenguela observó sus facciones delicadas, de niña, y su piel nívea, casi transparente. Hizo girar a su caballo y le tendió la mano a la joven, que se puso a su par y la agarró. Ninguna de las dos desmontó y avanzaron cogidas unos instantes.

–Bienvenida, Isabel. Siéntete como en casa.

El intérprete tradujo y la muchacha respondió:

–Gracias, mi señora. Podéis llamarme Beatriz –contestó en su lengua.

Beatriz había sido el nombre de su hermana, emperatriz del Sacro Imperio por un breve periodo de tiempo. Isabel la echaba mucho de menos y, al adoptar su nombre, hacía honor a su recuerdo, pero también manifestaba su deseo de continuidad con la gloria que la hermana había alcanzado.

–Está bien. Si así lo deseas, serás llamada Beatriz.

Las dos mujeres se encaminaron hacia el interior de Vitoria, escoltadas por sus respectivos guardias.

Valle de Ricote (cerca de Murcia). Invierno de 1220

–Amor es lo único que soy. Alá está en mí, como en todos los seres. No importa cómo se llamen las religiones, todos llevamos a Alá dentro de nosotros.

El viejo maestro sufí, sentado en la ribera del río Blanco, hablaba con los ojos cerrados, buscando la inspiración para sus palabras con una profunda meditación. Los oyentes se dejaban contagiar por sus enseñanzas de paz espiritual. Ibn Hud era uno de ellos. El flamante capitán que había conseguido arrebatar a los cristianos el castillo de Sanfiro sentía una intensa atracción por la doctrina sufí.

La tariqa que se seguía en aquella casa de oración era de paz y amor. Ibn Hud compartía las enseñanzas, pero no su extensión. «Todos llevamos a Alá dentro, pero sólo hay un dios verdadero, el de los musulmanes», pensaba el militar.

El sonido del agua provocaba en ellos un efecto anestésico. «Aquieta la mente y hallarás la felicidad», era la máxima que regía las meditaciones en la zawiya.

–Alá es un alma que se desgrana –continuó el maestro, pero calló de repente, al oír los murmullos de sus seguidores.

A poca distancia había aparecido un jinete bereber, un soldado de la guarnición almohade del valle. Lo supieron al momento por el turbante que lucía con orgullo. No llevaba armadura y daba la impresión de estar paseando por la zona.

–Continuad, no quiero interrumpiros –dijo cuando estuvo a pocos pasos.

–Estamos meditando –contestó el maestro con voz suave–. Únete si quieres.

–¿Meditar? Ante el Altísimo sólo vale rezar y luchar. –Desenvainó la espada que llevaba colgada del fajín–. Ésta es mi herramienta de meditación.

–Ésta es la mía. –El sufí se tocó el pecho.

Ambos hombres se sostuvieron la mirada durante varios segundos. Finalmente, el bereber tiró de las riendas y comenzó la marcha alejándose de ellos.

–¡Tened cuidado! Sabemos lo que hacéis en estas reuniones. No os alejéis de la doctrina verdadera.

–Malditos herejes –masculló uno de los asistentes, sin perder de vista la espalda del almohade–. Menos mirarnos a nosotros y más mirar a la frontera.

Ibn Hud lo escuchó y le sonrió.

–¿Los odias?

–Con toda mi alma.

–Me llamo Ibn Hud, al-Yudami.

–A mí me llaman al-Gusti.

–Creo que tú y yo nos vamos a llevar muy bien.

Ambos sonrieron, reconociéndose como aliados en el odio al invasor.

Arjona. Primavera de 1220

Muhammad sintió dos golpes suaves en las costillas. Abrió los ojos. El viejo muladí le apuntaba con su bastón.

–Venga, muchacho. Me vas a acabar buscando problemas. Vete ya.

Ibn al-Ahmar cerró los ojos y el viejo lo golpeó de nuevo. Resopló y se levantó con desgana. Aún tenía el fuerte sabor del vino en la boca. La tarde ya caía y le quedaba más de una hora de camino hasta Arjona. Estaba aturdido, ebrio aún. Pagó la cuenta y montó sobre Bermejo para alejarse de la alquería. En la alforja llevaba un pellejo de vino que había conseguido que le vendieran.

Tiempo atrás, la alquería había sido un lagar que surtía de buen vino a toda la comarca. Desde la llegada de los africanos, el vino sólo circulaba, en el más absoluto secreto, entre los círculos más selectos.

Muhammad llegó a la munia de su abuelo con las primeras estrellas en el cielo. Dejó a Bermejo al cuidado del mozo, tomó su pellejo y subió las cuestas que llevaban a la alcazaba. Entró en la casa de los Nasr sin saludar a nadie, se dirigió a su alcoba y se echó sobre el colchón.

–Toma, hermano. –Ismail entró en la estancia con una jarra de agua en la mano–. Esto es lo mejor con lo que puedes saciar tu sed. –Depositó la jarra en el suelo, al pie de la cama–. Te necesitamos en el campo. Este año la producción está siendo muy mala, la buena racha ha terminado.

Muhammad lo miró brevemente. Sus ojos parecían no centrarse en ningún punto concreto. No dijo nada, y su hermano se sentó al borde de la cama.

–Mu'mina ya se encuentra mejor –continuó, pensando que a Muhammad le importaba. En realidad, el padre no se había enterado siquiera de que su hija había estado enferma de fiebres–. Hermano, ya va siendo hora de levantar cabeza.

–No empieces otra vez –contestó en tono áspero.

–Te lo digo porque me importas. Comprendo tu dolor, no quiero ni pensar...

–¡No comprendes nada, ni tú ni nadie! ¡Mi vida ya no es vida, yo ya no soy yo!

El arrebato dejó helado a Ismail, que se puso en pie y salió sin decir nada. Fuera se encontró con el ama de cría, que amamantaba a la pequeña Sams. Dentro, Muhammad comenzó a sentir un atisbo de culpa, pero su corazón, herido mortalmente con la ponzoña de la ausencia de Farah, no supo reaccionar. Agarró el pellejo y dio un largo trago. El efecto no fue inmediato, pero el sabor del alcohol lo tranquilizó. En apenas media hora volvía a estar borracho y consiguió sumergirse en un sueño inquieto, un sueño plagado de recuerdos y anhelos que giraban en su imaginación como una noria de cangilones malditos.

Ibn al-Ahmar estaba en lo cierto, ya no era el mismo, y nunca lo volvería a ser.

Valladolid. Finales de 1220

–¡Desacato! Ese malnacido ha cometido desacato –exclamó Berenguela nada más ver a su hijo entrar en sus estancias privadas. Dos damas que acompañaban a la reina salieron presurosas y dejaron solos a Fernando III de Castilla y a su madre.

Fernando pareció no oírla y, con total tranquilidad, se sentó en una silla de tijera con una pose regia. Todavía era muy joven, pero la carga de responsabilidad que había asumido y la formación de sus maestros lo habían convertido en un hombre competente para gobernar un reino. Hacía un año que había sido armado caballero y que se había casado en Burgos con Beatriz de Suabia.

–Lo sé, madre –dijo–. El señor de los Cameros recibirá su merecido.

Rodrigo Díaz de los Cameros, uno de los nobles que habían apoyado a Berenguela y a su hijo en la lucha contra los Lara, había sido citado por el rey para rendir cuentas por los abusos que estaba cometiendo en sus tierras. Sin embargo, según se acababa de conocer, Rodrigo había abandonado la corte sin siquiera despedirse del rey.

–Que va a cumplir con su voto de cruzado. ¿Quién se cree esa excusa? –Berenguela estaba iracunda y no paraba de hacer aspavientos–. ¿Qué ha acordado el Consejo?

–Lo desposeeré de sus castillos y tenencias. Tendrá que restituirlo todo a la Corona. –Fernando mantenía la calma.

–Bien, bien... –Berenguela se tranquilizó. La medida le parecía adecuada–. Ahora no podemos mostrar debilidad. Hemos terminado con nuestros enemigos, pero ahora nos quedan los amigos. –Los nobles que los habían ayudado esperaban que se les devolviera el favor–. Eres el rey, hijo, y debes aumentar tu poder sobre ellos.

–Dime, madre, si el señor de los Cameros se niega a la restitución, ¿qué podemos hacer? Tendremos que contar con otros nobles para someterlo. No podemos olvidarnos de los magnates, solos no tenemos poder alguno.

Berenguela percibió algo distinto en su hijo. Había madurado y planteaba las cuestiones del reino con la seriedad e inteligencia que requerían. Meditó unos instantes.

–Tal vez haya que negociar, incluso con el de los Cameros. Pero, si se ha decidido que haya restitución, se ha de llevar a cabo.

–Ya sabes que se negará, ¿verdad, madre?

–Sí, hijo. Se negará, y debemos estar pendientes de los demás nobles. Los comienzos de un reinado pocas veces fueron fáciles. –Lo miró con ternura maternal, como si quisiera protegerlo–. Y de las treguas, ¿habéis hablado? Expiran en pocos meses…

–No, pero he pensado sobre ello. Necesitamos tiempo, aún no estamos preparados para la guerra contra los moros. Hace falta un buen ejército para eso. Mira, si no, lo que le ha pasado al arzobispo. –La campaña organizada por el arzobispo de Toledo había fracasado ante las puertas de Requena–. Ansío luchar contra el infiel y cumplir con la misión divina de nuestro reinado, pero, madre, necesitamos al menos tres años más.

Los ojos de Berenguela relucieron de orgullo. Sin darse cuenta, su hijo había asimilado sus lecciones y consejos.

–Estoy de acuerdo contigo, Fernando. Es la mejor decisión que podías tomar. Los moros no pondrán objeciones. Su rey es débil, sus parientes y sus jeques lo manejan como quieren y ya no tienen un ejército fuerte con el que cruzar el estrecho. Todavía no se han repuesto de la derrota. –Se recostó en su asiento y perdió la mirada en el artesonado de la estancia–. ¿Te acuerdas de cuando te hablaba de los calatravos?

–Claro que me acuerdo. He soñado muchas noches con emularlos. Ahora puedo hacerlo, ahora soy el rey de Castilla. Y, cuando llegue el momento, partiré con mis caballeros para hacer la guerra santa.

Berenguela se levantó y abrazó a su hijo.

–Por esto eres rey, por esto ha merecido la pena todo lo que hemos pasado para que puedas ser rey.

La mujer tenía lágrimas en los ojos y Fernando no supo distinguir si eran de alegría o de desahogo de tristezas pasadas.

Valle de Ricote (cerca de Murcia). Primavera de 1221

–Tenemos hambre. Mi mujer tiene hambre, mi hijo tiene hambre. Todos estamos sufriendo la sequía. El Altísimo castiga al niño de Marrakech y nos empuja a tomar medidas. –La voz de Ibn Hud se alzaba potente. Los hombres reunidos a su alrededor, todos ellos opositores a los almohades reclutados por al-Gusti, asentían a sus palabras. Algunos permanecían de pie, en guardia–. El niño ha renovado treguas con Castilla y sigue encerrado en su palacio. –Ibn Hud no reconocía al califa africano y se mostraba partidario del califato de Bagdad–. ¡Estamos en guerra y los herejes almohades no se dan cuenta! Damos tiempo a Castilla para que se haga fuerte y, mientras tanto, los leoneses y los seguidores del papa de Roma acosan nuestras fronteras. Incluso se han atrevido a ir contra Cáceres y Requena. Sí, tenemos hambre –serenó la voz–, y el niño de Marrakech nos quiere cortar las manos para que no podamos algarear las tierras del infiel. Para colmo, su walí mira hacia otro lado y desatiende nuestras súplicas. ¿Qué debemos hacer?

–¡Algara! –gritó al-Gusti con fuerza, y enseguida lo siguieron decenas de voces. El hombre había entablado amistad con Ibn Hud y juntos habían planeado aquella reunión de afines a su causa.

–¡Algara al infiel! –gritaron todos a coro.

–¡Sí, algara! –confirmó Ibn Hud–. No pienso ver cómo nuestras familias mueren de hambre. Mientras tenga fuerza en este brazo –alzó el puño derecho–, saquearé las tierras de los cristianos para traer pan a los nuestros.

Sonaron vítores y se alzaron puños. Todos estaban de acuerdo: si la tierra no daba frutos, había que buscar los frutos de otras tierras.

* * *

El cielo estaba encapotado y apenas se distinguían algunas estrellas rayando el horizonte por poniente. Era medianoche cuando los hombres reunidos en las cercanías de Sanfiro se apresuraron a levantar el campamento. Dieciocho caballeros habían acudido a la llamada de al-Gusti y de su amigo Ibn Hud. También había tres carretas tiradas por bueyes para cargar el botín. La mayoría de los improvisados cegríes eran pequeños propietarios de tierras, armados con lanzas y hachas. El naqîb Ibn Hud y tres soldados iban bien pertrechados con armaduras de malla, lanzas de orejetas y espadas de buena factura. Al-Gusti portaba un escudo redondo fabricado por él mismo y una maza con mango de madera.

Antes de partir, Ibn Hud dirigió una oración al Altísimo para rogar por el buen fin de la correría. Luego dio unas breves instrucciones a los hombres.

–No habéis tenido tiempo para instruiros. A donde vamos no espero resistencia, pero, si la hay, dejad que luchemos los soldados. –Señaló a los hombres con loriga–. Con la ayuda del Compasivo volveremos con los carros llenos. ¡Gloria a Alá!

–¡Gloria a Alá! –respondieron los cegríes.

Comenzaron a cabalgar al paso de los bueyes, alejándose de la imponente fortaleza de Sanfiro.

–Espero que los de Alcaraz no estén de ronda. –Al-Gusti se colocó al lado de su amigo.

–No lo estarán. Las treguas los mantienen tranquilos. –El naqîb miró el escudo de su compañero, que colgaba de la silla de montar–. No aguantaría ni el primer espadazo.

Al-Gusti lo palmeó y sonó la madera blanda.

–Tienes razón. Pero será bueno como tapa para una tinaja de aceite.

Rieron mientras dejaban atrás los últimos campos de cereales del alfoz de Sanfiro. El grupo penetró en la tierra de nadie que separaba a dos reinos, allí donde nadie se atrevía a sembrar y la maleza crecía salvaje al pie de las sierras.

–Estamos a media hora –dijo Ibn Hud horas más tarde, cuando divisaron el primer valle.

A partir de ese momento extremaron las precauciones. Coronando una suave elevación del terreno avistaron el cortijo, rodeado por una vieja cerca de piedras de medio hombre de altura. Toda la tierra que lo circundaba estaba plantada de olivos y viñas. Contemplaron las construcciones y planificaron el ataque en dos grupos, cada uno de los cuales contaría con dos soldados. Los hombres sin instrucción se encargarían de localizar las despensas y los almacenes para acumular todos los alimentos posibles.

–Aceite, harina, grano, ganado... Nada de vino –advirtió Ibn Hud al grupo.

Todavía faltaba más de una hora para que la claridad del sol asomara por levante y ya se adentraban en los primeros olivares. Ascendieron el montículo y en la cima se dividieron. Atravesaron el cercado y no vieron ningún guardia, pero, cuando los cascos de los caballos pisaron sobre el empedrado de la placeta central, se escucharon voces de alarma y varias cabezas se asomaron por las ventanas.

–¡Moros!
–¡Nos atacan!
–¡Dios mío, sálvanos!

Hombres y mujeres clamaban, desconcertados por la presencia de aquellos caballeros silenciosos. Un chiquillo salió corriendo de una de las casas y penetró en una minúscula capilla para hacer sonar la campana. El tañido martilleó los oídos de los cegríes y dos de ellos corrieron hacia el edificio para acallar su sonido. Llevaron al niño al centro de la plaza y lo retuvieron allí, a la vista de todos.

Algunos hombres salieron a las puertas de sus casas armados con aperos del campo. Sonó un revuelo de gallinas y varios perros comenzaron a ladrar.

–¡Dejadlo! ¡Es sólo un niño! –gritó uno de los castellanos.

–¡No! –gritó Ibn Hud de repente mientras señalaba a una ventana. En ella había apostado un hombre con una ballesta–. Si disparas, actuaremos en consecuencia. No queremos muertes, ni nuestras ni vuestras –habló en romance.

El arquero meditó unos instantes sobre sus opciones y finalmente bajó el arma. Los cegríes se organizaron para reunir a los habitantes en la plaza y registrar las viviendas, almacenes y corrales en busca de alimentos. Comenzó a clarear el día mientras los hombres cargaban las carretas. Al menos treinta personas permanecían apiñadas unas contra otras en el espacio central del cortijo.

Los cegríes reunieron un gran botín, en el que se destacaban decenas de gallinas, jaulas de conejos, tres vacas, cinco bueyes y un pequeño rebaño de ovejas y cabras que uno de los musulmanes se encargó de conducir. Los repobladores castellanos observaban impotentes cómo se llevaban buena parte del fruto de su trabajo.

–Conservad la calma y no pasará nada –les dijo Ibn Hud.

Un grito de mujer, ahogado por el trajín del saqueo y los ladridos de los perros, llamó la atención del naqîb. Buscando el origen del grito, salió al patio de una casa donde un perro, atado al tronco de una higuera, no paraba de ladrar y saltar. Al fondo había un rudimentario corral que apestaba a gallina. Ibn Hud, espada en mano, se asomó al interior. Dentro, uno de sus hombres, un ganadero de Ricote, con la túnica remangada por la cintura y los calzones por los tobillos, intentaba forzar a una joven cristiana que se había mantenido oculta en la vivienda. Estaba tumbado sobre ella y la amenazaba rozándole la garganta con un cuchillo. En su excitación, el hombre no percibió la llegada de su líder, que se echó sobre él, lo cogió de un brazo y lo arrastró hasta el patio, donde lo dejó caer y lo dobló a puntapiés. Luego se colocó a su espalda, agarró su pelo, tiró de su cabeza hacia atrás y le pasó la espada por el cuello, degollándolo como a un cordero. Lo dejó desangrándose y regresó al corral. La muchacha estaba hecha un ovillo. Ibn Hud la levantó con suavidad, la tomó de la mano y la condujo al patio.

–¿Estás bien? –le preguntó.

La joven asintió, todavía con miedo. Su honra se había salvado. Ibn Hud enfundó la espada y, sin soltar la mano de la muchacha, agarró un tobillo del degollado y lo arrastró hasta la plaza del cortijo. El sol estaba ya alto y las nubes se habían disipado.

–¡Isabel! –gritaron varias voces, y uno de los hombres comenzó a separarse del grupo para ir junto a ella.

Un soldado hizo amago de impedirlo, pero el naqîb lo tranquilizó. Dejó que el padre de la joven se le acercara y le entregó su mano. Abrazados, padre e hija regresaron junto a los demás.

Ibn Hud arrastró varios pasos más al ganadero convertido en cegrí y lo tumbó boca arriba sobre el empedrado de la plaza. El cuerpo del moribundo había dejado en su camino un reguero de intenso color rojo. Intentaba hablar y se tapaba la garganta con las manos, pero la sangre no paraba de salir y empapaba sus dedos.

–Quiero buenos musulmanes, no animales –exclamó el capitán en alto–. Hemos venido a tomar comida para nuestro pueblo. Los violadores son maldecidos por Dios, y despreciados por mí.

Habló en árabe, sólo para sus hombres. Era joven, pero sabía hacerse respetar. Montó sobre su caballo y fue hacia las carretas. Tenían un buen botín. Se dio por satisfecho.

–¿Hacemos talas? –le preguntó al-Gusti.

–Ni hablar, amigo. ¿Qué les íbamos a robar entonces la próxima vez?

Los carros partieron en primer lugar, custodiados por cuatro caballeros. Detrás, a pocos pasos, salieron los demás miembros de la tropa, atentos al camino para volver en condiciones seguras a Sanfiro y, desde allí, recorrer el valle de Ricote como una caravana de salvación para un pueblo hambriento.

Arjona. Otoño de 1221

Umar entró en la alcazaba a paso lento. La inflamación de las rodillas le dificultaba la subida y tenía que apoyarse con frecuencia en las paredes cercanas. Vestía camisa larga y calzones negros, e iba tocado con un casquete de fieltro del mismo color. Tocó a la puerta de los Nasr. Lo recibió la esposa de Ismail, que enseguida le hizo entrar y llamó a su suegro.

Yusuf abrazó a Umar nada más verlo y lo invitó a sentarse con él en el *madjlis.*

–No vengo a verte a ti, amigo. ¿Cómo está?

La mirada del patriarca de los Nasr se ensombreció con un rastro de dolor.

–Mal. No quiere trabajar y, cuando consigo que venga a los campos, se pasa el día sentado a la sombra de algún árbol. Ha perdido el espíritu. –Se oyeron pasos apresurados y risas infantiles. Mu'mina y Sams jugaban en el patio–. Las niñas se están criando sin padre. –Yusuf miró a los ojos a su viejo compañero–. Siempre te ha respetado. Habla con él, por favor.

–Para eso he venido.

Habían pasado más de dos años desde la muerte de Farah y Muhammad acariciaba ya el fondo del profundo pozo al que se había dejado caer. Pasaba buena parte del día encerrado en su alcoba, apenas comía, bebía con frecuencia el vino fuerte que conseguía en lagares clandestinos y no se relacionaba con nadie.

Umar entró en el dormitorio de Ibn al-Ahmar. Lo primero que percibió fue un olor dulzón a vino. Cerró la puerta tras de sí y abrió las dos hojas de la única ventana de la estancia. La luz despertó al joven, que se dio la vuelta y se tapó los ojos. Estaba famélico, llevaba la barba larga y descuidada y su pelo aparecía enmarañado y sucio.

–Ponte en pie –dijo Umar.

Ibn al-Ahmar obedeció con movimientos torpes. El sufí sintió una oleada de compasión por aquella alma destrozada, pero se contuvo y aparentó firmeza. Muhammad se colocó a dos pasos de él. A duras penas se mantenía en pie y no era capaz de mirar a su amigo a los ojos.

–Mírame –pidió el Jilguero.

El joven dirigió la vista hacia sus ojos. En ese momento, Umar alzó su mano derecha y con fuerza abofeteó al muchacho, que giró la cara y quedó desconcertado unos instantes. Luego se encogió y comenzó una llantera suave que fue creciendo en intensidad. Extendió los brazos buscando a su amigo, pero éste se zafó del abrazo y se apartó de él. El santón lo dejó llorar durante un buen rato, manteniéndose firme en su postura. Cuando se serenó comenzó a hablarle.

–¿Sientes vergüenza?

Muhammad había recuperado parte de su lucidez y lo miraba fijamente.

–Ya no siento nada. No me importa nada.

–¿Dónde está mi *sayj*? ¿Tampoco te importa lo que piense de ti el Altísimo? –Lo señaló con dedo acusador–. Has sufrido. El sufrimiento es parte de la vida, todos arrastramos nuestros pesares, pero eso no justifica lo que le estás haciendo a tu familia.

–¿Qué les estoy haciendo? –se atrevió a responder el Nasr–. Sólo sufro yo.

–Maldito ciego. Tienes dos hijas que sólo conocen a un padre borracho, peor que el peor de los infieles –alzó la voz–. ¿Es ése tu legado?

Muhammad se removió inquieto y Umar lo percibió. Aún había esperanza.

–Antes te importaba ser un buen musulmán. Pero ahora... Ahora te has convertido en un atajo de huesos sin alma, sin fe –sentenció finalmente.

–Nunca perderé la fe –contestó rápidamente Muhammad–. Si no la tuviera me habría quitado la vida hace mucho tiempo.

–Quítatela. –El joven lo miró sorprendido–. ¿Para qué la quieres? Tu vida ofende al Creador y hace daño a tu familia. –El Nasr no esperaba que su amigo fuera tan duro con él. Sus ojos brillaron, pero logró contenerse. Algo parecido al orgullo asomó a su mirada–. Coge tu maza y ábrete la cabeza ahora mismo, delante de mí. Prefiero verte muerto que humillado, que convertido en un hombre sin fe –repitió la palabra que le había hecho reaccionar.

–¿Qué quieres que haga, maestro? ¿Que finja que quiero vivir?

–Al principio tendrás que fingir, pero pronto volverás a amar la vida. Ocúpate de tu trabajo. Ocúpate de tu familia. Ama lo que tienes, por respeto a lo que has perdido.

El recuerdo de Farah se hizo vivo y la culpa afloró en Ibn al-Ahmar. Mu'mina y Sams habían nacido de su amor y era cierto que no las atendía como se merecían.

–Me la recuerdan tanto... –pronunció entre sollozos.

–Por eso mismo, Muhammad, ámalas.

De nuevo se desahogó en el llanto un largo rato.

–No puedo prometer nada –Umar reconoció entonces al antiguo cegrí–, pero lo voy a intentar.

–Con eso me conformo. Podemos retomar las meditaciones, te darán paz.

Como si despertara de una resaca, Muhammad se acercó a la jofaina que tenía en un rincón y se lavó la cara y el pelo.

Así, con el pelo empapado, su delgadez se manifestaba con mayor fuerza. Agarró el brazo del santón y salió al patio.

–¡Karima! –La mujer acudió al instante a la llamada–. Necesito un corte de pelo y un rasurado. –Se mesó la barba despeinada.

La mujer se movió como una paloma sobre un montón de trigo. Inmediatamente dispuso una silla y cogió sus instrumentos. Atardecía e Ismail y Faray habían vuelto ya del campo. Umar se despidió y se retiró, dejando sola a la familia, que se reunió en torno a Muhammad. El corte de pelo se convirtió en un ritual que sus parientes siguieron con admiración. Él no hablaba y su mirada seguía triste, perdida. Aquella tristeza nunca dejaría de acompañarlo de alguna manera.

–¿Por qué se pela papá? –preguntó Mu'mina, la hija mayor.

–Para que podamos verle mejor la cara –contestó Karima, concentrada en su tarea.

* * *

Hadi había asistido a la oración del viernes en la mezquita aljama para encontrarse con Asquilula. Aguardaba en el patio de abluciones, apartado discretamente de los corrillos de hombres. Vio salir a Muhammad. Se sorprendió, hacía meses que no lo veía. El Nasr iba acompañado por sus hermanos y su padre. Estaba extremadamente delgado, pero parecía aseado y lucía una barba bien recortada. Seguidamente aparecieron los Asquilula. El patriarca caminaba ayudado por un bastón y sus dos hijos varones lo rodeaban. Se percató de la presencia de Hadi y se apartó de sus hijos para dirigirse a él.

–Muchacho, hace mucho que no sé de ti. Ven y cuéntame.

Lo llevó del brazo hasta un rincón del patio.

–Han llegado algunas noticias al alcázar. –El jienense comenzó su relato–. La quinta cruzada ha terminado. Alá ha permanecido junto al sultán de Egipto. Atacó a los cruzados una noche e hizo una matanza. No tuvieron más remedio que rendirse.

–Alá es grande –pronunció Asquilula con emoción.

–También ha llegado algo de Marrakech. Los tíos del califa empiezan a enfrentarse por el control del imperio y hay jeques almohades que quieren su parte de poder. Las tribus rebeldes mantienen a raya a los almohades en sus territorios. Entre ellas, los zenetas meriníes han ganado terreno y los masmudas hafsíes creen que ellos son los almohades puros y que el califa ha abandonado la doctrina.

Asquilula se tomó unos segundos para asimilar la información.

–Así comienza siempre, así se vienen abajo los imperios. Tal vez pronto consigamos echarlos de al-Ándalus. –Hadi, prudente, se mantuvo en silencio–. ¿Cómo está el alcaide?

–Igual que siempre. Obsesionado con recaudar más. Pero no es fácil, las alquerías están sufriendo la sequía. –Asquilula asintió; él también la estaba padeciendo en sus tierras.

El soldado terminó de contar todo lo que sabía y, tras despedirse de su benefactor, se encaminó hacia su casa. Nada más entrar, escuchó los pasos acelerados de Kamal, que se había apostado a la salida del zaguán para sorprenderlo. El padre fingió que no lo había escuchado y entró en el patio con sonoros pasos.

–¡Toma, infiel! –gritó el pequeño mientras golpeaba a su padre en el trasero con una vara de almendro.

Hadi simuló estar herido y se puso de rodillas. El niño aprovechó para tocar su pecho con la punta de la vara.

–¡Muerto!

El soldado se tumbó en el suelo y sacó la lengua. Kamal comenzó a dar saltos de alegría. Luego el padre se puso en pie y cogió en brazos a su hijo.

–Veo que la casa y tu madre están seguras contigo. –Le estampó un beso en la mejilla y el niño, molesto, se limpió con la manga–. Serás un gran guerrero, puedo verlo en tus ojos –le dijo, sin pensar en lo certero que podía llegar a ser aquel augurio.

Castillo de Zafra, frontera de Castilla con Aragón. Diciembre de 1221

Era de noche y llovía intensamente, pero el capitán hizo su ronda completa alrededor del castillo para controlar que el cerco fuera efectivo. Treinta hombres a caballo le acompañaban. Hacía frío y el agua pesaba en las ropas.

–¡Allí! –gritó uno de los caballeros.

La vista del capitán no era demasiado buena y tuvo que fijarla unos segundos para poder detectar al hombre que se movía en la distancia. Entonces hizo la señal de avance y la pequeña tropa se puso en marcha, lanzas en ristre. El hombre, en cuanto los vio, soltó el saco que cargaba y echó a correr sobre las piedras que delimitaban el camino. A pocos pasos divisaron tres carros cargados con toneles y sacos de alimentos. Varios hombres los descargaban para llevarlos a pulso hasta la fortaleza. También había cinco soldados que, al ver a los hombres del rey, valoraron sus opciones y decidieron echar a correr.

–¡Rápido, a los carros! Por detrás de las peñas, llevadlos al campamento. –El capitán señaló a varios de los suyos, que enseguida se pusieron en marcha.

La ronda dejó huir a los hombres del señor de Molina y se apresuró a regresar al campamento con la carga.

* * *

Una gota cayó sobre la cabeza de Lope Díaz de Haro, que tuvo que cambiarse de sitio por segunda vez. Ante la insistencia de la lluvia, la tienda real había cedido. El alférez del rey se pasó la mano por la calva y resopló con fuerza.

–Esta humedad me mata, se cala hasta los huesos.

–Por el norte vienen claros, no durará mucho –comentó Gonzalo Ruiz Girón, mayordomo del rey de Castilla. El noble, a pesar de su edad, aguantaba estoicamente los embates del mal tiempo y los rigores de la campaña.

Fernando III los miró a ambos, sus principales valedores en el gobierno del reino, una vez más junto a él para ayudarle y aconsejarle. Fernando los había movilizado para someter a Gonzalo Pérez, señor de Molina, quien se había unido al señor de los Cameros en su desafío al rey y se había refugiado en el castillo de Zafra. El rey tenía que dar ejemplo para evitar que otros nobles se adhirieran a la causa del rebelde.

–Vais siendo mayores, voy a tener que dejar de contar con vosotros para estos menesteres –bromeó Fernando desde su asiento.

Estaba de un humor excelente. Corrían buenos tiempos para su reino. Las obras de la nueva catedral de Burgos habían comenzado y avanzaban a buen ritmo, los nobles rebeldes empezaban a verse arrinconados y hacía pocas semanas que había nacido su primogénito, al que había llamado Alfonso, en recuerdo de su abuelo, Alfonso VIII de Castilla, y de su padre, Alfonso IX de León. La reina Beatriz de Suabia se había quedado al fin embarazada y lucía una enorme barriga cuando insistió en acompañar a su esposo en la campaña contra el señor de Molina. Partió con él, pero al llegar a Toledo comenzaron los dolores del parto. La tropa se detuvo hasta que tuvo lugar el alumbramiento. El heredero de Fernando III nació en la capital del antiguo reino visigodo, bendecido por los buenos augurios que todos creían ver en el cielo.

«En la noche del nacimiento una nube se ha encendido y todo el cielo ha resplandecido. Así iluminará Alfonso al reino de Castilla», había dicho un astrólogo y adivino musulmán que vivía en la ciudad.

–Mi señor, todavía me queda fuerza en los brazos para partir en dos a un rebelde, o a un moro –repuso Gonzalo Ruiz Girón.

–No lo dudo, Gonzalo, y aprecio esos brazos a mi lado. Como los tuyos, Lope. –El alférez se enderezó y adoptó una pose orgullosa–. ¿Han llegado los suministros? –Llevaban diez días de asedio y la comida escaseaba. La tropa estaba formada por trescientos peones y más de ciento cincuenta caballeros con sus escuderos.

–Ha llegado menos de lo previsto, pero lo suficiente para quince días. Vuestra madre, que Dios la bendiga, lo ha dispuesto todo a la perfección –contestó el alférez–. También os traigo noticias de las rondas de noche. Han interceptado una recua de abastecimiento que pretendía llegar al castillo. Los carros están ya aquí.

Fernando se levantó de un salto y dio una palmada de alegría.

–Zafra tiene poco espacio para almacenar víveres. Si no entra nada en el castillo, no podrán aguantar mucho.

–Puede que ya estén en aprietos. La lluvia repondrá el aljibe, pero los alimentos... Ya se sabe, un ejército sin comida no tiene fuerza para sostener la espada –sentenció Lope Díaz de Haro.

–¡Excelente! Rezaré para que así sea.

Fernando III despidió a los dos nobles, se arrodilló frente al crucifijo de oro que le acompañaba en sus viajes y rezó con fervor para poder regresar pronto a casa.

Pasado el mediodía cesó la lluvia y, como recuerdo de las tormentas, quedó un fuerte olor a tierra mojada. A primera hora de la tarde un emisario de Zafra se acercó con una banda blanca cruzada en el pecho. Gonzalo Pérez, señor de Molina, quería parlamentar.

Arjona. Primavera de 1223

Faray corría por las cuestas de tierra para llegar pronto a Arjona. Sus amigos lo esperaban en la alcazaba, como todas las tardes, junto a la mezquita aljama. Próximo a cumplir veinte años, disfrutaba reuniéndose con sus amigos para soltar bravuconadas y observar a las jóvenes arjoneras que se paseaban delante de ellos. Su cuerpo se había fortalecido, pero seguía teniendo una constitución débil. Aunque era consciente de que nunca llegaría a ser un gran cegrí, Muhammad había comenzado a entrenarlo en el uso de las armas.

Ismail le dio un codazo a Muhammad en el costado y señaló al hermano menor.

–Hace poco estábamos así, ¿te acuerdas?

Ibn al-Ahmar sonrió con una mueca forzada. Era joven, pero ya había tenido tiempo de saborear las amarguras de la vida, que habían estado a punto de provocar su naufragio. Se había recuperado, incluso había ganado algo de peso, pero aún no había perdido el aire melancólico que se posó sobre él el día en que perdió a su esposa.

–Claro que me acuerdo. –Se pasó el almocafre al otro hombro–. Sobre todo de las reuniones en la fuente con Ibrahim y Abd-Allah.

Un breve silencio se instaló entre ellos. La antigua camaradería que uniera antaño a los cuatro parientes se había esfumado y sólo había quedado una cortesía fría que afloraba cuando se encontraban en las reuniones familiares.

–¿Y cuando éramos niños? –Ismail se sentía nostálgico–. Me acuerdo de cuando madre nos llevó a los baños y nos pasamos todo el tiempo persiguiendo a la hija del carpintero –soltó una carcajada–. Fue la última vez que nos dejó acompañarla.

–Lo recuerdo. Echo de menos a mamá, a todos los que se han ido.

–Lo siento, Muhammad, no debería haber sacado el tema. –Posó la mano en su hombro–. Me alegra que hayas vuelto.

El mayor de los Nasr sonrió, pero sus ojos hablaron de la honda pena que aún se aferraba a sus entrañas. Los hermanos llegaron a casa antes que Yusuf. Ismail fue en busca de su esposa, que amamantaba a su hija recién nacida. Muhammad se entretuvo en el zaguán para cambiarse el calzado.

–¡Papá!

Sams entró corriendo y se abrazó a la rodilla de su padre. La pequeña ya tenía cuatro años y cada día se parecía más a él. Había heredado su piel clara y sus ojos verdes. Detrás de ella llegó Mu'mina, un año mayor, que se aferró a la otra rodilla. Mu'mina se parecía a su madre, tenía su pelo negro y fuerte, y sus ojos oscuros. Cuando Ibn al-Ahmar la miraba, un pellizco encogía su estómago.

–Vamos, es hora de cenar, pequeñas.

Les acarició el pelo y, con ellas de la mano, entró en el patio. Karima estaba al fondo, con una cazuela en las manos. Se detuvo a contemplar la escena y sonrió emocionada.

Valle de Ricote (cerca de Murcia). Invierno de 1224

Ibn Hud contempló la nube de polvo que el caballo al galope levantaba por el camino. Cuando el jinete se acercó, se dio cuenta de que era su amigo al-Gusti y se apartó del grupo de soldados para recibirlo a solas. Al-Gusti se había establecido en las montañas con un grupo de fieles y organizaba algaras y saqueos en la frontera. A veces, en secreto, Ibn Hud participaba. El amigo frenó el caballo y se detuvo a pocos pasos del naqîb. Resoplaba por la carrera, pero no esperó a recuperar el aliento para soltar la nueva:

–Un emisario de África... Trae noticias... El califa ha muerto.

–¿Cómo? ¿Estás seguro?

–Sí. En Marrakech se rumorea que el visir lo ha envenenado. –Se puso la mano en el pecho e inspiró hondo para recuperar el resuello–. Un tío abuelo suyo ha sido nombrado califa.

–Espero que sea más firme de carácter y que tome pronto las riendas, con la ayuda del Altísimo.

Al-Gusti bajó la voz antes de seguir hablando.

–Dice el emisario que no tiene muchos apoyos. En Murcia también hay rumores. –Ibn Hud arrugó el entrecejo–. Todos hablan de al-Adil, dicen que va a alzarse contra el nuevo califa desde aquí.

Ibn Hud pensó un instante en esa posibilidad. Al-Adil era miembro de la familia califal y residía en Murcia. Si se rebelaba contra el nuevo califa, tendría que hacerlo desde al-Ándalus.

–Tal vez sea lo mejor, oponerse a Marrakech desde aquí.

–Pase lo que pase, que sea lo mejor para al-Ándalus –deseó al-Gusti. Y regresó a su refugio.

Ibn Hud continuó la marcha con sus hombres, rumiando las posibilidades que se abrían con el nuevo escenario.

Muñó, reino de Castilla. Junio de 1224

–Ha llegado tu hora, como rey y como hombre. Ya han salido las carretas con el pago para el de los Cameros. Los nobles están de tu parte. Es el momento de ocuparnos del infiel –comentó Berenguela mientras caminaban hacia la reunión.

Fernando III había logrado un acuerdo con el señor de los Cameros, el noble rebelde. El rey castellano se mantuvo firme en su decisión de arrebatarle su señorío, pero tuvo que ceder, en parte, negociando la entrega de catorce mil maravedís a cambio.

Por otra parte, el matrimonio concertado entre su tía Leonor, hermana de Berenguela, y Jaime I de Aragón le había granjeado un poderoso aliado. El rey aragonés acababa de cumplir dieciséis años y tenía que hacer frente a numerosas revueltas entre sus nobles, pero había sido declarado mayor de edad y, si conseguía apaciguar el reino, contaría con todo su poder. Por lo pronto, las fronteras orientales de Castilla estaban aseguradas.

A poniente, León mantenía la paz con Castilla. Alfonso IX se había decantado por sus hijas Sancha y Dulce para la sucesión. Fernando III perdía la esperanza de heredar a su padre, pero a cambio tenía la tranquilidad que necesitaba para expandirse hacia el sur.

Las treguas con los almohades habían expirado y la situación en el reino musulmán era convulsa e inestable. El nuevo califa tenía ahora un competidor, al-Adil, que había conseguido que la mayor parte de al-Ándalus se adhiriera a su causa.

El rey de Castilla había mandado reunir a los principales hombres del reino para tomar decisiones al respecto. Fernando y Berenguela entraron juntos en la sala, donde ya los esperaban los nobles. Tomaron asientos contiguos.

–Sed todos bienvenidos. Mi madre, la reina, y yo nos congratulamos de vuestra presencia –saludó Fernando–. El motivo de esta curia extraordinaria es tomar importantes decisiones que van a afectar al reino de Castilla. Espero que con vuestros sabios consejos y con la ayuda de Cristo podamos elegir el camino correcto. –El obispo de Palencia, satisfecho, se recostó en su asiento–. Bien sabéis que las treguas han expirado y los mahometanos se están peleando entre sí. Es buen momento para atacar. –Hizo una breve pausa–. Tengo veintitrés años y desde que soy rey sólo he luchado contra castellanos y leoneses. No quiero malgastar los mejores años de mi juventud guerreando puertas adentro. Ha llegado el momento de enarbolar nuestra unidad cristiana como estandarte en la guerra contra el infiel.

–¡Unidad en los cristianos! –se alzó una voz.

–¡Y guerra al infiel! –contestó otra.

–Por todo esto espero que la reina –miró brevemente a su madre– y todos vosotros, mis principales apoyos, aprobéis la decisión de no renovar las treguas y convocar a los ejércitos. Partiríamos al sur antes de que acabe el verano.

Los nobles miraron a la reina. Ella asintió, complacida, simulando que la decisión la había tomado Fernando en soledad.

Al consentimiento siguió una algarabía de voces y palmadas que celebraban las expectativas de conquista y botín. Apenas fue necesaria deliberación, todos estuvieron de acuerdo en convocar una nueva junta en Carrión, a la que serían invitados el arzobispo de Toledo y los maestres de Calatrava y Uclés. Allí tratarían los detalles de la campaña que estaba a punto de comenzar.

La guerra estaba declarada.

Arjona. Verano de 1224

Desde el camino, Hadi contempló los campos en los que había pasado tantas horas trabajando bajo el sol. Ahora, gracias a su antiguo patrón, servía en la milicia. Llevaba puesta la loriga y el escudo colgado a la espalda. Su caballo estaba agotado y no quiso forzar la marcha. Él también estaba cansado. El asedio a Sevilla se había prolongado más de lo esperado.

La rebelión de al-Adil había logrado un gran éxito en al-Ándalus. Sólo el Levante, con el *sayyid* Abu Zayd al frente, se mantenía fiel al nuevo califa de Marrakech. Sevilla también se había convertido en un foco de resistencia, pero al-Adil había enviado contra la ciudad un gran ejército para someterla. El noble almohade Abd-Allah bin Muhammad había liderado la tropa. El Baezano, como era conocido, había sido gobernador de Jaén, pero el nuevo califa lo había destituido del cargo. La afrenta provocó que se uniera al aspirante al califato.

Cuando las noticias sobre al-Adil llegaron a Arjona, el alcaide, como la inmensa mayoría de al-Ándalus, se posicionó a favor del insurrecto y ofreció un buen número de hombres de su guarnición para contribuir a la formación del ejército que partiría hacia Sevilla. Hadi iba entre ellos, convencido de la causa a la que servía. Habían pasado muchas semanas, pero al fin Sevilla se había sometido a al-Adil. Poco después llegaron noticias de África: el nuevo califa había sido asesinado en Marrakech y al-Adil había sido reconocido como califa en el Magreb. La situación parecía estabilizada, con el Levante como único foco de resistencia. Sin embargo, nuevos problemas habían surgido desde Córdoba.

Hadi ansiaba ver a su familia, pero antes tenía que hacer dos visitas. En primer lugar, debía visitar a su benefactor para darle las nuevas. Luego tendría que ir al alcázar para informar al alcaide. Se presentó en la casa de Asquilula, quien se reunió con él enseguida, ávido de noticias.

–Sevilla se ha sometido. –Tras un breve saludo, el soldado comenzó a hablar.

–Llegaron palomas. Lo sabemos, y también lo del califa. ¿Fue duro el asedio?

–Casi dos meses. El Baezano cortó los suministros a la ciudad por tierra y por el río.

Así comenzó el relato del cerco a Sevilla, siete semanas en las que la población sufrió escasez de alimentos y se vio sometida a un encierro forzoso. El gobernador intentó romper el sitio en tres ocasiones con salidas desesperadas de las tropas acuarteladas, pero el ejército reunido alrededor de las murallas sobrepasaba todas sus posibilidades. Finalmente no fue necesario ni un asalto ni una batalla campal, el propio pueblo de Sevilla se levantó contra su gobernante y clamó por la rendición. Nadie acudió en su ayuda y el walí comprendió que no tenía otra alternativa que someterse y negociar, cuando todavía podía hacerlo.

–Esta herida de lanza la recibí en una escaramuza con hombres del walí. Atacaron de noche a mi escuadrón y a duras penas los pudimos repeler. –Hadi tiró hacia abajo de su gambesón para enseñar un corte cosido en el hombro izquierdo.

–¿La viste? –le preguntó Asquilula. Hadi frunció el ceño–. La torre –añadió.

Los ojos del soldado se iluminaron.

–La vi, y todavía sueño con ella. Nunca he visto nada igual. Desde el campamento se asomaba sobre las murallas y, si el viento era favorable, oíamos la llamada a la oración de su muecín.

–Dicen que no hay en todo el mundo una torre más alta –comentó Asquilula–. ¡Qué buen destino para el botín de Alarcos! –El éxito de la batalla de Alarcos y el dinero obtenido en las campañas posteriores habían impulsado definitivamente la construcción del minarete, que en apenas tres años estuvo terminado–. Gloriosos tiempos para los musulmanes. Desde entonces los almohades no han hecho más que decaer. Espero que al-Adil vuelva a mirar hacia la frontera.

–La paz sea con vosotros –saludaron Ibrahim y Abd-Allah, que entraban en ese momento en el *madjlis*.

–Al-Adil va a tener problemas para mantener el califato –continuó Hadi–. Ahora tiene Sevilla, pero ha perdido Córdoba. –Los Asquilula abrieron los ojos, atentos a las palabras del jienense–. Vengo de allí. El Baezano esperaba obtener el mando de Sevilla. En definitiva, él la había sometido. Pero al-Adil ha nombrado gobernador a su hermano Abu l-Ala y le ha dado Córdoba al de Baeza. –Asquilula negó con la cabeza, temiéndose lo peor–. Se ha sentido ofendido y degradado, y desde Córdoba se ha proclamado emir.

–¿De nuevo un califa y un emir rebelde? –pronunció Abd-Allah con tono irónico–. El principio del fin –sentenció.

–Su destino es el nuestro... Me preocupa –comentó Ibrahim.

Una sombra de pesar se posó sobre los cuatro.

–¿Tiene apoyos el Baezano? –preguntó el patriarca.

–Se habla de que Baeza, Jaén y otras ciudades están recibiendo emisarios con los brazos abiertos.

–Pronto llegarán aquí también, seguro. Espero que el alcaide sea sensato, aunque la verdad es que ya no sé cuál es la opción más sensata. –Asquilula suspiró–. Gracias, como siempre, Hadi. La información que nos traes es muy valiosa. –La familia Asquilula basaba su predominio en una red de informadores que les ayudaban a tomar las mejores decisiones.

Hadi se despidió. Tenía que pasar por el alcázar. Su vida hasta ese momento había sido tranquila. Ahora su situación había cambiado; ahora era consciente de que su destino estaba en manos de otros. El alcaide tenía que tomar una nueva decisión, y de ella dependería su participación en la contienda que se avecinaba, en la confrontación civil que sin lugar a dudas sacudiría los cimientos de al-Ándalus.

Frontera de Castilla con al-Ándalus. Otoño de 1224

Siguiendo el rastro de la avanzadilla, Fernando III atravesó los pasos del Muradal. El rey llevaba puesta su armadura de campaña y, para la ocasión, la corona de Castilla ceñía su cabeza. Desde lejos contempló el pequeño campamento que sus hombres habían montado para la entrevista. Las banderas y pendones de las casas de Haro, Girón y Meneses ondeaban sobre las tiendas. Al otro lado, las enseñas del rey musulmán, en llamativos colores.

Fernando y el Baezano se encontaron a pocos pasos, con un intérprete musulmán entre ambos. El Baezano iba vestido con un pantalón ancho, una camisa larga con bordados de oro y un gran turbante de seda azul. No portaba armas y su guardia estaba compuesta por apenas cincuenta hombres. Parlamentaron durante un buen rato.

El mahometano se reafirmó en todo lo que ya le había manifestado previamente al rey cristiano a través de sus emisarios. Se sentía acorralado por el califa, que, según decía, tenía las peores intenciones contra los castellanos y su rey. Él, en cambio, le ofrecía su ayuda para luchar contra el enemigo común; le abriría las puertas de al-Ándalus por sus tierras y le facilitaría la información necesaria para que atacara. Abu l-Ala, hermano del califa y gobernador de Sevilla, le había arrebatado Córdoba, Úbeda y Jaén. Por el momento, el emir rebelde resistía en Baeza, su plaza fuerte, pero necesitaba la ayuda de los castellanos que, desde el primer contacto, se habían mostrado interesados en llegar a un buen entendimiento con aquel valioso aliado en el corazón del territorio enemigo. Hablaron, en fin, de respeto y de ayuda mutua.

El rey de Baeza hizo un gesto y dos hombres condujeron hasta él a su primogénito, un niño de constitución delgada y mirada astuta de poco más de diez años.

–Te entrego en prenda de nuestros acuerdos lo que más quiero, el mayor de mis hijos varones –dijo en árabe.

Fernando aceptó al rehén y el emir musulmán, emocionado, se despidió de él.

El pacto se había sellado.

El Baezano se retiró a su campamento. Fernando decidió acampar allí mismo y partir al alba del día siguiente. Quería estudiar los mapas y definir el camino a seguir, y para ello reunió a sus nobles en consejo. El de Baeza, según los acuerdos, los acompañaría con un reducido contingente para servirles como guía. Todo apuntaba a que la campaña terminaría con un rotundo éxito.

* * *

Sonó el crujido de las maderas del artefacto, siguió un leve siseo y, varios segundos después, llegó al real el eco del impacto. El proyectil de piedra había chocado con la torre de la puerta principal, deshaciendo parte del almenado y levantando una gran polvareda. Tres fundíbulos acosaban las murallas de tapial de Quesada y los defensores no podían hacer otra cosa que esperar, refugiados en las construcciones más sólidas. Durante dos días con sus noches las piedras habían volado hacia Quesada, derribando parcialmente los muros y destrozando numerosas viviendas.

Martín Fernández de Burgos observaba atento el desarrollo del asedio. Era la primera vez que veía armas de tal envergadura y sentía una extraña euforia cada vez que un proyectil surcaba el cielo. «Es como si Dios mismo empujara las piedras», pensaba.

El maestre de Calatrava había acudido a la llamada del rey de Castilla con doscientos caballeros escogidos. La orden, en primera línea de batalla en la frontera, estaba decidida a comenzar la guerra santa contra el infiel.

Los de Quesada intentaron entonces una maniobra desesperada. Abrieron una de las puertas y una pequeña escuadra salió en tropel, cogiendo por sorpresa a los hombres que protegían el fundíbulo. La caballería ligera musulmana, veloz, alcanzó la máquina de asedio mientras los castellanos la cargaban. Acabaron sin dificultad con los guardias y con los hombres que manejaban el artefacto y enseguida se dedicaron a cortar sogas y maderas para desmantelarlo.

Corrieron órdenes entre los señores más cercanos, pero fueron los calatravos los primeros en llegar.

–¡Por Dios nuestro señor! –sonaron las voces de los caballeros, ahogadas por el estruendo de las patas de sus caballos.

Desde su tienda, el rey Fernando pidió que le acercaran su montura para tener mejor perspectiva. El de Baeza, cerca de él, observaba también la contienda. Mantos y hábitos blancos sobre las lorigas, gualdrapas de igual color, cruces negras flordelisadas... Allí estaban los feroces defensores de Salvatierra, luchando contra el infiel bajo la bandera del rey de Castilla. Fernando sintió el deseo de ser uno más de ellos y cabalgar furioso contra los mahometanos.

–¡Al juicio de Dios! –gritó Martín Fernández de Burgos mientras clavaba su lanza entre las costillas de uno de los de Quesada, que, desmontado, se afanaba en cortar una soga.

El calatravo perdió la lanza en la carga y desenfundó la espada. Sus compañeros habían arrasado a la tropa musulmana y puesto en fuga a los escasos supervivientes. Los milicianos de Burgos y de Vizcaya se lanzaron entonces en su persecución. Los calatravos, disciplinados, regresaron junto a su maestre.

Los hombres del rey comenzaron de inmediato a reparar la máquina, que pronto pudo ser cargada de nuevo. Mientras tanto, los otros dos fundíbulos continuaron el acoso a las murallas, que, viejas y deterioradas, comenzaban a desmoronarse por varios sitios.

Al alba del tercer día había tres brechas abiertas en los muros. Fernando III se reunió con sus principales. Todos aconsejaron el asalto en tres grupos. El rey dio las órdenes y las banderas comenzaron a moverse. El número de defensores era ridículo en comparación con el de asaltantes; la población estaba perdida.

Martín avanzó con los calatravos por la entrada principal del caserío. Los adarves estaban vacíos, la guarnición se había replegado al alcázar. Muchos vecinos echaron a correr por la puerta de Cazorla, pero caballeros castellanos apostados en los principales caminos los sorprendieron, los apresaron y robaron sus pertenencias para añadirlas al botín. Desde su torre, el alcaide mandó ondear telas blancas en señal de rendición, pero era demasiado tarde. Las órdenes del rey fueron hacer cautiva a la población y destruir todos los edificios posibles. Aquello era una demostración de poder, un aviso. No habría repoblación en Quesada.

Por todas partes se oían las voces y lamentos de los vencidos. Los hombres de Fernando III recorrían las calles saqueando y destrozando cada rincón. Los musulmanes fueron apiñados en grandes grupos y conducidos a las afueras de la ciudad, donde los castellanos negociarían sus rescates o concertarían su venta con los tratantes de esclavos. Martín y los demás calatravos ejercieron de vigilantes de la moral. Aun así, el desorden propio de todo saqueo hizo que la situación se descontrolara, y algunos hombres dieron rienda suelta a sus instintos más bajos.

Desde su real, Fernando III contemplaba cómo largas filas de hombres entraban y salían de Quesada portando todos los objetos de valor que podían. Los desfiles no cesaron hasta bien entrado el mediodía. Cuando la población quedó desangrada, el rey ordenó derribar las murallas y quemarlo todo. Se hicieron cavas y fogatas por todo el perímetro de Quesada, que en apenas unas horas se dejó devorar por cientos de fuegos.

«Así he de purificar la tierra de los viejos cristianos, a fuego», pensó el rey al ver las gruesas columnas de humo.

El Baezano, impertérrito, mantenía la vista fija en el alminar de una mezquita que comenzaba a tambalearse, perdidos sus cimientos por las cavas cristianas.

Martín regresó junto al maestre para darle su informe. El carácter serio y disciplinado del caballero se había ganado la confianza del nuevo líder de la orden.

–Siempre hay rufianes entre la tropa. Hemos detenido a muchos, pero creo que la justicia del rey será indulgente con ellos –informó.

–Son tiempos de guerra, Martín. Los hombres actúan y sólo Dios juzga. Necesitábamos un rey así, decidido.

–Que Dios le dé fuerza para continuar el camino que hoy ha iniciado –pronunció el caballero calatravo para confirmar su apoyo a las palabras del maestre.

Arjona. Otoño de 1224

Yusuf limpiaba los surcos para el agua con el almocafre mientras Muhammad extraía el agua del pozo.

–Voy a tener que montar una noria, es mucha tierra ya.

–Tendrías que ensanchar la boca del pozo –opinó Ibn al-Ahmar–, te costaría dinero, pero lo recuperarías pronto. He visto la noria que han puesto en Andújar los del banu Selim. Llevan el agua a una alberca y riegan fácilmente cuando quieren.

–Pues sí, hijo, creo que ha llegado el momento. –Guardó un breve silencio–. Ha llegado el momento de pensar en muchas cosas, ¿no crees, Muhammad?

–Para, padre... –Ibn al-Ahmar intuyó hacia dónde quería dirigir la conversación.

–Aisha es tu prima, y llevan años preparándola para ti. No hay nadie mejor.

–No se trata de ella, ya lo sabes –dijo con el semblante serio.

–Tampoco se trata sólo de ti, tus dos hijas no tienen madre, y son tu responsabilidad. –Muhammad no fue capaz de responder–. Han pasado cinco años, ya es hora de que rehagas tu vida.

Ibn al-Ahmar vació el cubo, lo apoyó en el brocal y se secó el sudor al tiempo que lanzaba un suspiro.

–Lo sé, padre. Dame unos meses para pensarlo.

No volvieron a hablar sobre el tema. El joven Nasr sintió cómo un velo de tristeza volvía a caer sobre él, y aquel día se llenó de nostalgia y pesadumbre. La muerte de Farah todavía lo perseguía en los sueños y en los silencios, como un genio insistente, invisible pero siempre presente.

Frontera de Castilla con al-Ándalus. Junio de 1225

–De nuevo estamos aquí –le dijo Fernando III al Baezano. Los dos reyes estaban acompañados por sus más fieles seguidores. Como en la ocasión anterior, se habían citado en el paso del Muradal.

Castilla había superado sus crisis internas, los campos comenzaban a dar buenas cosechas y la hambruna que se había prolongado durante años por fin había terminado. La mano del rey llegaba a todos los rincones y sus milicias, fuertes y numerosas, estaban ávidas de las riquezas que les aguardaban tras la frontera con al-Ándalus. Como le había dicho Berenguela a su hijo, había llegado su momento, la hora de cumplir con su cometido sagrado.

La campaña del año anterior se había saldado con un importante botín. Además de Quesada, otras fortalezas habían sido destruidas y saqueadas. Al finalizar la empresa, Fernando III había dispuesto que una pequeña tropa castellana se quedara en Baeza para repeler el ataque que, de seguro, al-Adil lanzaría desde Sevilla. Cumpliendo el pronóstico, el hermano del califa, Abu l-Ala, se presentó allí con sus hombres. No fue necesaria la batalla, pues, nada más contemplar el poder de Castilla unido al de Baeza, Abu l-Ala ordenó la retirada. El Baezano constató entonces que solo no tenía nada que hacer contra su rival, lo que afianzó su lealtad al rey castellano.

–Aquí estamos, ahora como señor y vasallo –respondió el musulmán y tradujo el intérprete.

El rey de Baeza desmontó y se acercó a Fernando. Éste, a su vez, bajó del caballo para igualarse a él. El Baezano unió sus manos y las colocó delante del castellano, que las acogió entre las suyas.

–Soy tu hombre, y te prometo obediencia y fidelidad –dijo en romance. Había aprendido la frase para la solemne ocasión.

Se había redactado un documento en las dos lenguas de la frontera y ambos reyes lo rubricaron. Los acuerdos quedaron sellados. Con aquel emir de su parte, Fernando III tenía bajo control un buen pedazo de al-Ándalus.

–Señor, mi reino está rodeado de enemigos, los fieles al falso califa. Necesito más hombres para poder hacerles frente, en beneficio de Baeza y de Castilla. –El Baezano lanzó su primera petición de ayuda como vasallo.

Fernando III meditó sobre la propuesta y consultó a sus consejeros. Lope Díaz de Haro, alférez del rey, parlamentó con él durante varios minutos. Finalmente Fernando asintió, complacido.

–Dadnos Andújar, Arjona y Martos. Crearemos una frontera infranqueable y procuraremos vuestra salvaguarda.

Le tocó el turno al Baezano, que meditó la oferta y dialogó con sus hombres.

–Podemos daros Andújar y Martos. Sé que son afines y se someterán a mi autoridad. Arjona, no, puesto que no podemos dar lo que no poseemos. Arjona es fiel a al-Adil. –Tras oír la traducción, el rey de Castilla asintió–. Pero esto no resuelve el problema por oriente.

–Atacaremos las tierras de nuestro común enemigo desde Andújar y Martos. El califa tiene tres corazones aquí: Jaén, Sevilla y Murcia. –En esta ocasión, Fernando III no necesitó consultar con nadie para responder–. Castigaremos las tres ciudades este mismo año, si Dios lo permite y nos da fuerzas.

El Baezano sonrió, contento con la propuesta. Perdía dos importantes poblaciones, pero sin los castellanos no tenía nada. Prefería renunciar a la mitad de al-Ándalus a favor de los cristianos que dejarse engullir por al-Adil.

Quedaban muchas horas de luz. El rey castellano ordenó continuar la marcha hacia el sur para comenzar la campaña. Golperarían primero a Jaén, el más cercano de los tres corazones del califa.

Arjona. Verano de 1225

–No parece muy contento.

–No lo está, Asquilula. He conseguido que lo haga, pero sólo por las niñas –dijo Yusuf.

Hasta el patio llegaba el sonido de los hombres que celebraban en el *madjlis* y la dulce voz de la *qayna* que el Nasr había contratado para la ocasión.

–Nunca la olvidará, pero aprenderá a reponerse –comentó el Neblí–. Tranquilo, ya sabes que los años son la mejor medicina para estas cosas.

–Sí, se aprende a vivir con el dolor.

–Aisha es una muchacha hermosa y está bien educada. Tu cuñada ha sabido transmitirle buenos valores, no hay más que verla. –El Nasr asintió. El padre de Aisha, hermano de Yusuf, había muerto hacía años–. Hará feliz a tu hijo.

–Espero que el Altísimo te dé la razón, Muhammad lo necesita.

Yusuf inició el retorno al salón, pero Asquilula lo retuvo un instante.

–He recibido noticias. El emir de Baeza ha estado en Sevilla con sus amigos castellanos y ha vencido en batalla campal a los hombres del califa. Muchas villas de la cora sevillana se han pasado al bando de Baeza, por miedo. Córdoba está también bajo su control. Prefieren estar del lado de los aliados de Castilla.

Fernando III había demostrado su fuerza en la expedición contra Jaén. Si bien la ciudad había resistido con éxito al cerco castellano, las tropas cristianas, apoyadas por las del Baezano, habían tomado otras poblaciones y arrasado varias fortalezas, saqueando incluso amplias zonas de la vega de Granada.

–Castilla, siempre Castilla. Mientras ha dormido hemos estado en paz, pero ahora... Ese joven rey me asusta.

–Y tienes motivos, Yusuf. Las guarniciones de Martos y Andújar se han reforzado. Cientos de caballeros cristianos han tomado posesión de los dos alcázares. Muchos hermanos musulmanes han abandonado sus casas y se han marchado. –Hizo una pausa–. Ya hay algunos colonos castellanos ocupando los huecos.

Yusuf abrió mucho los ojos. Le seguía costando creer que los cristianos estuvieran tan cerca, acechando a Arjona como buitres desde Andújar, al norte, y Martos, al sur.

–Se las ha dado, el maldito se las ha dado. –Se echó las manos a la cabeza–. Es sólo cuestión de tiempo que nos ataquen. ¿Seguimos fieles al califa?

–Hasta donde yo sé, sí –contestó el Neblí–. El alcaide no ha cambiado de bando, lo que nos convierte en objetivo para los castellanos y para el Baezano.

–Que el Altísimo nos proteja –dijo Yusuf sin que su voz pudiera ocultar la preocupación. Karima asomó la cabeza desde la cocina–. Discúlpame, Asquilula, debo atender a los invitados. Ya hablaremos. No es día para penas.

Los dos hombres entraron de nuevo en el *madjlis* y la música y el jolgorio hicieron que olvidaran por unos momentos las desoladoras noticias.

* * *

Muhammad se desvistió y se tumbó en la cama sin cubrirse. El calor era intenso y ni siquiera la caída de la noche había aliviado la sensación de bochorno. Aisha vestía una fina ghilala, a través de la cual se transparentaba su cuerpo menudo. La joven acababa de cumplir los diecinueve años, diez menos que Ibn al-Ahmar. Por la ventana entreabierta penetraba la luz de la luna, que iluminaba a la muchacha mientras se cepillaba el pelo. El esposo la miraba en silencio, turbado por una mezcla de sentimientos que se acrisolaban en su estómago.

Ella soltó el cepillo y se giró. Durante unos instantes contempló el cuerpo de Muhammad, sus músculos entrenados, su piel oscurecida por el sol. Su respiración se agitó y caminó lentamente hacia la cama. Se tumbó y aguardó.

–Ha sido un día intenso, descansa –dijo Ibn al-Ahmar en un susurro.

El hombre se volvió y dio la espalda a su esposa para dormir. Pudo oír el llanto quedo de Aisha, que procuraba no hacer ruido para no alertarle. Muhammad se sintió culpable, pero no cedió. Aquella noche no se sentía preparado para consumar el matrimonio.

Valle de Ricote, cerca de Murcia. Otoño de 1225

–¿Salvatierra? ¿Estás seguro? –Al-Gusti agitaba los brazos.

–Eso dicen en Ricote. Y no sólo Salvatierra, también Borgalimar y Capilla –respondió Ibn Hud.

Según las últimas noticias, el Baezano había entregado al rey de Castilla las tres fortalezas como garantía de sus pactos y su vasallaje. Además, el alcázar de Baeza se había sometido al control del maestre de Calatrava. Al-Gusti no tenía ni idea de dónde estaban Borgalimar y Capilla, pero Salvatierra era un símbolo para todo al-Ándalus.

–Ese malnacido ha metido el mal en el corazón de nuestra tierra.

–Si el califa es malo, el Baezano es peor. No hay almohade bueno –sentenció tajante Ibn Hud–. Cortaría las cabezas de todos y cada uno de ellos como acto de respeto a esta tierra sagrada que manchan con su herejía.

Sobre las peñas, a la entrada del valle, los dos amigos observaban cómo la avanzadilla de las tropas castellanas se acercaba a buen paso. El grueso del ejército había acampado al noroeste y algunos caballeros inspeccionaban el terreno para establecer la mejor ruta. Con aquella expedición, Fernando III de Castilla pretendía castigar a Murcia, fiel al califa.

Ibn Hud había abandonado las filas almohades con la excusa de atender sus campos, pero en realidad se había unido a al-Gusti y a los hombres de las montañas. Pasaba largas temporadas con ellos, mientras su mujer y su hijo quedaban bajo el cuidado de sus parientes. Otros andalusíes de las milicias del califa habían seguido su ejemplo y habían engrosado el número de hombres que, desde las sierras, organizaban algaras y asaltaban cortijos cristianos por toda la frontera.

Los hombres de al-Gusti se escondieron y aguardaron hasta que la avanzadilla llegó a su altura. El grupo castellano estaba formado por quince guerreros bien pertrechados. A una orden de Ibn Hud, rodaron piedras hacia el camino, cortando el paso de los cristianos y descabalgando a tres caballeros.

–¡Emboscada! –tronó la voz de su capitán.

Al instante, arqueros musulmanes asomaron de entre las piedras y asaetaron al grupo. Ibn Hud, a la cabeza de la carga de los jinetes, cayó sobre los castellanos como un relámpago.

–*Allahu Akbar!* –gritaban los andalusíes.

Muchos de ellos no llevaban armadura, pero la sorpresa, el número y la altura jugaron a su favor y consiguieron desbaratar a la escuadra de reconocimiento. Mataron a siete cristianos y obligaron a huir al resto.

–¡De aquí a Ricote es lo que os espera! –gritó en romance Ibn Hud, herido en el hombro izquierdo por una lanza–. ¡El valle está protegido!

Los castellanos tomaron buena nota de la advertencia. El ejército de Fernando III torció el rumbo y bordeó el valle para saquear otras tierras cercanas a Murcia.

En aquella escaramuza el grupo de las montañas consiguió botín de armas y monturas. Ibn Hud logró además arrebatar la bandera de los castellanos y se paseó con ella por el valle, orgulloso de su triunfo. Se corrió la voz sobre la victoria y cientos de vecinos acudieron al camino para recibir entre vítores a sus héroes.

Ibn Hud iba dolorido, pero mantenía la bandera alzada.

–Te quieren –le dijo en voz baja al-Gusti.

–Nos quieren a todos.

–No seas ingenuo, tú eres el rostro del grupo. Para ellos, tú eres su bandera. –Ibn Hud lo miró y no supo qué decir–. No creas que siento celos. Mientras tenga mi parte de botín no me importa ponerle tu nombre a nuestra banda.

Ambos rieron. Ibn Hud al-Yudami sabía que su amigo no ambicionaba la gloria. Por esa razón funcionaban tan bien juntos. Algareaban tierras cristianas, conseguían buenos botines y ganaban fama entre los suyos. Todos salían ganando.

Arjona. Invierno de 1226

Martín Fernández de Burgos extremó la cautela a medida que se acercaba al alfoz de Arjona. Sus diez caballeros permanecían atentos a los caminos.

Los cristianos tenían varios frentes abiertos en al-Ándalus. Capilla, una de las poblaciones que el Baezano había cedido a su nuevo señor, se había rebelado y se negaba a someterse. Abu l-Ala, hermano del califa y gobernador de Sevilla, había recibido el control de al-Ándalus tras la partida de al-Adil a África. Abu l-Ala atacó al Baezano para aliviar la presión sobre Capilla y se alzó con una ajustada victoria en batalla campal. El maestre de Calatrava, por su parte, permanecía en el alcázar de Baeza, que estaba bajo su control desde que el emir lo entregara a Fernando III como garantía de sus pactos. Desde allí dirigía las operaciones de sus caballeros.

Martín había sido destacado en Andújar. Tenía una escuadra bajo su mando, con la que debía contribuir a la defensa de la población y organizar talas y saqueos en los territorios fieles al califa. Ahora dirigía su primera expedición contra Arjona, desde donde habían salido los cegríes que mataron a su tío Alfonso en Baños de la Encina.

Acababa de amanecer y el frío era intenso. Los calatravos se arrebujaban en sus mantos y pegaban las manos a los cuerpos de sus caballos para beneficiarse de su calor.

Penetraron en los primeros sembrados de cereales y pasaron junto a varias alquerías deshabitadas. Más adelante encontraron una almazara en funcionamiento. Los trabajadores del molino huyeron nada más verlos y los caballeros quemaron la estructura. A partir de aquel momento tenían que ser más rápidos y cautelosos. Avanzaron y quemaron tres huertos de frutales y talaron dos viñas. Para terminar, Martín condujo a sus hombres hasta una pequeña tierra de olivos. Las antorchas comenzaron a moverse entre los árboles y las llamas prendieron en las ramas con facilidad. Cerca, un grupo de cuatro jóvenes arjoneros cazaba pájaros con trampas.

–¡Eh! –gritó uno de ellos–. ¡Dejad esos olivos, son de mi familia!

El muchacho, de apenas veinte años, corría hacia ellos enarbolando una vara. Martín tranquilizó a los suyos y los animó a continuar su tarea.

El joven llegó hasta Martín y soltó un manotazo sobre el lomo de su caballo.

–¡Marchaos! Éstas no son vuestras tierras –dijo en romance.

–Quieto, muchacho. Nos vamos pronto.

El calatravo mantenía una mueca burlona y su actitud de desprecio exacerbó al andalusí. Los otros jóvenes lo observaban todo desde la distancia, sin atreverse a intervenir. Sin pensarlo, el muchacho alzó la vara y la descargó contra la nalga del caballo, que se encabritó y estuvo a punto de derribar al jinete. El caballero reaccionó de forma instintiva, afianzó el astil de la lanza contra su costado y clavó la punta afilada en el pecho del joven. El cuerpo cayó al instante sobre los terrones de tierra.

–¡Faray! –gritaron sus compañeros, horrorizados, y echaron a correr hacia Arjona.

–¡En marcha, ya! –gritó Martín Fernández de Burgos.

Emprendieron la retirada al galope. Martín iba rezando. Decidió que haría ayuno de dos días por el muchacho para acallar su conciencia.

Al llegar a Andújar fueron aclamados por los colonos. Los escasos musulmanes que quedaban en el pueblo los miraban con recelo y temor.

Cada día que pasaba Arjona era más débil. La fruta maduraba y algún día estaría lista para ser recolectada.

* * *

Tenía los ojos enrojecidos. Muhammad sintió la muerte de Faray como una estocada más de ese funesto destino que insistía en golpearle una y otra vez. La familia entera estaba desolada. Yusuf se había sumido en la tristeza y pasaba las noches desvelado, llorando y rezando a partes iguales. Ismail buscó alivio en el trabajo y siempre encontraba excusas para mantenerse activo. Karima, que había asumido el papel de madre, lloraba desconsolada y se golpeaba el pecho con rabia cada vez que se acordaba de Faray.

Ibn al-Ahmar besó a sus hijas en la frente y a Aisha en la boca. El Nasr se había ido acercando progresivamente a su esposa, que, paciente, había respetado su proceso. Poco a poco ambos supieron encontrar la intimidad necesaria para mantener el matrimonio a flote. Se despidió y salió a la calle. Atravesó la muralla de la alcazaba y bajó las cuestas que llevaban a la medina, en dirección al bazar, al zoco de los herreros. El pueblo de Arjona se había dejado invadir por un espeso manto de angustia. En todas las conversaciones, en todos los corrillos, se hablaba sobre Martos y Andújar, las dos lanzas que apuntaban amenazadoramente hacia ellos.

Llamó a voces desde la puerta de una herrería hasta que apareció un mozo. Se quitó la cadena de la que colgaba su vieja moneda romana y se la pasó al muchacho. Luego extrajo algo de una pequeña bolsa y lo agitó ante sus ojos atentos.

–Quiero que fundas esto sobre la moneda. –Era el mechón de pelo que le había cortado a Farah.

El mozo observó la moneda por ambos lados y luego a Muhammad.

–Podríamos poner una chapa del mismo tamaño y fundir los bordes. –Ibn al-Ahmar asintió–. ¿Por qué lado lo hacemos?

–Por el del arado –contestó al instante.

–Muy bien. A última hora de la tarde puedes venir a recogerla.

«No más tierra, sólo guerra», iba pensando mientras se encaminaba a la munia de su abuelo.

* * *

Montó sobre Bermejo y, con el caballo de su hermano de las riendas, regresó a casa.

–Sígueme, Ismail. Ha llegado el momento de hacer algo. –Fue todo lo que dijo. Había dado vueltas a aquella idea desde hacía años y ahora estaba decidido a ejecutarla.

Se pusieron los gambesones.

–¿Adónde vais? ¿Qué ha pasado? –Yusuf salió al patio, alarmado por el sonido de los metales.

–Nada, padre. Vamos a movilizar a los arjoneros. Es hora de tomar las armas.

Yusuf miró a Ismail a la espera de una respuesta más precisa, pero éste se encogió de hombros.

–Está bien. Dejad que sea vuestro padre quien os vista de acero.

Pieza a pieza, Yusuf armó a sus hijos. Para terminar, los jóvenes se colgaron las espadas de los fajines y tomaron las lanzas con orejetas. Salieron de la casa montados sobre sus caballos y comenzaron la ronda por Arjona.

–Faray nos acompaña, hermano –dijo Muhammad antes de adentrarse en el caserío.

Cabalgaron despacio por las calles y, a su paso, los vecinos fueron saliendo de sus casas, extrañados.

–¿Me lo vas a contar ya? –preguntó Ismail.

–Vamos a reunir a todos los que podamos en la mezquita. Voy a hablarles.

Muhammad estaba convencido de lo que hacía y su determinación contagió a su hermano. La muerte de Faray había prendido un fuego en su interior.

–¿Qué ha pasado? –preguntó un vecino.

–Seguidnos hasta la aljama, tengo que hablaros –respondió Muhammad.

Se corrió la voz y las calles enseguida se llenaron de curiosos. Pasaron junto al oratorio de la Salvación, en cuya entrada Umar charlaba con un grupo de seguidores. Sonrió al ver a los jóvenes y también se unió a ellos.

Cuando Muhammad e Ismail se adentraron en el patio de abluciones de la mezquita aljama, más de trescientos hombres los seguían. El imán, que estaba allí enseñando a recitar el sagrado Corán a niños de los barrios pobres, se sobresaltó. Ibn al-Ahmar le solicitó permiso para hablar y el hombre, sin salir de su asombro, se lo dio. El Nasr no desmontó, para que su voz llegara a todos los rincones. Entre el público estaban sus parientes, además de Ahmed bin Ishaq, Hadi, el cadí e incluso el alcaide de Arjona.

–El martillo de un herrero no forja la espada de un solo golpe –comenzó a decir con voz firme. Los cuchicheos cesaron–. Son necesarios muchos golpes para darle forma. Los infieles nos castigan y por el momento resistimos, pero ¿hasta cuándo? ¿Vamos a quedarnos quietos mientras nos apalean hasta someternos?

–¡No! –se alzaron algunas voces.

–Ésta es la tierra de nuestros abuelos, y de nuestros bisabuelos. Es nuestro deber sagrado defenderla. El califa al-Adil se ha marchado a Marrakech y, mientras tanto, el rebelde de Baeza regala a los cristianos pedazos de al-Ándalus. –En este punto el alcaide prestó especial atención. Era el representante del califa, pero se sentía abandonado a su suerte entre dos rivales que nada hacían por ayudarle–. Muchos de nuestros hermanos de Martos y Andújar se han visto obligados a abandonar sus casas y sus huertos por los abusos de los nuevos señores. Algunos de ellos me estarán escuchando aquí, y saben que todo lo que digo es cierto. –Muhammad señaló algunos rostros indignados.

–¡Maldito el castellano y sus caballeros de la cruz! –gritó un marteño.

–Estamos solos. –Muhammad miró al alcaide–. Estamos solos ante tres mares que baten sus olas justamente sobre nosotros. Y yo no voy a estarme quieto.

–¡Yo tampoco! –gritaron decenas de voces.

–No voy a esconderme a esperar lo que viene ya de camino, ¡no voy a dejar las afrentas sin venganza!

–¡No, no! –resonó entre la multitud de oyentes.

Yusuf recordó a Faray y dos lágrimas surcaron sus mejillas.

–Tiene habilidad para las arengas –le susurró en ese momento Asquilula a Yusuf al oído.

–¡Es hora de tomar las armas para defender lo que es nuestro! –continuó Ibn al-Ahmar–. Que los herreros dejen de hacer escardillas, que el labrador tome la lanza, que la mujer cuide la tierra mientras su marido y sus hijos se preparan para la guerra. –Muchas cabezas asintieron–. Arjona tenía una rábita. ¡Vamos a reconstruirla! Allí se entrenarán los arjoneros para defender su tierra, con la ayuda del Altísimo. –Se elevó un murmullo de aprobación y sorpresa–. Os cito mañana, al amanecer, en la rábita. ¡Levantemos de nuevo los muros y empuñemos las armas!

–¡*Sayj*! ¡*Sayj*! –El murmullo se convirtió en un clamor.

–No me equivocaba contigo –murmuraba para sí Umar el Jilguero.

El alcaide se retiró sin intervenir, pero con una sonrisa dibujada en los labios. Si el Nasr formaba una milicia para defender Arjona, él se vería beneficiado.

–Tenía que ser él. Siempre buscando gloria –refunfuñó Abd-Allah junto a su hermano Ibrahim. Ambos se marcharon mientras los presentes comenzaban a gritar loas a Dios en una catarsis que los liberaba por unos momentos de la angustia.

* * *

El cielo clareaba por oriente y Muhammad, en la rábita, comenzaba a inquietarse. Había salido de Arjona antes de que se abrieran las puertas. Tras dejar atado a Bermejo en un almendro, paseó por las ruinas. Llevaba puesta la medalla sobre la camisa, con el mechón de Farah ya sellado en el reverso.

«Entre la emoción de un discurso y la acción hay un largo camino», pensaba Ibn al-Ahmar mientras observaba los restos de la rábita. Había mucho trabajo que hacer allí, sólo se podrían aprovechar los cimientos y las bases de los muros. La maleza había crecido por todo el espacio e invadía las antiguas celdas, el establo, el oratorio y el comedor.

Tal vez los que el día anterior lo habían vitoreado en la aljama no estaban dispuestos a trabajar aquella mañana fría y húmeda, o tal vez estaban condenados a dejarse tragar por Castilla. Decidió comenzar a mover piedras para calmar los nervios. Llevaba un rato amontonando mampuestos cuando escuchó ruido. Salió de la rábita y, a lo lejos, vio a Ismail, que, montado sobre su caballo, encabezaba un nutrido grupo de arjoneros que caminaban cantando canciones populares de la zona. Muhammad pudo contar hasta cuarenta hombres. Muchos de ellos traían aperos y algunos venían sobre mulas. Ismail desmontó y abrazó a su hermano.

–Aquí traigo a tu ejército. Había muchos más, pero hemos decidido hacer turnos por días. Este hombre es alarife y nos ayudará a dirigir las obras. –Ismail agarró por los hombros a un joven de constitución fuerte que portaba sus instrumentos de medición en una bolsa de cuero.

–Doy gracias a Alá. –Muhammad no pudo reprimir su alegría.

Dirigió una breve oración de gratitud y enseguida se pusieron a trabajar.

Los voluntarios se dedicaron a desescombrar el terreno y a limpiar de maleza el interior de la rábita. A mediodía, buena parte del recinto estaba limpio y el alarife se reunió con Ibn al-Ahmar para plantearle varias cuestiones.

–*Sayj*, necesitamos dinero para empezar con la obra. A este ritmo, el terreno estará preparado en dos días. Hacen falta morteros, pavimentos, vigas de madera, puertas, esteras..., por no hablar de los muebles.

–Y de las armas –añadió Muhammad–. Entiendo lo que dices. Hemos movido los brazos, ahora toca mover los bolsillos.

* * *

La reunión se llevó a cabo en la torre del alcaide. Allí estaban sentados el imán de la aljama, el cadí, el alcaide y cinco de los principales faquíes de Arjona. Asquilula acompañaba a Muhammad para darle apoyo.

–Hemos empezado las obras de la rábita y necesitamos fondos. Reclamo las rentas de los habices –soltó el Nasr sin preámbulos.

–Los habices hace años que vencieron. Cuando la rábita fue destruida, sus propietarios extinguieron el habiz y recuperaron las tierras para otros usos –explicó el imán, principal administrador de los bienes habices de Arjona.

–Dadme los excedentes de los otros.

Un anciano faquí negó con la cabeza.

–Ni hablar –dijo con los labios apretados–. Nunca se destinará la renta de un habiz para un fin distinto de aquél para el que fue concebido.

Varias cabezas asintieron.

–Podríamos ser flexibles en esta cuestión –intervino el alcaide, al que le interesaba reforzar las defensas de la fortaleza.

–Hay que respetar la costumbre. El exceso se acumula para cuando hace falta una inversión mayor –dijo otro de los faquíes.

El imán guardaba silencio. Miraba al alcaide de reojo y esperaba a que cada cual dejara clara su postura.

–¿Qué mejor inversión que ésta? Está justificado –dijo Asquilula.

–Nada justifica romper una tradición de siglos.

Se enzarzaron en una discusión sobre las costumbres y las tradiciones que no llevó a ninguna parte.

–Deberíamos ser razonables –habló por fin el imán–. Defender al islam es una obra pía.

–¡No! Me niego –saltó el faquí más anciano–. ¿Ahora viene este analfabeto a decirnos lo que hay que hacer? –Los viejos maestros del pueblo seguían resentidos con el Nasr por su negativa a asistir a la escuela coránica cuando era niño–. Romper la costumbre nos aleja de Dios.

Muhammad se puso en pie.

–Bien, sabios ancianos. Decidme, ¿para quién son ahora las rentas de los habices de Andújar, de Martos o de Salvatierra? –Un pesado silencio invadió la estancia–. Manteneos firmes en la costumbre y pronto esas tierras, esos molinos, serán trabajados por los infieles, y sus rentas servirán para poner campanas en los alminares.

El imán asintió.

–Muhammad tiene razón. Usaremos los excedentes para la rábita –sentenció.

Los faquíes mantuvieron una expresión seria y reprobadora, pero no se atrevieron a pronunciar palabra alguna.

Ibn al-Ahmar pidió entonces ayuda al alcaide en las cuestiones militares y éste accedió: cedería a un herrero para fabricar armas y armaduras, y también permitiría que hombres de la guarnición acudieran a la rábita para entrenar a los arjoneros.

Todo quedó atado. Arjona tendría un ejército, una tropa de hombres adiestrados y dispuestos para responder a los ataques castellanos. Las muertes de cegríes mal entrenados, como su amigo Hasan, no volverían a ocurrir.

Andújar. Primavera de 1226

María empapó el paño en agua fresca y se lo volvió a poner en la mejilla para aliviar el dolor. Su tío le había pegado. «¿Deseando a hombres como una fulana?», le había dicho Ramón cuando la sorprendió observando desde una ventana al joven viudo que acababa de instalarse en la alquería. «Nadie te va a querer, vivirás conmigo hasta que me muera, y luego serás una vieja solterona». María soñaba con la muerte de su tío y había comenzado a no sentirse culpable por ello. De noche fantaseaba con las mil maneras en las que Ramón podía perder la vida, todas de forma violenta y fulminante. Al menos ya no la tocaba. El hombre había envejecido y, aunque hubiera querido, su cuerpo no respondía como antes a sus deseos. Sin embargo, esa impotencia hacía que estuviera constantemente de mal humor y que la emprendiera a golpes contra ella a la menor excusa. María se resignaba a soportar el sufrimiento y suplicaba a Dios por el fin de una de las dos vidas.

Echada sobre el colchón, escuchaba el ruido de los niños que jugaban en la calle. Una familia se acababa de mudar a la alquería con sus hijos pequeños. No era habitual que esto ocurriera en tierras recién ganadas a los moros.

Ramón había acudido a la llamada de los defensores de Andújar, que prometían tierras abundantes a los colonos que se instalaran bajo su protección. Los caballeros necesitaban mano de obra para mantener los campos y producir alimentos. «A esta maldita tierra no hay manera de sacarle rendimiento», se quejaba a menudo mientras vivía al otro lado de la sierra. «Pronto todo será de los cristianos, y los primeros que vayamos seremos ricos», le había dicho a María. Le habían otorgado varias hazas de olivos, una viña y una participación en un molino de aceite.

Los niños jugaban y sus voces despertaban en María sentimientos que ya creía tener enterrados. Hubo un tiempo en el que quiso ser madre. Ahora, con los treinta cumplidos, había aprendido a controlar ese impulso de su naturaleza. Sin embargo, había otros impulsos a los que le resultaba más difícil mantener acallados. En ocasiones sentía cómo ese fuego que la atormentaba desde la adolescencia ascendía desde su sexo hasta su pecho, acelerando su pulso y su respiración. Se sentía culpable, como si el demonio inspirara aquel deseo, pero no podía dominarlo. En ocasiones se tocaba, y en alguna de sus últimas experiencias había soñado despierta con que era Bernardo, el joven viudo, quien la poseía. En esos momentos de libertad la dominaba un sentimiento de venganza consumada contra su tío Ramón.

–¡Hasta mañana, Gome!

La voz de Bernardo le llegó con claridad a través de las paredes y excitó su imaginación. En su mente lo vio entrando en la casa y tomándola allí mismo.

–¡María, ya estoy en casa!

Se levantó sobresaltada, con el corazón acelerado, y se apresuró a salir de la alcoba para recibir a su tío. Mientras corría hacia el zaguán rezaba para que el hombre estuviera de buen humor.

Capilla, norte de Córdoba. Verano de 1226

–¡Ha muerto! ¡El Baezano ha muerto!

Gonzalo Ruiz Girón irrumpió en la tienda real cuando Fernando III atendía a sus administradores. El rey dio por terminada la reunión y se quedó a solas con su mayordomo.

–¿Cómo ha sido?

–Los cordobeses se han alzado contra él por ayudarnos con el abastecimiento. Lo veían como a un traidor. Lo obligaron a irse de Córdoba y lo han matado cerca de Almodóvar. Le han cortado la cabeza.

Fernando se despegó la camisa del pecho y sopló. Aquel calor era agobiante.

–Tenemos que actuar rápido. Corremos el peligro de perder el control de sus territorios.

–Mi señor, él ya no está...

–Pero tengo a su heredero. Seguirá con nosotros, y velaremos por sus intereses.

–Me parece correcto, es una buena estrategia. ¿Y Capilla? Llevamos semanas asediando la fortaleza, pero sigue negándose a someterse a Castilla.

–Capilla me la entregó su legítimo dueño, mi vasallo. Que los hombres redoblen su empeño, que las máquinas lancen piedras sin descanso.

–La someteremos, mi rey. La última recua enviada por la reina llegó ayer mismo. Disponemos de mantenimientos suficientes.

Berenguela, aunque en la distancia, apoyaba las campañas de su hijo. Gonzalo Ruiz Girón, señor de Autillo, tenía el encargo de la reina de velar por la seguridad de su hijo, además de darle buen consejo.

Gonzalo transmitió inmediatamente la orden del rey a los capitanes. Ya en su tienda, pidió recado de escritura para redactar un nuevo informe dirigido a Berenguela.

> *Mi reina y señora, Dios os guarde. Continuamos el asedio con más ímpetu. Pronto Capilla caerá. Vuestro hijo, mi rey, me demuestra tener determinación y sabio entendimiento, como si acumulara la experiencia de muchos años de vida...*

Así comenzaba la misiva que esa misma tarde salió hacia Toledo.

Arjona. Verano de 1226

Terminaron la primera oración del día y salieron al patio. Cada cual tenía ya una tarea asignada.

–Tu sueño se ha cumplido, amigo mío. –Umar se había rezagado para hablar con Muhammad–. La rábita está en marcha y los primeros cegríes están listos para tomar las armas.

–Cualquiera puede tomar un arma, pero lo importante es saber usarla, y eso no se aprende en un par de meses. Hará falta tiempo, pero no sé de cuánto disponemos.

–No están listos para una batalla campal, pero sí para las algaras. Tal vez ha llegado el momento de conseguir algo de botín –comentó el Jilguero.

Ibn al-Ahmar meditó sobre la propuesta. Las obras habían avanzado a buen ritmo y la rábita funcionaba desde hacía meses. Umar había sido designado tutor espiritual y se encargaba de dirigir rezos y meditaciones bajo la doctrina de su propia tariqa sufí. El recinto disponía de un horno, un establo con seis caballos, un pozo de buena agua y un oratorio dotado con esteras y lámparas de aceite. También había un pequeño arsenal de armas, sencillas pero bien forjadas. Las tierras que dependían de la rábita se pusieron de nuevo en cultivo y comenzaron a dar frutos. Los morabitos entrenaban durante buena parte del día con la maza, la lanza o el arco. Los instructores, entre los que estaban el propio Muhammad y su hermano Ismail, eran estrictos y exigían disciplina y tesón.

–Puede que tengas razón. Tal vez ha llegado el momento de algarear sus tierras.

Los arjoneros tenían miedo, las alquerías estaban vacías y los campos más alejados se quedaban sin labrar. Dentro de las murallas se había multiplicado la población y los alimentos escaseaban. Tras la muerte del Baezano y un fracasado intento de los musulmanes de Andújar y Martos por recuperar sus alcázares, las dos poblaciones se habían vaciado por completo de mahometanos. Muchos de los huidos se habían refugiado en Arjona. Ahora, la amenaza del hambre flotaba sobre la población.

Muhammad se preparó para marcharse. Llevaba una semana en la rábita y le tocaba volver a casa para atender a su familia.

–*Sayj*, que tengas buen regreso –le deseó Umar–. ¿Todo bien allí?

–Sí, Umar. Mi esposa es buena y cuida de mí y de mis hijas. –Miró a los ojos al maestro y se encontró con su mirada inquisitiva–. A veces me acuerdo del vino y sigo llorando a Farah. Pero eso es algo que arrastraré toda la vida. No te preocupes por mí, no volveré a caer –dijo con seriedad.

El Jilguero asintió y lo abrazó. Poco después, Ibn al-Ahmar, montado sobre Bermejo, se perdía por las cuestas que llevaban al pueblo.

* * *

Aisha entró en la alcoba, se desvistió, se soltó el pelo y se puso una ghilala de lino. Luego se metió en la cama junto a su esposo.

–¿Cómo te ha ido en la rábita?

–Bien. Todo marcha como debe. Hay voluntad entre los morabitos y están aprendiendo rápido. Pronto haremos una algara. –Apoyó su mano sobre la pierna de Aisha y le susurró–: Te he echado de menos –quiso ser amable.

Ella le tomó la mano y la besó suavemente. Él se animó y le remangó la ghilala hasta la cintura. Aisha abrió las piernas para recibirlo. Muhammad deseó su cuerpo esbelto y ella se dejó tomar. No se hablaron, y Aisha apenas se movió. Cuando Ibn al-Ahmar terminó, salió de ella y se tumbó bocarriba. La mujer se lavó y regresó a la cama.

–Buenas noches –se dijeron, y se durmieron arrullados por el sonido de un grillo lejano.

Esa noche Muhammad soñó con Farah. Vivía aún en casa de sus padres y él se colaba en su alcoba para hacerle el amor. Ibn al-Ahmar se tumbaba en la cama, ella se sentaba a horcajadas sobre él y se agitaba con movimientos sensuales que encendían su pasión. Mientras, él recorría sus nalgas con las manos y besaba sus pechos. Se despertó sudoroso y la desolación de la ausencia acudió al instante a su mente. Se levantó y esperó al amanecer sentado en el patio. Desde que el hombre salió de la alcoba, Aisha tampoco pudo conciliar el sueño.

Toledo. Verano de 1226

Fernando III montaba un caballo ricamente enjaezado. Lucía una fina capa dorada con bordes de armiño, cota de malla de acero y un gambesón con bordados en oro. Llevaba puesta la corona sobre una cofia de seda y con la mano derecha sujetaba una lujosa espada de gala con incrustaciones en el pomo. Iba a entrar victorioso en Toledo y quería mostrar la apariencia de un gran rey guerrero. El sitio de Capilla había culminado con éxito y la fortaleza, tras expulsar a su población musulmana, se había incorporado al reino.

Rodeado por su guardia y por sus principales señores, atravesó el puente de Alcántara y llegó hasta el alcázar, a cuyas puertas se habían arremolinado cientos de toledanos. Allí lo esperaba su madre. Pese a los años, la reina se conservaba hermosa.

El pueblo los aclamaba. Precedidos por el arzobispo de Toledo y las principales dignidades eclesiásticas de la ciudad, continuaron la solemne procesión hasta la catedral de Santa María. Las obras de sustitución de las viejas estructuras de la mezquita por otras nuevas más acordes a su condición de catedral primada del reino avanzaban a buen ritmo. Buena parte de la nave se había derribado para reforzar los cimientos. El arzobispo llevaba meses esperando la ocasión de que el rey visitara la ciudad para que inaugurara oficialmente las obras, a pesar de que los trabajos duraban ya casi dos años. Los reyes asistieron a la colocación de la primera piedra. Repicaron las campanas de todas las iglesias, se alzaron los pendones y los gritos del pueblo toledano retomaron nuevos bríos. Al igual que Burgos, Toledo tendría una nueva catedral. El acto terminó con una misa celebrada al aire libre, en torno a la piedra, símbolo de un renacer.

–¿Cómo está Beatriz? ¿Y los niños? –le preguntó Fernando a su madre mientras caminaban de vuelta al alcázar.

–Todos sanos. Tu esposa tiene ganas de verte. –El matrimonio de Fernando y Beatriz era bien avenido. Todos en la corte comentaban la excelente fecundidad de la pareja, que había engendrado ya cuatro hijos–. Me gustaría reunirme contigo antes de que te encierres con ella.

Fernando se lo concedió con una sonrisa. Al llegar al alcázar, madre e hijo se encontraron en una sala apartada. El rey se quitó la cota y el gambesón. El calor era intenso y sudaba abundantemente.

–Eres todo un hombre y un gran rey. Como madre me siento satisfecha. Estás cumpliendo con tu misión divina. Castilla crece a costa de los mahometanos. Capilla ahora, pronto será Baeza. Tenemos su alcázar bajo el control del maestre de Calatrava y no tardaremos en ocupar el resto. La población de la villa está inquieta desde la muerte del Baezano. –La reina sonrió.

–¿Cómo está su hijo? –preguntó el rey.

–Está bien atendido. Recibe formación con los mejores maestros. Aún no sabe que su padre ha muerto, y es mejor que siga así por un tiempo.

–Es duro perder un padre. –Fernando aún tenía enquistado el corazón por la decisión de Alfonso IX de León de apartarlo de la sucesión en favor de Sancha y Dulce–. No quiero que le falte nada. En su nombre nos haremos con las fortalezas de su padre. Esto no ha hecho más que empezar... Tengo sueños, madre. He visto Jaén, su alcázar poderoso, y en él ondeaba el pendón de Castilla.

–No son sueños, hijo. Son visiones que te manda Dios para inspirarte. Conseguirás lo que nadie hasta ahora ha conseguido, siempre lo he sabido.

–Con la ayuda de Dios, madre, siempre con la ayuda de Dios.

Una alquería del alfoz de Andújar. Otoño de 1226

Las viviendas de la alquería estaban dispuestas a lo largo de dos calles paralelas que desembocaban en una era. Los quince cegríes apretaron el paso para no dar tiempo de reacción a los vecinos. Habían cruzado el Guadalquivir sin ser vistos, dando un gran rodeo para evitar las rondas de Andújar.

Los colonos estaban organizados y se turnaban para hacer guardias durante la noche. Nada más verlos asomar, el vigía llamó a voces a los hombres, que se movilizaron al instante y atravesaron carros a la entrada de las calles. Los castellanos tomaron lanzas y hachas y se prepararon para repeler el ataque. Los musulmanes fueron recibidos a pedradas.

–No parece que haya soldados entre ellos –dijo Hadi.

–No los hay –contestó Muhammad bin al-Ahmar–, pero las piedras hacen daño, sea quien sea el que las lance.

Hadi y él llevaban lorigón, pero sus hombres iban protegidos por sencillas cotas de cuero. Muhammad avanzó y voceó una advertencia en lengua romance:

–¡Resistir es inútil, nadie vendrá a socorreros! Dejadnos entrar y no habrá muertes.

Como única respuesta, varias piedras más surcaron el cielo y cayeron a los pies del caudillo, que retrocedió y volvió junto a sus hombres.

–Sin piedad contra los que luchen. A los demás nos los llevamos como esclavos. –El corazón de Muhammad se había endurecido desde la muerte de su hermano Faray a manos de los calatravos–. Iremos por atrás, por allí habrá menos defensas –los cegríes asintieron–. Recordad que estas tierras son nuestras. ¡Fuera el invasor! ¡Sólo Alá es Vencedor! –gritó, antes de lanzarse al galope para ganar la retaguardia de los defensores.

Los quince jinetes avanzaron en tropel hasta la entrada posterior de las calles. Cinco hombres desmontaron y dejaron el paso libre por una de ellas. Los campesinos seguían lanzando piedras, pero no consiguieron frenarlos.

Ibn al-Ahmar fue el primero en entrar. La imagen del caudillo armado sorprendió a los castellanos, que tardaron en reaccionar. Aun así, recibió dos pedradas en el pecho antes de que sus cegríes entraran y tomaran la calle. Entonces, algunos vecinos soltaron las armas y se pusieron a rezar. Otros, más exaltados, empuñaron hachas y lanzas y encararon a los jinetes. No hubo clemencia con ellos. Las mujeres gritaban desconsoladas y los pocos niños que habitaban la alquería lloraban abrazados entre sí. La calle quedó asegurada y los arjoneros se dispusieron a atar a los supervivientes y comenzar el saqueo, cargando el botín en los carros.

Muhammad condujo a su caballo a la otra calle, que permanecía desierta. Quería cerciorarse de que los suyos no caerían en una emboscada. A media altura escuchó un grito y apenas tuvo tiempo de ver cómo un hombre de edad avanzada salía corriendo de un zaguán y le clavaba un cuchillo a Bermejo en una pata. El caballo relinchó de dolor, se encabritó y tiró a su jinete al suelo. Todo ocurrió con rapidez. Ibn al-Ahmar se resintió del golpe y quedó tumbado sobre la tierra. El hombre ya se abalanzaba sobre él y le lanzaba una cuchillada a la cara. El Nasr se movió y el arma le hirió en el cuello, protegido por el almófar.

–¡Tío! –se escuchó la voz de una mujer desde la entrada del zaguán.

Muhammad reaccionó al fin y lanzó un puñetazo contra la cara de su agresor, que cayó a un lado y lo dejó libre. Se puso en pie y desenvainó la espada. Miró brevemente a la mujer, que permanecía quieta con los puños apretados, y descargó la espada sobre el pecho del hombre. Sintió cómo el filo le atravesaba el esternón. El hombre intentó decir algo, pero la sangre le inundó la garganta. La mujer corrió hacia él, ignorando al cegrí. Escupió al moribundo a la cara, sosteniéndole la mirada agonizante.

–Muérete. Muérete ya. Te están esperando en el infierno –dijo con rabia, y el hombre abrió los ojos con desesperación, como si creyera en aquellas palabras.

La mujer respiraba con ansiedad y apretaba los dientes mientras mascullaba una y otra vez: «muérete». El herido se agitó entre estertores, recibiendo a la muerte embargado por el odio de su sobrina. Al fin su corazón se detuvo y dejó de respirar. Ella se derrumbó a los pies de Muhammad y comenzó a besar la malla de sus brafoneras.

El cegrí se agachó, la levantó de un brazo y la miró a los ojos.

–Gracias –le dijo ella, perdiéndose en sus profundos ojos verdes–. Gracias.

Su pecho se agitaba con cada inspiración. Muhammad se echó hacia atrás el almófar y la cofia, dejando al aire sus cabellos. En ese momento, ella lo besó en la boca y dirigió una mano hacia su entrepierna. Él la agarró por los hombros y la echó hacia atrás. El gesto lo había excitado.

–¿Cómo te llamas? –preguntó él en romance.

–María –respondió la mujer. Sus ojos mostraban deseo. Se sentía libre por primera vez en su vida y ansiaba entregarse al hombre que la había salvado.

–María, ¿realmente quieres…?

Del otro lado de la calle llegaban los sonidos del saqueo.

La respuesta fue un nuevo beso y más caricias en la entrepierna. Ibn al-Ahmar la agarró de una mano y se la llevó al interior de la casa. En el zaguán, él se quitó el fajín bermejo y alzó el lorigón.

–Ayúdame –solicitó, y María desabrochó las correas que sujetaban las brafoneras, que cayeron al suelo envueltas en un estruendo de tintineos.

Muhammad se dejó puesto el gambesón. Su cuerpo sudaba y desprendía un olor intenso. María se remangó la falda. Él la alzó, sujetando sus piernas con sus fuertes brazos. Se besaron. Ella le mordió el labio inferior y movió la cadera buscando su miembro erecto. Así fornicaron, con movimientos salvajes y anhelantes. Ibn al-Ahmar sintió que sus piernas flaqueaban instantes antes de llegar al orgasmo dentro de ella.

Cuando salieron a la calle, Bermejo estaba en la puerta. Su herida sangraba, pero no parecía profunda. Muhammad lo montó y ayudó a María a subir detrás de él. Dejaron a Ramón tirado sobre el charco de su propia sangre y se encaminaron hacia los demás cegríes, que terminaban de apilar los alimentos en los carros.

El caudillo se puso al frente y ordenó iniciar la marcha de retorno a Arjona. Cinco carros tirados por bueyes portaban el botín, al que se añadieron los vecinos de la alquería.

Mientras se alejaban de la población, Hadi se acercó a Muhammad.

–*Sayj*, ¿quién es ella? –preguntó con una sombra de irritación en la mirada.

Ibn al-Ahmar miró hacia atrás por encima de su hombro y se encontró con los ojos de la mujer, en los que distinguió la desolación de una vida de amargura.

–Es mi parte del botín –dijo sin detener la marcha.

Arjona. Primavera de 1227

–Déjala ahí, Maryam –le dijo Aisha a la mujer que volvía de la fuente con dos cántaros de agua. Así llamaban todos a María desde que se había instalado en la casa de los Nasr.

Aisha había aceptado en su casa a aquella esclava cristiana ganada por su marido en la algara de Andújar, pero en secreto la odiaba. María ayudaba en las tareas de la casa, cocinaba, lavaba la ropa y limpiaba. También se encargaba de los corrales, lo que supuso un gran alivio para las mujeres de la casa. Pero Aisha sabía que sus funciones no terminaban ahí, sabía que Muhammad la visitaba a menudo.

El hombre se mantenía entre ambas. Valoraba a su esposa, que se había hecho cargo de su familia como se esperaba de una buena musulmana, pero la llama de la pasión no había prendido entre ellos. Con Maryam era diferente, con ella el fuego siempre estaba encendido. La esclava, tras una vida de pesares, había abrazado aquella nueva vida como una bendición y se entregaba sin reparos a ese deseo que había aprendido a acallar o a desahogar por sus propios medios. Quedaban muchas huellas del pasado por borrar, huellas que nunca dejarían de acosarla y que habían definido su carácter triste y solitario, pero Muhammad se había convertido en una antorcha que iluminaba sus rincones más oscuros.

Para él, Maryam era un alma gemela. Ambos arrastraban tormentos, ambos estaban perdidos, y sus encuentros los ayudaban a recuperarse poco a poco.

Aisha mandó a la esclava a la despensa a por algunos alimentos. Muhammad salió del *madjlis* y la vio cruzar el patio. La siguió hasta el interior de la despensa y allí mismo, de pie contra la pared, la tomó. La mujer lo abrazaba y lo animaba a empujar con más fuerza, y él no tardó en acabar.

–Eres como yo –dijo Muhammad entre jadeos–. Te gusta jugar. –La miró y se encontró su mirada sin luz.

–Como tú –respondió ella en árabe. En los meses que llevaba en la casa de los Nasr se había esmerado por aprender la lengua de los musulmanes.

Ibn al-Ahmar salió de la despensa antes que ella y se encontró con Aisha en el patio. La esposa estalló en una reprimenda.

–¡No me respetas! –Con el dedo le daba golpecitos en el pecho–. Apenas me tocas y luego te vas con ella. –Señaló hacia la despensa–. ¿Quieres que vuelva a la casa de mis padres? ¿Eso es lo que quieres? –Muhammad no contestó. La escuchaba con atención, pero se mantenía imperturbable. Comprendía a su mujer, pero, tras tanto sufrimiento, María lo hacía sentir vivo y no estaba dispuesto a renunciar a ella–. Escúchame bien, esposo –hizo hincapié en esta palabra–, dame un hijo antes de que ella se quede preñada. Es lo único que te pido.

Ibn al-Ahmar la miró sereno. Normalmente Aisha era comedida y discreta, pero aquella situación la había desquiciado.

–Vuelvo a la rábita la semana que viene. Tenemos tiempo –respondió con voz firme para confirmar su compromiso con ella.

* * *

–Buenas noches, *sayj*.

Ahmed bin Ishaq se retiraba a descansar. Había llegado con los nuevos morabitos y aprendía el manejo de las armas a buen ritmo. Ahora se mantenía fiel a Muhammad. Los años de enfrentamientos habían quedado lejos y no eran más que el recuerdo de un juego de adolescentes. Ibn al-Ahmar se quedó solo. El cielo estaba despejado y las estrellas brillaban con intensidad.

–Muhammad. –Umar lo llamó. El hombre se sentó a su lado, al pie de la tapia de la rábita.

–Mi mujer está celosa de Maryam –soltó de pronto el Nasr.

–Tiene motivos.

Muhammad suspiró y se pasó la mano por el cuello. La herida recibida durante la algara había cicatrizado, pero aún le dolía.

–Maryam me vuelve loco, maestro –se sinceró–. Es una mujer extraña. Tiene tormentas en la cabeza, pero se deja llevar por el ardor y me hace olvidarlo todo.

–No te prives, pero respeta a tu esposa. No la debes descuidar. –Muhammad suspiró y asintió. Umar cambió de tema–: ¿Cómo van las obras de la atalaya?

–Está casi terminada –contestó Muhammad–. Ya hay guardias.

El abastecimiento de Arjona se había convertido en un problema grave y Muhammad había decidido destinar fondos de la rábita a construir una torre desde la que se pudiera avistar con suficiente antelación cualquier ataque cristiano. De esta forma, además, consiguieron que los campesinos volvieran a los campos y las tierras más alejadas dieron frutos de nuevo.

–Todo está pasando muy rápido. ¿No te das cuenta?

–¿A qué te refieres, maestro?

–A los cristianos. León algarea, Castilla conquista. ¿Cuánto hemos perdido en apenas tres años? Ese nuevo rey me preocupa, más incluso que su abuelo.

La inestabilidad política de al-Ándalus estaba siendo aprovechada por Fernando III para apropiarse de grandes extensiones de su territorio. La última conquista había sido Baeza, una importante plaza, capital de un efímero reino. Al amparo de los pactos con el difunto emir de Baeza y en nombre de su heredero, Fernando III pretendió adueñarse de la ciudad. Los baezanos se resistieron y pidieron ayuda a Jaén, pero los cristianos se alzaron finalmente con la victoria.

–Al-Ándalus navega sin timón en medio de una tormenta –comentó Muhammad con aire poético.

–Espero que pronto encuentre a alguien que la enderece.

Valle de Ricote, cerca de Murcia. Otoño de 1227

–La paz sea contigo, señor –dijo un jornalero al paso de Ibn Hud y su compañero al-Gusti.

Los dos jinetes respondieron al saludo sin detenere en su camino hacia la sierra. Habían ido a visitar a sus familias y ahora regresaban a su refugio. Las autoridades almohades no los veían con buenos ojos, pero los toleraban. Al fin y al cabo, con sus algaras ayudaban al abastecimiento de las poblaciones.

–Los tienes en la palma de la mano. Hasta los santones hablan de ti en sus sermones.

Ibn Hud no dijo nada. Estaba triste. En la última salida había perdido a un viejo compañero de armas, muerto por un tiro de ballesta.

–Deberías considerarlo, no bromeo –insistió al-Gusti. Ya le había sugerido a su amigo en más de una ocasión que se alzara contra el nuevo califa almohade.

Las intrigas sucesorias de Marrakech, lejos de aquietarse, se habían intensificado los últimos meses. Abu l-Ala, hermano del califa al-Adil y gobernador de al-Ándalus, había atacado Martos con un poderoso ejército. La fortaleza estuvo a punto de caer en manos musulmanas, pero el socorro enviado por Fernando III lo impidió. La batalla terminó en tablas y ambos bandos comprendieron que, por el momento, no les interesaba un enfrentamiento abierto. Musulmanes y cristianos firmaron treguas y Abu l-Ala se comprometió personalmente a pagar parias al rey de Castilla. Fernando III podía así consolidar las últimas conquistas. Por su parte, Abu l-Ala maquinaba para alzarse contra su hermano, lo que hizo antes de que terminara el verano desde Sevilla. Todo al-Ándalus lo reconoció como líder. Escribió a los jeques almohades de África prometiéndoles grandes beneficios y éstos, movidos por la codicia, asesinaron a al-Adil y lo encumbraron como califa. Sin embargo, los jeques, inestables, pensaron que la muerte de al-Adil podía enfurecerlo, pues al fin y al cabo era su hermano. En el último momento se retractaron y nombraron califa a su sobrino Yahya al-Mu'tasim bi-Llah. Abu l-Ala entró en cólera y decidió que, cuando pudiera reunir un ejército con el que darles un escarmiento, cruzaría el estrecho.

–Al-Adil, el Baezano, Abu l-Ala, Yahya... Pierdo la cuenta. Los almohades se pelean por el califato como buitres –prosiguió al-Gusti–. Y, mientras, el pueblo se muere de hambre y se deja conquistar. ¿Cuánta vida le queda a al-Ándalus?

Ibn Hud meditó en silencio.

–Ninguna rebelión ha triunfado –dijo al fin.

–Porque no son de aquí. Tú sí lo eres. Álzate, y todos a este lado del estrecho te seguirán. ¡Yo, el primero! Juntos mataremos a esos herejes.

–Falta haría un líder aquí... –dijo Ibn Hud con aire distraído, como si no concediera importancia a la petición de su amigo. Sin embargo, en su fuero interno la idea le rondaba, lo acosaba en el silencio de la noche, lo asaltaba cada vez que veía a su pueblo sufrir por las malas cosechas, por los recaudadores almohades, por los saqueos cristianos–. Falta haría... –repitió de forma enigmática.

Andújar. Invierno de 1228

Martín salió del alcázar y recorrió las calles desiertas del caserío. Habían llegado nuevos colonos, pero Andújar todavía parecía un despoblado. Los castellanos se habían instalado en las viviendas más cercanas al castillo, las que parecían más seguras. A paso lento cabalgó por los callejones estrechos que, en desorden, conformaban la medina musulmana. Muchas puertas estaban abiertas y había restos de telas y enseres olvidados sobre el mortero de las calles. En la vía principal de la villa se topó con una recua de mulas custodiada por un grupo de caballeros. La estaban esperando en el alcázar desde hacía varios días. En uno de los carros iban las dos campanas que la reina Beatriz de Suabia había enviado a Andújar para el primer templo allí consagrado a la fe cristiana.

El calatravo continuó su paseo por los barrios que lindaban con la muralla exterior. Un alminar llamó su atención. La entrada de la mezquita permanecía abierta, entró en el patio de abluciones y desde allí accedió a la sala de oración. El suelo estaba cubierto por esteras, que se repartían entre las columnas de mármol. Lámparas de bronce colgaban del techo. No había imágenes y las paredes estaban decoradas con letras árabes. El nicho central del mihrab llamó su atención, pintado en dorado con profusión de adornos de vivos colores.

«No habrá más rezos a Alá entre estos muros», pensó el calatravo.

Martín Fernández de Burgos admiraba a su rey, que había conseguido arrebatar aquellas tierras a los moros gracias a sus hábiles estrategias.

«Haré algo grande para mayor gloria de Dios y de Castilla», se dijo, embargado por el intenso sentimiento que le había provocado la imagen de la mezquita desierta.

Toledo. Invierno de 1228

El caballo, con todos sus arreos y jaeces de cuero y plata, permanecía quieto mientras el rey de Castilla lo observaba. Era un hermoso semental zaíno de raza árabe, regalo de Abu l-Ala, el califa frustrado que había firmado treguas con Fernando III. El rey sospechaba que pronto llegaría una petición de ayuda para tomar Marrakech y ser reconocido como califa por los africanos. Fernando despachó al embajador musulmán con obsequios para su señor y palabras de gratitud.

–Cruzadlo con las yeguas, es un buen ejemplar –ordenó a su palafrenero.

Y marchó a recibir a su hermano Alfonso, que regresaba de la frontera con Aragón tras celebrar su matrimonio con la hija de Gonzalo Pérez, el rebelde señor de Molina, al que Fernando III había asediado en el castillo de Zafra. Pasados varios años, el señor de Molina se había rebelado de nuevo y la reacción de Fernando III fue contundente. Obligó a Gonzalo a designar como heredera a su hija Mafalda y concertó la unión de la joven con Alfonso.

–¿Has tenido fortuna, hermano? –preguntó el rey con tono burlón.

–Se puede decir que sí. Mi esposa agrada a la vista.

Los hermanos se abrazaron con sincero afecto. Alfonso siempre había estado a la sombra de Fernando y su reciente matrimonio constituía un premio a su fidelidad. El señorío de Molina era rico y poderoso.

Aquélla no era la primera ocasión en la que Fernando y Berenguela recurrían al matrimonio como herramienta política. Leonor, la tía del rey, había contraído matrimonio con Jaime I de Aragón. Pero Leonor le sacaba diecisiete años a su esposo y su relación hacía aguas. Según se rumoreaba, el rey de Aragón había pedido la anulación por razón de parentesco.

–¿Sabemos algo de padre? –preguntó Alfonso.

–Nada nuevo. Sigue prefiriendo a Sancha y Dulce. No quiere saber nada de nosotros –repuso Fernando con despecho y cierta tristeza.

–¿Noticias del sur? –preguntó Alfonso para cambiar de tema.

–Tenemos gente que viene y va. Nos dicen que los moros de aquí no están contentos con los africanos.

–Como siempre.

–Sí, como siempre –confirmó el rey–. Pero ahora hay algo distinto. Ahora estamos nosotros. Atacamos sus tierras, aprovechamos sus divisiones y, mientras tanto, los africanos no hacen nada. Ya no son capaces de traer grandes ejércitos.

–¿Y qué crees que pasará? –Alfonso asentía.

–Lo veo venir. Su reino se va a dividir. A escondidas, los andalusíes los llaman herejes y los desprecian, dicen que son como perros que se pelean por un hueso.

–Si ocurre, ¿qué harás tú?

Fernando carcajeó y dejó aflorar su espíritu juvenil, tan disimulado en los últimos años por la responsabilidad.

–Hermano, hay que partir la sandía antes de comérsela.

Valle de Ricote, cerca de Murcia. Primavera de 1228

–¿Estás preparado? –preguntó al-Gusti.

–Lo estoy –respondió Ibn Hud. Llevaba puesta una cota de cuero y un casco cónico. Su túnica era negra y, a su lado, un hombre alzaba una bandera del mismo color.

El caudillo marchaba al frente de la banda de las montañas, a la que en los últimos meses se habían sumado decenas de hombres del valle. Entre ellos había varios miembros del banu Hud, incluido Salim, hermano de Ibn Hud. Regresaban de una algara por tierras cristianas con abundante botín de alimentos y semillas. Eran cerca de cincuenta caballeros y unos doscientos hombres a pie.

Nada más entrar en el valle, los recibieron cientos de vecinos que gritaban y daban palmadas, animando a la banda a seguir hacia Ricote. El botín fue repartido entre ellos, que clamaron al cielo lanzando bendiciones para los guerreros. Los hombres de al-Gusti habían difundido entre los andalusíes la noticia de que Ibn Hud se iba a alzar contra los almohades e iba a tomar al asalto la fortaleza de los Peñascales, que dominaba Ricote. Un buen número de voluntarios, exaltados por el ruido de los tambores, se unieron al grupo con herramientas y aperos del campo como armas improvisadas.

Al fin Ibn Hud se había decidido. Había seguido el consejo de su amigo y se había lanzado a la aventura de tomar las riendas de su pueblo para liberarlo de los africanos, quienes les cobraban abusivos impuestos y descuidaban su protección.

–¡Sólo reconozco a un califa, el de Bagdad, que es descendiente del Profeta, amado de Alá! –gritaba cada vez que se encontraba con alguien en el camino.

–¡Emir! ¡Emir! –le contestaba la gente, entusiasmada.

El grupo iba creciendo y, cuando llegó al castillo de los Peñascales, los almohades, informados de su avance, habían cerrado las puertas y se habían acantonado en su interior. El alcaide, un bereber viejo e iracundo, ordenó resistir hasta la muerte. La guarnición estaba formada por sesenta hombres.

Fabricaron escalas y los más valientes ascendieron los riscos por siete puntos diferentes. Los africanos calentaron aceite y se prepararon para repeler el asalto con lanzas y saetas. Muchos cayeron y otros recibieron terribles heridas y quemaduras, pero en poco tiempo los andalusíes se hicieron con el adarve y aseguraron la ascensión de sus compañeros. Los gritos de los heridos llegaban hasta el grueso de la tropa, que aguardaba a una distancia segura.

–Debería estar allí con ellos, en primera fila –murmuraba Ibn Hud con los dientes apretados.

–Ése no es tu papel ahora –le dijo al-Gusti, sin perder de vista las murallas.

A una señal de los escaladores, los rebeldes avanzaron y pronto ganaron la puerta, que quedó abierta para recibir a la tropa. De nuevo se oyeron gritos, ahora de los almohades que morían bajo los filos andalusíes. Varios africanos se rindieron, tiraron las armas y levantaron los brazos. El alcaide, rojo de ira, encabezó a los que aún resistían en un ataque suicida contra el muro de rebeldes. Allí, en la plaza de armas del castillo de los Peñascales, murió el intento almohade por mantener el control del valle de Ricote.

Ibn Hud entró en la fortaleza a caballo, seguido por su hermano y algunos de sus parientes. Ascendió hasta el último reducto, donde sus hombres custodiaban a los que se habían rendido.

–Aquí los tienes, tuyos son para que hagas con ellos lo que quieras –dijo uno de los rebeldes, un antiguo oficial andalusí.

–Los herejes no son míos, son de Alá. Mandádselos a Él para que los juzgue.

Al instante la orden fue ejecutada y la sangre africana quedó derramada sobre las peñas que sostenían al castillo, al tiempo que desde varios puntos se alzaban las banderas negras de los abbasíes de Bagdad.

–Cientos de personas se están congregando al pie de los muros –le dijo al-Gusti a su amigo–. Ve a hablarles.

Ibn Hud descendió hasta el último cinturón de muralla y subió al adarve. Nada más aparecer a la vista, un clamor se alzó al cielo, haciendo que los cimientos de los Peñascales se tambalearan.

–¡Emir de al-Ándalus!

–Los herejes han sido derrotados –comenzó con voz potente tras aclararse la voz–. Vuestros impuestos no se irán más a África, se quedarán aquí y servirán para la defensa de al-Ándalus. –Sonaron gritos de júbilo–. Si me aceptáis como soberano, os liberaré del sur y del norte. Serviremos al verdadero califa y de nuevo florecerán los campos. No habrá más hambre, con la ayuda del Compasivo. –Había preparado un discurso más elaborado, pero la emoción del momento le hizo titubear y terminar antes de lo previsto.

–¡Emir! ¡Emir!

El coro de voces confirmó que todos se sometían a su autoridad. Lo aclamaban como a un rey, el rey de los andalusíes.

La nueva corrió por todo el valle y los almohades repartidos por los cuarteles, a orillas del río Blanco, temieron por sus vidas y huyeron hacia Murcia. Grupos de vecinos salieron tras ellos y mataron a muchos; asaltaron sus propiedades y se cobraron una cruel revancha por los años de sometimiento. A lo largo de aquella tarde y en los dos días siguientes, los representantes de las principales familias acudieron a los Peñascales para jurar a Ibn Hud como soberano.

–Necesitas una ciudad –le dijo al-Gusti cuando pasó la euforia de los primeros días–, una capital desde la que conquistar al-Ándalus.

–Murcia será mi capital. Alguien me espera allí desde hace años.

El walí almohade de Murcia había movilizado a sus tropas y enviado emisarios a Abu Zayd, el gobernador de Valencia. Los fieles a Abu l-Ala se unieron para atacar al insurrecto. Por su parte, Ibn Hud solicitó ayuda en el valle y sus alrededores, y consiguió reunir un ejército numeroso. Muchos voluntarios no habían cogido un arma en su vida, pero compensaban su inexperiencia con una férrea voluntad. Pronto aquellos hombres, soldados experimentados algunos, hombres sin entrenamiento la mayoría, tendrían la oportunidad de enfrentarse a los almohades para exigir su derecho a regirse a sí mismos.

Arjona. Verano de 1228

Muhammad entró en la sala templada y se sentó junto a su hermano y su padre en un banco de ladrillo. Enseguida un mozo derramó un caldero de agua sobre el suelo caliente, que produjo un denso vapor y aumentó la sensación de calor. Sobre otro banco, un hombre se dejaba arreglar el pelo por el barbero. Las lumbreras dejaban entrar la luz de la mañana.

–No he dormido nada –dijo el mayor de los Nasr. Lucía ojeras que confirmaban sus palabras–. La pequeña Fátima no ha parado de llorar.

Ibn al-Ahmar había cumplido con su palabra. Aisha se había quedado embarazada y hacía pocos meses que había dado a luz a una niña a la que, en recuerdo de la madre de los Nasr, habían puesto el nombre de Fátima.

–La hemos oído todos –comentó Ismail–. Vete preparando, que el año que viene serán dos, con suerte tres, o incluso cuatro si te empeñas con la cristiana. –Los hombres rieron. Aisha estaba de nuevo encinta.

–¿Hay nuevas esta mañana? –preguntó Muhammad.

–Ibn Hud está en Murcia –informó Ismail–. Ha vencido a los walís almohades y los murcianos le han abierto las puertas de la ciudad. Todos hablan de él.

La sublevación de Ricote se seguía con interés en todo al-Ándalus. Ibn Hud se había convertido en una esperanza para muchos, un héroe con capacidad suficiente como para torcer el rumbo del islam en la península. En las últimas semanas, el rebelde había sido proclamado emir de los musulmanes y había ganado una capital para su incipiente emirato.

–¿Y el alcaide? ¿Se sabe algo de él?

–¿Qué esperas? Seguirá siempre fiel al almohade –opinó Yusuf.

–Pues, si los rebeldes llegan hasta aquí, tal vez se vea obligado a dar la vida para demostrar su lealtad –soltó Ibn al-Ahmar.

El barbero terminó con su cliente y Muhammad se puso en pie para solicitar sus servicios. Ismail y Yusuf se quedaron pensando en lo que había dicho. De la entrada llegaban las voces de varios bañistas; el establecimiento se estaba llenando.

–Nos vamos vistiendo –le dijo Ismail a su hermano antes de salir.

Muhammad cerró los ojos y dejó que el barbero hiciera su trabajo.

* * *

Maryam respiraba con agitación. Se puso en pie, se limpió y se alisó la ropa. Se disponía a salir del corral cuando Ibn al-Ahmar la agarró por el brazo.

–Hoy ha sido diferente, ¿verdad? –Maryam, sin resuello, asintió y sonrió. La mujer se había acariciado mientras Muhammad la penetraba y había sentido un intenso orgasmo que le había provocado temblores en las piernas–. Si tú disfrutas, yo disfruto aún más –le dijo en romance.

–Entonces, hoy habrás disfrutado mucho –contestó ella en árabe.

La esclava sonreía, pero sus ojos, como siempre, delataban tristeza. Muhammad se ató los calzones y se puso la túnica.

–Maryam, cuéntame algo de tu tierra.

La sonrisa desapareció.

–Mi tierra es ésta y tú eres mi amo. Vivía en el infierno y tú me salvaste. –Lo besó en la boca.

–Zalamera... Algún día tendrás que contarme tu historia.

–¡Maryam! –Se oyeron las voces de Mu'mina y Sams, las hijas del Nasr, que reclamaban a la esclava para que les cantara canciones de Castilla.

Maryam miró brevemente a Muhammad y se apresuró a salir del corral para ir al encuentro de las niñas. Antes de perderse de vista, se giró hacia él.

–Algún día –pronunció con una expresión pícara en el rostro.

Lorca. Final de verano de 1228

Abu l-Ala, con una reluciente cota de escamas de metal y un casco cónico con collar de seda verde, observaba los movimientos de las tropas. Su pecho retumbaba con el sonido de los tambores, propios y ajenos, y con el estruendo de los centenares de cascos que pisoteaban la tierra. Los arqueros se habían quedado rezagados y la infantería se batía en cruenta lucha con el grueso de los rebeldes. Las milicias cristianas peleaban con esmero y el flanco derecho de Ibn Hud cedía. En virtud de los acuerdos que el aspirante al califato había establecido con Fernando III, éste le prestaba ayuda en hombres y mantenimientos a cambio de parias y diez fortalezas, que el almohade le entregaría una vez que se alzara como califa.

La superioridad de Abu l-Ala era clara. La tropa rebelde, después de largas horas de batalla, estaba a punto de batirse en retirada. El comandante almohade consideró que había llegado el momento de lanzarse a la carga con su guardia personal.

Las primeras filas retrocedían cuando impactaron contra el flanco izquierdo del enemigo, que había quedado al descubierto. Abu l-Ala mató a lanzazos a dos peones sin armadura antes de que el ejército de Ibn Hud echara a correr aterrorizado, sobrepasado por el empuje de los almohades. Durante la retirada, los caballeros bereberes hicieron una carnicería. El campo quedó repleto de cuerpos. Los castellanos se replegaron y regresaron junto a Abu l-Ala.

El musulmán contempló cómo los restos del maltrecho ejército andalusí corrían hacia Murcia para refugiarse al amparo de sus murallas. Aquélla era una gloriosa victoria que asentaba su autoridad en al-Ándalus y le permitía marchar a Marrakech para ocuparse de su sobrino y de sus jeques fieles.

Andújar. Invierno de 1229

Martín guardó la misiva entre sus escasas pertenencias y decidió salir a pasear por las murallas siguiendo el camino de las rondas. Nuevos colonos habían llegado para ocupar casas y haciendas, y con ellos cierto trajín daba vida a las calles. Las palabras de su hermano Ruy daban vueltas en su mente y necesitaba aclarar las ideas y aliviar la intensa sensación de soledad que sentía lejos de él.

En su carta, el clérigo le decía que lo echaba de menos y que rezaba constantemente para limpiar de sangre las almas de los calatravos. Ruy también oraba por el éxito de los propósitos de su hermano, que presentía altos. No se equivocaba en esto. Martín Fernández de Burgos tenía proyectos ambiciosos y ahora disponía de los medios necesarios para llevarlos a cabo. Por último, Ruy le contaba que había podido visitar Salvatierra, de nuevo en manos cristianas, y que se había emocionado al pisar la que una vez fue sede de la orden.

Martín rumiaba sus pensamientos. El maestre de Calatrava le había confiado un grupo de caballeros para contribuir a la defensa de Andújar. Hasta el momento, sólo había atacado poblados moros en pequeñas acciones aisladas. Los de Arjona tenían cuadrillas que recorrían los campos para defender a los jornaleros, lo que había reducido sus posibilidades de organizar partidas. Martín ansiaba atacarles a fuego y espada, pero, con las treguas en vigor, no podía organizar un ataque a gran escala.

Sin embargo, la situación estaba cambiando. La rebelión de Murcia se expandía y el rey de Castilla le había declarado la guerra para defender a su vasallo, Abu l-Ala. Martín soñaba con unir Martos y Andújar a través de Arjona. La población se mantenía fiel al almohade, pero el calatravo sabía que eran tiempos convulsos y que las voluntades cambiaban de dirección como el viento. En cualquier momento Arjona podía pasarse al bando del emir Ibn Hud, y entonces Martín podría movilizar tropas contra ella.

Se detuvo en un punto de la muralla desde el que se veía el río, las mismas aguas que regaban las vegas de Córdoba y Sevilla. Sonó el tañido de las campanas llamando a misa.

«Sólo tengo que esperar a que cambie el viento», pensó mientras desandaba el camino para asistir a la primera misa de la mañana.

Arjona. Primavera de 1229

–Por fin un niño, mi enhorabuena. ¿Qué nombre le vas a poner? –preguntó Asquilula. Había acudido a la casa de los Nasr para felicitarlos por el nacimiento del primer hijo varón de Muhammad.

–Llevará mi nombre –contestó Yusuf.

–Yusuf, el nombre de su abuelo, como debe ser. ¿Cómo está Aisha?

–Contenta. Necesitaba hijos. La mantienen ocupada y no piensa tanto en la cristiana... Mi hijo se ha encaprichado con ella.

–Cosas de jóvenes. Déjalo, ya le llegarán los años en que con una le sobre.

Los dos hombres rieron.

–Cuéntame las nuevas, Asquilula –solicitó Yusuf.

–Me conoces demasiado bien, amigo mío. –El Neblí se recostó–. El califa tiene problemas, allí y aquí –dijo con satisfacción–. Allí se está ganando enemigos. Por lo visto, ha renegado de algunos puntos básicos de la doctrina almohade y muchos jeques se están pasando al bando de su sobrino. –Antes de continuar se inclinó hacia delante y adoptó una pose de confidencia–. Para una vez que se comporta como un buen musulmán, le va a salir caro. –Soltó una carcajada y Yusuf respondió con una sonrisa–. Va a tener guerra para años. –Tras su victoria en Lorca, Abu l-Ala había cruzado el estrecho y había logrado someter a su sobrino y a su círculo de confianza. Nombrado ya califa en Marrakech, estaba limpiando la capital de opositores. Sin embargo, en los últimos meses el partido de su sobrino estaba ganando fuerza–. Aquí, en al-Ándalus, su problema se llama Ibn Hud, que es quien gobierna. Jaén ha caído ya en sus manos, los propios almohades le han abierto las puertas. –La situación en al-Ándalus había sufrido importantes cambios tras la marcha de Abu l-Ala a África. A pesar de la derrota, Ibn Hud resistió en Murcia. En poco tiempo, Almería, Málaga y Granada, con sus respectivos alfoces, se sometieron. Algunas poblaciones de forma voluntaria, otras a la fuerza. Jaén era la última que se sumaba a su incipiente emirato–. Espero que pronto todo al-Ándalus le pertenezca. Si no, acabaremos perdiendo nuestra tierra. –Asquilula señaló a su amigo para llamar su atención–. Mira lo que ha pasado con Cáceres...

La noticia de la caída de Cáceres había sacudido a todos los musulmanes de la península, que esperaban que la ciudad, como había hecho en ocasiones anteriores, resistiera al ataque de los leoneses. Después de varios intentos fallidos, Alfonso IX había logrado tomar el baluarte.

En apenas unos meses, Ibn Hud tenía el control de la mitad de al-Ándalus. Por el momento, sólo la parte occidental y el Levante escapaban a su dominio. En Levante, Zayyan bin Mardanis, descendiente del célebre rey Lobo, otro andalusí hastiado del gobierno africano, se había levantado contra el gobernador almohade y había sido proclamado emir de los musulmanes. Se creía con fuerza suficiente como para plantar cara al joven Jaime I de Aragón, que se mantenía ocupado en los preparativos de su proyecto de conquista de Mallorca.

–Si Jaén está con el murciano, ¿qué pasará con Arjona? –preguntó Yusuf.

Asquilula sonrió ampliamente y el Nasr comprendió sin palabras. El anciano urdía un plan para entregar Arjona al emir andalusí.

–Aguarda, estás a punto de recibir otra visita.

Pasados unos minutos, Karima entró en el *madjlis* para anunciar la llegada de Hadi. Asquilula lo recibió con gestos afectuosos y lo invitó a unirse a la reunión. Tras dar su enhorabuena al patriarca de los Nasr, el soldado se sentó en un almohadón.

–¿Cómo están nuestros amigos? –preguntó el anciano.

–Decididos y dispuestos.

Yusuf escuchaba atentamente. El Neblí tenía el asunto más atado de lo que él pensaba. Llevaba semanas en conversaciones con Hadi para organizar a los andalusíes que servían en el alcázar. También había familias arjoneras preparadas para intervenir cuando los del alcázar se movilizaran.

–Como ves, Yusuf, hay gente dispuesta a dar un paso adelante. Ha llegado la hora de mandar al alcaide a África con los suyos.

Hadi informó de los turnos de guardia más beneficiosos para hacerse con el control de la muralla y de las principales puertas.

–¿Y quién entrará en el castillo para echar a todos los bereberes?

Del patio llegaron las voces de Muhammad e Ismail, que regresaban de la rábita. Pronto entraron en el salón.

–Os presento a mi heredero –anunció Ibn al-Ahmar con su hijo en brazos.

Asquilula se levantó y cogió al pequeño Yusuf.

–Dos brazos fuertes y sanos que vendrán muy bien en el futuro. –Miró a Muhammad fijamente a los ojos y fue directo–: Muhammad, ha llegado el momento. Los almohades no hacen nada y los cristianos se comen al-Ándalus pedazo a pedazo. Ibn Hud es la esperanza, tenemos que seguirlo. ¿Estás dispuesto a luchar? Tú y todos los de la rábita. –En este punto miró a Ismail.

Ibn al-Ahmar volvió a coger a su hijo y respondió con voz firme:

–Cuenta conmigo.

* * *

Caía la noche y las puertas de Arjona se cerraron. Las primeras estrellas aparecieron en el cielo, atenuadas por el brillo de la luna creciente. Tras la oración de la noche, Ismail comenzó su carrera por el caserío para reunir a los hombres que, discretamente, habían abandonado la rábita y regresado a sus casas. El Nasr los llevó hasta las primeras cuestas de la alcazaba, junto a la barbacana, frente al paño de muralla por el que un andalusí hacía su ronda de guardia. Aquel soldado sería el enlace entre los hombres del caserío y los de la alcazaba.

Mientras tanto, Muhammad se reunía con sus tíos en la casa de los Asquilula. Ibrahim y Abd-Allah se habían mantenido al margen del proyecto de reconstrucción de la rábita, pero no querían dejar pasar aquella ocasión para demostrar su fidelidad a la rebelión de Ibn Hud. Aquella noche todos llevaban armadura. Poco a poco más hombres, vecinos de la alcazaba, se unieron a ellos.

Hadi hacía su ronda en el recinto del alcázar, coordinado con el otro guardia, y Muhammad e Ismail hicieron las señales acordadas. El soldado de la alcazaba descendió la escalera del adarve y abrió la puerta justo cuando los hombres reunidos por Ismail llegaban a ella. Entraron en el recinto sin despertar alarma. Hadi hizo el mismo movimiento en el alcázar, pero un guardia bereber se percató, gritó para despertar a los demás y corrió hacia la puerta del castillo. En ese momento comenzaron los altercados, los gritos se alzaron hacia el cielo oscuro de la noche y un tropel de metales y botas a la carrera inundó el alcázar. Los rebeldes se unieron en el patio de armas.

–¡Muerte a los herejes! –gritaron los andalusíes, cargando contra los primeros almohades en reaccionar.

Acabaron con ellos y recorrieron las murallas para hacerse con los accesos. Todo sucedió tan rápido que los africanos que estaban de ronda se vieron desbordados y se entregaron sin luchar. Enseguida apareció el alcaide con aspecto desaliñado; no había tenido tiempo para ponerse el turbante.

–¿Qué pasa aquí? –gritó con el rostro desencajado, encarándose a Ibn al-Ahmar.

–Arjona ya no es del califa, ahora es de los andalusíes –contestó éste, y lo siguió un griterío de hombres que aclamaban a Ibn Hud.

Con gesto acusador, el alcaide señaló a Muhammad.

–Tenía que haberlo visto, tenía que haber sabido que nada bueno saldría de la rábita. Te tenía que haber aplastado cuando pude. –La ira dominaba su expresión.

–¡Esta fortaleza pertenece ahora a Ibn Hud, emir de los musulmanes! –declaró a voces Abd-Allah bin Asquilula.

No hubo más muertes. Los almohades comprendieron que sería inútil resistirse; se dejaron encerrar en la torre principal al tiempo que todas sus enseñas eran eliminadas de la alcazaba. Con la ciudad ya tomada, Asquilula se unió a los rebeldes. Aconsejó organizar una partida de emisarios que informara al emir de la situación y enseguida se eligieron tres hábiles jinetes que partieron al alba en dirección a Murcia.

Dos días después del asalto, los almohades del alcázar, incluido el alcaide, fueron liberados y condenados al exilio. Las familias africanas asentadas en Arjona fueron respetadas, así como el imán y el cadí, que decidieron quedarse en la población, aunque sin sus cargos.

Así terminó la rebelión en aquella fortaleza fronteriza que, por fin, se hacía dueña de su destino y se entregaba a los vientos de rebelión que agitaban al-Ándalus.

* * *

Comenzaba el verano cuando dos delegados del emir de Murcia, acompañados por una guardia de veinte hombres, se presentaron en Arjona. Los principales fueron convocados a una entrevista, que se celebró en la torre del alcaide. Los delegados pasaron varios días recabando información, hablando con los faquíes y revisando los documentos de los juicios que el cadí había resuelto durante los últimos años.

–Habéis sido tibios en vuestra respuesta –comentó al-Gusti en la segunda reunión de notables. Parecía ser el delegado de más alto rango–. El cadí lleva años impartiendo mala justicia, beneficiando a los africanos sobre los andalusíes y ejecutando a los nuestros por seguir la costumbre de esta tierra. Debe ser ejecutado. El imán se irá al destierro, a África. Con él se irán los demás africanos y sus tierras se constituirán en habices para la yihad. –Nadie se opuso ni se atrevió a intervenir–. Él –señaló al otro delegado– será vuestro alcaide. Nombraremos a dos faquíes arjoneros de probada fe y honra como imán y cadí. Así quedará establecido para mayor gloria del Altísimo.

–Alá sea bendecido –respondieron los de Arjona.

–¿Habéis purificado las mezquitas? –preguntó el nuevo alcaide. Los anfitriones negaron–. Haremos el rito esta misma tarde. Las mezquitas han estado en manos de herejes, no lo olvidéis.

Antes de la oración de la tarde se llevaron a cabo las purificaciones. Los imanes de origen andalusí mantuvieron sus cargos y celebraron la oración en nombre del califa de Bagdad. Después, varios pregoneros anunciaron la ejecución del cadí, que tendría lugar en la explanada de la alcazaba a última hora de aquella misma tarde.

Cientos de vecinos acudieron a ver cómo el juez perdía la vida. Sobre un tronco colocaron el cuello del hombre, que se mantuvo digno hasta el último momento.

–Sé eficaz –pidió al verdugo.

–Lo haré de un corte.

Cumplió con su palabra; de un solo tajo separó cuerpo y cabeza. La sangre brotó con fuerza, el cuerpo desmadejado cayó hacia atrás y continuó desangrándose sobre el suelo de la alcazaba. Las familias que se habían visto perjudicadas por él gritaron maldiciones y se regodearon con su muerte. Los demás, en silencio, marcharon lentamente hacia la medina.

El nuevo alcaide tomó posesión de la torre y al-Gusti preparó su partida para la mañana del día siguiente. Arjona ya pertenecía al emir rebelde.

Murcia. Otoño de 1229

Sentado en un banco, el emir se dejaba teñir la barba con alheña. El barbero había acudido hasta la planta superior de la torre de Caramajul, la principal del alcázar de Murcia. Ibn Hud mantenía el semblante serio mientras escuchaba los informes que le leía un katib. De la cercana huerta llegaba el sonido de los que se afanaban en la tierra. La luz que entraba por la balconada iluminaba toda la sala.

–Los almohades de Mallorca resisten a los aragoneses, pero sus fuerzas flaquean. No creemos que puedan aguantar durante mucho tiempo.

Jaime I de Aragón, como se preveía, había lanzado una gran fuerza contra la isla de Mallorca a finales de verano. Los aragoneses consiguieron desembarcar y derrotaron a los almohades en dos importantes batallas que les permitieron asediar la capital. El cerco se prolongaba ya durante dos meses y el final se adivinaba cercano.

–El gobernador de Sevilla ha huido y se dirige a Algeciras para partir hacia África –continuó el katib–. La ciudad ha proclamado emir a Ibn Hud, que el Altísimo lo proteja y bendiga.

Con aquella noticia se confirmaban los rumores: los hombres principales de Sevilla habían intrigado en la sombra contra su gobernador, con la intención de entregar la ciudad y su alfoz al emir andalusí. La vieja sede califal almohade seguía así el ejemplo de Córdoba y Badajoz, que hacía poco se habían sometido a Ibn Hud. El emir ya había decidido que enviaría a Sevilla como walí a su hermano Salim, que era de su entera confianza.

–¿Te queda mucho, barbero? –Ibn Hud estaba inquieto, no le gustaba dedicar tiempo a aquellos cuidados.

Todos los asuntos con los que lo acosaban sus partidarios lo tenían agotado. Desde los días de Ricote todo había cambiado. Añoraba la libertad de la montaña, las algaras y el cariño cercano y sincero de los pueblos del valle. Ahora dominaba un extenso territorio que necesitaba una administración sólida para recaudar impuestos y gestionar las inversiones públicas. Aquellos aspectos de la rebelión, los burocráticos, eran los que menos interesaban al emir, que los delegaba en sus administradores.

El katib se acercó a él y le entregó una moneda de oro.

–Ésta es una de las primeras doblas con tu nombre que han salido de la ceca.

La ceca de Murcia había comenzado a producir monedas para el nuevo Estado, doblas de oro que sustituirían a las almohades, con formas diferentes y referencias al emir y al califa de Bagdad. Ibn Hud observó la pieza con satisfacción.

–Borraremos su recuerdo –dijo, y los cortesanos que permanecían junto a él asintieron. Echó la cabeza hacia atrás y dejó continuar al barbero, mientras el katib proseguía:

–El alcaide de Úbeda ha remitido una queja. Se siente desamparado.

Fernando III, en apoyo del califa Abu l-Ala, había atacado en verano las tierras sometidas a Ibn Hud y había tomado las fortalezas de Jódar y Sabiote, aislando a Úbeda y posicionándola en primera línea de batalla. La promesa que le había hecho el califa de entregarle diez fortalezas no se había podido cumplir por la rebelión andalusí, y el rey castellano pretendía cobrarse la deuda por su cuenta.

–El alcaide tiene razón, no hemos hecho nada.

–Hemos perdido Jódar y Sabiote, pero hemos ganado Córdoba, Badajoz y Sevilla –intervino uno de los cortesanos, un anciano faquí con fama de místico.

–¡No podemos ganar a costa de perder! –explotó iracundo Ibn Hud, levantándose de su asiento y quitándose el trapo que llevaba atado al cuello para evitar mancharse de alheña. Se dirigió a la balconada–. Ya está bien de estarnos quietos, de quedarnos aquí, en Murcia, mientras unos se pegan entre sí y otros nos quitan lo que es nuestro. Ya cayó Cáceres ante los leoneses, ahora Sabiote y Jódar ante los castellanos, y mientras los aragoneses están en Mallorca, a punto de tomarla. ¿A qué esperamos? –Todos en la sala lo observaban expectantes, desconcertados por el arrebato del emir–. Ya es hora de actuar, ya es hora de que suenen los tambores de guerra y de que el ejército se movilice. –Los cortesanos lo vitorearon, los mismos hombres que siempre le habían aconsejado que aguardara en Murcia a que los acontecimientos se sucedieran–. ¡Ya es hora de responder al fuego con más fuego!

Arjona. Invierno de 1230

–¡Nos han talado los olivos! –Las voces de Ismail retumbaban en toda la casa–. ¡Los malditos infieles han cortado nuestros olivos!

Desde que Arjona se entregara a la rebelión de Ibn Hud, los cristianos de Andújar habían retomado las algaras con intensidad. La situación de desabastecimiento se agravaba y los musulmanes sentían miedo y hambre.

Muhammad salió al encuentro de su hermano y se lo llevó a una de las alcobas para no alertar al resto de la familia.

–¿Los cereales?

–No. En eso hemos tenido suerte. Pero han talado varias huertas de frutales por los alrededores. No van a parar, Muhammad, estamos rodeados.

–Tenemos que hacernos más fuertes. Hablaré con el alcaide. Quédate tranquilo, los pararemos.

El nuevo alcaide había reorganizado el alcázar y había incluido en las milicias a decenas de arjoneros instruidos en la rábita. El alcaide mantenía una buena relación con los Nasr y los Asquilula. Había destinado nuevos fondos a la rábita y animaba a Muhammad a proseguir con su labor.

Salieron de la alcoba y se encontraron con Aisha, que portaba en la cadera un canasto de ropa sucia.

–Creo que está otra vez embarazada, tiene una falta –le susurró Ibn al-Ahmar a Ismail, que sonrió y apretó el brazo de su hermano para darle la enhorabuena–. Ha dejado de echarme en cara lo de Maryam.

–Anda, sinvergüenza, vamos fuera. –Ismail lo cogió por los hombros–. ¿Quién iba a decirme que tú, el recto, ibas a tener una concubina cristiana en casa?

–La vida me ha enseñado a ser flexible para no partirme en dos.

* * *

Maryam rellenaba la tinaja con dos cántaros de agua. Tenía ojeras y su rostro estaba pálido.

–¿Qué te pasa? –preguntó Ibn al-Ahmar a bocajarro.

–Nada. –Maryam forzó una sonrisa que no consiguió engañar al hombre.

–¿Una mala noche?

El tono de voz de Muhammad rompió la barrera que la esclava había levantado.

–Pesadillas, nada importante.

–Cuando era niño mi madre me preguntaba por mis sueños y sabía leer los signos que se escondían en ellos. Cuéntame, a lo mejor he heredado su don.

Maryam se apartó un mechón de pelo de la cara y sonrió de nuevo, en esta ocasión con sinceridad. Muhammad nunca la había tratado con brusquedad, pero aquel interés por su bienestar era un aspecto nuevo en su relación.

–En el sueño mi tío me forzaba. Su semilla se podría dentro de mí y me dejaba yerma. –No era la primera vez que Maryam tenía aquel sueño atroz.

Ibn al-Ahmar tardó en reaccionar, impactado por la dureza de sus palabras.

–En tu sueño estabas sola, ahora me tienes a mí –dijo, enternecido.

Andújar. Invierno de 1230

El mercader mostró sus credenciales a los guardias del puente y éstos, tras verificar el sello calatravo en su carta, lo dejaron pasar. Sobre su caballo cruzó el Guadalquivir y se dirigió a Andújar, donde tuvo que repetir la operación otras dos veces. Por fin llegó al alcázar, dejó su caballo al cuidado de un mozo y acudió al encuentro de Martín Fernández de Burgos, que lo recibió y se entrevistó con él.

–Los guardias son gente del pueblo, entrenados en un cuartel que tienen a las afueras –comenzó diciendo el comerciante.

–¿Cuántos son?

–Cuando cambiaron de bando echaron a los africanos. No creo que tengan muchos hombres en el alcázar, y los que tienen no deben estar bien entrenados.

–Entiendo. ¿Su rey no ha mandado hombres para la guarnición?

–Por lo que me han dicho, no. El emir está organizando una tropa para empezar una campaña por tierras de la Extremadura leonesa. Eso dicen los rumores. Quiere liberar a Mérida del asedio del rey de León.

Alfonso IX había reunido un gran ejército para la conquista de la ciudad extremeña e Ibn Hud, excitado ante la idea de plantar cara a los cristianos, estaba convocando a sus tropas en Córdoba.

Martín caminó en círculos lentos delante de su agente. Tenía una encomienda de su maestre y su ambición lo empujaba a acometer una gran empresa que hiciera que su superior se sintiera orgulloso de él. Cada vez lo veía más claro, el viento había cambiado de dirección y el camino se allanaba. Tenía un buen número de caballeros de la orden y otros tantos guerreros castellanos se unirían a él sin dudarlo.

–Bien hecho, Gome. Dile a Rodrigo que te pague.

El calatravo se quedó solo y rezó en silencio durante más de una hora, acallando los rugidos de estómago que le provocaba el ayuno.

«Señor, tus milicias están a tu servicio. Dispón de ellas cuando te plazca y condúcelas a la victoria sobre los infieles», recitó mentalmente para terminar su tiempo de oración.

Alange. Marzo de 1230

Las tropas reunidas en Córdoba por el emir de al-Ándalus llegaron a las inmediaciones de Alange días después de que el ejército de Alfonso IX de León tomara Mérida. Ibn Hud ordenó levantar un campamento allí mismo para evaluar la situación. Desde la ciudad, Alfonso IX resolvió plantarle cara en batalla campal. El ejército musulmán era muy superior al cristiano, pero el rey leonés confiaba en la mayor experiencia y la superior destreza de sus tropas. A su llamamiento contra el moro habían acudido, además de sus huestes, los maestres de Santiago, del Temple y de Alcántara, el arzobispo de Santiago de Compostela y varios obispos del reino.

Los leoneses cruzaron el Guadiana de noche y a la mañana siguiente se presentaron en formación ante el inmenso campamento musulmán.

–¡Alá está con nosotros! –gritó el emir para alentar a sus hombres mientras se ordenaban en escuadrones. Lucía unas profundas ojeras y había perdido peso.

Por todo el campo sonaron los ecos de los tambores, los relinchos de los caballos y los gritos de los guerreros de uno y otro bando. Antes del mediodía, los cristianos adoptaron una formación defensiva. Los colores de sus sobrevestes destacaban sobre las lorigas, y los metales bruñidos de sus cascos relucían bajo el sol, que se alzaba a sus espaldas. Habían ganado la mejor posición. Ibn Hud intentó maniobrar virando levemente hacia el sur. Lanzó a los jabalineros para que hostigaran las primeras líneas del enemigo y provocaran su reacción, pero los hombres que acompañaban al rey de León no se inmutaron y dejaron que una línea de arqueros los recibiera a flechazos. La caballería ligera musulmana, a costa de muchas vidas, optó por atacar los flancos. Enseguida el emir comprendió que tenía que avanzar con la infantería. Su vanguardia, formada por voluntarios que apenas habían recibido instrucción, fue masacrada por la infantería de las milicias obispales.

–¡Todos, adelante! –ordenó Ibn Hud, rojo de ira–. ¡El Altísimo nos observa!

La orden circuló entre los oficiales. Sin estrategia alguna, mandó que la tropa avanzara contra el muro de armaduras de los leoneses. Ibn Hud, que se había destacado por su valor en pequeñas acciones, se vio incapaz de otra cosa en una batalla campal de aquellas dimensiones.

–¡Cierra, España! –sonó del lado contrario, y la infantería de León no aguardó a recibir la embestida.

–¡Santiago! –gritaron cientos de voces mientras corrían hacia los moros.

En el brutal choque, las vanguardias se mezclaron. El ímpetu de las carreras hizo que muchos hombres sobrepasaran la línea contraria y se adentraran en la tropa enemiga. Los obispos desplegaron a sus caballeros en una larga línea de poca profundidad y, detrás de ellos, las huestes del rey les servían de refresco. Los moros eran más, pero caían en mayor número. El campo se llenó de muertos.

La caballería musulmana intentó rodear a los cristianos por los flancos, pero allí la esperaban las órdenes del Temple y de Santiago. Mientras tanto, el centro de la infantería cristiana comenzaba a abrirse a causa del empuje de los andalusíes, cuyo número decantaba lentamente la balanza a su favor. Los hombres del emir penetraron por la brecha.

–¡Cerrad, caballeros! –ordenó el maestre de la orden de Alcántara, que había aguardado paciente el momento de intervenir–. ¡Dios manda a sus milicias!

Y los caballeros de Alcántara cargaron en formación cerrada y con toda su potencia contra la brecha abierta. Al poco, habían invertido la situación, penetrando en el grueso del enemigo y provocando gran mortandad. Los hombres de Zamora, viendo la oportunidad, avanzaron por el hueco y lograron al fin la división de la infantería andalusí. A partir de aquel momento no importó el número. Los moros, que seguían siendo más, desconcertados y desperdigados en varios frentes, comenzaron a retirarse del combate y a darse a la fuga. En pocos minutos todo el ejército musulmán, incluido su caudillo, huía hacia Badajoz para ponerse a salvo. Los leoneses los persiguieron y los valles quedaron marcados por la muerte, manchados con la sangre de los derrotados.

Ibn Hud lloraba lágrimas de ira; tenía la derrota atrancada en el pecho mientras cabalgaba rodeado por su guardia. ¿Dónde había quedado la gloria que esperaba aquella mañana, la victoria que daba por segura sobre el rey de León?

De repente, se dio cuenta de que un grupo de caballeros de Alcántara galopaba para darles alcance.

–¡Huye! –gritó al emir uno de sus oficiales.

–¡No! ¡El Altísimo no verá cómo abandono a los míos!

Ibn Hud se dio la vuelta y cargó con fiereza contra los expertos caballeros de la orden. Todos invocaban a Dios, pero aquella mañana Dios, si tenía que decantarse por un bando, lo hizo por el de los cristianos. El emir resultó herido en una pierna y sus hombres lo obligaron a marcharse. Los guardias acabaron con los de Alcántara y pudieron alejarse con cierta seguridad hasta llegar a las inmediaciones de Badajoz.

En la ciudad, el tabib del gobernador atendió a Ibn Hud, limpió su herida y la cosió con especial esmero. El emir no se quejó por el dolor. Hasta la mañana del día siguiente no pronunció palabra alguna. Sus seguidores más íntimos pensaron que había perdido la capacidad del habla por el impacto de la batalla, pero tan sólo se trataba de una inmensa ira que bullía en sus entrañas y atenazaba su garganta.

Ibn Hud no había comenzado su gobierno con buen pie.

Jaén. Otoño de 1230

–Se acercan las lluvias. No vamos a tomarla. Es hora de volver a Castilla.

Reunido con el Consejo, Fernando III valoraba el asedio de Jaén, que se mantenía ya durante tres meses. Los ataques del año anterior habían debilitado la zona y esta circunstancia, unida a la sonada derrota de los andalusíes en Alange, había hecho pensar a los castellanos que sería fácil tomar la ciudad. La cercaban desde junio, y el emir no había enviado socorro alguno. Ibn Hud se había vuelto más cauto. Sin embargo, las imponentes defensas de Jaén y la imposibilidad de cortar por completo sus suministros les impedían la conquista. Los habitantes conocían rutas invisibles a ojos inexpertos y lograban comunicar la ciudad con otras poblaciones. Por segunda vez, los castellanos abandonaban un asedio a Jaén. El sueño del rey parecía no poder cumplirse.

–Podemos hacer talas –opinó uno de los nobles.

Fernando accedió y se tomó la decisión de levantar el asedio, talar campos por las tierras circundantes y regresar después a Toledo. A comienzos de octubre, las tropas habían atravesado la sierra y habían regresado a Castilla, dejando al-Ándalus debatido entre el alivio y la vergüenza por la falta de reacción de su emir.

Durante el camino de retorno, cerca de Orgaz, una partida de emisarios solicitó entrevistarse con el rey.

–Mi rey, que Dios os colme de gracia. Traigo noticias urgentes de la reina, su madre. Viene detrás de nosotros y está ya a la altura de Orgaz.

–¿Qué noticias? –preguntó Fernando con el semblante desencajado.

–El rey de León ha muerto –soltó sin rodeos el cabecilla–. Dejó Badajoz una vez conquistada para ir a Santiago a dar gracias al apóstol; cayó enfermo en el camino y murió antes de llegar. Nada pudieron hacer los médicos de su corte para salvarlo.

Fernando guardó silencio. Los nobles observaban con atención sus movimientos. Con gestos apresurados, el rey montó y ordenó reanudar la marcha.

–¡Vosotros! –gritó a los emisarios–. Galopad hasta la reina y decidle que me espere en Orgaz.

Los mensajeros pusieron sus monturas al galope y se perdieron al instante de su vista. Fernando III se apartó de su guardia lo suficiente como para que no lo vieran llorar. Una mezcla de sentimientos le atenazaba el pecho y le dificultaba respirar. Quería a su padre. Secretamente, había soñado con reconciliarse con él y volver a verlo, pero también sentía hacia él un rencor añejo alimentado primero por la guerra y después por el desprecio. El rey de Castilla rumió todos aquellos sentimientos y lloró la muerte de su padre en silencio y soledad, como correspondía a su condición.

* * *

–¡No te detengas, hijo, continúa hacia León y toma lo que es tuyo! –gritó Berenguela nada más ver a Fernando acercarse a ella.

Madre e hijo se abrazaron. Berenguela tenía señales de llanto en los ojos.

–Lo haré, madre. La herencia de mi padre es mía; se firmó en Cabreros y todos lo reconocieron. –En los últimos años, Alfonso IX se había mostrado abiertamente a favor de sus hijas Sancha y Dulce en detrimento de Fernando, pero no había dejado constancia escrita de su voluntad. El viejo tratado de Cabreros seguía vigente y el rey de Castilla había decidido invocarlo inmediatamente. Pretendía ser reconocido como rey de León.

Berenguela y Fernando llegaron juntos a Toledo. El rey decidió pasar la tarde y la noche en la ciudad y continuar la marcha al alba del día siguiente. Allí estaba Beatriz, la reina, de nuevo embarazada. Fernando la había echado de menos durante sus largas ausencias. En la corte se hacían chanzas sobre la fecundidad de la pareja. Sus hijos crecían sanos. Alfonso, el mayor, permanecía bajo la custodia de García Fernández de Villamayor, su ayo. Los informes contaban que el heredero aprendía a buen ritmo y demostraba interés en su instrucción.

–¿Cómo has dejado Jaén? –le preguntó Beatriz de Suabia en lengua romance, con su fuerte acento norteño.

–Hemos vareado el árbol, pero no han caído todos los frutos. –El esposo la besó en la frente–. A la tercera será la buena, caerá. Dios me lo muestra en sueños.

Al rey le hubiera gustado pasar más tiempo con ella, pero debía atender otros asuntos antes de partir hacia León. Pasó buena parte de la tarde reunido con los nobles y a última hora visitó las obras de la catedral. Los muros comenzaban a alzarse y el movimiento de carros y peones era constante. Fernando III se sintió emocionado por los avances. Al recorrer aquel espacio en construcción, lo invadió la melancolía. Vinieron a su memoria las misas a las que había asistido con su madre en la antigua catedral. «Pasa el tiempo para todo, y para todos», reflexionó.

«Soy el mayor de tus hijos varones vivos, tendré lo que me corresponde», pensó, como si la obtención del trono de León fuera una manera de reconocerse a sí mismo como hijo de su padre.

* * *

El emisario del obispo de León llegó a Mansilla en busca del rey de Castilla. Fernando III había entrado en el reino junto con su ejército y sus principales nobles. Durante su viaje, a marchas forzadas, había conseguido el reconocimiento de algunos concejos, entre los que se destacaba el de Toro. Sólo la ciudad de Zamora se había decantado por las infantas Sancha y Dulce. Sin embargo, en la capital del reino la situación era distinta. Se vivían momentos tensos que parecían conducir a un enfrentamiento civil. El merino mayor de León, partidario de las infantas, se había encerrado en el palacio del rey. Por su parte, con el apoyo del merino, el noble Diego Froilaz había ocupado la iglesia de San Isidoro. En respuesta, el obispo de León, declarado partidario de Fernando III, había fortificado la catedral y animado a los burgueses a que tomaran las torres de las murallas y las iglesias. La guerra se respiraba en el ambiente, cuando aconteció un suceso inesperado. Diego Froilaz cayó enfermo y todos, incluido él mismo, lo achacaron a la profanación del templo de san Isidoro. El noble devolvió la iglesia y se marchó de la ciudad. El camino se allanaba para Fernando. El obispo y los burgueses de León enviaron un mensajero al rey de Castilla, invitándolo a entrar en la población.

–La tenemos –dijo Fernando después de leer la misiva.

–¿A quién tenemos, hijo? –le preguntó la reina Berenguela.

–A la capital. Don Rodrigo, el obispo, dice que ya no hay resistencia.

La reina dibujó una amplia sonrisa en sus facciones cansadas. Gonzalo Ruiz Girón, señor de Autillo y mayordomo del rey, dio una sonora palmada de alegría.

–Fernando, entonces no tienes la capital, tienes el reino entero –dijo emocionada Berenguela.

–León y Castilla –pronunció con solemnidad el mayordomo real.

–Castilla y León –corrigió Fernando III–. Los dos reinos juntos, para mayor gloria de Dios y temor de los infieles.

Arjona. Otoño de 1230

Con su padre a un lado y su hermano al otro, Muhammad se prosternó en la aljama. Sus parientes más cercanos estaban presentes. Todos rezaron por el nuevo hijo varón de Ibn al-Ahmar, nacido hacía siete días.

Terminaron el rito y se dirigieron a la casa de los Nasr, donde dos corderos aguardaban para el sacrificio de la Aquiqah. Muhammad pidió ayuda a su abuelo Asquilula para llevar a cabo el ritual y el despiece de los animales. Asaron la carne e Ibn al-Ahmar mandó a sus dos hijas mayores, Mu'mina y Sams, a distribuir una parte entre los pobres. Se acercaban ya a la pubertad y, a medida que se hacían mujeres, se parecían más a su madre. Sin darse cuenta, Muhammad evitaba el contacto con ellas.

Mientras todos comían y celebraban, el padre tomó al bebé de los brazos de Aisha y besó su frente. Con una cuchilla bien afilada, rasuró su cabeza.

–¿Qué nombre le vas a poner? –preguntó Ibrahim bin Asquilula.

El Nasr miró a su hijo y sonrió antes de hablar.

–Se llamará Faray –dijo emocionado.

Yusuf se levantó con lágrimas en los ojos y se acercó a su hijo y a su nieto.

–Buen nombre –suspiró, conteniendo las lágrimas.

–Padre, algún día el Compasivo me dará la oportunidad de vengar su muerte.

Játiva. Otoño de 1230

Ibn Hud se despidió y reanudó la marcha hacia Murcia antes de que arreciaran las lluvias. El primo de Ibn Mardanis, su rival en Levante, se había declarado a su favor y lo había recibido con honores en Játiva. El emir cabalgaba taciturno, meditando sobre todos los frentes que tenía abiertos. León acosaba la frontera occidental, Castilla algareaba las tierras de Jaén e Ibn Mardanis presionaba la zona oriental.

–Eres un comandante excepcional, el Altísimo guarde tu sabiduría. Estarán ocupados en buscar comida. Nos dejarán tranquilos durante mucho tiempo. –Uno de sus visires se había acercado a él para entablar conversación.

Ibn Hud había llegado hasta Valencia en su campaña de acoso al levantino. No consiguió doblegar la ciudad, pero hizo talas por todo su alfoz, acentuando la situación de escasez que ya vivía el emirato de Levante. A Ibn Mardanis no le quedaría más remedio que algarear la frontera con Aragón, provocando a Jaime I. El joven rey cristiano había demostrado ser un rival duro. Tras cuatro meses de asedio, Medina Mallorca había sucumbido bajo sus armas y fue sometida a un brutal saqueo. Tras aquella campaña, el aragonés miraba Valencia con deseo, y muchos valencianos miraban al norte con miedo.

–Déjame tranquilo –contestó el emir, sin humor para adulaciones.

El hombre se apartó de su lado y fue al-Gusti, su amigo fiel, quien se puso a su par con su caballo.

–Lo has despachado pronto. Llevaba un rato escogiendo las palabras –rio mientras señalaba con la cabeza al visir, que se había quedado rezagado.

–No me gustan los zalameros. Nunca sabes si dicen la verdad. Murcia está llena de ellos –suspiró–. La vida era más sencilla en las montañas. Tú y yo con esa panda de sinvergüenzas saqueando a los cristianos. –Un destello de luz brilló en sus ojos–. Ahora todo son problemas. Gobernar no es fácil. Espero que el Altísimo me dé fuerzas para apagar todos los fuegos.

–Al menos sabemos que los africanos no volverán. Allí tienen sus propios problemas, y no son pequeños.

Abu l-Ala seguía enfrentado a su sobrino Yahya, que ganaba adeptos y minaba sus apoyos. Por otro lado, la tribu de los zenetas meriníes guerreaba desde hacía años con los almohades para desplazarlos en el poder. Por último, en la zona oriental del Magreb, los hafsíes se habían independizado por completo de Marrakech.

–Que cada cual aguante sus cargas. Aquí ya tenemos las nuestras. –El emir se sumió en un breve silencio–. La única manera de saber que los herejes no volverán es cortarles el paso, amigo.

–¿En qué piensas? ¿Algeciras? –preguntó al-Gusti.

–Y Gibraltar –añadió Ibn Hud, confirmando así sus intenciones más inmediatas.

Arjona. Primavera de 1231

Agolpados en la pequeña mezquita, los morabitos cumplían con la oración del alba. Umar ejercía de imán y se encargaba de mantener bien aprovisionado el oratorio. Dos lámparas de aceite con pie de bronce iluminaban la estancia y un perfumero ambientaba el aire con una suave fragancia a flores. «A Dios le agradan los buenos olores», solía decir el santón.

El sonido lejano del galope de un caballo irrumpió en la sala, amortiguado por el repiqueteo de la lluvia. Cuando el jinete, uno de los vigías de la atalaya del camino de Andújar, llegó a la rábita, los morabitos habían salido de la mezquita y se disponían a comenzar los entrenamientos.

–¡Vienen! ¡Los cristianos de Andújar vienen! –Los gritos retumbaron en los muros del fortín. Muhammad bin al-Ahmar fue a su encuentro a paso ligero–. Son más de doscientos –jadeó el guardia–. Por lo menos la mitad son caballeros. Vienen al paso de los peones, pero avanzan a buen ritmo.

Ibn al-Ahmar se puso en marcha de inmediato. Se armó con su lorigón, su maza y sus jabalinas, mientras clamaba órdenes precisas para los demás:

–¡Armadura y armas! ¡Rápido! Nos reunimos en la puerta de Andújar.

Luego montó a caballo y salió apresurado hacia Arjona.

–¡Nos atacan! ¡Necesito hombres! –gritó por las calles de camino hacia la alcazaba–. ¡Todos a la puerta de Andújar!

El aguacero comenzaba a debilitarse y decenas de arjoneros respondieron a la llamada. Muchos habían sido entrenados en la rábita y tenían armas propias. Algunos, los más adinerados, incluso tenían caballo y espada.

–¡Vamos, el *sayj* nos llama! –se oía por todas las calles de Arjona.

Muhammad llegó a la alcazaba y enseguida el alcaide salió a recibirlo.

–No podemos perder tiempo, vienen los cristianos. Moviliza a la tropa del alcázar. Estoy reuniendo a los míos en la puerta de Andújar.

–¿Cuántos son?

–Más de doscientos –contestó Muhammad. El alcaide se relajó; aquel número no sería suficiente para tomar al asalto la ciudad–. Pueden cortar los suministros y saquear los campos. Estaríamos condenados, Arjona ya pasa hambre –añadió el Nasr al ver su expresión–. Hay que luchar.

El alcaide pensó en sus palabras y reaccionó de inmediato.

–Sí, hay que luchar, Muhammad –concedió.

Los guerreros del alcázar, bien pertrechados para la batalla, se reunieron en la alcazaba para marchar juntos hacia la puerta de Andújar. También se unieron al *sayj* sus familiares. Ismail y Yusuf fueron los primeros. Después llegaron Ibrahim, Abd-Allah y el propio Asquilula, los tres con lorigones sobre sus caballos.

–El Altísimo me ha concedido una última batalla –dijo el Neblí, agitando sus azagayas.

Antes de que asomaran por el horizonte los primeros caballeros de la avanzadilla cristiana, cerca de quinientos hombres esperaban frente a los muros de Arjona. El alcaide se apartó del grupo con Asquilula y Muhammad.

–Yo no voy a dirigir la tropa.

–Cualquiera de mis hijos será bueno para comandar –tomó el Neblí la palabra.

–Lo hará él. –El alcaide señaló a Ibn al-Ahmar y le pasó cuatro banderas negras con inscripciones bordadas en blanco.

Muhammad sintió cómo su corazón se aceleraba y su pecho se hinchaba de orgullo. Besó su medalla por el reverso. Luego, sin demora, espoleó a su caballo y entregó las banderas a su hermano, a sus dos tíos y a Hadi.

–Dividiremos a los hombres en cuatro grupos.

Ibn al-Ahmar se situó delante de la multitud, en un lugar donde todos lo pudieran ver y escuchar. Había dejado de llover, pero el ambiente era húmedo y la tierra estaba empapada. Los cristianos estaban ya a la vista. Se habían detenido a cierta distancia para valorar la situación.

–¡Sabéis pelear! Habéis sido preparados para este glorioso día. Alá nos da la oportunidad de defender nuestra tierra o morir como mártires –exclamó Muhammad con voz potente–. No temo a la muerte, y vosotros tampoco debéis tenerle miedo. El Altísimo os espera en el Paraíso. ¡Seguid vuestra bandera y venced o morid!

–*Allahu Akbar!* –le respondieron a coro.

Antes de repartir las órdenes, Ibn al-Ahmar observó el terreno y la disposición del enemigo.

–Estrategias sencillas, muchos de estos hombres no tienen la instrucción necesaria. Abd-Allah, con la mitad de los peones ve a las huertas –señaló las tierras que tenían en frente–, pero no las atravieses. Ibrahim, ponte detrás de tu hermano con los demás, seréis tropas de refresco. Los dos, usad formación abierta. Tú, Hadi, con los caballeros más pesados, ponte por allí –indicó el oeste–, y acude donde sea necesario. Ismail, con la caballería ligera vete allí –señaló hacia el este, cerca de uno de los arroyos que regaban la zona–. Hostiga manteniendo la distancia. –Bajo el mando de Ismail estaban su abuelo Asquilula y su propio padre.

Todos se pusieron en marcha. Abd-Allah e Ibrahim avanzaron hasta las huertas y se detuvieron con el grueso del ejército en formación. Los arqueros montados y los jabalineros se acercaron a los cristianos lo suficiente como para iniciar el acoso.

–Recuerda, ataques en varias tandas y deja espacio entre los caballos para poder volver atrás –le susurró Asquilula a su nieto Ismail.

La batalla comenzó con los primeros proyectiles surcando el cielo que separaba a los dos ejércitos.

–¡Cierra, España! –tronaron del lado castellano.

Martín Fernández de Burgos dio la orden de avanzar.

Comenzó el estruendo. Más de la mitad de los castellanos eran caballeros pesados, calatravos la mayoría, fuertemente armados y sometidos a férreos y constantes entrenamientos durante años. Los caballeros ligeros de Ismail derribaron a algunos de ellos y a decenas de peones. Un grupo de jinetes castellanos los persiguió y cayó en la trampa. Cuando los tuvieron cerca, los musulmanes lanzaron sus jabalinas y huyeron luego a la carrera, evitando caer en sus manos.

En una primera oleada, los calatravos arrasaron las primeras líneas del batallón de Abd-Allah. Sus caballos, torpes al penetrar en las huertas embarradas, tuvieron que retroceder antes de una nueva carga. Habían sufrido algunas bajas, pero habían provocado importantes pérdidas entre los arjoneros, cuyas filas tuvieron que ser reforzadas por los hombres de Ibrahim. Llegaron entonces los peones castellanos y trabaron combate con fiereza. Eran guerreros de frontera curtidos en multitud de batallas y su superioridad se hizo evidente desde los primeros instantes. Ibrahim movió a todos los suyos hasta la primera línea de combate. Los dos hermanos Asquilula daban órdenes y sostenían sus banderas con orgullo.

Los eficaces caballeros de la orden de Calatrava, con los mantos y sobrevestes ya manchados de sangre y barro, se desplazaron hacia el costado del batallón enemigo para efectuar una nueva carga.

Ibn al-Ahmar observó el movimiento de la caballería y cómo los peones cristianos ganaban terreno. Ismail acudía en socorro por el este. A su lado cabalgaban Yusuf, Asquilula y Ahmed bin Ishaq. No les quedaban azagayas, así que desenfundaron las espadas. El comandante andalusí galopó hacia Hadi y su caballería pesada. No llegaban a cuarenta guerreros, pero en sus miradas Muhammad podía distinguir el fuego del ansia de matar. Eran los mejores, a muchos de ellos los había entrenado personalmente. Se colocó junto a Hadi, su amigo fiel.

–¡Por al-Ándalus y por Alá! –gritó mientras se lanzaba a la carga, seguido de cerca por sus hombres.

Los calatravos ya habían chocado contra el costado y la retaguardia musulmana, provocando estragos en sus filas. Los arjoneros habían perdido la ventaja del número. Las cifras se equilibraban y los cuerpos de los muertos, caídos sobre el barro de las huertas, comenzaron a dificultar los movimientos de la caballería pesada cristiana. Cuando los jinetes andalusíes cayeron sobre ellos, los calatravos apenas pudieron voltearse para encararlos.

–¡Sólo Alá es Vencedor! –bramó a pleno pulmón Ibn al-Ahmar, que peleaba en primera línea.

Los calatravos cedieron ante el primer impacto, desorientados, atrapados entre la retaguardia enemiga y el ataque del comandante musulmán. Los peones andalusíes, al ver la bandera negra de sus caballeros avanzando firme, renovaron bríos y esperanzas, y cargaron con fuerza.

Se impuso el horror. Heridas, mutilaciones, gritos de desesperación.

–¡Santiago! –gritó entonces Martín Fernández de Burgos con la cara ensangrentada y el brazo izquierdo inflamado por una herida. Quería insuflar valor a los suyos, pero enseguida se dio cuenta de que era demasiado tarde. Cerca, su portaestandarte cayó–. ¡Retirada! –aulló al fin, angustiado.

Se lanzó a la carrera y varios caballeros siguieron su ejemplo. Otros seguían afanados en luchar por sus vidas y no tuvieron la oportunidad de escapar.

–¡Retirada! –volvió a gritar el calatravo para alertar a los peones, que cedían terreno ante el empuje de los musulmanes.

La huida se hizo masiva y los jinetes de Arjona comenzaron la persecución. Martín Fernández de Burgos consiguió escapar, pero otros muchos cayeron por el camino.

Muhammad detuvo su caballo y contempló el escenario de la contienda. A su alrededor había decenas de cuerpos inertes, tanto amigos como enemigos. En algunas zonas la sangre había teñido la tierra y su olor dulzón se mezclaba con el del barro. Por todas partes se oían gritos, la algarabía de los vencedores y los lamentos de los heridos. Los vencidos seguían huyendo, perseguidos por los jinetes ligeros. El Nasr comenzó a sentir frío y en aquel momento tomó conciencia de su propio cuerpo. Tenía la rodilla derecha inflamada y dolorida, su hombro izquierdo estaba encogido por una intensa contractura y la palma de su zurda lucía un largo corte de poca profundidad. De su maza goteaba sangre enemiga.

–¡Llama a todos los médicos de Arjona! ¡Que vengan ya! –ordenó a un jinete, que se puso en marcha enseguida.

Sobre su montura, Hadi estaba encorvado y llevaba el brazo pegado al pecho. Muhammad pudo ver cómo se abandonaba y caía del caballo sobre la tierra mojada.

–¡Hadi! –gritó, y corrió en su busca.

El hombre respiraba con dificultad y tenía el gambesón empapado de sangre. El lorigón impedía ver sus heridas.

–Me muero, *sayj*.

–No te vas a morir, los médicos están de camino.

Hadi lo miró a los ojos e Ibn al-Ahmar percibió cómo su mirada se quedaba sin luz mientras su sangre se derramaba sobre el suelo.

–Muhammad, escúchame. Tengo miedo. –El Nasr le cogió la mano y apretó.

–No temas. Si mueres, el Altísimo te estará esperando en el Paraíso.

Hadi negó con la cabeza lentamente y varias lágrimas surcaron sus mejillas.

–No puedo ser un amado de Alá.

–¿Por qué dices eso? Has luchado por Él.

–Ya no es momento de ocultar... –dijo Hadi en un susurro–. Tengo deseos antinaturales, siempre los he tenido. –Su mirada se tornó sombría, y Muhammad quedó aturdido por la inesperada confesión–. *Sayj*, siempre te he amado –rompió a llorar–. ¿Cómo quieres que Alá me espere?

Ibn al-Ahmar necesitó varios segundos para reaccionar. Seguía sosteniendo la mano de su amigo fiel y la apretó con más fuerza.

–Si tienes esos deseos, el Compasivo los ha puesto dentro de ti. No sufras. Si murieras, te llevaría con Él. Pero ahora sé fuerte y resiste, que ya vienen los médicos.

Un tabib llegó hasta ellos y pidió la ayuda de Muhammad para quitarle la armadura. En su pecho desnudo vieron varias laceraciones y contusiones, y un profundo corte que se correspondía con una rotura de la malla metálica de su armadura. Un calatravo se había ensañado con él. La sangre seguía saliendo por varios puntos y la piel la tenía morada por los derrames internos. El tabib miró a Muhammad y negó con la cabeza. Hadi comenzó a respirar con agitación y a llorar con más intensidad.

–Tranquilo, amigo mío –murmuró Muhammad mientras el tabib marchaba en busca de un nuevo herido–. No tienes faltas que Alá te pueda reprochar. Eres un buen musulmán. Muere en paz. –El Nasr peleaba con sus sentimientos para no llorar.

–Muhammad, mi mujer y mi hijo... Cuida de ellos. No he sido un buen esposo.

El comandante cogió la mano de su amigo con las dos suyas, y la sangre de su propia herida se confundió con la del jienense.

–Escúchame bien. –Lo miraba fijamente a los ojos. Sabía que no tenían mucho tiempo–. Me encargaré de que nada les falte. Puedes morir tranquilo. Tu esposa y tu hijo estarán protegidos por los Nasr.

Las facciones de Hadi se relajaron y su respiración se hizo más lenta.

–No quiero morir –reconoció al fin.

–Nadie muere. Sólo abandonamos el cuerpo.

Sonó un suspiro que terminó en un leve ronquido. Ya no le quedaba sangre que derramar y Hadi murió sobre la tierra húmeda del campo de batalla.

En el silencio posterior sólo se destacaban los gemidos de los heridos. Los médicos los atendían, pero no daban abasto.

Muhammad miró a su alrededor. Su padre había cogido la bandera negra de Hadi y se la ofrecía con gesto serio, como una advertencia para que no se dejara llevar por la pena delante del ejército. Todos tenían amigos y familiares muertos en aquel campo. El Nasr se puso en pie y agarró la bandera. Ignorando el intenso dolor de su rodilla, caminó hasta el pendón calatravo. Con ambas enseñas montó sobre su caballo y se dirigió a la tropa.

–Es hora de recoger a nuestros muertos y limpiar el campo. Rezad al Altísimo, pero no por ellos. Rezad para que los vivos sigamos siempre con la misma determinación. Ellos –señaló a los caídos– ya están gozando del Paraíso.

Los hombres respondieron con un silencio respetuoso.

–Tiene madera de líder, siempre te lo he dicho –le comentó Asquilula a Yusuf. Miraba a su nieto con admiración.

El dolor en el hombro comenzaba a ser insoportable y se le extendía por toda la espalda. Muhammad se encaminó hacia la puerta de Andújar, seguido de cerca por los suyos. Allí se habían arremolinado cientos de vecinos de Arjona, que observaban incrédulos a los vencedores. El Nasr había conseguido derrotar a los poderosos caballeros calatravos con un ejército de andalusíes entrenados en una rábita.

–*Sayj!* –se comenzó a oír entre la muchedumbre, y pronto el grito se contagió. Acostumbrados a la derrota, aquella victoria les hacía recuperar la esperanza.

Muhammad sacó pecho y alzó las insignias antes de hablar.

–Esta batalla la comenzamos a ganar hace muchos meses, cuando restauramos la rábita y acudimos a ella con fe –pronunció con voz clara–. La victoria no ha sido fácil. Han caído muchos musulmanes, tal vez más que cristianos. Ahora tenemos que suplirlos. ¡Hombres de Arjona, el Altísimo os necesita!

–*Allahu Akbar!* –respondieron los oyentes.

La comitiva de los Nasr y los Asquilula se perdió por las calles en dirección a la alcazaba. Los arjoneros acudieron al campo de batalla, algunos para recuperar a sus muertos, otros para llevar a cabo un expolio. Las huertas pronto se llenaron de lágrimas y de furia. Los musulmanes caídos fueron transportados a Arjona, los cristianos fueron abandonados sobre la tierra, desnudos.

* * *

Maryam bajó las cuestas que llevaban al barrio de los herreros. A intervalos sonaba el repiqueteo de los martillos, que excitaba los ladridos de algunos perros callejeros. La mujer iba cubierta por un fino manto que la tapaba desde la cabeza y, colgada del brazo, llevaba una cesta con flores y fruta. Tocó a una puerta.

–La paz sea contigo –saludó a un joven de unos quince años–. Tú debes de ser Kamal. Vengo a ver a tu madre.

El muchacho la dejó pasar y la condujo hasta Hiba, que trabajaba en su telar.

–Paz, Hiba. Soy María –usó su nombre cristiano–, la... esclava de Muhammad bin al-Ahmar.

–Paz, María. ¿Gallega? –preguntó en romance.

–Castellana. He venido a decirte que lo siento. –Le tendió la cesta.

Hiba se puso en pie y la abrazó. Sin mediar palabra, la cogió de la mano y la llevó a la cocina, donde preparó una infusión de hierbas y le sirvió un vaso. Las dos mujeres se sentaron en el pequeño patio. Kamal las observaba desde lejos.

–Hiba, Muhammad quería mucho a tu esposo. Le prometió que cuidaría de ti y de tu hijo. Puedes estar tranquila, los Nasr son hombres de palabra.

Había pasado una semana desde la batalla de las huertas y Arjona volvía poco a poco a la normalidad. Se había repartido el botín, los heridos estaban siendo atendidos por los médicos y los muertos ya habían sido enterrados con honores.

–Dale las gracias, María. Es un buen hombre. Hadi siempre hablaba bien de él.

Las mujeres conversaron sobre su pasado y entre ellas no tardó en nacer una amistad que las animó a hacerse confidencias.

–Para ti la esclavitud ha sido una liberación, para mí fue una pesadilla horrible –dijo Hiba después de oír la historia de la otra.

–Pero ahora tienes una vida aquí. Tienes un hijo sano y fuerte, y guapo.

Hiba le dio las gracias con una sonrisa.

–Y tú, ¿no te animas? Si te empeñas, seguro que Muhammad te preña.

Maryam se puso tensa e intentó cambiar de tema.

–Eso no es para mí. Me ha pillado con muchos años, seguro que ya estoy seca.

Hiba le puso una mano en la rodilla.

–Si está de Dios que tengas un hijo, lo tendrás.

Maryam no contestó. Tal vez aquél fuera el problema, que Dios no quería que tuviera un hijo.

Murcia. Verano de 1231

–Más impuestos, no hay otro camino.

El visir miraba el documento que tenía en las manos. Eran las cuentas del emirato, que reflejaban las grandes partidas del gasto público.

–Ya los hemos subido. Me comprometí a mantener sólo los legales. No quiero más impuestos.

–Pero, señor –intervino otro de los visires–, entonces, ¿cómo vamos a costear el ejército, cómo vamos a reclutar nuevas tropas, cómo vamos a mantener los caminos y las mezquitas? Cada vez hay menos habices, las familias están al límite y la hambruna...

–¡Ya vale! –explotó el emir–. Me va a estallar la cabeza. Trináis como pájaros: mucho ruido para no decir nada. –Se hizo un pesado silencio–. Preparemos una leva para reponer las pérdidas de hombres. Y subiremos los impuestos para fabricar armas –concedió–, pero sólo lo necesario. ¿Me oís? Lo mínimo indispensable. Me encargaré de que el nuevo ejército consiga buenos botines para aliviar al pueblo.

Aquella primavera, Ibn Hud había recibido dos nuevos varapalos de los cristianos. Quesada, que años atrás ya había sido saqueada por Fernando III, cayó definitivamente en manos del arzobispo de Toledo. En el otro extremo de al-Ándalus, el primogénito del rey Fernando, el infante don Alfonso, con apenas nueve años de edad, había entrado en tierras andalusíes, acompañado por Álvaro Pérez de Castro y un gran ejército. La expedición llegó hasta las inmediaciones de Jerez. Por el camino tomaron Palma del Río, aniquilaron a la población y consiguieron un gran botín. Cerca del río Guadalete, Ibn Hud cayó derrotado ante ellos y la noticia resonó en todo el emirato como un eco de la batalla de Alange. Su gobierno comenzaba a perder fuerza y su fama se ensombrecía con las victorias cristianas. Ni siquiera la euforia por las conquistas de Algeciras y Gibraltar había conseguido perdurar lo suficiente como para mantener intacto el prestigio del emir.

–Mi señor. –Un hombre vestido elegantemente con seda de color azul llamó la atención de todos–. Tal vez deberíamos negociar una frontera...

No pudo continuar.

–¡Fuera! ¡Sacad a este estúpido de aquí! ¡Que no lo vuelva a ver! ¡A los cristianos los someteré con fuego y acero, hasta que derramen la última gota de su sangre! ¡Haré con ellos lo mismo que con los almohades!

Ibn Hud no dejó de gritar hasta que los pasos del consejero desaparecieron tras los muros. El emir era impulsivo y su odio hacia los almohades y los cristianos le había valido el emirato. Sin embargo, luchar contra Castilla y León unidos era un claro suicidio. En cada embate, cientos de musulmanes caían. La única sangre que Ibn Hud estaba derramando era la de su propio pueblo.

Hospital de la Herrada, Carrión. Otoño de 1231

Durante tres días no había parado de llover. Al fin había salido el sol y la tierra comenzaba a secarse. Fernando III y Berenguela se detuvieron en la explanada que se abría ante la puerta del hospital para entrar en calor. El entierro de Gonzalo Ruiz Girón, mayordomo del rey, se había prolongado durante más de dos horas y tenían los miembros entumecidos.

El noble les había prestado buenos servicios. Muchos sintieron su pérdida y los principales del reino acudieron a despedirlo. Berenguela tenía la mirada sombría; los funerales seguían trayéndole recuerdos de las muertes que habían marcado su vida.

–Tienes que hacer algo con León –dijo de repente–. Eres su rey, pero todavía tienes que ganarte la confianza del pueblo.

Berenguela y Teresa de Portugal, la primera esposa de Alfonso IX, habían alcanzado un acuerdo sobre los beneficios para las infantas Sancha y Dulce tras acatar el ascenso del rey de Castilla al trono leonés. Fernando III había pasado a ser rey de Castilla y Toledo, de León y Galicia, de Baeza y Badajoz. En un intento por apaciguar sus nuevos dominios, el rey había recorrido algunas ciudades y castillos, reconociendo privilegios y manteniendo el orden establecido por su padre. Ahora se disponía a entrar de nuevo en el reino de León para dirigirse a Galicia, donde importantes focos de rebelión se alzaban contra él.

–¿Qué insinúas?

–Te ven como rey de Castilla, pero tienen que verte como rey de León. Tu padre estaba castigando su Extremadura, sigue tú su camino. Manda a los leoneses a luchar. Aumentar sus tierras y obtener buen botín hará que te aprecien más.

–Madre, lo tengo previsto. Terminaré lo que comenzó mi padre. –La mirada del rey delataba una honda pena, que no pasó desapercibida para Berenguela.

–Tu padre te quería, pero era rey antes que padre, un buen rey. Y tú eres digno hijo suyo, y nieto de tu abuelo, Alfonso VIII de Castilla.

–E hijo de mi madre –añadió Fernando III con una sonrisa melancólica.

–¿Qué te has propuesto hacer? –preguntó Berenguela con los ojos vidriosos.

–Trujillo. El maestre de Alcántara me lo propuso y he avisado a los concejos de Extremadura. El obispo de Plasencia se va a encargar de coordinarlos y de llamar a las órdenes. Antes de que acabe el año estarán ante sus muros.

–Es un buen objetivo. Juntos, los cristianos peleamos mejor.

–Unidad en los cristianos y lucha al infiel –recitó Fernando III.

El rey asentaba su autoridad. Era aún joven, pero ya era respetado.

Tras las exequias, los nobles comenzaban a acercarse a él, solícitos, con grandes sonrisas y palabras amables y estudiadas. Berenguela dejó solo a su hijo. En ese ámbito también sabía manejarse Fernando.

Arjona. Otoño de 1231

Muhammad, fiel a sus costumbres ascéticas, probó varios bocados y dio por terminada la comida. Aquel día se celebraba en la rábita la ascensión al Paraíso de Abd al-Rahim, el santón sufí de Elvira en cuyo honor se había construido el edificio. Se sacrificaron varias gallinas y se elaboraron espetos de albóndigas que se asaron al fuego. Ibn al-Ahmar estaba ansioso por volver a Arjona. Los jóvenes que recibían instrucción en el fortín eran piadosos y voluntariosos, y eran tantos los que se alistaban que el alcaide había tenido que asumir que un buen número de ellos entrenara en el alcázar.

–Sólo Alá es Vencedor, pero tú eres el brazo que sostiene su espada. –Umar lo sacó de sus pensamientos.

Muhammad meditó sobre aquellas palabras, que enseguida tomó para sí.

–Sólo Alá es Vencedor, siempre –respondió al fin con solemnidad.

Enseguida montó sobre su caballo y tomó el camino de Arjona. Bermejo, en forma a pesar de sus muchos años, se recuperaba de las heridas de la batalla de las huertas. Muhammad también se reponía de las suyas. La palma de la mano había cicatrizado bien, la contractura del hombro había desaparecido a las pocas semanas y la rodilla aún le producía molestias, pero había mejorado ostensiblemente

–La paz sea contigo, *sayj* –lo saludó Kamal por el camino. Muhammad había intercedido ante el Jilguero para que aceptara al hijo de Hadi, a pesar de sus escasos catorce años. El muchacho trabajaba en los campos cercanos a la rábita, donde también recibía instrucción militar.

El Nasr lo miró a los ojos para devolverle el saludo y se encontró con la mirada de su amigo muerto. El recuerdo le hirió el pecho con un agudo dolor. Hizo un gesto y continuó su camino.

Llegó a casa a primera hora de la tarde. Tres hombres salían de ella con amplias sonrisas en el rostro. Yusuf los despedía desde la puerta. Eran clientes que acudían a pedir ayuda a los Nasr, como en los viejos tiempos. La familia había recuperado su prestigio y parte de su poder.

Ahmed bin Ishaq era uno de ellos y, al ver a Muhammad, se le acercó.

–Paz, *sayj*. Tu padre es un buen hombre, tenías a quién salir –lo saludó–. Mi padre está enterrado, el Altísimo lo tenga con Él, y enterradas están también las viejas disputas por los mojones. –Muhammad sonrió y asintió–. Voy a comprar tierras por poniente –dijo para explicar su visita–. Ya tengo el préstamo.

–Me alegro por ti, amigo. En esta casa siempre serás bien recibido.

–Muhammad –pronunció con voz grave–, perdí mi honor, sólo tú lo sabes, y por ti lo recuperé sin que haya habido merma ante nadie. Siempre te estaré agradecido.

Ibn al-Ahmar le apretó el hombro derecho en señal de amistad.

–Los mojones y las cuestiones de honor están ya lejos. Ahora sólo me viene a la memoria la batalla de las huertas, en la que luchaste con valentía y destreza.

Ahmed levantó la cabeza con orgullo y se despidió.

Ya en el zaguán, mientras se quitaba las botas, Muhammad escuchó el trajín de niños que gritaban, correteaban y jugaban en el patio. También se oía el llanto de Faray, que pedía alimento, y las dulces palabras de consuelo de Mu'mina y Sams. Se quedó quieto un instante, recreándose en aquella sensación de vida que había logrado espantar a los fantasmas de los muertos.

Y así lo encontró Maryam, que venía de visitar a su amiga Hiba. Muhammad le pidió que guardara silencio y escuchara. Ella obedeció y comprendió que era el jolgorio de los niños lo que tenía embelesado al Nasr. Un extraño desconsuelo se le instaló en el vientre y se marchó enseguida para confundirse con el ruido y no escuchar sus pensamientos.

Muhammad se sentó en el banco de piedra del zaguán, cerró los ojos y siguió llenándose de vida.

* * *

Un esclavo sudanés retiró la ceniza y depositó nuevas ascuas en el brasero de bronce. Fuera llovía y la humedad se calaba en los huesos de Asquilula. El alcaide lo había recibido en su torre para comentar los últimos acontecimientos. Entre ambos se había establecido una relación de confianza que alimentaban con frecuentes reuniones y charlas amistosas.

–Neblí, no podemos permitirnos más fracasos.

–No, no podemos, Abu Nabil. Murieron muchos en las huertas y otros tantos en Jerez. Arjona está expuesta a Martos y Andújar. Necesitamos hombres aquí.

Muchos arjoneros habían respondido a la llamada a filas de Ibn Hud, pero la mayoría había perecido frente a las tropas castellanas en la batalla de Jerez.

–Sí, en ambas batallas perdimos hombres… –El alcaide apretó la boca y tembló de furia–. Pero en las huertas ganamos –soltó al fin–. Tal vez deberíamos mandar a tu nieto a Murcia para que le diera clases al emir. –Al instante se arrepintió de lo dicho y se ruborizó. Se levantó y se asomó a la puerta para comprobar que no había nadie cerca–. Amigo mío, olvida lo que he dicho, es demasiada la presión. Desde Murcia no paran de pedirme que suba los impuestos para pagar los reclutamientos.

Son impuestos ilegales y no soy partidario, pero me debo a mi señor.

Asquilula lo miró sereno y esbozó una sonrisa.

–Tranquilo, Abu Nabil. –Se palmeó la pierna herida en Alarcos–. El emir fue eficaz contra los almohades, hace mucho que no sabemos de ellos, pero con los cristianos se está equivocando… –Asquilula sabía que no era cuestión de estrategia militar, sino de habilidad diplomática. Sosegada Castilla y unida a León, representaba un rival demasiado poderoso–. No eres el único decepcionado con los últimos acontecimientos –dijo para quitar importancia a su palabras. Sin embargo, el patriarca había tomado buena nota de la opinión del alcaide. Ibn Hud los había seducido a todos, pero no estaba a la altura de lo que al-Ándalus necesitaba en aquellos momentos.

Andújar. Otoño de 1231

Gonzalo Yáñez de Novoa, maestre de Calatrava, entró en Andújar acompañado por doscientos caballeros y un número mayor de peones. El enclave había sido reforzado después de la derrota de Arjona y ahora, tras la decisión del rey Fernando de emprender una nueva campaña en al-Ándalus, el maestre acudía a la frontera para enviar su participación a León.

–¿Cómo estás? Me alegra que salieras vivo –saludó a Marín Fernández de Burgos, a quien había puesto al frente de los calatravos de Andújar.

Éste se agarró el brazo izquierdo con la diestra.

–Me partieron los huesos de este brazo con un golpe de escudo, pero ya estoy recuperado.

–Doy gracias a Dios. –Lo observó con más detenimiento–. ¿Ayunando?

El caballero asintió. Su rostro lo evidenciaba.

–Por los caídos en la batalla.

–Ya está bien, Martín. –El maestre suspiró–. Aliméntate en condiciones. De nada le vale a Dios un hombre sin fuerzas.

He depositado demasiada carga sobre tus espaldas... Has tomado decisiones impulsivas, siempre para glorificar a Dios y servir a la orden, lo sé. Pero hemos perdido a muchos cristianos en tierra de moros. –Martín agachó la cabeza. Tenía mal aspecto y daba la sensación de que sus miembros extenuados se iban a hundir bajo el peso del lorigón–. Ahora te necesito en otro lugar, donde podrás servirme bien y curarte de la culpa que te corroe.

–Donde mandes, señor, iré. –Había fracasado por segunda vez y ansiaba reconciliarse consigo mismo y con su maestre.

–El obispo de Plasencia va a dirigir un ataque contra Trujillo. Las tropas están en camino y antes de que acabe el año cercarán la fortaleza. La orden participará con doscientos caballeros. Tú irás con ellos; sé fiel a la regla en todo momento y lucha con honor por Dios.

Martín besó la cruz que llevaba al cuello y asintió. Sabía lo que aquello significaba: el maestre de Calatrava lo degradaba y lo enviaba lejos, a la batalla, para que tuviera la oportunidad de servir como buen soldado de Dios.

–Me dejaré el aliento y la sangre en la lucha contra el infiel –dijo con orgullo.

–No me cabe duda, mi fiel Martín. Pero antes recupera el cuerpo, te hará falta.

El maestre lo despidió e hizo llamar al hombre que lo iba a sustituir al frente de los calatravos de Andújar.

Trujillo. Enero de 1232

La humedad y el frío habían calado hondo entre los cristianos que asediaban Trujillo. Muchos hombres cayeron enfermos y los campamentos, embarrados y sacudidos por un viento helado, se dejaron invadir por el sonido de los golpes de tos y los lamentos sordos de los soldados aquejados de fiebre. Martín no se había librado de la enfermedad. Dos días estuvo postrado por las calenturas, pero cuando la niebla se levantó y el frío se suavizó, se recuperó y se sintió de nuevo dispuesto para la batalla.

El estrecho cerco impedía el aprovisionamiento de la fortaleza. La estrategia se basó en pequeños asaltos a las murallas que habían sido fácilmente repelidos. El obispo de Plasencia y el maestre de la orden de Alcántara acordaron un último intento de conquista por la fuerza.

–Concentremos nuestras fuerzas y acabemos con esto de una vez –solicitó el de Alcántara, cansado de ver pasar los días sin que consiguieran ningún avance.

Las milicias concejiles de Plasencia y los hombres de las órdenes formaron ante la puerta de más fácil acceso a Trujillo. Los peones se abalanzaron contra la muralla, colocaron en ella sus escalas y comenzaron la ascensión. Los defensores reaccionaron con fiereza y rechazaron el primer asalto. Cayeron guerreros por decenas y los alrededores del adarve se cubrieron enseguida de muerte. El ataque parecía condenado al fracaso. La voluntad de los hombres flaqueaba cuando, entre las nubes, por un claro, asomó la luz limpia del sol sobre la muralla.

–¡Nuestra Señora! ¡Nos manda una señal! –gritó uno de los placentinos.

Todos alzaron la vista y contemplaron convencidos aquella señal que provenía de la virgen María.

–¡Tomarla o morir! –El grito de guerra se repitió de boca en boca, insuflando valor en los hombres.

Los cristianos se disputaban la escala y ascendían con arrojo, ignorando a los caídos. Por cada muerto, tres vivos trataban de alcanzar las almenas y así, tras una breve matanza, los primeros pisaron el adarve y se enfrentaron a los moros que lo defendían. La lucha fue encarnizada, pero ganó la férrea voluntad de los cristianos; la puerta se abrió y los caballeros pudieron acceder al interior.

Martín Fernández de Burgos permanecía angustiado y nervioso junto a los suyos. Besó la cruz en recuerdo de su padre y su tío. Había llegado el momento de resarcirse, de limpiar la deshonra.

–¡Santiago! –gritó el maestre de la orden de Santiago, y sus caballeros salieron en tropel.

Martín miró al calatravo que los lideraba y aguardó la orden, que llegó de inmediato.

–¡España! –vociferó aquél, y los caballeros de la cruz negra flordelisada siguieron a los santiaguistas.

Tras ellos, templarios y hospitalarios se pusieron en marcha.

Los lugareños se escondieron en sus viviendas. Los hombres de la guarnición comenzaron a replegarse hacia las torres más fuertes. Las calles se llenaron de gritos, carreras y galopadas furiosas. Martín llegó presto a la primera línea, donde un grupo de defensores intentaba frenar a los cristianos. Irrumpió en el combate con la lanza en ristre y la clavó en el primer hombre que se le puso delante. Continuó con la espada y, antes de que el grupo se disolviera, terminó con tres mahometanos más. Ebrio de sangre, persiguió a los que corrían hacia la seguridad de la torre principal. A su alrededor sólo se escuchaban los alaridos de los moribundos y los gritos desesperados de las mujeres y los niños.

Quedaban infieles dispuestos a luchar, pero Trujillo ya estaba condenada. Los pendones cristianos lucían altivos por las calles.

Lejos de las murallas, a una distancia prudencial, tres jinetes ligeros musulmanes observaban cómo los últimos caballeros entraban en la ciudad. Luego, con premura, torcieron el rumbo y regresaron por donde habían venido.

* * *

A varias millas de Trujillo, el campamento de Ibn Hud aguardaba noticias.

–Ha caído. Los cristianos ya están dentro.

El emir despachó a los tres jinetes antes de dirigirse a sus hombres de confianza.

–Levantamos el campamento y volvemos a Murcia. Hemos llegado tarde.

El campamento se llenó de rumores y cuchicheos. Obedecían la orden, pero se sabía que era una verdad a medias. Muchos habían perdido la fe en su comandante. Las derrotas pesaban sobre la vieja fama del emir y aquella retirada deshonrosa confirmaba las sospechas de que tenía miedo de los cristianos. El ejército andalusí llevaba días rondando Trujillo, pero Ibn Hud no se había decidido a intervenir hasta que fue demasiado tarde. Era consciente de que sus tropas eran numerosas, pero adolecían de inexperiencia. Los mejores hombres habían caído en Alange y en Jerez. Frente a los poderosos caballeros de las órdenes no bastaban la fe y la voluntad de un puñado de campesinos. El emir se veía atrapado por su propia política de atacar sin parlamentar. El sueño de un líder andalusí victorioso se desmoronaba ante un enemigo mucho más poderoso y más pertinaz.

Arjona. Invierno de 1232

El patio de abluciones de la mezquita aljama de Arjona se convirtió en un hervidero de hombres que hablaban en voz queda. Era viernes y el imán, que también ejercía de jatib, había proclamado en su jutba a Ibn Hud como «el salvador de la tierra sagrada de al-Ándalus frente a los herejes de África y los infieles del norte». Ninguna mención había hecho a la caída de Trujillo ni a la actitud timorata del emir. Sin embargo, los arjoneros conocían la nueva y la comentaban con sorpresa y desprecio.

Yusuf, que estaba saludando a unos clientes, salió rezagado de la sala de oración. Asquilula lo llamó a voces y, pese a su cojera, lo alcanzó a toda prisa. Lo cogió de un brazo y se lo llevó aparte.

–No podemos dejarla en sus manos –le soltó sin más.

–¿De qué me hablas? –preguntó Yusuf con media sonrisa.

–Esta tierra, hombre. No me hagas desesperar, ya sabes de lo que hablo. –El Neblí estaba nervioso–. Hemos perdido Trujillo y el emir no ha movido un dedo para impedirlo. ¿Para eso convoca un ejército? ¿Para eso exige impuestos ilegales? –Negó con la cabeza–. Nos engañó, a mí el primero. Lo creía más listo, pero no es más que un crío con un arma que no sabe cómo usar.

–No olvides que le debemos mucho –suavizó Yusuf.

–Pero eso no le da derecho a dejar que al-Ándalus se rinda ante los cristianos. –Hubo un breve silencio–. ¿Acaso estás ciego? Necesitamos un líder más capaz.

–Lo necesitamos –confirmó Yusuf–. Sólo reconocía sus méritos.

–Todos sabemos de sus méritos. A cada cual hay que reconocerle sus virtudes y sus defectos. Fue una inspiración para los andalusíes cuando más necesitábamos unión para echar a los almohades. Pero es un mal gobernante y un pésimo estratega.

–Tienes razón. –Ysuf suspiró–. Llevamos mal camino. Alange, Jerez, Quesada... Y ahora, Trujillo. Pero ¿qué podemos hacer nosotros?

El Neblí apretó los labios, como si le costara contener las palabras.

–Yo ya tengo un plan, lo veo muy claro. ¡Y tú también deberías verlo, zopenco! –le espetó, y se retiró apoyándose en su bastón hacia la salida del patio.

* * *

La nieve había cuajado sobre los tejados y los campos de Arjona. Asquilula, embutido en una gruesa pelliza de piel de conejo, se encaminó hacia el alcázar para visitar al alcaide. El interior de la torre estaba bien caldeado y, al entrar, el Neblí tuvo una agradable sensación de hormigueo en el rostro. Los dos hombres se sentaron en torno a una mesa baja de madera y compartieron una bandeja de dátiles y una jarra de leche caliente.

–Un nuevo fracaso y una nueva pérdida –soltó Abu Nabil sin esperar a que su amigo iniciara la conversación.

–No te equivocabas. Al emir le faltan unas clases de estrategia, y algo más.

Ambos hablaban con total franqueza, como mutuos confidentes.

–Estamos perdidos. Al-Ándalus de nuevo se tambalea, como la rama de un olivo vareado, y las aceitunas no paran de caer. –El alcaide se frotó la cara con desesperación–. Y nosotros aquí, rodeados, con la amenaza constante de los cristianos sobre nuestras cabezas. Ya no sé qué hacer. Hay muchos voluntarios y tengo tres turnos de instrucción para ellos, pero necesitamos mucho más. Si no fuera por Ibn al-Ahmar y la rábita, hacía tiempo que Arjona tendría campanarios en lugar de alminares.

Asquilula se mesó la barba y meditó bien sus palabras.

–Reconozco el mérito de Ibn Hud. –Se llevó la mano al pecho y cerró un instante los ojos–. Pero como líder se está agotando. Tengo miedo por el futuro de esta tierra en manos tan ineficaces –dejó las palabras en el aire para tantear al alcaide.

–Tan incapaces –remató Abu Nabil con el semblante serio, sin el menor atisbo de duda en la voz.

–Dime una cosa, amigo. –Asquilula pensó que había llegado el momento de arriesgar–. Si surgiera un nuevo líder, alguien capaz, valiente, hábil en la estrategia y las palabras, piadoso, querido por el pueblo... ¿Lo seguirías?

El alcaide miró fijamente al Neblí. Había comprendido el mensaje velado. Sin apartar la mirada de sus ojos, contestó:

–Si se alzara un líder como tu nieto lo apoyaría sin dudarlo.

Asquilula tomó un dátil de la bandeja y se lo echó a la boca con satisfacción.

–Quiera el Altísimo que ocurra, que al-Ándalus tenga al emir que se merece. Rezaré para que así sea.

* * *

Los pequeños Yusuf y Faray se peleaban por un caballo de madera que su abuelo había tallado para ellos. Aisha zanjó la disputa quitándoles el juguete y los dejó llorando con desconsuelo.

–Si no sabéis compartir, no será para ninguno –les dijo a modo de reprimenda.

Faray le propinó un manotazo a su hermano y Maryam, que estaba cerca, acudió al instante para separarlos. Aisha se dio la vuelta.

–Gracias, Maryam. No puedo despistarme ni un segundo. Me tienen agotada.

La joven madre tenía ojeras y su rostro evidenciaba un cansancio infinito. Mu'mina y Sams se ocupaban de entretener a la pequeña Fátima, que tenía un carácter más tranquilo que sus hermanos. Karima, con la ayuda de la esposa de Ismail y sus hijas, preparaba la comida. La intimidad del hogar era tranquila. Aisha había dejado el rencor atrás y había aceptado a Maryam como un miembro más de la familia.

La nieve seguía cubriendo Arjona y la vida del campo se había paralizado. Los tres hombres de la casa se dedicaban a reparar algunos muebles que, con el paso de los años, se habían desportillado. Los Nasr habían vuelto a ser la segunda familia de Arjona. Sin embargo, el patriarca seguía realizando por sí mismo, y con sus hijos, todos los trabajos de los que se sentía capaz. «Un patrón debe saber lo que es el trabajo. Si no lo supiera, ¿cómo sabría lo que debe exigir a sus jornaleros?», les decía a sus hijos.

No esperaban visita, pero poco antes del mediodía llegaron los Asquilula y Yusuf dispuso que se vieran en el *madjlis*.

–Tengo que hablaros de algo importante –comenzó Asquilula–. De nuevo al-Ándalus sufre un mal gobierno. Ibn Hud pierde las batallas y cede terreno cada día ante los infieles. Arjona tiene a los cristianos cerca..., y temo por nuestras familias, por nuestras casas y nuestros campos. –Los semblantes estaban serios–. Ha llegado la hora de actuar.

–Estoy de acuerdo contigo, Asquilula –afirmó Yusuf–. El emir nos ha defraudado. Sé que tienes un plan, pero yo no llego a ver lo que para ti es tan evidente.

–Un nuevo líder para al-Ándalus. Un arjonero –dijo al instante–. Un *sayj* respetado por su pueblo. –Y miró directamente a Muhammad.

Ibn al-Ahmar sintió cómo su corazón se aceleraba. A su lado, Abd-Allah arrugó el ceño y torció la boca, lleno de ira contenida. Sin embargo, no pronunció palabra alguna contra la propuesta de su padre.

–¿Hablas en serio? –preguntó Yusuf–. ¿Cómo piensas que podríamos conseguirlo?

–Ibn Hud era un capitán al servicio de los almohades en el valle de Ricote. Conocemos su historia. Un cabecilla del pueblo. Sólo contaba con sus hechos, y con ellos consiguió arrastrar a todo al-Ándalus a su causa. Él –señaló a su nieto– tiene hechos, y tiene familia.

Yusuf balanceó la cabeza, como si quisiera aclarar sus ideas.

–No es fácil derrocar a un emir, Asquilula.

–Yo no hablo de derrocarlo, hablo de rivalizar con él. Desde aquí. Los almohades llevan años haciéndolo, unos se levantan contra otros y crean sus propios partidos. Aquí mismo, en al-Ándalus, Ibn Hud no es el único que se ha alzado como emir. –Guardó silencio un instante–. La alternativa es dejar que los cristianos nos invadan. –El Neblí extendió las manos hacia Yusuf, esperando su respuesta.

–Hagámoslo –los interrumpió Ibn al-Ahmar–. Quiero hacerlo –enfatizó, para confirmar su determinación.

Complacido, Asquilula sonrió.

–Estoy contigo, hermano –intervino Ismail.

Yusuf miró a sus hijos y sintió más orgullo que dudas.

–Habrá que buscar apoyos. –Miró a Asquilula.

–Ya he hablado con el alcaide. Nos ayudará.

–Siempre vas por delante de los acontecimientos, viejo astuto.

–La única manera de que no te sorprendan es provocarlos tú mismo.

Se abrazaron, unos con más convicción que otros. Allí, en el *madjlis* de los Nasr, acababan de sellar un pacto que estaba destinado a cambiar el rumbo de al-Ándalus.

–Me encargaré de dar los primeros pasos –le dijo Asquilula a su nieto antes de marcharse.

Cuando estuvieron solos, Muhammad se dirigió a su padre:

–¿Recuerdas la promesa que te hice? Te dije que llevaría nuestro nombre a lo más alto, que nuestro banu brillaría como las estrellas en el cielo. –Los ojos de Yusuf se encendieron–. Hoy te renuevo mi promesa.

Muhammad agarró su medalla, la vieja moneda romana en la que, como una reliquia, portaba los cabellos de Farah. La sujetó con fuerza y la agitó delante de su hermano y de su padre, como si con aquel gesto sus palabras cobraran aún más fuerza.

* * *

–¿Piensas poner a Muhammad al frente de al-Ándalus? ¿No tienes bastante con que lo llamen *sayj* en Arjona? ¿Es que lo quieres más que a tus propios hijos? –Nada más salir al frío de la calle, Abd-Allah abordó a su padre con una retahíla de reproches.

Asquilula ignoró las palabras de su hijo. Sólo le contestó cuando estuvieron al abrigo de los muros de la casa.

–En el juego de la política hay que ser inteligente, hijo. Hay que saber velar las intenciones propias y usar los instrumentos que tenemos a nuestro alcance. –Hablaba como si se dirigiera a un niño, de forma pausada.

–Padre, no suelo estar de acuerdo con mi hermano, pero tal vez sea ir demasiado lejos favorecer al Nasr para que sea emir –opinó Ibrahim.

Abd-Allah lo señaló y asintió, sintiéndose más fuerte.

–Los años no pasan en vano –sentenció entonces en tono irónico.

Asquilula levantó el brazo y le propinó una bofetada que acabó con él por los suelos.

–¡Levántate y escúchame! –Pese a sus más de setenta años, conservaba su fuerza y, sobre todo, su agilidad mental–. Si mañana proclamara a cualquiera de vosotros como líder del pueblo, ¿quién os apoyaría? ¿Quién os seguiría? –Dio tiempo para que pensaran la respuesta–. Exacto, nadie. Tenéis muchas cualidades y os quiero por encima de cualquier otra cosa. Sois mis únicos hijos varones, mis preferidos. Pero no tenéis el don de mover a las gentes. Sin embargo, el hijo de vuestra hermana, Muhammad bin al-Ahmar, el *sayj* de Arjona, el restaurador de la rábita, el vencedor de la batalla de las huertas..., él ya tiene medio camino andado. Si mañana le redactara una *bay'a*, habría cientos de arjoneros haciendo cola para jurarla. ¿Entendéis?

–¿Y por qué tienes que ayudarle tú? –preguntó Abd-Allah, que aún no estaba conforme. La mejilla se le había sonrojado y el ojo le lloraba de forma involuntaria.

–Lo prefiero a él antes que a otro porque lleva nuestra sangre. A él puedo ayudarle a conseguirlo y, si lo hace con mi ayuda, podré reclamar algo a cambio. Tal vez, si aprendéis la lección y os mostráis más respetuosos con vuestro padre, le pida que comparta el gobierno con vosotros. –Al fin los vástagos comprendieron y comenzaron a calmarse–. Soy viejo, pero aún me quedan reflejos para tomar buenas decisiones.

Carrión. Primavera de 1232

Carrión bullía de vida por la afluencia de los representantes de los principales concejos leoneses y los numerosos nobles que habían sido convocados por el rey. Fernando III había recorrido Galicia y Asturias durante meses para sofocar las rebeliones que, tras la muerte de Alfonso IX, amenazaban la estabilidad de su reinado. Aprovechó su estancia en Galicia para visitar la tumba de su padre y la del apóstol Santiago, al que profesaba gran devoción desde niño. Para terminar su periplo, dispuso aquel encuentro en Carrión, con el que pretendía asentar las bases para un buen entendimiento. Berenguela y Beatriz de Suabia lo acompañaban.

–Los moros están perdidos. Ibn Hud nos tiene miedo y su poder se debilita –dijo Berenguela mientras mordía una manzana.

–Espero que todo siga así. Pronto nos haremos con todo al-Ándalus, con la ayuda de Dios y del apóstol Santiago. Nosotros por aquí y Aragón por allá –deseó Fernando, sentado junto a su esposa.

Jaime I de Aragón mantenía una relación cordial con Fernando y Berenguela. Su matrimonio con Leonor, hermana de la reina, se había roto hacía varios años, pero había postulado como heredero al hijo de ambos. Su política expansionista había comenzado con la conquista de Mallorca y ahora, cuando las islas comenzaban a poblarse de cristianos, todo el mundo daba por hecho que el siguiente objetivo sería el Xarq al-Ándalus de Ibn Mardanis, con Valencia como eje.

–Ha vuelto a soñar con Jaén –intervino Beatriz en perfecto romance. La joven tenía el vientre hinchado. Llevaba más de dos meses sin sangrar y las damas de la corte aseguraban que estaba de nuevo embarazada.

Berenguela miró a su hijo y le pidió con la mirada que le narrara el sueño.

–Sí, madre. He vuelto a soñar con Jaén. Las torres de sus mezquitas tenían campanas y los ángeles las hacían sonar. Un león recorría las calles con paso seguro y muchos cristianos se reunían a su alrededor.

–Si Dios insiste con sus mensajes, tendrás tú que insistir con acciones. Algún día Jaén será tuya, y será sólo la primera de muchas otras conquistas.

–Dios te oiga y te lo conceda.

–¿Cuándo será la reunión? –preguntó Beatriz, que ansiaba regresar a Toledo.

–Ayer llegaron los rezagados. Mañana –contestó el rey. Fernando pretendía dar voz a los pueblos del reino. De aquella reunión saldría reforzado, confirmaría fueros y señoríos y afianzaría lealtades de nobles y concejos. Aquello era necesario para cumplir con sus objetivos y retomar las campañas en tierra de moros.

Arjona. Primavera de 1232

Maryam ahogaba los gemidos enterrando el rostro en el colchón. Permanecía bocabajo, echada sobre la cama, pero con las piernas fuera. Tenía las rodillas apoyadas en el suelo y los brazos abiertos, abandonados por el intenso placer. Muhammad la penetraba desde atrás. Sus movimientos, bruscos, los acompañaba ella con vaivenes de cadera.

–Más fuerte –pidió en susurros la esclava.

Él la agarró con firmeza por la cintura y apretó, como a ella le gustaba. Sintió cómo Maryam se derramaba por segunda vez. Él no tardó en llegar al orgasmo y se vació dentro de ella.

Jadeando y sudoroso, Muhammad se tumbó en el suelo y pidió a su amante que se echara a su lado.

–Eres increíble. Me estás enseñando placeres que no conocía. –Ibn al-Ahmar miraba al techo extasiado.

–Aprendemos juntos. Es el deseo el que nos enseña.

En cuestiones de alcoba, se buscaban con anhelo y se entregaban a la pasión con una fiereza que parecía querer borrar dolores del pasado. El sexo se había convertido en su terapia, y la compartían gustosos.

Ibn al-Ahmar no iba a renunciar a ella. La vida le había dado tantos golpes que finalmente había moldeado su carácter, haciéndolo más serio e inflexible. Atrás quedaron el niño alegre, el enamorado inocente, el joven lleno de ilusión, el esposo fiel... A todos ellos los había suplantado un nuevo hombre que había aprendido a luchar por lo que deseaba y que estaba dispuesto a empuñar la espada para dirigir a su pueblo.

–¡Te buscan! –sonó desde el patio la voz de Karima.

Ibn al-Ahmar se vistió apresuradamente y salió del dormitorio. Sentado al borde del estanque, entre dos grandes macetas, lo esperaba su abuelo con una sonrisa burlona en el rostro.

–Péinate la barba.

Muhammad se llevó las manos a las mejillas y se atusó los pelos.

–¿Qué te trae por aquí?

–Vengo a hablar contigo. Sólo contigo. –Estiró las piernas y se remangó el calzón. Aparte de Karima y Maryam, no había nadie más en la casa–. Como te dije que haría, he dado los primeros pasos. Hay familias interesadas en el cambio, y los míos están dispuestos a apoyarte. –Muhammad sonrió ampliamente–. También he enviado emisarios a Ifriqiya, su apoyo es importante. –Los hafsíes de Ifriqiya se habían independizado de los almohades y dominaban un amplio territorio en el norte de África. Cualquiera que aspirara a ser proclamado emir en al-Ándalus necesitaba respaldo exterior–. Quedan muchas reuniones por convocar, incluso habría que hacer algunos pagos a las personas adecuadas. Pero antes de continuar necesito conocer tu respuesta a dos cuestiones. La primera es si estás completamente comprometido con la causa, si eres consciente de lo que vamos a hacer.

–Soy consciente. –Muhammad respondió con total franqueza–. Conozco el riesgo al que me expongo y lo asumo. Al-Ándalus necesita una dirección firme y yo se la puedo dar, con la ayuda del Altísimo. Haré todo lo que sea necesario para conseguir nuestro objetivo.

El Neblí asintió lentamente sin perder de vista a su nieto. Había depositado su fe en él porque sabía que no lo defraudaría.

–La segunda es si sabrás responder al apoyo de los Asquilula. –Ibn al-Ahmar miró al anciano, que se mostraba sereno, como si su demanda fuera evidente.

–Siempre os estaré agradecido.

–No es sólo de gratitud de lo que hablo. No seas ingenuo, Muhammad bin al-Ahmar. Voy a poner todos mis recursos a tu favor. Si consigues el gobierno de al-Ándalus, quiero que lo compartas con mis hijos.

Ibn al-Ahmar meditó la propuesta y por unos instantes se sintió como si ya fuera el emir de al-Ándalus.

–Tus hijos tendrán su lugar, me comprometo a ello.

Asquilula se dio por satisfecho. Iba a despedirse cuando Maryam salió de la alcoba, a paso rápido, y se dirigió a la cocina sin siquiera mirarlos. El anciano volvió a mostrar una sonrisa burlona.

–Seguiré dando pasos, Muhammad. Prepárate, está más cerca de lo que piensas. Pronto, muy pronto, te llamaré para que cojas las riendas.

Murcia. Verano de 1232

–Señor, los principales focos de rebelión están en Sevilla, pero hay más.

El visir permanecía de pie junto al emir, que dejaba que el sol bañara su rostro apoyado en la balconada de la torre de Caramajul.

–¿Se han alzado?

–Aún no, pero la situación es tensa. Se quejan por los impuestos.

–No los culpo. –Ibn Hud apretó los puños–. Les pedimos mucho y a cambio no les damos nada, sólo derrotas y humillaciones. Espero que mi hermano sepa controlar la situación. ¿Qué hay de Trujillo?

–Está poblada de cristianos. Sus caballeros algarean nuestras tierras más cercanas. Se sienten seguros.

–Si tuviera hombres capaces, los echaría a patadas. –El emir tenía la ira dibujada en las facciones. Se sentía impotente ante el empuje de los cristianos. Las tropas andalusíes mermaban y carecían de una instrucción adecuada. Ibn Hud se escudaba en esto para justificarse. No pensaba, sin embargo, en que un día tuvo buenos soldados, un ejército numeroso y bien adiestrado al que no había sabido dirigir con destreza en el campo de batalla.

El visir continuó leyendo sus informes, pero el emir estaba ya lejos, en su valle, acompañado por sus camaradas de correrías en la frontera, disfrutando de la libertad de las montañas, aquéllas que tanto añoraba en la soledad de los castillos y los palacios.

Arjona. Verano de 1232

Entre los álamos que poblaban la ribera del exiguo arroyo, había bancos de piedra hechos con mampuestos. La noche era clara y la luz de la luna iluminaba los campos. Los hombres se fueron sentando hasta que el grupo estuvo completo. Se habían reunido los cabecillas de las familias más importantes de Arjona, así como el alcaide, el cadí, los faquíes más respetados y algunos funcionarios. Umar el Jilguero, el santón de la rábita, también había sido invitado. Asquilula los presidía a todos y, junto a él, manteniendo un respetuoso silencio, permanecía Ibn al-Ahmar.

Aquella reunión culminaba el trabajo de los últimos meses. Todos los presentes, entrevistados previamente por el Neblí, habían confirmado su adhesión al proyecto. Sólo quedaba unir las voluntades y debatir sobre los detalles.

–Sabemos para qué estamos aquí. Al-Ándalus tiene un mal líder que nos lleva sin remedio al desastre. Ha llegado la hora de actuar. –El anciano se había puesto en pie. Frente a él estaban sus hijos, así como Yusuf e Ismail–. Cada uno de vosotros representa a un grupo. Juntos, podemos alcanzar nuestro objetivo, pero debemos ser conscientes de que Ibn Hud reaccionará.

–Tenemos al vencedor de las huertas, él sabrá darle su merecido –exclamó Umar, encendido de orgullo por su joven amigo.

–No lo dudo. Pero para vencer se necesitan hombres, no puede hacerlo él solo. Necesita vuestro compromiso de acudir a luchar con los vuestros cuando sea necesario.

–Ya lo tiene, por eso estamos aquí –confirmó Abu Nabil. El alcaide tenía en sus manos a la guarnición del alcázar, el grupo de guerreros más numeroso.

–Lo tiene –repitieron uno a uno todos los presentes.

–Estamos todos a una con él. –Un faquí se puso en pie y señaló a Muhammad–. ¡Salvaremos Arjona!

Lo siguió un coro de voces que celebró sus palabras. Muhammad, sereno, se puso en pie y aguardó a que cesara la algarabía.

–Estáis equivocados, vecinos –dijo al fin–. No será sólo Arjona. ¡Desde aquí salvaremos al-Ándalus!

La nueva explosión de gritos fue incluso mayor que la anterior.

–*Sayj!* –clamaban todos, liberando sus almas del miedo a perder sus tierras.

La reunión concluyó con la redacción de la *bay'a,* por la cual todos se someterían a su autoridad. Sólo faltaba esperar a la fecha fijada y confiar en que el pueblo los apoyaría.

* * *

Era viernes. El intenso calor movía a la gente a buscar las sombras de los naranjos. Aquel día la aljama estaba abarrotada de arjoneros. En el patio de abluciones, los hombres cuchicheaban y miraban constantemente hacia la enorme puerta de la sala de oración.

Al cabo de unos instantes, los Nasr y los Asquilula salieron juntos de la nave y permanecieron quietos sobre la pequeña escalinata. Vestían sus mejores galas. Ibn al-Ahmar lucía su fajín bermejo, atado a la cintura sobre la tela blanca de su túnica. Su corazón latió desbocado al contemplar a los cientos de vecinos que se agolpaban unos contra otros. Asquilula lo tomó de la muñeca y dio un paso al frente. La moneda que le colgaba sobre el pecho brilló con la luz del sol.

–*Sayj* –se oyeron algunas voces entre el público.

El Neblí le levantó el brazo.

–¡Aquí tenéis a vuestro emir! ¡El emir de los andalusíes!

El eco de cientos de voces retumbó en los muros del patio. Aclamaban a su líder y se abrazaban como si ya pudieran celebrar la salvación de al-Ándalus.

–¡Emir de los andalusíes! –gritaban jubilosos.

La respuesta del pueblo fue clamorosa y el nuevo emir quedó proclamado. Las mujeres salieron de sus casas y acudieron a los alrededores de la mezquita. La alcazaba no tardó en convertirse en una fiesta.

Muhammad bin al-Ahmar pudo al fin respirar. Los nervios le habían hecho sudar y notaba la ropa pegada al cuerpo. Lo había conseguido, tendría la oportunidad de alcanzar los grandes objetivos con los que soñaba desde hacía años. Dedicó un instante al recuerdo de los caídos y se emocionó al pensar que todos deberían estar allí, con él.

En un arrebato, Ahmed bin Ishaq subió la escalinata y desató el fajín bermejo de la cintura del emir. Ismail comprendió lo que pretendía y entró en la sala de oración para coger una larga vara. Con ella hicieron una bandera con el color de los Nasr, que ondearon con brío delante de los congregados.

–¡Ibn al-Ahmar! ¡Viva nuestro emir! ¡Alá lo proteja! –gritó Ahmed, moviendo la vara de un lado a otro.

Ismail tomó la bandera improvisada y se la pasó a su hermano, que la agarró con fuerza y la siguió agitando mientras lanzaba su particular grito de triunfo.

–¡Sólo Dios es Vencedor!

Toledo. Verano de 1232

–Al rey de Murcia le ha salido un competidor, otro moro –comentó Fernando III mientras paseaba por las obras de la catedral con su madre del brazo.

–¿Dónde? –preguntó la reina.

–En Arjona.

Berenguela ya había tenido noticias de aquella población, que resistía con tesón a los ataques de Martos y Andújar. Frunció el ceño.

–Lo sé, madre, son obstinados los de allí. Pero es una buena noticia. Cuanto más divididos estén, mejor para nosotros.

–Sí, hijo. Mejor vencer a cinco pequeños que a uno grande –respondió Berenguela, pero sus ojos seguían teniendo una nube de inquietud, como si hubiera tenido un mal presagio.

–Tranquila. –Fernando percibió sus dudas y le palmeó la mano que sujetaba su brazo–. Si el nuevo rey moro nos planta cara, lo aplastaremos.

Continuaron su paseo por las obras. Los cimientos ya estaban dispuestos y los primeros muros se alzaban por encima de la altura de un hombre. La nueva catedral de Toledo tomaba forma, sólida y fuerte, como una metáfora del poder que aglutinaba Fernando bajo su corona.

El rey de Castilla y de León tenía claro su objetivo y nadie podría detenerlo.

Arjona. Verano de 1232

La respiración del caballo era cada vez más lenta; sus ojos permanecían muy abiertos y mostraban un indicio de dolor. El animal yacía tumbado sobre su costado izquierdo. Ibn al-Ahmar, a su lado, le acariciaba la crinera y le susurraba palabras de consuelo. No se había apartado de Bermejo en toda la mañana. En el patio de armas del alcázar, el emir sufría con cada estertor, con cada bufido de dolor.

–*Mawlana* –llamó Ahmed bin Ishaq–. Mi señor –repitió mientras extendía la mano que sostenía un afilado cuchillo de carnicero–, aquí tienes lo que has pedido.

Muhammad bin al-Ahmar lo cogió y volvió a centrar su atención en Bermejo.

–Todo irá bien –le dijo en voz baja.

Varios guardias contemplaban la escena desde la entrada de la torre principal. Ismail y Asquilula aguardaban a varios pasos.

Ibn al-Ahmar sujetó la empuñadura del cuchillo con fuerza, besó la cabeza de su caballo y puso el filo en su cuello. Lo degolló en un instante. El animal se estremeció. Tras unos segundos de agitación, reinó la calma. Bermejo se serenó y dejó que la sangre saliera de su cuerpo en paz.

El emir se levantaba cuando un guardia acudió a él.

–Mi señor, el alcaide de Porcuna y sus acompañantes siguen esperando. –Señaló hacia la puerta del alcázar–. ¿Los hago pasar?

–No estoy de humor para recibirlos. –Se miró la túnica manchada de sangre. Luchaba por contener las lágrimas–. Dadles alojamiento y los veré mañana.

Asquilula lo interceptó cuando entraba en la torre. Lo cogió del brazo con fuerza.

–Ahora no eres un hombre cualquiera que se deja vencer por el dolor tras la muerte de su caballo. Ahora eres el emir de Arjona, y debes estar a la altura del cargo. Llora esta noche, en la alcoba, cuando nadie pueda verte. –Hizo una pausa–. Recibe a esos hombres ahora mismo, llevan horas esperándote.

Muhammad se detuvo y miró fijamente a su abuelo. Respiró profundamente y se debatió entre su orgullo y su razón.

–Es cierto –concedió al fin–. Que los dejen pasar.

El alcaide de Porcuna y el de Arjonilla, acompañados por otros cinco hombres, entraron en la sala principal de la torre. Durante los últimos días habían ido llegando correos de las poblaciones cercanas. Las autoridades locales querían conocer al nuevo emir para valorar la situación. Habían sido días de alegría en Arjona, pero también de incertidumbre.

–Emir de Arjona, que el Altísimo te bendiga. Venimos a verte y a parlamentar contigo –expuso el alcaide de Porcuna.

El anfitrión se puso en pie, mostrando su ruda túnica ensangrentada.

–Es la sangre de mi caballo, el que yace en el patio. Agonizaba y he aliviado su sufrimiento. Disculpad que os reciba así. –Mostró una amplia sonrisa, pero sus ojos delataban su honda tristeza.

–No hay maldad en el hombre que ama a su caballo –le dijo el alcaide de Arjonilla. Llevaba puesta una cota de cuero y, colgando del cinto, una espada envainada. Se mantuvieron la mirada y se reconocieron como guerreros.

Muhammad los invitó a sentarse a su mesa. Asquilula se puso a su derecha.

–Venimos a unirnos a tu causa –dijo el de Porcuna sin dilaciones–. Conocemos tu trayectoria, sabemos cómo ganaste la batalla de las huertas. Un líder como tú es lo que necesitamos ahora, un líder capaz de ganar batallas.

Ibn al-Ahmar se irguió, complacido, y sus ojos recuperaron cierto brillo. Su corazón latía acelerado.

–Vuestras tierras y vuestros hombres serán bienvenidos en este emirato.

–Nuestros hombres son valientes –dijo entonces el alcaide de Arjonilla–. Llámanos y acudiremos.

Los representantes de las aldeas y el otro alcaide asintieron. Uno de ellos sacó una bolsa del interior de su túnica y la soltó sobre la mesa. Los dinares tintinearon.

–Ésta es la primera recaudación que hacemos en tu nombre. A ti te corresponden nuestros impuestos, *mawlana.* Estamos a tu servicio, siempre que garantices nuestra protección –añadió.

–Mi ejército acudirá a defenderos cuando sea necesario.

–Quiera Alá que no lo sea nunca –añadió Asquilula, para hacerse notar.

–Tenemos una rábita. –Ibn al-Ahmar retomó la palabra–. En ella entrenamos a los hombres que quieren aprender a defender su tierra. Mandad a ella a los vuestros.

La pequeña embajada se mostró encantada con aquella idea.

–¿A quién debemos invocar en el sermón del viernes? –preguntó el de Porcuna.

–A Abu Zakariyya Yahya, emir de los creyentes –respondió Asquilula. Siguiendo su recomendación, Muhammad había buscado el apoyo del líder hafsí.

Conversaron un buen rato sobre la situación de la frontera, sobre Martos y Andújar, dos águilas acechantes, y sobre la política de conquista de los reyes cristianos. Cuando llegó la hora de retirarse, uno a uno colocaron sus manos juntas delante del emir, que las acogió entre las suyas. Así le mostraron sumisión.

–Me habían hablado de ti –dijo el alcaide de Arjonilla, rezagado–, de tu valentía y tu liderazgo. Ahora, teniéndote delante, mirándote a los ojos, veo al hombre de todas esas historias.

Toledo. Verano de 1232

El lento tañido de las campanas inundó el aire que rodeaba al alcázar. La vibración metálica hacía temblar los cimientos de la misma tierra. Dos ángeles las tañían, envueltos en una luz blanca que deslumbraba a los habitantes de Jaén. Se oyeron llantos lejanos al pie de la torre que se erguía a poniente. A lomos de un león, Fernando salió de Jaén hacia el oeste, corriendo por la ribera de un gran río hasta alcanzar la torre, donde cientos de personas lloraban alrededor de un féretro. El león se recostó junto al ataúd. Se hizo la noche.

Fernando avanzó con pies temblorosos hasta la caja. Sonó un nuevo tañido y la tierra que pisaba se removió. La tapa del ataúd cayó pesada y desveló al muerto. El rey no podía respirar y las lágrimas nublaban su visión.

–Fernando, es Fernando –oyó a su alrededor.

Se observó a sí mismo amortajado, de negro, con el rostro sereno.

Otro tañido, más suave.

–Fernando...

–¡Fernando! –Beatriz llamaba a su esposo, que hablaba en sueños y se agitaba por una pesadilla.

El rey se levantó sobresaltado, empapado de sudor. Contó su sueño, turbado por su realismo, y Beatriz le susurró que volviera a dormirse. Sin embargo, ya no tenía sueño. Se vistió y salió de la alcoba. Los guardias de la puerta lo saludaron con respeto y lo siguieron a cierta distancia. Se asomó a una ventana para contemplar el amanecer, que ya despuntaba. La ciudad estaba en calma. Observó el abigarrado caserío que se apretaba sobre el río Tajo y sus ojos se detuvieron en las obras de la catedral. Oyó pasos detrás de él.

–Madre, parece que puedes sentir mi inquietud.

–No seas ingenuo, hijo. Tengo avisados a los guardias para que me llamen.

Se sonrieron.

–He vuelto a soñar, pero esta vez ha sido una pesadilla. –Y se la contó.

–No te inquietes. –Berenguela hablaba con tono dulce–. La muerte nos llega a todos, y todos la tememos. Los sueños muestran anhelos, también temores.

–Y mensajes de Dios –añadió Fernando.

–Sí, también. Por eso hay que saber separar el grano de la paja. No temas, hijo mío, ten claro tu objetivo y persevera. Dios te ha mostrado Jaén, y también Sevilla.

–Lo hago, madre, persevero. –Se frotó el rostro–. El próximo invierno he pensado en atacar Úbeda.

La reina Berenguela se concedió unos segundos para meditar sobre aquella idea.

–Tienes mi apoyo. Sin Úbeda, no hay Jaén. ¿Reunirás al Consejo? Termina el verano, no hay mucho tiempo.

–Sí, esta misma semana, y haré que acuda Alfonso. Ya tiene edad para participar en estos asuntos.

–Bien, hijo. Alfonsico, con sus once años, es un chico listo, muy listo, y tiene gusto por las ciencias. Será un buen rey –dijo su abuela con orgullo–. Va siendo hora de que aprenda de su padre. –Berenguela palmeó el hombro de Fernando y se retiró, dejándolo solo con sus pensamientos, sus temores y sus proyectos.

Guadix. Otoño de 1232

–Todos los excesos nos alejan de la virtud. –El santón señaló a un hombre obeso, sentado en primera fila–. Alimenta más el alma y menos la carne –añadió, sin dejar de mostrar una amplia sonrisa. Se oyeron risas–. Aprende a ver a Alá y vive dichoso, uno con Él. –Se mesó la barba.

Se oyó un cuchicheo entre los oyentes. Umar el Jilguero alzó la mano.

–Maestro al-Yuhanisi, ¿dónde podemos ver a Alá? –Hubo un murmullo de aceptación por la pregunta.

–Aquí. –El santón sonrió y se señaló el pecho–. A Alá hay que buscarlo mirando hacia dentro, aunque a veces parece más presente en unos que en otros. –Sonaron carcajadas. Así eran las prédicas de al-Yuhanisi, siempre oscilando entre la profundidad y el humor.

Cuando terminó el sermón, los vecinos de Guadix y de las aldeas de su alfoz comenzaron a retirarse. Umar el Jilguero aguardó para acercarse al joven sabio.

–¡Pajarito! ¿Cómo has volado hasta aquí? –Al-Yuhanisi lo abrazó, contento.

–Ya sabes que no puedo estar quieto mucho tiempo. Tenía previsto venir a esta zona desde hace tiempo y oí en Arjona que ibas a estar por aquí estos días. Tu fama llega lejos, amigo de los cristianos. –Le palmeó la cara con cariño.

–Umar, muchos musulmanes deberían aprender de aquellos cristianos. –Ambos se referían a la estancia de al-Yuhanisi en un monasterio de Siria. Bajó el tono de voz–. Lo único que no me gustó de los monjes es que huían de las mujeres. –Rieron.

Oriundo de Ohanes, no muy lejos de Almería, había viajado durante varios años por Siria y el norte de África, empapándose del saber y la experiencia de los místicos que encontraba en su camino. También había vivido como eremita en una alquería de la Alpujarra. Fue allí donde conoció a Umar, que se formaba con un conocido sabio.

–Ven a mi cueva –lo invitó al-Yuhanisi–. Esta noche te quedarás conmigo, hay mucha paz en este paraje.

El interior estaba lleno de piedras y tierra pisada, pero había un espacio más o menos llano donde el santón de Ohanes había extendido mantas para descansar.

–Así que vienes de Arjona. Tendrás noticias del rebelde, ¿no?

–Ibn al-Ahmar no es un rebelde para mí, amigo mío, es un emir legítimo.

–No sé mucho sobre él, pero estarás conmigo en que le disputa el reino a Ibn Hud, ¿no es así?

–Son los súbditos arjoneros de Ibn Hud los que han elegido a Ibn al-Ahmar y se han sometido a él. Lo que le venga después, será por el mismo camino. No tiene un ejército fuerte, sólo tiene su palabra, su voluntad y su fe.

–Y un sabio embajador –añadió al-Yuhanisi con un destello de inteligencia en la mirada.

–No te ocultaré que le soy fiel, pero lo merece. Lo conozco desde que era niño. Ha crecido entregado a la defensa de la frontera como cegrí, se ha formado conmigo en la mística y practica la vida austera, sin soberbia ni ostentación.

–Un líder necesita algo más que eso –le recordó el de Ohanes.

–Tampoco tiene fallas en la yihad. Ha rehabilitado una rábita y allí entrena a los hombres para la defensa de al-Ándalus. Ha salido triunfante en varias batallas, y repelió un ataque de calatravos a Arjona.

El santón guardó silencio unos instantes. Mientras tanto, sus compañeros de viaje comenzaron a apilar leña a la entrada de la cueva para preparar un fuego.

–Te conozco bien, Umar, no te dejas engatusar por falsos profetas ni libertadores. Suena bien lo que dices, demasiado bien. ¿Dónde se esconde el problema?

–El problema es que le faltan seguidores. Ibn Hud reaccionará y, si no gana fuerza, Ibn al-Ahmar se quedará en un bonito sueño, esfumado al primer amanecer. –El Jilguero desvelaba al fin el objetivo de su viaje.

Al-Yuhanisi se puso en pie y salió de la cueva. Atardecía. Comenzaba a refrescar y una brisa suave agitaba los almendros que se repartían por el terreno. El fuego estaba encendido. El de Ohanes se giró hacia Umar y lo invitó a seguirlo.

–Mira, ya se ve en el horizonte la primera estrella. –Caminaron en silencio durante un buen rato. Luego se sentaron sobre una piedra para ver cómo nuevas estrellas salpicaban el cielo–. Venga, Umar, háblame más detenidamente sobre ese líder tuyo que te ha cautivado –solicitó, consciente de que él mismo se había dejado seducir por la idea de un adalid capaz de revertir el curso de los acontecimientos.

Murcia. Otoño de 1232

–Me encanta el olor de la tierra húmeda, me recuerda al valle –comentó melancólico al-Watiq bi-Llah, el hijo mayor de Ibn Hud, mientras contemplaba la suave llovizna que regaba los jardines del alcázar desde el balcón de la torre de Caramajul.

–Puedes volver cuando quieras. Allí la familia tiene tierras, puedes hacerte cargo de ellas –le ofreció el emir.

–Me gusta estar aquí –respondió al instante.

–Lo sé. –Su padre carcajeó–. Sé que lo echas de menos, pero te gustan demasiado el lujo y el poder.

Al-Watiq bi-Llah tenía veintidós años y los cortesanos trataban de prepararlo para que asumiera funciones políticas en el emirato. Era un joven hábil y astuto, pero sus instructores cuestionaban su capacidad para gobernar.

–Si yo pudiera, volvería mañana mismo y te dejaría a ti aquí –dijo Ibn Hud.

–¿Qué te lo impide?

–Él –señaló a su consejero–, y los que son como él.

–Señor de al-Ándalus, no bromees –intervino el aludido–. Esta tierra te necesita, ahora más que nunca. Los cristianos siguen atacando la frontera, Sevilla está al borde de la rebelión..., y ahora tenemos a un nuevo rebelde, el arjonero.

–A los cristianos les temo, nos miran con deseo. Sobre Sevilla, rezo a Alá para que permita que mi hermano siga gobernándola. Pero, ¿Arjona?, no es más que una mosca molesta que revolotea a nuestro alrededor. Cuando se canse y se detenga sobre mi brazo, la aplastaré. –Dio una sonora palmada que sobresaltó a su hijo.

–Se le han unido Porcuna y Arjonilla, y un buen puñado de aldeas –añadió el consejero para que el emir pudiera calibrar mejor la información.

–Porcuna y Arjonilla. Ni siquiera sé dónde están. –El cortesano hizo el amago de salir a buscar un mapa, pero Ibn Hud lo detuvo con un gesto de la mano–. No me preocupa, en su debido momento acabaremos con ese rebelde.

El emir se levantó y se acercó a su hijo. La llovizna había cesado y, al pie de la torre, una pequeña comitiva con caballos y dos carros pedía la entrada. El carretero entregaba sus credenciales a los guardias. Junto a él había un hombre alto y apuesto con atuendo militar, y una joven con la túnica mojada, pegada a su cuerpo de formas delicadas. La muchacha se quitó la tela que cubría su cabello y dejó ver una hermosa melena ondulada de color rojizo. Ibn Hud llamó a su consejero, que acudió al instante.

–¿Sancho el Helche?

–Sí, mi señor, vuestro caudillo. Acaba de regresar de la frontera de poniente.

–¿No era viudo? ¿Se ha vuelto a casar? –preguntó el emir señalando a la joven.

–Es su hija, Jimena, cristiana como él. Ambos fieles a nuestra causa.

Ibn Hud la contempló en silencio durante varios minutos, hasta que la comitiva se perdió en dirección a la zona residencial.

–Hijo, si no fuera por la promesa que le hice a tu madre... –Cuando aún vivían en el valle, Ibn Hud le había prometido a su esposa que no se uniría a otra mujer mientras ella viviera.

Al-Watiq bi-Llah sonrió, intentando esconder su incomodidad. Con disimulo, regresó al interior de la sala. El emir se quedó en el balcón, aspirando el aroma de la tierra húmeda y la suave fragancia que ascendía desde los arbustos olorosos.

Arjona. Otoño de 1232

–Mi emir, ¿te ha gustado?

Maryam se había limpiado la boca y miraba el cuerpo desnudo de Muhammad, que permanecía tumbado sobre la cama. El hombre asintió con los ojos cerrados. Su rostro expresaba satisfacción.

–Gracias –dijo la concubina espontáneamente.

–¿Por qué?

–Por darme vida –contestó ella en un suspiro.

–¿Ya no sueñas? –El hombre se incorporó.

Maryam se tensó. Su mirada perdió algo de luz.

–Menos, pero aún sí. Eso me ha de acompañar durante toda la vida.

Muhammad se puso en pie, se vistió con rapidez y le dio un beso.

–Te entiendo, te entiendo demasiado bien. Vivir no es más que cumplir unos sueños y acallar otros.

El hombre salió de la alcoba. Todavía era temprano, pero tenía que ir al alcázar. En el patio se encontró con Mu'mina y Sams, sus hijas mayores, que a sus catorce y trece años ya casi eran mujeres. Mu'mina le sonrió. Sams lo miró con ira y giró la cabeza hacia el estanque. La chica no sólo había heredado los ojos verdes y la piel clara de su padre, también tenía su orgullo y su carácter. Los pequeños Yusuf y Faray jugaban en el corral y sus gritos y risas se escuchaban por toda la casa. Aisha los llamaba al orden, a lo lejos.

–¿Te vas ya? –Ismail salió de su alcoba.

–Sí, es hora –contestó Muhammad–. Hay audiencia. –Hizo una mueca de disgusto.

–No te quejes, te llegan pocos casos y tienes al cadí para asistirte.

–Entre él y yo hacemos un buen juez. Él pone el Libro y yo el sentido común. –Ismail rio–. Hermano, acompáñame. No te vendrá mal aprender ciertas cosas.

* * *

–*Mawlana* –recibieron al emir los demandantes de aquella mañana.

Asquilula los esperaba en el patio de armas, vestido con una elegante túnica de seda verde.

–Carmona se ha unido a Sevilla y al-Bayi ha sido proclamado emir –les contó de camino a la torre principal–. Acaban de llegar las nuevas. –Sevilla se había alzado al fin contra Ibn Hud y, tras expulsar al hermano del emir, había decidido regirse por un consejo de notables presidido por al-Bayi. Tan sólo tres días después, Carmona había declarado su adhesión a la revuelta. Al-Bayi había sido declarado emir; un nuevo reino independiente había nacido en al-Ándalus–. Debemos estar contentos, le han cortado un brazo a nuestro rival. Le quedan pocos días a Ibn Hud –vaticinó el Neblí.

Los guardias comenzaban a organizar a los demandantes en una larga fila que atravesaba el patio.

–¿Empezamos? –preguntó Asquilula.

–Empecemos, abuelo, empecemos –dijo Ibn al-Ahmar mientras entraba en el salón seguido por Ismail.

Úbeda. Invierno de 1233

Tras la primera descarga de jabalinas, la milicia del concejo de Toro picó el anzuelo y echó a correr tras los hostigadores musulmanes.

–¡Atrás! –gritó entonces Ibn Sanadid, adalid de Jaén, quien había acudido a Úbeda al enterarse de que iba a ser atacada por los cristianos.

Cuando los jinetes tomaron distancia suficiente, volvieron a encarar a los de Toro y lanzaron una segunda tanda de jabalinas.

–¡Cierra, España! –se oyó no muy lejos, e Ibn Sanadid pudo ver cómo un escuadrón de caballeros ligeros cristianos galopaba hacia ellos.

–¡Retirada! –gritó entonces con todas sus fuerzas.

Sus hombres obedecieron a tiempo para entrar en el recinto amurallado de la ciudad en condiciones seguras.

La acción había conseguido un buen puñado de bajas en las filas leonesas, pero había resultado inútil para romper el estrecho cerco al que estaba sometida la ciudad desde hacía dos meses. Fernando III, decidido a tomarla, resistía impertérrito.

Una vez dentro, al abrigo de los muros, Ibn Sanadid dejó su caballo al cuidado de un mozo. Era un hombre alto, de piel oscura y rasgos duros. Sus ojos negros reflejaban determinación y un carácter inquebrantable. Su barba, larga y espesa, ocultaba una gran cicatriz en la barbilla, recuerdo de la batalla de las Navas.

Subió al adarve de la muralla exterior por la escalera de mampuestos que había junto a la puerta de Granada. El aire estaba contaminado por el intenso olor a palomina que llegaba de las tenerías cercanas. Desde la altura, contempló los campamentos de los sitiadores y sus máquinas de asedio. Entre las tiendas destacaba una, sobre la que ondeaban las insignias reales de Fernando III. Varias calles surcaban el campamento principal; en ellas se distinguían algunas estructuras sencillas de madera, puestos de venta de comida e incluso varios hornos para pan. Ibn Sanadid todavía resoplaba por el esfuerzo de la cabalgada. Miró más allá, hacia la tierra por donde hacía semanas tenía que haber aparecido el socorro de Ibn Hud.

«Caeremos. Con lo que tenemos aquí no podemos vencerles, y el emir hará lo que hizo en Trujillo: huir del peligro», se dijo el caudillo, indignado.

Arjona. Primavera de 1233

Muhammad bin al-Ahmar presidía el Consejo como emir de Arjona, pero por su atuendo cualquiera hubiera dicho que era un joven asceta de las montañas. A su lado estaban su padre, su hermano Ismail, su abuelo Asquilula y sus tíos Ibrahim y Abd-

Allah. También estaba presente el alcaide de Arjona, que se había mantenido en el cargo.

–Si pides un impuesto, el pueblo te lo dará con gusto. Te adoran y tienen miedo de los cristianos –intervino el alcaide.

–No debemos pedir impuestos ilegales, salvo que sea estrictamente necesario –contestó Abd-Allah tajante. El menor de los hijos de Asquilula se mostraba altivo cuando se reunía el mexuar. En ocasiones le disputaba la autoridad al emir, pero éste, bien aleccionado por su padre, sabía contenerse y manejar la situación.

Hubo un breve silencio. Abd-Allah se mantuvo erguido y se ajustó el casquete de fieltro que cubría sus cabellos rizados.

–No es necesario, por el momento –apoyó Ibn al-Ahmar. Sus ojos verdes se posaron en su tío–. El pueblo ya sufre por los saqueos de los cristianos de Andújar; si tiramos más de la cuerda, se puede partir.

El alcaide aceptó el comentario con un movimiento de cabeza.

–La rábita recibe fondos de los habices y las murallas ya están siendo reforzadas. La situación no es crítica –comentó Yusuf que, pese a no sentirse cómodo en los consejos, asistía ante la insistencia de su hijo–. Los impuestos ilegales le han quitado muchos apoyos al emir de Murcia, no lo olvidemos.

–Eso, y las derrotas. Es un inútil. Sólo fue bueno en su valle, al frente de un puñado de bandidos –explotó Asquilula, que ansiaba llegar a este punto del orden del día–. Úbeda sigue asediada y él se queda en Murcia, contemplando cómo le quitan su tierra a bocados. Un maldito inútil, eso es lo que es.

–Tal vez deberíamos intervenir –planteó Ibn al-Ahmar.

–¡No! –se alzaron las voces al unísono.

–Emir –intervino entonces Ismail–, no te conviene enfrentarte a Fernando. Deja que siga atacando a Ibn Hud. Lo debilitará y nosotros sabremos aprovecharlo.

–¿Has leído el último informe? –preguntó Ibrahim. Era más reservado que su hermano Abd-Allah, y también más sensato. Lucía una considerable barriga y su cabeza apenas tenía pelo–. El ejército de Fernando III es inmenso. Muchas milicias han vuelto a sus tierras y aun así tiene hombres suficientes como para derrotarnos a nosotros y a los de Úbeda juntos.

Todos los consejeros convinieron en que la mejor decisión era no actuar.

–Hay otro asunto –continuó el alcaide–. Arjonilla pide diez hombres más para su guarnición.

–Les mandaremos los diez primeros hombres que salgan de la rábita, montados y armados. –El emir sentía una especial simpatía por el alcaide de Arjonilla.

–Así se hará, *mawlana*. –El alcaide hizo varias anotaciones en un pliego y de repente alzó la cabeza, como si se hubiera acordado de algo–. He recibido noticias de Umar el Jilguero: su viaje está dando resultados. Los mercaderes que van y vienen dicen que el santón de Ohanes está predicando a tu favor. Ha estado en Guadix, y también en Canjáyar. Tiene tantos seguidores que nadie se atreve a ir contra él. Parece que mucha gente por allí se pone de tu parte.

Muhammad no hizo ningún comentario, pero su rostro reflejó satisfacción. Aquellos primeros momentos eran fundamentales. Había nacido un emirato y, si no se reforzaba pronto, podía ser aplastado con facilidad.

–¿Algo más? –preguntó Ibn al-Ahmar.

–Hay problemas en las alquerías del sur. Los colonos tienen miedo. Los de Martos hacen incursiones cada vez más arriesgadas, roban ganado y saquean cosechas –dijo el alcaide.

–Tenemos que construir una atalaya y poner vigías día y noche. Eso dará tranquilidad a los campesinos. –Muhammad tomaba decisiones con naturalidad, asumiendo el poder que el pueblo le había otorgado–. Reserva fondos, de los habices de las murallas si es necesario. Necesitamos los frutos de esas tierras. También hay que establecer una guarnición en la zona. ¿Veinte jinetes? –lanzó la pregunta al aire.

Asquilula asintió satisfecho. Los demás callaron.

Con esa medida se dio por terminado el mexuar. Los consejeros se levantaron y comenzaron a marcharse. Asquilula se detuvo ante una de las paredes de piedra, de la que pendía un estandarte rojo.

–Al-Ahmar. El rojo –dijo en voz alta–. El color de la familia Nasr –añadió, y se volvió para mirar a su nieto.

Se mantuvieron la mirada unos instantes. Sin decir nada, Asquilula le redordaba a Ibn al-Ahmar su compromiso de compartir el gobierno del emirato con sus hijos. El anciano se encaminó hacia la salida esforzándose por disimular su cojera. La herida de Alarcos no se dejaba olvidar.

El emir se quedó solo y se dispuso a orar.

–¡Reza por mí, Muhammad! –oyó que le decía su abuelo desde la puerta–. No me queda mucho tiempo para reunirme con el Creador.

* * *

–Ha venido mi hermano. –Aisha soltó la bandeja sobre la mesa y se quedó de pie junto a Muhammad. A pesar de sus tres embarazos, se mantenía esbelta. Llevaba puesto un pañuelo que le cubría el cabello, pero un largo mechón de pelo negro le caía sobre el pecho. Sus ojos negros eran hermosos, pero destilaban un brillo amargo de tristeza–. Vuelve a manifestarte su apoyo.

Ibn al-Ahmar se enterneció al mirar a su esposa. Se puso en pie y la besó en la boca. El rostro de la mujer se iluminó con una sonrisa.

–Eres una buena madre y una buena esposa. –Muhammad se volvió a sentar y se sirvió un cuenco de sopa. Había llegado tarde del alcázar y a primera hora, antes del atardecer, tenía que visitar la rábita. A veces se sentía culpable por estar tan ausente–. Sé que tu hermano me apoya. Tendrá su sitio, es mi primo y un buen hombre.

Aisha asintió alegre y se retiró para continuar con sus tareas.

–Ser emir conlleva mucho trabajo, por lo que veo. –Ismail entró en el salón.

Muhammad soltó una carcajada antes de responder.

–No seas estúpido. Soy emir de tres pueblos. No soy nada... –Tomó el pan y le dio un bocado–. Todavía –añadió mirando a su hermano a los ojos.

–Ahí estás, Nasr. Me estabas asustando –soltó Ismail sonriente.

Ambos rieron, pero la determinación siguió dibujada en los ojos del emir de Arjona.

Úbeda. Julio de 1233

El plazo para abandonar la ciudad terminaba con la caída del sol. Por todas las puertas de Úbeda salían familias al completo con sus bienes más preciados. De la larga hilera de personas se alzaban al cielo lamentos y gritos de desesperación. Al atardecer, un muecín subió a lo alto del aminar de la mezquita aljama y recitó un último llamado a la oración, que acompañó a los rezagados en su exilio.

«Será la última vez que un moro cante desde esa torre», pensó Martín. El calatravo, montado sobre un imponente caballo blanco, miraba la comitiva a cierta distancia de la puerta de Granada. Llevaba puesta su armadura completa, y sobre ella el escapulario con la flor negra flordelisada.

Úbeda al fin había caído. El asedio había sido largo, y el hambre y la falta de refuerzos habían hecho mella en su gobernador, que no tuvo más remedio que aceptar la capitulación. Los musulmanes, obstinados, resistieron hasta el último momento. Pero ya la esperanza se había agotado y finalmente se llegó a un acuerdo de rendición: la población podría salir sana y salva con los bienes que pudiera transportar.

Se cerró la noche y cesó el trasiego de ubetenses. Una escuadra de caballeros recibió la orden de tomar posesión del alcázar. Martín Fernández de Burgos iba con ellos, en representación de la orden de Calatrava. El maestre lo premiaba por sus servicios y reconocía su actuación valerosa durante la toma al asalto de Trujillo. Había recuperado así su honor y se había reconciliado consigo mismo. Se acercaba a los cincuenta años, pero se conservaba fuerte y ágil. Los fracasos del pasado seguían pesando en su conciencia, pero no estaba dispuesto a dejar que se convirtieran en un lastre que lo acabara hundiendo y lo dejara sin espíritu. «Sirvo mejor a Dios empuñando la espada con la cabeza alta que rezando en ayunas para redimirme», se decía. Su hermano Ruy también lo había apoyado: «Hermano, yo estoy para rezar; tú, para luchar. No te atormentes más con pensamientos oscuros y actúa como un miliciano de Dios».

Los caballeros entraron en el caserío de la medina y recorrieron las calles desiertas con el pendón de Fernando III bien alto. Un fuerte olor a excremento los acompañó durante buena parte del trayecto. Muchos ubetenses habían defecado en la calle antes de marcharse.

A la entrada del alcázar los esperaban los cabecillas musulmanes. Tras entregarles las llaves del palacio, les fue concedido partir al amanecer y fueron instalados en una alhóndiga de la medina.

Los cristianos recorrieron el recinto fortificado y el portaestandarte subió a la torre principal e hizo ondear las enseñas reales. Se oyeron vítores lejanos que provenían de los campamentos. Martín paseó por el adarve bajo la blanquecina luz de la luna creciente.

«Otra tierra ganada para Dios, otra tierra que ha de ser repoblada por cristianos», pensó con el corazón henchido de fe y orgullo.

* * *

–Bocado a bocado, el rey tirano se come nuestra tierra.

El gobernador de Úbeda cabalgaba cabizbajo. Una profunda decepción se reflejaba en su rostro. Ibn Sanadid cabalgaba bien erguido, convencido de que al-Ándalus podía tener un destino mejor.

–Y lo seguirá haciendo si no actuamos –replicó el líder militar de Jaén con furia–. Ibn Hud nos ha visto caer y no ha hecho nada. –El gobernador lo miró fijamente–. El asedio ha durado más de seis meses, ha tenido tiempo –añadió sin titubear.

La comitiva se alejaba de Úbeda en dirección a Jaén, donde algunos de los vencidos esperaban comenzar una nueva vida. Eran los últimos, los que habían firmado la capitulación y habían entregado a los cristianos las llaves de la ciudad.

–Tienes razón, amigo. Nos ha abandonado. No tiene excusa.

–Abandonémosle a él. –El gobernador volvió a girar el cuello y centró su atención en Ibn Sanadid, que continuó hablando–. Apoyemos al emir de Arjona. Tú, como yo, has oído lo que se cuenta de él. Si la mitad de lo que dicen es verdad, me doy por satisfecho. Es un hombre piadoso y valiente, y ha sabido proteger a Arjona de los cristianos. Que haga lo mismo con todo al-Ándalus, con la ayuda del Altísimo.

–Pero no tiene nada; Arjona y poco más.

–Si le damos Jaén tendrá una capital digna y un ejército de hombres bien entrenados en la frontera.

Los dos líderes se mantuvieron la mirada unos instantes.

–Se llama Ibn al-Ahmar –dijo el ubetense–, de los Nasr de Arjona.

Con aquellas palabras manifestaba su aprobación. Ibn Sanadid apretó el paso de su caballo, forzando al grupo a acelerar. Estaba ansioso por llegar a Jaén. Tenía mucho trabajo por hacer en los próximos días.

Granada. Julio de 1233

Decenas de hogueras salpicaban el campamento y las mujeres cocinaban en torno a ellas mientras los hombres improvisaban tiendas para acoger a sus familias durante la noche. El camino había sido largo, pero al fin estaban ante Granada. Cientos de ubetenses, forzados a dejar sus viviendas y sus tierras, habían peregrinado en busca de un nuevo hogar. Algunos habían marchado a Jaén, pero la mayoría decidió viajar a Granada, la ciudad en la que años antes se habían instalado los habitantes de Baeza. El emisario regresó al campamento antes de que cayera la noche.

–¡Tenemos donde ir! ¡Nos dejan asentarnos en el barrio de los baezanos! –El hombre recorrió el campamento con la buena nueva y fue recibido con vítores.

Los exiliados de Baeza vivían extramuros, al norte, donde habían fundado un arrabal complejo que gozaba de cierta autonomía respecto al resto de la ciudad. Incluso disponía de su propia mezquita mayor, que ellos mismos estaban terminando de construir. Lo llamaban Albaicín y no había parado de crecer. Ahora, con los ubetenses, recibiría un fuerte impulso.

–¡Dunya! –El emisario se detuvo ante una joven de unos quince años que permanecía sola junto a una carreta. La muchacha reaccionó y alzó la vista. Por un instante su mirada se iluminó–. ¿Qué haces aquí? ¿Dónde está tu madre?

–Se fue de casa el día de la toma y no volvió. Me tuve que ir con todos –explicó de forma sucinta.

El jinete chasqueó los labios y negó con la cabeza. Conocía a su madre, una mujer egoísta que nunca había querido a su hija. En los últimos meses coqueteaba con un mercader de Jaén, un viudo que le prometía una vida mejor. Intuyó lo que había ocurrido y se compadeció de Dunya, que, muerto su padre hacía años, se veía sola.

–Quédate aquí. Vendré a por ti cuando termine. Te unes a nosotros.

La joven le dedicó una sonrisa. Qasim había vivido en su misma calle. Siempre le había parecido un buen hombre, y en aquel momento le transmitió algo de consuelo. Dunya contempló Granada en la distancia, sus murallas fuertes y sus colinas enfrentadas. Un intenso sentimiento de incertidumbre la asaltó. ¿Qué destino le aguardaría en aquella ciudad? Al menos, ahora disfrutaría de la protección de una familia.

Aquel pensamiento la sosegó, y dio gracias al Compasivo por apiadarse de ella.

* * *

En cuanto empezó a clarear el día, después de la oración del alba, los hombres desmontaron el campamento para reanudar la marcha. Estaban alegres; habían perdido sus hogares, pero aquella nueva tierra les brindaba una oportunidad. Dunya viajaba con Qasim y los suyos. Tenía la mirada triste y el rostro demacrado por la falta de sueño. No portaba nada, ni siquiera un hatillo con mudas de ropa, pero la esposa de Qasim se había hecho cargo de ella y procuró buscarle distracciones para alejar de su mente los malos recuerdos. El matrimonio tenía dos hijos pequeños que requerían la atención constante de las dos mujeres.

La larga comitiva se aproximó a las murallas de la medina por el camino de Elvira. Atravesaron un cementerio que se extendía frente a ellas y se detuvieron ante una de las puertas, donde los guardias les indicaron el camino.

–Por ahí, para arriba –les dijo uno de ellos mientras señalaba una cuesta que ascendía paralela a la muralla, hacia la colina.

Las primeras casas del arrabal estaban cerca pero, a medida que subían por las empinadas cuestas, el caserío se hacía más denso. En la cima de la primera colina, en el corazón del barrio de los baezanos, varios dignatarios salieron a recibirlos.

–Hermanos, no será fácil. Tardamos años en construir todo lo que veis. Hay tierra, pero el trabajo escasea –dijo uno de ellos, el de más edad, tras darles la bienvenida–. Alá os ayude, pero no esperéis demasiado de Granada.

Aquellas palabras cambiaron las expresiones de los rostros. Había un largo camino por recorrer. Su peregrinación no había terminado.

Arjona. Agosto de 1233

Asquilula entró en casa de los Nasr con paso apresurado.

–¡Muhammad! –llamó a su nieto desde el zaguán.

–¿Ha pasado algo? –Cuando llegó al patio, Ibn al-Ahmar ya había salido a su encuentro.

–Tres emisarios de Jaén han llegado esta mañana. Traían esto. –Extendió la mano y le ofreció un documento enrollado con el lacre roto. El emir comenzó a leerlo con dificultad, pero Asquilula no pudo esperar a que terminara–. ¡Es un acta de sumisión! ¡Tienes a Jaén contigo! –señaló la misiva.

Las manos le temblaron ligeramente y sus ojos se iluminaron.

–Tengo que contestar enseguida –balbuceó.

–¡Estúpido! Tienes que ir y tomar posesión de su alcázar en persona. Jaén es una ciudad importante.

–Tienes razón. Lo prepararé todo para partir mañana mismo. –Centró su atención en el documento–. Es la capital que necesita mi emirato. –Ibn al-Ahmar sintió el vértigo de las buenas noticias. Le estaban ofreciendo una gran plaza con cientos de hombres dispuestos para la lucha. El destino le favorecía.

–Las circunstancias te piden que crezcas –dijo con aire solemne el Neblí–. El Altísimo está soplando a tu favor, despliega las velas.

–Estaré a la altura –contestó con orgullo Muhammad.

* * *

Asquilula regresó al alcázar y se reunió con sus hijos en la torre principal. El calor era intenso, pero los muros de piedra protegían la sala.

–¿Qué va a hacer? –preguntó Ibrahim.

–Mañana parte hacia Jaén. La va a convertir en la capital de su emirato.

–De nuestro emirato –corrigió Abd-Allah–. Nuestra familia lo apoyó; sin nosotros no tendría nada, y se comprometió contigo a compartir el poder.

–Lo sé, lo sé. –El padre se frotó la frente antes de proseguir–. Sin embargo, el pueblo lo apoya a él, no a nosotros. Es a él a quien se ha sometido Jaén. Debemos aprovechar su estela y empujarlo en la dirección adecuada para que llegue lejos.

Abd-Allah reaccionó con furia. Se puso en pie y comenzó a pasear en círculos.

–¿Ahora nos convertimos en carroñeros? –soltó al fin.

Asquilula se puso en pie sin su bastón y miró a su hijo a la cara. Abd-Allah se detuvo al instante, paralizado frente a él.

–¿Prefieres ser león? Pues selo. Encabeza a los hombres en la batalla, pelea despreciando tu vida, lidera con inteligencia y deja que la piedad domine tus acciones. Tal vez así te llamen *sayj,* como lo llamaban a él. –Las palabras, como certeras agujas, se clavaron en el pecho de Abd-Allah–. Sois mis hijos. Sé de vuestra valentía. Pero para ganarte el respeto de un pueblo hace falta algo más, y ese algo lo tiene Muhammad. –Los ánimos se calmaron–. Irá a Jaén, y nosotros iremos con él –sentenció finalmente.

Jaén. Agosto de 1233

La pequeña tropa se detuvo ante la puerta de Martos, donde Ibn Sanadid aguardaba acompañado por los principales hombres de la ciudad. El gobernador de Jaén, fiel a Ibn Hud, había huido a Murcia. De lo alto de la puerta colgaba una tela teñida de rojo, un improvisado estandarte con el color de los Nasr.

Ibn Sanadid desmontó ante el emir de Arjona, que lo imitó y lo abrazó con sincero afecto. Muhammad vestía una sencilla túnica blanca en la que sólo se destacaba su colgante con la vieja moneda romana.

–*Mawlana,* mi nombre es Ibn Sanadid. Hasta el día de hoy he sido jefe de las milicias de Jaén, qaíd de sus tropas, hijo y nieto de qaídes al servicio del Altísimo. Nuestra lealtad está contigo. Esperamos poder ayudar a tu causa.

–Hermano, mi causa es nuestra causa, la causa de Alá. Tenemos enemigos al norte de la frontera, pero ahora también los tenemos al sur –contestó Ibn al-Ahmar, refiriéndose al emir de Murcia.

–Ibn Hud es un maldito cobarde que no sabe gobernar, ni gobernarse a sí mismo –soltó el jienense, abandonando el tono formal.

Muhammad bin al-Ahmar sonrió. En ese instante supo que se llevaría bien con aquel hombre. Juntos entraron en Jaén y se dirigieron a la mezquita aljama para cumplir con la oración comunitaria.

–Los viernes parece que te traen suerte –le dijo Asquilula a su nieto mientras se acercaban a la mezquita–. En viernes fuiste aclamado como emir y en viernes entras en la nueva capital de tu emirato.

El jatib recitó el sermón invocando el nombre del soberano hafsí, a cuyo amparo se había encomendado Ibn al-Ahmar. Luego el pueblo se congregó a la salida de la sala de oración para mostrar su apoyo al emir en una estudiada representación organizada por el propio Ibn Sanadid. La comitiva tomó el camino de la alcazaba, subiendo por las empinadas cuestas que dominaban el caserío.

«Ahora los Nasr tienen más hombres a su servicio que nosotros... y más poder», pensó Abd-Allah, que cabalgaba junto a Ibrahim, ambos detrás del emir. Con Jaén, Muhammad tenía en su mano un verdadero ejército y unos ingresos suficientes como para sentar las bases de un emirato fuerte. «Ya no nos necesita. Ahora es libre. Espero que sea fiel a su compromiso».

Ibn Sanadid guio a los de Arjona por el interior del recinto. A las puertas del palacio del gobernador se separaron. Muhammad entró con el jienense en la residencia palatina, mientras que los demás miembros de la comitiva fueron conducidos a sus dependencias, en la zona más occidental. La muralla de la alcazaba arropaba por completo al palacete. El emir y su anfitrión atravesaron un patio y varias estancias, hasta llegar al pórtico que daba acceso al *madjlis*. La decoración deslumbró a Ibn al-Ahmar. A la entrada había una puerta con doble arco de herradura cuyas dovelas, revestidas de yesería, alternaban el color rojo y los motivos vegetales. Y, a ambos lados, dos ventanas frisadas con ataurigues de yeso, cubiertas por celosías de lacería.

–Acaban de pintarlo –indicó Ibn Sanadid señalando las dovelas rojas.

Dentro, el salón lucía un hermoso zócalo. Sobre él, las paredes estaban pintadas de color bermejo. Unas lámparas de cobre iluminaban con tonos anaranjados la estancia. Los recibieron dos esclavas con el rostro velado, con sendas bandejas repletas de alimentos y bebidas. Los hombres se sentaron en banquetas bajas.

–*Mawlana*, éste es tu palacio, puedes convertirlo en tu residencia. Es modesto, pero acogedor. En Jaén los dinares se destinan a la guerra.

–No se me ocurre mejor fin para el dinero.

Conversaron sobre la situación de Jaén y Arjona, próximas ambas a la amenaza castellana. También hablaron sobre la caída de Úbeda y sobre la cobardía de Ibn Hud.

–El rey cristiano tiene mucho poder –comentó Ibn Sanadid–. Tenías que haber visto su ejército. El campamento principal era una ciudad, con sus calles, hornos, herreros y tiendas.

La reunión terminó después de degustar unos dulces de miel.

–Instálate a tu antojo –dijo Ibn Sanadid–. Tu séquito tiene habitaciones de servicio a este lado del palacio –señaló al este–. Mañana, si te place, podemos reunirnos con los hombres principales de Jaén. Que el Altísimo guíe nuestro camino.

Se abrazaron, y el jienense salió de la residencia. Una sirvienta guió a Muhammad hasta su alcoba, una estancia de tamaño considerable con una cama confortable, baúles para la ropa y un atril con una copia del Corán forrada en cuero repujado. Estaba cansado y no se resistió a dormir la siesta. Pasado un rato, un leve sonido en la puerta lo despertó. Se incorporó sobresaltado. La esclava que había venido con él desde Arjona permanecía quieta a la entrada, con un jarrón de loza en las manos. Con gesto hábil, la mujer dejó caer su túnica hasta los pies, quedándose completamente desnuda. Luego se quitó la tela que cubría su rostro. Entonces agitó insinuante el jarrón.

–He encontrado esto en una alacena. Hagámoslo más interesante –dijo.

–Maryam, no dejas de sorprenderme. –El vino le trajo recuerdos de su descenso al abismo e hizo presente a Farah.

La esclava se acercó hasta la cama y le ofreció a su amante el jarrón. Ibn al-Ahmar sintió una punzada de dolor en el pecho. Con movimientos pausados, se quitó el colgante que llevaba al cuello y lo depositó en el suelo. Luego miró a la mujer, suspiró y finalmente alargó la mano para tomar el recipiente.

Esa tarde, antes de que cayera la noche, se amaron con ímpetu, ebrios, intentado con cada embestida borrar las huellas de dolorosos recuerdos.

* * *

Las celosías de las ventanas dejaban entrar la luz intensa de la mañana, que se partía en las formas caprichosas de las lacerías. En el salón estaban reunidos los principales hombres de Jaén y Arjona.

–Jérez del Marquesado, Guadix, Ohanes y Canjáyar, y todas las aldeas y alquerías de sus alfoces –leyó un katib de la antigua administración de la ciudad.

–Éstas son las adhesiones que has recibido tras la nuestra, *mawlana* –intervino Ibn Sanadid.

Hubo murmullos de aprobación y alegría. Asquilula cruzó una breve mirada con Muhammad, que apenas podía disimular su regocijo.

–Servimos a Alá y él nos favorece. Cuantos más seamos, más fácil será resistir –exclamó Ibn al-Ahmar con devoción. El emir tuvo la certeza de que todo aquello se debía a la intercesión de Umar el Jilguero ante al-Yuhanisi, el conocido santón.

–Mi señor –tomó la palabra un hombre elegantemente vestido, tocado con un turbante de color rojo–, he llevado las cuentas de Jaén hasta el día de hoy. Si tu voluntad lo permite, lo seguiré haciendo. Puedo realizar un censo de las poblaciones que están bajo tu soberanía.

–Lo apoyo –manifestó Asquilula con firmeza.

–Es necesario saber con lo que contamos, en hombres y en dinares –dijo Muhammad. Llevaba varios días en Jaén y había tomado importantes decisiones. Había ordenado reparar y mejorar las defensas de su nueva capital, y construir un cuartel a las afueras para reclutar nuevas milicias–. Toma lo que necesites y marcha –añadió con un tono revestido de autoridad.

Todos los miembros de su mexuar asintieron. El secretario siguió leyendo los puntos del día y, uno a uno, los fueron despachando. Ibn Sanadid observaba con atención al emir, aquel hombre delgado y fibroso sentado en una sencilla silla de tijera, ataviado con su habitual túnica blanca. Se alegraba de haberse puesto de su lado.

–Las guarniciones se deben repartir de manera que unas puedan socorrer a las otras –dijo Muhammad bin al-Ahmar en respuesta al último punto del día–. Aquí, en Jaén, estará el cuerpo principal del ejército. –Miró brevemente el mapa que había desplegado entre los hombres–. Pero en los puntos más distantes debe haber guarniciones que puedan defender la tierra en caso de algara de los cristianos.

–O de los murcianos –dijo Abd-Allah bin Asquilula.

–No estamos en guerra abierta con ellos –habló uno de los jienenses.

–Lo estaremos pronto –opinó el emir.

La reunión terminó con las bendiciones habituales y Muhammad se quedó solo, absorto en las torres de madera que, colocadas estratégicamente, representaban sus castillos.

–¡Hermano! –lo sorprendió Ismail.

Se abrazaron con fuerza, contentos por encontrarse.

–Acabo de llegar. Me han dicho que estabas reunido –esbozó una sonrisa–. Ahora tienes un palacio digno de un emir.

–Abrió los brazos y señaló los zócalos de ataurique y las pinturas de las paredes.

–Me importa más esto, hermano. –Muhammad señaló las torres.

Ismail se quedó mirando el mapa unos instantes. Sabía leer lo justo para distinguir los nombres de las poblaciones.

–Guadix –pronunció asombrado–. ¿Tuya?

–Y Ohanes, y Canjáyar, y Jérez del Marquesado, con todos sus términos.

–Hace nada empujando el arado y ahora en un palacio gobernando un emirato. –Ismail tenía los ojos brillantes.

–Sí, pero sigo siendo el mismo que escardaba y segaba, el mismo que algareaba las tierras de la frontera. ¿Cómo está nuestro padre?

–Me ha dado esto para ti. –Ismail le acercó una carta–. No va a venir, quiere seguir ocupándose del patrimonio de la familia. Ya sabes cómo es. Se alegra por ti y me ha empujado a que venga. Dice que él solo puede ocuparse de todo. En los últimos días ha comprado dos hazas y le han salido nuevos clientes. No para de hablar de ti.

–¿Aisha? –Ibn al-Ahmar se interesó por su esposa.

–Está bien. Con los niños no tiene tiempo de echarte de menos. No te lo vas a creer, pero echa en falta a Maryam en la casa.

–La ayudaba mucho con los pequeños. ¿Todos están bien?

–Sí, hermano. No te preocupes. Hablas como si llevaras meses fuera de Arjona.

–Mandaré a por ellos pronto. –Hizo una pausa, cogió a Ismail por el hombro y lo sacó al pórtico del salón–. Me alegra que estés aquí. Esta casa es grande y lujosa, pero está demasiado vacía. Vamos, te la voy a enseñar. –Comenzaron a caminar–. Ponme al día, cuéntame algo de Arjona.

–Poco hay que contar. Umar organizó una competición en la rábita.

–¿Quién ganó?

–Kamal bin Hadi. El chico es muy hábil con las armas y el caballo.

–Como su padre –dijo Muhammad en un susurro. El recuerdo de su amigo muerto en la batalla de las huertas acudió a su memoria y transformó su semblante. En su alma había dolores que aún no habían sanado.

Toledo. Agosto de 1233

–Aquí está Úbeda, y aquí Jaén. –Fernando III señaló alternativamente dos puntos sobre el preciso mapa que los geógrafos habían montado. Varios montones de barro seco representaban las principales sierras de la frontera. El infante Alfonso observaba con atención. Tenía una aguda inteligencia y mostraba gran interés por los asuntos del reino que algún día heredaría–. Úbeda protegía a Jaén. –El rey colocó su mano sobre su representación–. Ahora es nuestra.

–Y desde allí podemos ir a Jaén –dijo el infante.

–Muy bien. Lo que quiero que veas es que las conquistas siguen un plan complejo. No se hacen al azar; unas sirven a otras, y todas a un plan superior. –Movió su mano sobre una línea azul que representaba al río Guadalquivir.

–Córdoba –dijo Alfonso. Su padre continuó río abajo–. Sevilla.

–Ése es mi plan superior. Desde Úbeda hasta allí hay un largo camino. Lo recorreremos juntos, con la ayuda de Dios.

Alfonso contempló el mapa en silencio. Sobre Sevilla, Arjona y Murcia había figuras de madera. El niño cogió la de Sevilla y la observó con detenimiento.

–Son reyes moros –le informó su padre–. Cada día están más divididos. –Con gesto distraído, desplazó al rey de Arjona hasta Jaén. Los espías castellanos habían traído a la corte noticias sobre la nueva situación en al-Ándalus–. Ese nuevo rey –señaló la figura que sujetaba el niño– va a batallar con éste –movió el dedo hacia la de Jaén–. Puede que el arjonero ni siquiera lo sepa aún –guiñó a su hijo–. Eso nos beneficia, que peleen entre ellos. Mientras, el rey de Murcia nos ha pedido treguas; nos pagará parias y no nos atacará. Quiere que lo dejemos tranquilo para poder hacer frente a sus rivales. Con el dinero del murciano podremos atacar a los otros moros.

Alfonso soltó una risotada. Aquel juego político le divertía.

–Unidad en los cristianos –pronunció el niño como si recitara una arenga.

–Y guerra al infiel. –Berenguela, que había entrado en la sala, terminó la frase–. Tienes un heredero muy listo –se dirigió a Fernando–. Has sabido captar la idea. –Ahora miraba a Alfonso–. Si los mahometanos están divididos, nosotros debemos permanecer unidos para golpearlos con un mismo puño, grande y fuerte. El día que seas rey, Alfonso, el décimo de tu nombre, encárgate de mantener esa unidad que tu padre ha conseguido con tanto empeño. ¿Me oyes bien?

–Sí, mi reina.

Berenguela ya pasaba de los cincuenta. Su rostro mostraba algunas arrugas y sus ojos aparentaban un gran cansancio, pero su piel seguía siendo tersa y su porte erguido le daba frescura. La reina observó el mapa y centró su atención en Arjona y Jaén.

–Sus ramas se extienden. Tal vez deberíamos golpear el tronco de este árbol.

Murcia. Agosto de 1233

–El arjonero nos ha salido listo. Lo he subestimado –reconoció Ibn Hud. Ibn al-Ramimi, el gobernador hudí de Almería, seguía sus pasos por los jardines del alcázar.

–No te puede hacer frente. Aunque tenga Jaén, no tiene nada en comparación contigo, el Altísimo te permita conservarlo.

–Por ahora. Hace unos meses sólo tenía Arjona y Porcuna. Ahora se le han unido Jaén y Guadix –replicó el emir.

–Y Ohanes y Canjáyar –añadió con ira el gobernador–. Lo tengo cerca.

–Por eso te he hecho venir. Ha llegado el momento de prestarle atención. Quiero que ataques sus tierras desde Almería, que las demás poblaciones sepan que unirse a él tiene consecuencias.

Se detuvieron delante de un parterre rebajado plantado de granados. El agua de una fuente sonaba cerca.

–No debes preocuparte por el arjonero –dijo el almeriense–. Llegan rumores de Sevilla, dicen que al-Bayi quiere atacarle para quedarse con sus territorios. Por mi parte, enviaré a mi hijo a Canjáyar con una tropa. Siempre estaremos a tu servicio. –Inclinó la cabeza con respeto.

Una joven vestida de verde cruzó por delante de ellos. Llevaba el pelo y el rostro tapados, pero por el nacimiento del cabello se adivinaba su melena rojiza. El corazón de Ibn Hud se aceleró. La muchacha se alejó a paso apresurado. Era la hija de Sancho el Helche, su caudillo cristiano, la joven que lo tenía embelesado desde que la había visto llegar al alcázar acompañando a su padre.

–Agradezco vuestra entrega –contestó el emir a su walí sin perderla de vista.

–Una hermosa gacela. ¿No la disfrutas?

–Sólo en sueños.

–¿Qué te impide tomarla? –preguntó el gobernador, extrañado.

–Le hice una promesa a mi esposa, y soy un hombre de palabra.

Ibn al-Ramimi apoyó su mano derecha sobre el hombro de Ibn Hud.

–Tú y yo sabemos que hay impulsos más fuertes que las palabras.

Los dos hombres siguieron con la mirada el camino de Jimena.

Canjáyar. Septiembre de 1233

Ante las defensas de Canjáyar, la tropa cristiana se afanaba en la construcción de catapultas. Por la disposición de las defensas y la orografía, la toma al asalto de la fortaleza resultaba imposible, por lo que la única manera de someterla era castigarla con armas de asedio. Fernando III había enviado cerca de cuatrocientos caballeros para cumplir con los términos de la tregua firmada con Ibn Hud. Otros tantos musulmanes acampaban frente al castillo, todos bajo la dirección del hijo del walí de Almería.

El santón al-Yuhanisi, que se había trasladado hasta allí para contribuir a su defensa, decidió parlamentar con los atacantes. El comandante hudí se encontró con él en terreno neutral. Al-Yuhanisi ofreció la rendición de la plaza a cambio del respeto de las vidas, y el líder enemigo accedió a su propuesta. En el castillo se alzó una bandera blanca.

–¿Has visto? Son débiles –comentó el almeriense a su qaíd–. Que los cristianos sigan trabajando en las catapultas, que nadie levante su tienda. –De esta manera, el hijo de Ibn al-Ramimi incumplió la palabra dada y continuó el asedio.

Aquel mismo día, al comenzar la tarde, al-Yuhanisi volvió a salir de la fortaleza con una bandera blanca. En esta ocasión se entrevistó con el qaíd del ejército almeriense.

–Teníamos un acuerdo –dijo el santón con dureza. El general guardó silencio. No estaba de acuerdo con aquella decisión y al-Yuhanisi lo percibió con claridad–. Tienes un mal líder, un hombre que no cumple con su palabra y que pacta con cristianos para atacar a otros musulmanes. –El qaíd enrojeció–. Si los cristianos estuvieran solos, atacaríamos con todas nuestras fuerzas y los desbarataríamos, para mayor gloria del Altísimo. –Hubo un breve silencio–. Pero estáis con ellos, y con ellos acabaréis matando musulmanes.

Al-Yuhanisi tiró de las riendas y regresó a Canjáyar, bajo la atenta mirada del almeriense.

–Pelearán –dijo tajante el qaíd cuando llegó a la tienda de su comandante–. Desde allí he podido ver un camino al otro lado de la peña. Por aquel sendero pueden recibir abastecimiento. Deberíamos tomarlo.

–Monta tu campamento allí.

–¿Toda la tropa?

–Sí –confirmó el comandante–. Mi guardia y yo nos quedaremos aquí con los cristianos.

–Así se hará –respondió el qaíd, complacido.

* * *

–¡Se mueven!

Desde el alcázar, los defensores de Canjáyar asistían atónitos al desplazamiento de la tropa musulmana con su qaíd al frente. Rodearon la peña hasta situarse frente a su cara sur. Al norte quedaron solos los cristianos, terminando de montar las catapultas.

–Un buen musulmán –dijo el santón de Ohanes–. Ha llegado nuestro momento. Tiene que ser un ataque rápido. ¡Que Alá nos favorezca!

Varios minutos después se abrió la puerta de Almería y los caballeros salieron apresurados. Tras ellos iban los peones, a todo lo que daban sus piernas. En el campamento cristiano comenzaron las carreras y se oyeron las primeras voces. No tuvieron tiempo para armarse. Los de Canjáyar cayeron sobre ellos como una tormenta, matando, quemando y espantando a los caballos. Los atacantes prendieron fuego a las catapultas y a todas las tiendas que tuvieron a su alcance. El comandante hudí huyó con su guardia, dando por perdida la batalla. Pero los cristianos se acabaron organizando y plantaron cara a los moros. Al-Yuhanisi gritó la orden de retirada.

Una densa humareda se elevaba desde el campamento y un olor a carbón y a carne quemada invadió el ambiente. Los vencedores entraron en Canjáyar por la puerta de Almería, recibidos con vítores y gritos de alegría. El santón había conseguido desbaratar a los cristianos. La fortaleza se mantenía bajo la soberanía de Ibn al-Ahmar.

Arjona. Septiembre de 1233

Yusuf llegó a la rábita al amanecer para comprobar cómo avanzaba la instrucción de los últimos reclutas. El patriarca de los Nasr montaba un elegante caballo, único signo de distinción que se había permitido tras la ascensión de su familia al poder.

Umar el Jilguero lo recibió con alegría y pasó con él buena parte de la mañana, conversando sobre los años lejanos de la infancia y sobre Muhammad.

–Nació para gobernarnos, lo supe desde que lo conocí. El Misericordioso le tenía reservado un destino elevado –afirmó con convicción el Jilguero, que vestía túnica y turbante negros y caminaba con aire orgulloso por el recinto de la rábita.

–Es valiente y capaz. Su camino no ha terminado aún –dijo el padre.

–¿Cuándo irás a Jaén?

Yusuf apretó los labios y negó con la cabeza antes de contestar.

–Se vale por sí mismo. Si necesita ayuda, tiene a su hermano y a su abuelo. Aquello no es para mí. Mi sitio está aquí, en el campo, cuidando las tierras de la familia. –Palmeó el hombro de su amigo–. La política para ellos; a mí que me dejen el olor de la hierba y la tierra húmeda, el canto de los pájaros por la mañana y el sonido del agua corriendo por los surcos. Ésa es mi riqueza. –Pasaron cerca de un grupo de jóvenes que entrenaba–. ¿Cómo son éstos? ¿Se manejan bien con las armas?

–No son malos. Los instructores están contentos. Kamal, el hijo de Hadi, será un buen guerrero. Se destaca sobre todos.

Yusuf observó al joven, que escuchaba atentamente las indicaciones de un instructor. En sus rasgos reconoció a Hadi y recordó el compromiso de Ibn al-Ahmar de cuidar de él y de su madre.

–¿Qué edad tiene? –preguntó el Nasr.

–Diecisiete o dieciocho. No estoy seguro.

–Debo irme ya, pero antes te pido un favor, Umar. Dile a Kamal que se pase por casa esta tarde, le tendré algo preparado.

Yusuf cabalgó hacia sus tierras de secano, donde los peones araban la tierra para prepararla antes de la siembra.

* * *

Kamal llegó a Arjona a primera hora de la tarde. Se presentó en la casa de los Nasr cuando los hijos menores de Ibn al-Ahmar dormían la siesta. La puerta estaba abierta y entró en el zaguán.

–Paz –dijo a modo de saludo.

La esposa de Muhammad apareció enseguida, cargada con un canasto repleto de frutas y verduras. Kamal la observó mientras caminaba apresurada. Aún joven, tenía los pechos abultados y sus caderas habían ensanchado ligeramente. Llevaba la melena negra suelta. Aisha también le entregó a Kamal una hogaza de pan cubierta con un paño.

–Esto es para vosotros. Dile a tu madre que nos pida todo lo que necesite –le dijo. En ese momento la mujer se fijó en él. El hijo de Hadi se había convertido en un joven apuesto de piel morena, cuyos ojos miraban con profundidad. Su cuerpo se había desarrollado y mostraba los efectos del trabajo y los entrenamientos constantes. De repente, Aisha sintió cierto pudor por no llevar velo.

–Gracias, que Alá os colme de bendiciones –contestó Kamal. Observó los ojos negros de Aisha y ella torció la mirada.

–Saluda a tu madre, dile que venga a tejer cuando le apetezca.

Kamal bin Hadi se retiró con el canasto en los brazos. Aisha, turbada por el encuentro, acudió a las cocinas para ayudar a Karima con la cena.

Jaén. Septiembre de 1233

Desde la alcoba se oían las voces y carreras. Las celosías dejaban entrar la luz de la mañana. Muhammad salió de la cama.

Maryam seguía dormida, completamente desnuda. Se acercó a ella y la besó en la mejilla. La mujer bostezó, e Ibn al-Ahmar pudo percibir el aliento a vino que salió de su boca.

–No deberías beber tanto.

Maryam se giró y se tumbó bocarriba sobre el colchón.

–Me ayuda a soltarme, ¿no te gusta?

–Tú no necesitas vino para soltarte –replicó Muhammad con seriedad.

–Me ayuda a soltar lastre –corrigió.

–Sé de lo que hablas, pero el vino sólo adormece. Cuando despiertas, el lastre sigue ahí. No cometas mis mismos errores. Un poco de vino está bien, pero no caigas en un pozo.

–A veces él me emborrachaba –soltó de pronto.

Muhammad no tuvo palabras con las que responder. Sabía que hablaba de su tío, el monstruo de su pasado a quien él había matado. La ayudó a incorporarse y la abrazó.

–Algún día lograremos espantar los malos recuerdos –le dijo al oído. Entre ellos brillaba la confianza. No había amor, aunque en instantes fugaces confundían la pasión con ese sentimiento.

–Voy a ver qué ha pasado. –De fuera seguían llegando voces agitadas.

Muhammad salió de la alcoba y en el patio principal del palacio se encontró con su hermano Ismail, que conversaba con dos hombres vestidos con traje de montar. Ismail lo miró con una resplandeciente sonrisa.

–Buenas noticias, hermano, muy buenas noticias. Ibn Hud ha asediado Canjáyar y ha fracasado. El santón de Ohanes ha organizado la resistencia. Ha humillado a los hombres del murciano y a los castellanos que iban con ellos.

Muhammad juntó las palmas de las manos y las elevó hacia el cielo.

–Gracias al Todopoderoso.

–No es todo. –La sonrisa se hizo más grande–. Hay una nueva adhesión. Un hombre ha llegado esta mañana para traer el acta de sumisión. –Ismail alargó el momento para darle solemnidad–. La ciudad califal, la perla de al-Ándalus.

–Córdoba –pronunció Ibn al-Ahmar en un susurro. Un escalofrío lo sacudió.

–Te haces grande, hermano. Todo lo que sembraste desde niño ahora florece. ¡Gloria a los Nasr! –exclamó Ismail embargado por una profunda emoción.

* * *

A la salida de Jaén se habían congregado cientos de personas para despedir a su emir. Ibn Sanadid se quedaba al frente de la plaza como gobernador. El cariño del pueblo era sincero. Sus vidas habían mejorado desde que Ibn al-Ahmar había tomado las riendas de la ciudad. Se sentían más seguros y el dinero de los impuestos se destinaba a buenos fines. Los campesinos trabajaban las tierras con tranquilidad y las rutas comerciales se habían reactivado.

El emir cabalgaba sobre un caballo negro al que, en recuerdo de su anterior montura, había llamado Bermejo Segundo. Vestía su vieja túnica blanca sobre unos amplios pantalones que terminaban remetidos en unas botas de cuero. A su lado iba el enviado de Córdoba, erguido sobre su caballo y vestido con sedas. Era miembro del banu l-Mawl, la distinguida familia que gobernaba Córdoba en nombre de Ibn Hud. Estaban en desacuerdo con el emir murciano desde hacía tiempo, y la adhesión de Jaén al emirato nazarí fue el detonante que los impulsó a cambiar su lealtad hacia Ibn al-Ahmar.

Entre vítores, la comitiva se perdió por el camino que llevaba a Arjona. Allí se detuvo durante un día, el tiempo necesario para que la familia del emir pudiera prepararse para partir con él. Aisha lo recibió contenta. Yusuf persistió en su actitud de quedarse en Arjona, junto a Karima; ya no se ocultaban ante los demás habitantes de la casa. Asquilula y sus dos hijos varones decidieron seguir a Muhammad.

Su pueblo natal recibió a Ibn al-Ahmar con una fiesta. Los vecinos, orgullosos de su paisano, salieron a las calles. Allí había comenzado todo; en Arjona se había criado el emir que ahora partía a Córdoba para tomar posesión de la gran ciudad de los Omeyas.

Durante su breve estancia, Muhammad visitó la maqbara. Sólo consintió que Umar el Jilguero lo acompañara. Ante los enterramientos de su madre, sus hermanos y Farah, se permitió un tiempo para orar en silencio.

–Muchos recuerdos, ¿verdad?

–Sí, Umar. Los echo de menos. Me gustaría que estuvieran aquí conmigo. Cada hoyo en la tierra es una herida.

–Para no haber estudiado, hablas como un poeta. –El emir sonrió levemente–. Todos acabaremos ahí, en la tierra.

Se abrió un denso silencio entre ellos.

–No soy el mismo, maestro. Soy una sombra de lo que era. –Ibn al-Ahmar agarró su colgante.

–Lo sé, te vi caer. También te he visto levantarte. Sin embargo, después de una caída así, uno nunca vuelve a ser el mismo.

–Cada golpe me ha hecho más duro, menos alegre.

–Los tragos amargos quitan las ganas de reír. Pero todo ocurre con un fin. –El santón suspiró. La idea que le rondaba la cabeza podía herir a su amigo. Tenía que medir las palabras–. Esta tierra sagrada necesitaba un líder como tú: decidido, valiente, firme en sus decisiones, al que no le tiemble la mano.

Muhammad miró a Umar con sorpresa.

–¿Insinúas que sus muertes eran necesarias para hacerme un buen emir?

–No fueron necesarias, pero, visto desde aquí, sin ellas no serías así. Sé que puedes entender lo que te digo, no me malinterpretes.

–Te entiendo. –Hizo una pausa–. Pero renunciaría al emirato por ellos –señaló las estelas funerarias–. Seguiría trabajando la tierra y luchando en la frontera como cegrí, como en los viejos tiempos.

–Y a Arjona le habría pasado lo que a Andújar, Martos o Úbeda, y tú con tu familia estarías vagabundeando en alguna ciudad, mendigando para comer o para conseguir un trabajo

–replicó Umar con rotundidad–. Tu destino era otro. Te has preparado para esto durante todos los años de tu vida. Tu destino es fundar una dinastía que perdure durante siglos en las tierras de al-Ándalus.

–Una dinastía nazarí.

Umar asintió. La idea agradó a Ibn al-Ahmar.

«La tierra en la que descansáis debe seguir siendo nuestra», se dijo el emir.

* * *

Aisha iba a caballo junto al carro en el que viajaban sus hijos, que estaban al cuidado de Mu'mina y Sams.

–Ahora eres la esposa de un emir, la madre de sus herederos. –Se acercó a ella Muhammad. El hombre miró a Yusuf y a Faray y recordó las palabras de Umar. Ellos eran el comienzo de una dinastía. La mujer no contestó, absorta en sus pensamientos.

Se acercaron a Córdoba por la margen izquierda del Guadalquivir. La Calahorra, el baluarte que protegía la entrada al viejo puente romano, estaba ya a la vista. Al otro lado del río se divisaba la muralla y, sobre ella, los altos muros de la mezquita y las construcciones del alcázar. Cientos de personas atravesaban el puente.

Al pie de la Calahorra, varios miembros del banu l-Mawl aguardaban la llegada del emir, rodeados por las principales autoridades de la ciudad. Bien ataviados con elegantes ropajes, contrastaban con las sencillas prendas de Muhammad y los suyos.

El corazón de Ibn al-Ahmar palpitaba con fuerza y varios sentimientos se acrisolaban en su estómago.

«¿Estaré a la altura?», se preguntó en el último momento, preso de la incertidumbre. «Lo estás», creyó escuchar, como un susurro casi inaudible arrastrado por una suave brisa.

Valle del río Genil, cerca de Écija.
Primeros de octubre de 1233

La tropa sevillana no había llegado aún, pero los oteadores nazaríes los habían avistado en la distancia, acercándose a buen paso. Al-Bayi cumplía con lo pactado. Muhammad llevaba menos de una semana en Córdoba cuando el emir de Sevilla le había enviado emisarios para solicitar una batalla campal. Al-Bayi quería expandirse, pero no tenía fuerzas suficientes como para enfrentarse a Ibn Hud. Pensó que la mejor estrategia consistía en atacar a su rival, hacerse con sus territorios y, desde una posición más fuerte, hacer frente al emir de Murcia. Muhammad accedió, consciente de que su reputación quedaría en entredicho si no peleaba. Había llegado la hora de encabezar a su ejército para defender lo que había conseguido. Salió de Córdoba cuando aún no había tenido tiempo para asentarse.

–Es igual que una tropa pequeña. Cada hombre aquí es una escuadra –comentó Asquilula.

Ibn al-Ahmar contempló las banderas, que se alzaban orgullosas mientras se formaban los batallones. Los de Jaén se colocaron en la vanguardia. Eran guerreros fieros, hombres de frontera bien entrenados y ansiosos por entrar en batalla. Delante de ellos, sólo una línea de hostigadores y voluntarios mal pertrechados. Detrás, el grueso de la tropa, los cordobeses, cuyo número superaba los mil hombres. Arjona y su comarca habían aportado trescientos guerreros entrenados en la rábita del Jilguero, como ya era conocida. En total sumaban más de dos mil hombres dispuestos para la guerra.

–Neblí –pronunció Muhammad–, llévanos a la victoria, con la ayuda del Altísimo.

–Haré todo lo posible. Tu hermano y mis hijos sabrán hacer bien su trabajo. –Muhammad meditó sobre la situación. Se había enfrentado a los cordobeses para nombrar qaídes a Ismail, Ibrahim y Abd-Allah, y aquéllos se habían visto desplazados en el mando. Cada decisión tenía unas consecuencias, como siempre había dicho Asquilula en sus lecciones, y aquélla tendría las suyas.

Tras fijar la fecha del enfrentamiento, la primera medida de Ibn al-Ahmar fue designar a Asquilula jefe militar, otorgándole el mando del ejército emiral. Era la primera recompensa por su apoyo. Éste, a su vez, nombró a sus generales y formó una guardia para el emir con los hombres mejor entrenados. «Sé que eres un hombre sencillo, pero tienes una responsabilidad. De tu vida depende el emirato y debes cuidarte», le había dicho el Neblí.

Muhammad se dejó rodear por sus guardias y esperó a que el ejército enemigo apareciera en el horizonte. A su lado estaba Kamal bin Hadi, el hijo de su difunto amigo, que había demostrado unas excelentes cualidades durante su entrenamiento. Era aún joven, pero hábil y leal.

Al poco aparecieron los primeros jinetes sobre una colina cercana. Tras ellos, la nube de polvo que levantaban los pasos de hombres y caballos. El ejército ocupaba una larga columna, que Asquilula estudió con minuciosidad.

–Nos superan en número –les dijo a los qaídes–, a razón de un hombre y medio por cada uno de los nuestros.

–Pero nosotros somos mejores –replicó al instante Abd-Allah, su hijo menor.

–Yo mataré a dos, mi uno y medio y tu medio –soltó Ismail.

–Si todo va como debe ir, ninguno de nosotros matará a nadie. Sois qaídes, no soldados. –Asquilula los miró con orgullo.

El ejército sevillano agitó las banderas y los hombres se dispersaron por el valle, a escasa distancia de la tropa nazarí. Allí aguardaron las órdenes. El emir al-Bayi observaba confiado al enemigo. Enseguida dio la orden y sonaron los atabales. Las banderas de Sevilla y Carmona avanzaron para marcar el paso y los soldados adoptaron la actitud de ataque. Al frente, la caballería ligera comenzó a hostigar a la vanguardia nazarí, que, a su vez, inició un leve movimiento hacia delante para desplazar la acción lejos del grueso de la tropa. El comandante sevillano se quedó rezagado y su qaíd tomó el mando. Se acosaron mutuamente con armas arrojadizas, hasta que los voluntarios del ejército de Ibn al-Ahmar decidieron cargar para detener la masacre. Con su movimiento comenzó el choque de hombres que se buscaban para matar o morir en aquella tierra fértil del valle del Genil.

Ibn al-Ahmar observaba las primeras refriegas. Situado sobre un suave promontorio, tenía una visión limitada, aunque suficiente, del escenario. Los voluntarios se enfrentaban en un cuerpo a cuerpo mientras la caballería ligera cordobesa intentaba abrir las líneas de la vanguardia enemiga.

Ismail, al frente de los de Jaén, dio la orden de avanzar, y la primera línea, compuesta por caballeros con loriga y hombres a pie, se movió a paso ligero. Sus fieros gritos llegaron hasta el emir.

Con poco esfuerzo y escaso coste de vidas, los jienenses acabaron con las primeras líneas sevillanas; sobrepasaron a los voluntarios supervivientes y los arrastraron hasta el grueso de su vanguardia.

–¡Somos mejores! –gritó Asquilula con satisfacción.

–¡Pero somos menos! –respondió el emir, que contemplaba cómo los flancos sevillanos trataban de envolver a los valientes jienenses.

El Neblí cabalgó hasta sus hijos, qaídes de los cordobeses, y los animó a entrar ya en batalla. Los atabales sonaron unos instantes y enseguida su sonido fue ahogado por el estruendo de los pasos de la tropa. La vanguardia nazarí había abierto hueco, pero comenzaba a estar en problemas ante la abrumadora superioridad numérica de los de al-Bayi. El grueso de los de Córdoba acudió a socorrerla. Ibn al-Ahmar se quedó solo con su guardia, alejado del lugar en el que sus soldados se jugaban la vida.

El qaíd sevillano gritaba a sus capitanes para que se abrieran en los flancos, pero un ejército en marcha no era fácil de manejar. Los soldados sevillanos, que se abalanzaban sobre los jienenses, no se daban cuenta de que la tropa cordobesa caía sobre ellos, apoyada por tropas auxiliares de arjoneros. Los flancos sevillanos resistieron la embestida, pero los jienenses consiguieron abrirse hueco por el centro. La batalla no estaba aún decidida. Los bandos se habían equilibrado.

Muhammad se movía de un lado a otro sobre su caballo. Estaba nervioso, ansioso por participar en la batalla. Su abuelo lo había aleccionado sobre su nuevo papel como soberano, pero él no podía evitar pensar que su sitio estaba allí abajo, con sus hombres.

–Voy a intervenir.

–No seas insensato –le dijo Asquilula–. Mira a al-Bayi. ¿Lo ves entrar en batalla? Vuestro papel es éste, observar y dirigir.

Muhammad tenía los ojos rojos de furia. Con decisión, espoleó a su caballo y se lanzó al galope.

–¡Yo no soy como él! –gritó mientras se alejaba, seguido a duras penas por su guardia.

Asquilula negó lentamente con la cabeza y suspiró.

–Por esto tú eres el emir –dijo para sí.

Ibn al-Ahmar se dirigió a la retaguardia enemiga, donde el qaíd sevillano de al-Bayi intentaba torcer el rumbo de la contienda. Un alto estandarte de color verde y blanco señalaba el lugar desde el que el general gritaba a sus hombres y les daba instrucciones. Una pequeña escuadra de caballeros pesados lo protegía.

Muhammad rodeó las dos masas que se enfrentaban y avanzó hacia el qaíd con su lanza en alto. La imagen del emir cabalgando hacia la batalla animó a la tropa nazarí, que renovó bríos y empujó, provocando la primera desbandada. La guardia emiral lo adelantó y chocó con la del qaíd. Enseguida el emir se enzarzó en una lucha fiera. El general sevillano se vio rodeado; sus guardias caían bajo las armas nazaríes y su tropa comenzaba a retroceder y huir. No vio otra salida que rendirse y entregarse al arjonero. Muhammad ordenó que lo desarmaran y le ataran las manos. Kamal se dispuso a cumplir sus órdenes, mientras el grueso de los sevillanos se retiraba en desorden. El joven no se había apartado de su lado durante la lucha y había acabado él solo con dos caballeros enemigos. Lucía la sangre de los caídos sobre las anillas de su loriga.

–Has hecho un buen trabajo, chico –le dijo Ibn al-Ahmar–. Tu padre, en el Paraíso, estará orgulloso de ti.

Por todas partes se oían gritos, los lamentos de los heridos, las voces de los derrotados y los bramidos de victoria de los vencedores. El emir de Arjona había ganado su primera batalla campal.

* * *

Al-Bayi acudió al parlamento con dos guardias desarmados, tal y como habían pactado. Muhammad bin al-Ahmar lucía su armadura de guerrero. Los dos hombres se miraron con orgullo desde sus monturas y ninguno hizo amago de desmontar.

–Saludos, emir de Arjona.

–Te escucho. –Ibn al-Ahmar estaba serio. Aquel hombre había intentado arrebatarle todo lo que había conseguido con tanto esfuerzo.

–Me has vencido, pero aún tengo fuerzas suficientes para continuar esta guerra. Si seguimos luchando, nos vamos a debilitar mutuamente. Tenemos un enemigo común que podría aprovecharse de ello. –Al-Bayi hablaba con voz potente, como si pregonara su propuesta–. Unámonos. Hagamos una alianza contra Ibn Hud.

Muhammad se tomó unos instantes para cavilar. No esperaba una oferta de ese tipo, pero calmar sus fronteras occidentales podía resultar una buena estrategia para poder hacer frente a su principal rival.

–Acudiremos el uno al otro si nos ataca y, si lo atacamos, cada cual se quedará con lo que consiga –respondió al fin.

–Sea así. Ésos serán los términos de nuestra alianza. –Al-Bayi se mostró contento–. Un trato así hay que sellarlo con la sangre. ¿Tienes hijas casaderas?

Muhammad pensó en Mu'mina y Sams. Ambas tenían edad para casarse, pero no estaba dispuesto a entregarle a ninguna de ellas.

–Sí, las tengo. Y te ofreceré una en matrimonio. Pronto, pero no ahora. –Ibn al-Ahmar sólo necesitaba pactar la alianza. Cuando llegara el momento se las arreglaría para evitar el casamiento.

–De acuerdo. Tenemos una alianza entonces.

–La tenemos. Pero, antes de nada, si quieres recuperar a tus hombres, debes hacer una oferta. –Ibn al-Ahmar sostuvo la mirada de su nuevo aliado que, con un gesto breve, esbozó una sonrisa–. No fui yo quien solicitó esta batalla. Mis presos son legales. Paga por ellos –concluyó Muhammad, tan fiero en la batalla como hábil en la negociación.

Murcia. Otoño de 1233

–Partirán hoy mismo, mi señor. Los castellanos esperan en la frontera desde hace dos días. –El secretario entregó a Ibn Hud el informe sobre la escuadra que llevaría el último pago de las parias a Fernando III.

El emir leyó el texto y sumó las cifras. Su rostro enrojeció.

–¿Cuánto nos queda?

–No lo suficiente. Hay que cobrar más impuestos.

–Siempre la misma historia; subimos los impuestos para guerrear contra los cristianos o para calmarlos. Parece que son ellos los que nos gobiernan. –Se mostró iracundo–. ¿Qué se oye en el Consejo?

–Temen la alianza de Arjona y Sevilla. Creen que hay que actuar.

–Tienen razón –dijo el emir–. Los convocaré esta tarde. Sevilla ha perdido la batalla, ahora es más débil. La atacaremos primero a ella.

El secretario inclinó la cabeza. Ibn Hud salió del salón. Se sentía angustiado, agitado por las últimas noticias y la constante presión de sus administradores. Paseó por el jardín que se abría delante del establecimiento, y allí se encontró con Jimena, la joven cristiana de la que se había encaprichado. El deseo nació en su vientre, un deseo visceral que comenzó a endurecer su sexo y a aturdir sus sentidos. «Hay deseos más fuertes que las palabras», recordó que le había dicho Ibn al-Ramimi, el gobernador de Almería. Por unos instantes no le importó la promesa que le había hecho a su esposa; ni su fidelidad, ni siquiera su honor. Se acercó a ella y la cogió del brazo con firmeza. Ella agachó la cabeza.

–Te necesito dentro –movió ligeramente la cabeza hacia los baños.

La joven, aleccionada por su padre, obedeció sin levantar la mirada.

Burgos. Otoño de 1233

–¿Cómo está el infante? –preguntó el alférez del rey.

–Bien, Lope. Nació sano y llora con fuerza –contestó Fernando III–. Está con su madre en Toledo. Ella es la que me preocupa. Son muchos partos y la veo debilitada. Beatriz es terca y finge estar bien, pero yo sé que se siente sin fuerzas. Dios nos manda vástagos sin descanso. Es una bendición, pero para el cuerpo de Beatriz es un castigo.

Lope Díaz de Haro siempre había sido uno de los principales apoyos de Fernando a lo largo de todo su reinado. Asintió en silencio. Los dos hombres cabalgaban al paso hacia el monasterio de las Huelgas, seguidos por una guardia de diez caballeros. Iban para visitar la tumba de Alfonso VIII, el vencedor de las Navas.

–¿Y Alfonso? Hace años que no lo veo. Debe de estar hecho un hombre.

–Ya lo es. –La mirada del rey se encendió al hablar de su heredero–. Con doce años ya domina varias artes y su cuerpo se está desarrollando como el de un buen guerrero. Pronto habrá que buscarle esposa.

El rey estaba de buen ánimo. Su sonrisa marcó indicios de arrugas en el contorno de sus ojos. A sus poco más de treinta años tenía la apariencia de un hombre mayor.

–Fernando, mi rey, tu abuelo descansa allí. –Se acercaban a las Huelgas–. ¿Será ése también tu destino final?

–No lo creo, Lope. Mi última morada estará en el sur, en tierra ganada a los moros.

Calatrava la Nueva. Otoño de 1233

En el campo de los mártires, al pie del castillo, Martín Fernández de Burgos se encontró con su hermano Ruy. Se abrazaron con fuerza en la soledad del camposanto.

–¿Sigues rezando por mí? –preguntó el caballero.

–Siempre, para que Dios te cuide y perdone tus pecados.

–Hay alguno más que añadir, hermano. Las muertes de moros, muertes son. –Ruy asintió–. Ya no me atormento tanto, tranquilo. –Apoyó el brazo en la cruz de piedra que marcaba el enterramiento anónimo de un caballero calatravo.

–¿Cuánto tiempo vas a estar con nosotros?

–Poco. Me mandan de nuevo a la frontera. He recuperado el favor del maestre y quiere que vuelva a Andújar para reforzar la guarnición.

–Y Úbeda ¿cómo ha quedado?

–Se está repoblando. Los hombres del rey están reparando los destrozos en las murallas. Es una plaza fuerte y nos valdrá para presionar a Jaén.

–Tenemos un buen rey, Martín. Dios le sonríe. –Ruy miró a su hermano con ternura–. Me alegra verte, pero ahora tengo que irme. Me esperan en el convento. –Se marchó.

Martín caminó alrededor del castillo y se colocó frente a Salvatierra, la disputada plaza que ahora estaba bajo dominio castellano. A lo lejos, al sur, contempló el paso entre las sierras. Castilla se extendía hasta cerca de Jaén. La audacia y la valentía de los caballeros calatravos lo habían hecho posible.

«No nos detendremos hasta recuperar toda la tierra que fue de nuestros viejos reyes», pensó emocionado.

Córdoba. Invierno de 1234

El gran salón del palacio emiral se mantenía cálido gracias a los braseros que había repartidos por la estancia. Los hombres comían, recostados en almohadones o sentados en bancos de madera. Diez esclavas les servían y una pareja de músicos animaba la velada. La fiesta la habían organizado los miembros del banu al-Mawl.

El emir permanecía junto a Asquilula. Ismail, Ibrahim y Abd-Allah se sentaban juntos alrededor de una mesa baja. Los principales de Córdoba también estaban presentes, incluidos los viejos qaídes.

–Míralos, conspiran contra ti –susurró el Neblí a Ibn al-Ahmar al oído.

–Lo sé. Les he dado otros cargos, pero no se contentan. Se sienten degradados. Me preocupa. Tienen mucha influencia en la ciudad.

–Pues acaba con ellos cuanto antes –soltó de pronto Asquilula–. La mala hierba hay que cortarla de raíz.

–Eso me ganaría más enemigos. No puedo hacer otra cosa que vigilarlos y confiar en que se mantengan fieles.

–Tú eres el emir, tuya es la decisión. Pero, si los respetas, puede que algún día te arrepientas. –Ibn al-Ahmar movió la cabeza en señal de agradecimiento por el consejo–. Muhammad –prosiguió Asquilula–, ¿recuerdas tu compromiso con mi familia?

–Te he nombrado jefe militar del emirato y tus hijos son qaídes, como mi propio hermano. Los Asquilula tenéis poder.

–Pero tú eres emir y tienes tu propia familia, que prevalecerá siempre.

Muhammad comprendió. Su abuelo le sugería que integrara a sus tíos Ibrahim y Abd-Allah en su familia. Eso sólo se podía hacer de una manera.

–Mu'mina y Sams crecen, pero todavía es pronto. Dame unos años.

–¿Tengo tu palabra de que casaremos a tus hijas con mis hijos?

Ibn al-Ahmar pensó en ellas. Eran la herencia que Farah le había dejado. Algún día tendría que casarlas, y sus parientes eran una buena opción.

–Tienes mi palabra. En unos años.

El Neblí se recostó satisfecho. Aquél sería un gran paso para sus hijos.

La fiesta continuó. Las esclavas sirvieron más vino. Tras los postres, dos embajadores sevillanos presentaron los regalos que al-Bayi había enviado. En el centro del salón colocaron un hermoso cofre con remaches dorados, del que extrajeron una espada ceremonial y un capacete de plata. Kamal bin Hadi, nombrado capitán de la guardia emiral tras la batalla del Genil, fue el encargado de tomar las piezas y presentarlas ante Muhammad.

–Asumo el poder, pero no me acostumbro a los honores –le confesó Ibn al-Ahmar a Asquilula después de que los embajadores se retiraran–. Soy un hombre sencillo.

–Y un gran emir tocado con la virtud de la modestia –remató el viejo–. Acéptalo, es parte de tu posición.

Muhammad asintió y pidió un vaso de vino, decidido a disfrutar de la velada.

* * *

Aún había jolgorio dentro cuando Ibn al-Ahmar salió al jardín. Lo seguía Kamal para garantizar su seguridad. El cielo estaba despejado y no había luna; el brillo de las estrellas producía en Muhammad una extraña sensación de mareo. Se acercó a un rincón y meó sobre un seto de arrayán perfectamente podado.

–Demasiado vino –dijo al aire para que Kamal lo oyera.

No bebía con frecuencia, pero no rechazaba un buen caldo en ocasiones como aquélla. Los lagares cordobeses habían vuelto a funcionar y producían un vino de calidad que se subía pronto a la cabeza.

Se encaminó hacia su alcoba con paso apresurado. La puerta estaba cerrada, pero, nada más escuchar sus pasos, Aisha la abrió. La mujer se ruborizó al ver a Kamal junto a su esposo. El muchacho desvió la vista y aguardó a que Muhammad entrara en la habitación para darse la vuelta y montar guardia ante la puerta.

La alcoba estaba iluminada por tres lámparas de aceite. Sobre la cama había varios vestidos confeccionados en ricas telas.

–Los han traído para mí. Vienen de Sevilla –dijo la mujer ilusionada.

«El sevillano se siente débil», pensó Muhammad.

–Te los mereces –pronunció el marido.

–Muhammad, esto es un sueño. –Ella extendió los brazos–. Vivimos en un palacio y nos colman de atenciones.

Ibn al-Ahmar miró a su esposa y sintió deseo. Vestía una fina ghilala que dejaba ver sus formas menudas y sus pechos crecidos. Se acercó a ella por la espalda, la abrazó y le abrió las ropas para acariciar su cuerpo. Intentó penetrarla desde atrás, pero ella se giró con delicadeza.

–Así no. Soy tu esposa, no una puta de las alhóndigas.

Al escuchar aquellas palabras, Muhammad se excitó más aún. La desnudó por completo y la echó sobre la cama, encima de los finos vestidos. Se desnudó él también y saltó sobre ella. Hicieron el amor largo rato y luego Ibn al-Ahmar se quedó profundamente dormido. Aisha se echó junto a él. La esposa había disfrutado, pero no había llegado al orgasmo. En realidad, no sabía si lo había sentido alguna vez en su vida. Muhammad era un amante fiero y experto, pero poco considerado.

Al otro lado de la puerta, Kamal no pudo evitar la fuerte erección que el sonido de los gemidos de Aisha le había provocado. Con disimulo, metió la mano debajo de su túnica y se alivió allí mismo, de pie, ante la puerta de su señor. En su ensoñación tenía a Aisha delante, invitándolo a entrar en ella.

* * *

–¡Muhammad! –Ismail entró precipitadamente en el hammam mientras su hermano se daba un baño en la pila de agua caliente–. El pueblo se rebela, los cordobeses han salido a la calle.

Ibn al-Ahmar pidió explicaciones mientras salía del agua y caminaba a paso ligero hacia el vestíbulo.

–Los qaídes cordobeses están al frente. Hay muchos hombres en la calle, a las mismas puertas del palacio. También han tomado el patio de abluciones de la aljama. Nombran a Ibn Hud como su emir legítimo.

Los miembros del Consejo ya los esperaban en la sala del mexuar, junto con varios hombres del banu al-Mawl.

–¿Qué quieren? –Fue lo primero que preguntó el emir.

–Que te vayas –contestó Abd-Allah–. Han vuelto a la obediencia de Ibn Hud.

–¿Por qué? –Muhammad estaba aturdido.

–Dicen que eres estricto con ellos, que no los tratas como a los de Jaén –intervino un al-Mawl–. Pero todo es mentira. Ya sabemos quién está detrás. Los qaídes han sembrado la discordia. Aplástalos, *mawlana*. Tienes tropas suficientes para someterlos.

–Te lo advertí –repuso Asquilula con tono de suficiencia–. La mala hierba...

El emir, alterado, guardó silencio.

–Nos vamos –dijo al fin.

–Por favor, reconsidéralo. Tienes un ejército capaz –aconsejó otro miembro de la familia al-Mawl, que se resistía a la idea de abandonar Córdoba.

–Podría hacerlo, pero ¿de qué me serviría un pueblo sin lealtad? Se rebelarían de nuevo y gastaríamos nuestras fuerzas dentro, cuando tenemos enemigos fuera.

Acataron su decisión y los preparativos para la marcha comenzaron de inmediato. A primera hora de la tarde todo estaba organizado para su partida. Sus parientes y fieles se reunieron en el palacio emiral. Todavía se escuchaban los gritos de los exaltados, clamando contra él.

La tropa del emir nazarí salió a la calle y creó un arco de seguridad, a través del cual se pudo realizar la evacuación de personas y enseres. Muhammad iba a caballo, seguido por su familia. Los gritos de los rebeldes arreciaron y los soldados comenzaron a inquietarse.

«¡Vuelve con tus cabras!», «¡vete rápido antes de que te matemos!». Sonó una algarabía de gritos y ofensas. El emir se iba con pena de Córdoba. La ciudad había sido un sueño hermoso, pero demasiado efímero. Contempló los recios muros de la mezquita, la más hermosa y majestuosa que jamás hubiera visto, y sintió que su corazón se desgarraba por alejarse de ella. La comitiva cruzó la puerta del Puente y atravesó el viejo puente de piedra que se levantaba sobre el Guadalquivir. Los ingratos chillidos los acompañaron en todo momento. Aisha lloraba amargamente, más dolida que su marido.

«Así es el poder, va y viene. Hoy estás arriba, mañana... Sólo el Altísimo sabe dónde estarás mañana», fueron los últimos pensamientos de Ibn al-Ahmar al marchar de Córdoba como un apestado.

Camino de Sevilla. Invierno de 1234

Avanzaban por el norte. La sorpresa era fundamental. Muhammad quería pillar a Ibn Hud desprevenido, que la estocada fuera certera. Las tropas murcianas se movían por el sur, buscando el camino más rápido y seguro para llegar a Sevilla.

El emir de Murcia al fin se había decidido a actuar contra la alianza de sus dos emires rivales. Atacó primero a al-Bayi, al quien supuso más débil. Movilizó un gran ejército y con él partió a dar una lección a los rebeldes. Sevilla y Carmona eran fuertes, pero no eran más que dos ciudades. Ibn Hud podía convocar un poder mayor. Según sus planes, una vez derrotado el sevillano y vuelta Sevilla a su autoridad, sería fácil dar una lección al de Arjona, que acababa de regresar a Jaén tras ser expulsado de Córdoba. Sin embargo, no contaba con que sus movimientos iban a llamar la atención de Ibn al-Ahmar, que enseguida decidió acudir a socorrer a al-Bayi.

El emir de Arjona conocía el destino que le aguardaba si Ibn Hud derrotaba a su aliado. Meditó bien su estrategia. Era consciente de que sus tropas por sí solas no eran suficientes como para plantar cara a Ibn Hud. La clave de su éxito residía en la oportuna combinación de su fuerza con la de Sevilla. Los espías y correos serían fundamentales para coordinar las dos tropas.

–Ha llegado el momento de vernos las caras –le dijo Ibn al-Ahmar a su hermano Ismail. Ambos cabalgaban juntos, sin armadura, pero con las espadas sujetas a los fajines bermejos. El emir estaba ansioso por vengar el ataque a Canjáyar y, sobre todo, la reciente pérdida de Córdoba.

Un jinete ligero llegó al galope. Se había visto con un emisario de al-Bayi y había concertado con él un punto de reunión para la mañana siguiente. Montarían el campamento justo en aquel lugar.

Al amanecer de un nuevo día todas las piezas se pusieron en marcha. Al-Bayi no sorprendió al ejército de Ibn Hud, los jinetes murcianos controlaban sus movimientos. Comenzó la batalla y los sevillanos tuvieron que soportar en soledad los primeros embates del feroz ataque hudí. A costa de muchas vidas, contuvieron la embestida y resistieron el tiempo suficiente como para recibir apoyo.

En una elevación, sobre el flanco derecho del ejército de Ibn Hud, aparecieron los primeros guerreros de Ibn al-Ahmar. El propio emir se había adelantado con Asquilula para contemplar el paraje y tomar decisiones.

–Hostigadores desde arriba –dijo el Neblí mientras señalaba las primeras filas.

–Si pican el anzuelo, cargamos desde aquí –remató Ibn al-Ahmar.

–Y, si no pican, los masacramos a flechazos.

Los cuerpos de arqueros y jabalineros nazaríes se adelantaron. Enseguida cayeron los primeros murcianos.

–Es sangre andalusí, como la que se derramó en el valle del Genil. –Ibn al-Ahmar se estremeció al pensar en las luchas entre hermanos musulmanes.

–De estos tres debe quedar uno, que no se te olvide. Ni guerra ni alianza. Uno solo –le respondió su abuelo, tajante.

Pasado un rato, los murcianos comenzaron a correr ladera arriba en busca de sus hostigadores. Habían recibido numerosas bajas y, si no reaccionaban pronto, la balanza comenzaría a inclinarse del otro lado. El movimiento alivió la presión sobre los sevillanos, que consiguieron reorganizarse. Desde su posición elevada, las tropas nazaríes recibieron la orden de cargar. Los jinetes más pesados encabezaron el ataque y no tardaron en abrir varias brechas. Decenas de guerreros hudíes cayeron. En pocos minutos, los curtidos peones de Jaén demostraron su valía. La balanza, irremediablemente, ya se había torcido a favor del bando aliado.

Comenzó a reinar el caos en el ejército invasor. La muerte llamaba a la muerte y los caídos se amontonaban unos sobre otros. Poco después comenzaron las galopadas y las carreras de fuga. Muhammad notaba cómo su corazón latía con fuerza, pero en esta ocasión hizo caso a Asquilula y se mantuvo en su sitio. Así contempló cómo la estrategia de su abuelo lograba una nueva victoria para sus tropas.

Murcia, Primavera de 1234

Ibn Hud caminaba a grandes zancadas por uno de los jardines de su palacio. La noche acababa de caer y los guardias habían prendido antorchas para iluminar los principales accesos. La ira y la frustración se reflejaban en su rostro. Al-Watiq bi-Llah, su hijo mayor, acudió a su lado, pero, antes de que pudiera abrir la boca, el emir lo despachó con un gesto de la mano.

Ibn Hud venía de sus estancias privadas. Había intentado yacer con su esposa, pero no había podido consumar. Ella lo intentó serenar y lo acarició con tiento, pero él comenzó a ponerse nervioso y la rechazó sin explicaciones. Aquella misma mañana había recibido un correo de la frontera occidental. Uno de sus gobernadores le informaba sobre la rebelión de Ibn Mahfuz, que se había declarado independiente en Niebla. Las responsabilidades y las malas noticias cargaban la conciencia del emir, que comenzaba a sentirse asfixiado.

Atravesó un pequeño bosque de almendros y entró en la zona de servicio. Una mujerona que olía a ajo y cebolla lo recibió.

–¿Dónde está? –le preguntó.

–Ha terminado de preparar la alcoba de tu esposa –repuso ella–. Pronto volverá.

–Que venga a verme al pabellón de las flores –ordenó sin más, y la mujer asintió.

El amplio salón, situado junto a una alberca rodeada de arbustos y flores olorosas, había sido construido para disfrutar de las noches de verano. Jimena entró con paso inseguro y el emir, que hasta ese momento temblaba de angustia, se la quedó mirando. La sangre volvió a recorrer sus venas. Sintió la excitación del deseo y se abalanzó sobre ella sin soltar palabra. Recuperó la fuerza perdida y, sin miramientos, la penetró.

–Tú haces que despierte, me devuelves a la vida –dijo entre jadeos una vez que hubo terminado.

Jimena se zafó entonces de él y se puso de pie. Sintió náuseas, pero logró contenerse. Su padre la había aleccionado para que fuera una buena amante del emir. Pasados unos minutos, éste volvió a llamarla a su lado. En esta ocasión se mostró más atento y le susurró dulces palabras al oído.

–Si no hubiera hecho un juramento a mi mujer, tú serías mi segunda esposa.

Ella sonrió, pero en silencio dio gracias a Dios.

–¿Llevas la cuenta de tus años?

–Casi veinte, creo –contestó Jimena.

–Una gacela muy joven. Te queda mucho por aprender, y por vivir.

Ibn Hud se echó hacia atrás y se quedó profundamente dormido. La joven se arregló las vestiduras y salió del pabellón para regresar a la casa de su padre.

Jaén. Primavera de 1234

–Todo sucede ante mis ojos y no puedo hacer nada, salvo dejarme llevar. –Ibn al-Ahmar suspiró. La herida de Córdoba no se había cerrado y se sentía preso de su destino–. No controlo los acontecimientos. –Dejó vagar la mirada perdida por el patio.

–Si no quieres dejarte llevar, coge las riendas y actúa de una vez. Porcuna, Arjonilla, Canjáyar, Guadix, Ohanes... Todas se te unieron. Jaén, también. Córdoba se sometió, y luego te echó a patadas. No has tomado nada, todo te lo han dado o te lo han quitado. –El emir lo escuchaba con atención–. Sin embargo, has ganado dos batallas importantes. Sabes pelear y eres fuerte. Haz uso de tus cualidades: toma castillos, ataca, ocupa al-Ándalus y líbrate de tus rivales. Ha llegado tu momento.

–Ibn Hud es demasiado fuerte aún. Podría vencernos si concentra sus fuerzas.

–No me refiero a él, hablo de al-Bayi. Haz lo que él quiso hacer contigo. Derrótalo, y usa luego sus ciudades contra Ibn Hud.

–Asquilula, somos aliados.

–¿Realmente te fías de él? Te lo quiso quitar todo y sólo te ofreció una alianza cuando lo derrotaste. En cualquier momento volverá a cargar contra ti. ¡Anticípate!

–Pero, si voy a por él, dejaré desprotegido lo demás.

Asquilula meditó sus palabras durante unos instantes.

–Es cierto. Tienes que asegurar la retaguardia. Sométete al murciano –soltó.

–¿Me pides que le jure obediencia? ¿Te has vuelto loco? –Ibn al-Ahmar se puso en pie con los ojos desorbitados.

Asquilula también se levantó. Una paloma que bebía agua en la alberca echó a volar asustada.

–Política, Muhammad. Tan necesaria como las espadas. Estrategia, habilidad, incluso las intrigas son armas valiosas en manos de un emir. Aún eres débil y necesitas de ellas.

El Nasr caviló. Su corazón comenzaba a acelerarse. Hasta aquel día se había sentido como una nave sin timón, sometida a los caprichos del viento y las mareas. Ahora podía elegir el rumbo, actuar, y aquella posibilidad hacía renacer en él aquella vieja fuerza que lo había impulsado a convertirse en cegrí y liderar a su pueblo.

–Sumisión a Ibn Hud para atacar a al-Bayi... –seguía pensando–. Gané a al-Bayi en batalla campal. Tomar Sevilla es otra cosa, no hay fuerza en todo al-Ándalus capaz de reducirla.

–Donde la fuerza de tu brazo no llega, usa tu inteligencia. Le prometiste la mano de una de tus hijas, pero los dos sabemos que no se la entregarás. Úsala para entrar en el alcázar. Una vez dentro, sólo tienes que cortar una cabeza. –Miró a su nieto con una sonrisa socarrona en los labios–. Sé que piensas que no es honorable... –Muhammad, muy serio, afirmó con la cabeza–, y ciertamente no lo es, pero no dudes, actúa. No harás más que anticiparte a él. Lo sabes, no es de fiar. Gobernar es tomar decisiones. Ya es hora de que gobiernes tu emirato con mano firme.

Muchos emires habían fracasado como líderes, e Ibn al-Ahmar no estaba dispuesto a ser uno más.

–¿A qué hija llevaremos a Sevilla? –lo presionó el Neblí.

–A Sams, es la más madura –respondió Muhammad al fin.

Asquilula sonrió ampliamente, había conseguido convencerlo.

–También es la más rebelde.

A través de los muros se oyeron algunos gritos. Los hijos pequeños de Muhammad jugaban en el patio interior. Toda la familia Nasr, salvo Yusuf, se había trasladado a Jaén.

–Seguiremos hablando en otro momento –dijo Asquilula–. Piensa en todo lo que te he dicho. Es hora de tomar decisiones. –Muhammad asintió–. Ahora voy a ver a mis bisnietos. Esos sinvergüenzas me regalan vida cada vez que estoy con ellos.

Cojeando sobre su inseparable bastón, el anciano se alejó. El emir se quedó junto al estanque, contemplando el agua y calculando los pasos que debía dar si al final decidía seguir sus consejos.

Toledo. Primavera de 1234

En el alcázar, Berenguela y Alfonso de Molina, hermano del rey, permanecían sentados frente a Fernando. Anochecía y los sirvientes se apresuraron a encender tres lámparas de aceite.

–No es mala la propuesta del rey de Navarra –opinó Alfonso.

Tras la muerte de Sancho VII sin hijos legítimos, su sobrino Teobaldo había sido proclamado rey de Navarra a primeros de mayo. Sancho no tenía buena relación con su heredero, por lo que había formalizado un prohijamiento mutuo con Jaime I de Aragón. Sin embargo, los nobles navarros, temerosos de Aragón, alzaron a Teobaldo como soberano. Ahora el nuevo monarca quería protegerse de la amenaza aragonesa y restablecer las relaciones con Castilla, para lo que había propuesto el matrimonio de sus mutuos herederos, Blanca de Navarra y Alfonso de Castilla.

–Puede serlo –repuso Berenguela–. Depende de las condiciones. Hay que hablarlo todo. Ahora Teobaldo tiene una hija, pero ¿y si después de casarla con nuestro Alfonso nace un hijo varón?

–Tienes razón, madre. –Fernando hablaba sereno, sopesando todas las opciones–. Hay que garantizar Navarra para el hijo que Alfonso tenga con Blanca.

–Podemos mandarle una embajada para darle las gracias y reconocerlo como rey –aportó Alfonso de Molina–. Mándale regalos, hermano, eso agrada a cualquiera. Y convoca una reunión con él para tratar la boda.

Berenguela asintió, satisfecha con la propuesta.

–Regalos y gratitud, pero negociación de condiciones. Me parece perfecto.

La decisión estaba tomada.

–Me siento orgullosa de ti –le dijo Berenguela al rey cuando se quedaron a solas–. Todo lo sufrido, todo lo hecho en el pasado está justificado contigo. –La conciencia de Berenguela seguía atormentada. Agarró con fuerza el collar con el que rezaba el salterio de la Virgen–. Hijo, me han llegado noticias de ese ben Alhamar. Nos ha salido astuto. No debes descuidar el sur, habrá que darle un escarmiento.

Fernando se acercó a una de las lámparas y la apagó de un soplido.

–Lo haremos. Pronto, en cuanto resolvamos la cuestión navarra.

Granada. Verano de 1234

En la mezquita aljama, en el corazón de la medina, los fieles se apretaban unos contra otros. Ibn Hud presidía la oración comunitaria y los granadinos observaban a su emir con admiración y recelo. Ya habían llegado las noticias del maltrato al anterior gobernador de la provincia, almohade, pero muy apreciado en Granada.

Terminaron las prosternaciones y el jatib pronunció el sermón en nombre del califa de Bagdad. Tras él, uno de los embajadores abasíes subió al mimbar para leer el acta de investidura que el califa había enviado al murciano.

Ibn Hud lucía un traje de honor, confeccionado con seda y oro, que le habían traído como regalo. Había acudido a Granada para recibir a la embajada bagdadí. Junto a él estaba Kamal bin Hadi, representante del emir de Arjona. Ibn al-Ahmar había aprovechado la ocasión para enviar a Ibn Hud su acta de sumisión. Kamal había aceptado la misión con orgullo. Muhammad cuidaba de él, como le había prometido a su padre, y el joven, ya huérfano de madre también, se esmeraba más que nunca en su carrera militar.

El emir de Murcia se mostraba exultante de alegría. Recibía honores de Bagdad y la sumisión de uno de sus rivales. Aquello le daba la tranquilidad que necesitaba para ocuparse de Niebla, que acababa de declararse independiente. Terminó la lectura y el pueblo, jaleado por los principales partidarios del emir, estalló en vítores.

Kamal le susurró a Ibn Hud al oído:

–Señor, esta tarde retornaré a Jaén. Ibn al-Ahmar sólo quiere la confirmación de su señorío a cambio de su sumisión a tu autoridad.

–Daré orden a mis secretarios. Antes de que partas tendrás un documento que reconozca a Muhammad bin al-Ahmar como señor de Arjona, Jaén y Porcuna. –Kamal asintió y se llevó una mano al pecho en señal de gratitud–. Ha hecho bien. –Kamal se volvió hacia él–. Tu señor. Si no se hubiera sometido, lo habría aplastado. –Y, sin más, continuó su camino con arrogancia.

Kamal atravesó el patio de abluciones y se alejó de la mezquita. Hacía calor y buscó cobijo en las estrechas calles de Granada.

«Mi señor va por delante de ti. Algún día, cuando él sea el único emir de al-Ándalus, tú no serás más que un mal recuerdo», pensó. De lejos le llegaban los gritos de los granadinos, que aclamaban a su emir sin convicción.

Camino de Sevilla. Otoño de 1234

Sams viajaba a caballo junto a su padre. El velo sólo dejaba al descubierto sus ojos verdes, tan parecidos a los de Ibn al-Ahmar. Asquilula montaba detrás de ellos, a varios pasos, controlando a la pequeña tropa que los escoltaba.

–Debes mostrarte sumisa con él. Necesito que interpretes bien tu papel. Eres la hija de un emir que va a casarse con otro emir, ¿comprendes?

–No soy estúpida, padre –contestó ella secamente–. Sé lo que pretendes. Yo sólo soy una pieza de tu tablero. Me mostrarás como el jinete orgulloso que muestra a su caballo. Pero no me dejarás con él. Para mí tienes ya previsto otro destino.

Sams hablaba con ira. Su relación se había ido deteriorando con los años. Primero fue la distancia que Muhammad puso entre él y sus hijas cuando su amada Farah murió. Inconscientemente, el padre culpaba a Sams de la muerte. Luego llegó el matrimonio con Aisha, a la que Sams no pudo evitar sentir como una extraña que ocupaba el lugar de su madre. Por último, su padre había introducido en casa a aquella concubina cristiana, Maryam, con la que se exhibía sin reparos. Ibn al-Ahmar había intentado acercarse de nuevo a sus hijas, pero para Sams era demasiado tarde.

–¿Prefieres quedarte sola? Un buen padre tiene que casar a sus hijas, y no creo que los Asquilula sean una mala opción.

–Para ti, no –replicó ella.

Guardaron silencio. No volvieron a hablar hasta que el grupo llegó a las cercanías de Sevilla.

* * *

Los guardias de al-Bayi se acercaron al campamento nazarí a primera hora de la tarde. La tropa había acampado a las afueras, cerca de la Buhaira.

–La paz sea con vosotros –los saludó Asquilula–. Venimos a ver a vuestro señor, al-Bayi, para cumplir con lo acordado tras la batalla del Genil. Muhammad bin al-Ahmar, señor de Arjona, Jaén y Porcuna, trae a su hija para entregársela en matrimonio.

Los guardias les dieron la bienvenida, pero no los invitaron a atravesar las murallas. Se retiraron para informar a su emir. Asquilula se recreó en la sobrecogedora visión del alminar de la mezquita aljama de Sevilla, que dominaba el amplio caserío de la ciudad.

–Es muy arriesgado –opinó Ibn al-Ahmar, que comenzaba a tener dudas–. No traemos hombres suficientes para tomar un emirato.

–Entraremos, y una vez dentro acabaremos con al-Bayi. Sin él, Sevilla estará en nuestras manos. Somos musulmanes, andalusíes. El pueblo sevillano nos aceptará. –El Neblí parecía convencido de su estrategia.

«Tiene fuerza y fe, pero le falta experiencia y decisión. Ya es hora de empujarlo para que salte de la rama y vuele», pensó el viejo para sí.

* * *

–Hermano, eres bien recibido –fue el saludo que le dirigió al-Bayi, que acudió en persona al campamento–. Disculpa a mis hombres, son celosos.

–Lo entendemos –contestó Ibn al-Ahmar, y abrazó al emir. El hombre, mayor que él, lucía una prominente barriga que alisaba la tela de su túnica–. Venimos a entregarte a mi hija en matrimonio.

Al-Bayi contempló la multitud de tiendas del campamento, valorando el número de hombres que acompañaban al de Arjona.

–Con gusto te recibiré en mi casa. Puedes instalarte en el alcázar con una guardia personal. Lo prepararemos todo para celebrar la boda en pocos días.

Muhammad, Asquilula y Sams, acompañados por diez soldados de su guardia, fueron acomodados en uno de los palacetes del alcázar. El resto de la tropa fue trasladada a la explanada que se abría frente a la puerta de Jerez, al otro lado del río Tagarete.

Los condujeron por el complejo entramado de muros, patios y cuarteles de las alcazabas, un laberinto defensivo ideado para desorientar. Dispusieron para ellos estancias acordes a sus rangos y los colmaron de atenciones. Para la oración del mediodía, al-Bayi le pidió a su aliado que lo acompañara a la aljama por el pasadizo que la comunicaba con su residencia. Allí los sevillanos pudieron verlos orando juntos, igualados en jerarquía.

* * *

–Diez hombres, sólo tenemos diez hombres. ¿Cómo quieres que tomemos Sevilla? –abordó Muhammad a su abuelo, a resguardo de oídos indiscretos.

–Era de esperar que al-Bayi no dejara que entráramos todos. No es tan estúpido –opinó el Neblí–. Tendremos que acabar con él y luego abriremos las puertas a los demás.

–Las alcazabas están llenas de soldados, es una locura. Incluso si conseguimos meterlos a todos dentro, ¿qué harán doscientos hombres contra toda la ciudad?

–Ganaremos gracias a la palabra. Se te da bien. Cuando nuestras tropas estén dentro y al-Bayi haya muerto, los convencerás. Promete recompensas a los capitanes, miente sobre al-Bayi, habla de la unidad de al-Ándalus... Cualquier cosa, ya se te ocurrirá algo.

Muhammad analizó la situación en silencio.

–No quiero cargar con la muerte del emir. Cumpliré con mi parte, pero tú lo matarás.

–Está bien, *mawlana* –contestó Asquilula.

Durante su estancia, el emir organizaba fiestas nocturnas en los salones más ricos del palacio. Los arjoneros disfrutaron de su hospitalidad. Ibn al-Ahmar y Asquilula recorrían a diario las alcazabas y la zona residencial, hasta hacerse una imagen mental de cada recoveco, cada puerta y cada muro que protegía aquel espacio acuartelado.

También aprovecharon la ocasión para pasear por la ciudad. Visitaron el puerto del arenal y las atarazanas, protegidos ambos por una poderosa torre albarrana. Cruzaron el puente de barcas que conducía a la fortaleza de Triana y pasearon por la ribera del río. Recorrieron los huertos y pastos intramuros, atravesaron el caserío por sus hermosas calles plantadas de frutales y llegaron hasta la puerta de Carmona, donde terminaba el acueducto que surtía de agua corriente a la ciudad. Bordearon las lagunas que, como restos de un antiguo brazo del río, permanecían en el interior de Sevilla. Admiraron el imponente alminar de la aljama, con sus ladrillos pintados de rojo, y oraron en la vieja mezquita de Ibn Adabbas.

–Córdoba fue, Sevilla es –pronunció Asquilula con solemnidad tras uno de sus paseos.

* * *

Al quinto día en la ciudad, al-Bayi se reunió con Ibn al-Ahmar en su residencia. Ya tenía fecha para la celebración del matrimonio, contrastada por tres astrólogos diferentes. Podrían firmar el contrato nupcial en dos días.

–Antes debemos tratar la dote y el ajuar, tú y yo, solos –solicitó Muhammad.

–Sea, mañana a primera hora –convino al-Bayi–, aquí mismo.

Tras la oración del alba, Ibn al-Ahmar lo recibió en la sala principal de su residencia. Se sentaron en cómodos almohadones.

–La vieja cláusula debe estar. Si descuidas a tu esposa, se podrá marchar de tu lado –dijo Muhammad con firmeza.

Hablaron un buen rato, haciendo propuestas y escuchando las del contrario, relajados, como dos buenos amigos. En un determinado momento, detrás de al-Bayi una cortina se agitó, y tras ella apareció Asquilula. Iba descalzo para no hacer ruido y portaba un gran cuchillo en su mano derecha. Ibn al-Ahmar procuró no dirigir la mirada hacia él, pero podía percibir a la perfección sus movimientos. Al-Bayi no se percató de su presencia hasta que fue demasiado tarde. El emir se giró justo en el momento en que Asquilula extendía su brazo izquierdo para agarrarlo por la cabeza. Con destreza lo degolló, y su sangre regó el suelo de mármol. El pesado cuerpo de al-Bayi cayó de espaldas. Incapaz de gritar, su mirada transmitía sorpresa y ansiedad. Sus manos intentaban taponar la herida, pero la sangre manaba generosamente y se colaba entre sus dedos. Ibn al-Ahmar se levantó y se apartó del moribundo. En la entrada del salón distinguió la figura de Sams, que asomaba la cabeza para contemplar cómo el emir de Sevilla perdía la vida. La muchacha mantenía los puños apretados y no apartaba la mirada de aquel cuerpo que se contorsionaba. Muhammad sintió un escalofrío.

–Hay que moverse con rapidez –dijo Asquilula sin que la voz le temblara.

Desde aquel instante, Sevilla no tenía cabeza. Una mezcla de culpa y excitación bullía en las entrañas de Muhammad y lo animaba a actuar.

–Ha llegado mi momento –pronunció, y Asquilula suspiró aliviado, seguro de que su nieto iba a estar a la altura.

–Id hacia la puerta de Jerez en tres grupos separados –ordenó a la guardia que lo esperaba en la entrada del palacete–. Uno de vosotros irá hasta el campamento para traerlos a todos. Que no desmonten las tiendas, que vengan lo más rápido posible. Los otros nueve tomaréis la puerta y la mantendréis abierta.

Los guardias, hombres de Jaén, marcharon raudos a cumplir con su cometido. El primero en llegar a la puerta de Jerez tomó un caballo del establo anexo a la muralla y partió al trote hacia el campamento. Los sevillanos recelaban, pero sólo se inquietaron cuando vieron cómo el pequeño ejército acampado a las afueras comenzaba a moverse con rapidez hacia la muralla. Avisándose unos a otros, decidieron atacar a los nazaríes que guardaban la puerta.

La refriega resultó sangrienta. Los rudos jienenses se colocaron en posición y lograron repeler el ataque de más de veinte sevillanos. Cuando llegaban los primeros jinetes del campamento, sólo un guardia nazarí había caído. Se alzaron más voces y la tropa se apresuró a avanzar por las alcazabas hacia la residencia de Ibn al-Ahmar, donde una partida de sevillanos se había organizado para arrestar al emir de Arjona. Éste, a pecho descubierto, y Asquilula, manchado con la sangre de al-Bayi, defendían la entrada con sus propias armas. Los sevillanos se rindieron al ver llegar las tropas jienenses. La noticia corrió rápidamente por la alcazaba y por todas partes se oían revuelos de pisadas y gritos de alarma. Los de Jaén se organizaron para entrar y repeler un posible asalto. La placeta y las calles aledañas comenzaban a llenarse de soldados que vociferaban contra el arjonero.

De pronto, el cuerpo inerte de al-Bayi asomó por una ventana del piso superior. Sus brazos colgaban flácidos y de su cuello brotaban dos hilos de sangre. Al instante apareció tras él Ibn al-Ahmar. Su presencia hizo callar las voces.

–¡Aquí tenéis a vuestro emir, al que derroté en el valle, al que salvé de la derrota frente a Ibn Hud! –Los soldados aguardaron expectantes a que continuara–. Ahora sois libres. Podéis regiros por vosotros mismos y esperar a que el de Murcia os someta, o podéis aceptarme como emir y unir nuestras fuerzas para resistir cualquier ataque. –Hubo un murmullo entre los sevillanos que enseguida se calmó–. Sois guerreros, yo también lo soy. Aún no conozco la derrota en batalla. Puedo conduciros a la gloria, puedo unir al-Ándalus y mantenerlo en manos musulmanas. Si me aceptáis, os premiaré como merecéis. Recordadlo, Muhammad bin al-Ahmar es uno de los vuestros.

Se retiró hacia el interior del palacete para que tomaran una decisión. Cientos de hombres comenzaron a discutir y a bramar sus opiniones.

–Has hablado bien –le dijo Asquilula–. Saben que si se unen a tu causa serán la nueva élite de la ciudad. Aceptarán tu oferta.

Los gritos duraron más de media hora. Muchos, indignados por el magnicidio, clamaban por la venganza, pero los que apostaban por someterse a Ibn al-Ahmar fueron una clara mayoría. Los opositores comenzaron a retirarse del recinto de las alcazabas.

–¡Ibn al-Ahmar!

–*¡Mawlana!*

–*Allahu Akbar!*

Nuevos gritos se escucharon, ahora en apoyo del emir que iba a regir el destino de Sevilla, la vieja capital de los almohades en al-Ándalus.

Jaén. Otoño de 1234

Caía la tarde cuando Kamal bin Hadi salió de casa a paso ligero, armado y preparado para incorporarse a la guardia en la casa del emir. Pero en la puerta del recinto superior de la alcazaba dos soldados lo abordaron.

–Nuestro emir, que Alá lo guarde y lo proteja, ha tomado Sevilla y Carmona. Da las nuevas a su esposa.

Pocos conocían los planes de Muhammad, por lo que la noticia había sido recibida con gran impacto en Jaén. Kamal se encaminó hacia las estancias privadas del emir. Llamó a la puerta y al instante abrió Maryam. Detrás, junto a la cama, Aisha comenzaba a desvestirse. El joven notó un sudor frío por la frente. Maryam, con expresión traviesa, abrió más la puerta y se echó a un lado. Aisha simuló pudor y se detuvo.

–Vengo a traer noticias, mi señora. Tu esposo, el emir de Arjona y de Jaén, ha añadido Sevilla y Carmona a sus dominios –explicó con tono formal.

Kamal y Aisha se miraron sin decir nada.

–¿Quieres pasar? –rompió la esclava el silencio con tono burlón.

Aisha se ruborizó. Kamal enmudeció y se retiró varios pasos. Maryam cerró la puerta y volvió junto a su señora.

–Eres una desvergonzada –dijo Aisha sin intención de ofenderla–. ¿Cómo se te ocurre invitarlo a pasar?

–Te aprecio, Aisha. –Maryam la miró fijamente y le habló con claridad–. Sabes lo que hace tu esposo. No lo censuro, todos los hombres lo hacen, pero a ti tampoco te censuraría si lo hicieras. Hombre y mujer deben regirse por las mismas reglas. –La mujer la escuchaba con atención–. Disfruto del placer de la carne, y tú también deberías disfrutarlo. Eres diferente a mí, y a tu esposo. Lo sé, eres más tierna y te gustan otras cosas. –Las mejillas de Aisha se encendieron de nuevo–. Te lo aseguro, ése es como tú y te haría gozar como nunca has gozado. –Las circunstancias habían convertido a Maryam en una mujer libre que hablaba sin tapujos y apenas se ponía límites.

Aisha guardó silencio unos instantes.

–Yo también te aprecio –dijo al fin–. Me costó aceptarte, pero ahora te siento parte de la familia. –Miró hacia el suelo–. Parece que sabes leer en el alma de las personas. He conocido a mujeres con ese don. –Fue todo lo que dijo.

Maryam dobló la ropa y la guardó en su baúl. Luego apagó las lámparas y salió de la alcoba, dejando la puerta entreabierta.

–Sé valiente. Ahí la tienes –susurró al oído Kamal cuando pasó por su lado. Y se perdió dejando tras de sí un amargo olor a vino.

Kamal tembló de excitación, pero se quedó quieto en su puesto, sin siquiera volver la vista atrás. Poco después escuchó cómo la puerta se cerraba.

Aisha se echó en la cama. El cuerpo fibroso de aquel joven guardia la atormentaba. Sabía que era menor que ella, algo más de diez años, pero no le importaba. Intentó rezar, pero el fuego que lamía su pecho era demasiado poderoso. Su mano descendió lentamente por su vientre. Se remangó la prenda interior y se acarició el sexo, ya húmedo. Suavemente, sin prisa, se dio placer hasta saciarse mientras repetía en susurros el nombre de aquel muchacho que custodiaba su puerta.

Logroño, camino de Burgos. Otoño de 1234

No era necesario, pero Fernando III insistió en que su hijo Alfonso le acompañara. Teobaldo de Navarra había acudido a Logroño para firmar el compromiso de matrimonio entre su hija Blanca y el heredero de Castilla. Los dos reyes y el propio Alfonso juraron el acuerdo, que fijaba la boda para agosto del año siguiente. Teobaldo le reservaba a Blanca el reino de Navarra, incluso aunque el rey tuviera un hijo varón.

De regreso a Burgos, Alfonso cabalgaba junto a su padre sobre una pequeña yegua blanca. A sus casi trece años, aquella reunión no era la primera a la que asistía, y ya sabía desenvolverse entre nobles y cortesanos. Inteligente y avispado, siempre que podía se encerraba con uno de los innumerables libros que estaban a su disposición en las bibliotecas de los monasterios.

–Padre, ¿cuándo podré verla? –preguntó el infante.

–En la celebración de la boda, pero no podréis consumar hasta que sangre. Piensa que Blanca tiene ahora ocho años.

–Consumar... –repitió el joven, perdida la mirada en el horizonte.

–Sí, hijo. La unión de los cuerpos por la que Dios permite que se engendre vida.

Fernando no ahondó en la cuestión.

–Después de la boda, ¿volveremos a al-Ándalus?

–Antes, Alfonso. La próxima primavera atravesaremos la sierra. Este asunto de Navarra nos ha tenido entretenidos. Ya es hora de ir a por el moro.

–¿A por qué rey moro?

–Alhamar. Nos ha salido listo. Ahora tiene Sevilla. Tenemos que debilitarlo.

–¿Le vamos a quitar Sevilla? –la mirada de Alfonso se encendió.

Fernando rio a carcajadas.

–No seas ingenuo, hijo mío. La conquista de Sevilla requiere años y un ejército mayor que el que nunca se ha congregado para un asedio en los reinos cristianos.

–Tal vez yo la conquiste –repuso el infante con expresión seria.

Su padre lo miró a los ojos y vio el fuego que hervía dentro de él.

–Dios me permita conquistarla para que tú sólo tengas que mantenerla.

–Padre, si me dejas Sevilla, conquistaré el resto de al-Ándalus. Si me dejas al-Ándalus entero, conquistaré África.

Fernando III calló, complacido. Aquélla era la actitud que quería para su heredero, para el futuro Alfonso X de Castilla y de León.

La comitiva real siguió su camino hacia Burgos, levantando el polvo de los caminos y espantando a los pájaros con el traqueteo de los carros.

Sevilla. Otoño de 1234

–¡A la muralla! ¡Cerrad las puertas!

Los gritos que resonaban en las paredes del palacio despertaron a Ibn al-Ahmar.

–¡*Mawlana*, rápido! ¡Sevilla se ha rebelado! –Un guardia jienense aporreó la puerta de su alcoba.

Muhammad se puso el gambesón y se ciñó la espada a la cintura.

–¡Proteged a mi hija! –gritó antes de salir de su estancia.

Fuera, el alcázar parecía un hervidero de antorchas que se movían de un lado a otro, encendiendo la oscuridad de la noche. El emir corrió hacia la muralla y ascendió la escalera que daba al adarve. Le seguían dos guardias. Desde allí contempló la ciudad, débilmente iluminada por la luz de la luna. Cientos de sevillanos se habían echado a la calle y se acercaban al mismo pie de la muralla. Asquilula llegó a su lado, renqueando con su bastón.

–La hemos perdido –dijo el emir, y el Neblí asintió.

De nada habían servido las inversiones públicas que había mandado acometer, ni los premios y regalos que había hecho a los principales del ejército sevillano. En apenas un mes de mandato se había ganado demasiados enemigos. En cada rincón de la ciudad se hablaba de aquel extraño que había asesinado al emir legítimo.

–Tenemos que apresurarnos. –Asquilula cogió del brazo a Muhammad–. Las puertas de los alcázares están cerradas, pero no me fio de los de dentro; se pueden contagiar y atacarnos. Voy a reunir a nuestros hombres y nos marcharemos enseguida. Tú ve a por Sams y recoge lo imprescindible.

Los gritos traspasaban las murallas y sembraban la duda entre los guardias, mientras los nazaríes disponían la partida a través de la puerta de Jerez. Algunos sevillanos, partidarios convencidos algunos, temerosos del cambio de gobierno otros, siguieron a los de Jaén en su marcha.

Muhammad bin al-Ahmar llevó personalmente a su hija hasta la muralla.

–Te lo has merecido –le espetó la muchacha con ira.

El padre detuvo el paso y le dio una bofetada que coloreó su mejilla. Sams se mantuvo firme. Ibn al-Ahmar reconoció en la joven su propia condición, el espíritu de los Nasr. La agarró del brazo y tiró de ella.

–Salva la vida, y luego quéjate lo que quieras.

Cuando estuvieron reunidos en la puerta de Jerez, comenzaron a oírse tumultos dentro del recinto de las alcazabas. Algunos guardias se habían puesto de parte del pueblo y habían abierto las puertas de las murallas. La turba encolerizada atravesaba las plazas y callejas mientras la tropa de Ibn al-Ahmar se alejaba a caballo hacia oriente para regresar a Jaén, la verdadera capital de su emirato.

Murcia. Otoño de 1234

–Descansad en mi casa y salid cuando escampe. Disfrutad de mi hospitalidad –les dijo Ibn Hud a los enviados de Sevilla.

El emir de Murcia estaba contento. Como una hija pródiga, Sevilla había vuelto al redil. Su orgullo lo empujaba a castigar a la ciudad, que ya había renunciado a su soberanía para nombrar a al-Bayi como emir, pero su cabeza le recordaba que Sevilla era la joya de al-Ándalus y que sus hombres podían marcar la diferencia en una batalla. La noticia aliviaba el dolor reciente por la pérdida de su fiel amigo al-Gusti, fallecido por un tumor maligno en el abdomen.

Caían las primeras gotas y el emir decidió retirarse con sus consejeros a la torre de Caramajul para valorar la nueva situación.

–Esto dará un descanso al pueblo. El tesoro lo va a agradecer –comentó uno de los visires, el encargado de la Ceca.

–Los ingresos vendrán bien para una nueva tregua –dijo Ibn Hud.

–¿Vamos a seguir pagando a los cristianos? –se atrevió a preguntar su hijo.

–Necesitamos recuperar Niebla, y tenemos cerca a Ibn al-Ahmar –respondió el emir–. No me creo su sumisión. El castellano volverá pronto a al-Ándalus. Tal vez sea buen momento para renovar treguas. Así nos dejará tranquilos.

–Sevilla supondrá nuevos ingresos, pero la situación del tesoro no es nada halagüeña. Aconsejo negociar un nuevo precio para la tregua –intervino un consejero.

–Encárgate personalmente –le ordenó Ibn Hud, aceptando la propuesta.

Pasaron a discutir otros asuntos del emirato y, pasadas dos horas, el mexuar se disolvió. El emir se quedó a solas con su hijo. Sonaron dos truenos y al instante la llovizna se convirtió en un fuerte aguacero. Ibn Hud se asomó al exterior y vio a otros que, como él, observaban la lluvia desde ventanas y portales. Entre los curiosos estaba Jimena, asomada a una ventana del edificio de servicio. Su corazón se aceleró. No podía apartarla de su cabeza, había caído bajo su hechizo.

–Recuerda la promesa que le hiciste a tu esposa, mi madre –escuchó el emir tras de sí. Su hijo se había colocado junto a él.

Ibn Hud se giró lentamente y contestó con media sonrisa en la boca.

–Que la mire, incluso que la desee, no significa que disfrute de ella. De igual manera, que imagine cómo te abofeteo no es lo mismo que si lo hiciera, por mucho que lo desee.

Jaén. Invierno de 1235

Ismail abrazó a su hermano. Ibn al-Ahmar lo enviaba a Canjáyar como gesto de agradecimiento por su sumisión.

Ibn Sanadid acompañó a Ismail hasta la muralla de la medina, donde lo aguardaba una guardia de diez hombres bien armados. El gobernador de Jaén, fiel y con una concepción de la vida y del emirato muy similar a la de su señor, se estaba convirtiendo en una pieza clave del gobierno de Ibn al-Ahmar. Su presencia en el mexuar era ya indispensable para el emir.

Muhammad se retiró a su palacio y canceló todos los actos de su agenda. Se sentía agotado. Todo asunto requería de su aprobación y se veía obligado a asistir a interminables reuniones.

–Sólo te falta vestir seda –escuchó al pasar por el patio principal.

Umar el Jilguero estaba sentado junto a la alberca. A petición de Ibn al-Ahmar, el santón se había trasladado a Jaén, dejando a Ahmed bin Ishaq a cargo de la rábita.

–No soy de sedas. –Puso los brazos en cruz para mostrar su atuendo.

–Lo sé, amigo mío –respondió el Jilguero sonriente. Muhammad se sentó a su lado–. Siempre supe que llegarías lejos. Y aún te queda camino por delante.

–Últimamente camino hacia atrás. Sevilla y Córdoba...

–Tal vez sea para impulsarte –replicó el santón.

El emir sonrió y bajó la voz:

–Me siento cansado. Tres años como emir me han envejecido más que una década como campesino –se sinceró.

–La responsabilidad castiga más que el trabajo al sol, es cierto. Tienes que aprender a delegar; nombra arráeces y visires que te ayuden, hombres de tu confianza que sepan gobernar. Ten otro hijo –sugirió–. En unos años ellos serán tus bastones.

–Tienes razón, maestro. En todo.

Muhammad se puso en pie y respiró hondo. Permitirse un día de libertad lo había puesto de buen humor. Decidió que montaría su caballo sin escolta, deambularía por los campos como solía hacer cuando era un joven lleno de sueños en su Arjona natal.

* * *

Aisha dormía cuando Ibn al-Ahmar entró en la alcoba. Se desnudó y se metió en la cama con ella. Cuando le puso la mano sobre el vientre, la mujer se despertó.

–Yusuf y Faray se han peleado otra vez –le contó con voz cansada–. Han terminado abrazándose, pero hemos tenido que poner orden, Maryam y yo. Son buenos niños y se quieren, pero son dos gallos en un mismo corral.

–No hablemos de eso ahora.

Muhammad se giró hacia su esposa y acarició sus pechos. Aisha respondió a las caricias subiéndose la ropa interior. Tenía sueño, pero no se negó a la proposición de su marido. Al oír pasos lejanos, de repente, la mujer se acordó del joven guardia que normalmente custodiaba sus estancias. La imagen de Kamal invadió su mente y su excitación creció. Todo ocurrió con rapidez; se amaron con urgencia y enseguida ambos estuvieron tendidos bocarriba sobre la cama. Aisha tenía los ojos abiertos. No se reconocía. Muhammad también estaba intranquilo, como si hubiera estado con una mujer distinta a la suya. Aguardó unos instantes y salió de la alcoba. Se sentía turbado y extrañamente insatisfecho. Se encaminó hacia la zona de servicio, en busca de la habitación en la que Maryam descansaba.

* * *

Los qaídes Abd-Allah e Ibrahim bin Asquilula cabalgaban al frente del escuadrón que el emir enviaba a Guadix para reforzar la guarnición.

–Los Asquilula estamos por encima de los Nasr, ¿cómo puede darte igual?

–Lo que ha conseguido se lo ha ganado. Tenemos mejor cuna, sólo eso –respondió Ibrahim con sensatez.

–Pero se ha valido de nuestra cuna para conseguir el emirato y acordó con nuestro padre repartirlo con nosotros –insistía Abd-Allah.

–Hermano, somos qaídes, generales del ejército, y vamos a casarnos con sus hijas. Me doy por satisfecho. –Abd-Allah iba a desposar a Sams el próximo año y, poco después, les tocaría el turno a Ibrahim y Mu'mina.

–Allá tú. Yo no me siento satisfecho –soltó con ira el otro.

Lejos quedaban los años en los que los dos hermanos y los Nasr jugaban juntos por las calles de Arjona, los años en los que los cuatro entrenaban bajo las directrices de Asquilula, los tiempos de amistad y confidencias, de compañerismo y respeto mutuo.

–Hermano –dijo Ibrahim con tono serio–, ese fuego no te mata, pero te consume lentamente. Nunca serás feliz por ese camino.

–Lo seré. Cuando tome lo que es mío.

Pronto tuvieron a la vista Guadix. En la puerta de Jaén se distinguía la comitiva que se había organizado para recibirlos. Llevaban horas esperando y, en cuanto aparecieron en la distancia, formaron junto al camino. Los Asquilula llevaban sus atuendos militares, que los distinguían como generales. Así lo había dispuesto Ibn al-Ahmar, que quería hacer alarde del poder de su ejército. Conforme se acercaban, comenzaron a escuchar vítores y aclamaciones. Abd-Allah alzó la cabeza con orgullo.

Jaén. Primavera de 1235

–¡Hay que salir y plantarle cara! –gritaba furioso el emir. Con la mano derecha sostenía su espada, que agitaba en el aire como si hiriera a un enemigo imaginario.

–Calma. No podemos hacer nada –dijo Asquilula.

Ibn al-Ahmar caminaba en círculos alrededor de los presentes.

–Lo más sensato es esperar, *mawlana* –confirmó Ibn Sanadid–. Los guardias los han avistado. No tenemos hombres suficientes. El propio rey Fernando encabeza el ejército.

–¿Y tenemos que quedarnos aquí sin hacer nada, dejar que destrocen nuestros campos? –Muhammad temblaba de ira.

El silencio fue la única respuesta que obtuvo. Fernando III había convocado a su ejército para entrar en al-Ándalus. El alfoz de Jaén era el primer objetivo.

–Si viene a por nosotros, es porque somos grandes –opinó Ismail, y Asquilula asintió.

–Si fuéramos grandes, podríamos salir y presentar batalla –soltó Muhammad.

Las tropas castellanas recorrieron la comarca durante cinco días, talando y llenando sus carros con los frutos andalusíes. Dejaron una tierra devastada y decenas de familias sin sustento. Ibn al-Ahmar en persona, escoltado por varios guardias, recorrió los campos. Vio alquerías quemadas, árboles cortados y graneros esquilmados. Junto a una munia, a la escasa sombra de un almendro, encontró a una mujer con su hijo pequeño en brazos. Su ropa estaba rasgada y tenía las manos manchadas de sangre.

–Saquearon nuestra casa... Ma-mataron a mi esposo... y a mí..., a mí... –le relató entre balbuceos–. Tres caballeros de blanco con cruces negras en el pecho. Los maldigo, que Dios los castigue –rompió a llorar y el niño la acompañó en la pena.

«En toda religión hay hombres del demonio», pensó Muhammad.

–Llevadla a Jaén y asignadle una paga y una casa –ordenó, conmovido.

«La sangre que hay en sus manos es de infieles. Esa sangre debería estar en nuestras espadas», concluyó para sí Ibn al-Ahmar.

Andújar. Primavera de 1235

Las gotas de rocío salpicaban las hojas de los árboles y la hierba de la ribera del Guadalquivir. Junto al puente, los calatravos aguardaban la llegada de refuerzos. Fernando III había trasladado su ejército a Andújar para organizar un ataque a la comarca de Arjona, plaza simbólica para Ibn al-Ahmar.

Los calatravos de Andújar liderarían la correría y Martín Fernández de Burgos, ya recuperado su honor, los encabezaría. Conocía bien aquellas tierras, pues había sido derrotado en ellas. Los hombres del rey se reunieron con ellos en el puente. Sumaban algo más de seiscientos hombres en total, de los cuales doscientos eran caballeros pesados. En la retaguardia, un nutrido grupo de campesinos armados custodiaba los carros.

Atravesaron el río y se adentraron en tierra hostil. Pronto, en la distancia, cerca de la primera alquería, divisaron una torre vigía mora. Un hombre descendió de ella, montó a caballo y galopó hacia Arjona.

–Bien, que comience el juego –pronunció Martín con voz potente y clara para que sus hombres lo escucharan.

* * *

Ahmed bin Ishaq, nuevo caudillo de la rábita, recibió al jinete en la plaza central del recinto.

–¡Ha llegado nuestra hora! ¡Venceremos con la ayuda de Alá! –les gritó inmediatamente a sus hombres, y comenzó a vocear órdenes mientras corrían en busca de sus armas y ensillaban a los caballos.

Un hombre cabalgó a toda prisa hasta Arjona. El alcaide dudó, la tropa era muy numerosa, pero los arjoneros clamaban por organizar una respuesta. Sumaban cerca de quinientos hombres, todos ellos bajo el mando de Ahmed. Era una empresa descabellada.

–¡Repitamos la hazaña de las huertas! –gritó el líder mientras avanzaban al encuentro del invasor, con más fe que fuerza.

* * *

Martín los observaba desde la distancia. Esbozó una sonrisa y ordenó a sus hombres que se reagruparan en torno a él. Los infieles acudían a una muerte segura. Dios por fin parecía recompensarle. Desenvainó la espada, se echó hacia atrás el escapulario, se ajustó el yelmo sobre el almófar y entonó una breve oración.

Entretanto, los andalusíes se habían detenido sobre un promontorio, en formación, a la espera de que el enemigo reaccionara. En primera línea se apostaron dos filas de arqueros.

–¡Calatravos, al frente! –ordenó Martín, que estaba decidido a aplastar a los infieles de un solo golpe.

Los más de cien calatravos, armados con lorigones, se movieron a la vez, colocándose a poco más de un tiro de flecha del enemigo. El resto de la tropa se situó a su zaga.

–¡Cierra, España! –clamó de nuevo, ya con su espada en alto.

Y se echó al galope sin decir nada más.

Los arqueros comenzaron a disparar contra ellos. Una flecha se clavó en el escudo de Martín y otra rozó su hombro izquierdo. No tuvieron tiempo para más de dos recargas, los caballeros cargaron contra ellos y arrasaron sus primeras filas. Los caballos pisoteaban los cuerpos de los andalusíes, que no tenían posibilidades de victoria frente a aquellos guerreros pesados. Las banderas se movieron y el ejército musulmán quedó partido en dos. Los jinetes arjoneros, repartidos por los flancos, intentaron atacar la retaguardia calatrava, pero la zaga castellana se estrelló contra ellos mientras ejecutaban la maniobra.

La sangre manchaba la sobreveste de Martín. Excitado por la lucha, parecía que su corazón iba a salírsele del pecho.

–¡Dios está con nosotros! –bramó eufórico, sintiendo un impulso divino en su brazo, que no paraba de dar tajos a uno y otro lado.

Los andalusíes estaban siendo sistemáticamente masacrados bajo las armas y el ímpetu de los castellanos. Los calatravos habían conseguido sobrepasar el grueso de las tropas enemigas y atacaban también por su espalda.

De repente Martín distinguió a un andalusí que repartía órdenes. «Ése los lidera», pensó, y lanzó un nuevo aullido:

–¡Por el Dios verdadero!

El mahometano se puso en guardia, pero el calatravo galopaba ya a todo lo que daba su caballo y un instante después le golpeaba la cabeza con la espada. Sonó un chasquido metálico. El capacete de Ahmed salió despedido, partidas sus correas, y el almófar le resbaló hacia la nuca. Se desplomó malherido sobre la tierra.

Martín frenó su caballo. El arjonero respiraba con ansiedad y perdía sangre por la enorme brecha que el espadazo le había abierto en la cabeza. Hablaba, pero no se entendían sus palabras.

–Mi emir os vencerá, malditos calatravos –repitió Ahmed en romance–. Os vencerá como ya hizo en Baños, en la sierra y aquí mismo. –Su rostro adoptó una expresión furiosa.

Martín agarró con fuerza la empuñadura de su arma.

–¿Fue tu emir quien lideró esas batallas? –preguntó, apretando los dientes.

Ahmed percibió su ira y sonrió, consciente de que escocía en el orgullo del caballero. Ya no tuvo fuerzas para responder y se limitó a asentir. Estaba al borde de la muerte, y Martín le facilitó el tránsito. Sin dejar de mirarlo a los ojos, desmontó y lo degolló.

–Ben Alhamar, yo te maldigo –pronunció el calatravo con lágrimas en los ojos–. Fuiste responsable de mi humillación y de la muerte de mi tío. Juro sobre la sangre de este moro tuyo que algún día acabaré contigo.

El ruido a su alrededor lo hizo salir del trance. La batalla estaba decidida. Los andalusíes corrían para salvar sus vidas y dejaban el campo salpicado con los cuerpos de sus compañeros caídos. Los castellanos los persiguieron hasta las cercanías de Arjona.

El caballero volvió a montar y observó las huertas. Rezó por las almas de los cristianos que habían caído allí años atrás y que no pudieron ser enterrados en sagrado.

–Vengados estáis. Descansad en la paz de Nuestro Señor.

Jaén. Primavera de 1235

–«... no mostraron piedad con los vencidos y los siguieron hasta las huertas. Todavía estamos recogiendo muertos de los campos...».

Muhammad bin al-Ahmar escuchaba con atención al emisario que leía la carta que su padre le había enviado. Reflejaba la desolación, la ruina y la tristeza que habían invadido Arjona.

–«... Recuerdo cuando Ahmed bin Ishaq se enfrentó a ti. Apenas erais niños y pronto esos rencores quedaron lejos. Tu amigo y fiel servidor cayó en la batalla, luchando por defender nuestras tierras».

La mirada de Ibn al-Ahmar se ensombreció. La carta terminaba haciendo un repaso de las propiedades familiares afectadas por la correría.

El emir no quiso escuchar más. Salió del *madjlis* y se dirigió a sus estancias.

–Los castellanos han atacado Arjona. –Al escucharlo, Aisha se echó las manos a la cabeza–. Muchos musulmanes han muerto. Ahmed ha caído. Mandaré a tu hermano como encargado de la rábita.

–Gracias por acordarte de él –titubeó la mujer, entre la tristeza por la noticia y la alegría por el cargo que recibía su hermano.

–Es de mi familia, como tú, y es un hombre válido.

–Sí, somos Nasr. Una gran familia. –Dudó un instante, pero finalmente se decidió a continuar–: Pronto habrá un Nasr más, gracias al Altísimo.

Ibn al-Ahmar no pudo reprimir una sonrisa. Hizo levantarse a su mujer y la abrazó con fuerza.

–Será un niño, estoy convencido.

–¿Sí? ¿Y cómo lo llamarás? –preguntó ella con lágrimas en los ojos.

–Se llamará Muhammad, como su padre.

Granada. Verano de 1235

Qasim recorría las cuestas que llevaban a su hogar. Pasó cerca de la mezquita mayor, cuyas obras habían terminado hacía escasos meses. El edificio rivalizaba en grandeza con la aljama de la medina. «Granada son cuatro ciudades en una», le habían dicho nada más llegar, y lo había comprobado por sí mismo. El Albaicín, extramuros; la alcazaba, dominando el río Darro; la medina, a las puertas de la vega, y el arrabal de la vieja judería, al pie de la colina de la Sabika, en la otra orilla del río.

Su casa consistía en una sencilla construcción de tapial encalado con tejado a dos aguas y un pequeño patio en la parte trasera. Había tenido suerte; su familia había sido de las primeras en conseguir una vivienda estable. Todavía, dos años después, algunos ubetenses malvivían en tiendas o chozas improvisadas.

Buscó a Dunya en la cocina y juntos se encaminaron hacia la alhóndiga del Halcón, donde preguntaron por Amina. Aquella mujer mantenía un establecimiento de citas en la planta baja; allí, cinco mujeres daban placer a cambio de dinero, y Qasim se había enterado de que Amina necesitaba una moza nueva.

–Paz contigo –la saludó Qasim cuando se presentó, vestida con una túnica blanca y roja, con el pelo suelto y teñido con alheña. Era una mujer de mediana edad, pero resultaba fácil adivinar que en su juventud había sido una mujer hermosa. Se vieron en el patio central de la alhóndiga–. Tengo entendido que buscas una muchacha, y ésta podría servirte bien.

Dunya dio un paso adelante y agachó la cabeza para que la mujer la evaluara. Tras vivir de la caridad de la familia de Qasim durante dos años, se sentía agradecida con ellos y no los culpaba por buscarle trabajo y otro alojamiento. La situación no les permitía mantenerla por más tiempo. El barrio crecía, los hombres se disputaban los escasos puestos de trabajo y las familias tenían que subsistir con los exiguos recursos de que disponían.

–He emprendido nuevos negocios –dijo la mujer sin siquiera responder al saludo–. Tengo clientes más refinados, con gustos especiales.

–Con todos mis respetos –comenzó diciendo Qasim–, no vengo a ofrecerla para eso. El puesto del que me han hablado es de moza.

–Si trabaja conmigo no tendrá que vender su cuerpo a los hombres, salvo que ella libremente lo decida así –aclaró la otra, y fijó la mirada en la joven–. Necesito alguien que cuide la casa y el almacén que acabo de arrendar, y que se encargue de ciertas exigencias de mis clientes. Vino –dijo Amina en voz baja–, dulces, ciertas prendas de ropa…, rarezas de ricos. A cambio, tendrá cama y dos comidas al día.

Qasim se tomó unos momentos para pensar.

–Acepto –los interrumpió Dunya.

El hombre le dedicó una sonrisa. Se sentía aliviado por no tener que tomar la decisión, aunque su mirada denotaba cierta tristeza.

–Si ella está de acuerdo, yo también.

De vuelta a casa, Qasim pensó que su mujer se alegraría. Aparte de la escasez, la muchacha representaba para ella una amenaza, una constante tentación para su marido, que podía comenzar a desearla en cualquier momento.

* * *

–No contrato hombres, Dunya –le dijo una vez a solas la dueña del burdel–. No les gusta recibir órdenes de mujeres. Entre nosotras nos entendemos mejor. –Le guiñó un ojo–. Si trabajas con esmero, nos llevaremos bien. Aquí verás muchas cosas, pero sobre todas debes callar. Ni a tu sombra le debes contar quién viene ni para qué. Aprenderás pronto que la mayoría de los hombres necesitan un desahogo fuera de sus casas. Nosotras somos las actrices que simulamos que son importantes, que son fuertes, que no se han hecho viejos aún. Tú serás la que monte los escenarios.

Dunya comprendió lo que se esperaba de ella y asistió. Una mujer salió del establecimiento con el pelo suelto y enmarañado. Sólo allí, dentro de aquellos muros, se le dejaba exhibirse de aquella manera. Se acercó a una tinaja y se lavó los pechos sin el menor pudor. Varios hombres la miraban desde los almacenes aledaños.

–Para tentar a los hombres hay que mostrar la mercancía –le susurró Amina con picardía mientras la conducía al interior.

La joven ubetense se dejó arrastrar hacia una nueva vida. Había sufrido el asedio de su ciudad y el abandono de su madre; había vivido al amparo de unos vecinos durante dos años y había aprendido a dar gracias por las nuevas oportunidades. Era una superviviente, y estaba dispuesta a salir adelante.

–Ése es mi pequeño almacén. Lo he tenido que arrendar a nombre de un pobre diablo del barrio. A las mujeres no nos dejan hacer negocios, salvo los de la carne. –Amina señalaba una portezuela en la primera planta de la alhóndiga–. Ahí comenzarás tu jornada. –Reanudaron la marcha y Dunya pudo oír a la perfección los comentarios de los hombres sobre su trasero, y sentir sus miradas lascivas clavándosele en la espalda, como los anzuelos de un pescador.

Burgos. Verano de 1235

–Encontraremos a alguien mejor –dijo Berenguela sin dejarse llevar por la ira que consumía a su hijo.

–Maldigo a los navarros, madre. A un mes de la fecha prevista cancelan el compromiso. –Fernando III no podía controlarse.

–Designio de Dios, hijo. Por algo será. El nacimiento de un niño lo echa todo por tierra. Era de esperar, no culpo a Teobaldo. Aceptó el acuerdo cuando sólo tenía una hija. Ahora todo es diferente, ahora tiene un heredero varón.

El rey de Navarra había enviado una embajada para anular lo acordado respecto a la boda de su hija Blanca con Alfonso de Castilla. Fernando acababa de volver victorioso de al-Ándalus, donde había saqueado los alfoces de Jaén, Arjona y Córdoba, renovado treguas con Ibn Hud, imponiendo sus condiciones, y tomado varios castillos de la frontera. Pero aquellas noticias de Navarra le agriaban el ánimo.

Una sirvienta llamó a la puerta. Beatriz de Suabia se encontraba indispuesta y reclamaba la presencia de su marido.

–No va a aguantar hasta el final. Se va a poner de parto antes –opinó Berenguela.

–Temo por ella, madre. Estamos tensando demasiado la cuerda. Rezo a Dios por el bien de la madre y de lo que lleva dentro.

–Todo irá bien. Ya ha demostrado con creces su fortaleza. Ahora ve con ella y mímala. Es una buena mujer y te ha dado muchos hijos sanos y fuertes.

Fernando salió de la estancia con una sombra en la mirada. Amaba a Beatriz. No sólo era una buena madre, también era una buena esposa.

Almería. Verano de 1235

El calor resultaba asfixiante y los hombres habían buscado refugio a la sombra de un emparrado. Ibn Hud se echó agua en la cara y el pelo. La sensación de frescor lo animó.

–Esta maldita humedad me mata.

–Es por el aire; en cuanto cambie de dirección dejarás de sudar –le respondió Ibn al-Ramimi.

Ibn Hud había acudido a la ciudad con la excusa de inspeccionar sus defensas. Tras renovar las treguas con Fernando III de Castilla, el norte quedaba tranquilo. Sin embargo, el aporte de Sevilla no resultó suficiente y el pago de las treguas había exigido un nuevo aumento de los impuestos que le había granjeado múltiples enemistades. A pesar de los problemas políticos, el emir sólo pensaba en Jimena, a quien había llevado consigo. En Almería, con la complicidad de su gobernador, Ibn al-Ramimi, podría disfrutar de la joven a su antojo.

Desde el alcázar se contemplaba el Mediterráneo, que, brillante como la plata, emitía destellos blanquecinos bajo la intensa luz del sol. Varios pesqueros faenaban en las aguas cercanas y algunos mercantes se alejaban hacia el horizonte.

–Esta ciudad bien podría ser la capital de mi emirato.

Una gaviota perdida sobrevoló sus cabezas.

–Tuya es, haz con ella lo que quieras. –En ese instante Jimena salió de la casa principal del alcázar con una cesta de flores en la mano. Discreta, se acercó a un estanque y volcó la cesta sobre el agua, salpicándola de vivos colores–. Ella también es tuya. –La señaló con la cabeza–. Al fin me has hecho caso.

–La amo –reconoció el emir–, es la luz de mis días.

–Es más bella que Almería. Ella es tu verdadera capital –contestó el gobernador.

La muchacha se volvía ya al interior de la casa. Ibn Hud se excusó con torpeza y fue tras ella. Ibn al-Ramimi se despegó la túnica del pecho y sopló para aliviarse del calor. No apartó la vista de Jimena hasta que se perdió dentro. Su imaginación la persiguió hasta la alcoba.

Camino de León. Otoño de 1235

El parto había sido complicado, pero la pequeña María había sobrevivido. Beatriz de Suabia no se apartó de su hija durante aquellos días en que pudo disfrutar de la vida. Nació débil, luchó con fuerza por sobrevivir, pero Dios quiso llevársela demasiado pronto. Sus padres quedaron desolados. Los reyes viajaban a Ponferrada cuando sucedió lo inevitable. La pequeña fue enterrada en el monasterio de San Isidoro de León.

Los esposos continuaron el viaje, un recorrido por el reino de León para que el rey administrara justicia y resolviera algunos conflictos. Sin embargo, Beatriz no logró recuperarse del golpe. En su camino de vuelta se detuvieron en Villalobos. Allí la reina enfermó y separaron sus caminos. La reina fue llevada a Toro y Fernando III continuó con la ruta prevista.

–Cuídate, vida mía. Reza por el alma de nuestra hija, que está con Dios, y recupérate bien –le dijo al despedirse de ella.

Sólo dos días después, cuando Fernando III marchaba hacia León, un emisario alcanzó su comitiva. El rey se temió lo peor.

Dos lágrimas surcaron sus mejillas. Se contuvo el tiempo suficiente para ocultarse a la vista de su séquito. Beatriz había fallecido. La debilidad tras el parto, unida a la pena por la pérdida de su hija, habían acabado con sus fuerzas. La reina, la madre del heredero de Castilla y de todos sus hermanos, la mujer que aunaba las sangres de dos grandes imperios, la esposa fiel de Fernando III, murió con tan sólo treinta años.

El rey se internó en una alameda que lindaba con el camino, donde gritó y se desahogó sin importarle que pudieran escucharlo. Pasó más de una hora llorando y rezando, azotado por un dolor tan profundo que no podría arrancarlo de sí en lo que le quedaba de vida. Luego salió sereno de la arboleda. Tenía los ojos enrojecidos, pero ya no derramaba lágrimas. Lope Díaz de Haro, su alférez, acudió a su lado para consolarlo, pero Fernando lo mantuvo a cierta distancia con un gesto de la mano.

–¿Sigue en Toro? –preguntó con el rostro desfigurado por una funesta mueca.

–Mi señor, la llevan a Burgos. Lo dejó dicho poco antes... –El emisario no terminó la frase.

–Bien. Le darán sepultura en las Huelgas, donde corresponde. Seguimos la marcha.

–Mi rey –Lope Díaz de Haro se dirigió a él en privado–, ¿no asistiréis al sepelio?

–Mi buen Lope, sólo es un cuerpo lo que van a honrar. Ella ya está en el Cielo, con los ángeles. Estoy más cerca de ella si cierro los ojos y rezo que si acudo junto a su féretro. Soy el rey de estas tierras, y ellas me necesitan desde hace años. Demostrémosles cómo obra un buen soberano.

Fernando montó sobre su caballo y encabezó la marcha. La brasa que le ardía en el corazón estaba aún muy viva. Los hombres se sintieron orgullosos de su rey. La noticia corrió por los reinos y en todos los lugares en los que se detuvo lo recibieron con aclamaciones y expresiones espontáneas de cariño. Fernando III se había ganado el respeto de los leoneses.

Andújar. Otoño de 1235

Tres jinetes moros que decían venir de Córdoba fueron detenidos en las cercanías de Andújar.

–Venimos como amigos. Queremos hablar con quien mande entre vosotros –dijo uno de ellos en lengua romance.

Los caballeros calatravos desconfiaron y los apresaron para llevarlos a la ciudad. Fueron presentados ante Martín Fernández de Burgos, que enseguida quiso entrevistarlos.

–¿Qué hacéis aquí? –preguntó Martín directamente en cuanto los tuvo delante.

Los moros estaban maniatados, custodiados por dos caballeros de la orden.

–Hemos dejado Córdoba para instalarnos en vuestras tierras. Ya no creemos en nuestro emir.

–Ésta es tierra de cristianos. Vosotros sois mahometanos.

Los tres se miraron brevemente. Eran jóvenes, apenas unos muchachos. El cabecilla tomó la palabra en nombre de todos.

–Abrazamos vuestra religión. Dadnos medios para vivir y nos quedaremos con vosotros.

«Más descontentos por las subidas de impuestos; más jóvenes hastiados, empobrecidos por las medidas de su emir, resentidos con los suyos y dispuestos a empezar una nueva vida», pensó Martín.

–Si os damos casa y tierra para vivir, ¿qué obtendremos a

cambio?

El musulmán dudó antes de hablar. No esperaba que les pidieran nada. No tenían nada que ofrecer, salvo sus servicios.

–Podemos guiaros para hacer algaras. Córdoba no tiene muchos soldados. Podéis saquear sus tierras sin demasiado esfuerzo –repuso al fin.

–¿Córdoba está mal defendida? –Los ojos de Martín brillaron repentinamente.

–Así es. Las rondas recorren trechos de muralla cada vez más largos y los campos están desprotegidos. Los soldados no están contentos, las pagas no llegan a tiempo y el emir tiene mala fama.

–Si una escuadra llegara a la muralla del arrabal de la Axarquía por el lugar adecuado, podría hacerse con todo el barrio en cuestión de horas –intervino otro de los moros, animado por la expresión de interés de Martín.

El calatravo respiró con fuerza y se frotó los ojos. Se sentía cansado. Su participación en la última campaña del rey lo había dejado exhausto.

–¿Vosotros podríais llevarnos a ese... lugar adecuado?

–Con los ojos cerrados –contestó el andalusí.

–Bien. Dadles una vivienda para los tres y un pedazo de tierra que puedan cultivar. –Miró a sus hombres–. Hablad antes con el alcaide, que esté informado de todo. Vosotros –se dirigió entonces a los moros–, ya veremos cómo nos cobramos lo que vais a recibir.

Jaén. Otoño de 1235

Asquilula volvía de una jornada de caza, acompañado por su halconero y dos siervos con perros, cuando Ibn al-Ahmar se encontró con él y le pidió que se reunieran en la muralla que daba a la medina.

Desde el adarve podían contemplar la ciudad, en la que se destacaba el edificio de la mezquita mayor. Las murallas de la medina eran fuertes y estaban siendo reparadas en varios puntos. La vista alcanzaba más allá, hasta las primeras sierras y tierras del alfoz de Jaén.

–¿Cómo están los campos? –preguntó el emir.

–Poco a poco se recuperan. Se han plantado árboles, aunque tardarán años en dar frutos. La próxima primavera tendremos que traer fruta de fuera.

–Debemos responder, que nos tengan respeto, para que no vuelva a suceder.

Su abuelo apoyó la mano en su hombro y le habló en confianza:

–Eres un buen emir, listo y decidido, pero todavía tienes mucho que aprender. Un buen gobernante debe manejar más la pluma que la espada. Mira a Ibn Hud, ¿qué consiguió enfrentándose a los castellanos? –dejó la pregunta en el aire unos instantes–. Perder importantes castillos y acabar pagando treguas. No sigas su camino. Castilla es un muro contra el que no debes estrellarte. Negocia, desvía su atención, sólo así tienes posibilidades de salir adelante.

Muhammad reflexionó. Odiaba a los castellanos, pero no disponía de medios para atacarlos. Podría tomar un castillo frontero, pero la respuesta sería diez veces mayor que la afrenta. No le interesaba la guerra abierta con Castilla.

–No tenemos riqueza para pagar treguas –dijo al fin.

–Pues ten paciencia. No respondas, no hagas nada, y reza. El Altísimo pondrá en tu camino la solución. Sabrás aprovecharla. Estoy seguro.

La confianza de Asquilula lo animó. Instintivamente se llevó la mano al pecho para agarrar su vieja moneda romana. La alzó y contempló la imagen del soldado. Los tiempos de entrenamientos y algaras habían quedado lejos. Ahora era emir y tenía que tomar decisiones difíciles. Las batallas que quedaban por librar no se resolverían a campo abierto, sino en los despachos de los secretarios.

–Añoro aquellos años en los que defendía Arjona peleando a maza y espada –susurró como despedida, y se encaminó hacia su palacio, dispuesto a reunirse con Umar el Jilguero para meditar. Necesitaba sosegar su alma, su espíritu guerrero se sentía traicionado. Su emirato estaba sometido a poderes más fuertes que los que él podía combatir.

Córdoba. Invierno de 1236

Salieron al alba de Andújar y se les hizo de noche en las cercanías de Córdoba. Los moros conversos los guiaron por los caminos menos transitados, evitando pueblos y alquerías. El frío era intenso, pero la determinación de la pequeña tropa superaba cualquier adversidad. Martín Fernández de Burgos lideraba el ataque. Había pasado semanas estudiando aquella campaña, escuchando a los tres cordobeses fugados y enviando palomas a Martos y otras fortalezas de la frontera para solicitar ayuda. Más de trescientos hombres se reunieron en Andújar, preparados para hacer una cabalgada contra Córdoba. Martín era ambicioso. Si el arrabal de la Axarquía estaba mal defendido, tal vez, con la ayuda de Dios, podrían entrar y conseguir un botín digno de su rey.

La noche estaba rasa y la luna creciente iluminaba la campiña. En la distancia contemplaron la muralla de la Axarquía, blanquecina bajo la luz de los astros. Sobre ella se destacaban las columnas de humo de los hogares.

–Justo por allí. Las rondas tardan en pasar –dijo uno de los conversos mientras señalaba un punto concreto del muro, en el paño norte–. Tendrán que ir unos pocos. Los demás pueden esperar allí, entre los olivos –apuntó con el índice un pequeño olivar hacia el sur, próximo al Guadalquivir.

Martín lo observó todo con detenimiento y asintió.

–Esperaremos a que sea más tarde.

Los castellanos de frontera se jugaron a los dados sus puestos en el ataque. Eran hombres valientes, dispuestos a ser los primeros en trepar la muralla. Veinte hombres formarían la cuadrilla de escaladores. Siguiendo las instrucciones de los conversos, se vistieron al estilo musulmán, con largas túnicas sobre sus ropajes y cotas.

Tras dos horas de espera no se vislumbraba ni una columna de humo en el arrabal. Entonces, la cuadrilla agarró las escalas y se acercó al muro norte de la Axarquía, donde calcularon los intervalos de las rondas y el tiempo de que dispondrían para el asalto. El resto de la tropa se movió dando un amplio rodeo hacia el sur, hacia la puerta por la que los cordobeses aseguraban que sería más fácil entrar.

A medida que avanzaba la madrugada, el frío se hacía más intenso. Temblaban agazapados entre la maleza cuando el rudo hombre del norte que los dirigía hizo la señal acordada. El guardia moro se acababa de perder tras la primera torre. Los veinte cristianos corrieron hacia el pie de la muralla y, amparados por las sombras, colocaron las escalas y subieron con ligereza. Ya en el adarve, cruzaron dos torres antes de dar alcance al guardia. Lo sorprendieron por la espalda y lo degollaron. Su cuerpo cayó por el lado exterior del muro. Desde allí arriba contemplaron el arrabal, un caserío amplio pero poco poblado en el que se destacaban varias zonas baldías. Todo estaba en calma; los cordobeses dormían ajenos a la invasión. Conforme al plan, se introdujeron en una de las torres y aguardaron pacientemente a que la siguiente ronda llegara hasta ellos. Un nuevo guardia entró al rato y fue recibido a espadazos por los veinte cristianos. Con el camino libre al fin, llegaron hasta el paño sur, donde abrieron la puerta del Río para dar paso a sus compañeros.

Los caballeros calatravos fueron los primeros en atravesar el cañaveral que se extendía entre la muralla y el Guadalquivir. Una vez dentro, aseguraron la posición. Comenzaban a oírse voces de alarma desde la medina de Córdoba y pronto se alzaron gritos en las viviendas más cercanas a la puerta del Río.

Martín improvisó un plan y mandó a un grupo de hombres al adarve. El arrabal de la Axarquía estaba en su poder e iba a intentar mantenerlo hasta que llegaran refuerzos. No iba a conformarse con un simple saqueo.

–¡Caballeros! ¡A las puertas de la medina! –gritó a los jinetes, y cabalgó con ellos hacia la muralla central, que partía en dos a la ciudad.

Recorrieron las calles de la Axarquía haciendo frente a la resistencia que algunos vecinos habían organizado. En escasos minutos el arrabal entero se había levantado. Recibieron pedradas, e incluso dardos. Cientos de mujeres y niños corrían despavoridos por las calles y los hombres se reunían en pequeñas partidas. Desde uno de los alminares del barrio, un muecín llamó a la yihad.

Mientras tanto, los calatravos defendían las puertas principales, por donde intentaban entrar los guardias de la ciudad. Tras una breve lucha, los caballeros consiguieron atrancar las puertas. En los muros, los peones seguían defendiendo el adarve en los dos puntos en los que se comunicaba con la muralla de la medina.

Gran parte de la población de la Axarquía huyó por dos postigos abiertos en la muralla central. En la madrugada se oían sus carreras y sus gritos de pánico. Sin embargo, en una de las calles del arrabal, un grupo de vecinos resistía el avance de las milicias de Martos. Hasta tres ataques castellanos lograron repeler los cordobeses. Luchaban a pecho descubierto, pero su número y desesperación jugaban a su favor. Con piedras y aperos del campo crearon una barricada. Martín Fernández de Burgos se percató de la situación y acudió al lugar con tres de sus caballeros. Bastaron los cuatro calatravos para fulminar la resistencia. Los de Martos rompieron las barreras y acabaron el trabajo.

Los cordobeses que aún quedaban en el arrabal de la Axarquía fueron encerrados en una mezquita y tomados como rehenes. El barrio estaba ganado. Llegaba la hora de pedir ayuda.

Benavente. Invierno de 1236

La copa rodó por el suelo. El sonido metálico rompió el silencio, sin embargo, el rey siguió roncando sin percatarse de nada. Desde el fallecimiento de su esposa, Fernando III solía beber para aliviar el profundo dolor que atenazaba su alma.

Berenguela miró a su hijo con compasión. La pérdida de Beatriz de Suabia había sido un duro golpe. Fernando lloraba en la intimidad de su alcoba y rezaba con devoción, buscando consuelo en Dios. La reina le había dado tiempo para recomponerse. El otoño había sido tranquilo en sus reinos y el invierno había comenzado muy lluvioso, lo que desaconsejaba viajar. Pero algo había ocurrido que alteraba aquella tranquilidad y requería con urgencia que el rey volviera a ser el soberano capaz de siempre.

–Hijo, hay noticias. –Berenguela aguardó un instante–. ¡Hijo! –repitió, sin resultado.

La reina salió y poco después regresó con un cántaro de agua, que vació sobre su cabeza. Fernando se despertó sobresaltado, haciendo aspavientos y resoplando para no tragarse el agua.

–Castilla te necesita. Un hombre de tu mesnada acaba de llegar de Córdoba.

El rey se frotó los ojos y se puso en pie.

–¿Qué demonio te ha poseído, madre? –refunfuñó–. ¿Córdoba, has dicho?

–Has oído bien, Córdoba. Hombres de la frontera y calatravos de Andújar han terminado invadiendo un barrio amurallado de la ciudad tras una cabalgada. Están dentro, aguantando, y nos piden ayuda. –Hizo una pausa–. ¿Lo entiendes? Es una situación delicada. El rey moro de Murcia te paga treguas. Córdoba está con él.

–Lo entiendo, lo entiendo –murmuró el rey. Se tomó un momento para pensar. Fernando sintió que las fuerzas regresaban a su cuerpo y su mente comenzaba a razonar con claridad–. No he incumplido las treguas, han sido los calatravos y los fronteros. –Fue lo primero que dijo, y Berenguela asintió–. Ahora mi deber como rey es apoyarlos. Devolveré el último pago a Ibn Hud y partiré mañana mismo a Córdoba.

El pecho de Berenguela se inflamó.

–No hay ejército convocado.

–Iré con las milicias de Benavente. Por el camino se me unirán más. No hay tiempo que perder, madre. Es Córdoba, la puerta del Guadalquivir.

–Tus sueños, hijo, los mensajes que Dios te manda… –Berenguela lloraba de emoción–. Marcha, cabalga, lidera a tu ejército y gana Córdoba para Castilla. Yo me encargaré de que nada te falte en el asedio.

Madre e hijo se abrazaron. Los latidos de sus corazones, fuertes, se acompasaron.

Córdoba. Invierno de 1236

La lluvia dio una breve tregua, pero la tierra estaba embarrada y dificultaba el paso de las tropas. Fernando III había salido de Benavente la mañana siguiente a la llegada del mensajero. Partió con milicias benaventinas y zamoranas y dio orden a castellanos, leoneses y extremeños de que lo siguieran. Por el camino se le unieron algunos nobles, pero su tropa seguía siendo pequeña para la empresa que pretendía acometer. La campaña se presentaba difícil, el objetivo era complicado y las lluvias, pertinaces, parecían empeñadas en detenerlo. Sin embargo, la prueba le sirvió al rey para abandonar el luto. Crecido ante la adversidad, recuperó el brío y cabalgó bajo las tormentas hacia el sur, donde un puñado de sus hombres lo esperaban para cumplir un viejo sueño de los cristianos: tomar la capital de los califas de al-Ándalus. Su hermano Alfonso le servía de apoyo en el camino.

Tras una reunión del Consejo, cruzaron el Guadalquivir a la altura de Alcolea y, desde la margen sur, llegaron hasta la Calahorra, la fortaleza que custodiaba el puente que daba acceso a Córdoba. Allí habían montado su campamento los hombres de Martos. El arrabal de la Axarquía seguía en manos cristianas; sólo el muro que dividía la ciudad estaba en poder de los musulmanes.

Pese a estar empapado, el rey pidió entrevistarse enseguida con los calatravos. Ante su presencia llevaron a Martín Fernández de Burgos, que había conseguido cruzar el río y unirse a los refuerzos de Martos para comandar el sitio. Cuando tuvo delante a su rey, el calatravo se inclinó y le besó la mano con emoción.

–Mi señor, sólo sirvo a Dios y a mi rey.

Fernando lo observó con indiferencia.

–Sabíais que teníamos treguas con el rey de Murcia. –Su tono no era de pregunta–. Aun así, atacasteis Córdoba y ocupasteis uno de sus barrios. –Martín comenzó a sudar–. Esa decisión contravenía lo dispuesto por el rey al que servís.

–Yo sólo... –Lívido, trató de explicar los motivos que le habían llevado a aquella acción, pero Fernando lo detuvo con una mueca.

–Me habéis puesto ante una difícil decisión. Aun así, vuestra valentía también me ha dado una oportunidad. Córdoba será cristiana antes de que acabe el año. Eso os exculpa –sentenció. Lo invitó a retirarse y Martín recuperó el color en las mejillas. Antes de que el calatravo saliera de la tienda, volvió a dirigirse a él–: No volváis a tomar decisiones por vuestro rey.

Fernando pidió a los guardias que le trajeran un caldo. Las lluvias y el frío habían hecho mella en su salud y el asedio se preveía largo. Sacó su crucifijo de campaña y se arrodilló para rezar. En primer lugar, se acordó de Beatriz y oró por su alma. Luego pidió a Dios ayuda para tomar Córdoba. El sitio se había visto reforzado, pero el número de cristianos aún no era suficiente. Castellanos y leoneses llegarían en los próximos días y, mientras tanto, estaban expuestos a una posible respuesta por parte de Ibn Hud. Se decía que el rey moro había salido de Murcia con un gran ejército y que por aquellos días acampaba en Écija, a escasa distancia.

–Señor, mantenlo alejado, que del resto me encargo yo –dijo para terminar su rogativa el rey.

Écija. Invierno de 1236

El campamento ocupaba la extensión de un pueblo. Las tiendas, alineadas en estrictas cuadrículas, formaban calles que a diario eran recorridas por las carretas de los mercaderes y de los encargados de la logística militar. Los hombres de Murcia, Sevilla, Carmona y Écija aguardaban impacientes las órdenes de partida, pero el emir parecía dudar. Llevaban quince días allí, entre el barro, la lluvia y el frío.

Un funcionario murciano se adentró en el campamento y transmitió las órdenes de Ibn Hud a los capitanes de la tropa. Tras dos semanas de deliberación, el emir había dispuesto que no acudiría a Córdoba. Parte de la tropa se quedaría en Écija y él partiría con el resto a Sevilla, en espera de que el curso de los acontecimientos le fuera favorable. Según las noticias de los espías, el ejército cristiano, fuertemente reforzado los últimos días con la llegada de castellanos y leoneses, había estrechado el cerco sobre Córdoba y su abastecimiento estaba siendo muy limitado.

Cuando la orden corrió por el campamento, los hombres se inquietaron. No estaban allí para retirarse sin luchar. La amenazada era Córdoba, símbolo andalusí. Durante el camino de vuelta a Écija, el funcionario tuvo que escuchar el grito unánime y anónimo que se alzaba a su paso.

–¡Cobarde!

No hubo castigo para ellos, no podía haberlo. No había en Écija hombres suficientes para prenderlos a todos. Una vez más, el emir de Murcia demostraba su ineptitud y su falta de valor. Su indecisión dejaba abandonada a su suerte a la vieja capital de al-Ándalus.

Arjona. Invierno de 1236

–Mira cómo grita la hermosa Aisha, como una fiera –dijo Maryam mientras apoyaba la mano sobre el hombro de Kamal.

El muchacho ignoró el comentario. La esclava había vuelto a beber y tenía los ojos brillantes.

Era el momento más delicado. Aisha había dilatado y la partera la animaba a empujar. Los gritos se escuchaban a través de los muros de la casa. Muhammad aguardaba en el patio, acompañado por sus parientes más cercanos. Había dispuesto que su hijo naciera en Arjona y se había trasladado allí con los suyos. Llevaban horas de espera y el tabib salió para tranquilizarlos. El bebé estaba bien colocado, el parto sería fácil.

–Ya tienes tu regalo del Cielo –le dijo Asquilula.

–Una bendición. –Se oyó un nuevo grito, y después a la partera animando a Aisha para que apretara más fuerte–. Sólo espero que el bebé y la madre estén bien.

–Lo estarán. –El Neblí le dio una palmada en la espalda–. Pero me refiero a otro regalo del Altísimo: el asedio de Córdoba.

–No los considero mis hermanos. Los cordobeses me echaron y me insultaron. Que caigan en manos de Fernando.

–Caerán, sin duda. Ibn Hud es tan estúpido que ha dado tiempo a que los cristianos reciban refuerzos. Córdoba está condenada. Pero tú puedes sacar provecho. Ofrece tu ayuda a Fernando, desvía su atención de ti. Congráciate con él.

Los gritos se hicieron más continuos y la partera comenzó a felicitar a Aisha por su esfuerzo. El parto iba por buen camino y estaba a punto de terminar.

–Pero una cosa es no actuar y otra bien distinta es aliarnos con los cristianos –replicó Ibn al-Ahmar.

–Lo flexible no se parte, Muhammad. Hay que ser hábil en la diplomacia. Enfrentándote a ellos no conseguirás nada. Castilla es un león dormido al que no nos conviene despertar. Hay que aprender a convivir con él, no lo olvides.

Los gritos cesaron. Sonó el llanto de un bebé.

–¡Que venga el padre! –La partera salió sonriente.

–Lo pensaré, abuelo, lo pensaré –dijo Muhammad mientras corría hacia ella.

–Un niño –exclamó la mujer, entregándole el bebé envuelto en una tela gruesa.

–Enhorabuena, hijo –le dijo Yusuf, que había acudido a su lado–. Otro niño para mantener la gloria de los Nasr.

Ibn al-Ahmar sintió que aquel niño llenaba vacíos que hacía tiempo tenía olvidados. Sonrió y sus ojos se humedecieron.

–Lo sabía –susurró sin dejar de admirar su rostro.

Las mujeres de la casa dejaron que los otros hijos de Muhammad se acercaran. Mu'mina y Sams fueron las primeras. Muhammad las besó en la frente con cariño y les enseñó al bebé. Enseguida llegaron los pequeños, Fátima, Yusuf y Faray. Alzaban los brazos y le pedían a su padre que bajara al bebé para que pudieran verlo. Con ademanes ceremoniosos, Ibn al-Ahmar acercó sus labios al oído del pequeño y recitó el llamado a la oración. Luego se arrodilló.

–Éste es vuestro hermano.

–¿Cómo se va a llamar, papá? –preguntó Fátima.

–Muhammad, como yo. Será el segundo Muhammad de la familia.

El padre, orgulloso, entró en la alcoba, donde Aisha descansaba cubierta de sudor y sangre.

–Esposo, ya estoy mayor para esto. ¿Te conformarás con los cuatro hijos que te he dado?

–Lo has hecho muy bien.

Le puso el niño sobre el pecho y se sentó a su lado. De fuera llegaban risas y jolgorio. Muhammad acarició el pelo de su esposa. En aquel instante ambos eran felices y los problemas del emirato parecían ecos lejanos que se deshacían con el viento.

Córdoba. Primavera de 1236

Los golpes sonaron con fuerza en el silencio de la noche, alterando la tranquilidad a ambos lados del muro que separaba a la medina del arrabal de la Axarquía. La guardia castellana al instante dio la voz de alarma. Los golpes siguieron en los tres portillos, y sobre la muralla comenzaron a aparecer arqueros musulmanes. Las puertas no cedieron fácilmente a los arietes y los cristianos tuvieron tiempo para organizar la defensa. No era el primer ataque que recibían, pero aquél parecía de mayor envergadura.

En escasos minutos los calatravos y los hombres de las milicias concejiles estaban preparados, perfectamente armados tras las barricadas dispuestas en las calles que daban al muro. Los hombres de Andújar, los encargados de custodiar la muralla, avisaron con antorchas al campamento principal, al otro lado del río. Fernando III dio orden de formar para la batalla, por si los cordobeses decidían hacer una salida.

Finalmente, uno de los portillos se astilló. El siguiente golpe de ariete lo abrió con gran estruendo. Los guerreros andalusíes comenzaron a atravesar la muralla mientras sus arqueros disparaban contra las barricadas para cubrirlos. Instantes después, los otros dos portillos también se abrieron y más hombres enarbolaron sus armas en la Axarquía. La noche era oscura, el cielo estaba encapotado y a duras penas se distinguían unos soldados de otros.

Martín Fernández de Burgos, con la sobreveste inmaculada sobre su armadura completa, se mantenía al frente de los suyos. Hacía más de un mes que había cruzado de nuevo el Guadalquivir para entrar en el arrabal y contribuir a su defensa.

–¡Por Dios nuestro señor! –gritó tan fuerte como le permitía su garganta.

Los cordobeses atacaron con furia, a la desesperada, aullando como lobos. El asedio impedía la entrada de suministros y las abundantes lluvias del invierno habían echado a perder muchas cosechas y huertas. Si no rompían el cerco, quedarían condenados por el hambre.

Fueron tres oleadas sucesivas que consiguieron romper las defensas de los cristianos. Y dio comienzo una lucha encarnizada que se prolongó durante más de una hora. Los cristianos contaban con la superioridad de sus armas y su habilidad, pero los andalusíes los superaban en número. Las calles se llenaron de muertos. La sangre regó el arrabal, impregnándolo con su intenso olor.

Tras los primeros momentos, cuando las fuerzas de los combatientes comenzaban a flaquear, Martín y otros muchos calatravos descabalgaron y pasaron a la primera línea para servir de refresco a los extenuados y suplir a los caídos.

Los andalusíes habían sobrepasado las barricadas, pero pronto sus cuerpos se fueron amontonando hasta formar otra barrera de carne y huesos. La destreza de los hombres de Fernando III se imponía finalmente y, después de la tercera oleada musulmana, comenzaron las carreras de vuelta a la medina.

Era aún de madrugada y la batalla había concluido. Los postigos quedaron abiertos. La tensión se cernía sobre ambos bandos. Al alba, una cuadrilla de cordobeses desarmados acudieron a los huecos para cerrarlos a cal y canto. Antes de cerrar el último, un capitán musulmán pidió parlamento. El mahometano pidió a Martín que les devolvieran a sus muertos, y el calatravo aceptó. Incluso en la guerra había unas reglas que todos respetaban. Finalmente, cerca del mediodía, la muralla estuvo completamente cerrada y el asedio volvió a la normalidad.

–Cinco misas hoy mismo para dar gracias a Dios por la victoria –dijo Martín al clérigo que acompañaba a la tropa.

Desde lo alto de la muralla, los de Andújar avisaron al campamento. Un griterío de júbilo se elevó hacia el cielo. La medina, sin embargo, estaba muda. Sólo las voces tristes de los muecines rompieron el silencio desolador que se había posado sobre la ciudad.

Jaén. Primavera de 1236

Ismail se presentó en el palacio del emir. Había estado inspeccionando Porcuna y supervisando el reclutamiento de nuevas tropas para el emirato. Ibn al-Ahmar recibió a su hermano en su *madjlis.*

–Todo marcha como debe, la moral sigue alta –informó Ismail–. Córdoba ha desviado la atención de los castellanos, y eso alivia al pueblo.

–Me alegra –dijo complacido el emir. Miró a su hermano y se sintió orgulloso de él. Era obediente y eficaz, y no albergaba duda alguna sobre su lealtad.

–La gente se pregunta si vamos a intervenir.

–Córdoba es de Ibn Hud, que acuda él. A nosotros nos echaron como a perros. –Muhammad hablaba con tono firme, sin disimular el resentimiento.

El emir había cambiado. Los varapalos que había recibido a lo largo de su vida lo habían endurecido, al tiempo que los consejos de Asquilula lo animaban a ser una persona más decidida e inflexible.

–Ya sabes que Ibn Hud no irá.

–Lo sé. Es cobarde. –Muhammad apretó el puño–. Asquilula aconseja que ofrezcamos nuestra ayuda al rey castellano.

–Te sometiste al murciano... –Ibn al-Ahmar no le dejó terminar.

–¿Hablas en serio? –Rio–. Incluso él sabe que aquello fue una pantomima para ganar tiempo. A ambos nos convenía mantener la calma.

–¿Y qué decisión has tomado?

–El emisario está en camino.

Ismail guardó silencio unos instantes para meditar sobre aquella resolución.

–Me parece bien. La ciudad está condenada y es un bastión de nuestro rival. Córdoba es un símbolo –se llevó la mano al pecho, como si le doliera–, pero puede ser la moneda que paguemos para echar a Ibn Hud y salvar al resto de al-Ándalus.

–Con la ayuda del Altísimo –remató el emir.

Almería. Primavera de 1236

La amenaza de tormenta se quedó en una suave llovizna que duró un breve lapso de tiempo. Sin embargo, el cielo siguió encapotado hasta primera hora de la tarde.

Antes del anochecer, Ibn Hud entró en la ciudad seguido sólo por su séquito y un pequeño ejército de jinetes y hombres a pie, sus más fieles. Desde que escuchó los rumores que habían llegado a Murcia acerca del descontento del pueblo, el emir se había vuelto desconfiado.

–Vengo a tratar un asunto importante –explicó a Ibn al-Ramimi nada más verlo. Luego lo saludó con un abrazo sincero.

El gobernador entendió que por fin Ibn Hud se había decidido a actuar en Córdoba y lo llevó a sus dependencias privadas.

–Jimena está embarazada –soltó de pronto el emir–. Tiene falta de varios meses.

El walí, incrédulo, observó el rostro de Ibn Hud, que parecía acosado por una gran angustia.

–Vaya –carraspeó–. Es una situación delicada... –Córdoba estaba a punto de caer rendida por las armas cristianas y a aquel hombre sólo le importaba el embarazo de una muchacha.

–No te imaginas cuánto. Le prometí a mi esposa cuando me casé con ella que no tomaría a otra mujer. Si se entera de que he faltado a mi palabra... Su familia es poderosa y puede hacer daño a mi gobierno. –Arrugó la frente. Ibn al-Ramimi seguía perplejo–. Necesito tu ayuda. La he traído conmigo. Quiero que busques a una mujer de ésas que saben cómo terminar...

A pesar del eufemismo, el almeriense tuvo que contenerse para no mostrar en su rostro el profundo desprecio que sentía en esos momentos. También sintió pena por Jimena, una muchacha que comenzaba a vivir, sometida a los deseos de un hombre poderoso que ahora dictaba sentencia sobre el fruto que crecía en su vientre.

–¿Es eso lo que quieres? Hay otras maneras... –Ibn Hud asintió, nervioso, mostrando un leve temblor en el párpado derecho–. Se hará como gustes.

–Encárgate cuando yo marche a Murcia. Tengo que volver pronto. Ella se quedará aquí para recuperarse. Vendré a visitarla siempre que pueda.

El gobernador asintió. Él se encargaría de todo y salvaría el honor del emir, pero algo entre ellos se había roto en aquel preciso instante, y no volvería a recomponerse.

Córdoba. Junio de 1236

–No firmarán –expuso Alfonso con sequedad.

El rey Fernando estaba perplejo. Un castellano se había entrevistado con un cordobés en medio del viejo puente de piedra que cruzaba el Guadalquivir. El acuerdo para la entrega de la ciudad parecía hecho. Sin embargo, en el último momento algo había salido mal y los cordobeses se habían echado atrás.

–¿Cómo? ¡Está todo hablado! Saldrán sanos y salvos con sus bienes, ¡eso acordamos! –exclamó el rey, iracundo–. Están acabados, ¿qué esperan?

–Hermano –replicó Alfonso con calma–, nuestra madre se esfuerza con la intendencia, pero aquí también se nota la escasez. Ellos lo saben, no son estúpidos. Y también está el tema de los leoneses. Pronto cumplen sus tres meses y no los supliremos con el reemplazo...

–Malditos hijos de perra. De todas maneras, no tienen esperanzas. Su rey no ha venido todavía, ¿por qué lo iba a hacer ahora?

–No acudirá, pero los de dentro no lo saben. Tal vez piensen que la marcha de los leoneses es una buena oportunidad para romper el cerco.

–No podemos seguir esperando. La fruta está madura, hay que dar el golpe de gracia. Cada día aquí cuesta mucho dinero a Castilla. Necesitamos a alguien que supla a los de León, y sé quién puede hacerlo.

–¿Hombres del norte? –preguntó Alfonso.

Fernando III negó con la cabeza.

–Moros. Aceptaremos la ayuda del rey moro de Jaén.

Ibn al-Ahmar había mandado emisarios al rey castellano para ofrecerle su ayuda, pero Fernando, seguro de su victoria, ni siquiera le había dado respuesta. Interpretó su ofrecimiento como una muestra de debilidad. Sin embargo, ahora los hombres de Jaén podían representar la estocada definitiva a Córdoba.

–Moros contra moros.

–Llevan años enfrentados. Perjudicaremos al más fuerte –argumentó Fernando.

–Será el más fuerte en tierras y hombres, pero no en carácter.

Los hermanos rieron con fuerza. Ibn Hud se había convertido en un líder cobarde y su fama traspasaba la frontera.

Jaén. Junio de 1236

A Martín, que viajaba con otros dos calatravos, le sorprendió que no los hubieran detenido hasta que estuvieron en las inmediaciones de la capital del reino.

–Venimos en nombre de nuestro rey, Fernando el tercero de Castilla y Toledo, de León y Galicia, de Baeza y Badajoz, que Dios lo guarde. Queremos ver a vuestro rey, Alhamar de Arjona, para responder a su embajada –dijo a los guardias de Jaén que acudieron a ellos.

Una vez desarmados, los jienenses los guiaron hasta la imponente alcazaba que dominaba Jaén. «Algún día Jaén también será de mi señor», pensó Martín al verla.

Los guardias de palacio informaron a Ibn al-Ahmar, que enseguida salió a recibir al emisario de Fernando y pidió que los dejaran solos en el *madjilis*. Vestía su habitual túnica blanca, sin ningún tipo de adorno ni ostentación.

Martín observó detenidamente sus facciones y reconoció a un hombre experimentado y decidido, de mirada astuta y firme. También se fijó en su cuerpo delgado y sus brazos fibrosos. «Es un hombre piadoso de su fe, un guerrero de frontera que no se deja llevar por los excesos, como yo», se dijo el calatravo. Pero la admiración dejó paso enseguida al odio. Tenía delante al hombre que lo había humillado en la colonia y las huertas, al cegrí que había matado a su tío en Baños de la Encina.

Se sentaron sobre gruesos almohadones en torno a una mesa baja taraceada sobre la que había vasos con jugo de frutas y una bandeja de dátiles.

–Señor de Arjona y de Jaén –comenzó Martín, disimulando los sentimientos que atenazaban sus entrañas–, mi rey me envía para responder a vuestro ofrecimiento de amistad y colaboración. Fernando de Castilla y de León acepta vuestra ayuda y espera que recibáis su amistad como prenda de la misma.

Muhammad sonrió y se remangó la túnica hasta las rodillas.

–La amistad de un rey es casi tan valiosa como su generosidad –contestó en perfecto romance, y aguardó la respuesta de su interlocutor. Fue consciente de que algo iba mal en el asedio si el rey cristiano aceptaba pactar con él. Era el momento de sacar el orgullo y obtener algo a cambio de la ayuda.

–Fernando III os ofrece treguas por seis años sin coste alguno, el mismo tiempo que pactará con el rey de Murcia tras la conquista de Córdoba.

Muhammad meditó unos instantes.

–Eso deja mis fronteras del norte tranquilas, pero en el sur seguiré bajo la amenaza de Ibn Hud –razonó en voz alta–. Si ayudo a vuestro rey, debo salir beneficiado. Quiero una pequeña parte del tributo que pague el murciano por sus treguas.

–Así se hará. Una pequeña parte del tributo vendrá a Jaén –confirmó Martín, poniendo énfasis en la palabra «pequeña». No lo demostró, pero estaba sorprendido. Su rey se había anticipado a ese movimiento y lo había autorizado a ceder una cantidad. Fernando no sólo era valiente y decidido, también gozaba de una aguda inteligencia para la política–. El pacto se sellará y beneficiará a ambos.

A primera hora de la tarde, la pequeña embajada castellana se preparó para volver a Córdoba. Muhammad y Martín se abrazaron para despedirse. Antes de retirarse, Martín fijó la vista en el rostro del emir, intentando memorizar su expresión.

«La próxima vez que nos encontremos no será para la paz. Sabré reconocerte, y acabaré contigo», pensó el calatravo.

Muhammad no sabía quién era aquel hombre, no sabía que él había acabado con la vida de su hermano Faray durante una incursión desde Andújar. Así de absurdas eran las guerras; los mismos hombres que se daban motivos para odiarse de por vida podían acabar abrazándose para sellar un acuerdo de paz.

* * *

Sams y Mu'mina se plantaron delante de su padre, mirándolo fijamente a los ojos. Eran ya mujeres. Mu'mina se parecía cada día más a Farah. Sams, en cambio, tenía los rasgos de los Nasr.

–Padre, te lo ruego, recapacita. No nos entregues a ellos –suplicó Sams.

Muhammad suspiró y se mesó la barba.

–Ya está decidido. Necesitáis buenos maridos.

–Pero no los Asquilula. Tú mismo has tenido enfrentamientos con ellos. Nos condenas a ser infelices –le reprochó de nuevo Sams.

Mu'mina permanecía en silencio. No se atrevía a hablar, pero pensaba que su sola presencia manifestaba su disconformidad con los casamientos.

–Sois hijas de un emir, tenéis un deber. –La voz del padre se endureció.

–¡Ya tienen esposas y sus propios hijos!

Muhammad no perdió los nervios. Apoyó la mano en el hombro de Sams.

–Esta batalla la tienes perdida. Asúmelo.

Los ojos de Sams se nublaron de lágrimas. Tembló y su hermana, anticipándose a su arrebato, la agarró del brazo y tiró de ella para alejarla de allí.

–¡Te odio! –gritó mientras se dejaba llevar por Mu'mina–. ¡Te arrepentirás de esto! Recuerda mis palabras, te arrepentirás. Podrán pasar años, pero algún día mirarás atrás y te darás cuenta de que no debiste hacerlo.

Las jóvenes se perdieron en el interior de la vivienda. Muhammad, turbado, acudió al encuentro de Umar, que rezaba en el pequeño oratorio privado del palacio. La decisión estaba tomada y el emir no se retractaría, pero necesitaba serenar su alma.

Córdoba. Junio de 1236

Los reales cristianos eran una fiesta. En el campamento junto al puente y en el arrabal de la Axarquía se celebraba la rendición de Córdoba tras seis meses de asedio. Días después de la llegada de las tropas nazaríes, los cordobeses habían vuelto a parlamentar para negociar la entrega de la ciudad. En la primera negociación Fernando III había sido benévolo. En esta segunda muchos nobles habían aconsejado al rey que fuera más duro. Sin embargo, Fernando otorgó a los cordobeses las mismas condiciones pactadas anteriormente.

–Tendremos la ciudad intacta –argumentó el rey al Consejo–. Si los esclavizamos, destruirán todo lo que puedan. Quiero poblarla de cristianos, no arrasarla.

Las puertas de la medina permanecieron abiertas para que los moros pudieran marcharse. Durante las primeras horas del día, cientos de cordobeses salieron en masa rumbo a Sevilla, Málaga, África o incluso Oriente. Los caminos se llenaron de emigrantes que, con sus lamentos, constituían una penosa procesión de familias desgarradas por el dolor. El hambre soportada en los últimos meses podía verse en sus rostros demacrados y en sus cuerpos famélicos. Los muecines exprimían el triste día lanzando sus llamados a la oración.

–¡Llorad por Córdoba, perla de al-Ándalus! –cantaba uno de ellos sin cesar, como una letanía.

A mediodía el flujo decreció y Fernando dispuso su entrada en la ciudad. El gobernador andalusí salió a entregarle las llaves de Córdoba, un acto simbólico que se representó ante la puerta del Puente. El rey la cruzó con las llaves en la mano. A caballo, flanqueado por el maestre de Calatrava y el obispo de Osma, recorrió la calle que discurría entre el alcázar y la mezquita aljama.

–Éste es el templo mayor de todos los moros de al-Ándalus –pronunció el obispo, profundamente emocionado–. Ahora en vuestras manos.

–Ahora en manos de Dios –dijo el rey con humildad.

Los tres hombres admiraron los recios muros de la mezquita y sus altas puertas. A su lado, el alcázar ensombrecía. Aparte de los guardias castellanos, no había un alma en la calle. La ciudad se vaciaba y los hombres del rey controlaban todos sus accesos. Torcieron una esquina y encararon la entrada principal de la aljama. Desde allí pudieron contemplar el alto minarete, coronado ahora por una cruz y la enseña de Fernando III.

Penetraron en el patio de abluciones y aguardaron la llegada de los dos Alfonsos, el hijo y el hermano de Fernando III. Los infantes entraron escoltados por sus propias guardias.

–Hijo mío, añado Córdoba a tus reinos –dijo el padre.

Dentro de la mezquita, se maravillaron por la atmósfera del edificio. La luz era escasa y la infinidad de columnas se les antojó como un bosque de piedra con sus troncos perfectamente ordenados. Don Alfonso, el hermano del rey, se detuvo bajo unas enormes lámparas que colgaban de cadenas cerca del mihrab.

–Las campanas de la catedral de Santiago, las que robó el moro Almanzor, maldito sea su nombre.

–Las devolveremos a hombros de moros –exclamó Fernando con furia.

* * *

–Será mahometano, ¡pero bien que acepta nuestro vino!

Las carcajadas de los milicianos de Castilla llegaban en eco hasta la tienda. Ibn al-Ahmar se arrepintió de haber aceptado el presente de los cristianos. Creyó que los ofendería si rechazaba el cántaro de vino, pero ahora se daba cuenta de que era un regalo malintencionado para mofarse de él. En el interior de su tienda lo acompañaban Umar el Jilguero e Ibn Sanadid. Dio un último sorbo y se relamió.

–Realmente es bueno –dijo, sorprendido por la calidad de la bebida. Y, sin más, salió de la tienda. Montó sobre su caballo para ganar altura y, en romance y con voz fuerte, habló–: Un buen vino. Bueno para limpiar mi vajilla. –El carácter de los Nasr afloró en sus palabras. Los hombres de Castilla enmudecieron un momento, pero estaban demasiado contentos como para dejarse llevar por la ofensa.

–No puedes evitar ser lo que eres –le dijo Umar cuando salió a su encuentro.

–Una oveja no puede rugir como un león. Ni al contrario –contestó Muhammad aún sobre su caballo. Contempló su campamento. Cientos de hombres de Jaén, Porcuna y Arjona formaban la tropa. Luego dirigió la vista a Córdoba, al otro lado del río. En la distancia se percibían la cruz y la bandera del rey Fernando rematando el minarete de la mezquita aljama–. La ciudad está ganada. Va siendo hora de marcharnos.

–Ganada está –dijo el santón–. Ya ganas batallas sin ni siquiera luchar.

Almería. Verano de 1236

Ibn al-Ramimi reposaba sobre uno de los bancos de piedra de la sala templada. Junto a él, sentada entre sus piernas, Jimena permanecía completamente desnuda. El hammam del alcázar se había vaciado para ellos. La muchacha acariciaba las piernas del hombre y contemplaba su torso fibroso. A pesar de rondar la cincuentena, Ibn al-Ramimi conservaba un aspecto juvenil. El gobernador se incorporó y abrazó a Jimena.

–Eres hermosa, como la flor del azahar –le dijo, y le dio un beso en la mejilla.

Siguiendo los dictados de Ibn Hud, la joven había dejado que una curandera le practicara un aborto. Ibn al-Ramimi lo dispuso todo. La acogió en su casa y cuidó de ella personalmente. El gobernador no pudo ocultar la fascinación que Jimena le provocaba y la joven, por su parte, no tardó en caer rendida a sus encantos y atenciones. Su amor comenzó furtivo, al abrigo de la zona privada del alcázar, y fue creciendo paulatinamente hasta arrastrarlos a una pasión desenfrenada.

–¿Volverá? –preguntó ella con una sombra de inquietud en la voz.

–Sí. Estoy seguro. Pero no te llevará con él de vuelta a Murcia.

–No quiero verlo ni un solo día.

Él suspiró. Sólo imaginarla de nuevo con el emir retorcía sus entrañas.

–Está acabado. Ha dejado que Córdoba caiga y se ha comprometido a pagar un alto precio por las treguas. El pueblo lo odia. –Ella le acarició la barba bien recortada–. Si alguien acabara con él, muchos lo agradecerían. –La miró a los ojos–. Yo el primero.

–Acabemos nosotros con él. Así no volverá a tocarme.

Las carcajadas de Ibn al-Ramimi resonaron en la estancia. Volvió a mirarla a los ojos y descubrió que la joven hablaba en serio. Dejó de reír y le habló con actitud paternal.

–Quiera el Altísimo darnos la oportunidad. Pero él es emir y yo sólo un gobernador. Los grandes se comen a los pequeños, no al contrario.

–Sólo era un pensamiento, un deseo –dijo ella avergonzada.

Él se llevó la cabeza de Jimena al pecho y comenzó a acariciarle el cabello. Solía ser un hombre serio y distante, pero con ella se derrumbaban todas sus murallas.

–Quiera el Altísimo... –musitó de nuevo.

Jaén. Verano de 1236

La novia iba a ser presentada a los invitados y, en aquella tarde calurosa, los hombres buscaban la sombra del pórtico del *madjlis*. El novio, Abd-Allah bin Asquilula, permanecía junto a su padre y su hermano Ibrahim. Ibn al-Ahmar, el padre de la novia, vestía un delicado traje de gala con bordados en hilo de seda. A su lado estaba Umar, vestido de negro y tocado con un turbante del mismo color.

–Ya ha llegado el primer pago –le contó el emir a su amigo y consejero.

–Es el fin de Ibn Hud –opinó el santón–. Cada año de tregua será más débil, y tú más fuerte. Tendrás paz con Castilla y dinero de Murcia.

–Eso espero. Los alcaides del sur avisan de que llegan a diario familias que huyen de los impuestos de Ibn Hud. El pueblo no lo quiere.

En ese momento apareció Sams con su cortejo nupcial. Llevaba el rostro tapado por un fino velo que, con dificultad, dejaba ver sus facciones. Sus intensos ojos verdes buscaron a su padre y lo miraron fijamente. «Te arrepentirás»; aquellas palabras de la joven aún resonaban en su cabeza y Muhammad se mostró turbado. La novia llevaba puesto el mismo vestido con el que su madre se había casado. «Prométeme que la querrás», le había pedido Farah antes de morir. Un atisbo de duda asomó por primera vez a su conciencia. Mientras, las mujeres se llevaban a la muchacha hacia el interior del palacio y las sirvientas comenzaban a sacar las bandejas de comida y bebida.

–Varios santones me han escrito –le dijo Umar cuando volvió la calma. Ibn al-Ahmar centró de nuevo su atención en él. Cerca de ellos comenzó a tocar un trío de músicos–. No son de tus tierras. Son hombres sabios de Granada, Málaga y Almería. Están preocupados por el desgobierno de Ibn Hud. Afirman que el pueblo está a punto de rebelarse y que los gobernadores tienen miedo. ¿Recuerdas al santón de Ohanes? –Ibn al-Ahmar asintió. Era el hombre que había predicado a su favor por Guadix y Canjáyar–. Sigue hablando de ti, tu fama ha traspasado las fronteras de tu emirato. Preveo cambios pronto.

–Y yo intuyo que tú estás detrás de ellos. –Muhammad sonrió.

Abd-Allah bin Asquilula se le acercó para darle un abrazo. Ibn al-Ahmar recordó los años de infancia juntos, los juegos, los entrenamientos y las reuniones de amigos en la fuente de los dos caños. Pero también vinieron a su mente los enfrentamientos, los celos y las intrigas de su pariente.

–Bienvenido a la familia Nasr –le dijo al oído.

Abd-Allah borró su sonrisa.

Toledo. Verano de 1236

–Beatriz, acércate al lecho, no me huyas.

Fernando III miraba un punto indefinido en el vacío de la oscuridad. Sus hijos lo observaban con una mezcla de compasión y miedo. Fernando, el menor de los tres, buscó a su madre con la mirada.

–No la busquéis, es la fiebre, que a veces nos hace ver a los muertos –les dijo Berenguela–. No hay que preocuparse, pronto se repondrá. Está en las mejores manos de Castilla. –Miró brevemente al galeno que lo atendía, un hombre de avanzada edad que sostenía en las manos un pequeño arcón de madera con instrumentos e hierbas.

La campaña de conquista de Córdoba había mermado las fuerzas del rey, que había caído enfermo. El invierno había sido muy frío y lluvioso, y el campamento no se libró del barro y la humedad hasta bien entrada la primavera. Ya había mostrado algunos síntomas en Córdoba, pero al llegar a Toledo empeoró considerablemente.

La reina Berenguela hizo salir a los infantes. Fuera, en la puerta, la aguardaba Alfonso, el hermano del rey.

–Muchos temen por su vida –dijo Alfonso con desasosiego.

–Va a salir adelante, estoy segura. Ten fe –repuso ella mientras cerraba la puerta tras de sí–. Tu hermano es más fuerte de lo que piensas, y Dios lo protegerá para que cumpla con su misión.

–Hemos tenido el peor invierno en muchos años. El asedio ha sido un suplicio.

–Lo sé, hijo. Habéis sufrido, pero habéis ganado Córdoba. Los magnates que se han quedado allí tampoco están en muy buenas condiciones. Sigo mandando pertrechos y recuas con alimentos. La repoblación va a ser difícil.

–Muchos acudirán al reparto de tierras. Eso espero.

–Rezo para que así sea. Una ciudad despoblada no es una ciudad, es una ruina. –Berenguela hizo un breve silencio antes de seguir hablando. Se frotó la frente, que ya lucía los signos de la edad–. Sufro al verlo así. –Señaló la puerta con la cabeza–. Sigue llamando a Beatriz en sueños. No es bueno que un hombre esté solo.

–Madre, ¿ya le has buscado esposa?

–Es mi deber, como madre y como reina. –Berenguela sonrió–. Algo tengo en mente... Estoy esperando noticias de Francia, de tu tía Blanca.

Vega de Granada. Otoño de 1236

Ibn Hud había tenido un arrebato de orgullo. La pérdida de Córdoba y la participación de Ibn al-Ahmar en ella lo habían herido. Como en los viejos tiempos, cuando acaudillaba sus ejércitos, reunió una tropa y la condujo a la frontera almeriense para tomar al asalto una pequeña fortaleza bajo dominio nazarí.

Ibn al-Ahmar reaccionó de inmediato. Se ciñó su lorigón y partió con los hombres de Jaén hacia Granada para asolar su vega. Empleó el primer pago de Murcia para equipar mejor a su ejército y reforzar sus establos. Asquilula, como jefe militar del emirato, había aconsejado entrenar una caballería fuerte, capaz de acudir a cualquier punto de al-Ándalus con rapidez. La economía comenzó a florecer y las treguas con Castilla facilitaron el cultivo de nuevas tierras, más alejadas de las ciudades.

El ejército nazarí salió de Jaén y no encontró resistencia hasta llegar a las inmediaciones de Granada, donde Ibn Hud había movilizado su propia tropa.

–Los espías murcianos parece que han hecho bien su trabajo –comentó Ibn Sanadid, quien había insistido en acompañar a su emir.

–Nosotros no tenemos espías, pero los necesitamos –comentó Ibn al-Ahmar.

–Contamos con hombres preparados para eso. Lo dispondré todo.

La tropa murciana estaba apostada al pie de la sierra de Elvira, junto a las ruinas de la antigua ciudad, ya abandonada, que una vez fuera capital de la provincia. La avanzadilla estimó que estaban equilibrados en número, pero con una composición diferente. Ibn Hud había movilizado más peones que caballeros. En cambio, casi la totalidad de la tropa nazarí estaba compuesta por caballería.

–Van a defenderse allí. –Ismail señaló hacia Elvira.

–No me importa ser el que ataque. Al mejor escudo lo atraviesa la mejor lanza –dijo Ibn al-Ahmar. Repartió a los hombres en tres banderas, al frente de las cuales estaban Ibn Sanadid, Ismail y él mismo, y formó varias escuadras de caballería ligera para hostigar con jabalinas. Las instrucciones fueron sencillas: él atacaría el centro y los otros dos líderes los flancos.

Las escuadras comenzaron a moverse. Los nazaríes bordearon el pie de la sierra hasta tener al enemigo a dos tiros de arco. Un batallón de arqueros murcianos mantuvo a raya a los hostigadores. Muhammad ordenó que las tres banderas avanzaran. Llevaba su armadura de malla completa, rematada por un yelmo cónico con una banda roja, un escudo de madera reforzado con cuero y una maza.

La bandera del emir fue la primera en llegar ante la vanguardia enemiga. La caballería, cerrada en cuña, al estilo de los cristianos, se estampó contra los voluntarios hudíes, que apenas ofrecieron resistencia. Los hombres de Jaén intentaban arropar a su emir.

–¡Preocupaos por luchar, yo sé defenderme! –gruñía Muhammad mientras se abría paso. Asquilula no estaba allí para contenerlo. Atravesadas las filas de voluntarios, la escuadra perdió la formación y se topó con el cuerpo central del enemigo.

Los flancos nazaríes se abrieron para golpear los costados de las formaciones murcianas, que se habían comenzado a cerrar en torno a los hombres de Ibn al-Ahmar.

Ibn Sanadid, por la derecha, puso a sus caballeros al galope y provocó una masacre al chocar contra los peones hudíes. Ismail, por su parte, buscó a la escasa caballería para enfrentarse a ella, primero con jabalinas, y luego a lanzazos. La estrategia de Ibn Hud consistió en mantener su tropa unida en actitud defensiva. De nuevo su ineptitud parecía que iba a salirle cara.

Ibn al-Ahmar golpeaba recordando sus años de cegrí en la frontera. Así mató a multitud de peones que, mal adiestrados, descuidaban la guardia y no se cubrían las espaldas. Su maza caía con fuerza sobre sus cráneos.

–*¡Mawlana!* –gritaban los suyos al verlo luchar con tanta valentía–. ¡El Altísimo te proteja! –decían, olvidándose de sí mismos.

En aquello consistía ser un buen líder para un pueblo, en estar dispuesto a compartir su destino en primera fila, codo con codo con aquellos a los que gobernaba.

Ibn Hud, en la retaguardia, daba órdenes encendido de cólera. Sus hombres luchaban sin más motivación que la de salvar la vida. El número de bajas en su bando crecía sin parar y las tropas nazaríes presionaban cada vez con más fuerza.

Ibn al-Ahmar empezó a sentirse extenuado y la maza comenzó a pesarle. Se retiró para dar paso al refresco. Desde una posición segura, contempló el combate. La batalla estaba ganada, pero todavía quedaba dar la última estocada. Hizo una seña a la caballería ligera de hostigadores. Los jinetes se pusieron en marcha, pero, antes de llegar a la retaguardia enemiga, Ibn Hud se percató de la trampa y ordenó la retirada. El murciano cabalgó hacia Granada con los restos maltrechos de su ejército, derrotado y humillado por su rival.

En menos de una hora las ruinas de Elvira habían quedado sembradas de muertos hudíes.

Granada. Otoño de 1236

Dunya entró en la alhóndiga apresurada. Anochecía y pronto las rondas comenzarían a recorrer el barrio. Cargaba con una pequeña orza sellada de exquisito vino dulce malagueño. Había tenido que recurrir a un lagar clandestino de la vega para conseguirlo. Junto al pequeño aljibe central, varios hombres conversaban, haciendo tiempo hasta que los muecines recitaran el llamado a la oración.

–¡Bien, mi niña! –Amina la recibió con alegría–. Pensaba que no lo conseguirías. El hombre que espero hoy no es capaz de hacer nada si no se toma media jarra de este vino.

La relación entre ambas era cordial. Dunya cumplía con sus obligaciones y Amina, a pesar de ser una gobernanta inflexible, trataba a la joven con cariño. La ubetense se sentía bien entre aquellas mujeres de costumbres liberales. Todas la mimaban y recurrían a ella para conseguir sus caprichos en los mercados del Albaicín.

–Hija mía –le había dicho en una ocasión Amina–, si decidieras casarte te podría encontrar en un solo día a diez hombres ricos que perderían la cabeza por ti.

Era cierto. Dunya había dejado de ser una niña e insinuaba un cuerpo exuberante bajo sus ropajes. Sus facciones eran delicadas y su piel, oscura como la canela, era suave y sin imperfecciones.

–Por el contrario, si decidieras entrar en mi oficio, en menos de un año te harías rica –le sugirió con sutileza después, tanteándola.

Por el momento Dunya no estaba interesada en ninguna de las dos propuestas. Era feliz viviendo y trabajando allí, aislada del mundo, compartiendo techo con aquellas mujeres expertas en los juegos de la seducción.

Cayó la noche, los hombres terminaron las oraciones y Amina colgó la bandera roja junto a la puerta de su local. Los primeros clientes fueron los mercaderes que se hospedaban en la alhóndiga.

–Esta noche serás mi copera –ordenó Amina a Dunya–. Cuando te indique, no antes, abandonas la estancia y me dejas con el cliente.

La sala de la dueña era la más amplia; las demás mujeres ejercían su oficio en habitaciones estrechas que apenas tenían hueco para el jergón. Dunya preparó la jarra de vino y las copas, y permaneció de pie junto a los amantes mientras comenzaban el ritual conversando.

–Cada vez es más difícil reunir el dinero, paloma. –Así llamaba a Amina aquel hombre–. Las familias están al límite, apenas tienen para comer, y el murciano no para de apretar la soga. –Estaba desanimado, las preocupaciones atenazaban su espíritu y lo mantenían distante. Era el recaudador del Albaicín, una persona influyente y respetada por todos, baezanos, ubetenses y granadinos de nacimiento.

–Hasta que la soga se parta –opinó Amina–. Tranquilo, Ibn Jalid, haces lo que puedes y el pueblo lo sabe. Cuando les pides dinero, saben que no eres tú quien lo reclama, sino el murciano.

–Maldito murciano –susurró, y al instante, al recordar que no estaban solos, se arrepintió.

–No te preocupes, Dunya es de plena confianza. Es más discreta que los muros que nos rodean. –Acarició el pecho del hombre y llevó la copa a sus labios–. Bebe y relájate. Nadie es eterno, y a Ibn Hud le llegará el momento de marcharse. –Su mano descendió hacia la cintura. El hombre apuró su copa y Amina giró la cabeza hacia Dunya para indicarle que se marchara.

La joven se dirigió a la alcoba común. De camino oía los gemidos de los hombres y mujeres que fornicaban en la planta baja. Como tantas noches, se acostó turbada, acosada por confusas imágenes en las que placer y dolor se mezclaban de una forma extrañamente deliciosa.

Jaén. Otoño de 1236

Sams apareció en el palacio de su padre a primera hora de la tarde. La joven se reunió con Maryam, Aisha y su hermana Mu'mina en el patio principal, junto a la alberca, en torno a una bandeja con jugos de frutas y dulces de almendra.

–Hija mía, te has convertido en una mujer –le dijo Aisha.

Sams esbozó una sonrisa, a la que no acompañaron sus ojos.

–¿Es bueno contigo? –le preguntó Maryam.

–Sí. Es cordial. Abd-Allah no es sensible, pero tampoco se muestra muy tosco. Sin embargo –bajó la voz–, su otra esposa me odia. Es una arpía.

–No es fácil aceptar a otra mujer en tu casa –razonó Aisha–. No te ofendas, ya sabes que te aprecio como a una hermana –añadió mirando a Maryam.

–¿Y en la cama? –preguntó la castellana. Mu'mina se escandalizó.

–Es brusco –respondió Sams mientras bajaba la cabeza–. Pensaba que iba a ser algo maravilloso. Sin embargo...

–Debe ser maravilloso –replicó Maryam–, pero no siempre lo es. –Los recuerdos de los años oscuros nublaron su mirada–. Las mujeres vivimos sometidas a los hombres. Ellos pueden tener varias mujeres, nosotras debemos conformarnos con el que nos obligan a aceptar. –Miró a Aisha, que se sonrojó enseguida–. Para mí el deseo no es nada malo y lo siento igual que cualquier hombre. –Algo retirado, a la entrada del *madjlis,* Kamal bin Hadi hacía guardia. Desde su posición podía escuchar a las mujeres y se agitó inquieto.

Mu'mina carraspeó, nerviosa.

–No deberías hablar de esto delante de ella –dijo Aisha.

–Pronto se va a casar con el otro Asquilula y no quiero que se deje llevar sin más –argumentó Maryam.

–Mi hermana es más obediente que yo –intervino Sams–. Tal vez por eso será más feliz en su matrimonio. –Apoyó la mano en su regazo y le dedicó una fugaz sonrisa. Luego perdió la mirada en la alberca. La habían casado con un hombre que le doblaba la edad, un hombre colérico y ambicioso que ya tenía una familia cuando ella entró en su casa. Tenía razones para sentirse desdichada y para odiar a su padre.

–¡El Consejo se va a reunir! –avisó Kamal desde su puesto.

Las mujeres se retiraron y poco después comenzaron a llegar al patio los hombres que, en ausencia del emir, atendían los asuntos más urgentes del emirato. El primero en entrar fue Asquilula, seguido de cerca por sus dos hijos. Tras ellos, dos secretarios y los representantes de las principales familias. Abd-Allah estaba exultante. La ausencia de los Nasr siempre lo ponía de buen humor.

Burgos. Otoño de 1236

El rey no pudo reprimir un arranque de tos que interrumpió el elogioso discurso del obispo de Burgos sobre la figura del difunto. Lope Díaz de Haro, alférez de Fernando III, había muerto hacía unos días. El cuerpo sería enterrado en Nájera.

Todos en la iglesia miraron al rey. Tras meses de convalecencia en Toledo, había insistido en viajar hasta Burgos para asistir a las exequias. Los nobles lo vieron como un signo de recuperación y fortaleza.

El obispo retomó su discurso y alabó a Lope como defensor de la cristiandad, centrándose en su participación en la batalla de las Navas de Tolosa. El difunto era uno de los últimos nobles que habían luchado junto a Alfonso VIII en la gloriosa batalla. Moría una generación de nobles guerreros.

«Tú los frenaste. Yo los empujaré», pensó Fernando en recuerdo de su abuelo.

Terminó la misa y muchos nobles se acercaron al rey para interesarse por su estado y alabar su fuerza. Éste los recibió con sonrisas fingidas y los despachó en pocos minutos, para poder salir de la iglesia junto a su hermano Alfonso.

–Hemos perdido a un buen hombre –le dijo el rey–. En los momentos importantes estuvo a mi lado.

–Un buen hombre –confirmó Alfonso con aire distraído–. ¿Sabes que nuestra madre ya le ha echado el ojo a una mujer para ti?

–Todavía no he sacado los dos pies de la tumba y ya está pensando en casorios.

–Ya la conoces, hermano. La gran Berenguela es reina antes que cualquier otra cosa –se burló Alfonso–. Tiene buen trato con Dios y sabía que te ibas a recuperar. Yo también lo sabía. –Apoyó la mano en su hombro–. Recuerda que Nuestro Señor te encomendó una misión, y aún no la has cumplido.

–Aún no, pero la cumpliré. La siento cerca. Tenemos Córdoba, ¿quién nos lo iba a decir hace unos años? Jaén también caerá.

–Sea. –Alfonso se persignó.

El rey se dirigió hacia su caballo. Su hermano lo observó alejarse.

–No has preguntado por la mujer –le dijo en voz alta.

Fernando III se giró hacia él y contestó con expresión cansada:

–Estoy enfermo y todavía me duele el recuerdo de Beatriz. No me interesa la mujer. Madre habrá elegido bien y yo cumpliré, por el bien de Castilla.

Almería. Invierno de 1237

El emir de Murcia buscó el consuelo de Almería en aquellos

momentos tristes. La derrota de Elvira pesaba sobre su espíritu. Perdía la confianza de los suyos y en todo su emirato los espías reportaban informes de descontento e insumisión.

–He escrito a los gobernadores. Quiero que se esmeren, que mejoren su gobierno, la justicia, la hacienda, y todo lo demás. Hay hambre y los caminos se han llenado de salteadores. He podido ver varias bandas con mis propios ojos de camino hacia aquí. –Ibn Hud se rascó la barba, que lucía numerosas canas.

Ibn al-Ramimi lo miró sin apenas disimular su desprecio. El emir había envejecido. Su mirada, antes viva y orgullosa, ahora parecía más la de un mendigo hastiado con la vida.

–No he recibido mi carta –contestó serio.

–Amigo, tú no la necesitas. Lo que ya es perfecto no se puede mejorar.

Se acercaron al brasero. La habitación del alcázar estaba fría y el ambiente, cargado de humedad.

–El poder es soledad –reflexionó Ibn Hud con aire sombrío–. Incluso mi familia se aleja de mí. Mi hijo sospecha lo de Jimena y me desprecia. Mi mujer vive en una torre y apenas me visita. No la culpo, casi lo agradezco.

El gobernador de Almería guardó silencio. Pasaron un rato así, con la mirada perdida en las brasas que lentamente se apagaban. De pronto el emir se levantó.

–Es hora de retirarme.

Ibn al-Ramimi sopló y avivó las ascuas. Una rabia visceral dominó su cuerpo, que se puso tenso.

–Ojalá te falle el corazón. –Soltó su maldición al aire para que Satán la recogiera. Luego cerró los ojos y lloró furioso, mientras intentaba apartar de su mente la imagen de Jimena atacada por el cuerpo de aquel hombre derrotado.

Arjona. Invierno de 1237

Yusuf había conseguido hacer crecer el patrimonio de la familia; había comprado tierras y contratado varias cuadrillas de hombres que trabajaban para él.

Llegó a caballo a la huerta de regadío, donde un mozo reparaba los surcos de tierra mientras un mulo daba vueltas para accionar la noria del pozo. El agua caía por los canalones con poca fuerza. El canal principal estaba obstruido por varias hierbas y ramas. Sin pensárselo, Yusuf se remangó y comenzó a limpiarlo.

–Hay que estar encima de ellos –masculló.

De repente, cuando apenas había comenzado la tarea, empezó a sudar abundantemente y sintió una punzada de dolor en el pecho. Continuó trabajando, pero el dolor volvió con mayor intensidad y se extendió hacia su brazo izquierdo. Yusuf gritó justo antes de caer desplomado sobre la tierra. Antes de que su vista se nublara, vio cómo el mozo acudía corriendo a su lado. Poco podía hacer ya, el Altísimo había dispuesto su marcha.

* * *

Muhammad e Ismail llegaron a Arjona de madrugada. El resto de la familia se quedó en la capital por mandato del emir. Sólo el viejo Asquilula se atrevió a desobedecerle. Debía despedirse de su compañero.

Karima lloraba desconsolada en compañía de los vecinos y clientes de Yusuf. Los dos hermanos la abrazaron como a una madre y Muhammad le prometió que nada le faltaría. Pasaron la noche en la casa recibiendo al pueblo, que desfiló ante ellos para darles sus condolencias y mostrarles su respeto.

–Muhammad, sigues igual –dijo un anciano mercader, amigo de la familia, mientras miraba con satisfacción sus atuendos sencillos–. Eras un buen muchacho y te has convertido en un buen hombre.

Aquella muestra espontánea de cariño fue la que más conmovió al emir. A mitad de la madrugada cesó el trasiego de vecinos y los hermanos Nasr se quedaron solos con el cuerpo amortajado de su padre.

–Si no trabajas tu tierra, ¿quién esperas que la trabaje?

–dijo Ismail para hacer presente al patriarca.

–Hazlo bien o no lo hagas –añadió Muhammad con voz bronca.

Ambos sonrieron.

–Él nos ha hecho como somos.

Hasta el alba estuvieron recordando anécdotas de los años ya lejanos de la infancia y la adolescencia. A ratos rieron, a ratos lloraron, apoyándose el uno en el otro como siempre habían hecho. Al amanecer el imán acudió a la casa y de nuevo comenzó el revuelo de arjoneros que querían despedir a Yusuf. Ante la inminencia del entierro, el llanto de Karima arreció.

–Tú y yo, hermano, nadie más –le dijo Muhammad a Ismail mientras agarraba las parihuelas que portaban a su padre.

Yusuf fue enterrado junto a su esposa y sus hijos en la maqbara de la Torre. Ibn al-Ahmar mandó a su hermano a Jaén con la orden de que le enviara un pequeño séquito de secretarios para atender los asuntos más urgentes del emirato. Había decidido pasar unos días en Arjona para arreglar la gestión del patrimonio familiar. De paso, visitaría los rincones de su infancia. Estar allí lo reconfortaba.

Aquel mismo día cabalgó por las propiedades familiares, donde tantas veces había regado con sudor la tierra seca. También visitó la rábita y comprobó que la gestión de su primo, el hermano de Aisha, era eficaz y productiva. Visitó las huertas, donde había librado su primera batalla campal, y la era donde solía entrenar con su abuelo. Recorrió el caserío de la ciudad. Bebió agua en la fuente de los dos caños y comprobó que las muchachas del pueblo seguían acudiendo allí para llenar sus cántaros bajo la atenta mirada de los jóvenes más atrevidos. Halló recuerdos en cada esquina. Parecía que todo seguía igual que antaño, pero los años no habían pasado en balde. Él ya no era un muchacho, era un hombre con los cuarenta cumplidos. Subió las cuestas que llevaban a la alcazaba y penetró en la mina que durante tantas noches de intranquilidad había usado para salir de Arjona. La llave seguía en la viga, donde él la había dejado la última vez. Recorrió el oscuro pasadizo subterráneo y, a mitad de camino, donde no llegaban los haces de luz, Muhammad se dejó vencer y lloró como un niño.

A última hora de la tarde llegó la pequeña comitiva que Ismail había mandado desde Jaén. Maryam venía con los secretarios y sirvientes y, cuando Muhammad quiso protestar por su atrevimiento, la mujer le entregó una nota escrita por Ismail.

«No lo he podido evitar», se disculpaba el hermano.

Ibn al-Ahmar sonrió y la miró desde sus profundos ojos verdes. Ella sostuvo su mirada, impertérrita, de pie frente a él. Alargó la mano y le acarició la poblada barba a la altura del cuello, justo donde escondía la cicatriz por la cuchillada de su tío, el día que la liberó de él. La noche estaba cayendo. Muhammad agarró el brazo de Maryam y la llevó hasta la alcoba. Ella no esperó a que él tomara la iniciativa y comenzó a desvestirlo mientras acariciaba su cuerpo fuerte y fibroso. Hizo ademán de agacharse, pero Muhammad la cogió por los hombros y se la llevó a la cama. La mujer se había dejado crecer una larga melena que se recogía en una trenza. Su cuerpo, aunque delgado, estaba bien torneado. Sus ojos seguían cargados de melancolía, lo cual le resultaba tremendamente atractivo al emir.

Hicieron el amor con movimientos pausados, recreándose en el roce de sus cuerpos. Era la primera vez que lo hacían así.

–Lo siento, aquí no tengo vino –dijo Muhammad, desnudo sobre la cama.

–No te preocupes, tengo algo mejor.

De entre sus enseres, Maryam extrajo un quemador de bronce y una fina barrita compactada que puso a la llama de una lámpara hasta que prendió. Luego sopló y la dejó humeando en el quemador.

–¿Éste es el humo que usan los cristianos en sus ritos?

Maryam carcajeó.

–No. Lo usan los maestros sufíes para aguantar mejor sus meditaciones.

–¿Y qué hacen? No he oído hablar de esto.

–Sólo respiran. Hazlo tú también –inspiró profundamente–. Lo ha traído un místico árabe que predica en Jaén. Una sirvienta de tu palacio me lo ha vendido –añadió con tono pícaro.

Pasado un rato, una leve sensación de mareo los invadió y sus cuerpos se relajaron. Bajo el influjo del narcótico, pasaron horas tendidos sobre la cama. Hablaron sobre Sams y su embarazo. La joven no había tardado en quedarse preñada y la distancia con su padre había aumentado. También hablaron sobre los hijos varones de Ibn al-Ahmar, sobre todo los dos mayores, Yusuf y Faray, que comenzaban a recibir clases con los mejores maestros de Jaén.

–Yo no hice este emirato con letras, sino con espadas. Más vale que se formen como guerreros; los estudios los pueden ablandar.

–Pueden hacerlos buenos gobernantes, sabios y juiciosos –opinó la esclava–. La espada hace al emirato, las letras lo mantienen.

La barrita se apagó, pero la alcoba ya estaba saturada del humo embriagador. La mujer se quedó dormida plácidamente. Ibn al-Ahmar se abrigó y salió al patio. La casa estaba en calma. En un arrebato se dirigió al zaguán, desmontó la celosía de la ventana y salió por el hueco a la calle. Toda la alcazaba estaba en silencio. Amparado por las sombras, escaló a los tejados de antaño y caminó con sigilo hasta la vieja ventana. La empujó y, tras ofrecer una leve resistencia, se abrió de par en par. La estancia estaba vacía. Se coló en el interior y se sentó en el suelo. Con lágrimas en los ojos susurró su nombre, y la herida que creía cicatrizada comenzó a sangrar.

–Farah –repitió en un sollozo.

Córdoba. Primavera de 1237

Había estado lloviendo durante tres días seguidos y las tierras cordobesas amanecieron empapadas. El campo verdeaba, pero no había manos suficientes para trabajarlo. Casi un año después de la conquista, la imponente ciudad seguía aquejada del mismo mal: la falta de habitantes. Las promesas de tierras y viviendas no resultaban suficientes para mover a los castellanos y leoneses a atravesar las sierras e instalarse en aquella franja fronteriza. La guarnición era abundante y su mantenimiento resultaba excesivamente costoso.

Las voces del pregonero llegaron hasta el alcázar a primera hora de la mañana. Martín Fernández de Burgos se movió con gestos pausados. Siempre se despertaba dolorido y hasta que no pasaba un buen rato sus músculos no entraban en calor. Castigado por las numerosas campañas, noches a la intemperie, heridas y severos ayunos, su cuerpo se quejaba. Se puso el escapulario y salió al patio principal del recinto palatino. En torno a los reos ya se habían congregado los calatravos de Córdoba y un buen número de guardias y hombres de armas. Los procesados, con las manos atadas, iban tapados con burdas túnicas de paño marrón. Martín, el miembro de la orden con más rango en Córdoba, había presidido el juicio la mañana anterior. Se trataba de dos calatravos jóvenes acusados de sodomía. Tres testigos juraron ante la cruz haberlos visto en aquellas prácticas y, ante la presión, reconocieron su culpa. La única condena posible era la muerte.

–¡Fue el demonio quien me inspiró, ya lo he echado fuera de mi cuerpo! ¡Perdón, pido perdón! –gritaba uno de ellos, a punto de derrumbarse.

El verdugo los decapitó de forma rápida y precisa, y el patio quedó en silencio. Todos volvieron a sus quehaceres y Martín se retiró a sus dependencias, en una de las torres del alcázar. Turbado, rezó por aquellas almas que, en realidad, no habían hecho daño a nadie. Cuando consiguió serenar su alma, releyó la carta de su hermano Ruy.

«... las noticias de tu valor llegan hasta este convento y sueño que tal vez algún día llegues a ser maestre...», le decía el clérigo, orgulloso de él.

Martín cogió su recado de escritura y comenzó a redactar

su respuesta.

«Reza por mí, hermano, para que me abran las puertas del Cielo cuando caiga, que mucha es la sangre que pesa en mi conciencia...».

Al terminar, se quedó unos instantes en silencio, contemplando las delicadas yeserías pintadas que adornaban la sala y el zócalo de azulejos que revestía buena parte de las paredes. A lo lejos, dos campanas llamaban a misa.

Jaén. Primavera de 1237

–Ahora mis hijos son miembros de tu familia, Muhammad.

La boda de Ibrahim y Mu'mina se había celebrado hacía dos semanas y la hija del emir se había trasladado a la casa de su esposo. Los caracteres de los novios eran parecidos y Muhammad bin al-Ahmar les auguraba un feliz matrimonio. Por su parte, Sams ya le había dado un hijo a Abd-Allah, al que habían puesto el nombre de Alí.

–Abuelo –comenzó a decir el emir con tono afectuoso–, nunca me he olvidado de vosotros. Seguiré fiel a nuestro acuerdo –reafirmó su compromiso–. Umar el Jilguero insiste en que hay varias frutas maduras –cambió de tema–. Los santones predican a mi favor en Granada, Málaga y Almería. Ibn Hud está acabado.

–Y también Ibn Mardanis –añadió Asquilula–. El rey de Aragón está a las puertas de Valencia y no tardará en asaltarla; ya lo verás.

Muhammad se pasó las manos por el cabello. Sus ojos verdes brillaron.

–Tenemos que aprovechar las treguas. No creo que Fernando mantenga la paz cuando acaben.

–Antes de que terminen serás dueño de medio al-Ándalus –vaticinó el Neblí.

–¿Te lo han dicho los astros?

Asquilula se tocó la sien con el índice.

–Me lo dice ésta –aseveró con una sonrisa.

Granada. Verano de 1237

Ibn Jalid salió de la alquería cuando comenzaba a atardecer. La reunión había servido para aunar voluntades y poner en contacto a los diferentes grupos rebeldes de la ciudad. Hacía semanas que la insurrección bullía en encuentros clandestinos y algunos radicales habían empezado a pasar a la acción, negándose a pagar los impuestos e insultando a los guardias del gobernador. Las autoridades habían hecho algunas detenciones, pero intuían que el problema desbordaba sus posibilidades.

Cabalgó hasta la puerta de Elvira, donde comenzó el ascenso por la empinada cuesta que llevaba al arrabal del Albaicín. Muchos vecinos lo saludaban y le salían al paso, pues era conocida su oposición a Ibn Hud. Cumplida la oración en la mezquita, acudió a la alhóndiga del Halcón.

–¡Más de una semana! –le reprochó Amina–. Venga, cuéntame cómo ha ido la reunión.

–Paloma, tengo que guardar las apariencias con mi esposa. Si se entera de que acudo a ti, vendrá ella misma a arañarte la cara –carcajeó Ibn Jalid–. La reunión ha ido mejor de lo que esperaba. No hay hombre en Granada que no quiera echar al hudí –exageró–. Los santones predican a favor de Ibn al-Ahmar, y el pueblo también habla de él.

–Eso ya lo sé. ¿Crees que porque viva aquí aislada no recibo información? Muchos hombres pasan por aquí. –Sonrió con suficiencia–. ¿Cuándo?

–No hemos puesto plazo, pero pronto. Levantar una ciudad no es fácil. Estarás al tanto de cada paso que demos. –Amina asintió. Su burdel servía a los rebeldes como punto de encuentro y de difusión de noticias–. Y ahora, ¿no vas a servirme vino? ¿Dónde está la copera?

Amina salió a llamar a Dunya, que no tardó en entrar con una jarra en la mano. Vestía una sencilla túnica de lino que disimulaba sus formas y llevaba una tela enrollada a la cabeza que sólo dejaba ver sus ojos. Amina quería protegerla de miradas lascivas.

–¿Cuándo empezará a ofrecer sus servicios? –preguntó Ibn Jalid.

Amina le dio un manotazo en el pecho.

–Para ti nunca. Es libre.

Dunya no pronunció palabra mientras servía el vino en dos finas copas de vidrio. El hombre comenzó a beber sin apartar la vista de la joven, que comenzaba a percibir cómo su belleza le daba poder sobre los hombres. «Incluso el más poderoso de los varones sucumbe ante un rostro hermoso de mujer, recuérdalo», le había dicho en más de una ocasión su patrona.

Burgos. Otoño de 1237

La ciudad se dejó arrastrar por el ambiente festivo durante más de una semana. Los días previos, cientos de nobles y eclesiásticos de los reinos peninsulares acudieron a Burgos para presenciar la unión de Fernando III con Juana de Ponthieu. La joven había llegado a Castilla acompañada por un amplio séquito de la corte francesa. Berenguela y su hermana Blanca, reina de Francia, habían urdido aquel matrimonio, que echaba por tierra las aspiraciones de Enrique III de Inglaterra sobre la dote de la novia. Las dos hermanas habían conseguido que el Papa anulara por parentesco el matrimonio por poderes del rey de Inglaterra con Juana, y que otorgara una dispensa para la unión de la joven con el rey castellano.

Los vecinos de la ciudad engalanaron las calles para recibir a su nueva reina y decenas de juglares y saltimbanquis habían llegado para sacar partido del evento. El arzobispo de Toledo, Rodrigo Jiménez de Rada, había oficiado el enlace, que se celebró en la catedral, cuyas obras avanzaban a buen paso. Aún no se había consagrado, pero ya estaba terminada la cabecera y gran parte del crucero y las naves.

Tras la misa, una procesión llevó a los novios hasta el castillo. Durante todo el camino, multitud de burgaleses ovacionaron a sus reyes. Fernando III era un monarca querido por su pueblo, un conquistador, unificador y defensor de la cristiandad. En el castillo, las altas dignidades continuaron con los festejos, que no se vieron interrumpidos cuando Fernando y Juana se trasladaron a sus aposentos para consumar la unión.

El rey casi doblaba la edad de su esposa. Fernando no había dejado de mirarla desde que se habían encontrado, encandilado por su belleza. «Mi madre ha sabido elegir», se dijo a sí mismo. Habría acatado cualquier decisión suya, pero, como ella misma le había dicho en una ocasión, si es dulce, el brebaje se traga mejor.

Las puertas de la alcoba se cerraron. La muchacha temblaba. Fernando sentía crecer la excitación. Con paso decidido avanzó hacia ella y, por primera vez en mucho tiempo, el recuerdo de Beatriz de Suabia se hizo difuso.

Almería. Enero de 1238

–El Paraíso tiene tu nombre, Almería.

Ibn Hud contemplaba los barcos fondeados en el puerto, que se mecían suavemente con la marea. A su lado, Ibn al-Ramimi guardaba silencio. Había esperado aquella visita desde hacía meses, la ansiaba y la temía a partes iguales. Jimena seguía bajo su custodia y en aquel preciso instante esperaba al emir en su alcoba.

–Cada vez me cuesta más separarme de mi gacela, amigo. Debería trasladarme aquí y dejar a mi esposa en Murcia.

Ibn al-Ramimi sintió cómo sus entrañas ardían con el fuego del odio.

–Tus secretarios se te echarían encima, y tu hijo se alzaría contra ti –replicó comedido el gobernador de Almería.

–Lo sé, lo sé. Sólo fantaseaba. –Volvió a perder la mirada

en los barcos.

–Es hora de cenar. Mis cocineras han preparado un plato que será de tu agrado.

Ibn Hud echó un brazo por encima de los hombros de su walí.

–Amigo, dudo que tus cocineras puedan saciar el hambre que traigo. Hoy tengo antojo de gacela.

El emir comenzó a caminar hacia sus aposentos, alejándose del gobernador. Ibn al-Ramimi suspiró profundamente. En ese momento se percató de que tenía los puños apretados, tan fuertemente que las palmas de sus manos habían comenzado a sangrar.

* * *

–¿A dónde vas, gacelita?

Después de haberse saciado, Ibn Hud permanecía tumbado sobre el colchón, completamente desnudo.

–Voy a lavarme, mi señor, no quiero manchar las sábanas.

Jimena, desnuda también, salió de la alcoba. El emir no apartó la vista de su cuerpo, coronado por su densa cabellera rojiza. De repente se dio cuenta de que el viaje y el encuentro con su amante lo habían dejado agotado. Ibn Hud no tardó en dormirse profundamente.

Una oscura figura entró en la estancia y se acercó al lecho con paso sigiloso. El intruso cogió una almohada, la colocó sobre el rostro del emir y aguardó unos instantes por si observaba alguna reacción. Luego apretó, implacable, sin dar opción a Ibn Hud a resistirse. El murciano pataleó y agitó los brazos en una búsqueda desesperada de su atacante, pero todo intento fue vano. Amortiguados por la almohada, sus lamentos y gritos quedaban acallados. Se resistía a una muerte tan ridícula. Jimena vio desde la puerta de la alcoba cómo Ibn Hud se apagaba. En silencio, esperó hasta que los espasmos cesaron y la lucha terminó. El asesino se relajó y se acercó a Jimena para besarla.

–Ya acabó. Este maldito cabrón no volverá a tocarte.

La mujer se abrazó a su pecho y, en la penumbra, distinguió el olor intenso del cuerpo de su amado Ibn al-Ramimi. Éste, satisfecho con su trabajo, dejó a Jimena a solas con el cuerpo del emir. Todavía quedaba un importante paso que dar para simular que la muerte había sido natural. La joven tendría que pasar la noche con él.

Poco antes del amanecer, cuando los primeros pájaros comenzaban a cantar, el alcázar de Almería se vio sobresaltado por los gritos de Jimena, que aseguraba haberse encontrado muerto a Ibn Hud nada más despertar.

Granada. Primavera de 1238

Era noche cerrada cuando Dunya salió a la puerta de la alhóndiga y colgó un trapo de color rojo. Poco después, los primeros hombres entraron con sigilo, cogieron las espadas que guardaban en el almacén de Amina y se agruparon en el patio central. Cuando cantaron los primeros gallos había más de cien rebeldes apiñados en la alhóndiga, todos dispuestos para la lucha.

–Llegó nuestra hora. Mandemos a los hudíes al infierno –dijo Ibn Jalid con su espada en alto desde el brocal del pozo que presidía el patio.

Encontraron abiertas las puertas de la alcazaba y los guardias que las custodiaban se unieron a ellos. Con el amanecer comenzó el alboroto. Los vecinos del Albaicín y de la alcazaba salieron de sus casas para jalear al grupo de insurrectos. Muchos los siguieron gritando maldiciones contra el gobernador hudí. El emir Ibn Hud había muerto, pero le había sucedido su hijo, que pretendía mantener su desgobierno. El pueblo al fin se había encendido.

Ibn Jalid los condujo hasta el palacio de gobierno, donde los afines a Murcia ya habían atrancado las puertas. Sin embargo, ningún obstáculo era suficiente para frenar la determinación de los rebeldes, que echaron las puertas abajo y se enfrentaron a los soldados. Sala a sala, fueron ganando el palacio. Los huditas tiñeron con su sangre los lujosos suelos de mármol y acabaron de despertar a los granadinos con sus gritos desesperados. Los asaltos contra los partidarios del gobernador comenzaron a multiplicarse en varios puntos de la medina.

Ibn Jalid encontró al walí de Granada en la planta superior de su palacio, aferrado a un ridículo puñal con sus manos temblorosas. Todos sus guardias habían muerto. Tras él estaban su esposa y sus tres hijos. Ibn Jalid le hundió la espada en el pecho delante de ellos. Mientras el hombre se sacudía entre estertores, el líder rebelde ordenó que sacaran de allí a su familia y la expulsaran de la ciudad. Los gritos de la mujer y los niños retumbaban en el palacio, que ya estaba siendo saqueado por los sublevados.

–¡Se acabaron los impuestos ilegales, las malas decisiones y los abusos contra los granadinos! –gritó Ibn Jalid a los suyos–. Desde hoy Granada se rige a sí misma, para mayor gloria de Alá y de al-Ándalus, y se entregará voluntariamente a un emir justo que la proteja.

La proclama fue recibida con vítores. A lo largo de las horas siguientes, los funcionarios y partidarios del gobernador huyeron de Granada. Muchos perecieron en el intento a manos de exaltados que se ensañaron con ellos. Ibn Jalid sabía que cualquier revolución, por justa que pretendiera ser, conllevaba ese tipo de actos. «Es el precio de la libertad, y deben pagarlo los partidarios del opresor», se dijo.

Camino de Málaga. Primavera de 1238

No podía apartar la vista de aquella inmensidad.

Ismail caminó por la arena de la playa hasta que sus pies tocaron el agua del mar. Se lo habían descrito los viajeros que llegaban a Jaén, pero, por mucho que hubiera dejado volar la imaginación, nunca habría podido acercarse al espectáculo que tenía delante.

Iba camino de Málaga con un pequeño ejército. Ibn Zannun, su gobernador, había decidido someterse a Ibn al-Ahmar. Tras redactar un acta de sumisión, había enviado al emir una delegación. Todo había ocurrido de forma rápida y Muhammad decidió que su hermano sería el nuevo walí de Málaga. El cargo era un premio por su lealtad inquebrantable.

–Se cumplen los pronósticos de Umar el Jilguero, hermano –le había dicho Ibn al-Ahmar nada más recibir la nueva, exultante de alegría. Málaga suponía un fuerte impulso a su gobierno. El emirato de Ibn Hud se desmoronaba. La noticia de la muerte del murciano no había llegado aún a Jaén, pero sus consecuencias ya eran visibles.

Ismail había avanzado por la costa hasta llegar a las proximidades de Málaga. En la distancia se destacaba el monte Gibralfaro, con los restos de la vieja fortaleza que dominaba mar y tierra. Bajo ella, la alcazaba, con sus torres y baluartes. En la zona llana, al pie de ambas, la medina y los arrabales de Málaga se extendían como una mancha blanquecina rodeada de fuertes murallas y cercas.

Ibn Zannun salió a recibir al nuevo walí seguido por su pueblo, pero de repente estalló una inesperada revuelta. Ismail se acercaba a la muchedumbre cuando se dio cuenta de que los cientos de malagueños que habían salido de la ciudad para darle la bienvenida en realidad luchaban con sus guardias en una encarnizada batalla. Varios de los principales hombres de la ciudad acudieron a Ismail para informarle.

–Mi señor –le dijo uno de ellos–, te recibimos con alegría en esta ciudad alegre, que en los últimos años ha visto cómo su gobernador le borraba la sonrisa…

Así comenzó un relato de injusticias y abusos, de desprecio y tiranía, a través del cual Ismail conoció la situación en la que Málaga había estado durante los últimos años. Ibn Zannun había acometido importantes obras en la ciudad, pero había sido un gobernante déspota y desconsiderado con su pueblo. Los malagueños lo odiaban y habían encontrado la ocasión perfecta para alzarse contra él. Ismail, sorprendido por los acontecimientos, tardó en reaccionar. Mantuvo la distancia hasta que supo que Ibn Zannun huía por el camino de Granada.

–Treinta jinetes –ordenó a su asistente–. Que lo sigan y lo apresen. Lo quiero vivo y seguro hasta que aclaremos los hechos.

Aún no había entrado en Málaga y el nuevo gobernador tenía que enfrentarse a su primera crisis. Montó un campamento fuertemente vigilado a las afueras, frente al arrabal de Funtanalla. Desde allí podía oír las celebraciones de los malagueños, que se veían libres del nefasto walí hudí. A primera hora de la tarde regresaron los jinetes con la presa. Ismail improvisó un consejo para enjuiciarlo, al que invitó a los principales de Málaga.

–No he hecho más que amar a mi pueblo y dotarlo de murallas y otras obras públicas que han mejorado la ciudad –intentó defenderse. Pero todos los testimonios de los reunidos lo acusaban de despotismo, corrupción y, lo más grave a oídos de Ismail, abusos inenarrables sobre menores.

–Decenas de niñas han subido las cuestas de la alcazaba sólo para servirle de entretenimiento –soltó iracundo un anciano al que le faltaba un brazo.

–¡Infamia! –gritó Ibn Zannun–. ¡Exijo justicia! Esas insinuaciones no pueden quedar sin castigo.

Ismail ordenó silencio y meditó unos instantes. Comenzó a pensar que el gobierno de una ciudad grande podía ser un regalo difícil de digerir. Se compadeció de su hermano, el emir, que tenía que soportar tanta responsabilidad sobre sus espaldas.

–¿Conocéis a alguna de esas niñas? –preguntó, y varios de los presentes asintieron–. Haced que vengan al menos cinco.

Pasada una hora, siete niñas de diferentes edades entraban en la gran tienda. Ismail colocó a Ibn Zannun frente a ellas, ecoltado por cuatro hombres de su séquito.

–Señalad al hombre que estuvo con vosotras –dijo con toda la dulzura que pudo reunir. La visión de las pequeñas le oprimía el pecho.

Una a una dirigieron sus dedos hacia el acusado. La mayor, de unos doce años, escupió al suelo inmediatamente después. Ismail hizo salir a las niñas y miró con ira a su antecesor.

–Encerrad a este maldito perro en un barco, donde nadie lo pueda tocar hasta que tomemos una decisión sobre su castigo.

–¡Ismail el Justo! –comenzaron a gritar los malagueños, y siguieron sus pasos cuando entró en la ciudad y recorrió sus calles hasta llegar a la alcazaba–. ¡Muerte a los huditas!

Ismail mandó un emisario a Jaén para pedir el parecer de Ibn al-Ahmar sobre lo que se debía hacer con Ibn Zannun. En apenas un día llegó la respuesta. Muhammad felicitaba a su hermano por su actuación y se congratulaba de contar con Málaga entre sus dominios. Respecto al enjuiciado, contestó con sólo dos palabras: máxima dureza. Ismail sabía lo que aquello significaba. Ordenó que sacaran al reo del barco y lo trasladaran de madrugada a las mazmorras de la alcazaba. Allí, en la oscuridad del subsuelo, comenzó su tormento. Los verdugos se esmeraron y sus gritos desgarradores se escucharon en toda Málaga durante dos días con sus noches. Finalmente, uno de los guardias, atormentado por los aullidos de dolor, le pasó un puñal, con el que Ibn Zannun acabó con su propia vida. El pueblo de Málaga respiró con alivio.

Así comenzó el mandato de Ismail, el menor de los hermanos Nasr, respetado y aclamado por los malagueños como un salvador justo y ecuánime.

Jaén. Primavera de 1238

Los dos jeques granadinos habían llegado aquella misma mañana al frente de una comisión que representaba a los principales poderes de su ciudad. Ibn al-Ahmar se sentó frente a ellos, con Ibn Sanadid a su izquierda y su abuelo Asquilula a su derecha. Uno de los dignatarios extendió el brazo que sostenía el acta de sumisión. Asquilula se apresuró a tomar el documento, evitando al emir la vergüenza de admitir que tenía dificultades para leer con fluidez. El texto ensalzaba la figura de Ibn al-Ahmar como adalid del Islam, hacía referencia a la rebelión del pueblo de Granada contra su gobernador hudí y expresaba claramente su sometimiento al emir de Jaén.

–Ibn Jalid te espera en Granada –pronunció uno de los jeques–. Él lideró la revuelta y ha asumido el control de la ciudad y su alfoz hasta tu llegada –añadió.

Ibn al-Ahmar se sentía desbordado por los acontecimientos. En cuestión de días había ganado Málaga y Granada. Tal y como Umar había auspiciado, los santones habían preparado el terreno para que la rebelión estallara. Málaga le aportaba un puerto importante, un buen número de embarcaciones y un comercio fluido con el Mediterráneo. Granada le daba milicias y constituía un bastión bien protegido y fácil de defender al que podría trasladar la sede de su emirato.

–Me siento honrado. En unos días partiré hacia Granada. –Apenas podía disimular su excitación.

Los jeques ensombrecieron la mirada, pero respondieron con una sonrisa.

–Yo, como jefe militar del emirato, saldré mañana mismo para preparar la llegada del emir –se apresuró a decir Asquilula–. Ibn al-Ahmar acaba de ser abuelo por segunda vez. Su hija Sams parió ayer mismo –dijo para explicar por qué no acudía a Granada de inmediato.

La reunión terminó y Muhammad salió del salón dispuesto a acudir a su pequeño oratorio para dar gracias al Altísimo.

–Espero saber gobernarlas, siempre con Tu ayuda.

* * *

Umar meditaba en soledad orientado hacia la Quibla. Muhammad se sentó junto a él, como solía hacer en Arjona. De la zona privada de su palacio llegaba el sonido del llanto de un niño.

–Te haces viejo –le dijo el Jilguero–. Sams te ha dado dos

nietos y Mu'mina está a punto de darte el tercero.

–No te mofes de mí, que todavía tengo fuerza suficiente para blandir la espada.

–Esa fuerza te vendrá bien. Imagino que Granada ya está contigo. –Umar había visto a los enviados granadinos. Muhammad asintió–. No tardes en ir.

–Mañana parte Asquilula. Yo iré detrás.

–El viejo Asquilula... –Umar se mesó la barba–. Le debes mucho.

–Su familia ha sido un gran apoyo, pero no me fío de Abd-Allah –confesó–. No lo quiero cerca. Ambiciona todo lo que tengo. –Umar guardó silencio y Muhammad cambió de tema–. Maestro, tú me has visto crecer, me has visto caer en el infierno y salir de él con llagas en el alma. Me has conocido como cegrí y ahora como emir. ¿Crees que merezco lo que tengo?

–Mi pequeño Muhammad, tienes lo que te estuvo destinado desde el año de tu nacimiento, el bendito año de la batalla de Alarcos.

Granada. Primavera de 1238

Ibn al-Ahmar ordenó que montaran el campamento. Tenían Granada a la vista, pero atardecía, así que decidió entrar en la ciudad la mañana siguiente. Fiel a su ascetismo, vestía una sencilla túnica de paño a rayas rojas y blancas, gastada e incluso desgarrada por los hombros. Mientras sus hombres preparaban las tiendas, se apartó para contemplar aquella tierra. La vega se le mostró dorada por los últimos rayos de sol, partida en mil sembrados y surcada por las acequias que hacían circular la abundante agua. Numerosas arboledas salpicaban el terreno y decenas de alquerías se repartían entre las huertas. Hacía calor, pero detrás de la ciudad, dominando el horizonte, se alzaba una imponente sierra completamente nevada. La urbe se atisbaba entre dos colinas, surcada por un río que corría al encuentro de otro mayor. Su corazón se aceleró y volvió a montar sobre su caballo.

–¡Granada nos espera! No la hagamos desesperar –les dijo a los suyos, que se apresuraron a deshacer lo hecho y a seguirlo.

El grupo atravesó la vega y se aproximó a la muralla por la puerta de Elvira, delante de la cual se extendía un cementerio plantado de pequeños olivos. Los guardias, tras rendir honores al emir, guiaron a la comitiva por las cuestas extramuros que conducían a la parte superior de la alcazaba. El sol se puso y la luz se hizo más tenue. Cuando llegaron a la cima de la colina, el muecín de la aljama del Albaicín comenzó a recitar el llamado a la oración. Muhammad contempló el alminar y avanzó hacia él con paso decidido. Todos lo siguieron. Muchos vecinos del barrio salieron a su encuentro, entre curiosos y divertidos por el espectáculo de un emir vestido con paños raídos. «Es un hombre sencillo», «así debe ser un emir», se oía por las calles.

A la altura de la mezquita se le unieron Asquilula e Ibn Jalid. Se abrazaron afectuosamente, pero Muhammad no quiso demorar la oración.

–Estás en la nueva capital de tu emirato –se apresuró a decirle el Neblí, cuyos ojos reflejaban la admiración que sentía por aquella ciudad.

Ibn al-Ahmar penetró en la nave de oración y avanzó hacia el mihrab. La mezquita se llenó enseguida de fieles y Muhammad recitó la Fatiha con devoción.

–Él es el Dios Único –concluyó.

La nave quedó en completo silencio, pero enseguida los granadinos se movilizaron para dar la bienvenida a Ibn al-Ahmar. El patio de abluciones estaba lleno de albaicineros que portaban decenas de lámparas de aceite para iluminarles el camino. Aquella muestra espontánea de aprecio emocionó al emir mientras Ibn Jalid, quien había encabezado la rebelión contra el gobierno hudí, lo condujo al palacio de los antiguos emires ziríes.

–Granada es un pueblo cálido que ansiaba tu llegada –le dijo al oído mientras lo animaba a caminar.

Juntos salieron del patio y recorrieron el arrabal hasta dar con el muro superior de la alcazaba. La noche había caído, pero los granadinos alumbraban los pasos de la comitiva. Penetraron en el recinto fortificado a través de la puerta principal, en la parte alta de la colina que dominaba la ribera norte del río Darro. Bajaron por las cuestas hacia la primera ampliación del recinto, donde se asentaba el palacio. A su paso, los vecinos corrían para avisarse unos a otros.

–*Mawlana* –decían algunos.

–Emir de los musulmanes –pronunciaban otros.

Muhammad sonreía complacido y se dejaba llevar por la intrincada maraña de calles y callejones. A la entrada del palacio los esperaban los notables de Granada, escoltados por guardias fuertemente armados. Asquilula se adelantó y abrió el paso al emir. Nada más entrar, Muhammad se percató de que Granada era diferente a Jaén. Granada oponía su refinamiento a la austeridad fronteriza. Cada detalle de la gran casa estaba cuidado, las paredes lucían yeserías pintadas con formas geométricas que se cruzaban unas con otras, zócalos de azulejo revestían las bases de los muros y decenas de columnas de mármol sostenían las galerías porticadas del patio interior. En cada rincón había un perfumero que desprendía una intensa esencia, y multitud de lámparas encendían los interiores como si recibieran la luz del sol. Ricas alfombras cubrían el suelo y algunos tapices de vivos colores colgaban de las paredes. Ibn al-Ahmar no admiraba la riqueza, pero, aun así, quedó deslumbrado por la belleza de aquel palacio.

–Mi señor, ésta es tu casa. Puedes disponer de ella como plazcas –le dijo uno de los sirvientes.

Ibn Jalid le mostró el salón de audiencias y las diferentes estancias. También los jardines y huertas que rodeaban el edificio. Luego lo llevó a uno de los dos torreones que se alzaban sobre la segunda planta. La altura dominaba toda la ciudad. La luna creciente iluminaba pálidamente los tejados, y los abundantes árboles que adornaban el entramado de calles. Ibn Jalid señaló la medina, en la que se destacaba el alminar de la mezquita aljama. Luego señaló a su espalda, hacia las colinas ocupadas por los baezanos y ubetenses exiliados.

–La medina y el Albaicín –explicó–. Aquí, en medio, la alcazaba –señaló sus pies–, y más allá de la medina, el viejo barrio judío, dominado por las Torres Bermejas. –Hizo una breve pausa–. Granada son cuatro ciudades en una.

Muhammad lo contempló todo en silencio. Dirigió la vista a la imponente colina que tenían en frente, sobre el curso del río Darro. Ibn Jalid se percató.

–La colina de la Sabika. Sobre ella están los restos de una vieja fortaleza, de los tiempos de las guerras entre árabes y muladíes. La llaman al-Hamrá, la Roja.

El emir prestó más atención. Podía distinguir algunas construcciones, sobre las que se destacaba una torre. Llevaba en su nombre el color de los Nasr, e interpretó aquello como una señal.

–Buen sitio para controlar las cuatro ciudades que forman Granada –dijo sin apartar la vista de ella, hechizado.

Jaén. Verano de 1238

Aisha dejó entornada la puerta de su alcoba para que corriera el aire. Una lámpara de aceite iluminaba tenuemente la estancia y la mujer comenzó a desvestirse mientras se hacía aire con una mano. Sin apagar la lámpara, se echó sobre la cama, medio desnuda y con la piel brillante de sudor. Pasado un rato, uno de los goznes de la puerta crujió, y al otro lado se oyeron dos pasos y un leve tintineo. Aisha se levantó sobresaltada y se tapó con una sábana. Se acercó a la puerta y, por la rendija abierta, distinguió la figura de Kamal bin Hadi, que hacía guardia en la zona privada del palacio. El corazón se le aceleró. Estaba sola, su marido seguía en Granada y no había dado señales de regresar. Con la puerta aún entreabierta, se dio la vuelta y caminó pausadamente hacia la cama. A medio camino, dejó caer la sábana que la tapaba y mostró su cuerpo hermoso a la escasa luz de la lámpara. Antes de que se echara sobre el colchón, Kamal había atravesado la puerta y la había cerrado a sus espaldas. Permanecía quieto junto a la entrada. Aisha sintió los latidos del corazón en la boca. La inocencia del muchacho contrastaba con su corpulencia. Su pecho y sus músculos eran fuertes, pero el rostro juvenil sólo reflejaba inseguridad y dudas.

La mujer suspiró. No le importó el sagrado vínculo del matrimoni ni la diferencia de edad con aquel joven. Sentía un fuego intenso en las entrañas que sólo podía ser apagado de una manera. Tumbada sobre la cama, abrió levemente las piernas y lo llamó con la mano. Kamal bin Hadi, capitán de la guardia del emir, comenzó a quitarse la cota de cuero mientras se acercaba al lecho de su señor con la respiración entrecortada.

Se amaron en silencio, conscientes de su pecado. El ímpetu de Kamal fue atenuado por las caricias de Aisha, que encontró en él a un amante atento y tierno. El joven no paraba de acariciarla mientras entraba en ella con movimientos cadenciosos. La mujer se estremeció, sus ojos se humedecieron y sus piernas temblaron. Finalmente llegó una explosión de placer que nunca antes había sentido con Muhammad. «Él es como tú, te haría gozar como nadie», recordó las palabras de Maryam. Poco después, él también llegó al orgasmo. No fue el último de aquella noche de luces tenues, sentimientos de culpa ahogados por la excitación y placer desmedido, capaz de arrastrarlos hasta un abismo del que apenas intuían el fondo.

Granada. Verano de 1238

... Las dos gacelas saltan a la vista del león,
que se lamenta de tener tan sólo una boca,
corre tras la primera mientras la otra observa,
esperando que le llegue el turno para ser devorada.

El poeta declamaba mientras el músico tañía en su laúd una fina melodía. El salón rebosaba de hombres que escuchaban con atención y sonreían con suspicacia. Las esclavas servían vino y dátiles, y procuraban que las lámparas siempre tuvieran aceite. Muhammad bostezaba, aburrido. Asquilula le había recomendado que se integrara en aquellas fiestas y en la vida social y cultural de Granada, pero lo hacía con desgana, fingiendo sonrisas que en realidad no sentía. Sólo el vino le ayudaba a soportar los tediosos recitales y las charlas sobre poesía. «Granada es diferente, es una capital como Bagdad», le decía Asquilula. A Ibn al-Ahmar le fascinaba la ciudad, pero por otros motivos. Su cercanía a la costa, la rica vega que la rodeaba, los ríos que la abastecían, las decenas de aljibes que aprovechaban el agua, y las sólidas murallas y sierras que la protegían. Ésas eran las virtudes de Granada a sus ojos, por eso la había convertido al instante en la nueva capital de sus dominios.

La fiesta continuó hasta después de la última oración, cuando los principales de la ciudad comenzaron a retirarse.

–Piensa en Almería, debe ser tuya –le dijo Asquilula antes de marcharse.

–Eres el único sensato, abuelo, el único que piensa en algo más que en versos –contestó el emir en voz baja–. La tomaremos por la fuerza si hace falta. Tenemos que anticiparnos a Murcia.

Las noticias de Levante ya habían llegado a oídos de Ibn al-Ahmar. La muerte de Ibn Hud, la sucesión de su hijo Al-Watiq bi-Llah y la rebelión de Ibn al-Ramimi en Almería habían sido motivo de alegría en la corte nazarí. Almería se convertía en un objetivo aislado entre dos emiratos que ansiaban expandirse. Su gobernador, el asesino de Ibn Hud, pretendía mantenerse independiente, pero no era consciente de que las piezas ya habían comenzado a moverse contra él.

* * *

–Dos gacelas y un león... Sugerente –dijo Maryam nada más ver a Muhammad entrar en la alcoba. La esclava había asistido al recital escondida tras una cortina.

–Pamplinas de poetas. ¿Qué me importan a mí unos versos sobre un león que caza gacelas? –respondió el emir.

La mujer rio a carcajadas.

–Ay, mi león. ¿Acaso no puedes ver mi cuerpo de gacela? –Ibn al-Ahmar comprendió al fin la metáfora y rio con ella–. ¿Has cazado alguna vez dos gacelas la misma noche? –Muhammad negó con la cabeza–. ¿Quieres probarlo? –El hombre la miró y sintió cómo la excitación crecía en su interior–. Tu corte se ha refinado, tus placeres también se deben refinar. Puedo encargarme de todo.

Muhammad no pudo contenerse. Con rapidez se remangó la túnica y despojó a Maryam de sus vestiduras. Se miraron con deseo ardiente, y entonces él la penetró.

–Encárgate –le dijo al oído, y continuó con los embates hasta que ambos terminaron en un unísono orgasmo.

* * *

Ibn Jalid atendía a dos secretarios que pedían instrucciones para responder a una demanda de Ismail, que había comenzado a tomar decisiones como gobernador de Málaga. Ibn al-Ahmar había dado los primeros pasos para fundar una verdadera secretaría emiral que se ocupara de toda la administración y de las relaciones del emir con sus ciudades y castillos.

Al ver a Maryam, Ibn Jalid despachó a los funcionarios.

–*Mawlana* tiene una petición especial, y creo que me puedes ayudar a atenderla. –El hombre enarcó las cejas–. Necesita una mujer.

–Eso no reviste complicación en esta ciudad –respondió él.

–Imagino que eres consciente de que para el emir no vale cualquier mujer. Necesita una que esté intacta y que sea virtuosa.

Ibn Jalid pensó unos instantes. Miró a los ojos a Maryam y vio en ella a una mujer decidida y libre. Se sintió incómodo ante su seguridad.

–Acude a la alhóndiga del Halcón y pregunta a la dueña por Dunya. Si consigues que acepte, tendrás a la mejor mujer de Granada –dijo al fin.

Maryam sonrió satisfecha. Muhammad aún no había traído a su familia a Granada y ella se señoreaba por el palacio como si fuera su esposa legal.

«Curiosa mujer», pensó Ibn Jalid, «tiene que ser excelente como concubina».

Almería. Verano de 1238

La tropa nazarí se extendía hacia el este de la ciudad, por el lado del arrabal de la Musalla. Ibn al-Ahmar había convocado a los orgullosos arjoneros, a los fronteros de Guadix y Jaén, a los aguerridos granadinos y a los marinos malagueños, quienes bloqueaban el puerto de Almería para impedir la llegada de refuerzos y víveres.

Asquilula comandaba al ejército. A sus cerca de ochenta años, mantenía las fuerzas suficientes para dirigir las escuadras; gritaba órdenes sin parar e incluso recorría el campo de batalla montado a caballo.

Junto a la playa se alzaba la tienda bermeja de Muhammad. Desde ella podía divisar el puerto, las murallas del arrabal y los riscos que sustentaban la alcazaba.

–Será la cuarta pata de tu emirato –le dijo Umar el Jilguero tras dar un sorbo a una infusión–. Jaén, Málaga, Granada y Almería.

–Estoy viviendo en un sueño, maestro. He tenido una vida intensa, con muchos dolores y pocas alegrías, pero todo ha servido para llegar hasta aquí. Al-Ándalus debe sobrevivir, al precio que sea.

El sonido de las máquinas de asedio interrumpió la conversación, y los dos hombres salieron de la tienda para contemplar cómo las enormes estructuras lanzaban grandes piedras contra las murallas de Almería. Los ingenieros granadinos que

Asquilula había integrado en la tropa estaban haciendo un buen trabajo. «Una ciudad con murallas no se toma sólo con hombres», había explicado al emir mientras preparaba la expedición.

Pasados varios minutos, la puerta de la Vega se abrió y una escuadra de jinetes almerienses salió en tropel hacia los ingenios. Como capitán, Kamal bin Hadi se apresuró a organizar la defensa con más de cien hombres: ordenó a un grupo de peones lanceros que se colocaran delante de la maquinaria y él, con los jinetes, embistió al grueso de las tropas enemigas. Pronto empezaron a caer cuerpos y los almerienses, conscientes de que estaban perdidos, iniciaron la retirada.

Kamal espoleó a su caballo tras ellos, a duras penas seguido por sus caballeros. En cuanto alcanzó la retaguardia enemiga, entabló combate con dos jinetes que se volvieron contra él. Se abalanzó sobre uno con la lanza preparada; éste alzó el escudo, pero Kamal consiguió clavar el arma en su pecho, atravesando la cota de cuero. El hombre se desplomó al instante y Kamal desenfundó la espada. El segundo jinete se acercaba ya a él por la espalda con su lanza afianzada bajo el brazo. El capitán nazarí se giró hacia su nuevo oponente con el tiempo justo para esquivar el golpe. Los caballeros granadinos se acercaban.

–¡Seguid adelante! ¡Tomad la puerta! –les gritó, mientras el almeriense volvía a cargar.

La lanza avanzaba hacia Kamal, quien, con sangre fría, aguardó sin apartarse. En el último instante se echó hacia un lado sobre la silla de montar y lanzó un espadazo, que desequilibró al caballero y le hizo caer de su montura. Kamal se apresuró a desmontar y corrió hacia él. Con gesto preciso, lo degolló. Entonces alzó la vista. Sus hombres tomaban ya la puerta de la Vega y los jinetes enemigos huían por las calles del arrabal. Luego miró hacia atrás. Varias escuadras de hombres de Jaén y Granada corrían hacia la muralla. La Musalla estaba ganada.

* * *

El campamento nazarí se trasladó al interior del arrabal, al inmenso oratorio al aire libre que le daba nombre. Cientos de hombres se repartieron por los muros y los principales accesos. Los vecinos, cansados de luchas y cambios de gobierno, no se movieron. Muhammad bin al-Ahmar, según su costumbre, oró y dio las gracias a Alá en la mezquita. Y desde allí hizo llamar a Kamal.

–Has sido valiente y astuto. Gracias a ti hemos entrado en Almería –le dijo nada más verlo–. Eres digno hijo de tu padre. –Una leve inflexión en la voz mostró el recuerdo cariñoso de su amigo Hadi–. Mereces una recompensa. Ten paciencia y pronto la recibirás.

Kamal no pronunció palabra. Se limitó a agachar la cabeza en un gesto que Muhammad interpretó como de humildad y sumisión.

Antes de que acabara aquel mismo día, Ibn al-Ramimi abrió la puerta principal de la alcazaba y envió un mediador para negociar la entrega de Almería. No tardaron en ponerse de acuerdo. Muhammad se apoderó de la ciudad y permitió que el gobernador saliera sano y salvo de ella, a condición de que marchara a África. El emir fletó un barco para él y los suyos. El orgulloso walí de Almería abandonó al-Ándalus con su familia y un buen tesoro en joyas y monedas. Cuando atravesó el arenal y la pasarela del embarcadero que lo llevaba al navío, todos pudieron ver que a su lado, cogida de su brazo, caminaba su favorita, una joven de origen cristiano con el cabello rojizo como el cielo crepuscular.

Granada. Verano de 1238

El salón resplandecía por las decenas de lámparas encendidas y los reflejos dorados de las ricas sedas que vestían las sirvientas. La música animaba la fiesta. Los músicos contratados para la ocasión tocaban acordes rápidos y alegres. Los principales del reino reían, contentos y achispados por el excelente vino.

–¡El Altísimo proteja al emir de Granada, conquistador de Almería! –proclamó Ibn Jalid, dando preeminencia a su ciudad sobre todas las demás.

Había motivos para tal celebración. Tras Málaga y Granada, Almería también se había incorporado al emirato y, con ella, su flota y su rico comercio. Las treguas otorgadas por Castilla mantenían la paz en el norte. En el levante, tras la muerte de Ibn Hud, Murcia se desmoronaba en manos de su inepto hijo. A poniente, Sevilla se había acogido a la protección de los almohades en un intento por mantener su independencia. En este ambiente de cambios, Ibn al-Ahmar había decidido abandonar el patrocinio de los hafsíes y acogerse a los abasíes de Bagdad.

Asquilula, sentado bajo una ventana, conversaba con sus hijos Ibrahim y Abd-Allah, que se habían trasladado con sus familias a la nueva capital. Ahora todo el mundo los consideraba miembros de la familia Nasr. El emir se había comprometido a nombrarlos arráeces de importantes territorios y aguardaban impacientes a que llegara el momento.

Ibn Sanadid, el jienense, brindaba una y otra vez, encantado con su nueva vida. Ibn Jalid paseaba por el salón saludando a los congregados y exaltando las bondades de Granada. Sus ojos brillaban por efecto del alcohol. Incluso Umar el Jilguero bebía, aunque con moderación; satisfecho con los avances de su amigo, mantenía contacto con los sufíes de todo el emirato para conservar intacto el apoyo a su causa. En algunos lugares del alfoz de Granada se habían dado conatos de rebelión contra el nuevo emir, pero estaban siendo hábilmente sofocados con una combinación de fuerza y prédica.

Muhammad escuchaba las alabanzas de sus invitados con una sonrisa en el rostro y las mejillas sonrosadas por el vino. El poder conllevaba diplomacia y teatro. Había tardado en comprenderlo, pero su abuelo se lo había demostrado en Granada: «Si no tienes contentos a tus cortesanos, conspirarán contra ti. A los enemigos no sólo los encontrarás en el campo de batalla».

La noche avanzaba y los hombres comenzaron a retirarse, cansados por los excesos con la comida y la bebida. El emir estaba ansioso por irse a sus aposentos. Maryam le tenía preparada una sorpresa y su imaginación volaba desbocada, con una extraña mezcla de ansiedad y excitación.

* * *

–Tranquila, es guapo. No te costará –le dijo Maryam a Dunya mientras retocaba el recogido de su pelo y acababa de maquillarla.

En la alhóndiga del Halcón, la dueña del burdel y la esclava habían atosigado a la muchacha hasta convencerla. La generosa cantidad de monedas que Maryam estaba autorizada a prometer para ambas resultó de gran ayuda.

–Chiquilla –le había dicho su patrona–, lo que te proponemos no es lo mismo que lo que hacen mis chicas. Tú eres libre para elegir. Mis chicas son prostitutas; la mujer que se entrega a un emir a cambio de un regalo es una concubina digna de respeto. Con suerte, hasta puede que te quedes en palacio.

Dunya meditó sobre la propuesta durante varios días. Estaba sola, y la perspectiva de casarse con uno de los ricachones gordos que visitaban la alhóndiga no le agradaba. Ibn al-Ahmar la doblaba en edad, pero en los corrillos se comentaba su gallardía y su porte esbelto y apuesto.

–Recuerda que yo estaré delante y no dejaré que te haga daño –apuntó Maryam para terminar de convencerla–. Es un buen amante.

Finalmente, Dunya había accedido, y su patrona le dio sabios consejos y un botecito de ungüento para facilitar la penetración.

Maryam terminó de maquillarla y la miró. Dunya resplandecía a la luz de los candiles.

Muhammad llegó de madrugada y las dos mujeres, adormecidas, enseguida se despabilaron. Ignorando a Dunya, Maryam lo abrazó y comenzó a desvestirlo lentamente.

–*Mawlana*, estamos aquí para servirte –susurró.

Él se dejó hacer y, antes de quedarse desnudo, sintió una intensa erección. Desde un rincón, Dunya observaba en silencio, sin saber qué hacer. Nerviosa y un tanto azorada, la contemplación del fibroso cuerpo de Ibn al-Ahmar la excitó. Maryam tendió a Muhammad sobre la cama y centró entonces su atención en Dunya. Le acarició las mejillas y la desvistió con delicadeza. La muchacha temblaba, pero se dejó llevar hasta la cama, donde Maryam la colocó a horcajadas sobre el hombre, que respiraba profundamente por efecto del deseo y el alcohol. Entonces Maryam también se desvistió y se colocó detrás de Dunya, sujetándola por las caderas. El pene palpitaba cuando Maryam empujó suavemente a la joven contra él. Muhammad sintió placer al notar el ungüento, que le facilitaba la entrada, y empujó lentamente, pero con decisión. Dunya sintió que algo se rompía dentro de ella y musitó una queja, a la vez que caía sobre su amante. Los ojos de ambos se encontraron y Muhammad soltó una exclamación.

–¡Farah!

–Se llama Dunya –se apresuró a corregir Maryam.

Pero Ibn al-Ahmar seguía perdido en aquellos ojos que le evocaban un pasado de luces y sombras, marcado por el amor más puro que jamás había sentido en su vida.

–¿Quién eres? ¿Cuándo naciste? –preguntó angustiado.

–Tengo diecinueve años –contestó ella asustada.

Muhammad hizo cuentas mentalmente y se llevó la mano a la boca. Había nacido el año de la muerte de su amada. Atrapó su rostro entre las manos y, sin apartar la vista de aquellos ojos, la besó.

–Eres tú.

Luego la abrazó contra su pecho y consumó el acto sin prisa, con movimientos pausados de cadera. Maryam agarraba a la muchacha por el trasero y la acompañaba en sus balanceos. Tras unos primeros momentos de dolor y miedo, Dunya empezó a experimentar placer y, cuando se entregó a él, dejó que las sensaciones fluyeran en libertad hasta acabar en un sonoro orgasmo que la dejó flácida y agotada sobre el torso de Muhammad.

–Al fin has vuelto a mí, mi dulce Farah –le susurró él al oído.

* * *

Antes del amanecer, Muhammad salió del palacio montado sobre su caballo. Un alarife de la medina lo acompañaba sobre una mula, cargado con un hatillo en el que portaba sus instrumentos de medición. Remontaron el curso del Darro hasta dar con el último puente. En su camino, los guardias abrían paso y saludaban al emir con respeto. Se adentraron en la Sabika, la colina que se alzaba frente a la alcazaba y el Albaicín, justo cuando el sol comenzaba a clarear las nieves del monte Sulayr. Los muecines comenzaron a recitar el llamado a la oración y Muhammad oró sobre su caballo. Llegaron a los restos derruidos de la vieja fortaleza al-Hamrá y desde allí contemplaron la medina y el antiguo barrio judío, dominado por las Torres Bermejas. Recorrieron tres veces su perímetro. Sólo una torre se alzaba hasta su altura original.

–Justo aquí se alzará la nueva al-Hamrá, la fortaleza roja de los Nasr –dijo enigmáticamente el emir. El alarife asintió–. Un recinto cerrado que albergará una guarnición y viviendas para los principales del emirato. Quiero grandes torres en los extremos. En una de ellas, escondida, estará mi residencia.

–Mi señor, ¿aprovechamos algo de esto? –El arquitecto tomaba notas con avidez, motivado por el proyecto.

–Lo que puedas utilizar, utilízalo. Lo demás, que sirva para los cimientos.

Al instante el alarife decidió aprovechar la estructura de la torre sana para embutirla en otra mayor. El resto debería ser demolido por completo.

–*Mawlana*, ¿qué dimensiones?

Muhammad lo llevó de un extremo a otro del recinto que pretendía construir.

–Hasta aquí. La coracha debe quedar integrada en la puerta principal. La nueva alcazaba y la vieja estarán conectadas. –Alzó la vista hacia el viejo camino fortificado que comunicaba a la alcazaba con el río, donde una soberbia torre servía de arranque al muro que ascendía hasta la al-Hamrá. Los ziríes ya habían unido las dos colinas mediante aquella muralla, y Muhammad pretendía aprovechar su trazado.

–Así se hará. –Anotó varias medidas–. Mi emir, hará falta agua abundante. La podemos traer del río, más arriba, mediante acequias y acueductos. –Pensó un momento–. Es una obra posible.

–Excelente. Sabía que eras el hombre adecuado para este trabajo.

La medina comenzó a desperezarse. Los primeros tenderos salieron de sus casas y los jornaleros comenzaron a atravesar las poderosas murallas de la ciudad para acudir a la vega más inmediata.

Ibn al-Ahmar observó su palacio en la distancia y un rumor agitó su estómago. Allí, en la alcoba, había dejado a Dunya, la muchacha que tenía el alma de su amada Farah atrapada en la mirada.

–Empieza a disponer lo necesario de inmediato. No quiero obras eternas. Contarás con todo lo que necesites. –El alarife se llevó la mano al pecho y asintió–. Es hora de volver.

Burgos. Otoño de 1238

–Adelante.

Diego López de Haro, hijo del difunto Lope Díaz de Haro y nuevo alférez del rey, entró en la estancia. Fernando III estaba sentado sobre el colchón, vestido con ropa de cama. Tras una nueva recaída de la enfermedad que contrajo durante la campaña de Córdoba, los médicos aseguraban que se estaba recuperando, pero le recomendaban reposo. A su lado estaba su primogénito, lleno de virtudes pese a su juventud. Y, frente a ellos, de pie, Berenguela, que acaba de volver de visitar las obras de la catedral.

–Mi señor, vuestra esposa está bien atendida y el niño llora con fuerza. Las matronas aseguran que es bueno para sus pulmones –informó el alférez. Juana de Ponthieu acababa de dar a luz a su primer hijo, al que iban a poner el nombre de su padre.

–Buenas noticias, Diego –dijo el rey con voz cansada.

–No es todo. Han llegado correos del sitio de Valencia. Ha caído. Zayyan bin Mardanis ha firmado la capitulación al fin.

En la primavera anterior, Jaime I de Aragón había puesto sitio a Valencia. Los nobles aragoneses habían ido ocupando los castillos de los alrededores, colocando a Valencia en una situación complicada. La bula de cruzada del papa Gregorio IX para la conquista de la ciudad había propiciado que se unieran a la empresa cristianos de toda Europa.

–Tendremos problemas en Murcia con el rey Jaime. Allí chocan los intereses de Castilla y los de Aragón –intervino Alfonso.

–Tendremos que negociar con Jaime –dijo Berenguela, mirando al infante complacida.

–Malditas treguas –soltó el rey con furia–, y maldita enfermedad que me mantiene postrado.

–Hijo, has hecho mucho en al-Ándalus. Descansa y reponte, que pronto Dios te pedirá que hagas realidad esos sueños que te revela.

Fernando III pareció reconfortarse. Se recostó y pidió que todos salieran de la alcoba menos su hijo Alfonso, al que quería dar consejos para su incorporación a la vida política de la Corona.

–Alfonso, pronto podrás suplir a tu padre en la frontera… –comenzó diciéndole.

Camino de Calatrava la Nueva. Otoño de 1238

«… Nuestro querido Ruy se encontró con Dios en su cama, sin

sufrimiento. Su corazón dejó de latir y ha partido al reino de los Cielos libre de pecado y sin cuentas pendientes...».

Martín Fernández de Burgos partió de Valencia a toda prisa. Lloró amargamente por su hermano y buscó consuelo en la oración. Cabalgó varios días en soledad, durmiendo sobre una manta y comiendo de la caridad de los cortijos y pueblos que encontraba por el camino. Atravesó buena parte de la frontera sin importarle el peligro al que se exponía. Bajo su inseparable escapulario blanco llevaba puesta la armadura y siempre tenía las armas al alcance de la mano.

En uno de los últimos senderos que conducían a las sierras, un hombre le bloqueó el camino. Vestía prendas holgadas y sujetaba con las manos un garrote y una daga oxidada.

–Apártate, será mejor para ti –suspiró Martín con gesto cansado–. No estoy de humor para juegos.

Al instante salieron otros tres hombres de la maleza; uno de ellos llevaba puesto un turbante.

–Baja del caballo –le dijo uno de los salteadores, apuntándole con una lanza.

«Ni siquiera sabe cogerla como es debido», pensó Martín. Desmontó lentamente y se echó a la espalda el escapulario, dejando a la vista el lorigón y la sobreveste con la cruz calatrava. Los moros se miraron inquietos, aunque confiados en su ventaja numérica. El caballo y las armas serían un excelente botín. El caballero desenfundó la espada cuando uno de los otros inició un burdo movimiento de ataque. De un simple espadazo, el calatravo le abrió el abdomen. El hombre cayó al suelo aullando de dolor. Inmediatamente, los otros tres se abalanzaron sobre Martín, que, con gestos rápidos y precisos, acabó con ellos. Dos seguían vivos cuando el caballero volvió a montar y se alejó del lugar. Sus gritos lo siguieron durante un buen trecho del camino.

–Así acabaré contigo, rey Alhamar, y muchas muertes quedarán vengadas –dijo el calatravo, mientras limpiaba la hoja de su espada con la punta de su escapulario.

Jaén. Otoño de 1238

–No te vayas.

–Aisha, debo retomar la guardia o nos acabarán descubriendo. –Kamal terminó de ajustarse las botas y salió con sigilo de la alcoba.

Triste, aunque reconfortada por el recuerdo de los besos y del roce de su cuerpo, la mujer se echó a dormir.

Kamal volvió a la guardia ante la puerta de su señora. Su cargo lo mantenía cerca de ella. Ambos vivían un amor prohibido que arrasaba todo cuanto encontraba a su paso. No les importaban las consecuencias de sus actos y se entregaban sin reservas, al abrigo de las sombras de la madrugada.

La mañana siguiente, todo estaba dispuesto para la marcha de la familia del emir a Granada. Varias carretas, protegidas por una escuadra de jinetes comandada por Kamal bin Hadi, aguardaban a Aisha y a sus hijos a las afueras de Jaén. Nadie se percató de las miradas furtivas que los amantes se dedicaban ni de las sonrisas mal disimuladas.

Tres jornadas más tarde avistaron la nueva capital del emirato nazarí. Una tropa de guardias granadinos los recibió en el camino de Elvira y los acompañó hasta el palacio de gobierno, a cuyas puertas aguardaba Ibn al-Ahmar. Él mismo les mostró las diferentes estancias. Ya en la zona privada, se encontraron con Maryam y Dunya. Aisha contempló a Dunya, su rostro delicado y su túnica de seda. Esbozó una sonrisa y miró a su esposo.

–¿También tienes fuerzas para ésta? –Sonrió–. Allá tú. Llegarás a consumirte –bromeó.

Muhammad esperaba un arrebato de celos, pero Aisha se adentró en sus dependencias con aire alegre.

–Esta ciudad es la joya de tu emirato, la capital que necesitabas –continuó hablando ella–. A su lado, Jaén es un castillo sin gracia. Aquí nuestros hijos se formarán como deben.

Aisha pensaba que sus vástagos debían ser cultos y refinados. Muhammad, en cambio, opinaba que para mantener el poder era más precisa la espada que la pluma. Sin embargo, nada dijo. Dejó ir a su esposa confundido, pensando en el cambio que la mujer parecía haber experimentado desde que la dejara sola en Jaén.

* * *

–¿Dónde está su ascetismo, su humildad? –preguntaba Sams al aire–. Mi padre se propone construir una nueva alcazaba, más digna de él. Ahora vemos lo que realmente hay detrás de esa apariencia de famélico sufí. –La mujer señaló la colina de la Sabika, que se avistaba desde su casa de la alcazaba.

Abd-Allah reía a carcajadas. El matrimonio no estaba bien avenido. Sams no se llevaba bien con la otra esposa y el hombre tenía que mediar constantemente entre ellas. Sin embargo, el odio a Ibn al-Ahmar se había convertido en un punto de unión.

–Es orgulloso y se ha dejado llevar por la vanidad. No será un buen gobernante para al-Ándalus –repuso el hombre–. Ha faltado a su palabra. Prometió compartir el poder con los Asquilula y se ha limitado a nombrar a mi padre arráez de Guadix, Comares y Ronda. ¡No es suficiente! Merece un escarmiento.

–Esposo –dijo Sams con voz firme–, eres un Asquilula, mi padre es un Nasr. Mi lealtad está contigo. Haz lo que debas hacer, yo te apoyaré.

–Señora, ya se ha dormido –los interrumpió una sirvienta, que entró en la estancia con un bebé en brazos.

Sams se levantó y se apresuró a coger a su segundo hijo. Con el pequeño en brazos miró a su marido.

–Hazlo por ti, y por ellos –levantó levemente al niño y lo besó en la frente–. Ellos te heredarán a ti, no a su abuelo.

Granada. Primavera de 1239

Ibn al-Ahmar contemplaba extasiado las obras de su nueva alcazaba mientras intentaba escabullirse del katib de la secretaría emiral.

–Señor, me manda el arráez Asquilula. Ha insistido en que os informe de inmediato –dijo el hombre para justificarse, mostrándole al tiempo un pliego de noticias–. Los murcianos han acogido a Ibn Mardanis y lo han nombrado emir. –Hizo una pausa–. También traigo noticias de Loja –continuó con la respiración entrecortada, siguiendo a toda prisa a Muhammad por las obras–. Los rebeldes a tu autoridad han matado al gobernador.

En este punto el emir se detuvo y miró fijamente al katib.

–Dile al viejo Asquilula que en una hora estaré con él para tomar decisiones.

Algunas poblaciones cercanas a Granada se habían negado a someterse al Nasr. Aconsejado por su abuelo, reaccionó con dureza y envió tropas contra ellas. También aprovechó la coyuntura para nombrar nuevos gobernadores y realizar una auditoría exhaustiva de las cuentas. Cuando encontraba evidencias de corrupción, no tenía piedad. Esa política de mano dura y limpieza estaba saneando sus territorios y aumentando sus ingresos.

El katib se retiró. Muhammad se acercó a Aisha, que permanecía quieta sobre su yegua. La hizo desmontar y la llevó de la mano hasta la enorme planta cuadrada de una de las torres.

–Aquí estará nuestra casa, en la parte alta. Será de estilo clásico, con un patio central y las estancias repartidas a su alrededor.

A Aisha le costaba imaginarlo. Los muros se alzaban unos pocos palmos y las murallas de todo el recinto sólo estaban delimitadas con cuerdas tensadas. Las bases de otras dos torres también habían comenzado a alzarse y la muralla que ascendía la colina desde las Torres Bermejas estaba siendo rematada para unirla al nuevo recinto.

–Nunca valoraste la riqueza ni la apariencia –le dijo Aisha–. ¿Por qué te has empeñado en esto?

–El viejo palacio domina la alcazaba, nada más. Es una construcción como otra, perdida en el barrio. Cuando llegué aquí, Ibn Jalid me dijo que Granada eran varias ciudades en una. –Señaló a su alrededor con los brazos abiertos–. Una tierra así necesita otra pequeña ciudad que las domine a todas, visible desde cualquier punto, siempre presente y siempre temida y respetada.

Aisha miró a su alrededor en silencio. Muhammad se puso frente a ella.

–Siento la distancia que nos separa –se sinceró–. Eres una buena madre y una buena esposa para un emir. Recuerdo los años de Arjona, y los de Jaén... Hemos caminado juntos hasta aquí.

–*Mawlana* –contestó ella en tono formal–, sé que me valoras, pero no me respetas. Primero fue Maryam, y ahora Dunya, ésa que te empeñas en convertir en la reencarnación de tu amada Farah. Siempre ha sido otra. Al principio incluso tuve celos del recuerdo de Farah. Ese tiempo ya pasó, tranquilo. He aprendido a vivir sin ti. Cumpliré con el papel que se espera de mí, como madre, esposa y reina. Tú sigue con tus tareas.

Aisha se movió lentamente hasta su caballo y montó con elegancia. Ibn al-Ahmar la observó con incredulidad. En aquella actitud creyó advertir la influencia del espíritu libre de Maryam.

«Es una mujer como ninguna otra. Lástima que el Altísimo no me haya permitido amarla», pensó.

Camino de Córdoba. Invierno de 1240

Recuperado de la enfermedad, Fernando III viajaba a Córdoba con urgencia. Su principal hombre en la frontera había fallecido y era necesaria la asunción de sus funciones para mantener el orden en los dominios australes.

En el valle de los Pedroches detuvo su camino. Decenas de andalusíes, embajadores de sus pueblos y castillos, se acercaron hasta allí para someterse a él y conseguir su protección frente a los cordobeses. Más emisarios lo aguardaban para una audiencia en la propia ciudad, en los jardines del alcázar. Eran los representantes de importantes poblaciones como Rute, Baena, Écija, Lucena o Almodóvar.

–Nos sometemos libremente, con la única condición de poder mantener nuestras propiedades y nuestras costumbres –solicitó el representante de Lucena.

Fernando III accedió. Dotó a los castillos con guarniciones cristianas y respetó a la población de las medinas y alquerías. El número de tributarios de la Corona castellana aumentó considerablemente.

–Hijos –se dirigió a los infantes Alfonso y Fernando, que lo acompañaban–, la presencia de un rey por sí sola puede mover las voluntades. Un rey no puede quedarse encerrado en su castillo, un rey debe viajar constantemente por sus dominios –los aleccionó.

La mañana del tercer día en Córdoba, el rey y el infante Alfonso subieron a lo alto de la torre de la vieja mezquita, consagrada ya como catedral. La medina estaba tranquila, sin apenas movimiento. Las campanas de una iglesia lejana tocaron a misa de muerto y el lento tañido inundó el caserío.

–Con nosotros han venido algunos hidalgos para ocupar casas y tierras, pero Córdoba está todavía despoblada. No todo es conquistar. Debes aprender que a veces lo mejor es ocupar un castillo y mantener a su gente en el pueblo para que nos tributen. –El rey echó un vistazo a las terrazas y tejados rojizos de la ciudad–. Tardaremos años en llenar esto de cristianos.

Alfonso quedó pensativo unos instantes.

–Sí, padre, pero al final serán cristianos los que pueblen Córdoba. Merecerá la pena el esfuerzo.

–Algún día tú tomarás las decisiones –respondió el rey, sonriente–. Sean las que sean, que contribuyan a la grandeza de Dios y de tus reinos. –Apoyó una mano en el hombro de su primogénito–. Ya eres un hombre. Este año tendrás tu propia casa y dispondrás de rentas suficientes para mantenerte.

La mirada de Alfonso se encendió.

–Gracias, padre. Tengo un buen modelo que seguir. Espero estar a tu altura.

Entraron en la catedral para oír la primera misa del día. Había muchos asuntos que atender en el alcázar y no debían demorarse.

Granada. Primavera de 1240

–Naciste el año de la gran victoria de Alarcos, cuando los almohades humillaron a los enemigos del Islam. Nuestro señor, el emir de los creyentes, te otorga este lema, que se lució sobre las banderas de nuestras tropas en aquella batalla.

El embajador africano extendió los brazos para mostrar una bandera blanca con ribetes dorados sobre la que se habían bordado en plata unas palabras: «No hay más vencedor que Alá».

Muhammad se sintió plenamente identificado con la frase y asintió satisfecho. A sus pies, un cofre contenía los costosos regalos que el califa almohade le enviaba a su nuevo aliado. El odio antiguo hacia los califas africanos se había quedado en el olvido por la necesidad de ayuda. Los abasíes de Bagdad, siempre fieles a Murcia, incluso después de la muerte de Ibn Hud, nunca habían estado realmente de su parte. Los almohades, sin embargo, estaban cerca, y seguramente más predispuestos a aparecer si a Granada le hiciera falta. Al menos eso pensaba el emir.

Muhammad I de Granada pidió que alojaran al embajador en palacio y se retiró a su oratorio privado. Allí se encontró a Umar el Jilguero, sentado sobre su alfombra de oración, con la cabeza ligeramente inclinada hacia un lado.

–Maestro, no es hora de siestas.

No hubo respuesta. Muhammad tocó su hombro con suavidad y el cuerpo se desplomó. El emir se sobresaltó. Le tomó el pulso. Ni un leve pálpito. Lo dejó echado sobre el suelo y se sentó junto a él.

–Te fuiste, amigo –suspiró el emir–. Te fuiste al fin por propia voluntad a la morada del Compasivo. –Las lágrimas aparecieron en sus ojos. Y así comenzó un largo monólogo en el que el llanto se fundió con recuerdos, sentimientos y reconocimientos para aquel hombre que lo había llevado de la mano al emirato.

Muhammad estaba habituado a la muerte. Muchas ausencias marcaban su existencia. Algunas muertes las había provocado él mismo con su maza; y otras, las que más le pesaban en el alma, habían sobrevenido a sus seres queridos para recordarle que nadie es eterno y que la gloria sólo corresponde a Alá.

–Te voy a echar de menos… –finalizó entre sollozos. Y se levantó para ordenar a sus hombres que se ocuparan del funeral–. Nos veremos pronto, maestro. La vida es un suspiro –pronunció a la salida del oratorio.

* * *

–Háblame de ti, Dunya. ¿Cómo eran tus días en Úbeda? –le pidió el emir con aire triste, todavía afectado por la muerte de Umar.

–Desde muy niña trabajé en el telar. –La muchacha comenzó a hablar con voz calma. Se sentó en la cama, apoyó la cabeza en sus rodillas y miró a su amante con sus ojos profundos. Mostró sus dedos encallecidos–. Pasaba los días encerrada en casa. Mi madre siempre me decía que tenía que ganarme el pan, pero yo ganaba también el suyo. Hacía encargos para las vecinas y cocinaba potajes que luego vendía a los jornaleros a las puertas de la ciudad.

Su voz tranquilizó a Muhammad, que se recostó y se dejó seducir por la historia.

–¿Sabes que mi hija Sams tiene tu misma edad? Las dos nacisteis el año en que murió Farah. Dios me ha quitado a una hija, pero me ha devuelto a su madre –dijo mientras le acariciaba el pelo.

–No sé si yo soy tu amada Farah –contestó Dunya–, pero te amo como si lo fuera. –Era sincera, la joven había caído rendida ante Ibn al-Ahmar.

Muhammad sintió un cosquilleo en la entrepierna y la atrajo hacia él con un abrazo. Fuera de la estancia, al abrigo de las sombras, Maryam espiaba sus palabras con gesto serio. La mujer no era capaz de descifrar el sentimiento que la embargaba. Su corazón estaba demasiado herido como para sentir celos de nadie. Tal vez fuera envidia de ese amor en mayúsculas que ella siempre se había prohibido sentir hacia ningún hombre. Cuando comenzaron el juego de la pasión, se apartó de la puerta y se encaminó hacia la alcoba de Aisha.

De repente, escuchó pasos. Se movió con cautela. Al final del pasillo vio a Kamal salir con sigilo de la alcoba de su señora. El corazón de Maryam se aceleró, pero decidió seguir caminando.

–La paz sea contigo –saludó cuando tuvo delante al capitán de la guardia emiral–. Espero que la esposa del emir se haya quedado satisfecha. –Kamal comenzó a sudar, nervioso. Antes de que pudiera contestar, Maryam retomó la palabra–: No os juzgo. Sois libres y hacéis bien en amaros. ¿Qué crees que está haciendo el emir en su alcoba? –Kamal permanecía petrificado, sin capacidad para hablar–. Tranquilo, vuestro secreto está a salvo conmigo.

Maryam se perdió entre las sombras del palacio, como un espectro que jugara con los destinos de los hombres.

Granada. Otoño de 1240

Los Asquilula no tardaron en adquirir tierras en Granada. Tras la marcha de los huditas, muchas parcelas pasaron a propiedad del emir, que las vendió a sus parientes en condiciones muy favorables. Aquella munia era la estrella de sus posesiones. La eligió Abd-Allah. Estaba al pie de la sierra de Elvira, junto a las ruinas de la antigua capital de la provincia. Disponía de albercas, pozos y un sistema propio de acequias que regaba la tierra fértil de sus huertas. También tenía un corral con gallinas y conejos, y un palomar sobre la planta superior de la vivienda.

Abd-Allah recibió al jinete bajo el emparrado de la entrada. Éste llevaba un turbante que terminaba enrollado en su barbilla, al estilo de algunas tribus africanas. Se sentaron a la sombra, sin percatarse de que, desde la entrada, oculta por una cortina, Sams los espiaba.

–¿Es posible? –preguntó el Asquilula.

–Lo es. Todo es posible –contestó el jinete con una sonrisa que mostraba una dentadura mellada.

–No quiero una chapuza. Quiero algo que parezca natural. A Ibn Hud lo asfixiaron y pretendieron hacer creer que murió de un infarto. –Abd-Allah mostró una expresión seria–. No quiero que quede la más mínima duda.

–Mi señor, hay venenos que producen infartos. A Ibn Hud lo liquidó algún chapucero. ¿Qué esperabas? Has recurrido a profesionales, puedes estar tranquilo.

–¿Plazo?

–En tiempo no me puedo comprometer. Podría mentirte y asegurarte que estaría hecho en un mes, pero no lo voy a hacer. No se trata de matar a un desgraciado por deudas de juego. Vamos a matar a un emir. –Abd-Allah se apresuró a hacerlo callar–. La cuestión es que tendré que meter a mi gente en su casa, habrá que sobornar y, antes, tendremos que saber a quién podemos sobornar. Puede que tarde muchos meses.

–Está bien, es razonable –concedió Abd-Allah.

–Sobre el precio…

–Ya hablamos sobre eso –lo cortó el Asquilula–. No habrá problema por reunir esa suma. Cumple con tu trabajo y serás tratado con generosidad.

El jinete se levantó para despedirse. Sobresaltado, vio cómo una mujer abría la cortina y aparecía ante ellos, embozada en una gruesa túnica y con el rostro tapado por un velo.

–¿Sufrirá? –preguntó Sams clavando en él sus despiadados ojos verdes.

–No tiene por qué. Puede ser rápido.

–Hazlo como tengas que hacerlo, sin importar el dolor –repuso con frialdad.

El jinete asintió, montó y se alejó lentamente de la munia. Abd-Allah miró sorprendido a su esposa, consciente de que estaban hablando sobre la manera de acabar con la vida de su padre.

Granada. Verano de 1241

En la nueva alcazaba de la al-Hamrá, el espacio intramuros era limitado y las viviendas eran reducidas. La casa del emir destacaba, pero era pequeña para ser el hogar de un soberano. Las torres se alzaban más de cuatro plantas. Una vez que estuvieran terminadas, Muhammad y su familia se trasladarían a la más protegida, donde el alarife había previsto construir la residencia emiral. Fuera de la alcazaba, los barracones y viviendas de la guarnición estaban terminados y buena parte de los soldados ya se habían trasladado a la Sabika. La acequia surtía de agua a la colina mediante una presa en el río Darro y un complejo sistema de canalizaciones.

–Muhammad, esta nueva alcazaba es la sede que necesita tu gobierno –lo alabó el anciano Asquilula, llevándose la mano a la espalda. Sufría dolores constantes, pero se esforzaba por mantenerse erguido y no perder la compostura.

–Abuelo, tu casa estará al lado de la mía, como te corresponde.

–El Altísimo me dé fuerzas para habitarla –contestó, dejándose ayudar por dos sirvientes para subir a su caballo–. Arjona, Jaén, Málaga y Almería. En el centro, Granada y, en el centro de Granada, tu al-Hamrá. Bien hecho, Muhammad.

El emir sonrió satisfecho. Para él, la opinión de su abuelo era importante. El anciano se marchó por el barrio de la guarnición, evitando usar la coracha por las empinadas cuestas. Cuatro guardias lo acompañaban en su retorno a la vieja alcazaba. No habían salido aún del barrio cuando Asquilula sintió un fuerte dolor en el brazo, seguido de sudores y palpitaciones. Lo ignoró varios pasos, pero de pronto su vista se nubló y sintió que su pecho explotaba en un mar de sangre. Cayó fulminado de su montura y lo último que escuchó fueron los gritos de los guardias pidiendo ayuda.

No había nada que hacer. Muhammad llegó enseguida, alertado por el escándalo. Un tabib que rondaba cerca confirmó las sospechas. El emir contempló la expresión del rostro de su abuelo, tranquila por la flacidez de la ausencia de vida. Conteniéndose para no llorar delante de sus hombres, Ibn al-Ahmar le cerró los ojos y entonó una breve oración.

–Tal vez el Altísimo cuente contigo en su consejo –susurró, destacando el papel que aquel hombre había tenido en su vida.

* * *

–Nos conocemos desde hace años, *mawlana* –dijo Ibn Sanadid mientras observaba la alberca central del patio de la nueva casa del emir en la Sabika–. Un hombre como tú no necesita asesoramiento.

–Amigo, soy el hombre que soy gracias a los consejos de Asquilula –respondió Ibn al-Ahmar–. Él me enseñó a empuñar una espada, a montar, a lanzar azagayas y a dejarme regir por la sensatez. Lo echaré siempre en falta.

Se hizo un denso silencio hasta que Ibn Sanadid cambió de tema.

–Los espías que tenemos en Murcia han reportado informes. Un tío de Ibn Hud se ha sublevado contra Ibn Mardanis y ha restablecido al banu Hud en el poder.

–Murcia tiene los días contados –opinó el emir–. Se ha convertido en un corral con demasiados gallos.

Los dos hombres rieron. En ese momento un guardia entró en el patio escoltando a Ibrahim, el hijo mayor del difunto Asquilula. Ibn Sanadid comprendió que había llegado la hora de retirarse.

–Ibrahim, espero que hayáis hallado consuelo –le dijo Muhammad mientras lo abrazaba con fuerza–. Ha sido una gran pérdida para vosotros, para mí y para todo el emirato.

El Asquilula agradeció el comentario con un movimiento de cabeza. Lucía unas profundas ojeras y su rostro parecía haber envejecido una década.

–Ibrahim, eres un buen hombre, inteligente y capaz –prosiguió Muhammad–. Ahora te has convertido en el cabeza de tu familia y, como tal, sucederás a tu padre en su cargo de arráez. El gobierno de las alcazabas de Guadix, Ronda y Comares te pertenece.

–¿Y mi hermano Abd-Allah?

–Mantendrá su cargo de qaíd. Lo necesito en el ejército.

–Sabes que se enfurecerá, ¿verdad? –Ibrahim suspiró.

–Puede ser, pero ya no me importa lo que piense –sentenció el emir–. Haga lo que haga, sufrirá úlceras en el estómago. –Rieron–. El cargo es tuyo. Eres el primogénito, y también el mejor. –Muhammad lo cogió por los hombros para demostrarle su afecto–. ¿Cómo están mi hija y mis nietos?

–Mu'mina está bien; algo cansada, los dos niños no la dejan descansar. Es una buena mujer, sencilla y respetuosa.

Ibn al-Ahmar se complació por el tono sincero de aquellas palabras.

–Iré pronto a visitaros. Sigue cuidando de ella.

Se abrazaron, y Muhammad lo acompañó hasta la puerta que daba acceso a la coracha, por donde Ibrahim se perdió en dirección a la alcazaba vieja.

Granada. Otoño de 1241

–Dime, Maryam, ¿te acuerdas de tu tierra? –preguntó Aisha con sincero interés.

–Los pocos recuerdos que tengo me atormentan. Ojalá la olvidara. –A su mirada afloró la tristeza que solía invadirla en sus momentos de soledad.

Las dos mujeres se entretenían con el telar en una de las estancias de la casa de Ibn al-Ahmar. Aisha no quiso profundizar en aquella pena.

–¿Qué te parece la nueva amiga de mi esposo?

–Se ha encaprichado con ella. –Maryam sonrió–. Dunya es sencilla, no tiene grandes aspiraciones. Realmente creo que se ha enamorado de él.

–Y tú, Maryam, ¿te has enamorado alguna vez de él?

–Me salvó del demonio y siempre le estaré agradecida por ello, pero ya en los años lejanos de mi infancia me arrebataron la capacidad de amar a un hombre.

–Eres parte de la corte. Podríamos encontrarte un buen marido –ofreció Aisha.

–Te lo agradezco, pero no lo necesito. Un hombre al que atarme sólo empeoraría las cosas. Necesito sentirme libre.

–¿Te ves con otros hombres? –Aisha sonrió con picardía.

Maryam la miró fijamente y agarró su mano antes de contestar.

–No, pero no tendría inconveniente en hacerlo. No te censuro, amiga, me alegro de que te dé felicidad –añadió.

Aisha soltó su mano, se sonrojó y volvió al trabajo, incapaz de dar una respuesta. «¿Tanto se me nota?», se preguntó. Maryam se había convertido en una presencia constante, en una sombra que se escabullía por todos los rincones para informarse de los secretos más escondidos. «No renunciaré a Kamal, no renunciaré al amor. Prefiero la muerte a alejarme de él», se dijo Aisha, como si pronunciara para sí los votos de una unión que estaba por encima de los lazos sagrados del matrimonio.

Burgos. Primavera de 1242

–¡Padre! –gritaba el infante Alfonso mientras acudía a las dependencias de Fernando III. El joven, apuesto y respetado, había ganado la mayoría de edad y cumplía importantes funciones de gobierno para la Corona castellana. Tras su estancia en

Córdoba, que seguía repoblándose y contaba ya con carta de fuero, el rey lo había distinguido con el cargo de alférez real.

Su padre salió a su encuentro, pidiéndole explicaciones por el alboroto.

–¡Se ha sometido! Don Diego se ha sometido al fin.

Fernando cerró los ojos y pronunció una breve oración de agradecimiento. Diego López de Haro, hasta hacía poco su alférez, se había rebelado porque no se le habían reconocido todos los territorios de su señorío. La pérdida de su importante cargo en favor del infante había sido la gota que había colmado el vaso. Tras varios meses de negociaciones y escaramuzas, al fin el noble se había avenido a someterse a su soberano.

–De nuevo paz entre los cristianos, Alfonso. ¿Sabes lo que eso significa? Las treguas acaban de terminar. –Miró a su hijo con los ojos brillantes.

–¡Guerra al infiel! –gritó desde el fondo del pasillo Berenguela, que a duras penas había podido seguir los pasos de su nieto.

Madre, hijo y nieto se tomaron de los brazos emocionados.

–No habrá renovación de treguas –sentenció Fernando–. Este año vamos tarde, pero pasado el próximo invierno atacaremos al moro.

–¿A cuál? –preguntó Alfonso.

–Al más peligroso, a Alhamar, emir de Granada. –Miró a Berenguela–. Tenías razón, madre: es astuto y pertinaz. Hay que bajarle los humos.

La reina, sofocada aún por la carrera, asintió satisfecha. Murcia seguía bandeando de un lado a otro sin rumbo fijo, había dejado de representar una verdadera amenaza. La mujer marchó hacia la catedral, donde pretendía pedir al obispo cinco misas para dar gracias por la paz y pedir por la buena marcha de la próxima campaña. Fernando se quedó a solas con su primogénito.

–Estoy orgulloso de ti, hijo mío. Te has convertido en un hombre sabio y decidido. Tus viejos maestros cumplieron bien con su cometido. Un buen rey debe saber de letras más que de armas. Te he confiado responsabilidades que has sabido desempeñar con creces, y pronto tendrás más.

–Estoy a tu servicio, padre, y al de Dios y la Corona.

–Estás en una edad en la que los impulsos llaman con fuerza. –Fernando desvió la conversación hacia el terreno que le interesaba tratar–. Yo no busqué desahogos fuera del matrimonio, pero no te voy a juzgar porque tú lo hagas. –Eran conocidas las relaciones del infante, e incluso los hijos naturales nacidos de las mismas–. Sólo te pido que respetes el compromiso contraído con Jaime de Aragón. Te casarás con su hija Violante cuando cumpla los diez años. Confío en que tengas con ella la misma suerte que yo tuve con tu madre.

–Como heredero al trono, cumpliré con mis compromisos, que están por delante de mis intereses –contestó el infante con rotundidad.

Fernando le palmeó el brazo y lo dejó marchar. «Cómo cambian los tiempos», pensó, «si yo hubiera hecho lo mismo que él, mi madre me habría castrado como a los toros que destinan a bueyes».

Andújar. Verano de 1242

Vestido con el lorigón y la sobreveste blanca con la cruz negra flordelisada, Martín Fernández de Burgos salió de su estancia a paso ligero. El calor era sofocante.

–Por aquí –le indicó el freile más joven.

Lo siguió, esmerándose por no perderle el paso, hasta una construcción mora que los calatravos de Andújar usaban como prisión.

–Lo han prendido esta mañana cuando se disponía a cruzar el puente –explicó el joven–. Desde que han terminado las treguas, ningún comerciante tiene permiso para dirigirse al sur. Afirma que se dirigía a Martos, pero sus alforjas están vacías.

–¿Lo han interrogado? –preguntó Martín.

El freile asintió y abrió la puerta de la celda.

–Ha reconocido ser un agente del rey Alhamar.

El interior estaba iluminado por un ventanuco alto con barrotes. Lo primero que Martín sintió fue un intenso olor a sangre y excremento. Cerró la puerta a sus espaldas. Sentado en un banco de piedra, encadenado a la pared, permanecía quieto el desgraciado. En la penumbra, el calatravo distinguió su rostro hinchado y los regueros de sangre que le resbalaban por las mejillas y la barbilla. Con la mano derecha se apretaba el vientre y con la izquierda se presionaba la pierna, que se mantenía estirada.

–No más –balbuceó.

El calatravo desenfundó la espada.

–Si respondes de manera adecuada, no habrá más golpes.

–Ya he confesado. Soy un espía de Ibn al-Ahmar. Las treguas han terminado y quiere saber si el rey Fernando va a renovarlas, para estar preparado.

«Novato y cobarde», pensó Martín.

–Es fácil soltar mentiras para dejar de sufrir. ¿De dónde eres?

–Nací en Arjona. Conozco al emir desde que era un niño –se apresuró a responder con el miedo impreso en su mirada.

–Háblame de él. ¿Cómo llegó a ser emir? –se interesó Martín con tono seco mientras aferraba con fiereza la empuñadura de su espada.

El arjonero relató todo lo que recordaba desde la infancia de Ibn al-Ahmar hasta su nombramiento: las algaras que había liderado, los entrenamientos con su abuelo, el apoyo de Umar el Jilguero a su causa, la rebelión contra los almohades y, después, contra Ibn Hud. El calatravo lo escuchaba sorprendido, sin poder evitar admirar la trayectoria de su odiado enemigo. Entre otros acontecimientos, el reo narró la correría de Baños de la Encina, donde murió el tío de Martín, el ataque a la colonia calatrava en la sierra y la batalla de las huertas, en la que el propio Martín había salido tan mal parado.

–¿Tiene familia?

–Tiene varios hijos, he perdido la cuenta. Son de dos esposas. Perdió a la primera en un parto. La segunda sigue viva. –El espía hablaba atropelladamente, sin apartar la vista de la espada.

–¿Hermanos?

–Su hermano Ismail es el gobernador de Málaga. Perdió a un hermano muy niño por unas fiebres que se llevaron también a su madre. A otro lo perdió en una algara contra Arjona de los calatravos de Andújar.

–¿Cómo fue? –Martín quiso ahondar en esta última historia, que le evocaba recuerdos de una época lejana.

–Hará más de veinte años... –Apretó más la mano sobre su vientre, aquejado de un intenso dolor–. El muchacho estaba en los olivares de la familia cuando llegaron los calatravos –carraspeó, incómodo–. Estaban haciendo talas y se enfrentó a ellos, y un caballero lo mató. Eso me contaron.

Martín quedó aturdido por la narración. Recordaba a aquel joven moro al que había atravesado con su lanza después de que espantara a su caballo.

–¿Cómo se llamaba?

–Faray –contestó el arjonero.

–Faray –repitió, dispuesto a memorizar aquel nombre.

Enfundó la espada y salió de la celda. Dentro sólo quedó el llanto lastimero del agente.

–¿Qué vais a hacer conmigo? ¿Qué va a ser de mí?

«Parece que ambos tenemos motivos para odiarnos. Quiera Dios darnos la oportunidad de saldar cuentas», se dijo el calatravo con satisfacción.

Granada. Invierno de 1243

Apoyada en el alféizar de una ventana de la torre, Dunya contemplaba el pequeño barrio que se extendía tras la al-Hamrá. Las viviendas y cuarteles se apiñaban alrededor de la calle principal, que separaba la parte militar de la administrativa y artesana. Alrededor del nuevo complejo se habían instalado los soldados de la guarnición, pero también numerosos artesanos, personal de servicio y, sobre todo, los katib y altos funcionarios de la secretaría emiral. El barrio contaba con una pequeña mezquita, baños propios y una fuente abastecida por la acequia del emir, cuyo trazado terminaba en el interior de la alcazaba. Ibn al-Ahmar ya se había instalado en su nueva residencia, que lindaba con los cuarteles.

Muhammad la abrazó por la espalda. Ella no lo esperaba. Cuando lo reconoció, se aferró a sus manos fuertes.

–¿Vivo un sueño?

–La vida es una larga noche en la que se suceden las pesadillas y los sueños dulces –contestó poéticamente el emir–. Tú eres el sueño más placentero, que ha llegado después de la peor de las pesadillas. –La besó en el cuello.

–Muhammad, te amo. A lo largo de mi vida he sufrido soledad y abandono. Ahora comprendo que todo eso me conducía a ti, que los infieles tenían que tomar Úbeda y mi madre tenía que marcharse con su amante para que yo viniera a Granada a reunirme contigo. –Dunya se giró, sin soltarse del abrazo, y lo miró a los ojos–. Hay rumores por los pasillos, pero debes saber que no ambiciono nada; nada material tiene valor para mí, ni siquiera las sedas que visto. –En un gesto rápido dejó caer su túnica al suelo, quedando completamente desnuda. Muhammad sintió la urgencia del deseo y la arrastró hasta la cama, donde se amaron como dos adolescentes, entregados sin freno a la pasión.

–Has devuelto la luz a mis ojos –le dijo él al terminar, sin dejar de acariciar su piel.

Hacía muchos años que no se sentía tan feliz. Granada era su sitio, Granada le había devuelto a Farah. Allí asentaría su dinastía para gobernar las extensas tierras de su emirato.

* * *

Sams intentaba controlar a sus hijos, que correteaban a su alrededor inmersos en sus juegos. La vivienda que su padre les había asignado en la alcazaba era minúscula, pero suficiente. El espacio era restringido y había muchos altos cargos a los que honrar con una residencia en el corazón político de Granada.

Llamaron a la puerta y ella misma fue a abrir. Se encontró con una anciana sin dientes que cargaba un saco a la espalda.

–Mi señora, me manda tu esposo para que te muestre unas telas de seda, para vestidos.

Sams la dejó pasar. La vieja se apresuró a depositar el saco en el suelo y sacó una a una las telas que portaba.

–Ya estamos dentro –le habló luego en voz queda–, tenemos a una sirvienta de las cocinas y a un guardia. Pronto pasaremos a la acción. –La agarró del brazo con sus dedos secos–. Debes decírselo a tu esposo, así nos comunicaremos de ahora en adelante. Ahora escoge una tela, di en voz alta que te gusta y acompáñame a la salida.

El corazón de Sams latía con fuerza. Un atisbo de duda la inquietó, pero los gritos de sus hijos la sacaron de sus pensamientos. «Me debo a ellos. Están antes que nada».

Toledo. Marzo de 1243

El infante Alfonso observaba a aquellos dos sementales árabes con admiración. Sus jaeces eran de cuero, plata y oro, y llevaban alforjas cargadas con dinares hudíes de oro. Los embajadores murcianos aguardaban expectantes la respuesta del heredero al trono castellano. Habían llegado a la ciudad aquella misma mañana en nombre de su emir, al-Dawla, tío del difunto Ibn Hud. La situación de Murcia era desesperada. Castilla y Aragón presionaban desde sus respectivas fronteras. Dentro del emirato, algunas poblaciones se habían declarado en rebeldía. Por todo ello, al-Dawla ofrecía someterse a Fernando III.

–Es necesario consultar al rey –dijo al fin Alfonso–. Reunámonos en la frontera en tres semanas. Acudiré personalmente, con la respuesta de mi señor y padre.

Fernando III permanecía en Burgos. La enfermedad había vuelto a postrarlo en la cama, imposibilitando que asumiera la dirección de la primera campaña contra al-Ándalus tras la ruptura de las treguas. Alfonso había quedado al mando del ataque a Granada, destinado a bajarle los humos a Alhamar. A comienzos de año, el infante se había trasladado a Toledo para supervisar personalmente el acopio de alimentos y armas. La llegada de los emisarios andalusíes paralizaba temporalmente los preparativos, pero auguraba un golpe de suerte para la Corona. El sometimiento de Murcia podía suponer importantes rentas, así como un parapeto frente a Granada y Aragón.

En poco más de una semana, los mensajeros de Alfonso estaban de regreso con las instrucciones del rey. Fernando III se mostraba enérgico y decidido. El emir de Murcia tendría que pagar tributos a Castilla y auxiliarla en tiempos de guerra. Los alcázares del emirato, incluido el de la ciudad, pasarían a estar bajo el control de guarniciones castellanas, que garantizarían la seguridad de las poblaciones. Además, el emirato debía acoger a los colonos castellanos que quisieran asentarse en sus tierras. Tales eran las condiciones que tendría que imponer Alfonso en la próxima reunión con los murcianos en Alcaraz, tierra fronteriza.

La campaña se pospuso definitivamente hasta que quedara resuelta la cuestión murciana. En la fecha acordada, Alfonso acudió a Alcaraz. Los enviados del emir al-Dawla escucharon con actitud respetuosa, se miraron y dejaron hablar a su portavoz.

–Aceptamos, siempre que nuestro emir, amado de Dios, sea mantenido en el cargo, y que nuestro pueblo tenga libertad para seguir practicando su fe y sus costumbres.

–Sea –pronunció inmediatamente el infante Alfonso.

Y de esta manera Murcia se convirtió en reino vasallo de Castilla. Alfonso partiría pronto hacia la capital del emirato con su ejército, dispuesto a establecer las guarniciones acordadas y a tomar posesión de los alcázares.

A partir de aquel momento todos los ojos se posarían sobre Ibn al-Ahmar, el principal rey de al-Ándalus, que ya no contaba con la protección de tregua alguna.

Granada. Otoño de 1243

Aisha aún sentía su tacto en su interior. Había experimentado un intenso orgasmo durante la relación. Una única lámpara de aceite iluminaba tenuemente la estancia, afilando sus sombras y marcando sus rasgos. Kamal se inclinó sobre su vientre y lo besó con delicadeza.

–Debes verme como a una vieja, pero todavía puedo dar hijos –murmuró ella, pensando de nuevo en la diferencia de edad–. Planta en mí tu semilla y te daré un niño fuerte y sano.

–Has perdido la cordura, Aisha –volvió a besarla–. Te amo, pero este vientre es del emir. –Se puso en pie.

–No hay nadie fuera, espera un poco más –suplicó la mujer.

–Vernos en esta torre ya es demasiado peligroso como para tentar a la suerte. –Kamal la miró y suspiró de nuevo.

–Eres capitán de la guardia personal de Ibn al-Ahmar. Si alguien viniera, yo le diría que te he hecho entrar porque he oído un ruido y me he asustado.

–Claro, y yo lo confirmaría mientras me visto –añadió él con ironía–. Nos arriesgamos demasiado, dejémoslo así. Debo volver a mi puesto de guardia.

Aisha se conformó con observarlo mientras se ajustaba la cota de cuero sobre la túnica.

–¿Cuándo partís?

–En dos días –respondió él. Muhammad había organizado un ataque a los alfoces de Andújar y Martos para aliviar la presión que ejercían sobre Arjona. Los espías en territorio enemigo habían confirmado que Fernando III se preparaba para atacar al emirato nazarí y el emir había decidido adelantarse.

–Te amo –le dijo Aisha con los ojos brillantes por la emoción–. Cuídate, y vuelve entero.

Se besaron con ternura y Kamal le acarició el pelo.

–Hace falta algo más que un ejército para separarme de ti –pronunció antes de salir de la alcoba.

* * *

El grueso de la tropa permanecía acampado en la vega, junto al extremo sur de la muralla de la medina. La pequeña escuadra de caballeros que acompañaba a Ibn al-Ahmar lució por Granada los jaeces de sus caballos y los colores de sus fajines y adornos. El emir llevaba puesta su armadura completa y un casco cónico donde había mandado grabar su lema: «No hay más vencedor que Dios». Sentía que el lema representaba su espíritu, y lo conservaba pese a que, tras la muerte del califa almohade al-Rasid, el emir decidiera volver a someterse a los hafsíes.

Cientos de granadinos vitoreaban a su emir por las calles de la medina. Ibn al-Ahmar llevaba más de cinco años en Granada, durante los cuales había acometido importantes obras para adecuar la ciudad a su condición de capital. Había ordenado mejoras en los caminos que surcaban la vega, construido nuevas acequias que llevaban agua a tierras más alejadas de la ciudad, se estaban reparando las murallas exteriores y se habían construido tres atalayas nuevas para garantizar la seguridad de las alquerías y sus campesinos. El emirato vivía una etapa de prosperidad sin precedentes.

–Has hecho bien en traerlo contigo. No doy crédito a los rumores, pero conviene apartarlo de tu casa mientras no estás –le dijo Ibn Sanadid a Muhammad, señalando con la cabeza la espalda de Kamal bin Hadi.

El emir lo miró extrañado, y enseguida el jienense se percató de que había hablado de más.

–¿A qué rumores te refieres? –preguntó Ibn al-Ahmar.

–Nada importante, mi emir. –Muhammad lo fulminó con la mirada–. Bien… Sobre Kamal y tu esposa. Ya sabes que a las sirvientas les gusta hablar sin fundamento.

El semblante del emir palideció.

–Amigo mío, sé sincero. ¿Crees que hay fundamento?

–Muhammad –le dijo con confianza–, sería un insensato si lo afirmara, y también si lo negara. No tengo pruebas en ningún sentido. Sólo son rumores.

–Ya. –Ibn al-Ahmar apoyó su mano en el hombro amigo–. Pero si oyes agua correr, sabes que cerca hay un río.

A partir de aquel momento no hizo caso alguno a las aclamaciones del pueblo y no perdió de vista la espalda de Kamal, que abría la comitiva con su figura altiva sobre su caballo zaíno.

Cuando terminó el desfile, Muhammad se puso al frente de la tropa y, desde la vega, partió hacia Arjona, que sería la base para sus operaciones.

El emir encontró su ciudad natal como la recordaba. La gran casa de los Nasr en la alcazaba ahora sólo estaba habitada por Karima, que la mantenía en perfecto estado. La mujer aún lloraba la muerte de Yusuf y recibió a Muhammad como una madre.

Ibn al-Ahmar aprovechó la corta estancia para visitar el cementerio. Rezó ante las tumbas de sus seres queridos y le reconfortó sentirlos cerca.

«He cumplido la promesa que te hice. Ahora los Nasr somos la primera familia de al-Ándalus», dijo ante la tumba de su padre. Se despidió de todos, pero a Farah le dedicó un «hasta pronto en Granada» que pronunció como un susurro.

En la rábita reclutó a varios jóvenes para la primera algarada. Cerca de trescientos caballeros y quinientos peones partieron de Arjona al alba del tercer día, rumbo al norte, y cruzaron el puente de piedra sobre el Guadalquivir sin encontrar resistencia. Los de Andújar, conscientes de su inferioridad, no tuvieron más remedio que aguardar al amparo de sus muros a que los andalusíes se cansaran de hacer talas. Muhammad guio a su ejército por los alrededores de la población y sus hombres se dedicaron a robar, quemar y saquear los campos.

–Como habría dicho el viejo Asquilula: ahora tenemos la ventaja de haber golpeado primero –comentó el emir con Ibn

Sanadid. El de Jaén apreció en sus ojos que la herida por la muerte de su abuelo aún sangraba.

Andújar. Otoño de 1243

–Malditos moros. Pronto os devolveremos el golpe –musitó entre dientes Martín Fernández de Burgos mientras contemplaba desde las murallas cómo la tropa enemiga saqueaba las huertas cercanas al río.

–Vienen con su rey –le informó un joven calatravo.

–¿Alhamar?

Tras recibir la confirmación del muchacho, Martín se dio la vuelta para encaminarse a toda prisa hacia las caballerizas. Llevaba demasiado tiempo esperando esa oportunidad. Estaba obsesionado con Alhamar, que había sido una constante en su vida, origen de desgracias para él y su familia. Ahora lo tenía cerca, y su proximidad despertaba un anhelo contra el que no se sentía capaz de luchar.

El ansia de venganza por las derrotas y por la muerte de su tío lo llevaron a tomar una decisión que todos en Andújar interpretaron como indicio de locura. Se presentó ante la puerta del Río y pidió que la abrieran. Ante la duda, los guardias mandaron llamar a su capitán.

–No arriesgaré a mis hombres en una batalla que sabemos perdida –dijo Martín con voz firme–, pero tengo un asunto personal que tratar con el moro. Tengo derecho a pedirle un duelo, y nadie me lo va a impedir.

El capitán lo observó detenidamente.

–¿Eres libre y dueño de tus actos? –le preguntó.

–Así es.

–Sois testigos de que cumplo una orden –dijo a sus guardias–. ¡Abrid la puerta!

Martín marchó a trote ligero hacia los nazaríes, que terminaban de talar las huertas. Se acercó a ellos con la mano en alto, solicitando parlamento, y lo dejaron llegar hasta una distancia de varios pasos. Entretanto, la muralla de Andújar se iba llenando de curiosos.

–¡Quiero hablar con Alhamar de Granada! –gritó.

Muhammad bin al-Ahmar se adelantó.

–Yo soy el emir de Granada, Jaén, Arjona, Málaga y Almería –se presentó en romance.

Martín reconoció sus facciones y sus ojos verdes como esmeraldas.

–Te reto a un duelo a espada –dijo el calatravo sin bajar la mano.

A su alrededor sonaron risas y chanzas. Cualquier guerrero tenía derecho a retar a duelo a un enemigo, pero el retado no estaba obligado a aceptarlo. En aquellas circunstancias, sólo un loco lo haría.

–Vuelve al interior de tus murallas –contestó el emir, y le dio la espalda.

–¡Mataste a mi tío en Baños de la Encina! ¡Desbarataste la colonia calatrava en la sierra! ¡Me derrotaste ante las murallas de Arjona!

Muhammad se volvió hacia él con interés. Recordaba a la perfección cada uno de aquellos episodios.

–Calatravo, no tendrás hoy tu venganza. –El emir sabía que no podía rebajarse a batirse con un simple caballero, pues ello ofendería a su tropa.

–Pues véngate tú. ¡Yo maté a tu hermano Faray!

Ibn al-Ahmar sintió un aguijonazo en el pecho. Su rostro se congestionó de ira. Ibn Sanadid quiso mediar, pero supo que no había nada que hacer. Los Nasr tenían la sangre caliente y, si los provocaban de la forma adecuada, podían arriesgarlo todo por una cuestión de honor.

Muhammad desmontó y caminó lentamente hacia el caballero cristiano, al tiempo que desenfundaba su espada. Temblaba de odio.

–Aquí me tienes. Disfruta de tu duelo. –Las filas nazaríes se removieron, inquietas–. ¡Que nadie intervenga! He aceptado el duelo.

Los andalusíes, petrificados, se temieron lo peor. Ibn Sanadid suspiró y comenzó en silencio una oración para pedir al Altísimo que guiara a Muhammad durante el combate.

Martín desmontó y desenfundó su arma. Se colocó frente al emir y ambos se observaron en silencio. A su alrededor se había formado un nutrido corrillo de andalusíes. Sobre el lorigón y las brafoneras, el calatravo lucía su habitual sobreveste; un almófar le protegía la cabeza, afianzado por una cinta blanca atada a la altura de la frente. Muhammad sólo llevaba su característico fajín bermejo sobre el lorigón. Sus espadas eran similares, ligeras y con empuñadura pequeña. Ninguno de los dos usaba escudo.

–Tendrás la muerte que te mereces –dijo el emir con los dientes apretados.

Martín no mudó la expresión, que mostraba su propia ira.

–Saldemos cuentas, hoy y aquí.

El calatravo dio el primer paso y lanzó una estocada contra el vientre de su rival, que saltó con agilidad y esquivó el golpe. Recuperaron las posiciones y volvieron a observarse con atención, valorándose y evaluando sus opciones. Muhammad tenía los ojos enrojecidos y sentía cómo le latían las venas del cuello. Recordó a su hermano muerto, su cuerpo lacerado por el arma enemiga, su rostro sereno y el reguero de sangre en la comisura de sus labios. Un arrebato de furia lo invadió y se lanzó al ataque como un poseso.

–¡Faray! –gritó mientras lanzaba un primer espadazo contra la cabeza de Martín.

El calatravo detuvo el golpe con la espada, que tembló por el impacto. Intentó reaccionar, pero antes de iniciar el contraataque ya estaba recibiendo un segundo golpe, también dirigido contra su cabeza. Su espada volvió a detener la del emir, pero su mano se resintió por la dureza del ataque. No tuvo más remedio que dar un paso atrás para recuperar la guardia.

Muhammad lanzó un tercer espadazo, ahora contra el costado de su rival, y en esta ocasión lo cogió desprevenido y la espada alcanzó su objetivo. Sonó el chasquido de algún hueso que se partía y el tintineo de las anillas del lorigón, que impidieron un daño mayor. La sobreveste se tiñó de rojo en la zona castigada. Martín lanzó un hondo grito de dolor, pero se mantuvo en pie. Inmisericorde, Ibn al-Ahmar atacó de nuevo. Martín consiguió detenerlo, pero, ante la fuerza de su oponente, el arma cayó de su mano.

–No hay más vencedor que Dios –se oyó que decía un soldado musulmán.

–Acaba rápido –pidió el calatravo, herido y desarmado.

Muhammad no medió palabra. Alzó su espada y golpeó la cabeza protegida por el almófar. Sonó un crujido y el caballero se desplomó entre convulsiones.

–Ruy –creyó el emir que decía entre los estertores de la muerte.

Después, sólo quedó silencio, hasta que Ibn al-Ahmar limpió su espada y la devolvió a su funda.

–*¡Mawlana!* –gritaron entonces sus soldados.

«Mi señor», voceaban, como una renovación del voto por el cual el pueblo de al-Ándalus se le había sometido.

Las talas continuaron durante varios días en las inmediaciones de Andújar. Luego le tocó el turno a Martos, en cuyas cercanías Muhammad venció a los cristianos en batalla campal. En menos de dos semanas, el emir de Granada regresó a su capital con un gran botín. Su mayor recompensa consistía en haber vengado la muerte de su amado hermano Faray.

Arjona. Primavera de 1244

–¡Dios bendiga a nuestro rey! –vitoreaban los de Andújar a Fernando III.

De nuevo el rey estaba en la frontera para retomar la guerra contra los moros. Las algaras de Ibn al-Ahmar en Andújar y Martos habían provocado una respuesta contundente del lado castellano. El emir de Granada había derrotado a un hermanastro de Fernando III en las cercanías de Martos. En la contienda también falleció el comendador calatravo de la ciudad. Otro líder calatravo, Martín Fernández de Burgos, había muerto en un duelo en las inmediaciones de Andújar. El rey castellano, enfurecido, decidió entrar en al-Ándalus. En primer lugar taló los campos de Arjona. Después se dirigió contra las tierras de Jaén y Alcaudete. Y desde allí mandó a los andujeños de nuevo a Arjona para que le pusieran cerco.

Aquélla era la plaza más simbólica del emirato, el lugar de nacimiento del emir. Los de Andújar cumplieron con su cometido y cortaron las vías de acceso a la población. Con la llegada del rey, apenas dos días después, el cerco se vio fuertemente reforzado.

Murcia se había sometido a la soberanía de Fernando, pero seguía requiriendo atención. Para no dejar desatendido aquel frente, el rey envió a su hijo Alfonso con una hueste. El infante llevaba la encomienda de negociar con Jaime I de Aragón el límite para sus reinos, que quedó establecido finalmente en el puerto de Biar. Por consejo de su padre, Alfonso permaneció en Murcia para dirigir su primera campaña de conquista. Fue contra Mula y Lorca, que se resistían a seguir el camino de Murcia. Mientras tanto, Fernando III concentraba todas sus energías en castigar a Ibn al-Ahmar por su osadía.

La tienda del rey quedó instalada en el centro del campamento de los de Andújar, en una zona de huertas que se extendía cercana a la muralla norte de Arjona. Reunido con el Consejo, Fernando tomó una primera medida: asaltar un fortín que se usaba como centro de instrucción a las afueras de la población. Los andalusíes que había dentro opusieron resistencia y la toma acabó con una masacre y el incendio del fuerte, que los moros llamaban rábita.

–No habrá paz para los mahometanos hasta que se sometan o perezcan –dijo entonces el rey a su círculo más allegado.

Las tropas castellanas rodearon Arjona con tres campamentos, como tres halcones prestos para lanzarse sobre su presa. En el principal, a la vista de los arjoneros, comenzaron los trabajos de los ingenieros para construir la maquinaria de asedio. Sólo era cuestión de tiempo, los ingenios acabarían abriendo brechas en las murallas y la aplastante superioridad numérica de los cristianos se impondría.

El alcaide de Arjona negoció la rendición de la plaza antes de que Fernando III la tomara por la fuerza. Una nueva caravana de tristes musulmanes recorrió los caminos de al-Ándalus para acogerse a la hospitalidad de otros lugares amigos. La mayoría pidió asilo en Jaén, cuyo gobernador tuvo que improvisar un campamento extramuros.

Entretanto, el rey castellano tomó posesión de la alcazaba y ondeó su pendón sobre la torre más alta del alcázar.

–Mi señor, uno de los moros que apresamos en la rábita afirma que ésta era la casa de Alhamar. –Un capitán la señalaba.

–¿Había alguien dentro?

–Encontramos a una mujer de edad avanzada. Muerta. Los médicos dicen que por el corazón.

Fernando contempló la enorme vivienda y sonrió.

–Esto le escocerá al rey moro. Así aprenderá quién es en realidad su señor.

Completamente restablecido, el rey castellano estaba decidido a continuar la guerra contra el infiel. Jaén seguía apareciendo en sus sueños y ahora, con Arjona en sus manos, sentía que pronto Dios haría posible la gesta de tomarla para Castilla.

Granada. Primavera de 1244

La puerta de Elvira se abrió para dejar pasar a los supervivientes de la cabalgada que Ibn al-Ahmar había liderado para expulsar a los cristianos de la vega.

–¡Maldito el rey tirano! –gritó Muhammad una vez que estuvo en su alcazaba, subido a la última planta construida de la torre más fuerte del conjunto. Desde allí divisaba la vega, en la que se destacaban varias columnas de humo que se alzaban oscuras hacia el cielo.

Ibn al-Ahmar sentía la ira correr por su interior. Había perdido Arjona, su ciudad natal, y otras tres fortalezas cercanas a Jaén. Ahora los cristianos, bajo el mando del infante Alfonso, acosaban la vega de su capital. El rey castellano se había reunido con su tropa pocos días después. Talaron los campos, derribaron torres y quemaron alquerías, hasta que consiguieron provocar una respuesta nazarí.

Pero el emir y sus guerreros volvieron a Granada apesadumbrados y humillados, derrotados por las huestes castellanas.

Los granadinos no tuvieron más remedio que observar impotentes cómo los hombres de Fernando saqueaban a su antojo. Ibn al-Ahmar, consciente de que aquellas incursiones tendrían consecuencias importantes sobre la economía del emirato, se decidió por una hábil estrategia. En los últimos meses había contratado a mercenarios africanos y estaba dispuesto a usarlos. Aquella misma tarde se reunió con su visir Ibn Sanadid y le dio las órdenes precisas.

–Necesitamos que se vayan, pero no podemos echarlos –comenzó a explicar–. Vamos a darles un motivo para irse. Convoca a los gazules, y diles que vayan contra Martos.

–*Mawlana*, no tenemos hombres suficientes para tomar Martos –opinó el jienense.

–No es necesario tomarla. Que vayan y monten un campamento a sus puertas. Reúne a hombres suficientes como para plantar cara a los de Martos. Su rey irá allá, y nos dejará respirar –vaticinó el emir.

–Me parece un buen plan. Lo pongo en marcha de inmediato, con la ayuda del Altísimo. –Ibn Sanadid se marchó para reunirse con sus hombres de confianza.

El emir se retiró a su torre para descansar. Aisha y Maryam entretenían al pequeño Muhammad en el patio central. Kamal hacía guardia delante de ellas y el emir lo sorprendió mirando a Aisha. Recordó los rumores. No les había dado crédito, pero la duda ya estaba sembrada en su corazón. No se detuvo allí. Entró en la alcoba que le había destinado a Dunya y se colocó ante ella con la tristeza dibujada en el rostro.

–Siguen en la vega. Nos han derrotado –le dijo.

Todavía llevaba puesta la armadura. Dunya comenzó a quitársela, y él extendió los brazos y se dejó hacer. La cofia y el gambesón estaban empapados de sudor. Con un paño húmedo, la mujer limpió sus miembros exhaustos.

–No dejo de pensar en Arjona. No me acabo de creer que me la hayan quitado –continuó Muhammad con tono lastimero. Dunya seguía limpiando su cuerpo, que ya mostraba algunas señales de la edad–. Pronto habrá campanas en el alminar de la aljama y usarán las estelas del cementerio para construir templos. Allí han quedado mis padres, mis hermanos, algunos buenos amigos… Y Farah, con su cuerpo perfecto descomponiéndose bajo el sudario.

La mujer creyó que iba a romper a llorar. Soltó el paño y se desvistió, mostrándole sus formas redondeadas y su piel tersa y delicada.

–Aquí tienes el cuerpo de Farah. Haz con él lo que plazcas. –Se tumbó en la cama y abrió las piernas, invitándolo a acercarse.

El emir no pudo resistirse y acudió solícito a la llamada. Dunya se había convertido en la vela que iluminaba sus momentos oscuros, el timón al que se aferraba para no perder el control de la nave, el lago de aguas mansas en el que se sumergía cuando quería olvidar los pesares.

* * *

Ibn al-Ahmar estaba de un humor excelente cuando salió de su nuevo *madjlis* para mandar llamar a Kamal. Acababa de despachar a un emisario que traía la magnífica noticia de que Fernando III había vuelto a Córdoba. El rey acudió en socorro de Martos, asediada por los gazules. Cuando llegó, los mercenarios ya se habían marchado, y comprendió que todo había sido una maniobra de distracción orquestada desde Granada. Aun así, el castellano consideró finalizada la campaña, dándose por satisfecho con la conquista de Arjona y el saqueo de la vega granadina. Además, Ibn al-Ahmar tenía otro motivo para estar contento: la mañana anterior había llegado a la ciudad una embajada de los hafsíes que, como respuesta a la sumisión de Granada, le enviaban un pequeño tesoro con el que esperaban contribuir a la yihad. El emir pensaba destinar una importante parte de aquella riqueza a ampliar la mezquita mayor de la medina, insuficiente para la ciudad.

Kamal se presentó ante él con una sencilla túnica de lino teñida de verde. Ibn al-Ahmar lo tomó de un brazo y lo invitó a pasear por la al-Hamrá. Subieron a la torre más occidental, que se alzaba imponente sobre la medina. Las obras estaban casi terminadas, pero varios operarios, subidos a un andamio, remataban el revestimiento del edificio. Accedieron a la azotea, el espacio favorito del emir, y contemplaron las hermosas vistas del alfoz de la ciudad.

–Kamal, no pasa un día en que no me acuerde de tu padre, mi buen amigo Hadi –comenzó diciendo Muhammad–. Habría sido un buen visir para el emirato. –Miró al cielo con nostalgia–. Allá en el Paraíso debe estar orgulloso de su hijo.

–Gracias, *mawlana.* Así lo espero –contestó el muchacho sin alzar la vista del entramado de calles de la medina.

–Le prometí cuidar de ti, pero te has ganado un puesto por tus propios méritos. Ha llegado el momento de premiarte.

–No es necesario un premio a mi lealtad, señor –contestó Kamal con sinceridad.

–Pocas cosas son necesarias en esta vida, muchacho. Pero este premio es conveniente. Serás el nuevo alcaide de Jaén. En dos días partirás con una tropa y con los secretarios que necesites para tu gobierno.

Kamal, aturdido por la noticia, no supo reaccionar hasta pasados unos instantes.

–Será un honor. Agradezco la confianza y espero estar a la altura de lo que necesitas –dijo, esforzándose por ocultar en su voz el profundo dolor que le producía pensar que iba a alejarse de su amada Aisha.

Córdoba. Otoño de 1244

Era un día de tormenta, pero, pese a la lluvia y el viento, a las puertas de la ciudad una comitiva de notables lo aguardaba. Condujeron a Alfonso hasta el alcázar del rey.

–Háblame de Burgos, hermano –le pidió Fernando tras los saludos.

–Todo marcha como debe. He impartido justicia en tu nombre. Varios casos afectaban a magnates de Castilla, pero todo ha quedado resuelto.

–¿Y madre te ha dejado actuar sin entrometerse? –preguntó el rey, simulando sorpresa.

–Madre se apaga, Fernando –respondió tras una breve risita–. No es lo que era, los años no pasan en balde. Apenas sale de las Huelgas y se pasa el día rezando delante de las tumbas de la familia.

El rey se mostró preocupado. A su cabeza acudieron los recuerdos de su infancia, arropado por el amor incondicional de su madre, y los años de juventud en los que juntos pelearon por el reino.

–Alegra esa cara –le espetó Alfonso con tono amable–. Todavía tiene fuerzas para enviarte mensajes. Me ha mandado que te recuerde tu misión sagrada y los sueños que te manda Dios para indicarte el camino.

–Unidad en los cristianos –pronunció Fernando con una sonrisa.

–¡Y muerte al infiel! –terminó Alfonso–. ¿Sigues teniendo sueños?

–Hace dos noches vi Jaén iluminada por una cruz de fuego. Sus murallas se derretían y los moros salían al campo, famélicos por el hambre.

–¿Qué planeas hacer el próximo año?

Fernando miró a su hermano con los ojos bien abiertos.

–¿Aún no te ha quedado claro? Empezaremos talando una vez más los campos de Jaén. Luego… Dios dirá.

Granada. Invierno de 1245

Los principales miembros de la corte granadina miraban a las mujeres con descaro. En muchos rostros se leía desprecio, pero nadie se atrevía a cuestionar la decisión de su emir. Muhammad I de Granada había organizado una fiesta para celebrar el fin del mes sagrado de Ramadán. El salón derrochaba luz gracias a las decenas de lámparas que se repartían por todas partes. Contraviniendo la costumbre, Ibn al-Ahmar había invitado al evento a su esposa Aisha y a sus concubinas, Maryam y Dunya.

Aisha parecía una flor marchita que terminaba de secarse apartada en un rincón. Desde que Kamal se había marchado a Jaén, la mujer había mudado de humor, y muchos en la al-Hamrá veían en su actitud una confirmación de sus sospechas. Dunya mostraba, sin embargo, cierta altivez en sus gestos; tenía el porte de una favorita. El emir no se apartaba de su lado. Maryam se había convertido en una cortesana intrigante y recelosa, a la que todos respetaban y a la que muchos acudían para resolver sus problemas. Propiciaba encuentros como una alcahueta, conseguía las sustancias más difíciles de encontrar en los zocos y estaba informada de todo lo que ocurría en la corte.

–Esta noche me gustaría verte –le susurró Muhammad a Maryam al oído.

La mujer se apartó y lo miró con desdén.

–¿Todavía te acuerdas de mí? –Se serenó–. Me alegra que sea así. No olvides que yo te entregué a tu querida Dunya. –Tomó la copa de vino y dio un largo trago–. ¿No querrás otro jueguecito de tres? –añadió.

–No, Maryam. Esta noche te quiero sólo a ti. –Apoyó la mano en su brazo–. Echo de menos tus juegos en la cama.

–¿Y ella?, ¿no se pondrá celosa? –Señaló a Dunya con la cabeza.

–No lo creo. La amo, pero sabe cuál es su sitio. –El emir se reclinó y se acercó a la esclava–. Tengo casi cincuenta años. A estas alturas de mi vida no me preocupan ciertas cuestiones.

He recibido tantos golpes que he aprendido a no aferrarme con demasiada fuerza a las cosas.

Maryam lo miró a los ojos y de nuevo surgió la vieja conexión de las almas atormentadas.

–Te creía más estúpido.

–Algo me han enseñado los años. –Muhammad dio un sorbo y el sabor fuerte del vino le recordó los sufrimientos de antaño, las pérdidas y su caída al abismo.

La fiesta avanzó hasta la madrugada. Dos músicos animaban el ambiente, mientras una bailarina danzaba, agitando los abalorios de muñecas y tobillos. El emir no había abandonado el ascetismo que lo había definido durante años, pero empezaba a dejarse seducir por el refinamiento y los placeres de los círculos más selectos de su nueva capital.

De repente, la música se acalló. Yusuf y Faray, los hijos varones de más edad de Ibn al-Ahmar, altos y delgados, entraron en la sala y comenzaron a recitar unos poemas que ellos mismos habían compuesto. Muhammad se revolvió en su asiento. Despreciaba la educación. Ésta debía basarse en la astucia y los rudimentos de la guerra. Lo sabía por experiencia... Sus pensamientos fueron interrumpidos por unos gritos de alarma. El salón entero se movilizó. Una copa había caído al suelo, seguida del hombre que la sostenía. Al instante, otro hombre se desplomó, derramando en su caída el vino que estaba bebiendo.

–¡Dejad de beber! –gritó alguien.

Entre los invitados reinó la confusión. Los guardias que había en los extremos se apresuraron a rodear al emir y a sus hijos. Los tabibes que asistían a la fiesta fueron raudos a atender a los dos caídos, pero poco pudieron hacer. Murieron vomitando sangre, entre convulsiones y sudores.

Mientras tanto, unos guardias localizaron a la sirvienta que había servido el vino. Entre hipidos y sollozos, declaró que una de las cocineras le había entregado aquella jarra para que se la sirviera al emir, pero que, a la entrada del salón, la encargada le ordenó que atendiera antes a aquellos dos infelices, que llevaban un buen rato sin vino en las copas. Para su fortuna, la mujer a cargo de las coperas corroboró su versión. Poco después, dos guardias aparecieron llevando casi en volandas a una vieja cocinera, a la que habían apresado mientras intentaba salir por la puerta que daba a las despensas.

–Ésa es –indicó la joven copera, dirigiendo un dedo tembloroso hacia la vieja.

* * *

Tras una madrugada de interrogatorios, cinco personas fueron detenidas, entre ellas un guardia de la alcazaba y un vecino de Loja que había estado implicado en una rebelión anterior contra el emir. Las torturas consiguieron que unos se delataran a otros, pero ninguno de los implicados desveló el nombre de la cabeza que había tras la conjura.

Durante toda la noche los gritos de los torturados turbaron el sueño de los habitantes de la al-Hamrá. A primera hora de la mañana, Ibn al-Ahmar escuchó el resultado de los interrogatorios en su propia alcoba. Impertérrito, despachó al secretario y regresó a la cama junto a Maryam, que se desperezaba lentamente.

–Ahora eres un verdadero soberano, Muhammad –le dijo la esclava–. No hay emir sin conjura, ni sin intento de asesinato. –El hombre rio sombriamente. Se le marcaban las ojeras–. Yo en tu lugar vigilaría a tu familia. Incluso una hija, si está lo bastante iracunda, es capaz de conspirar contra su padre. Sabes a qué me refiero.

Ibn al-Ahmar observó en silencio a Maryam. Sabía que estaba bien informada, pero le costaba dar crédito a sus palabras. A su mente acudieron Sams y Abd-Allah, una pareja que reunía a dos de sus principales opositores. El emir procuró desechar la idea.

* * *

–Tres agentes coinciden en que la vieja ha frecuentado la casa de tu hija. No tiene por qué significar nada, puede ser una coincidencia o puede que sólo buscara información sobre ti –le informó de las pesquisas Ibn Sanadid tres días después.

Muhammad suspiró, se debatía entre la ira y la tristeza. Decidió actuar de forma inteligente, sin armar revuelo. No podía interrogar a su propia hija ni a Abd-Allah, pero podía alejarlos de la corte con una buena excusa.

–Te necesito en Ronda –le dijo el emir a Abd-Allah cuando se reunió con él–. Tu hermano está en Guadix, demasiado lejos de Ronda y Comares. Los territorios de los Asquilula necesitan dos arráeces. Parte con tu familia y gobierna con sabiduría aquel castillo. Es rico y está bien poblado.

–Gracias –fue la única respuesta.

Ibn al-Ahmar se sentía desolado. De Abd-Allah podía esperar cualquier cosa, pero no concebía que su propia hija pudiera haberse implicado en un asunto así. Cierto era que, de niña, no se había ocupado de ella como debía. En aquellos años lejanos descuidó a su familia. Su principal preocupación fue mantenerse a flote en la tormenta.

–Dios mío, ¿es éste el precio del poder? Soledad, rencor, muerte, distancia de los tuyos... ¿Es el castigo que merezco, tal vez? –dijo en voz alta mirando al cielo, pero enseguida se recompuso y pidió perdón al Altísimo por el reproche–. Sea lo que Tú quieras que sea.

Se encerró en su oratorio y echó en falta la presencia tranquilizadora de Umar el Jilguero, uno más de tantos que se habían marchado.

Córdoba. Primavera de 1245

Fernando comprobó lo que le había dicho su hermano nada más encontrarse con su madre en Pozuelo de don Gil. Sin embargo, Bereguela conservaba plena lucidez y, como siempre, lo aconsejó sobre la nueva campaña.

Una vez en Córdoba, el rey inició los preparativos de su incursión en al-Ándalus. Estaba reunido con sus hijos Fadrique y Enrique cuando Alfonso, su primogénito, llegó al alcázar. Volvía triunfante del asedio a Cartagena, que se había negado a someterse a Castilla tras los acuerdos del emir de Murcia con el rey cristiano.

Alfonso había estudiado desde niño con los mejores maestros del reino y ahora, en el sudeste de la península, se formaba como diplomático y comandante. «Será un gran rey», insistían en decirle los nobles a Fernando. Pronto se casaría con Violante, hija de Jaime I, y con ello se estrecharían los lazos entre Castilla y Aragón. Pero, mientras tanto, el infante continuaba con sus escarceos, que el pasado año habían fructificado en una hija.

–Jaén no para de castigar las tierras de Martos y Baeza –comenzó diciendo Fernando. Sus hijos lo escuchaban atentamente–. Los espías nos cuentan que sufre una hambruna por nuestras talas de la pasada campaña. Están desesperados y atacan constantemente nuestros castillos para aprovisionarse. He reforzado las guarniciones y he ordenado construir torres vigía, pero no es suficiente. Si Jaén pasa hambre, más hambre provocaremos. Voy a talar sus campos de nuevo.

–Iré contigo, padre –intervino Enrique.

–Por el momento esperaréis aquí –lo cortó tajante el rey–. Os quiero en Córdoba con vuestras mesnadas, por si os necesito a mi lado o en cualquier otro sitio.

Nadie replicó.

–Padre, ¿maduras la fruta antes de recogerla? –preguntó Alfonso.

Fernando III dedicó una sonrisa a su heredero antes de contestar.

–Hijo mío, para coger las aceitunas primero hay que varear el olivo.

Los tres jóvenes comprendieron que no se trataba de una simple expedición de saqueo. El rey pretendía debilitar a Jaén antes de acometer su conquista.

Granada. Verano de 1245

–¡Agrupaos! –gritaba con desesperación uno de los capitanes castellanos. Sus hombres se desperdigaban y servían de blanco a la caballería nazarí.

La retaguardia de Fernando III huía en desbandada, desbaratada por los caballeros de Ibn al-Ahmar. El grueso castellano se alejaba hacia el norte y no había tenido posibilidad de reacción para acudir en socorro de los suyos. Los granadinos se cebaron con aquellos infelices, y desahogaron su furia por las derrotas sufridas. No hicieron presos. Ibn al-Ahmar cabalgaba al frente de su caballería, golpeando a diestro y siniestro con su maza, el arma que lo había hecho temido en su Arjona natal.

El rey castellano había entrado en el emirato dos semanas atrás, por Jaén, cuyos campos y huertas asoló de forma sistemática. Kamal había estado atacando las fortalezas cristianas de los alrededores. El joven estaba resultando ser un alcaide excelente.

Desde Jaén, Fernando III dirigió sus tropas contra Alcalá de Benzaide, donde también arrasaron los campos y saquearon numerosas alquerías. Luego llegaron hasta Íllora. Allí tomaron el arrabal y asaltaron la villa; quemaron y destruyeron decenas de viviendas, mataron a muchos vecinos y apresaron a otros tantos. Íllora quedó envuelta en humo y cenizas cuando el rey partió hacia la vega de Granada. Mientras duró el saqueo de los campos, los nazaríes nada pudieron hacer. Pero su momento llegó con la retirada de los cristianos. Muhammad I los sorprendió por la espalda en un ataque veloz.

–¡No hay más vencedor que Dios! –gritó Ibn al-Ahmar mientras le partía el cráneo a un peón castellano de un fuerte mazazo.

Los caballeros de su guardia se esforzaban por seguirlo y rodearlo, pero él, ávido de batalla y venganza, se zafaba de ellos una y otra vez para luchar en primera línea. Las treguas hacía tiempo que habían expirado. Habían sido años de calma que Ibn al-Ahmar supo aprovechar. Pero ahora la guerra asolaba sus tierras. Fernando III había dirigido su mirada hacia él y parecía empeñado en doblegarlo.

«Castilla es un león dormido al que no nos conviene despertar», le había dicho su abuelo Asquilula. «Ibn Hud se empeña en estamparse contra el muro de Castilla. Nunca les ganará en el campo de batalla. Un emir debe ser hábil y saber negociar». Las palabras del viejo Neblí resonaban continuamente en la cabeza del emir.

–¡Se acercan más, acuden en socorro! –gritó un jinete granadino, señalando una columna de polvo en el cielo.

Había llegado el momento de regresar a Granada. Los caballeros nazaríes se reagruparon, permitiendo la huida de los restos de la retaguardia castellana. Entraron en la ciudad solos, sin que nadie los recibiera en las puertas. La cabalgada se había saldado con una victoria parcial que mitigaba la desolación por los desastres de Jaén, Alcalá e Íllora. También sirvió para que la recua que había partido aquella misma mañana para abastecer a Jaén no tuviera incidentes.

Maryam y Dunya recibieron al emir con gesto sombrío. El hombre llevaba su maza ensangrentada en la mano y tenía el rostro perlado de sudor.

–Se ha marchado. Va camino de Jaén con la recua –dijo Maryam pausadamente.

Ibn al-Ahmar supo al instante que le hablaban de Aisha. Un escalofrío recorrió su cuerpo. Maryam le sostuvo la mirada con fiereza, desafiándolo a hablar. Dunya se acercó a él, solícita, y le tomó la mano libre.

–Estás a tiempo de mandar a por ella y de hacerla entrar en razón –dijo la concubina. Maryam la miró con desprecio.

–No –contestó tajante el emir–. ¿Lo sabe alguien más?

–Creo que no –dijo Dunya–. Nos ha dejado una nota de despedida, sólo para nosotras.

–Bien. Que siga así. Encerraos y no salgáis en varios días. –Agarró con fuerza la empuñadura de la maza y la sacudió para limpiarla de sangre–. Iré yo personalmente a por ella, cuando llegue el momento oportuno.

Jaén. Verano de 1245

–Esta mujer dice ser un regalo del emir para el alcaide. Se nos unió en Granada. Tiene un documento con el sello de *mawlana*, bendito sea –le explicó el encargado de la caravana a un capitán de Jaén.

El capitán la acompañó hasta la casa del gobernador, una vivienda de reducidas dimensiones cercana al palacio que había sido residencia de Ibn al-Ahmar. Kamal bin Hadi atendía a un secretario en la entrada. Reconoció a Aisha por sus ojos, que lo miraban por encima del sencillo velo, e inmediatamente despachó a su acompañante. Ella vestía una túnica de lino teñido de rojo, más propia de una mujer del bazar que de alguien de su importancia.

–Señor, nuestro emir, amado de Dios, os envía esta esclava como regalo por los méritos en las pasadas algaras –informó el capitán, entregándole el documento con el sello emiral.

Kamal la miró y ella evitó sus ojos, manteniendo la cabeza gacha en señal de humildad. Sabía interpretar su papel. El alcaide de Jaén se tomó unos instantes para pensar. Se encontraba frente a un dilema. Amaba a Aisha por encima de todas las cosas, pero aceptarla en su casa representaba un desafío abierto al emir. Podía imaginar los peligros a los que se había enfrentado su amada para huir de Granada en aquellas condiciones, pero también podía discernir los riesgos a los que ambos se enfrentarían si seguía su juego.

–Entra en mi casa –le dijo al fin a la mujer con voz neutra.

Despidió al capitán y entró tras ella. Una vez dentro, Aisha se abrazó a él con lágrimas en los ojos.

–Te amo, Kamal, te amo. No puedo vivir sin ti. ¿Podrás perdonarme?

Él respondió al abrazo, le quitó el velo y la besó en los labios.

–Yo también te amo. No hay nada que perdonar. –Su mirada se tornó inquieta–. Asumiremos juntos las consecuencias de nuestros actos.

Era la esposa de su emir, el hombre al que debía obediencia y lealtad, pero el amor estaba por encima del honor, e incluso de la vida. Volvió a abrazarla. «Si he de morir por esto, lo haré gustoso. Sólo un milagro puede salvarnos», se dijo con resignación, aceptando su destino.

Martos. Verano de 1245

En la imponente alcazaba de Martos se amontonaba el enorme tesoro conseguido en la campaña de Fernando III. La tropa se relamía pensando en su parte. El ataque de los moros en la vega sólo había resultado una simple anécdota que no enturbiaba su éxito. Antes de desconvocar al ejército, Fernando organizó una reunión del Consejo, a la que asistieron los principales magnates de sus reinos, así como el maestre de la orden de Santiago, el comendador de Calatrava en Martos y sus hijos Alfonso, Enrique y Fadrique.

–Hemos acumulado un buen botín –dijo el rey–, pero queda mucho verano por delante y querría conocer vuestro parecer: si aconsejáis volver a entrar en tierra de moros o si, por el contrario, pensáis que lo prudente es regresar al norte y aguardar a la próxima primavera.

–Aún queda tiempo para que se cumplan los tres meses de servicio de las milicias –opinó Alfonso, su primogénito–. ¿Por qué volver al norte? Quedan muchas ciudades que castigar y muchos campos que talar.

–Estoy de acuerdo. –Pelay Pérez Correa, el flamante maestre de Santiago, asintió al oír aquellas palabras, sabedor de que su opinión, ahora que el rey favorecía a los santiaguistas, tenía peso en la corte–. Hay que volver a entrar.

Hubo un murmullo de aprobación, pero nadie más intervino.

–Si volvemos, ¿qué atacamos? –preguntó el rey.

–Íllora –propuso el infante Fadrique–. La villa está destrozada y sólo les queda el alcázar. Puede ser una buena conquista.

–Está demasiado lejos de nosotros y demasiado cerca de Granada –contestó Alfonso–. Abastecerla sería complicado. Más nos conviene hacer nuevas talas en otros lugares.

Fernando III se mostró de acuerdo con su heredero.

–Jaén pasa hambre –tomó la palabra de nuevo el maestre de Santiago–. Es el momento de cercarla –dijo con rotundidad, sin dudas, como si hablara de una alquería o un pequeño castillo perdido en la sierra.

El Consejo se agitó ante la propuesta. «Es demasiado fuerte», decían unos; «nos llevaría años rendirla», opinaban otros alzando la voz. El rey permanecía en silencio con un brillo extraño en la mirada.

–Pelay Pérez, ¿cómo sugieres hacerlo? –intervino al fin, acallando los murmullos.

–Acentuando su hambre –dijo al instante el santiaguista–. La rodeamos, talamos todos los campos, cortamos los caminos de manera que nadie pueda entrar ni salir de ella... y esperamos a que se rindan.

–O a que presenten batalla –añadió el comendador calatravo de Martos.

–No serán tan insensatos –cortó Pelay–. Las tropas que tenemos aquí son suficientes para derrotar a tres guarniciones completas de Jaén. Pondremos vigías en los principales caminos para anticiparnos si Alhamar manda un socorro.

Se abrió un denso silencio y todos miraron al rey, que meditaba con la mano apoyada en la barbilla. Su corazón latía con fuerza y el brillo de sus ojos se había intensificado. Pelay sonrió; conocía a su rey y sabía que la decisión estaba tomada.

–Un ejército de hombres escogidos partirá hacia Jaén de inmediato –confirmó Fernando III–. Yo me quedaré aquí con el resto. Acudiremos cuando sea necesario y, mientras, dispondremos los turnos de los concejos y el abastecimiento. –Los magnates taconearon el suelo, excitados ante la perspectiva de un ataque de tamaña envergadura–. Con la ayuda de Dios y de Santiago apóstol, venceremos.

Granada. Verano de 1245

Como cada viernes, Muhammad I de Granada asistió a la oración comunitaria en la mezquita aljama de la medina. La sala estaba abarrotada y un fuerte olor a sudor la invadía. Terminada la oración, Ibn Jalid se acercó al emir para interesarse por el cerco de Jaén.

–Mi buen amigo, me quitaron Arjona y ahora van a por Jaén –le dijo Muhammad, con tono afectuoso–. Confío en la fortaleza de sus murallas y su alcázar. Espero que el Altísimo la conserve en nuestras manos. Cuando llegue el invierno, los cristianos se marcharán.

Ibn Jalid, más tranquilo, salió sonriente del patio de abluciones. Sin embargo, el emir no acababa de creer en sus propias palabras. Conocía a los castellanos, su tesón y su fuerza, capaz de cercenar cualquier resistencia. Algunos principales de la ciudad acudieron a él para colmarlo de halagos y adularlo, pero Ibn al-Ahmar no estaba de humor para recibirlos. Pidió su caballo, Bermejo III, y cabalgó seguido por su escolta hasta la puerta de Elvira.

–Que nadie me siga –los despachó.

Y puso su caballo al galope, atravesando el cementerio que se extendía frente a la puerta, junto al camino que llevaba a la vega y a la ciudad en ruinas de Elvira. Se desprendió del fino turbante de seda roja, único signo de distinción que se permitía lucir en público, y dejó al viento sus cabellos largos, que comenzaban a escasear. El sol inclemente del verano lo hería, pero apretó el paso de su caballo. Metió la mano por el cuello de la túnica y extrajo la moneda romana convertida en relicario. Recordó los años de Arjona. Acudieron a su memoria las viejas amistades, los parientes perdidos, las cabalgadas a la rábita y las primeras algaras. También recordó su casa de la alcazaba. Y lloró amargamente por todo.

Luego vinieron otros dolores más recientes, la traición de su hija Sams y su esposo, o la huida de Aisha a Jaén. En ese punto detuvo a su caballo y desmontó junto a los restos de una munia que las tropas de Fernando III habían saqueado en su última campaña. El emir se sentía furioso e impotente. El cerco le impedía ir a Jaén para hacer justicia. Se debatía en una lucha interior contra sus propios sentimientos. Kamal era el hijo de su difunto amigo Hadi. Le ataba la promesa de protegerlo, pero el joven no podía eludir la responsabilidad por sus actos. Aisha era su esposa. Su traición hería su orgullo y podía dañar su autoridad. Necesitaba restablecer la normalidad antes de que los rumores corrieran de puerta en puerta.

Ibn al-Ahmar respiraba con dificultad. Se apoyó en un muro de la munia y gritó con todas sus fuerzas para desahogar su tristeza y su frustración. Pasado un rato, se enjugó las lágrimas. En el camino de regreso fue recuperando la compostura. Jaén pasaba hambre, asediada por las tropas de Fernando III. Tenía importantes asuntos que tratar.

En la puerta de Elvira aguardaba su escolta, que no se había atrevido a seguirlo.

–Ve delante. Que se reúna el mexuar –ordenó a uno de los jinetes, que partió presuroso hacia la al-Hamrá.

Jaén. Verano de 1245

Kamal bin Hadi recorría pausadamente el adarve de la muralla del poderoso alcázar de Jaén. En primer término contemplaba la ciudad, abajo en la ladera, con la medina y los barrios que ocupaban los primeros llanos. Entre los tejados destacaban las bóvedas de los baños públicos, así como las plazas que servían de solar para los numerosos mercados. La aljama se alzaba orgullosa sobre el caserío, por el que había repartidas otras mezquitas menores y algunos oratorios. En torno a las fuentes, que surtían de buena agua a la ciudad, nutridos grupos de mujeres paseaban con sus cántaros al hombro. Rodeándolo todo, las murallas, altas y gruesas, disuadían a los castellanos de un asalto.

La situación no era muy halagüeña, pero la recua enviada por el emir había aliviado al pueblo. Cuadrillas de pastores que conocían bien los caminos y senderos iban y venían con algunas provisiones. Sin embargo, no resultaban suficientes para garantizar una larga resistencia, por lo que el alcaide había establecido un estricto racionamiento desde el primer momento.

Más allá de las murallas, Kamal observó los campamentos cristianos, acechando a Jaén como una manada de lobos ansiosos. Numerosos carros y bestias entraban en ellos a diario y cuadrillas de saqueo recorrían los alrededores para abastecerse de los campos del alfoz de la ciudad. La tropa enemiga era tan poderosa que la posibilidad de un socorro desde Granada era escasa. Sólo cabía esperar a que llegara el invierno y rezar para que Fernando III decidiera entonces abandonar su empeño.

El alcaide analizó la disposición de los campamentos, valorando la posibilidad de atacar uno de ellos. Estaban situados tan próximos unos de otros que el socorro de los demás sería inmediato. Desilusionado, se retiró a su vivienda. A la entrada le esperaban dos secretarios.

–Más tarde –indicó Kamal. Alzó la mano para no darles la oportunidad de explicarse–. Necesito descansar.

En el zaguán se quitó las botas y se puso unas cómodas sandalias con suela de corcho. Como su emir, el alcaide se regía por unas costumbres ascéticas que le habían granjeado la simpatía del pueblo de Jaén. Vestía una sencilla y ya ajada túnica de color verde. Por su juventud, cuando llegó a la fortaleza muchos pusieron en duda su capacidad. Sin embargo, con el paso de los meses había demostrado su valía para el cargo.

En el pequeño patio central se encontró con Aisha, que se remojaba los pies en el estanque. No había nadie más en la casa. La llegada de la mujer le había servido de excusa para despachar a las sirvientas. Kamal se descalzó y la imitó.

–Por el momento podremos resistir. No pueden asaltar las murallas y tenemos algunas reservas de alimentos, gracias al envío del emir. –Se sintió incómodo al nombrarlo–. Pero no podemos hacer otra cosa que esperar. –Removió el agua con los pies–. Aisha, ¿será este asedio un castigo del Altísimo?

La mujer lo miró fijamente.

–Amor mío, este asedio es el premio de Alá a nuestra unión. ¿Acaso no lo ves? Si los cristianos no hubieran cortado los caminos, mi esposo ya habría venido a por nosotros. –Kamal quedó sorprendido por la lógica del argumento–. No sé qué ocurrirá mañana, si Jaén caerá en manos de Castilla o si resistirá y Muhammad aparecerá, pero lo que tengo claro es que se nos ha regalado tiempo y debemos dar las gracias por él. Vivamos nuestro amor mientras nos sea posible.

Él le devolvió la mirada, embelesado, y ella, con gesto pícaro, se echó ligeramente hacia atrás y abrió las piernas, dejando a la vista lo que ocultaba la túnica. Kamal sintió el deseo recorriendo sus venas. Se puso en pie y, tomándola de la mano, la llevó a su alcoba, donde la culpa, el miedo y la incertidumbre dejaron de tener sentido.

Granada. Otoño de 1245

El surtidor de la fuente manaba agua sin cesar, que caía sobre la taza y la hacía desbordarse continuamente. El sonido relajaba a Ibn al-Ahmar. Una parra le daba sombra, sujetas sus largas ramas por una alambrada.

La alquería estaba a las afueras de Granada, en la ribera del río Genil. El emir se había trasladado allí aconsejado por su tabib, que estaba preocupado por el estado de ansiedad que mostraba en los últimos tiempos. El silencio del campo, los paseos matutinos a caballo y el alejamiento de sus secretarios le habían dado algo de sosiego. Muhammad anhelaba que llegaran los fríos y las lluvias del invierno, confiado en que el cerco de Jaén se levantaría. «No la pueden tomar por la fuerza», se decía. El recuerdo de Aisha y su traición lo hería profundamente, y se inquietaba al pensar que pronto sus cortesanos se harían preguntas. La farsa no podría sostenerse durante mucho tiempo. Maryam vivía recluida. Sólo Dunya había acompañado al emir en su retiro.

El sol acababa de levantarse sobre el monte Sulayr, cubierto con un manto blanco de nieve. La niebla que tapaba la vega se comenzaba a disolver. Muhammad había cumplido con la primera oración de la mañana allí mismo, en el patio.

–Buenos días, Farah –saludó Ibn al-Ahmar a Dunya, que se acercaba.

–La paz sea contigo, mi amor. Tienes la mirada sombría –le dijo ella con los ojos todavía hinchados por el sueño.

–He dejado muchas cosas en la al-Hamrá, pero los problemas han viajado conmigo. Nunca antes me había sentido así, como si una tenaza me apretara el pecho y me impidiera respirar.

–El Altísimo ha trazado su plan. Sólo podemos acatarlo y confiar en él. Todo cobrará sentido. –Aquella manera de pensar aliviaba a Muhammad, que esperaba que el cerco a Jaén fuera una pieza más del plan maestro de Alá. Dunya se sentó en el muro bajo de mampostería que delimitaba la entrada a la alquería–. Tengo una noticia para ti –dijo con una sonrisa–. Hoy se cumplen dos lunas sin sangrado.

Muhammad se levantó de un salto y estuvo a punto de tropezar con la fuente.

–¡Una hija, me vas a dar una hija! –gritó emocionado, y sus ojos recuperaron la esperanza.

–¡Espera a que nazca para saberlo! –replicó Dunya.

Él la tomó por las mejillas y miró aquellos ojos que le hablaban de una vida pasada, de un tiempo en el que había sido dichoso.

–No necesito esperar, Farah. Tú tienes el don de darme sólo hijas.

Jaén. Finales de otoño de 1245

… Su cuerpo delgado se movía con dificultad. Sólo vestía un calzón raído y un turbante manchado de hollín. En los brazos sostenía un objeto alargado, cubierto por un paño blanco. El an-

dalusí se acercó a Fernando tambaleándose, hasta depositar la carga en sus manos. Luego se arrodilló en actitud suplicante. No había nadie más. Una densa oscuridad impedía ver a varios pasos. El rey deslió el paño y descubrió una talla policromada de la santísima Virgen María. La imagen lucía una espléndida sonrisa y sus ojos desprendían una tenue luz que, poco a poco, comenzó a aumentar de intensidad. La alzó sobre su cabeza y aquellos ojos iluminaron los alrededores, mostrando la ciudad de Jaén, de la que cientos de moros salían en procesión…

–¡Santiago! –se oía fuera de la tienda real.

–¡A las armas! –gritaban los capitanes.

Fernando III se despertó sobresaltado. Instantes después, su guardia personal lo informaba del ataque que los andalusíes de Jaén habían lanzado contra el campamento más débil del asedio.

–Movilizad tropas, pero no dejéis indefensos los otros campamentos –ordenó el rey, que se apresuró a vestir la armadura y a salir de la tienda.

Despuntaba el alba en las sierras, pero la noche todavía dominaba los cielos. Fernando observó el trajín de hombres que iban y venían, ciñéndose las armaduras y tomando las armas. Los mozos de las caballerizas ensillaban los caballos y los escuderos los llevaban de las riendas hasta sus señores. Relinchos, tintineo de metales y voces de guerreros se mezclaban con la brisa del amanecer.

El rey pidió su caballo. Había acudido al asedio hacía pocas semanas, demostrando con ello su firme determinación de tomar la plaza. La proximidad del invierno no sería impedimento para mantener aquel cerco que pretendía rendir por hambre a Jaén. Aquella perspectiva era la que había provocado la respuesta de los jienenses, que, acorralados y desesperados, intentaban romper las filas castellanas.

* * *

Kamal cabalgaba al frente de una escuadra de caballeros que, nada más abrirse las puertas de la ciudad, salieron al galope para coger desprevenidos a los castellanos. Eran los mejores jinetes de la fortaleza y cabalgaban sobre los caballos más veloces. El alcaide había insistido en ir delante, a pesar de las advertencias de sus subalternos. «Mi señor, tu papel no es ése», le habían dicho. «Si no sirvo para empuñar una espada, no sirvo para gobernar», les contestó él. Y vestido con el lorigón, las brafoneras y el casco cónico, armado con espada y jabalinas, partió a la lucha en primera línea.

A medio camino comenzaron a escuchar los gritos de alarma que provenían de los campamentos.

«Han reaccionado demasiado pronto», pensó Kamal furioso, y espoleó a su montura.

–*Allahu Akbar!* –gritaron los jinetes andalusíes. Bien aleccionados, mantuvieron la distancia para lanzar sus jabalinas antes de enzarzarse en una lucha cuerpo a cuerpo.

El campamento estaba protegido por una trinchera y una empalizada. Los primeros defensores se acercaban a ella para repeler el ataque, de modo que los guerreros de Kamal lanzaron la primera tanda de jabalinas sobre las estacas. Decenas de castellanos cayeron atravesados por las armas arrojadizas, pero muchos otros les cubrían el sitio. Un nutrido grupo de caballeros pesados se reunió en una de las aberturas y comenzó a perseguir a los hostigadores que, con habilidad, se retiraron a una distancia prudencial.

Kamal ordenó un segundo ataque. Centró su atención en uno de los castellanos y le arrojó su jabalina. Le acertó en el pecho y el hombre se derrumbó al instante.

–¡Victoria! –gritó con euforia. Y sus jinetes lo imitaron.

El sol ya se alzaba sobre los montes y calentaba las armaduras. Con el tornafuye, los andalusíes se quedaron pronto sin jabalinas. Llegó la hora de tomar una difícil decisión. Kamal estudió de nuevo el campamento, de donde numerosos peones salían a la carrera. Luego observó el llano que los separaba de los restantes campamentos y distinguió tres escuadras de caballeros que galopaban hacia ellos. Identificó el pendón con las insignias reales de Fernando III y el estandarte de los caballeros de Santiago. No tenían posibilidad alguna frente a aquellos guerreros.

–¡Cerrad y tornad! ¡Sin piedad! –vociferó a la vez que iniciaba la carrera hacia sus oponentes.

Los jienenses no disponían de mucho tiempo antes de que les alcanzaran las escuadras de los otros campamentos. Tenían clara superioridad numérica, pero los castellanos estaban mejor pretrechados, especialmente los caballeros de la milicia concejil de Ávila y los calatravos de Martos y Andújar.

Kamal desenfundó su espada y se adelantó, dirigiéndose hacia dos abulenses que se le acercaban al galope. En el momento del cruce golpeó a uno con la espada en la cabeza. El capacete, ensangrentado, saltó por el aire, y el jinete cayó derribado. Continuó la carrera con la inercia de su caballo, pero de repente sintió un fuerte dolor en el hombro. El otro había conseguido golpearle. Se giró y vio cómo, a costa de numerosas bajas, sus hombres acababan con los cristianos. Miró al otro lado. Los caballeros de Fernando III se acercaban.

–¡A las puertas! –Kamal gritó la nueva orden.

Todavía había jinetes enzarzados en la lucha, fulminando las últimas resistencias castellanas. El alcaide les ayudó, reuniendo a varios hombres y atacando al enemigo por la retaguardia. Con las fuerzas mermadas, los nazaríes emprendieron la retirada con seguridad hasta el interior del recinto murado de Jaén. Los que los perseguían se acercaron a las murallas, a una distancia de poco más de un tiro de ballesta. Desde allí los incitaron a salir y presentar batalla. No hubo movimiento alguno. Kamal no era tan estúpido.

Llegó a la medina sudoroso, con el lorigón salpicado de sangre. Desmontó y se dirigió a la mezquita aljama sin quitarse la armadura. Algunos caballeros lo siguieron. El pueblo de Jaén lo aclamó como a un héroe, pero él, con gesto serio, guardó silencio todo el camino. Los jienenses mostraban en sus cuerpos los efectos del hambre. Kamal se aseó en el patio de abluciones antes de entrar en la sala de oración. Quería dar las gracias al Compasivo por mantenerlo vivo, y rogarle para que lo iluminara con una solución para aquel asedio que consideraba insalvable.

«Alá Todopoderoso, si no intervienes caeremos...». Así comenzó su oración.

Granada. Invierno de 1246

El mexuar se había reunido en el salón principal del palacio de la alcazaba vieja. Ibn al-Ahmar presidía la reunión de notables sentado en el trono, sobre un pequeño entarimado. Entre los asistentes se destacaban Ismail, los dos hermanos Asquilula, el visir jienense Ibn Sanadid y el granadino Ibn Jalid.

Todos estaban serios, preocupados por las últimas noticias llegadas de Jaén. Fernando III y sus hijos habían llegado a los campamentos, y éstos habían sido dotados de sencillas construcciones de madera y tapial para resistir al frío y las lluvias. En la ciudad, mientras tanto, el hambre acuciaba y las provisiones estaban a punto de acabarse. Los vecinos de Jaén habían comenzado a sacrificar a caballos y a perros, y en los mercados de la ciudad se vendía carne de rata al precio del mejor cordero.

–Castilla era un león dormido al que hemos despertado –dijo Muhammad I de Granada para abrir el debate–. No podemos enfrentarnos a ellos. Si acudiéramos en socorro de Jaén, nos aplastarían en batalla campal. ¿Qué podemos hacer?

–Sólo esperar y confiar en la sabiduría de Alá –repuso Ibn Jalid.

–Si esperamos, Jaén caerá por hambre –intervino Ibn Sanadid.

–Y si cae por hambre la capitulación será dura para nosotros –añadió Ismail.

El emir asintió.

–Así lo veo yo. Jaén no aguantará el cerco. Ha soportado ya muchos meses de hambre y está a punto de la extenuación. Pero, si nos adelantamos y la entregamos, aún podemos sacar algún beneficio.

–¿Entregar Jaén sin lucha? ¿Los Nasr habéis perdido la cordura? –explotó Abd-Allah con el rostro congestionado por la indignación.

Muhammad carraspeó, tratando de serenarse, y replicó con toda la calma que pudo reunir:

–Abd-Allah bin Asquilula, fue tu mismo padre quien me aconsejó que rehuyera cualquier enfrentamiento directo con Castilla. ¿Acaso le sirvió a Ibn Hud para algo diferente que para desangrar su emirato?

El aludido se puso en pie, furioso.

–No nombres a mi padre, el Altísimo lo tenga en su Paraíso. Él nunca huyó del combate y no sería partidario de esconder el rabo entre las piernas.

La tensión aumentó. Ibn al-Ahmar contaba con ello, pero la decisión que iba a tomar requería un consenso si no quería ver mermado su poder con el surgimiento de facciones de opositores a su gobierno.

–Todos conocimos a tu padre –intervino Ibn Sanadid, bien aleccionado por el emir–, un hombre sabio y sensato. En más de una ocasión me manifestó su opinión sobre los reinos cristianos. Él era partidario de la diplomacia, pensaba que la supervivencia de al-Ándalus estaba por encima de la obstinación. –Todos callaron, sabedores de que el jienense estaba en lo cierto–. Y yo también lo pienso.

–Tenéis razón –soltó entonces un qaíd de Almería–. Si toman Jaén por la fuerza, no habrá paz. Los castellanos continuarán atacando y seguiremos el mismo camino de Murcia. Debemos entregar Jaén a cambio de una paz estable.

Poco a poco, los presentes fueron mostrándose proclives a negociar con el rey castellano. Las palabras de Ibn Sanadid habían surtido el efecto deseado. Cuando varios notables tomaron la palabra por turnos para manifestarse a favor de la decisión, Abd-Allah salió del salón sin mediar palabra.

–Disculpad a mi hermano, ya lo conocéis –dijo Ibrahim–. Como cabeza de los Asquilula, os doy mi apoyo. Sé que no hay otra alternativa.

–Bien –dijo Muhammad–. Tenemos un acuerdo. Mandaré emisarios para negociar la entrega de Jaén a cambio de una paz duradera que nos permita crecer y hacernos fuertes.

–¡Con la ayuda de Alá! –exclamó Ibn Jalid con fervor.

–¡No hay más vencedor que Dios! –remató Ismail, gritando el lema del emir.

* * *

Se habían echado de menos y había mucho que contarse, así que los dos hermanos cabalgaron juntos hasta la colina de la Sabika.

–Veo que nuestro tío Abd-Allah sigue como siempre, incluso peor –comentó Ismail mientras cruzaban el río Darro por uno de sus puentes.

–Hermano –le dijo Ibn al-Ahmar–, sospecho que él y mi hija Sams estaban detrás de mi intento de asesinato. –No pudo evitar que sus ojos se humedecieran.

–Tal vez algún día tengas que hacer frente a los Asquilula con las armas.

Hablaron de los viejos tiempos, y también de las tormentas que sacudían al emirato. Muhammad se sintió reconfortado por la presencia de su hermano.

–Quisiera tenerte a mi lado, Ismail. Pero sé que eres el gobernador que necesita Málaga. Todos los informes alaban tu gestión.

Una vez en la Sabika, Ibn al-Ahmar le mostró el trazado de la acequia que surtía de agua a la al-Hamrá y al barrio extramuros. Luego recorrieron la calle principal del pequeño caserío.

–Allí están los secretarios –decía Muhammad–. Allí viven muchos soldados de la guarnición. Y en aquel extremo hay un zoco de artesanos que trabajan la cerámica, el vidrio y la seda.

Ismail se maravilló por el estado de las obras de la alcazaba. Las poderosas torres estaban terminadas y cuadrillas de artesanos y obreros las enlucían por fuera y por dentro. Los carpinteros trabajaban en los artesonados, los yeseros revestían las paredes con paños que mostraban hermosas formas geométricas y vegetales, y los pintores daban color a las yeserías, las bóvedas y las maderas.

–Aquí viven los principales mandos del ejército y la administración –informó el emir cuando llegaron a la plaza de armas–. Ahí tengo mi residencia, que también es la tuya. –Y señaló la torre, llevándose la mano al pecho.

En este punto, Ibn al-Ahmar le contó la traición de Aisha con su amante Kamal. Ismail, estupefacto, se pasó varios minutos en silencio. Imaginaba la indignación de su hermano por su honor mancillado.

–Hermano –dijo al fin el gobernador de Málaga–, cuando negocies la entrega de Jaén, pide a Fernando expresamente la entrega de su alcaide. No le des la opción de refugiarse en Castilla. Trata el asunto con discreción, y haz justicia para restablecer tu honor.

–He meditado mucho sobre este asunto. Me ata la promesa que hice a Hadi.

–Hay circunstancias que justifican la ruptura de una promesa –respondió Ismail con seriedad, sintiendo su orgullo de Nasr también herido.

Muhammad animó a su hermano a seguir caminando.

–Vamos, Ismail, tendré tiempo de saldar esa cuenta. Ahora quiero enseñarte mi casa y presentarte a Dunya, mi única alegría en estos días oscuros.

Juntos, los hermanos se adentraron en la torre. Antes de acceder a la planta de su residencia, Muhammad susurró:

–Mírala a los ojos, tal vez la reconozcas…

Jaén. Invierno de 1246

Los campamentos eran una fiesta. Fernando III había mandado sacrificar una piara de cerdos para que sus tropas pudieran celebrar un banquete. La tarde anterior había despachado a los emisarios andalusíes que Alhamar había enviado para parlamentar las condiciones de la entrega de Jaén. Lo esencial estaba decidido, pero, para la capitulación completa, los dos soberanos acordaron entrevistarse en el campamento del rey pasados unos días.

La tienda olía a humedad. Las tablas del entarimado estaban mojadas a causa de las abundantes lluvias de aquel duro invierno y el frío se colaba por todas partes. Fernando III había insistido en que no quería una construcción estable, prefería seguir el mismo destino que sus hombres. Aquella decisión le había ganado el respeto de los suyos, pero había hecho rebrotar sus problemas de salud. Las bandejas de plata sobre la mesa mostraban los restos del festín.

–Hemos cumplido con nuestra misión –dijo el rey alzando su copa, y sus hijos, con los ojos enrojecidos por el vino, lo imitaron.

–¿Cuáles van a ser las condiciones, padre? –preguntó Alfonso después del brindis.

–El rey moro será nuestro vasallo y tendrá que pagarnos parias para mantener la paz.

–Pero entonces no podremos seguir atacándole –opinó el infante.

–Hijo, la guerra cuesta mucho dinero a nuestros reinos. El beneficio de seguir la campaña sería menor que el que vamos a obtener con el vasallaje. –Dio un largo trago–. Recuerda que hay más tierras de moros... –añadió con una sonrisa.

Alfonso le devolvió la sonrisa y pareció relajarse. No le gustaba la idea de abandonar la guerra contra los mahometanos.

–Jaén para Castilla, al fin –exclamó el soberano emocionado, recordando cada sueño que Dios le había enviado para que no olvidara su deber.

* * *

El emir de Granada salió de su pequeño campamento, cercano al castellano, y acudió al encuentro de Fernando III a la entrada de su tienda, tal y como habían acordado. Cientos de guerreros se apiñaban junto al camino para ver cómo avanzaba a pie.

–No nos humillamos, sobrevivimos –le dijo en voz baja a Ibn Sanadid, que caminaba junto a él. El jienense tuvo la sensación de que aquellas palabras eran para sí mismo.

Muhammad I de Granada vestía una sencilla túnica blanca, sobre la que se destacaba su viejo fajín bermejo del banu Nasr. El turbante, del mismo color, se coronaba con un rubí engarzado en plata. No llevaba armas ni armadura. Fernando III lo recibió junto a sus hijos y se dejó coger la mano por él, que se la besó delante de los magnates castellanos y leoneses. Con aquel sencillo acto se consumaba el vasallaje.

Aparte de entregar Jaén y evacuarla, Ibn al-Ahmar se comprometía al pago de ciento cincuenta mil maravedíes anuales, a auxiliar a la Corona de Castilla cuando le fuera requerido y a asistir a las Cortes que su rey convocara. A cambio, obtenía una tregua por veinte años, protección para el emirato y una fijación de sus fronteras, por lo que recibía el reconocimiento oficial de sus territorios. Con aquel acuerdo nacía un Estado sólido con identidad propia, sometido a Castilla, pero también protegido por ella.

Fernando III apoyó la mano en el hombro del emir y lo animó a incorporarse. Los dos se miraron, reconociendo cada cual en el otro a un poderoso rival, un hombre con voluntad de hierro y gran determinación. Muhammad pronunció en lengua romance su juramento de fidelidad al rey castellano. No le tembló la voz, convencido de lo que hacía. Aquélla era la única manera de mantener su emirato. Granada se sometía, pero podía seguir siendo musulmana bajo un gobierno nazarí.

Fernando lo invitó a comer en su mesa. Almorzaron a la intemperie, a la vista de la tropa castellana. Después se abrazaron como despedida. Muhammad regresó a su campamento. Fernando III ordenó tomar las puertas de Jaén. En las plazas y mercados anexos a las mismas, decenas de notarios instalaron sus tenderetes para formalizar la venta de los bienes andalusíes. Los nobles cristianos aprovecharon la oportunidad adquiriendo propiedades a precios irrisorios.

* * *

A primera hora de la tarde, antes de la caída del sol, comenzó el desalojo.

Los primeros en salir fueron los habitantes de la alcazaba. Como había solicitado Ibn al-Ahmar, guardias cristianos escoltaron al alcaide y a su esclava hasta la tienda emiral. Kamal y Aisha entraron cogidos de la mano. Ella iba cubierta por un grueso paño que sólo dejaba ver sus ojos. Él vestía una túnica e iba desarmado. Ninguno de los dos se arrodilló ni pidió clemencia, sino que permanecieron en pie con actitud serena.

–¿Alguien en Jaén ha sabido quién eras? –preguntó Muhammad en tono neutro.

Aisha negó con la cabeza.

–Piensan que es una esclava, regalo tuyo –dijo Kamal. El joven había comenzado a sudar, pero luchaba por mantenerse firme.

El emir se acercó a la pareja de amantes y apartó a Aisha a un lado. La esposa comenzó a sollozar.

–Lo siento –musitó.

El emir tomó un puñal que llevaba escondido en el fajín y lo desenfundó. Kamal no se movió; alzó la cabeza y abrió los brazos para ofrecerle el pecho.

–¡No! –gritó Aisha con desesperación.

Con lágrimas en los ojos, Muhammad apretó el arma. Temblaba de ira. «Ilumíname», pidió al Altísimo, y permaneció quieto unos momentos con el puñal en la mano. Su pecho se inflamaba con cada respiración, tenso todo su cuerpo. Finalmente habló, sin soltar el puñal.

–Caíste durante una salida en un intento por romper el cerco cinco días antes de que yo llegara –le dijo a Kamal–. Tú... Tú has viajado conmigo desde Granada y has muerto aquí, en el campamento, de un infarto. Te enterraremos en Guadix, donde tendrás una pequeña capilla funeraria –le dijo a Aisha–. Llévatela, es tuya –se dirigió de nuevo a Kamal–. Nunca ha sido mía. Podéis empezar una nueva vida en al-Ándalus o iros a Castilla. Poco me importa. Desde hoy, para mí habéis muerto.

–¿Qué pasará con nuestros hijos? –preguntó Aisha arrasada por las lágrimas.

–Su madre ha muerto. Para ellos habrás conservado tu honor hasta el final de tus días. Respetarán tu recuerdo. Pero no volverás a verlos jamás.

La mujer arreció su llanto.

–Quiérelos, cuídalos y deja que estudien –dijo entre hipidos.

Muhammad no volvió a hablar. Señaló con el índice la salida de su tienda y dejó que se marcharan. Ni siquiera supo qué rumbo tomaron. Cuando se quedó solo, lloró amargamente por aquel nuevo golpe del destino. Sentía herido su orgullo por la traición de su esposa, pero su conciencia estaba limpia, como la hoja del puñal que todavía asía con fuerza.

Jaén. Invierno de 1246

Fernando contemplaba la ciudad desde el adarve de la alcazaba. Los andalusíes ya habían partido y en el caserío se distinguía el ir y venir de los conquistadores en busca de botín. Habían comenzado los repartimientos, pero la tarea de repoblación, como en Córdoba, se esperaba ardua y lenta.

«Tus súbditos deberían imitarte. Así habría hombres suficientes para repoblar todo al-Ándalus», le había dicho su hermano Alfonso. A los numerosos hijos habidos con Beatriz de Suabia, el rey castellano ya añadía cuatro de su segundo matrimonio.

Sobre la torre de la mezquita principal, ya convertida en iglesia de Santa María, se había instalado una gran cruz de madera. Aún no se habían podido colocar las campanas, pero ya se celebraban misas con regularidad. Fernando III había conseguido hacer realidad un viejo sueño, pero un rumor de inquietud se le había instalado en el pecho.

Descendió del adarve y se encaminó hacia el palacio del gobernador, su residencia durante los meses de estancia en Jaén. Entró en el salón principal, exquisitamente decorado con yeserías y pinturas murales. Tomó su recado de escritura y, de su puño y letra, comenzó una carta dirigida a su madre, la reina Berenguela.

> *Mi muy querida madre, Dios te guarde y te dé salud. Te escribo desde Jaén, que por fin es cristiana. Nuestro Señor ha estado con nosotros durante el asedio y ha permitido que venza la religión verdadera. Son días de alegría para nuestros reinos, pero también de reflexión. En todo camino, a un paso le sigue otro, y Dios me ha mostrado esta noche cuál es el siguiente que he de dar.*
>
> *He soñado con una torre que era tan alta como una montaña y se alzaba orgullosa sobre un gran río. A sus pies había moros que rezaban según sus ritos paganos, hasta que una larga procesión de clérigos se acercó a ellos y los aullentó, enarbolando las cruces de Cristo.*
>
> *El mensaje es claro, madre. Tenemos Córdoba y Jaén. Granada, Málaga y Almería son de nuestro vasallo, pero nos queda Sevilla por conquistar. A ella dedicaré todo mi empeño y, con la ayuda de Dios, pronto la añadiré a Castilla…*

Fernando III admiró durante un rato la maestría de los artesanos que habían decorado el palacio. Luego convocó a su primogénito. Sin lugar a dudas, Alfonso se alegraría al conocer sus planes. El joven no sólo se sentía heredero de los reinos de su padre, sino también de su misión divina de someter a los mahometanos.

Granada. Invierno de 1246

Muhammad I de Granada había instalado su trono provisional en un gran salón abovedado de la torre mayor de la alcazaba al-Hamrá. Allí decidió reunir a sus hijos varones para hablarles como padre, emir y cabeza de los Nasr.

Pese a seguir fiel a su ascetismo, para aquella ocasión recurrió a los símbolos de poder del emirato. Vestía una túnica de seda bermeja con bordados en oro, y a la cintura llevaba atado su viejo fajín, del que colgaba una rica espada ceremonial con empuñadura de oro y marfil. Iba tocado con un turbante rojo, que sobre la frente lucía un broche de esmeraldas. Se había teñido la barba con alheña.

Sus hijos permanecían de pie frente a él, guardando un respetuoso silencio.

–Tenéis edad suficiente para que vuestro padre os hable de ciertas cosas –comenzó diciendo–. Vuestra madre ha fallecido –soltó sin más preámbulos con voz firme. El pequeño Muhammad comenzó a sollozar–. Podéis llorarla, pero nunca lo hagáis delante de nadie que no sea de la familia. –Las lágrimas asomaban ya a los ojos de los tres, pero ninguno se atrevió a hablar–. Recordadla con cariño, fue una buena esposa, una buena madre y una buena musulmana. –Comprensivo, Ibn al-Ahmar les dio varios minutos para que se desahogaran–. Se acerca el momento en que asumiréis vuestras responsabilidades en el emirato, y debéis conocer algo más sobre nosotros, los Nasr. Descendemos de los Ansar de Medina, los auxiliadores del Profeta. Durante mucho tiempo fuimos grandes de Arjona, cuna de nuestra familia, primera del lugar, pero luego caímos y perdimos nuestro viejo prestigio. Yo –infló el pecho– volví a darle lustre a nuestro banu, que hoy gobierna desde Granada un amplio territorio. Conmigo ha comenzado una dinastía que vosotros perpetuaréis y que está destinada a regir Granada durante siglos, con la ayuda del Compasivo. Os dejaré un emirato rico y pacificado que tenéis la misión de engrandecer.

A los ojos de los jóvenes asomó un brillo de orgullo.

–Padre –le interrumpió Muhammad, el menor–, lucharé por hacer más poderoso al banu nazarí. –Se llevó la mano derecha al pecho, que todavía se agitaba por el llanto.

Ibn al-Ahmar contuvo una sonrisa y asintió con satisfacción. Le recordó a él mismo cuando, de niño, le había hecho una promesa similar a su padre.

–Ya sabréis que hemos perdido Jaén –continuó–. Es una pérdida importante, pero nos ha servido para asegurarnos la paz y la supervivencia durante varias generaciones. Como en vuestro juego de ajedrez, a veces hay que perder una pieza para garantizar la victoria –añadió–. Ahora tenemos treguas y una frontera que será respetada por los cristianos.

–Bienvenida sea entonces la caída de Jaén –comentó Yusuf con su acento árabe puro, sin contaminaciones.

Su padre lo miró antes de retomar la palabra.

–Apenas puedo leer tres versos seguidos –reconoció sin vergüenza–, pero aquí estoy, sentado como emir, gobernando sobre los incultos y también sobre los más sabios de Granada. No me opondré a que os forméis en letras, ése era el deseo de vuestra madre, siempre que no descuidéis el arte de la guerra. –Llevó su mano a la espada–. Ésta es la que nos ha traído hasta aquí.

–Así lo haremos, padre –dijo Faray con alivio al saber que podría seguir estudiando.

–Esta ciudad es un pequeño paraíso –prosiguió, en tono aleccionador–. Granada es rica, fértil, está bien protegida y tiene hombres valerosos que componen nuestros ejércitos. Cuidadla, invertid en ella y tened contentos a sus habitantes. –Se tomó unos segundos para recuperar el aliento y luego extendió los brazos para llamar la atención de sus hijos sobre el salón en el que se encontraban–. Esta alcazaba al-Hamrá y su barrio serán vuestra casa. También es vuestra encomienda magnificarla hasta convertirla en la sede que los nazaríes merecen en al-Ándalus, la tierra sagrada de nuestros abuelos. –Se puso en pie y bajó del entarimado–. Sé que sabréis ser dignos de vuestro nombre. –Se acercó a ellos y los besó en la mejilla, uno por uno–. Os pido disculpas si he sido un padre ausente. Algún día, cuando vosotros mismos seáis padres, lo comprenderéis –concluyó, olvidando el tono formal.

Con un gesto de la mano y una sonrisa los invitó a marcharse. De fuera le llegó el sonido de sus llanteras mal contenidas. Habían recibido mucha información, pero, por el momento, la muerte de su madre eclipsaba todo lo demás.

Muhammad dejó que se consolaran y ascendió hasta la azotea. Desde allí contempló la alcazaba vieja, las murallas y las casas encaladas; el barrio del Albaicín, donde se habían refugiado los exiliados de Baeza y Úbeda; la medina, atravesada por el río Darro; el antiguo barrio judío y los campos que rodeaban a la ciudad, bordeados por infinidad de acequias y salpicados por munias y alquerías. Ibn al-Ahmar aspiró el intenso olor a tierra húmeda que ascendía desde las laderas de la Sabika y se preguntó con melancolía dónde se habría refugiado Aisha con su joven amante. «Tal vez malvivan como campesinos ahí mismo, en la vega», se dijo. Luego se acordó de Dunya, de su prominente barriga, y las nubes se disiparon. Su embarazo era fruto de un amor intenso capaz de arrasar una vida y luego recomponerla. Así se sentía él, como si aquella joven hubiera recogido las piezas rotas de su alma y las hubiera soldado. Acumulaba muchas heridas, había tenido una vida intensa marcada por golpes de los que aún no se había repuesto del todo. Pero también había podido saborear la miel del triunfo y el poder, el reconocimiento de su pueblo y el respeto de sus adversarios. Había forjado un emirato y había sido lo suficientemente hábil como para apaciguar a Castilla después de haberla despertado. Asquilula hubiera estado orgulloso de él. Entonó una breve oración de gratitud para él y para todos los que lo habían acompañado en el camino y ya no estaban a su lado.

La tarde caía y la primera estrella brilló sobre el horizonte. Granada se oscureció y de los hogares ascendieron finas columnas de humo. Pasados unos minutos, sonaron las voces dulces de los muecines llamando a la oración. Muhammad se dispuso para retirarse a su oratorio privado y cumplir con el rito, pero antes echó un último vistazo a la ciudad, ahora revestida de calma. Le asaltaron dudas sobre lo que le depararía el destino en los años venideros, pero una certeza se impuso sobre todas ellas.

–El destino de los nazaríes está unido a esta ciudad. Nunca abandonaremos Granada...

GLOSARIO

Abbasíes: dinastía califal que gobernaba desde Bagdad, ciudad a la que se trasladó la capital del califato tras ser eliminada la dinastía Omeya (cuya capital era Damasco).

Acidaque: conjunto de bienes que en el islam el hombre tenía que dar a la mujer al casarse con ella.

Agzaz: caballeros ligeros, arqueros, de origen turco. Se consideraban una unidad de élite.

Almogana: tributo extraordinario que se cobraba cuando los ordinarios no resultaban suficientes.

Allahu Akbar: «Dios es el más Grande». Frecuente expresión de fe entre los musulmanes. Además de en otros muchos momentos, se recita en el llamado a la oración por el muecín.

Ansar: «ayudante». Se usaba para definir a los acompañantes del Profeta, especialmente a los que se convirtieron en sus fieles seguidores cuando dejó La Meca para ir a Yathrib (Medina).

Aquiqah: ritual musulmán para los recién nacidos. Normalmente se celebra el séptimo día después del nacimiento y consiste en dar un nombre al recién nacido, afeitar su cabello y ofrecer un sacrificio.

Banu: «los hijos de» o «los descendientes de». Palabra usada para definir tribus o familias, refiriéndolas a un ancestro o progenitor común.

Bay'a: es un juramento de lealtad a un líder que se recoge por escrito en nombre de un pueblo o grupo de personas.

Cegrí: nombre que se daba a los guerreros de frontera en los territorios musulmanes. Eran expertos en hacer razias o correrías en territorio enemigo.

Conversos calatravos: constituían la mano de obra servil para la realización de buena parte del trabajo manual necesario en los centros calatravos. Aunque eran considerados freires, vivían apartados de los monjes y no participaban en las sesiones capitulares.

Cora: demarcación territorial que podría equivaler a las provincias actuales.

Extremadura: En la edad media española, en los reinos cristianos, el término «extremadura» se refería a la última tierra conquistada en el sur, arrebatada a los musulmanes y convertida en frontera. Soria fue durante un tiempo la «extremadura de Burgos», mientras que la actual Extremadura se consideraba la «extremadura leonesa».

Faquí: doctor o sabio de la ley, experto en jurisprudencia en el islam.

Fatiha: la primera azora (capítulo) del Corán.

Ghilala: prenda interior femenina.

Habiz: bienes que se donaban bajo unas condiciones específicas y durante un tiempo determinado para que sus rendimientos beneficiaran a una institución u obra. Generalmente se hacían en beneficio de una mezquita, para su mantenimiento, pero también podían constituirse para otros fines, como la construcción de murallas para la defensa de la población.

Hafsí: dinastía bereber masmuda que, en un principio, gobernó Ifriqiya (actual Túnez) en nombre de los almohades, pero que se proclamó independiente a partir de 1229.

Hammam: establecimiento de baño, heredero de los baños romanos, donde la población musulmana se lavaba, se afeitaba, se cortaba el pelo y recibía masajes. Eran lugares de encuentro y relación social, con horarios diferenciados para hombres y mujeres.

Helche: mercenario cristiano en tierras del islam.

Hintata: tribu bereber masmuda en la que prosperó fuertemente el movimiento almohade.

Jatib: quien pronuncia el sermón de la oración de los viernes. Normalmente esta tarea recae sobre el imán, pero puede asignarse a una persona distinta.

Jutba: sermón de la oración de los viernes, la más importante para los musulmanes, que se realiza en comunidad.

Katib: secretario, persona que trabaja en la Administración.

Madjlis: salón principal de una casa, donde el dueño se reunía con sus invitados.

Mahdi: figura islámica de carácter mesiánico que vendrá a la Tierra para librarla del mal antes del juicio final.

Maqbara: cementerio; generalmente estaban cercados y se situaban fuera de las murallas de la ciudad, junto a alguna de sus puertas.

Masmuda: grupo tribal bereber cuyos cabecillas residían en el Atlas. Fueron la base que sustentó al movimiento almohade en sus inicios.

Mawlana: «Nuestro señor». Tratamiento honorífico destinado a personas prominentes de la comunidad. En el reino nazarí de Granada se reservaba al emir.

Mexuar: consejo que asiste al emir en la toma de decisiones. Aglutinaba a los diferentes visires o ministros.

Mihrab: nicho u hornacina que, en las mezquitas, señala el lugar hacia el que hay que orientarse para orar.

Mimbar: púlpito o lugar desde el que el imán o jatib da los sermones.

Munia: casa de campo rodeada de jardines y tierras de cultivo que la aristocracia solía usar para su recreo.

Musalla: oratorio al aire libre para determinadas oraciones comunitarias o rogativas.

Naqîb: equivalente aproximado a capitán, líder de una tropa.

Qabtil: nombre árabe con el que se conocía la actual Isla Menor, en la provincia de Sevilla. En el año 844 d. C. fue base para las operaciones de saqueo que llevaron a cabo los vikingos en la ciudad de Sevilla y su comarca.

Qaíd: rango militar alto en los ejércitos musulmanes. Es impreciso y podría equivaler al de general.

Qayna: esclava cantora y bailarina; solía recibir una instrucción refinada.
Quibla: dirección a la que el musulmán se debe orientar para orar. Señala hacia la Kaaba, en La Meca.
Rábita: edificio con carácter de fortaleza que se ubicaba en lugares fronterizos o estratégicos, especialmente amenazados, y que se usaba para la guerra santa y la oración. Sus habitantes se denominaban morabitos y se revestían de esa doble función militar y religiosa.
Río Blanco: Nombre árabe del actual río Segura.
Saitan: nombre que en el islam se da a Satán, o Satanás.
Sayj: título honorífico que se otorgaba a ciertos líderes que servían de inspiración a la comunidad. Tenía un fuerte componente religioso, por lo que se reconocía a personas de gran virtud.
Sayyid: significa «señor»; tratamiento respetuoso para personas importantes.
Tabib: médico.
Tariqa: orden espiritual del misticismo islámico (sufismo). Reúne una serie de normas y concepciones sobre la oración, la vida y Dios, y se organiza en torno a un maestro espiritual.
Tornafuye: táctica de caballería ligera consistente en realizar una carga contra el enemigo, pero volver grupas y aparentar una huida antes de llegar a un contacto serio con él. Cuando el enemigo emprende la persecución, la caballería ligera torna y le ataca con armas arrojadizas, sin llegar a un combate cuerpo a cuerpo.
Walí: gobernador de un territorio, normalmente equivalente a una provincia.
Walima: banquete de bodas que se celebraba tras la ceremonia del matrimonio.
Xarq al-Ándalus: parte oriental de al-Ándalus.
Yihad: término discutido y con múltiples acepciones. Se puede entender como una lucha interior por mantener la fe y una vida recta dentro de la misma, pero en la mayoría de

ocasiones se refiere a la «guerra santa», una lucha por defender e incluso expandir el islam, por la fuerza si fuera necesario, como afirmaba el erudito musulmán del siglo XIV Ibn Jaldún.

Yin: genios, reconocidos en el islam como entes invisibles con unos poderes y habilidades especiales, que pueden influir en los seres humanos.

Zakat: es uno de los cinco pilares del islam; consiste en la obligación de entregar una parte de los bienes propios para los más necesitados.

Zawiya: escuela o casa de oración musulmana.

Zenetes: grupo tribal bereber asentado principalmente en la zona de la actual Argelia.

Ziríes: Dinastía bereber originaria del norte de Argelia. Zawi ben Zirí, que se trasladó a al-Ándalus para luchar a las órdenes de Almanzor, fundó la taifa de Granada en 1013, tras la desaparición del califato de Córdoba.

AGRADECIMIENTOS

A mi mujer y mi hijo, soportes indiscutibles, que endulzan mi existencia y le dan sentido. Con ellos a mi lado todo es más fácil; me apoyan, me comprenden, me inspiran y me ayudan a evadirme cuando las historias se hacen demasiado tiranas.

A mis padres. Ellos marcaron el camino y me animaron a dar los primeros pasos. Echo en falta a mi padre, que supo inculcarme el amor a mi tierra. Mi madre sigue apoyándome día a día en cada empresa que acometo. Gracias por tu ejemplo y tu amor incondicional.

Al resto de mi familia, y a mis amigos, extensión de ésta, porque llenáis con vuestra luz la constelación de mi vida.

A Eva Martín, por su fe en mí desde hace tantos años. Pasa el tiempo; la amistad que forjamos perdura y crece.

A Penélope, mi editora. Por creer en este proyecto. Con su arduo trabajo y su mimo del manuscrito recupera la esencia de una profesión dañada. Es una verdadera guerrera, incansable, a la que admiro y estimo a partes iguales.

A Fernan y Emilio, por implicarse tanto con la elaboración del *booktrailer*.

A Blas Malo y Carolina Molina, compañeros escritores con los que he compartido grandes experiencias al frente de las Jornadas de Novela Histórica de Granada.

A mi legión de lectores cero, ellos han ayudado a mejorar y madurar el texto (Mari Ángeles, Víctor Alcántara, Jana, Juanma, Álex, Pablo Nahum, Mari Ángeles Pulido, Enrique Jurado, Paqui Gutiérrez, Juan Pérez...).

A María Jesús Viguera, por poner a mi disposición sus excelentes trabajos historiográficos, y a Bárbara Bolóix, cuyos estudios sobre la familia Nazarí y su contexto fueron piezas clave en la construcción de esta novela.

A tantas personas que me han ayudado en los últimos años en el proceso de escribir, en especial a Mari Ángeles Bookeando y a Jana (buenas amigas y lectoras concienzudas), a Paco Moreno, Paco Portela, Jesús Pereda, Fernando Sánchez Romero y Blanca Miosi.

SUMARIO

Esta edición de *Nazarí*,
de Mario Villén Lucena,
se terminó de imprimir en Liberdúplex,
el 28 de mayo de 2020